BASTEI
LÜBBE

Taschenbücher von PIERS ANTHONY
im BASTEI-LÜBBE-Programm

Die Sage vom magischen Land Xanth
20053 Chamäleon-Zauber
20059 Zauber-Suche
20061 Zauber-Schloß
20065 Zentauren-Fahrt
20069 Elfen-Jagd
20071 Nacht-Mähre
20077 Drachen-Mädchen
20139 Himmels-Taler
20154 Welten-Reise
20177 Mond-Elfe
20204 Höllen-Mädchen
20227 Meeres-Braut

Die Inkarnation der Unsterblichkeit
22104 Der Sand der Zeit
24114 Das Schwert in meiner Hand
24119 Sing ein Lied für Satan

Die Titanen-Trilogie
24084 Zeit der Kämpfer

23119 Die Macht der Mantas
23131 Der Retter von Dent-All
24171 Der Planet der Verdammten
24178 Der Höllenplanet

Die Saga vom magischen Land

XANTH

PIERS ANTHONY

MEERES-BRAUT

Fantasy Roman

Ins Deutsche übertragen
von Ralph Tegtmeier

Mit Illustrationen
von Johann Peterka

BASTEI
LÜBBE

BASTEI-LÜBBE-TASCHENBUCH
Band 20 227

Erste Auflage:
April 1994
Zweite Auflage:
Juni 1999

Deutsche Lizenzausgabe 1994
by Bastei-Verlag
Gustav H. Lübbe GmbH & Co.,
Bergisch Gladbach
Originaltitel:
The Colour of Her Panties
Lektorat: Reinhard Rohn
Titelillustration: Don Maitz
Umschlaggestaltung:
Quadro Grafik, Bensberg
Satz: Fotosatz Schell, Bad Iburg
Druck und Verarbeitung:
Brodard & Taupin,
La Flèche, Frankreich
Printed in France

ISBN 3-404-20227-9

1

MELA

Mela Meerfrau schwamm rastlos durch ihren Meereshöhlengarten, streifte dabei den Seetang, der die Wände und den Baldachin bildete. Grünlich wirbelte ihr Haar hinter ihr her, und ihre Flossen erzeugten kleine Strudel, die mit allen Haarsträhnen herumspielten, derer sie habhaft wurden.

Sie stieß hinab, den leuchtenden bunten Steinen ihres Fußbodens entgegen, so daß ihre Brüste sie beinahe streiften. Dann kam sie an ihrem Mittelkamin zum Halten und stapelte die Wasserscheite auf, damit das Feuer etwas heller loderte. »Ach, zum Pechstein!« fluchte sie äußerst aufgewühlt. »Ich brauche einen Ehemann!«

Sie holte ihren Spiegel und streckte das Glas auf volle Länge, damit sie sich vollständig darin betrachten konnte. Der Spiegel reflektierte nur, was sie bereits wußte: Sie war ein prachtvolles Geschöpf, mit volleren Brüsten als jede andere Meerjungfrau und mit einem eleganteren Schwanz, als ihn irgendein Fisch für sich hätte beanspruchen können. Um den Hals trug sie eine Kette mit zwei kostbaren glühenden Feuerwasseropalen, die doch bestimmt genügen mußten, um einen Ehemann allerbester Qualität anzuziehen.

Weshalb war sie dann nicht verheiratet? Es war nicht so, als sei sie besonders wählerisch. Sie wollte lediglich den nettesten, hübschesten, männlichsten und intelligentesten unverheirateten Prinzen in Xanth haben, der es zufrieden sein sollte, ihr alles zu gestatten, wonach ihr der Sinn stand. Beispielsweise stundenlang im Meereswasser umherzuschwimmen und rohen Fisch zu essen; und der es liebte, ihr das Haar zu bürsten. Einst hatte sie einmal den Prinzen Dolph erwischt, doch Dolph war damals noch ein wenig jung gewesen, gerade einmal neun Jahre alt. Sie hatte ihn gegen ihre Opale ausgetauscht, und später war er erwachsen geworden und hatte ein Mädchen seiner eigenen Art geheiratet, dessen Vorzüge nicht annähernd so beeindrukkend waren wie Melas eigene. Menschenmänner besaßen einfach nicht allzuviel Vernunft.

Das Problem bestand darin, daß es nicht viele männliche Wesen gab, die ihren bescheidenen Ansprüchen genügten, und die meisten von ihnen waren bereits verheiratet. Sie hatte die Meere abgesucht und nichts gefunden, was ihr wertvoll genug erschienen wäre. Was sollte sie also tun?

Mela seufzte, was kleine Wogen durch ihr fabelhaftes Fleisch ziehen ließ. Nichts zu machen: Sie würde den Guten Magier aufsuchen und ihm eine Frage stellen müssen. Das bedeutete, ihm einen Jahresdienst abzuleisten, was bestimmt entsetzlich langweilig werden würde, doch wenn er ihr einen geeigneten Ehemann verschaffte, war es die Sache vielleicht wert.

Nur keine Zeit vergeuden. Mela sammelte die wenigen nützlichen Zauber zusammen, die sie bei ihren Erforschungen der Randgebiete des Meers aufgelesen hatte, und stopfte sie in ihre unsichtbare Börse. Dann schwamm sie aus der Höhle hervor, der Meeresoberfläche entgegen. Sie machte sich keine Sorgen darum, daß das Feuer sich in ihrer Abwesenheit ausbreiten könnte, weil Feuer unter Wasser nämlich ohne die magische Anwesenheit der Meeresmenschen überhaupt nicht brennen konnte. Nur wenn ein anderer Meermann oder eine Meerfrau vorbeikäme, würde es wieder losflackern, doch es würde niemand in ihre privaten Gemächer eindringen.

Melas Unterseehöhle befand sich in der Nähe der Insel der Illusionen, was ein purer Zufall war, und so erblickte sie beim Auftauchen dieses Eiland, das einst wie das prachtvollste aller Gebiete erschienen war. Ihr Haar färbte sich gelb, als sie an die Oberfläche stieß. Sie erinnerte sich wieder daran, wie sie Prinz Dolph hier eingefangen hatte, trotz der Einwände seiner skelettalen Gefährten Mark und Grazi Knochen. Am Ende hatten sie sich doch als ganz nette Leute herausgestellt, sie hatten ihr sogar bei der Beschaffung ihrer Opale geholfen. Mela fragte sich, wie es ihnen wohl gehen mochte; es war ein recht angenehmes, wenn auch reichlich ausgemergeltes Paar gewesen.

Auf der Insel der Illusionen gab es nicht mehr viel Illusion, weil die Zauberin der Illusion, die Königin a. D., sie schon vor langer Zeit verlassen hatte. Doch hallte noch immer ein schwacher Abglanz großen Pomps dort nach, erinnerte an die Größe vergangener Vorstellungen. Vielleicht würde ein anderer großer Illusionist sie eines Tages wieder bewohnen, dann würde einmal mehr niemand von ihrer alltäglichen Wirklichkeit erfahren.

Mela schwamm direkt auf das Ufer zu, dort wo die Spalte ins östliche Meer mündete. Sie näherte sich dem kleinen Strand so weit sie konnte, ohne das Wasser zu verlassen. Und dann, als der Sand drohte, ihre Samthaut zu schmirgeln, setzte sie sich auf, den Schwanz vor sich eingeklappt. Sie konzentrierte sich, und ihre wunderschönen Flossen verwandelten sich in ungeschlachte Klumpen, während der größte Teil ihres Schwanzes eine kränkliche Rosafärbung annahm. Dann erschien darin eine Längsfalte, die immer schärfer wurde, bis sich der gesamte Schwanz schließlich in zwei unvorteilhafte Gliedmaßen teilte.

Mela bog diese Gliedmaßen an ihren verknöcherten Knien und stellte die knochigen Füße fest auf den Sand. Dann erhob sie sich, bis sie etwas wacklig auf diesen unpraktischen Beinen stand. Es war schon lange her, seit sie das letztemal an Land gegangen war, und es entsprach nicht gerade ihrer Vorstellung von einem Vergnügen, doch es ging nicht anders. Der Gute Magier lebte an Land und würde niemals aufs Meer hinauskommen.

Nachdem sie ihr Gleichgewicht stabilisiert hatte, watete sie auf den trockenen Sand hinaus. Ihre neuen Beine würden noch kräftiger werden, je mehr sie sich daran gewöhnte, und ihr Gleichgewichtssinn prägte sich zunehmend aus. Sie konnte es ja, sie war nur ein wenig aus der Übung.

Doch als sie das Wasser verließ, wurde der Sand immer heißer, verbrannte ihr die Füße, während kleine spitze Steine versuchten, sich in ihre Sohlen zu bohren. Ihre Extremitäten mochten zwar häßlich sein, sie waren aber auch empfindlich. Glücklicherweise wußte sie, wo es einen Pantoffelstrauch gab, denn sie hatte ihn vom Wasser aus bereits erblickt. Mela humpelte darauf zu und pflückte zwei Pantoffeln. Natürlich paßten sie hervorragend und schützten ihre Füße, so daß sie nunmehr ohne Unbequemlichkeit weitergehen konnte.

Sie gelangte an den Rand der Spalte, wo der Weg immer steiler wurde. Jetzt mußte sie klettern, doch das konnte sie ebenfalls, und so kraxelte sie über die Felsen und Hänge, ohne daß es ihr allzu viele Schwierigkeiten bereitete. Sie wußte, daß sie die Spalte aus zwei Gründen sofort wieder verlassen mußte. Erstens wurden die Wände weiter innen noch sehr viel steiler – das wußte jeder! –, und zum zweiten gab es ja noch den Spaltendrachen. Davon wußten nur wenige Leute, denn die meisten, die dem Drachen begegnet waren, waren gleich aufgefressen worden. Vor langer Zeit hatte ein Vergessenszauber über der Spalte gelegen, doch dieser Zauber war nun verschwunden, so daß es möglich war, etwas über die Spalte in Erfahrung zu bringen. Das war auch gut so, denn auf ihren wackligen Beinen hätte sie nicht gern vor dem Drachen die Flucht ergreifen mögen. Sie fragte sich, wie die Landbewohner nur eine derartig unbeholfene Weise des Reisens ertrugen.

Mela erreichte den oberen Rand und kletterte darüber hinweg. Hier war das Land einigermaßen eben, so daß sie aufrecht gehen konnten. Sie wußte, daß das Schloß des Guten Magiers ein Stück südlich der Spalte lag, deshalb hielt sie sich ungefähr westwärts. Dort sollte es verzauberte Wege geben, und wenn sie erst einmal einen von denen gefunden hatte, würde sie bis zum Schloß kommen, ohne sich wegen umherirrender Ungeheuer Sorgen machen zu müssen.

Doch leider war sie immer noch in der Wildnis. »Holla!« rief jemand seitlich von ihr. »Eine Nymphe! Haut sie!«

Verschreckt blickte Mela sich um. Sie war keine Nymphe, denn das waren überwiegend hirnlose Kreaturen, die gleichermaßen hirnlosen Faunen Gesellschaft leisteten. Aus irgendeinem Grund schienen Menschenmänner Nymphen zu mögen, während sie sich überhaupt nicht für die Faune interessierten. Sie stellte fest, daß der Rufer ein Mann von der Größe eines Elfs war, er reichte ihr kaum bis an die Knie. Seine Hände waren vergleichsweise riesig. Um den brauchte sie sich keine Sorgen zu machen.

Da erschienen plötzlich sechs gleichartige Wesen. »Haut sie! Haut sie!« riefen sie und stürmten in einem gewaltigen Durcheinander auf sie zu.

Jetzt begriff sie, was das für welche waren: Haubolde! Ihre Hände waren riesig, weil sie sie zu gewaltigen Fäusten zu ballen pflegten, um damit besser auf unschuldige Leute eindreschen zu können. Sie platzten aus einem Totschlägerbusch hervor, einer Pflanze, die es liebte, verprügelt zu werden. Ständig rief sie: »Hau mich!« und »Hau mich wieder!«, obwohl ihre Blätter schon so dünn und flach waren, daß sie eine derartige Mißhandlung kaum noch ertragen konnten. Doch Haubolde waren berüchtigt dafür, daß sie alles verhauten, was in ihre Reichweite kam, und eine üppige, nackte Frau war an sich schon ein herausragendes Ziel für sie. Keine Zweifel, sie wollten ordentlich auf ihr herumprügeln!

Schnell schätzte Mela die Lage ab. Sie war zu weit vom Seeufer entfernt, um es noch vor den widerlichen kleinen Männern zu erreichen. Vielleicht würden ihre klobigen Beine sie mit der Zeit schnell befördern können, doch im Augenblick mußte sie sich immer noch auf Dinge wie Gleichgewicht und Bewegung konzentrieren. Wenn sie versuchen sollte, schnell zu laufen, würde sie dabei flach hinfallen, und dann würden die Haubolde sich auf sie stürzen.

Ob Melas Magie sie würde aufhalten können? Sie hatte einen Zauber dabei, mit dem man jemandem Wasser ins Auge spritzen konnte, doch das funktionierte immer nur bei einem auf einmal, und sie bezweifelte, daß es auch nur einen dieser Raufbolde für lange Zeit abschrecken würde. Außerdem hatte Mela einen kleinen Wasserscheit dabei, der allerdings nur unter Wasser brannte. Dann war da noch ihr Spiegel, der aber nur über wenig Macht verfügte. Nein, das bot alles keinen Anlaß zur Hoffnung.

Andererseits führte sie aber auch ein kleines magisches Handbuch mit sich, in dem viele der nützlichen Dinge Xanths standen, ebenso wie jene, die man besser mied. Sie holte es aus ihrer Tasche und ging es schnell durch. Darin sah sie Bilder von verschiedenen Kreaturen und Pflanzen, darunter auch die Haubolde und den Totschlägerstrauch. »Na, die kenne ich aber schon!« rief sie. »Wie wäre es denn mal mit etwas, was mir helfen kann und ganz in der Nähe ist?«

Da zeigte ihr das Handbuch ein Bild von einem Handschuhbusch mit ordentlichen kleinen weißen Handschuhen. Ein Handschuhbusch? Mela ließ die Augen rollen. Für Handschuhe hatte sie jetzt wirklich keine Verwendung.

Dann erspähte sie den Handschuhbusch ganz in der Nähe. Vielleicht war es nicht genau das, was sie wollte, aber sie würde sich eben damit behelfen müssen. Sie eilte darauf zu, und es gelang ihr nur um ein Haar, nicht in ihrer Hast ihr Gleichgewicht zu verlieren. Inzwischen hatten die Haubolde sie fast erreicht, und ihre großen, häßlichen Hände ballten sich zu noch größeren, noch häßlicheren Fäusten.

Mela huschte um den Busch. Die Haubolde stürzten sich darauf – da blähten sich die Handschuhe auf, um ihre Fäuste zu verschlingen. Im nächsten Augenblick waren die Haubolde alle an den Händen gefangen und konnten sie nicht mehr aus den engen Handschuhen ziehen. Sie fluchten, schimpften und verwandelten die Luft in ein galliges Blau, was ein sehr ungewöhnlicher Effekt war. Denn galliges

Grün oder Gelb galten hier als normale Töne. Doch selbst in dem Blau vermochten sie sich nicht zu befreien, denn die Handschuhe hielten sie fest an den Busch gefesselt.

Fröhlich ging Mela weiter. Manchmal brauchte man eben nur etwas Glück und genug Verstand, um es auch zu nutzen. Logischerweise Hilfe aus einem Handbuch. Schließlich war dies ja auch das Land Xanth, wo fast alles, was existierte, magischer Art war. Das Land war gefährlicher als das Meer, doch würde sie schon zurechtkommen.

Nach einiger Zeit erreichte sie einen Fluß. Das war wunderbar, gab es hier doch Gelegenheit, sich den Schwanz zu benetzen. Sie watete hinein – und schoß gleich wieder heraus. Das war ja Süßwasser! Was für ein schreckliches Gefühl. Nein, sie würde sich eben mit trockenen Beinen behelfen müssen, bis sie wieder ins Meer zurückkehren durfte.

Anstatt das schlechte Wasser noch einmal zu berühren, schritt sie stromaufwärts. Es war nur vernünftig anzunehmen, daß sie nur lange genug gehen mußte, bis der Fluß es aufgab und verblaßte, dann könnte sie weitergehen, ohne ihn berühren zu müssen.

Bald darauf begegnete sie einer merkwürdigen kleinen Kreatur. Dieses Wesen besaß eine rosafarbene, haarige Haut und eine abgeflachte Schnauze, mit der es am Boden entlangschnüffelte. Mela holte wieder ihr Handbuch hervor und blätterte es durch, bis sie ein Bild gefunden hatte, das das Ding zeigte: Es war ein Schwein. Die Beschreibung war beruhigend – diese Wesen waren harmlos, wenn man sie nicht ärgerte. Daher ignorierte Mela es und ging weiter.

Sie stieß auf ein weiteres Schwein, dann auf ein drittes. Tatsächlich gab es hier eine halbe Schweineherde.

Dann entdeckte sie einen Weg. Der Weg dehnte sich aus, als freue es sich über ihre Aufmerksamkeit, und wurde zu einer gepflasterten Straße. Mela wußte, daß einige der Wege trügerisch waren, weil sie zu Drachennestern oder Gewirrbäumen führten, doch dieser war nicht der Typ dafür. Es war ein gerader Weg, der gern gebraucht wurde, und sie war froh, ihm diesen Gefallen tun zu können. Er würde es ihr ermöglichen, schneller voranzukommen.

Plötzlich vernahm Mela ein gewaltiges Gegrunze, und ein riesiges Schwein kam den Weg entlanggestürzt. Sie mußte ins Gestrüpp springen, um ihm aus dem Weg zu gehen. Das trug ihr dennoch keinen Dank ein. »Aus dem Weg, Nymphe!« grunzte das riesige Schwein, als es vorbeistürmte.

Mela mochte es nicht, als Nymphe bezeichnet zu werden, wo doch jedermann sehen konnte, daß sie eine Meerfrau auf Beinen war. »He, du glaubst wohl, daß dir dieser Weg gehört, wie?« fragte sie zornig.

Das Schwein hielt an und drehte seinen Schweinsnacken zu ihr herum. »Das tue ich tatsächlich«, erwiderte es.

»Was bist du nur für eine Kreatur?«

»Ein Straßenschwein, natürlich. Und nun bleib mir aus dem Weg.« Es setzte sich wieder in Bewegung und war schon kurz darauf verschwunden.

Ein Straßenschwein. Sie hätte lieber noch im Handbuch weiterlesen sollen, dann hätte sie es entdeckt, bevor sie von ihm entdeckt worden wäre.

Mela zuckte die Schultern und versuchte wieder auf die Straße zurückzukehren. Doch sie mußte feststellen, daß sie im Laubwerk des häßlichsten und nutzlosesten Baums verheddert war, den sie je gesehen hatte. Seine Blätter waren verformt, die Rinde pellte sich ab und die Früchte waren faul. Er schien in jeder Hinsicht falsch gewachsen zu sein. Es war gut, daß sie keine Kleidung trug, sonst hätten sich die wirren Dornen darin verfangen. Auch ohne Kleidung taten ihr nun zwei aussprechliche und eine unaussprechliche Stelle weh.

Sie befreite sich und zückte einmal mehr das Handbuch. Da stand er ja: ein Zitronenbaum. Jeder, der einen von dieser Sorte bekam, mußte ihn so schnell wie möglich wieder loswerden, weil er nichts taugte. Das hatte sie gerade selbst bemerkt.

Die Sache wurde mühsam. Brauchte sie denn wirklich einen Ehemann? Aber Mela beschloß, daß es fast ebenso sinnlos war, jetzt noch einmal umzukehren, wie weiterzugehen. Ebensogut konnte sie fortfahren und sich mal anhören, was der Gute Magier zu sagen hatte.

Der Weg schlängelte sich durch den Wald, vorbei an ein paar Pastetenbäumen. Mela blieb stehen, um ein Stück Wassermelonenpastete zu essen. Ein Stück weiter fand sie Wasserkastanien und Wasserkresse. Etwas Besseres schien es nicht zu geben, denn an Land gab es offensichtlich weder Seetangsuppe noch Seegurken. Am Geschmack merkte sie, daß hier Süßwasser verwendet worden war, aber zum Essen war das schon in Ordnung. Salzwasser brauchte sie nur zum Schwimmen und Baden.

Doch langsam verstrich die Zeit, und die Schatten nutzten es aus, um sich in die Länge zu ziehen. Dieses Phänomen faszinierte Mela, denn am Meeresboden gab es nicht viele Schatten; sie begriff aber zugleich, daß dies ein magisches Signal dafür war, daß die Nacht sich näherte. Der Gedanke, in der Nacht weiterzureisen, behagte ihr nicht besonders, und außerdem waren ihre neuen Beine inzwischen müde. Sie brauchte einen sicheren, bequemen Ort, um zu schlafen. Was konnte das wohl sein?

Sie überprüfte das Handbuch. Es zeigte ihr ein Bild mit einem Bierfaßbaum. Daran hatte Mela allerdings ihre Zweifel; der Gedanke, in Bier statt in Wasser zu schwimmen, sagte ihr nicht sonderlich zu. Da begriff sie, daß es sich in Wirklichkeit um einen toten, hohlen Bierfaßbaum handelte. Also hielt sie beim Gehen danach Ausschau und fand tatsächlich schon bald einen.

Sie trat an den Baum heran und untersuchte ihn. Ein Riß führte sie zu einer Spalte, die zum quadratischen Umriß einer Tür wurde. Das war der gesuchte Ort!

Sie tastete die Kante entlang, bis sie einen Griff gefunden hatte. Den betätigte sie, worauf sich die Tür öffnete. Im Inneren war es dunkel und angefüllt mit flauschigen Kissen. Nicht ganz so einladend wie Salzwasser, aber hervorragend geeignet, um an Land über die Runden zu kommen.

Mela trat ein und schloß die Tür hinter sich. Sofort begann ein bunter Pilzbewuchs damit, ein glühendes Leuchten von sich zu geben. Das war zwar nicht mit jenem der Tiefseepflanzen und -wesen zu vergleichen, aber es erinnerte doch ein wenig an die Atmosphäre der Tiefen, und das war schon sehr nett. Wenn sie einen Mann heiratete, mußte der die See lieben, denn sie war eine Kreatur der See, innerlich wie äußerlich. Wohlig nahm sie auf dem Kissenlager Platz.

»Mmmmph, mmmph mph mmmmmmmph!«

Mela machte einen Satz. Was war das denn?

»MmmmmMmmmmph!« Das gedämpfte Geräusch ertönte, als sie nach ihrem Satz erneut landete und dabei die Kissen flach drückte.

Sie krabbelte auf die müden Beine. »Was ist denn hier los?« befragte sie die Lage im allgemeinen.

Das Mittelkissen bildete einen Mund aus und öffnete ihn. »Die bessere Frage lautet doch wohl, was hier abgeht! Wie kannst du es wagen, deinen fischigen Hintern in meinen Eskimo zu rammen!«

»In deinen was?« fragte Mela verwundert.

»Meinen Inuit, Aleuten, Finnen, Samen ...«

»Lappen?« fragte Mela.

»Was auch immer. Kann man nicht einmal ungestört ein Nickerchen machen, ohne gleich von einem häßlichen Seeungeheuer zerquetscht zu werden?«

Jetzt begann Mela sich zu ärgern. »Äh ... einige halten mich für ein ziemlich attraktives Seeungeheuer ...«

Der Mund schnitt eine Grimasse. »Wer denn, Fischkopf? Vielleicht ein hungriger Krakenstrauch?«

Mela hatte ihren Zorn ausreichend entwickelt. »Schandmaul!« schimpfte sie. »Du bist ja nun auch nicht gerade ein Ausbund an Sex-Appeal, Kissenfratze!«

Das Kissen explodierte. Der Mund flog hoch und blieb vor Melas Nase schweben, während die Federn ihn umwirbelten. »Ich habe soviel Sex-Appeal, wie ich haben will, Algenhaar!« rief er.

Zu spät begriff Mela, daß hier Magie im Spiel war. »Du bist nicht, was du vorgibst zu sein«, behauptete sie mit gewisser Berechtigung.

Die Federn verdichteten sich um den Mund und bildeten den Umriß eines Kopfs. »Ich bin, was immer ich zu sein wünsche, Männerhintern!«

Das war ein Tiefschlag. Noch nie hatte jemand Melas Hinterteil mit einem männlichen verwechselt. »Und was für einen Hintern hast du, Kissenwange?« wollte sie wissen.

Die Federn nahmen einen menschlichen Umriß an und verblaßten zu einem fleischfarbenen Ton. Nun stand eine üppige Frau vor ihr. »*So* einen, Grätenhirn!« sagte sie und drehte sich um, um einen Satz Hinterbacken vorzuzeigen, die fast so großzügig beschaffen waren wie Melas eigene.

»Du bist eine Dämonin!« sagte Mela begreifend. Doch die Kreatur entfernte sich, so daß Mela sie nicht festhalten konnte.

»Die Dämonin Metria, natürlich. Und wer, um alles Unheil auf der Welt, bist du?«

»Ich bin Mela Meerfrau.«

»Was tust du hier außerhalb deiner eigenen Ingredienzien?«

»Meiner was?«

»Deiner Komponenten, Segmente, Fragmente, Portionen, Segmente ...«

»Ach so, du meinst mein Element! Das Meer.«

»Was auch immer. Weshalb bist du hier an Land?«

»Ich suche einen Ehemann. Was ich haben will, finde ich im Meer nicht.«

Metria musterte sie abschätzig. »Wenn man berücksichtigt, wofür Männer sich interessieren, müßtest du eigentlich einen erwischen können. Was für eine Sorte suchst du denn?«

»Ein Prinz wäre schon geeignet, sofern er gut aussieht und leicht zu handhaben ist. Ich habe mal einen gefangen, aber der war zu jung, da mußte ich ihn wieder wegwerfen.«

»Ach ja? Welcher war denn das?«

»Prinz Dolph vom Menschenvolk. Er war erst neun Jahre alt, aber mit der Zeit wäre er schon größer geworden.«

»Prinz Dolph! Den kenne ich. Der ist jetzt siebzehn und verheiratet.«

»Ich weiß«, erwiderte Mela traurig. »Ich habe mir erzählen lassen, daß sie nicht einmal Prinzessin war.«

»Inzwischen ist sie eine. Und Mutter dazu. Der Storch hat ihnen Zwillingsmädchen gebracht, Morgen und Abend.«

»Ach, das hätten meine Mädchen sein müssen!« rief Mela. »Ich hätte ihn nie entkommen lassen dürfen.«

»Na ja, du bist eben sterblich. Da machst du halt auch Fehler.«

»Und jetzt will ich den Guten Magier aufsuchen, um zu erfahren, wie ich mir einen anderen Prinzen angeln kann«, schloß Mela. »Es tut mir leid, wenn ich in dein Heim eingedrungen bin. Ich dachte, hier wäre frei.«

»Ach was, benutze es ruhig«, meinte Metria. »Ich habe es vor einigen Jahren Esk Oger abgenommen, und um die Wahrheit zu sagen, als er noch da war, war es hier etwas interessanter.«

»Das ist es meistens, wenn Männer anwesend sind.«

»Wie wahr! Aber jetzt ist er davongezogen und hat ein Messingmädchen aus dem Kürbis mit Namen Bria geheiratet, und sie haben einen Sohn namens Brüsk.«

»Alle Welt heiratet!« meinte Mela mißgelaunt. »Aber der Sohn eines Ogers und ein Messingmädchen – hat er denn ein Talent?«

»Ja. Er kann sich selbst oder andere Dinge hart und schwer machen oder leicht und weich. Das dürfte ganz nützlich sein, wenn er erst einmal erwachsen geworden ist.«

Mela nickte wissend. »Ganz bestimmt. Aber das löst mein Problem auch nicht. Ich brauche einen Prinzen.«

»Weshalb denn keinen gewöhnlichen Mann?« wollte die Dämonin wissen. »Von denen gibt es mehr.«

»Na ja, nachdem ich mir fast einen Prinzen geangelt habe, empfände ich es ein bißchen wie einen Abstieg, mich mit einem gewöhnlichen Mann abzufinden.«

»Wahrscheinlich hast du recht. Meine Freundin Dana Dämonin hat einen König geheiratet. Und jetzt mag sie auch nicht mehr unter Niveau gehen.«

»Ach ja? Welchen König denn?«

»König Humfrey.«

»Ich wußte gar nicht, daß es einen König Humfrey gibt! Ist er zufällig mit dem Guten Magier Humfrey verwandt?«

»Es ist derselbe.«

»Aber Humfrey ist doch gar kein König! Er ist ein Magier der Information.«

»*Jetzt* ist er kein König. Aber damals war er einer. Sie hat sich gelangweilt und ihn verlassen, aber nachdem sie ungefähr ein Jahrhundert lang allein war, war sie das auch leid, deshalb ist sie zu ihm zurückgekehrt und ist heute mit ihm verheiratet.«

»Aber ich dachte, er wäre mit der Gorgone verheiratet.«

»Das ist er auch. Es ist ziemlich kompliziert, die Sache zu erklären.«

»Das muß es wirklich sein!« Doch im Augenblick war Mela zu müde für Kompliziertheiten. »Ist es in Ordnung, wenn ich auf den anderen Kissen schlafe?«

»Fühl dich wie zu Hause«, sagte Metria großmütig und verblaßte.

Am Morgen verließ Mela die gemütliche Unterkunft und suchte sich etwas Obst und Nüsse. Sie mußte auch noch etwas anderes erledigen, wußte aber nicht, wie sie das sauber bewerkstelligen könnte, solange sie noch die klobigen Beine besaß; sie wünschte sich, daß sie für eine Weile ins Meer zurückkehren könnte, ja sogar in einen (bäh!) Süßwasserteich. Das Land war ja so beschwerlich!

Die Dämonin Metria erschien in ihrer menschlichen Gestalt und schwebte in der Luft. »Mußt du schon so bald gehen?« fragte sie.

»Ich dachte, du wolltest mich loswerden.«

»Das will ich auch. Ich habe nur Spaß gemacht.«

»Das klingt schon besser.« Mela machte sich vergleichsweise wenig Illusionen über Dämonen, nachdem sie ihnen schon einige Male begegnet war.

»Du siehst verlegen aus.«

»Ich würde dich ja fragen, ob es hier in der Nähe ein Gewässer gibt, aber du würdest mich ja doch nur in die Irre führen.«

»Nein, ich würde dir wahrhaftig antworten, denn dann würdest du mir nicht glauben und den falschen Weg nehmen.« Die Dämonin verstand offensichtlich, wozu Mela Wasser haben wollte, und so zog sie die Meerfrau nach Dämonenart auf.

»Macht nichts. Dann erledige ich es einfach im Heim.« Mela schritt auf den Bierfaßbaum zu.

»O nein, das wirst du nicht tun! Geh zu dem Zweckbusch dort drüben.« Metrias linker Arm streckte sich und ihre Hand nahm die Form eines Pfeils an.

»Was für ein Busch?«

»Ziel, Telos, Sachgebiet, Sphäre, Objekt, wofür er eben geschaffen ist ...«

»Funktion?«

»Was auch immer«, stimmte Metria verärgert zu.

»Was ist denn ein Funktionsbusch?«

»Geh doch einfach hin und sieh selbst. Ist ganz natürlich.« Melas wußte, daß es sich um einen Streich handeln mußte, aber es war besser, die Dämonin zu beschwichtigen, deren Streiche doch mit Sicherheit nicht halb so schlimm waren wie ihr Zorn. Sie trat an den Busch, der nach Tiermist roch. Dann klappte sie plötzlich vor und verrichtete ihr Geschäft, trotz ihrer klobigen Gestalt.

Ein Funktionsbusch: nun verstand sie die Bezeichnung. Er hatte seine eigenen Methoden, Dünger einzusammeln.

Mela richtete sich auf und verließ den Busch wieder. »Danke, Metria«, sagte sie. Denn schließlich hatte die Dämonin ihr die Sache doch erleichtert.

»Du bist nicht wütend?« erkundigte Metria sich enttäuscht.

»Außer mir vor Zorn.« Es war eine Kunst für sich, mit Dämonen umzugehen.

»Du wirst mich gar nicht damit bewerfen?«

»Das wäre nicht damenhaft.«

»Es würde nur eine Schleife fliegen und dich selbst vollkleckern.«

»Das außerdem.«

»Du versuchst doch bloß langweilig zu sein, damit ich das Interesse verliere und dich nicht mehr belästige.«

»Die Dämonen heutzutage werden aber auch immer schlauer.«

»Na, jedenfalls wird das nicht funktionieren! Ich werde einfach mitkommen und zusehen, wie du einen anderen Mist baust.«

»Ganz wie du möchtest.«

»Verflixt! Ich weiß nicht einmal mit Sicherheit, ob du mich überhaupt loswerden willst! Vielleicht ziehst du meine Gesellschaft sogar vor.«

»Ich würde sie noch mehr bevorzugen, wenn du ein männlicher Dämonenprinz wärst. Vielleicht kannst du ja einen dazu bringen, herzukommen und mich an deiner Stelle zu belästigen. Männer können wirklich so brutal sein.«

»Das genügt jetzt! Ich werde bei dir bleiben und fürchterlich nett zu dir sein! Was hältst du davon?«

Mela seufzte. »Du bist vielleicht raffiniert in deinen Belästigungen!« In Wirklichkeit war es ihr nicht allzu wichtig, ob die Dämonin blieb oder verschwand; sie wollte nur, daß sie sich gut benahm.

Sie hielten sich ungefähr in westlicher Richtung, doch als der Süßwasserfluß samt seinen Schweinen und anderen Dingen zurückzukehren drohte, schwenkten sie nach Süden ab. Das Gelände wurde hügelig, und so schwenkten sie noch ein weiteres Stück ab, um der Bergkette zu folgen. Die Dämonin ging inzwischen auf dem Boden, so daß sie wie jede andere sterbliche Kreatur aussah. Sie war sogar richtig feststofflich geworden. Das konnte Mela an ihren Fußspuren erkennen.

Dann vernahmen sie ein leises, dröhnendes Geräusch. »Was ist das?«

»Ein Artikel oder Fürwort, mit dem eine Person, ein Ort, ein Ding, eine Vorstellung oder ein Zustand bestimmt wird. Ich verwechsle es ständig mit was.«

»Ich meinte nicht das Wort! Ich meine dieses Geräusch.«

»Welches Geräusch?«

Mela merkte, daß die Dämonin sie immer noch aufzog. Mit Sicherheit hatte sie das Dröhnen vernommen und wußte auch alles darüber, wollte es ihr aber nicht verraten. Also hielt Mela den Mund und ging weiter.

Das Dröhnen wurde immer lauter. Endlich gelangten sie zu einer kleinen Hügelkette. Auf jedem Gipfel war ein Menschenbaby zu sehen. Ab und an öffnete jedes der Babys den Mund und gab ein überraschend lautes Dröhnen von sich. »He, das sind ja Babydröhner«, meinte Mela überrascht. »Das sind ja vielleicht viele!«

»Wenn die erst einmal groß sind, machen die schon etwas her«, bemerkte Metria. »Dann werden es große Bumm-Bumms sein.«

»Aber was soll das ganze?«

»Das soll überhaupt nichts. Sie sind einfach nur da. Sie haben sich aus Mundania hierher verirrt, wo es noch mehr von ihnen gibt.«

Mela schüttelte den Kopf. »Mundania ist wirklich seltsam!«

»Das ist wahr. Nicht einmal die Mundanier verstehen es. Deshalb kommen sie ja auch nach Xanth, wann immer sie können. Glücklicherweise kennen die meisten von ihnen nicht den Weg, ebensowenig wie du den Weg zum Schloß des Guten Magiers kennst.«

»Aber wenn ich dich danach fragte, würdest du mir die falsche Richtung sagen. Oder die richtige, falls ich dir nicht glaube.«

»Natürlich. Ist das nicht schön?«

»Allerliebst.« Trotz aller Bemühungen fing Mela an, sich über die Dämonin zu ärgern.

Sie kamen an den Babydröhnern vorbei und gelangten an einen großen See. Er sah sehr angenehm aus. Mela blieb stehen und musterte ihn. »Willst du nicht eine Runde schwimmen?« fragte Metria unschuldig.

»Nein.«

»Ach so, du weißt also schon, was es mit ihm auf sich hat.«

Das ließ Mela grübeln. Plötzlich hegte sie den Verdacht, daß die Dämonin gar nicht an Süßwasser dachte. Doch wenn sie sie danach fragte, würde sie es ihr nicht sagen. Also zuckte sie mit den Schultern. »Ich werde drum herumgehen.«

»Eigentlich tut der Küß-mich-See niemandem weh. Er ist nicht annähernd so schlimm wie ein Liebesborn.«

Das war also der Küß mich-See! Von dem hatte sie schon gehört. »Gab es da nicht irgendwelchen Ärger mit dem dazugehörigen Fluß? Ich habe mal gehört, daß deine Freunde ihn gerade gezogen haben und daß er danach Töte-mich-Fluß genannt wurde.«

»Ja, die Summer wurden wirklich schlimm. Damals mußte ich fortgehen und habe das Nest des Ogers entdeckt. Aber ich habe ihm dabei geholfen, den Fluß wiederherzustellen. Es war interessant.«

»Dann werde ich ihn einfach im Süden umgehen«, meinte Mela.

»Aber gern. Ich komme mit dir.«

Das bedeutete, daß es im Süden irgend etwas Interessantes für die Dämonin gab, was wiederum hieß, daß es Mela nicht gefallen würde. »Ach ja ... Der Küß-mich-Fluß fließt ja am Südufer heran!« begriff Mela. »Also kann ich gar nicht dort entlanggehen, es sei denn, ich will mich doch noch mit Süßwasser herumplagen.«

»Ganz genau«, stimmte Metria enttäuscht zu.

»Also muß ich ihn von Norden umrunden.«

»Nur zu.«

Das klang auch nicht gerade vielversprechend. Doch welche andere Wahl hatte sie schon? Ganz bestimmt wollte Mela ihn nicht durchschwimmen, und hinüberfliegen konnte sie auch nicht.

Sie öffnete ihre unsichtbare Tasche und holte ihr Handbuch hervor. Bestimmt stand das, was sie brauchte, dort drin, aber sie wußte nicht, wonach sie Ausschau halten sollte. Deswegen konnte sie es auch nicht dazu verwenden, einen Ehemann ausfindig zu machen; es gab zwar sämtliche Bewohner Xanths wieder, konnte aber keine Einzelwesen zeigen oder ihren Ehestand angeben. Was sie jetzt brauchte, das war eine Möglichkeit, den See zu überqueren, ohne ihren Körper mit Süßwasser zu beschmutzen, doch wie das gehen sollte, vermochte das Handbuch ihr nicht zu sagen.

Der Himmel verdunkelte sich, tauchte die Seite in Schatten. Sie hob den Blick. Dort über dem Wasser ballte sich eine bösartige kleine Wolke zusammen. Also blätterte sie weiter, bis sie zu dem Abschnitt mit den Wolken kam, und da war sie auch schon: König Cumulo Fracto Nimbus, die bösartigste aller Wolken. Aber da sie von Wolken weder etwas zu erhoffen noch zu befürchten hatte, ignorierte sie Fracto, und er tat es ihr gleich.

Dann sah sie etwas Merkwürdiges. Es war ein kleines rotes Boot, das rückwärts dahinschoß, von einem sehr großen Mann gerudert. Nein, von einem sehr kleinen Riesen. Nein, von etwas noch Merkwürdigerem. Aber was war das?

»Faszinierend«, meinte Metria und verblaßte.

Das bedeutete mit Sicherheit Ärger. Ebensogut könnte es aber auch eine Finte sein. Wenn dies jemand sein sollte, der ihr über den See helfen könnte, würde die Dämonin vielleicht versuchen sie zu erschrecken, damit sie schließlich doch hilflos zurückblieb. Sie konnte sich also nicht sicher sein. Am besten war es, es einfach zu riskieren. Wenn sie zu dem Mann ins Boot steigen und dieser pampig werden sollte – wie sie doch Pampigkeit verabscheute! –, könnte sie immer noch einfach ins Wasser springen, so widerlich es ihr auch war. Also wartete sie lieber ab. Immerhin traf sie noch die Vorsichtsmaßnahme, sich hinter Rotbeerengestrüpp zu verstecken.

Das Boot schoß weiter auf das Ufer zu, unweit von Melas Versteck. Der Ruderer schien es nicht zu bemerken. Er krachte voll auf das Ufer und grunzte, als das Boot plötzlich stehenblieb. »Ach, es geht einfach alles schief!« rief er mit heller Stimme. »Ich werde nie den Guten Magier finden!«

Mela spitzte die Ohren. Suchte der tatsächlich nach dem Guten Magier? Das wäre ja eine wunderbare Abwechslung.

Sie trat vor. »Hallo«, sagte sie freundlich.

Der Fremde machte einen Satz in die Luft, schrie und brach in Tränen aus. Erschrocken wich Mela wieder ins Gestrüpp zurück und kratzte sich an ihrem Lassen-wir-das.

»Oh, ich habe es doch gar nicht böse gemeint«, sagte sie pikiert. »Aber zufällig suche ich selbst nach dem Guten Magier, und da habe ich mich gefragt ...« Sie brach ab und starrte die riesige Kreatur an. »He, du bist ja gar kein Mann! Du bist ja ein ... na ja, was *bist* du denn nun?«

»Ich bin ein Ogermädchen«, erwiderte die andere. »Du hast mich erschreckt.«

»Ein Oger! Aber die sind doch sehr kräftig, häßlich und dumm und völlig zurecht auch noch stolz darauf. Du dagegen ...«

»Ich dagegen bin nur eine erbärmliche Ausrede von einer Ogerin«, erwiderte die andere. »Ich kann nicht einmal ordentlich Knochen malmen.«

Das überging Mela lieber. »Meinst du, du könntest mich über den See rudern? Ich glaube, der Gute Magier ist irgendwo auf der anderen Seite.«

»Ist er das?« fragte die Ogerin und ihre Miene hellte sich auf. »Aber klar! Kennst du denn den Weg?«

»Nicht genau. Nur ganz allgemein. Aber wenn du auch dorthin willst ...«

»Ja!«

»Dann wollen wir uns vorstellen. Ich bin Mela Meerfrau. Ich suche nach einem Ehemann.«

»Ich bin Okra Ogerin. Ich suche mein Glück. Ich will eine Hauptfigur sein.«

»Eine Hauptfigur? Weshalb das denn?«

»Weil einer Hauptfigur so gut wie nie irgend etwas wirklich Schlimmes passiert, während mir ein ganzer Haufen reichlich schlimmer Dinge passieren werden, wenn ich nicht von ihnen wegkomme.«

»Das ist aber interessant! Meinst du, ich würde einen guten Mann bekommen, wenn ich eine Hauptfigur würde?«

»Na klar doch. Wenn sie nicht gestorben sind, leben Hauptfiguren ewig, und zwar glücklich. Wenn du also einen Mann brauchst, um glücklich zu sein, dann würdest du auch einen kriegen.«

»Da bin ich aber froh, daß ich dich kennengelernt habe, Okra! Dann überqueren wir jetzt schnell den Küß-mich-See und schauen, ob wir nicht zusammen den Guten Magier finden.«

»Welchen See?«

»Den Küß-mich-See. Wußtest du das denn nicht?«

»Aber ich habe doch auf dem Ogersee gerudert!«

»Dann mußt du den Fluß hinauf bis zum Küß mich-See gerudert sein, ohne es zu merken!« So etwas hätte nur einer sehr starken und dummen Person passieren können, was in diesem Fall allerdings durchaus einleuchtete.

»Also gut.« Okra zerrte das rote Boot herum und ließ es wieder ins Wasser planschen. »Ich werde rudern. Vielleicht funktioniert es ja besser, wenn du mir sagst, wohin wir fahren.«

»Das sollte es«, meinte auch Mela und merkte, daß dies ein Teil des Problems der Ogerin war: Sie hatte beim Rudern nicht nach vorn sehen können.

Also bestiegen sie das Boot, und Okra fing an zu rudern. Mit jedem Schlag schoß das Boot förmlich durch das Wasser. Mela sah nach vorn – und erblickte, wie die Wolke König Fracto gerade ihren Kurs änderte, um sie abzufangen. »Vielleicht sollten wir lieber umkehren und warten, bis Fracto abgezogen ist«, meinte sie.

Aber die Ogerin schuftete so schwer, daß sie Mela nicht hörte. Nun, vielleicht schafften sie es ja auch bis zum anderen Ufer, bevor das Gewitter losbrach. Mela hoffte es. Der Gedanke, von frischem Regenwasser durchnäßt zu werden, behagte ihr überhaupt nicht.

2
GWENNY

Es war ein idealer Tag für ein Picknick. Sie würden an Blumen riechen und rote, gelbe und blaue Beeren essen und sich in der Sonne sonnen. Mit etwas Glück würden sie einen Flügeldrachen oder einem Greif begegnen. Seit ihrer Verbindung zu Che Zentaur hatte sie keine Angst mehr vor Flügelungeheuern, denn die waren alle seine Freunde.

Gwendolyn Kobold konnte sich nicht erinnern, wann sie zum letztenmal ebenso glücklich gewesen war wie während dieser vergangenen beiden Jahre als Gast der Zentaurenfamilie. Zu Hause in den Koboldbergen hatte man sie zwar gut behandelt, aber in ihren Gemächern eingesperrt, weil ... na ja, weil ... Dann war der kleine Che Zentaur zu ihrem Gefährten geworden, ebenso seine Freundin Jenny Elfe, die genauso alt war wie Gwenny, und so waren sie zu Ches Familie gezogen. Zum erstenmal in ihrem Leben hatte Gwenny die Freiheit erlebt, draußen zu sein, und sie genoß sie in vollen Zügen.

Natürlich gab es auch schlimme Dinge. Ches Eltern, Cheiron und Chex, bestanden darauf, daß jedes Wesen in ihrem Haushalt eine ordentliche Schulbildung erfuhr. So hatten das Teenager-Kobold- und das Elfenmädchen das Schicksal des siebenjährigen Che geteilt und hatten mühselige Stunden damit zubringen müssen, zu zählen und zu rechnen und zu lesen und zu schreiben sowie alles über Geographie und Geschichte Xanths zu lernen. Sie hatten sogar die verschiedenen Formen der Magie lernen müssen, ebenso die Regeln der menschlichen und nichtmenschlichen Kulturen. Was für eine Langeweile! Manchmal taten Gwenny und Jenny so, als hätten sie ihre Brillen verloren, so daß sie nicht lernen könnten, doch die Erwachsenen waren furchtbar scharfsinnig, wenn es darum ging, sie wiederzufinden. Das war eines der schrecklichen Dinge an den Zentauren: Sie waren intellektuell. Sie verkörperten den extremsten Fall der schrecklichen Erwachsenenverschwörung, die diktierte, daß jeder, der jung genug war, um kein Mitverschwörer zu sein, einen strengen Katalog von Dingen wissen und nichtwissen sollte. Natürlich lagen die interessanteren Dinge größtenteils in der Abteilung Nicht-Wissen.

Doch alles in allem überwog das Gute. Gwenny wurde gut gefüttert und versorgt, sie lebte in Sicherheit und hatte enge Gefährten, die ebenso ungern lernten wie sie selbst. Die Alternative hätte darin bestanden, zu Hause eingesperrt zu sein und nur ihre Mutter Godiva zur Gesellschaft zu haben – und ehrlich gesagt hatte auch Godiva betrüblich erwachsene Vorstellungen von Erziehung und Benehmen. Was den Rest des Koboldbergs anging, so konnte man den getrost abschreiben; er war eben nur dunkel und düster und voller Kobolde. Wer wollte schon in einem Berg voller Kobolde leben?

Sie hüpften den Weg entlang, Che neben Gwenny, damit sie sich an ihm orientieren konnte und nicht ausglitt. Ein Besuch einer Heilquelle hatte zwar ihre Lähmung kuriert, aber nicht ihr Augenlicht. Ihre Augen waren nämlich nicht krank, sie waren lediglich unfähig, sich auf gewöhnliche Entfernung richtig zu fokussieren. Jenny Elfe hatte dasselbe Problem. Das Heilwasser stellte den natürlichen Zustand wieder her, und zu ihrem natürlichen Zustand gehörte es nun einmal, daß sie auf andere Weise sahen als die meisten Leute.

Kaum hatten sie das erste, von Blumen übersäte Feld erreicht, als sie plötzlich eine Gestalt am Himmel wahrnahmen. Gwenny setzte ihre Brille auf, um sie genauer ausmachen zu können. Es war Chex, Ches Mutter, die gerade auf sie zugeflogen kam, um sie abzufangen. Sie landete sanft auf ihren vier Hufen und faltete die Flügel zusammen. »Gwenny, ich habe möglicherweise schlechte Nachrichten für dich. Deine Mutter ist hier.«

Eine Pause. Dann brachen die drei jungen Leute in Gelächter aus. Sie wußten, daß Chex es nicht so gemeint hatte, wie es sich anhörte. Alle mochten sie Godiva Kobold, trotz ihrer Erwachsenenneigungen.

Doch dann wurden sie wieder ernst. Godiva wäre nicht ohne guten Grund hierhergekommen, und das bedeutete tatsächlich höchstwahrscheinlich schlechte Nachrichten. »Hat sie gesagt ...?«

»Nein. Aber ich glaube, du solltest besser sofort mit ihr reden.«

»Ich eile sofort zurück zum Haus.«

»Ich werde dich mitnehmen.«

»Aber Che und Jenny ...«

»Wir werden allein zurückkommen«, warf Che schnell ein.

Also kletterte Jenny auf Chex' Rücken, worauf Chex sie sanft mit dem Schweif berührte und sie dadurch federleicht machte. Dann breitete Chex ihre Flügel aus und sprang in die Luft. Schon flogen sie davon.

Gwenny fand das immer noch aufregend. Sie hielt sich an Chex' Mähne fest und spähte in die Tiefe, während die Zentaurin Kreise flog, um an Auftrieb zu gewinnen. Da unten waren Che und Jenny, sie winkten. Jenny hielt ihre kleine rote Katze Sammy fest. Dann streckte Chex sich und flog über den Wald hinweg, dicht über die Baumwipfel. Es war beinahe so, als würde man durch hüfthohe Sträucher spazieren und von oben auf sie heruntersehen, nur daß dies hier ausgewachsene Bäume waren.

Bald darauf landeten sie auf dem Hof vor dem Haus. Dort stand Godiva schon, ihr offenes schwarzes Haar bildete einen Umhang um ihren Körper.

Gwenny sprang ab – und schoß hoch in die Luft empor, weil sie vergessen hatte, wie leicht sie doch war. Chex griff mit einer Hand hinauf und packte sie am Fußknöchel, führte sie wieder herunter. Sanft stellte sie Gwenny auf den Boden. Es dauerte eine Weile, bis der Leichtwerdungseffekt abklang.

Gwenny schritt sehr vorsichtig zu ihrer Mutter hinüber und umarmte sie. »Aber meine Liebe, du hast ja abgenommen! Hast du denn auch genug gegessen?« rief Godiva. Das war natürlich ein Scherz, denn sie wußte um die Zentaurenmagie und konnte selbst sehen, daß Gwenny alles andere als abgemagert war, sondern daß sie inzwischen eine recht hübsche Koboldmädchenfigur abgab. Immerhin war sie schließlich vierzehn Jahre alt, was für ein Koboldmädchen auch ungefähr alt genug war. Natürlich hätte ihr keiner der Erwachsenen jemals verraten, wozu sie alt genug sein sollte. Manchmal konnten Erwachsene wirklich furchtbar lästig sein.

»Weshalb bist du gekommen, Mutter?« fragte Gwenny.

Da wurde Godiva todernst. »Dein Vater ist tot. Du weißt selbst, was das heißt.« Sie tat gar nicht erst so, als würde sie trauern; Gichtig Kobold war ein typischer Koboldmann gewesen, was wiederum bedeutete, daß er nur wenige gewinnende Züge besessen hatte.

Plötzlich durchfuhr Gwenny ein eisiger Schauer. Sie wußte in der Tat, was das zu bedeuten hatte: daß ihre idyllische Zeit bei der Zentaurenfamilie zu Ende war, möglicherweise sogar ihr Leben selbst. Denn sie stand an nächster Stelle in der Erblinie des Häuptlingsamts der Kobolde vom Koboldberg – das erste weibliche Wesen, das jemals dieses Amt übernehmen würde.

»Mutter, ich bin noch nicht bereit!« sagte sie.

»Das weiß ich, Liebes. Ich hatte gehofft, daß dein Vater

noch ein paar Jahre länger leben würde, damit du entsprechend Zeit gewinnst. Doch nicht einmal darin war er entgegenkommend. Nun heißt es, jetzt oder nie.«

»Aber die Brille ... zu Hause kann ich sie nicht tragen, und ohne sie sehe ich nicht gut genug, um überhaupt irgend etwas unternehmen zu können. Das würde mich doch sofort disqualifizieren.«

»Auch das weiß ich, Liebes. Aber es gibt andere Möglichkeiten. Wir müssen dir ein paar magische Kontaktlinsen besorgen.«

Da meldete sich Chex zu Wort. »Wir haben schon zwei Jahre lang nach einem geeigneten Linsenstrauch gesucht, aber sie scheinen einer Seuche zum Opfer gefallen zu sein.«

Godiva seufzte. »Das hatte ich befürchtet. Dann können wir nur noch eins tun: Wir müssen sie zum Guten Magier bringen, um herauszufinden, wie sie diesen Makel wettmachen kann.«

»Warte, Mutter«, warf Gwenny ein. »Du sollst nicht so etwas für mich tun.«

»Aber meine Liebe, die Zeit drängt. Wir haben nur noch einen Monat, bis der neue Häuptling sein Amt antreten soll. Nur der Gute Magier kann wissen, wo man sofort Kontaktlinsen herbekommt.«

»Das stimmt, Mutter. Aber ich muß allein zu ihm. Wenn ich das nicht ohne Hilfe von Erwachsenen kann, wie soll ich da jemals Häuptling werden?«

»Sie hat recht, Godiva«, meinte Chex. »Sie muß jetzt ihre eigenen Herausforderungen meistern. Im Koboldberg wird man dir nicht gestatten, ihr zu helfen, und die Herausforderung, den Guten Magier zu erreichen, ist gewiß sehr viel weniger anstrengend. Sie muß in der verbliebenen Zeit praktische Erfahrung sammeln, so kurz diese auch sein mag.«

Die Koboldin schwieg auf angewiderte Art. Zentaurenlogik war eben unwiderlegbar.

»Aber ich denke, es wäre zulässig, wenn ihr Gefährte sie begleitet«, fuhr Chex fort.

»Aber Che ist doch noch jünger«, wandte Godiva ein. »Die Gefahr ...«

»Die Flügelungeheuer werden ihn beschützen wie einen der Ihren.«

Godiva nickte. »Diesen Schutz haben wir schon kennengelernt.«

Da wußte Gwenny, daß es in Ordnung war. In letzter Zeit hatte sie gelernt, einige der Feinheiten der Erwachsenenunterhaltung zu begreifen, die doch manchmal um einiges feinsinniger war, als Kinder es zu würdigen wußten. Die Zentaurin hatte tatsächlich gesagt, daß die Flügelungeheuer sich um Che und seine Gefährtin, Gwenny selbst, kümmern würden. Chex war selbst ein Flügelungeheuer und hatte schon die ganze Zeit für beide gesorgt. Godiva hatte dies anerkannt: Sie hatte Chex deswegen gerade ein Kompliment gemacht.

Also würden sie zulassen, daß Gwenny und Che allein loszogen, um den Guten Magier aufzusuchen. Sollte wirklich irgendeine schlimme Gefahr drohen, würden die Flügelungeheuer eingreifen, die alle einen Eid geleistet hatten, Che zu beschützen. Das könnte einen recht formidablen Eingriff bedeuten; einmal hatten sie beinahe den Koboldberg selbst zerstört, als sie geglaubt hatten, daß Che dort gefangen sei.

»Morgen früh gehen wir los«, sagte Gwenny. »Wir können die magischen Wege nehmen, dazu Oma Chems Landkarte.« Tatsächlich würde es nur eine Kopie sein, denn Chem Zentaurs Landkarten manifestierten sich normalerweise in der Luft. Sie waren außerordentlich genau.

Es war also beschlossene Sache. Godiva Kobold willigte ein, über Nacht zu bleiben, und am Morgen würde jeder fürs erste seines Weges gehen. Godiva mußte die Geschehnisse im Koboldberg im Auge behalten, bis der neue Häuptling sein Amt antrat. Mit etwas Glück und Planung würde Gwenny dieser Häuptling werden.

Che und Jenny Elfe kehrten vom Feld zurück. Gwenny erklärte ihnen, weshalb sie den Guten Magier aufsuchen mußte und daß Che durchaus mitkommen könnte.

»Aber was ist mit Jenny?« fragte er.

Daran hatte Gwenny noch gar nicht gedacht. Natürlich

wollte sie Jenny Elfe nicht zurücklassen! Jenny war Ches Freundin gewesen, bevor er in den Koboldberg gekommen war, und sie hatte sich auch mit Gwenny angefreundet. »Jenny auch, wenn sie mitkommen will«, willigte sie ein.

»Natürlich will ich mitkommen!« erwiderte Jenny. »Ich würde auch gern einmal das Schloß des Guten Magiers sehen, ohne abgelenkt zu sein.«

»Vielleicht kann er dir ja sagen, wie du zur Welt der Zwei Monde zurückkommst«, meinte Gwenny.

»Ja, das könnte er vielleicht«, stimmte Jenny zu. Doch schien sie die Sache nicht besonders zu erheitern.

Am Morgen verabschiedeten sie sich von Ches Vater und Mutter, ebenso von Gwennys Mutter. Dann nahm Godiva einen Weg, der gen Osten zum Koboldberg führte, während die drei einen anderen einschlugen, der sie in Richtung Süden zur Spalte und zum Schloß des Guten Magiers bringen sollte. Die Kopie von Chems Landkarte zeigte ihnen, daß sie die unsichtbare Brücke benutzen konnten, um die Spalte zu überqueren, und von dort brauchten sie nur noch geradeaus bis zum Schloß zu gehen. Dann würden sie drei Herausforderungen bezwingen müssen, bevor sie ins Schloß eingelassen wurden, und danach ...

»Hoppla«, meinte Gwenny. »Dann werde ich dem Guten Magier ja einen Jahresdienst ableisten müssen, wenn er meine Frage beantwortet, aber mir bleibt doch bloß ein Monat, um Häuptling zu werden.«

»Dann werde ich ihn an deiner Stelle befragen«, schlug Che vor.

»Nein, ich werde es tun«, widersprach Jenny Elfe. Ihre Katze Sammy ritt auf ihrem Rucksack mit. »Ihr beide müßt zusammenbleiben.«

»Aber ...« wollte Gwenny protestieren. Doch da begriff sie, daß dies genau die Hilfe war, derer sie bedurfte, und daß Jenny vielleicht weitsichtiger gewesen war und erkannt hatte, daß ihre jugendliche Freundschaft nicht über die Entscheidung der Häuptlingsfrage hinaus Bestand haben konnte. Denn danach würde Gwenny entweder Häuptling sein und somit all die drückende Verantwortung übernehmen, die dazugehörte, oder sie wäre tot. In beiden Fällen würde sie nicht mehr richtig mit Jenny zusammensein können. Also stand ihre Trennung bevor, gleich wie es ausging. Der Dienst für den Guten Magier galt nicht unbedingt als etwas Schlimmes; oft hieß es, daß er dem Betreffenden ebensoviel einbrachte wie dem Magier selbst. »Danke, Jenny.« Es hätte eigentlich noch mehr zu sagen gegeben, aber sie fand einfach nicht die richtigen Worte dafür.

Sie gingen den Weg entlang, ohne sich zu beeilen. Sie hatten noch eine recht weite Strecke vor sich, da wäre es unvernünftig gewesen, sich zu früh zu erschöpfen. Vielleicht waren sie aber auch nicht sonderlich erpicht darauf, sich voneinander zu trennen, während diese Trennung wiederum jederzeit stattfinden könnte, sobald sie erst einmal das Schloß erreicht hatten. Dies war das letzte Stück ihrer sorglosen Verbindung.

Das Heim der Flügelungeheuer lag nicht weit von der Spalte entfernt. Sie erreichten es am Nachmittag. Der Pfad führte direkt darauf zu, dann brach er ab. Vor ihnen lag nur noch die große, tiefe, ehrfurchtgebietende Ausdehnung der Spalte.

Che musterte die Karte. »Die Unsichtbare Brücke sollte genau rechts von hier sein.«

»Ich kann sie nicht erkennen«, meinte Jenny lächelnd.

Er streifte ihr Haar mit der Spitze seines Schweifs, so daß es ihr um den Kopf schwebte. »Wir müssen ihre Position bestimmen und dann hinübergehen, wobei wir sicherzustellen haben, daß sich kein Wesen darunter befindet.«

»Was soll denn das für eine Rolle spielen, ob da unten jemand ist oder nicht?« fragte Jenny. »Ich meine, wir werden ihn doch nicht mit Felsbrocken bewerfen.«

»Gwenny trägt ein Kleid.«

Jenny lachte. Gwenny spürte, wie ihr dunkles Gesicht sein Bestes tat, um zu erröten. Sie trug tatsächlich ein Kleid, weil sie das für damenhafter gehalten hatte als Jeans. Jetzt wünschte sie sich, daß sie doch Jennys Beispiel gefolgt wäre und die Jeans angezogen hätte. Denn es würde eine ganz furchtbare Katastrophe bedeuten, wenn irgend jemand dort unten hinaufspähte und dabei die Farbe ihrer Höschen erblickte. Niemand durfte wissen, daß sie koboldschwarz waren. Jedenfalls kein Mann. Jenny wußte es zwar, Che aber nicht. Hoffte sie.

»Na ja, zunächst müssen wir sie erst einmal finden«, meinte Jenny. »Ich mache keinen Schritt dort hinaus, bevor ich nicht sicher bin, daß da auch etwas ist, auf das man treten kann.« Augenscheinlich gab es in der Welt der Zwei Monde, wo Jenny herstammte, keine unsichtbaren Brücken, so daß es ihr schwerfiel, daran zu glauben. Sie stöberte ein Stück Holz auf, das als Stange dienen konnte, mit der sie den Klippenrand entlang herumstocherte.

Als sie den Abschnitt, an dem der Pfad endete, ohne Ergebnis überprüft hatte, streckte sie die Stange ein Stück weiter vor und versuchte zurückzugehen. Doch noch immer traf sie auf nichts Festes. »Seid ihr sicher, daß sie hier ist?« fragte sie.

Che nahm ebenfalls einen Stock auf und überprüfte persönlich die Brücke – ohne Erfolg. »Ich muß zugeben, daß sie nicht da zu sein scheint. Vielleicht hat ja jemand den Pfad in eine falsche Richtung umgelenkt.«

»Wer sollte denn so etwas tun?« wollte Jenny wissen.

»Jeder, der es auf Unheil abgesehen hat. Vielleicht Com Puter, die böse Maschine, die die Wirklichkeit verändern kann. Der ist schon ziemlich lange wütend, wie ich gehört habe, seitdem sein Plan, Grey Murphy zu seinem Sklaven zu machen, vereitelt wurde.«

»Aber wie sollen wir sie denn finden, wenn wir sie weder sehen noch genau wissen, wo sie ist?« Dann drehte sie den Kopf beiseite, um mit ihrer Katze zu sprechen. »Nein, ich setze dich jetzt nicht darauf an, sie zu suchen, Sammy! Ich befürchte nämlich, daß du vergessen könntest, wonach du eigentlich suchst, um statt dessen in die Spalte zu springen.« Sammy tat, als würde er schlafen.

Che schüttelte den Kopf. »Ich fürchte, es ist sehr zeitraubend, wenn wir versuchen, sie zu finden. Wahrscheinlich wäre es das beste, die Spalte entlangzugehen, bis wir die Hauptbrücke erreicht haben, denn die ist sowohl feststofflich als auch sichtbar. Ich denke, das wird uns nicht allzuweit vom eigentlichen Weg abbringen. Ich kann uns alle leichter machen, damit uns der ungewöhnliche Marsch nicht ermüdet und wir auf diese Weise vielleicht etwas schneller vorankommen.«

Also folgten sie dem kahlen Abschnitt in der Nähe des Abgrunds gen Westen – anscheinend wollten die Bäume lieber nicht zu dicht daran aufwachsen, damit sie nicht auch noch in die Tiefe stürzten. Sie kamen sehr schnell voran, weil Che sie mit seinem Schweif berührt hatte, so daß jedes der Mädchen nur noch einen Bruchteil des ursprünglichen Körpergewichts besaß. Das hätte gefährlich werden können, wenn die Winde kräftig wehten, aber heute war ein ruhiger Tag.

Sie gelangten an die Hauptbrücke – und blieben vor Schreck stehen. Auf der Brücke stand ein furchtbarer Dämon und versperrte ihnen den Weg. Das Ding war so groß wie ein Oger, hatte gewaltige Hauer und einen derartig brennenden Blick, daß die Luft auf dem Weg vor ihm flakkerte und qualmte.

»Ich glaube, dieses Wesen mag uns nicht«, flüsterte Jenny.

»Aber wie kann sich denn ein böses Wesen auf einer verzauberten Brücke befinden?« wollte Gwenny wissen, während sie ihre Brille zurechtrückte, um es besser erkennen zu können. »Auf den magischen Wegen darf es doch gar keine feindseligen Kreaturen geben.«

»Vielleicht funktioniert der Zauber nicht allzugut gegen Dämonen«, meinte Che. »Oder die Magie der Brücke ist im Abklingen begriffen. Wir müssen es dem Guten Magier erzählen, damit er ihn repariert.«

»Aber zunächst müssen wir zu seinem Schloß kommen«, warf Jenny ein. »Und ich glaube nicht, daß wir dazu die Brücke werden überqueren können.«

»Es gibt noch eine dritte Brücke«, sagte Che nach einem Blick auf die Karte. »Ich schätze, es ist das Vernünftigste, die zu nehmen.«

Gwenny seufzte. »Da hast du wohl recht. Aber es wird langsam spät.«

Sie schritten nach Westen weiter und ließen den böse funkelnden Dämon zurück. Als sie langsamer wurden, streifte Che sie alle mit seinem Schweif, sich selbst eingeschlossen, was sie leichter und schneller machte.

Schließlich gelangten sie an die dritte Brücke. Sie war zwar schmal, sah aber stabil aus. Jenny trat darauf zu.

»Warte«, sagte Che. Er nahm einen Stock und stach damit nach den Brettern. »Das habe ich befürchtet.«

»Was hast du befürchtet?« wollte Jenny wissen.

»Die ist nicht feststofflich. Schau mal, der Stock läßt sich ohne Widerstand hindurchbohren.«

»Aber die Karte hat sie doch aufgelistet!« wandte Gwenny empört ein. »Das darf überhaupt keine Illusion sein!«

»Ist es auch nicht. Es ist eine Einweg-Brücke – nur daß sie in die entgegengesetzte Richtung führt.«

»Aber wir müssen doch weiterkommen!«

»Ich weiß nicht genau, wie sie funktioniert«, bemerkte Che. »Ich habe den Verdacht, daß irgend jemand sie vor kurzem benutzt hat und daß sie sich nach Gebrauch umkehrt, damit der Betreffende zurückkommen kann, oder auch nur, um der anderen Richtung Gerechtigkeit widerfahren zu lassen. Wir sind lediglich zur falschen Zeit hier angekommen.«

Gwenny stampfte mit ihrem zarten Fuß auf. »Ach, das ist ja vielleicht frustrierend! Wenn ich nicht Häuptlingstochter wäre, würde ich jetzt etwas sehr Unanständiges sagen.«

»Vielleicht könnte Jenny es ja statt dessen sagen«, schlug Che vor. »Sie ist nicht von königlichem Geblüt, soweit wir wissen. An was für einen Ausdruck hast du denn gedacht?«

»Mäuseplage. Vielleicht sogar ...«

»Rattenpest!« rief Jenny.

Die Brücke erzitterte vor diesen unanständigen Ausdrücken. Gwenny kicherte und fühlte sich schon besser.

Trotzdem konnten sie nicht auf die andere Seite. Was sollten sie tun? Alle drei Brücken waren ihnen verwehrt, und der Tag neigte sich seinem Ende entgegen.

»Wenn ich uns noch leichter mache, könnten wir vielleicht den Klippenhang hinunterspazieren«, meinte Che. »Fallen könnten wir dann nicht, oder wenn wir es täten, würden wir so leicht aufkommen, daß wir uns nicht verletzen.«

»In dem Fall könnten wir auch einfach springen«, wandte Jenny ein.

Gwenny überlegte. »Ich schätze, das ist die einzige Möglichkeit.«

Sie stellten sich am Rand der Spalte auf, bereit, sich leichtmachen zu lassen. Da kam ein Windstoß, gefolgt von einem weiteren.

»Ich habe mir gerade etwas überlegt«, sagte Jenny. »Wenn wir federleicht geworden sind, könnte uns dieser Wind dann nicht davonwehen?«

»Das könnte er leider«, pflichtete Che ihr bei. »Ich fürchte, daß der von uns gewählte Zeitpunkt mal wieder unglücklich ist.«

»Aber es muß doch irgendeinen Weg geben!« rief Gwenny. »Wir müssen unbedingt das Schloß des Guten Magiers erreichen.«

»Vielleicht können wir die Spalte ja umgehen«, überlegte Che. »Der Karte zufolge endet sie am Wasser.«

»Und wie wollen wir dann das Wasser überqueren?« fragte Jenny.

»Wir müssen uns ein Floß oder ein ähnliches Fahrzeug bauen«, erklärte Che. »Das müßten wir eigentlich in einem Tag schaffen, sofern wir geeignete Materialien finden.«

»Ach, das wird vielleicht kompliziert!« jammerte Gwenny.

»Ich könnte auch ein Flügelungeheuer herbeirufen«, erbot sich Che.

»Nein! Ich muß das aus eigener Kraft schaffen, sonst zählt es nicht. Ich meine, mit deiner und mit Jennys Hilfe, aber nicht mit der von Erwachsenen oder Ungeheuern. Sonst werde ich nicht haben, was man braucht, um Häuptling zu sein, und kann ebensogut aufgeben.«

»Wir schaffen das schon«, meinte Jenny aufmunternd.

Also gingen sie nach Westen weiter, und als der Tag endete, erreichten sie die Meeresküste. Sie suchten sich etwas zu essen und entdecken einen Pastetenbaum mit einer überreifen Kirschpastete und einer etwas matschigen Schokoladenpastete.

Che entdeckte einen verlassenen Schuppen und ein paar alte Kissen. Auf dem Schuppen schien ein alter Entwanzungszauber zu liegen, weil es im Inneren keine Wanzen gab. Sie machten es sich zur Nacht so gemütlich, wie sie nur konnten, wobei sich die beiden Mädchen rechts und links neben den kleinen Zentauren legten. »Ich will mich ja nicht beklagen«, meinte Gwenny, »aber irgendwie habe ich mir nie Gedanken über die mühseligen kleinen Einzelheiten des Abenteurerlebens gemacht. Zu Hause ist es wirklich bequemer.«

»Es ist jedenfalls besser, als Gefangener der Kobolde zu sein«, meinte Jenny. »Ich meine, als das Koboldreich ...«

»Ich weiß schon, was du meinst«, unterbrach Gwenny sie. »Männliche Kobolde sind brutale Kerle. Deshalb muß ich ja auch Häuptling werden, wenn ich das kann. Dann werden wir versuchen, zivilisiert zu sein.«

»Ich glaube, es ist mein Schicksal, dir dabei zu helfen«, warf Che ein. »Ich soll die Geschichte Xanths verändern, und ich glaube, daß genau das passieren wird, wenn du der erste weibliche Koboldhäuptling wirst.«

»Was die Geschichte Xanths angeht, so weiß ich nicht so recht. Aber ich werde mein Bestes geben, um die Geschichte der Kobolde zu ändern!« versetzte Gwenny.

»Die Kobolde sind ein wichtiger Bestandteil von Xanth.«

Sie verstummten und schliefen schließlich ein. Doch Gwenny war unruhig. Sie war sich alles andere als sicher, ob sie es schaffen würde, in ihrem zarten Alter Häuptling zu werden.

Am Morgen aßen sie zitternd Pastete und machten sich daran, ein Floß zu bauen. Die Karte zeigte einen kleinen Hain von Totholzbäumen, und tatsächlich lag dort genug totes Holz herum, um gleich mehrere Flöße zu bauen. Doch wie sollten sie es zusammenbinden? Wenn sie nicht versuchen wollten, entsprechende Stücke aus einem Gewirrbaum zu hacken. Doch dazu waren sie zu klug!

Jenny wußte die Antwort. Sie sprach zu ihrer Katze. »Sammy, wir suchen einige schöne, kräftige, sichere Schlingpflanzen in der Nähe. Meinst du, du könntest welche finden ...«

Sammy stürzte davon. »Ich folge ihm«, rief Jenny noch und rannte ihm nach.

Ein Staubstrudel erhob sich vor Gwenny. Sie wich zurück, weil sie ihm nicht traute, doch er verfolgte sie. »Hier ist irgend etwas los«, meinte sie. »Ich glaube, es ist Magie.«

Sofort gesellte sich Che zu ihr. »Das ist ein Staubteufel«, sagte er. »Aber hier gibt es gar keinen Staub. Also ist es höchstwahrscheinlich ein Dämon.«

In Kopfhöhe erschien ein Gesicht in dem Wirbel: zwei runde Augen aus Staubschlünden und ein Mund, der sich aus einer zappelnden Staubschlange formte. »Nein, eine Dämonin. Was habt ihr Humpen hier zu suchen?«

»Was?«

»Gläser, Kelche, Behältnisse, Flaschen, Becher ...«

»Trinkhörner?«

»Was auch immer.«

»Nichts Interessantes«, meinte Gwenny in der Hoffnung, daß die Dämonin verschwinden würde. Sie hatten schon genug Probleme, um sich auch noch mit einem übernatürlichen Wesen herumplagen zu müssen. Es hieß zwar, daß Dämoninnen nicht ganz so schlimm waren wie Dämonen, da sie einem eher Streiche spielten als wirklich bösartig zu werden, doch ihre Streiche konnten gewaltige Ausmaße annehmen.

Nun erschien noch mehr von der Gestalt. Rauchiges Haar sproß hervor und ringelte sich herab. Aus einem größeren Staubwirbel wurde ein riesiger Rock. Zwischen Rock und Kopf war kein Verbindungsstück zu sehen, doch offensichtlich hielten sie zusammen. »Das glaube ich nicht. Ihr scheint äußerst erpicht darauf zu sein, die Spalte zu überqueren.«

Da begriff Gwenny, was los war. »Dieser schreckliche Dämon, der uns den Weg versperrt hat! Das warst du!«

»Natürlich. Dieser Pfad ist verzaubert. Ein wirkliches Ungeheuer könnte sich dort gar nicht aufhalten, aber da ich niemandem schaden wollte und die Bedrohung reine Illusion war, gab es keine Probleme. Ich wollte nur mal sehen, was ihr unternehmen würdet.«

»Na, vielen Dank«, meinte Gwenny sarkastisch.

»Gern geschehen.« Bei Dämonen war Sarkasmus natürlich verschwendete Liebesmüh.

Jenny kehrte zurück, als sie merkte, daß hier etwas los war. »Eine Dämonin?« fragte sie knapp.

Der Staub verdichtete sich zu einer recht ansehnlichen Frauengestalt. »Metria!« riefen Che und Jenny fast wie aus einem Munde.

»Ihr kennt sie?« fragte Gwenny überrascht.

»Sie hat uns belästigt, als wir zum Koboldberg kamen«, berichtete Jenny. »Sie hat sich für Nada Naga ausgegeben und mit Prinz Dolph gesprochen.«

»Na ja, ein geflügeltes Zentaurenfohlen, das zusammen mit Kobolden und einem übergroßen Elfenmädchen auf dem Rücken eines Sphinx reiste, das war doch wohl interessant genug«, meinte Metria.

»Schön, aber wir sind völlig langweilig«, versetzte Gwenny.

»Das bezweifle ich. Weshalb reisen drei junge Leute denn wohl allein, obwohl sie unter dem Schutz der Flügelungeheuer stehen?«

»Weil wir versuchen zu lernen, unabhängig zu werden.«

»Und was hat eine langhaarige Koboldfrau damit zu tun?«

»Das ist meine Mutter«, erwiderte Gwenny kurz angebunden.

»Dann hat deine Mutter also den Koboldberg verlassen, um die Zentaurenfamilie aufzusuchen, und schon am nächsten Tag zieht ihr drei allein los, in eine andere Richtung. Und da behauptest du, das sei nicht interessant?«

Gwenny begriff, daß Metria sich nicht abwimmeln lassen würde. »Wenn wir dir erzählen, was wir vorhaben, wirst du uns dann in Frieden lassen?«

»Das kommt ganz darauf an. Machen wir doch ein anderes Geschäft: Wenn das, was ihr mir erzählt, interessant ist, erzähle ich euch auch etwas Interessantes.«

Gwenny blickte zu Che hinüber. »Ist das ein gutes Geschäft?«

»Wahrscheinlich schon«, meinte der Zentaur. »Soweit ich gehört habe, hält sich Metria immer an ihre Abmachungen und sagt auch stets die Wahrheit. Aber häufig entwickeln sich die Abmachungen anders, als man es erwartet hat, und oft ist die Wahrheit nicht das, was man hören möchte.«

Metria schoß ihm einen Blick zu. »Selbst kleine Zentauren sind viel zu intelligent.«

»Allerdings«, fuhr Che fort, »wird es erforderlich sein, sie zum Schweigen zu verpflichten, weil unsere Mission Geheimcharakter hat.«

Metria schnitt eine Grimasse. »Das macht bereits den halben Spaß zunichte. Andererseits sind Geheimnisse interessanter als das, was jedermann weiß. Ich willige ein.«

»Also gut«, entschied Gwenny. »Der Handel gilt.« Denn sie begriff, daß die Dämonin verschwinden würde, wenn ihre Geschichte sie langweilen sollte, und genau das wollten sie ja auch eigentlich. »Mein Vater, Gichtig Kobold, ist soeben gestorben, und ich muß versuchen, der erste weibliche Koboldhäuptling im Koboldberg zu werden. Aber ohne Brille kann ich nicht besonders gut sehen, und wenn die anderen Kobolde davon erfahren, werde ich niemals Häuptling werden. Also muß ich mir Kontaktlinsen besorgen. Ich will den Guten Magier fragen, wo ich welche bekomme.«

»Der erste weibliche Häuptling«, wiederholte Metria. »Soll das etwa heißen, daß dein Koboldstamm damit anfangen wird, zivilisiert zu tun?«

»Ja.«

»Ich sehe schon, das hat keinen großen Unterhaltungswert. Andererseits erringst du vielleicht gar nicht das Häuptlingsamt, und in diesem Fall werden die Kobolde interessant bleiben.«

»Ja.«

»Das muß wohl die Bestimmung von Che Zentaur sein:

dich zum Häuptling zu machen. Das würde die Geschichte Xanths ganz bestimmt verändern.«

»Ja. Und was hast du nun Interessantes zu berichten?«

Die Dämonin machte eine ausladende Geste. Ihre Arme schienen in abgehackten Bewegungen von einer Stellung in die nächste zu rucken, ganz anders, als es die Arme von Sterblichen taten. »Nur daß es eine weitere Gruppe von drei Leuten gibt, die gerade auf der Reise zum Guten Magier sind. Nämlich Mela Meerfrau, Okra Ogerin und Ida Mensch. Nur daß die beiden anderen noch nichts davon wissen, daß Ida zu ihrer Gruppe gehört.«

»Mela Meerfrau«, wiederholte Che nachdenklich. »War das nicht die, der ...?«

»Ja, die, deren Höschenfarbe die Frage ausmachte, die der Gute Magier nicht beantworten konnte. Es scheint, als sei die Zeit für sie gekommen, sie anzuziehen. Das weiß sie natürlich noch nicht. Sie ist völlig unschuldig, was eine ziemlich paradoxe Beschreibung für ein solches Unwesen ist.«

»Ein solches was?

»Tier, Biest, Mißgeburt, Ungeheuer ...«

»Kreatur?«

»Was auch immer«, pflichtete Metria verärgert bei. »Wieso bist du nicht über den Begriff ›paradoxe Bezeichnung‹ gestolpert?«

»Ich bin ein Zentaur. So ein Vokabular ist für mich ganz natürlich.«

»Na ja, *ich* bin jedenfalls darüber gestolpert«, meinte Jenny. »Was heißt denn das?«

Metria war zufrieden. »Das bedeutet, daß dies die einzige Art ist, auf die Mela unschuldig ist. Was die Männer dagegen angeht, so ... Hoppla, wie alt seid ihr eigentlich?«

»Vierzehn«, sagte Jenny ebenso verärgert, wie Metria es gerade gewesen war. »Ich habe mich der Erwachsenenverschwörung noch nicht angeschlossen.«

Metria musterte sie von oben bis unten. »Aber das wirst du bald tun. Das ist nicht nur eine Frage des Alters. Schließlich werden Mäuse ja auch schon binnen weniger Wochen erwachsen.«

»Aber weshalb sollte Mela Meerfraus Ausflug für uns interessant sein?« wollte Che wissen.

»Na ja, das ist er natürlich nicht. Deine Art interessiert sich nicht für Höschen, und die Mädchen wissen bereits alles darüber. Aber Okra Ogerin ist für Jenny Elfe interessant.«

Jenny erschrak. »Ist sie das?«

»Ja. Kennst du denn den Grund für dein Eintreffen in Xanth nicht?«

»Das war ein Zufall. Ich habe versucht Sammy einzufangen, und so sind wir in Xanth geendet.«

»Das war kein Zufall. Du bist auserwählt worden, hierherzukommen. Irgend jemand mußte Jenny in Xanth sein, und das warst du.«

Jenny war ganz aufgeregt. »Das verstehe ich nicht.«

»Es gab zwei Finalisten: eine ausländische Elfe und eine einheimische Ogerin. Die Elfe wurde gewählt, deshalb hat man dich durch das Loch in Xanth herumgeführt, während das Ogermädchen verworfen wurde.«

»Gewählt?« fragte Jenny benommen.

»Irgend jemand wollte eine Jenny hierhaben, deshalb wurde sie hierhergebracht. Aus diesem Grund haben sich die Musen auch so sehr dafür interessiert; sie haben es nicht getan.«

»Aber dann mußte die Ogerin ...«

»Den Namen und die Rolle nehmen, die noch übrig war. Deshalb ist Okra Ogerin eine Nebenfigur, was ihr nicht allzusehr behagt. Es dürfte interessant werden, wenn ihr beide euch begegnet.«

»Wenn wir uns begegnen!« rief Jenny entsetzt.

»Vielleicht passiert es ja im Schloß des Guten Magiers. Ida ist natürlich noch beachtlicher, auf eine merkwürdigere Art. Deshalb ist die Zukunft dieses Dreigespanns sehr viel aufregender als eure. Und mit dieser interessanten Nachricht verlasse ich euch jetzt.« Metria verblaßte.

»Du hast recht gehabt«, sagte Gwenny. »Ihre Wahrheit gefällt uns nicht. Wer will schon einer Ogerin begegnen?«

»Trotzdem haben wir immerhin etwas Unerwartetes in Erfahrung gebracht«, meinte Che. »Als ich sie nach Mela Meerfrau fragte, dachte ich eigentlich daran, wie sie Prinz Dolph entführt hat, um ihn zu heiraten, sobald er volljährig geworden war. Aber Metria hat mir etwas mitgeteilt, wovon ich keinerlei Ahnung hatte; wahrscheinlich haben nur die Dämonen davon gewußt. Jetzt kennen wir endlich die Frage, die der Gute Magier nicht beantworten konnte.«

»Aber das ist doch eine ganz einfache Frage«, meinte Gwenny. »Die könnte doch jeder magische Spiegel beantworten, da braucht man doch bloß hineinzuschauen.«

»Wahrscheinlich steckt noch mehr dahinter, als wir wissen«, vermutete Che.

Dann sahen sie beide Jenny an, die merkwürdig still geworden war. »Du brauchst keiner Ogerin zu begegnen, Jenny«, sagte Che beruhigend.

»Das ist es nicht. Es geht darum, daß ich nicht gewußt habe, daß ich auserwählt wurde. Daß jemand anders deswegen ausgeschlossen wurde. Das wollte ich nicht. Ich hielt es für reinen Zufall, daß ich hierhergekommen bin.«

»Du hast niemanden ausgeschlossen«, widersprach Che. »Dafür trägst du keine Verantwortung.«

»Trotzdem fühle ich mich schuldig. Dieses arme Ogermädchen.«

Gwenny lachte. »Arme Ogerin! Das ist doch wohl unmöglich. Alle Oger sind brutale Unholde.«

»Woher wissen wir das?« fragte Jenny.

Gwenny tauschte einen Blick mit Che aus. Es war offensichtlich, daß Jenny nicht allzuviel Erfahrung mit Ogern hatte.

Che wechselte lieber das Thema. »Wir müssen unser Floß bauen.«

»Das stimmt!« bestätigte Jenny. »Ich habe Sammy ganz vergessen. Hoffentlich finde ich ihn.« Sie eilte wieder in der Richtung davon, die die Katze genommen hatte.

Diesmal folgten ihr die beiden anderen. Zu dritt schwirrten sie aus, um ein größeres Gebiet abdecken zu können. Der kleine orangefarbene Kater konnte überall sein. Er konnte alles finden, nur nicht seinen Weg zurück. Deshalb war Jenny auch so vorsichtig damit, ihn in unbekanntem Gelände freizulassen. Die Dämonin war einfach genau im verkehrten Augenblick erschienen, was vielleicht gar kein Zufall war.

Aber es war nicht so schlimm. Sammy war nicht weit entfernt und spielte in einem Haufen Schlingpflanzen. In der Nähe stand ein stummer Gewirrbaum. Sie konnte leicht nachvollziehen, was hier vorgefallen war: Ein Oger war vorbeigekommen und der Gewirrbaum hatte nach ihm gegrabscht, worauf der Oger ihm einige seiner Tentakel abgerissen und sie weggeworfen hatte. So etwas geschah in Xanth ständig, denn weder Oger noch Gewirrbäume waren sonderlich für ihre Intelligenz oder Vorsicht berühmt.

Sie schleppten die austrocknenden Schlingpflanzen zu ihrem Holzstapel zurück. Dann banden sie das Holz zusammen, bis sie ein etwas zottiges, aber taugliches Floß erhielten. Das dauerte nur einen halben Tag, weil sie sich nicht mit hübschen Nebensächlichkeiten aufhielten.

Dann wässerten sie das Floß, kletterten darauf und stießen sich mit Totholzstangen ab. Als das Wasser tiefer wurde, benutzten sie Paddel aus Totholz, um das Floß fortzubewegen.

»Ich hoffe, Fracto entdeckt uns jetzt nicht«, meinte Jenny.

Prompt erscholl ein Donnergrollen. Entsetzt paddelten sie wie verrückt, doch das Floß bewegte sich so langsam, wie es nur konnte. Unbelebte Dinge neigten zu einer sehr eigenwilligen Form von Bösartigkeit.

Doch das Donnergrollen erwies sich als falscher Alarm. Es stammte gar nicht von Fracto, sondern war das gewöhnliche Grollen einiger Wolken vor der Küste, die nicht näher kamen. So konnten sie die Küste entlang die Spalte südlich umfahren.

Da packte sie die Strömung. Das Floß wurde aufs Meer hinausgetrieben, und sie konnten es nicht verhindern. Hilflos mußten sie mitansehen, wie sie sich vom Land entfernten.

Doch da war eine Insel. Die Strömung führte sie verlokkend nahe an sie heran. Aber sie wagten es nicht hinüberzuschwimmen, aus Furcht vor lauernden Wasserungeheuern, die sie verschlingen würden.

Das Floß umfuhr die Nordspitze der Insel und nahm Kurs auf das weite Meer. Verzweifelt mußten sie zusehen. Abenteuer waren wirklich eine düstere Sache.

Hier wehte eine Brise vom Meer landeinwärts. Doch die war nicht kräftig genug, um die Strömung umzukehren. Sie verlangsamte lediglich ihr Hinaustreiben und zog die Qual in die Länge.

Da hatte Gwenny eine Idee. »Che! Du kannst das Floß doch leichtmachen! Dann können wir den Wind nutzen, um zur Insel zu kommen.«

Che tat es. Er berührte jeden Baumstamm des Floßes mit einem leisen Schnippen seines Schweifs, worauf sich das Floß im Wasser erhob und sehr hoch weiterschwebte. Dann hielten sie sich fest und bauten sich mit dem Rücken zum Wind auf. Jetzt hatte die Strömung weniger von dem Floß im Griff, der Wind dagegen mehr. Das Floß verlangsamte seine Bewegung, wogte ein wenig auf und ab, machte kehrt und schob sich schließlich der Insel entgegen. Es funktionierte!

Schließlich erreichten sie den Strand und sprangen an Land. Sie holten das leichte Floß ein, weil sie es ja noch brauchen würden, um von der Insel zum Festland zu gelangen. Doch inzwischen wurde es dunkel, und so mußten sie das Nachtlager aufschlagen.

»Such uns einen guten Ort zum Schlafen, Sammy«, sagte Jenny und setzte ihren Kater auf dem Sand ab. Da sie sich auf einer Insel befanden, machte sie sich nicht allzuviel Sorgen darum, daß er sich verlaufen könnte.

Sammy jagte der Inselmitte entgegen. Sie folgten ihm. Und plötzlich entdeckten sie ein Zelt.

»Das sieht mir aber vertraut aus«, meinte Che.

»Allerdings«, stimmte Gwenny zu. »Es ist fast so, als wären wir schon einmal hier gewesen.«

»Beim Spielen im Sand«, bestätigte Jenny.

Da fiel es ihnen wieder ein. »Das ist ja die Insel der Liebe!« rief Gwenny. »Wo Prinz Dolph Electra geheiratet hat!«

»Und in diesem Zelt haben sie den Storch gerufen«, bestätigte Che.

»Und zwar so gründlich, daß der Storch ihnen gleich zwei Babys gebracht hat«, fügte Jenny hinzu.

»Morgen und Abend«, ergänzte Che.

Sie blickten einander an. Ein unanständiger Gedanke flitzte zwischen ihnen hin und her. »Meinst du ...« fing Gwenny an.

»Wenn wir die Nacht hier verbrächten ...« fuhr Jenny fort.

»Daß wir dann das Geheimnis erfahren, wie man den Storch ruft?« schloß Che.

»Laßt es uns herausfinden!« sagte Gwenny.

So kam es, daß sie eine bequeme Nacht verbrachten, auf denselben Kissen, die Dolph und Electra zurückgelassen hatten. Sie veranstalteten eine prächtige Kissenschlacht, denn es war ja kein Erwachsener da, um es ihnen zu verbieten.

Doch das Geheimnis, wie man einen Storch herbeiruft, brachten sie dabei nicht in Erfahrung. Anscheinend hatten Dolph und Electra es mitgenommen. Sie hatten sich der gefürchteten Erwachsenenverschwörung angeschlossen. Welch ein Jammer!

Am Morgen machten sie das Floß wieder leicht, schleppten es ans Ostufer der Insel und paddelten zum Festland hinüber. Ein Seeungeheuer steckte den Kopf aus dem Wasser und beäugte sie, doch da flog zufällig ein großer Rokh vorbei, worauf das Seeungeheuer in Deckung ging.

Gwenny begriff, daß die Flügelungeheuer tatsächlich ein Auge auf sie hielten. Sie nahm es mit gemischten Gefühlen hin. Einerseits wollte sie aus eigener Kraft schaffen, dennoch war es beruhigend zu wissen, daß sie nicht von einem Ungeheuer aufgefressen werden würden. Wahrscheinlich war es ein ganz vernünftiger Kompromiß: Man gestattete es den Dreien, ohne Einmischung durch feindselige oder auch freundliche Wesen fortzuschreiten. Vielleicht würden sie ja weniger Schutz brauchen, je mehr sie an Erfahrung hinzugewannen.

Sie entdeckten einen magischen Weg und folgten ihm landeinwärts. Der Weg würde schließlich zu Schloß Roogna führen, weil das alle Wege dieser Region taten. Gwenny hatte das Schloß einmal besucht, zusammen mit ihren Gefährten, nach der Hochzeit von Dolph und Electra. Es war ein beeindruckender Bau. Um ehrlich zu sein, viel schöner als der Koboldberg.

Was wäre, wenn sie einfach auf Schloß Roogna kam und nicht wieder fortging? Dann würde sie zwar keine Chance mehr haben, Häuptling zu werden, wäre aber dafür auch in Sicherheit.

Sie schob die Versuchung beiseite. Es war nicht so, daß sie gern Häuptling werden *wollte*, vielmehr *mußte* sie es tun, um den Lauf der Koboldgeschichte und damit der Geschichte Xanths zu verändern. Es war ihre Pflicht und ihre Bestimmung. Sie fürchtete sich zwar davor, konnte ihr aber nicht entfliehen.

Da begriff sie etwas: Sie hatte Entscheidungen gefällt. Sie hatte eine gute Idee gehabt, wie sie ans Ufer gelangen konnten. Sie lernte gerade, Leute zu führen. Vielleicht war sie noch nicht besonders gut darin, aber sie wurde immer besser. Ja, vielleicht würde sie am Ende dieser Reise genug gelernt haben. Es gab also vielleicht doch noch das eine oder andere Fünkchen Hoffnung für sie.

Und so machte sie sich resolut auf den Weg zu Schloß Roogna.

3
OKRA

Okras Verstand pflegte mit ihrem Körper Schritt zu halten. Da dieser Körper nun angestrengt ruderte, dachte sie auch angestrengt nach, doch da es im Augenblick nicht allzuviel zum Nachdenken gab, dachte sie über ihre Vergangenheit nach und schien sie noch einmal zu durchleben.

Sie war vor vierzehn Jahren vom Storch abgegeben worden, in einer kleinen Ogergemeinschaft, die noch immer am Ogersee lebte. Offenbar waren sie während ihrer Wanderung nach Oger-fen-Oger in die falsche Richtung gegangen und hierher zurückgekehrt, ohne es zu merken. Nach einigen Jahrzehnten hatten sie es dann endlich begriffen, doch da war es schon zu spät gewesen, um die Hauptgruppe wieder einzuholen, deshalb waren sie geblieben.

Okra Ogers Mutter, die von ihrer Winzlingsgröße arg enttäuscht gewesen war, hatte versucht, diese Winzigkeit auszugleichen, indem sie ihr einen Namen verpaßte, in den sie mächtig hineinzuwachsen hatte: Okra Cordata Saxifraga Ziegenbart Ganas Ogerin. Leider war sie nicht groß genug geworden und blieb außerordentlich klein und unscheinbar für ein Mitglied ihrer Art. Ja, sie hatte nicht einmal Warzen oder Hauer; nie würde ihr Blick Milch sauer werden lassen. Außerdem war sie peinlich schwach; sie mußte beide Hände benutzen, um Saft aus einem Felsen zu pressen. Ihr größter Makel aber war ihr Geist: Sie war nicht annähernd dumm genug. Immerhin bot ihr dieser Nachteil auch einen kleinen Ausgleich an: Sie war schlau genug, um ihn zu verbergen und so zu tun, als sei sie nur geringfügig weniger dumm als die anderen Ogerwelpen. Doch vor sich selbst konnte sie es nicht verbergen, und so war es ihr eine ständige Quelle der Scham.

Okra entwickelte eine gewisse Häuslichkeit, um nicht von ihren Gleichaltrigen aufgezogen zu werden. Sie stellten die schlimmste erdenkliche Gesellschaft für sie dar. So war sie es zufrieden, den Topf umzurühren und den Dreck vom Boden zu kratzen und ihre frustrierend schlauen Gedanken zu denken. Wenn sie sich jemals verraten sollte, wie undumm sie eigentlich war, würden sie Okra einfach wegwerfen.

Einigen Ereignissen aber war sie nicht entkommen. Ihre modisch brutalen Eltern hatten sie zum Monsterhochzeitsstampfen von Conan dem Bibliothekar und Tasmania Teufel mitgenommen. Von Conan hieß es, daß er dazu in der Lage sei, ein großes Wörterbuch zu einem einzigen Wort zusammenzuquetschen, und daß er mit zwei schweren Buchbänden binnen kürzester Zeit jeder Kreatur die Zivilisation aus dem Leib prügeln konnte. Tasmania wurde als heimtükkischste schicke Ogermieze ihrer ganzen Generation gerühmt. Es war also ein perfektes Paar. Leider entwickelte sich die Ehe nicht besonders gut. Conan hatte für Tasmanias Geschmack eine allzu literarische Neigung, und sie war von unruhigem Gemüt. Wenn das Blut am Mond klebte, pflegte sie ihm wilde Giftpilze vorzusetzen, die sie zerstampft und in seine Seehaferkekse gemischt hatte. Es liebte den Geschmack dieser Kekse, doch das Gift setzte ihm nur romantischen Unfug in den Kopf. Sie wünschte, er würde sich einfach hinlegen und sterben, damit sie ihren Vetter ersten Grades, Tasmaniker, heiraten und an Ansehen gewinnen könnte, doch statt dessen befeuerte es ihn nur, seine Anstrengungen, den Storch zu rufen, zu verdoppeln, so daß ihre Familie in ogerhaftem Tempo anwuchs.

Doch das war unwichtig. Anläßlich dieser Hochzeit hatte Okras Mutter, Fern Kudzu, Okras Horoskop in Eisen rechnen und gießen lassen. Die Hebamme des Ogerstamms, die dabei behilflich war, die richtigen Familien zu ermitteln, wenn der Storch sie nicht auseinanderhalten konnte, war zugleich die Hellseherin. Sie verkündete, daß die Runen, die Ochseneingeweide und die Sterne gute und schlechte Nachrichten bedeuteten. Die gute Nachricht lautete, daß Okra irgendwann einmal zu einer herausragenden Persönlichkeit Xanths werden würde. Die schlechte Nachricht bestand darin, daß sie einem verirrten, zufälligen Zauber zum Opfer gefallen war, der einem Fluchungeheuer entkommen war, ohne sein eigentliches Ziel zu erreichen, und daß sie demzufolge ein magisches Talent besaß.

Kudzu hatte auf diesen Skandal so reagiert, wie es jede Ogerin getan hätte: Sie hatte die Hellseherin in den See geworfen, wo sie ohne bemerkenswerte Spur verschwunden war; nur am Wasserrand hatten sich ein paar Knochensplitter gezeigt, und die hatten die Seeanwohner schon bald verschlungen. Sie hatte das eiserne Horoskop so tief in den Boden geschleudert, daß geschmolzene Lava das dadurch entstandene Loch ausfüllte. Dann hatte sie Okra wieder mitten ins Festgetümmel zurückgezerrt, in das Hauen und Prügeln, zu dem Erdbebentanz und der Bühnenschau mit betrunkenen Harpyien, die einander beharpten, und hatte so getan, als wäre das Horoskop nie errechnet worden.

Doch Okra wußte es besser. Verschämt hatte sie sich von den Feierlichkeiten davongeschlichen und in dem kalten, von Ratten übersäten Keller versteckt. Das war ein angenehmer Ort, doch könnte man sie hier finden, und so war sie die steinerne Wendeltreppe hinuntergestiegen, immer tiefer und tiefer bis zur Hauptküche, wo man das Hochzeitsmahl zubereitet hatte. Hier lagen noch immer Teile von zerhackten Ungeheuern herum; sie mußten von den Tellern gefallen sein. Als Okras gerötete Augen sich an die rauchige Dunkelheit gewöhnt hatten, erblickte sie Seehaferkekse, sowohl einfache als auch vergiftete (sie unterschieden sich im Geschmack), die über den ganzen Steinfußboden verstreut dalagen. Irgend jemand hatte ein Faß mit Wein über dem Küchentisch, dem Fußboden und eine betrunkene Ratte ausgegossen, die bewußtlos unter dem Tisch lag. Es war ein sehr behaglicher Zufluchtsort, und Okra konnte sich dort so lange verstecken, bis das oberirdische Getöse zu einem dumpfen Grollen verklang.

Das war eine von Okras frühen Erinnerungen, und für Ogerverhältnisse war es nicht einmal die schlechteste. Doch seitdem hatte das Wissen sie heimgesucht, daß sie mit einem magischen Talent gestraft war. Natürlich verfügten alle Oger über Magie, und zwar über jede Menge; Magie war es schließlich, die ihnen ihre gewaltige Kraft, Häßlichkeit und Dummheit bescherte. Aber ein eigenes Talent? Das war entsetzlich! Kein Wunder, daß sie klein und unscheinbar und undumm war; ihre natürliche Magie war entwichen, um zu diesem anderen Talent zu werden. Doch mit etwas Glück würde sie nie entdecken, um was es sich dabei im einzelnen handelte.

Ihre zweite große Erinnerung stammte aus ihrem dreizehnten Jahr. Damals hatte es geregnet, wie es in dieser Jahreszeit jeden Nachmittag der Fall gewesen war. Dicke, dampfige Wolken durchnäßten alle mit gigantischen Wassermassen, die die heißen Felsen überschwemmten und die Heißwasserseen abkühlten. Dampf stieg auf, doch der gefrierende Regen durchschnitt ihn, stellte einen Wirbelwind aus Dampf her, der die Höhlen durchflutete und das Atmen fast unmöglich machte. Es war wunderbar.

Im Eßzimmer roch es nach faulem Kohl und gekochten Kadavern. Auch das war wunderbar. Okra bürstete sich ihr unogerhaftes blondes Haar hoch, um die kleine Schlauschlinge zu verbergen, die sie um den Kopf trug, und begab sich hinein. Schlauschlingen wirkten auf die meisten Oger kaum, weil zwei mal nichts immer noch nichts ergab, Okra aber half sie dabei, wachsam genug zu bleiben, um ihre anderen Schwächen zu verbergen. Eine davon war das

Asthma; seitdem es sie heimgesucht hatte, wollte es nicht mehr weichen. Deshalb mußte sie modische Heiserkeit vortäuschen, wo sie tatsächlich Atembeschwerden hatte.

Sie war immer noch naiv genug, um zu glauben, daß ein Geburtstag für alle möglichen Leute von Wichtigkeit sei bis auf das Geburtstagskind selbst. An diesem Tag wurde sie von diesem Irrglauben geheilt. Der Geburtstag war nur ein Vorwand für ein weiteres Geraufe und einen neuen Schrekken. Später sollte sie sich wünschen, niemals diesen Geburtstag gehabt zu haben, doch damals hatte sie ja nicht vorher gewußt, wie es enden würde. Sie hatte sich immer noch einen Fetzen Unschuld bewahrt.

In dem Bemühen, für angenehmere Luft zu sorgen, hatte Okras Großmutter haufenweise welke Blumen zwischen das Heu gemischt, mit dem man den Boden des Speisesaals bedeckt hatte. Es war ein wahres Farbgetöse: weiße Magnolien, gelber, orangefarbener und roter Hibiskus, tiefpurpurne Jacaranda, Bougainvillea sowie die berühmten duftenden Lavendelblüten, aus der Großmutter Ogers Medizinalseife hergestellt wurde. All das wurde schnell unter den pilzigen, haarigen Füßen des Ogerclans zertrampelt, als sie zum Essen stapften. Schon bald darauf sah der Speisesaal aus wie eine elegante Frau in schmutzigen Lumpen, die sich stark abgenutzt vorkam.

Die Küchentür ging auf, und die alte Dienerin Troika Troll kam mit der größten Suppenterrine hereingestampft. Hinter ihr folgten weitere Dienerinnen, alle tiefgebeugt von dem gewaltigen Gewicht der auf ihren Tabletts aufgehäuften Essensmengen. Die letzte, die hereinkam, war Elster, Okras Lehrerin. Sie war in schwarzes Leder und Gefieder gekleidet. Ihre Kleidung war schon mindestens ein- bis zweihundert Jahre aus der Mode, aber das war verständlich, denn Elster war eine Dämonin, die schon an vielen Orten und zu vielen Epochen in Dienst gestanden hatte. Sie war sogar einmal im legendären Menschenschloß Roogna bei Prinzessin Rose gewesen, wo sie beim Hochzeitsbankett anläßlich ihrer Heirat mit dem Guten Magier Humfrey serviert hatte. Später war Rose zur Hölle gefahren, aber eine gute Person geblieben; die Hölle brauchte mehr Rosen, und Rosen waren nun einmal ihr Talent. Wer mochte schon genau wissen, was Elster in ihrer unsterblichen Existenz noch alles mitangesehen haben mochte! Kein Wunder, daß sie gern als Dienerin arbeitete.

Aber da stolperte jemand und ließ einen Teller fallen, dessen Inhalt sich über Tisch und Fußboden verstreute. »Tölpel!« schrie die Köchin. Erzürnt warf sie mit Geschirr, mit ganzen Händen voll gemahlenem Pfeffer und schließlich mit Okras Geburtstagskuchen durch den Raum. Das ließ die Oger glauben, daß es sich um eine Essensbalgerei handelte, der sie sich freudig zugesellten, um die Luft schon bald mit umhersausenden Nahrungsmitteln zu füllen. Der ursprüngliche Anlaß der Feier war bald vergessen. Nun roch es im Speisesaal nicht mehr nur nach verdorbenem Kohl und welken Blumen, sondern nach allen möglichen anderen, schlechtgewordenen Speisen.

Entsetzt brach Okra in Tränen aus. Das war natürlich streng verpönt und verhalf ihr zu Kopfschmerzen von Ogerformat. Sie floh hinaus in den Gang – wo sie prompt gegen Großtante Fanny prallte. »Aber Ogerette, was ist denn los?« erkundigte sich Fanny. Junge weibliche Oger bezeichnete man als Ogeretten, obwohl das eigentlich niemanden so recht interessierte.

»Sie h-haben meine Geburtstagsfeier zunichte gemacht!« schluchzte Okra.

»Ach, das ist also der Anlaß! Ich dachte, es wäre eine gewöhnliche Essensbalgerei.«

»Das ist es inzwischen auch.«

»Na ja, bestimmt wird es noch weitere Geburtstage geben! Wie alt bis du überhaupt?«

»Ich bin heute dreizehn geworden, Tante«, erwiderte Okra und fühlte sich schon ein wenig weniger schlimm.

»Ach du liebe große Schleimbeule!« rief Tantchen höflich. »Faulgas und Schwefel! Dann bist du ja überfällig für eine Heirat! Du bist so klein, daß es mir nie eingefallen ist – aber ich werde sofort mit meinem Mann, Kahlfratz von Würgehals, reden. Wir werden uns sofort umhören, welche Ogervettern ersten Grades zur Verfügung stehen.«

»Aber ...« wollte Okra protestieren.

»Mal sehen, da gibt es den jungen Kriechgurt. Der ist so dumm, daß er sich nicht einmal ein haariges Nasenloch freisprengen könnte, selbst wenn er Dynamit als Gehirn hätte. Der ist ideal! Aber ich glaube, daß eine andere Ogerin bereits ein Auge auf ihn geworfen hat. Dann gibt es die Zwillinge Schleichkamm und Blitzkamm, aber es ist zu schwierig, sich zwischen den beiden zu entscheiden, weil einer stumpfsinniger ist als der andere. Na ja, wahrscheinlich wirst du den Witwer Zoltan Fettlocke heiraten müssen.«

Den Namen kannte sie nicht. »Wen?«

Tantchen rammte ihren Schädel durch die Tür, weil die zufälligerweise gerade geschlossen war. Das Holz splitterte. War die Tür doch selber schuld – was stand sie auch im Weg herum! Dann deutete Tantchen mit einem dicken Finger. »Siehst du den schmutzigen alten Oger dort hinten, in den Fellpantoffeln und mit der Maske des schwarzen Todes? Das ist er. Ja, ich glaube, das ist er. Weißt du, mein erster, mein zweiter und mein dritter Mann waren alles Witwer, als ich sie heiratete, daher kann ich den Typ empfehlen. Ein Oger wird normalerweise nicht zum Witwer, wenn er seine Ogerin nicht ziemlich hart anfaßt, das ist ja wohl klar. Also ist er für dich genau der Richtige.«

Okra wich ein Stück zurück und blickte um sich, war wie versteinert von einem kleinen Stück Ekel und einer großen Portion Furcht. Kurz bevor sie in Ohnmacht fiel, hatte sie eine Vision von einer großen grauen Stadt, in der sich steinerne Wasserspeier scharten.

Glücklicherweise glaubte Tante Fanny, daß sie Okra mit einem unbeabsichtigten Hieb ihrer Bratpfannenhand zu Boden geschlagen hatte, und merkte nicht, wie unogerhaft sensibel und schwach Okra in Wirklichkeit war. Fanny machte sich daran, die Eheschließung in die Wege zu leiten. Doch keiner der Spitzenkandidaten interessierte sich für Okra; sie wandten mit einiger Berechtigung ein, daß sie zu klein und dürr war, um allzuviel Prügel zu ertragen, und außerdem sah sie so unscheinbar aus, daß es schon fast widerlich war; ferner gab es da noch den häßlichen Verdacht, daß sie in Wirklichkeit gar nicht so dumm war, wie sie vorgab. So verstrich ein weiteres Jahr, bis ein geeigneter Kandidat in Frage kam: Trümmer, ein Oger aus dem fernen Oger-fen-Oger, der Okra noch nie gesehen hatte und daher ihre Mängel nicht kannte. Er machte sich sogar auf den Weg, um sie kennenzulernen, doch unterwegs gab es viele Ablenkungen, beispielsweise Bäume, die noch nicht zu Brezeln verschnürt worden waren, und kleine Drachen, denen noch niemand ordentlich das Fürchten beigebracht hatte. So kam er nur langsam voran, weil er natürlich tat, was der Natur eines Ogers eben entsprach: die Welt entlang seines Wegs in ogerhafte Ordnung zu bringen. Wenn er erst einmal eingetroffen war, würde er für Okra dasselbe tun, jedenfalls hofften das alle inbrünstig, denn ihr Bedürfnis war offensichtlich groß.

Als das Blut kurz nach Okras vierzehntem Geburtstag am Mond klebte – es gab diesmal keine Feier, weil sie inzwischen viel zu langzahnig geworden war, um noch verheiratet werden zu können, geschah das dritte große, häßliche Ereignis in Okras Leben. Ihre für Ogerverhältnisse gütigen Großeltern verschwanden und ließen sie in der Obhut ihres Onkels Marzipana Giganta la Cabezudos fen Oger und seiner krötenähnlichen Vorarbeiter Stumpfnuß und Große Blaunase zurück. Marzipana war ein Prachtexemplar von einem Oger; er liebte es, Nadeln in lebende Schmetterlinge zu pieken und sie als Kopfschmuck zu tragen. Jedesmal, wenn er unter einem schwierigen Gedanken litt, erhitzte sich sein überanstrengtes Gehirn im Kopf und das Schmalz schmolz, doch das war kein Problem. Denn er gab sich nur selten mit schwierigen Gedanken ab, während es recht leicht war, neue Schmetterlinge einzufangen.

Okra wußte, daß immer wieder Kreaturen verschwanden. Oger taten alle möglichen dummen Dinge, beispielsweise im Eiltempo durch langatmige Versammlungen zu preschen oder von Steilklippen loszurennen, und meistens hörte man danach nie wieder etwas von ihnen. Niemand dachte sich etwas dabei, außer Okra, die nun eine neue Eigenart ihres Wesens kennenlernen mußte: die Fähigkeit zu trauern. Sie vermißte ihre Großeltern, und der Gedanke daran, daß ihnen etwas Schlimmes zugestoßen sein könnte, bereitete ihr Schmerz. Natürlich behielt sie diese Gefühle für sich, was wiederum ihrem Hauptmangel zuzuschreiben war: der Intelligenz.

Weil sie nicht schlafen konnte, zog Okra bei Nacht durch die klammen Kammern und düsteren Tunnels ihrer heimatlichen Höhlen. Auf einem dieser trübseligen Ausflüge belauschte sie zufällig ihren Onkel Marzipana und seine Vorarbeiter beim Gespräch. Offenkundig hatte jemand den Oger-fen-Oger-Oger dabei beobachtet, wie er kleinen Drachen frisch angefertigte Brezelbaumstämme um die Ohren haute, so daß er nun jeden Tag am Ogersee erwartet wurde. Sie befürchteten, daß er einen Rückzieher machen könnte, wenn er Okra erblickte. Daher schmiedeten sie den Plan, einen versteinerten Kürbis zu einem Ogergesicht zu schnitzen, um ihn Okra auf den Kopf zu rammen, damit sie etwas häßlicher aussah, als sie in Wirklichkeit war, jedenfalls bis die Hochzeit vollzogen war. Danach würde es natürlich keine Rolle mehr spielen; dann würde der Oger ihr schon die Haare ausreißen und ihren wirklichen Kopf so zusammendreschen, bis er die von ihm bevorzugte neue Häßlichkeit aufwies.

Aus irgendeinem Grund verlangte es Okra weder nach der Kürbis-Behandlung noch nach der Ehe. Sie erkannte, daß sie einfach nicht in die Ogergesellschaft paßte. Und so beging sie voller Scham ihre dritte, unogerhafte Tat: Sie haute ab. Sie packte ihren Rucksack aus Drachenleder und begab sich an das dunkle, schmatzende Ufer des Sees, wo ihr kleines, selbstgemachtes ochsenblutfarbenes Boot wartete. Oger waren keine Seeleute, und so hatte keiner der anderen das Fahrzeug als solches erkannt oder gar eine Verbindung zu ihr hergestellt. Sie war schon oft bei Nacht über den See gerudert, weil er dann von einer beglückenden Friedfertigkeit war. Das stellte wiederum einen weiteren

Makel ihres Wesens heraus; denn keinen guten Oger verlangte es nach Frieden.

Doch nachdem sie erst einmal ihr Boot bestiegen und die Ogerhöhlen geflohen hatte, wurde ihr klar, daß sie nirgendwo hin konnte. Es war höchst unwahrscheinlich, daß sie irgendwo hingelangen würde, wenn sie kein Ziel hatte, also dachte sie nach, und schließlich fiel ihr mit der Zeit auch ein Ziel ein. Sie würde den Guten Magier aufsuchen, um sich seine Antwort anzuhören! Da sie noch keine Frage hatte, würde sie sich eine ausdenken müssen. Sie überlegte und grübelte und sinnierte und dachte darüber nach, bis ihr Schädel heißlief, und schließlich fällte sie den Entschluß, ihn nach ihrem Glück zu fragen. Was immer der Gute Magier anzubieten haben mochte, es war mit Sicherheit weniger schlimm als alles andere, was hier für sie in Aussicht stand.

Doch sie wußte nicht, wo der Gute Magier lebte. Dieses Problem löste sie nach Ogerart: Sie ruderte und ruderte einfach immer weiter, bis sie vielleicht ans Ziel käme. Während sie das tat, dachte sie weiterhin nach – das war ein Fehler, der sie schon ihr ganzes Leben begleitete – und erkannte, daß ihre Chancen besser stünden, wenn sie ihr Glück nicht dem Guten Magier überantwortete. Sie müßte ihre Frage so stellen, daß die Antwort ihr einen Fingerzeig zur Verbesserung ihres Glücks gab. Doch wie sollte sie das tun?

Verlockend flitzten Fragen um sie herum, ohne jemals ganz in ihren Kopf zu dringen. Das begann sie zu ärgern. Das wiederum verhalf ihr zu einer Idee. Vielleicht sollte sie ja fragen, ob sie ihr Temperament zügeln sollte und, falls ja, woher man die geeigneten Zügel dafür bekam. Doch nach einer Weile wurde ihr klar, daß der Gute Magier vielleicht einfach nur mit »Nein« antworten würde, um ihr dafür einen Jahresdienst abzuknöpfen. Deshalb verwarf sie diese Frage und grübelte weiter nach.

Sie ruderte und ruderte, weil sie ja nicht sehen konnte, wohin sie fuhr, offensichtlich aber noch nicht da war. So hatte sie jede Menge Zeit zum Nachdenken. Schließlich entwickelte sie etwas, was ihr wie die vollkommene Frage erschien: Wie konnte sie zu einer Hauptrolle kommen?

Denn es war offensichtlich, daß jede Kreatur im Reiche Xanth eine Rolle spielte, doch manche waren soviel wichtiger als andere. Alle mußten sie einige Mühen über sich ergehen lassen, doch die Hauptrollen hatten eine wesentlich höhere Überlebens- und Erfolgsquote als die Nebenrollen. Die meisten Oger hatten offensichtlich Nebenrollen, weshalb ihr Leben auch so erbärmlich verlief. Doch wenn Okra es irgendwie schaffte, wichtig zu werden, würde ihr Glück sich schon von allein zum besten wenden.

Im Laufe dieser Überlegungen war die Nacht schon mehrmals zum Tag und der Tag zur Nacht geworden. Noch immer war sie nicht am Ziel und fing langsam an, etwas müde und hungrig zu werden. Doch sie fürchtete, daß sie, sollte sie jetzt mit dem Rudern aufhören, abgelenkt werden könnte und niemals ans Ziel gelangen würde.

Dann gab es plötzlich ein furchtbares Krachen. Sie war angekommen! Doch als sie sich umblickte, mußte sie feststellen, daß es nur ein kahles Uferstück war; weit und breit war kein Magierschloß zu sehen. »Ach, es geht einfach alles schief!« rief sie. »Ich werde nie den Guten Magier finden!«

»Hallo.«

Erschrocken stieß Okra einen Schrei aus und machte einen Satz. Halbbenommen fiel sie draußen vor dem Boot wieder auf die Beine. Sie hatte einfach nicht gemerkt, daß jemand in der Nähe war.

Es stellte sich heraus, daß es sich um eine Meerfrau in Nymphengestalt namens Mela handelte. Sie unterhielten sich und beschlossen, gemeinsam den See zu überqueren – inzwischen war es der Küß-mich-See –, weil Okra das Boot hatte und Mela den Weg wußte. Okra warf das Boot wieder ins Wasser zurück, und sie setzten sich in Bewegung. Okra ruderte kräftig, da sie während der kurzen Pause wieder etwas Kraft geschöpft hatte, und fühlte sich sehr ermutigt, daß nun jemand dabei war, der ihr den Weg zeigen konnte.

Mela sagte etwas, doch Okra konnte sie wegen des Ruderlärms nicht verstehen. Als ihre Gedanken aber schließlich ihrer Bahn zu Ende gefolgt waren, bemerkte sie etwas anderes: Der Himmel verdunkelte sich. Brach die Nacht schon wieder ein? Nein, es war eine große, dicke Wolke, die sich anschickte, über ihnen abzuregnen. Nun, ein wenig Regen würde schon keinen Schaden anrichten, solange er nicht das Boot ausfüllte. Vielleicht wäre es ja besser, an Land zu gehen und das Gewitter auszusitzen, da sie im Sturm ohnehin nicht weit kommen würden.

Sie hielt mit dem Rudern inne. »Meinst du, wir sollten ...?« fragte sie.

»Zu spät!« rief Mela. Eine Windböe suchte sich genau diesen Augenblick aus, um ihr das Haar durchs Gesicht zu wehen. »Fracto hat uns den Rückzug abgeschnitten.«

»Fracto?«

»König Fracto Cumulo Nimbus, die schlimmste aller Wolken. Der macht immer Ärger.«

»Aber Oger mögen Ärger!«

»Kannst du schwimmen?«

»Nein.«

»Dann wird dir Fractos Art von Ärger bestimmt nicht gefallen.«

Da war etwas dran. Okra versuchte das Boot zu wenden und zum Ufer zurückzurudern, doch der Wind plusterte sich gewaltig auf und trieb sie in die entgegengesetzte Richtung. Nun sah sie, daß die Wolke einen riesigen, nebligen Mund geformt hatte und sie anblies. Der Wind peitschte die Wogen, die sich nun zu wahren Gebirgen auftürmten.

Da begann der Regen. Erst ein paar Tröpfchen, dann schüttete es nur so herab. »Iiiieeehh!« kreischte Mela und zog die nackten Beine an. »Süßwasser!«

»Was ist denn daran verkehrt?«

»Ich bin ein Salzwasserwesen. Süßwasser verdirbt mir die Schwanzflosse.«

»Aber du trägst doch gerade Beine.«

»Ich weiß nicht, wie man mit Beinen schwimmt. Außerdem verdirbt es mir auch die Haut.« Tatsächlich wurde ihre Haut überall fleckig, wo das Regenwasser auf sie traf.

Okra versuchte mit den Händen Wasser aus dem Boot zu schöpfen, doch es prasselte zu schnell hernieder. Da packte sie lieber wieder ihre Ruder. »Vielleicht kommen wir ja irgendwohin«, meinte sie.

Mela blickte zweifelnd drein, doch wenn sie etwas sagen wollte, ging es im Geheul des Windes und im Donnern der Gischt unter. Okra sah eine riesige Woge kommen, die sie unter sich ertränken wollte, doch es gelang ihr, das Boot weit genug vorwärts zu manövrieren, um ihr zu entgehen; nachdem sich das Boot etwas ausgeschaukelt hatte, konnten sie sogar ein Stück auf dem Wellenkamm reiten. Wellen ließen sich handhaben. Sie waren wie Drachen, nämlich gar nicht so übel, wenn man sie nur im Auge behielt und stets von hinten anging.

Doch es wurde noch schlimmer. Wassermassen schlugen über ihnen zusammen, so daß Mela laut genug aufkreischte, um selbst im Sturmgetöse noch vernommen zu werden, und füllten das Boot immer schneller. Okra konnte nicht mehr rudern, sie mußte Wasser schöpfen. Deshalb zog sie die Ruder ein und begann, das Wasser mit beiden Händen zu eimern. In hohen Fontänen spritzte es heraus, und der Wasserpegel im Boot sank ab, was sie tatsächlich vor dem Kentern bewahrte. Doch das bedeutete im Gegenzug, daß sie nun hilflos den gnadenlosen Winden und Wellen ausgeliefert waren. Zu allem Überfluß mußte Okra auch noch spüren, wie sich ein Asthmaanfall näherte: Die Anstrengung, der Wind und die Nässe verklebten ihr den Atem. Und das Asthma lauerte stets auf die schlimmstmögliche Gelegenheit, um zuzuschlagen.

Dann kam die schrecklichste Welle von allen auf sie zu. Es riß sie empor und schleuderte sie in atemberaubender Geschwindigkeit in die Dunkelheit hinaus. Es blieb ihnen nichts anderes mehr übrig, als sich festzuhalten. Jetzt nutzte keine Widerrede mehr etwas, sie waren dazu verurteilt, sich von der Welle willkürlich irgendwohin befördern zu lassen.

Das Boot krachte auf einen sandigen Felsbrocken. Es überschlug sich, spie sie hervor. Das Wasser zog sich wieder zurück, und nun saßen sie hoch oben und völlig durchnäßt da. Mela war zusammengekauert und zitterte, und selbst

Okra war es etwas kühl. Das war wirklich ein übler Sturm gewesen, doch immerhin hatten sie es an Land geschafft.

Der Sturm zog nun weiter und ließ nur noch ein wenig befriedigtes Gepolter zurück. Er war fertig mit ihnen.

»O nein!« rief Mela, als sie sich wieder aufgerichtet und erneut hingesetzt hatte.

Okra sah genauer hin. Ein großer Sandhügel bewegte sich auf sie zu und kicherte dabei. »Hab ich euch in meiner Sandfalle!« sagte er. »Hi hi hi!«

»Das ist ein Sandmann«, erklärte Mela. »Und er hat uns in seiner Sandfalle gefangen. Deshalb hat Fracto uns auch hier zurückgelassen.«

»Sandfalle?« Okra stand auf – und ließ sich sofort wieder nieder, als der Sand unter ihren Beinen nachgab.

»Er fängt einen ein, so daß man ihm nicht mehr entkommen kann. Ich habe zwar schon davon gehört, bin aber nie selbst in so eine Falle gelaufen. Der Sandmann wird uns so lange mit Sand zudecken, bis wir erstickt sind, dann lösen wir uns auf, bis nur noch unsere Köpfe übrig sind, die nennt man dann Brückenköpfe.«

»Hi hi hi!« wiederholte der Sandmann beipflichtend.

Okra konzentrierte ihr Gehirn und dachte einen Augenblick angestrengt nach. Sie wußte, daß sie sich gegen den Sandmann nicht würde wehren können, weil sie kaum noch Atem fand und furchtbar schwach wurde. Also mußte sie eben statt dessen ihr Gehirn benutzen, was immer davon auch vorhanden sein mochte.

Da blitzte eine matte Birne auf und erhitzte ihren Kopf. Sie hatte eine schwache Idee! Sie griff in ihren triefenden Rucksack und holte ihr Mittagessen hervor: eine Flasche voll Klemmarmelade. Es war ihr zwar zuwider, das gute Zeug vergeuden zu müssen, aber etwas anderes stand im Augenblick nicht zur Auswahl. Sie sperrte den Deckel auf und verteilte die Marmelade um sich herum über den Sand.

Der Sand stürzte sich auf das klebrige Zeug und verklemmte sich dabei. Weiterer Sand folgte, verklemmte ebenfalls. Plötzlich war um sie herum nur noch verklemmter Sand zu sehen.

Okra stand auf und stellte sich darauf. Die Oberfläche war nun fest geworden. Die Klemmarmelade neutralisierte die Lockerheit des Sandes, und der Sand neutralisierte seinerseits die Klebrigkeit der Marmelade. Sie konnte darauf gehen.

Doch der Wirkungskreis reichte nicht ganz bis zu Mela heran. Deshalb stellte Okra sich an den Rand des verklemmten Sandes und streckte die Hand aus, um die Meerfrau zu sich heranzuziehen. Dann traten die beiden aus der Sandfalle hervor.

Der Sandmann war darüber so verärgert, daß er sich in eine Schmollgrube zurückzog. Ab mit Schaden!

Doch nun stellte sich heraus, daß sie auf einer Insel gestrandet waren und nicht etwa am gegenüberliegenden Ufer des Sees. Sie würden die Nacht hier verbringen müssen, denn der Sturm könnte immer noch einmal kehrtmachen und erneut über sie herfallen, wenn sie versuchten zu fliehen. Okra schüttete das verbliebene Wasser aus dem Boot und legte es in die Sonne zum Trocknen.

Sie entdeckten einen Teich mit Feuerwasser. Mela gelangte zu dem Schluß, daß dies besser sei als Süßwasser, also badeten sie darin und seiften sich mit einem Riegel geschnitzten Seifenstein ein, den sie in der Nähe gefunden hatten. Bald hatten sie sich den letzten Rest des gräßlichen Schaums vom Leib gespült, mit dem Fracto sie überschüttet hatte. Okras Asthma streckte die Waffen, und ihr Atem wurde wieder frei. Mit einem Handtuch von einem nahegelegenen Baumwollbaum rieben sie sich die Haare trocken. Dann sang Mela ein Sirenenlied, während sie ihre langen Strähnen kämmte, was sie auf magische Weise zum Glänzen brachte.

Fasziniert sah Okra zu. Sie zupfte an einer klebrigen Strähne ihres eigenen Haars. Noch nie war ihr der Gedanke gekommen, daß Haare schön sein könnten, und es war auch nicht Ogerart, danach ... aber dennoch ...

Mela lächelte. »Soll ich dir auch dein Haar machen?«

Okra errötete ganz unogerhaft und willigte ein. Also machte Mela sich mit ihrer magischen Bürste und ihrem

Zaubergesang ans Werk, und schon verwandelte sich Okras Haar von feuchten, verfilzten Strähnen in strahlende Zöpfe. Sie musterte ihr Spiegelbild im Teich und war verblüfft.

Das Tageslicht wurde langsam fliederfarben, purpurn und weich. Es war an der Zeit, etwas zu essen zu suchen, bevor das Licht in Tiefpurpur und Schwarz überging. Sie sammelten Strandnüsse, Sandkuchen, Bananenschiffchen und entdeckten sogar eine Kakaopalme mit mehreren Nüssen voll frischem Kakao. So hatten sie ausreichend zu essen und zu trinken, trotz des Verlusts von Okras Klemmarmelade.

Schließlich sammelten sie Treibholz ein und bauten sich eine Hütte zum Schlafen. Okras Boot wurde mit dem Kiel nach oben daraufgelegt und gab so das Dach ab. Sie holten sich frische Kissen und Bettlaken von Kissensträuchern und machten sich daraus ein bequemes Bett. Dann schliefen sie.

Am Morgen stöberten sie wieder nach Eßbarem herum, bis sie ein paar Krebsäpfel gefunden hatten, die sie im heißen Quell so lange abkochten, bis sie aufhörten zu zappeln, dann machten sie sich erneut auf den Weg. Okra hatte frischen Mut geschöpft, weil sie festgestellt hatte, daß sie es vorzog, Gesellschaft zu haben und nicht allein zu sein. Mela war ganz anders als die Oger: Sie war schön und nett, und es machte Spaß, mit ihr zusammenzusein.

»Darf ich dich etwas fragen, Okra?« fragte Mela.

»Sicher. Aber vielleicht weiß ich keine Antwort darauf. Oger sind nicht besonders schlau.«

»Mir scheinst du schlau genug zu sein. Ich möchte wissen, weshalb du nicht wie ein Oger sprichst.«

»Ich spreche sehr wohl wie ein Oger, nur nicht so laut.«

»Nein, das tust du nicht. Du reimst gar nicht.«

»Oger reimen auch nicht!«

»Tun sie wohl. Sie sagen Sachen wie ›Mich dünkt es stinkt‹. Unbeholfene Reime. Du sprichst gar nicht so.«

Okra überlegte. »Vielleicht hören wir uns nur für andere so an. Für uns klingt das nicht so.«

»Vielleicht ist dein Ogerstamm auch anders als die anderen.«

»Vielleicht. Ich kann ja gern versuchen zu reimen, wenn du möchtest.«

Mela lachte melodisch. »Mach dir keine Umstände! Du gefällst mir schon so, wie du bist.«

Okra ruderte, und gemeinsam kamen sie dem gegenüberliegenden Seeufer ein Stück näher. Doch als Okra, die gegen die Fahrtrichtung saß, hinausblickte, sah sie eine Wolke am Horizont, die immer näher kam und gleichzeitig immer größer wurde. »Ich glaube, Fracto ist schon wieder hinter uns her«, sagte sie.

Mela drehte sich um. »Du hast recht! Das ist die Dämonenwolke. Schaffen wir es noch an Land, bevor er uns eingeholt hat?«

»Wir können es versuchen.« Mit neuer Beherztheit machte sich Okra ans Werk, und das leichte Boot schoß förmlich dahin. Dennoch holte Fracto auf und hätte sie wahrscheinlich noch abgefangen, wenn die ihm vorauswehenden Winde sie nicht noch ein Stück weiter in die gewünschte Richtung getrieben hätten.

Allerdings bedeutete das auch, daß sie nicht allzu wählerisch sein konnten, wo sie an Land gingen, und daß sie sich auch nicht allzu ausgiebig würden umsehen können, bevor der Sturm zuschlug. Also rissen sie etwas Bärlapp von einem Baum, hängten es über einen Ast und beschwerten die Enden mit schweren Muscheln. Das gewährte ihnen etwas Schutz vor dem Wind und dem Regen, und gemeinsam kauerten sie sich dort nieder, während draußen der Sturm tobte. Wenigstens hatten sie inzwischen den See überquert.

Es war zwar immer noch Tag, doch blieb ihnen nicht viel anderes übrig als abzuwarten, bis der Sturm abflaute. Langsam begann Okra diesen Fracto wirklich nicht mehr zu mögen! Zu Hause regnete es zwar auch jeden Tag, aber das war nichts Bösartiges; Fracto dagegen stürmte einfach so herum, nur um Reisenden das Leben schwerzumachen. Also legten sie sich hin und schliefen.

Für eine Ogerin hatte Okra einen leichten Schlaf; alles Ungewöhnliche ließ sie aufwachen. So erwachte sie auch, als der Bärlapp und die Muschelvorhänge erzitterten und klimperten, als würden sie von einem feuchten Windhauch auseinandergetrieben. Ungewöhnlich daran war jedoch, daß im Augenblick kein Wind mehr blies – der Sturm war abgezogen.

Ein wehendes Tröpfeln berührte Okras Arm und landete dann mit leisem Klatschen auf dem Boden. Es war ein sehr leises Geräusch, aber es war unvertraut und ließ sie daher vollends erwachen. Als sie zu Hause einmal im Garten geschlafen hatte, hatte eine Schlange innegehalten und daran gedacht, etwas Schlangengemäßes zu tun, und schon das Geräusch dieses Gedankens hatte Okra geweckt.

Zufällig war sie jetzt froh, aufzuwachen, weil sie davon geträumt hatte, auf einer Nachtmähre zu reiten, was nicht gerade ihre Lieblingsbeschäftigung darstellte. Sie war noch nie auf irgend etwas geritten, zog es vor, an Land ihre eigenen Beine zu benutzen oder auf dem Wasser ihre Ruderarme.

Okra öffnete die Augen und schaute sich an, was neben ihr zu Boden gefallen war. Es war eine fette Wahnwanze, die sich soeben anschickte, sich an ihrem Blut gütlich zu tun. Schon kam sie auf ihren Stummelbeinen auf Okra zugekrochen, in der Hoffnung, sie an einer unsichtbaren Stelle zu beißen und an ihr Blut zu gelangen, ohne sie dabei zu wekken. Sie war ungefähr so groß wie Okras Faust und etwa doppelt so häßlich. Ein ganzes Nest solcher Wanzen konnte einem im Schlaf das gesamte Blut aussaugen, so daß das Opfer niemals mehr erwachte. Das bedeutete natürlich, daß es danach für die Wanzen nichts mehr zu fressen gab, so daß die meisten von ihnen abstarben. Das war auch ein Grund dafür, weshalb man sie als Wahnwanzen bezeichnete: Sie waren wahnsinnig.

Doch wie war die Wanze hierhergekommen? Okras Blick flackerte zur abgeschrägten Seite der improvisierten Mitte, doch dort war kein Loch zu erkennen. Also war sie nicht von außen herabgefallen. Da Wahnwanzen nicht fliegen konnten, mußte jemand sie hier hereingeworfen haben.

Es stimmte nicht, daß Oger bei jeder Bewegung lautstark polterten; wenn es sein mußten, konnten sie sehr schnell und leise vorgehen. Das mußten sie nur selten tun, weil es in der Regel das einfachste war, alles kurz und klein zu schlagen. Doch Okra, die ja die unogerhafteste aller Oger war, hatte mehr über das Leisesein in Erfahrung gebracht, als ihr guttat. Lautlos fuhr ihre Hand an den Rucksack neben ihr, und die Finger schlossen sich um den Griff ihres Jagdmessers. Doch erdolchte sie damit die Wanze nicht gleich, die stellte schließlich nur die kleinere Belästigung dar. Sie wollte vielmehr für die wirklich große Gefahr gerüstet sein, die ganz in der Nähe lauern mußte.

Dann wandte Okra sehr vorsichtig den Kopf zur Seite. Über Melas ruhender Gestalt stand eine schreckliche Figur. Okra witterte Blut. Erst hatte sie geglaubt, daß es von der Wanze stamme, doch nun wurde sie eines Besseren belehrt.

Okra erkannte die Gestalt. Es war ein Giek. Das waren kleinere humanoide Ungeheuer, kleiner und schwächer als Oger oder Trolle, was sie aber durch eine bösartigere Persönlichkeit mehr als wettmachten. Kein Giek führte jemals Gutes im Schilde; das stand im Buch der Ungeheuer ganz oben auf der Regelliste.

Okras Arm bewegte sich. Sie schleuderte das Messer gegen den Giek. Doch mit der heimtückischen Raffinesse seiner Art wich der Giek aus, um der Klinge zu entgehen. Aber er war zu langsam – der Stahl bohrte sich in seinen Rücken. Natürlich starb er daran nicht; Gieks besaßen kein Herz, so daß es nicht sonderlich wirksam war, sie zu durchbohren. Doch immerhin bereitete ihm das ein gewisses Unbehagen, und so fiel das Wesen aus dem Zelt.

Okra sprang auf die Beine, um es zu verfolgen, denn wenn sie es nicht erledigte, würde es nur zurückkehren, um noch schlimmeres Unheil anzurichten. Sie trat aus dem Zelt und blieb entsetzt stehen. Vor sich erblickte sie eine Unmenge von Gieks, die auf ihrem ochsenblutroten Boot herumkletterten, während Wahnwanzen mit dem Versuch beschäftigt waren, das Ochsenblut herauszusaugen.

Empört trat Okra auf sie zu. Sie hatte vergessen, sich ihr Messer zurückzuholen, doch ihre Fäuste würden schon genügen. »Ihr albernen Gieks, was habt ihr an meinem Boot zu suchen?« fragte sie herausfordernd.

Die Gieks musterten sie. »Wie wollen dich natürlich dazu überreden, mit uns zu kommen«, erwiderte einer von ihnen. Gieks waren nicht die schlauesten aller Kreaturen; tatsächlich hieß es Gerüchten zufolge, daß einige von ihnen fast so dumm waren wie die Oger. So kamen sie überhaupt nicht auf den Gedanken, auf eine Frage eine Antwort schuldig zu bleiben. »Und wenn wir dich erst einmal haben, werden wir dich fesseln und verprügeln, aus keinem besonderem Grund, bis deine Willenskraft gebrochen ist und wir uns an deine Unwillenskraft machen können. Wenn du uns schließlich das Vergnügen bereitest zu sterben, werden wir deinen Kadaver an unsere hungrigsten Wahnwanzen verfüttern.« Der Giek hatte ein ölige, stinkende Stimme und roch wie ein Mistkäfer; dabei waren das noch seine gewinnenderen Eigenschaften.

»Aber ihr Gieks wißt doch überhaupt nicht, wie man ein Boot rudert«, protestierte Okra, die im Augenblick fast ebenso dumm war wie sie. Schließlich erwartete man so etwas ja auch von einer Ogerin.

»Wir werden dich zwingen, mit uns zu unserem Versteck zu rudern, wo noch viel mehr von uns sind. Die Meerfrau nehmen wir auch mit. Sie sieht lecker genug aus, um uns einige Freude zu bereiten, bevor wir auch ihr das ganze Blut rauben.«

Okra wußte zwar nicht so genau, was damit gemeint sein mochte, war sich aber sicher, daß es nichts Gutes war. Sie hatte genug gehört; nun war es Zeit zu handeln. Also kam sie herangewatschelt, ballte ihre Fäuste und schleuderte rechts und links die Gieks beiseite. Sie war zwar der kleinste und schwächste aller Oger, aber das hier waren bloß Gieks. Schon bald hatte Orka sie in ausreichendem Maß über die

Gegend verstreut; die würden sie jetzt eine Weile in Ruhe lassen.

Dann kehrte sie zum Zelt zurück, um sich um Mela zu kümmern. Der Giek hatte mehrere Wanzen auf sie angesetzt, die soeben mit ihrem Festschmaus begonnen hatten. Auf Melas Gesicht, Händen und Brüsten waren rote Blutstreifen zu erkennen. Das Schlimmste an der ganzen Sache war, daß sie immer noch schlief; die Bisse der Wanzen waren schmerzlos, so daß Mela nicht einmal merkte, daß man ihr das Blut aus dem Leib saugte.

»Mela, aufwachen!« sagte Okra drängend.

Da erwachte die Meerfrau. Sie spürte die Wanzen auf ihrem Leib, blickte zu ihnen herab und schrie los: »Iiiieeehh!!!!«

Okra erschrak. Sie hatte noch nie einen Ausruf mit vier Ausrufezeichen vernommen, aber die waren nun unverkennbar da, wie kleine Keulen. Dann trat sie in Aktion, zupfte die Wanzen von Mela ab und zerquetschte sie mit Hieben ihrer Miniaturpranken. Dann nahm Okra ihren Rucksack auf und führte Mela hinaus. Die Meerfrau war immer noch geschwächt und benommen, nachdem sie einen nicht unbeträchtlichen Teil ihrer Kraft für die Herstellung dieses hervorragenden Ausrufs verwendet hatte. Sie würde noch weiterer Fürsorge bedürfen, doch zunächst mußten sie sich einen sicheren Platz suchen.

Mela blinzelte, als sie hinaustrat und sich umblickte. »Bäh«, machte sie in einem Viertelpunkt-Ausruf, der kaum zu vernehmen war. »Was haben denn diese Dinger auf den Ästen zu suchen?«

»Das sind Gieks«, erklärte Okra. »Ich habe sie aufgefordert, uns aus dem Weg zu gehen.«

»Ach so.« Dann heftete sich Melas Blick schwach auf das Boot. »Bäh.« Dieser Schrei war schon ein wenig besser ausgeprägt und emphatischer als der letzte, hielt aber noch immer keinem Vergleich mit dem ersten Ausruf stand.

Okra nahm das Boot auf und schüttelte es durch, bis die Wahnwanzen ins Wasser fielen. Mela beruhigte sich sichtlich.

Sie ließen die gefährliche Bucht hinter sich und ruderten ins tiefe Wasser hinaus. Glücklicherweise war keine Spur von Fracto mehr zu sehen; der Spätnachmittag war ausgesprochen schön.

Okra zog die Ruder ein und wühlte in ihrem Rucksack nach ihrer Erste-Hilfe-Ausrüstung. Das war noch so ein unogerhafter Gegenstand, den sie sich zugelegt hatte. Denn die meisten Oger schenkten Schmerzen keine Beachtung und Wunden schon gar nicht. Okra betupfte die Wanzenbisse mit Salbe, konnte aber nicht allzuviel ausrichten. Mela hatte schon zuviel Blut verloren. Selbst die Zwillingsfeuerwasseropale, die sie an einer Kette um den Hals trug, wirkten ermattet.

Also tat Okra das beste, was ihr dazu einfiel: Sie ruderte zur Insel zurück. Dort umging sie die Sandfalle und schleppte Mela zu dem Heißwasserteich, wo sie sie abwusch. Dann begann Mela sich zu erholen, denn ein heißes Bad hatte auf alle Frauen eine magische Wirkung. Ihre stumpfen Strohsträhnen wurden wieder zu goldenen Zöpfen, die sich unter Wasser in ein hübsches Grün verwandelten.

Okra fand ein zeitiges Zeitkraut und eine medizinische Minzenpflanze. Sie tauchte sie in einen Becher mit heißem Wasser und braute erst einen, dann zwei Tees daraus. Diese Tees gab sie Mela zu trinken, was ihre Besserung deutlich beförderte. Dann legte Okra sie auf Kissen und sang ihr Ogerlieder vor, bis sie einschlief. Leider konnte sie sich nur an »Ich wünsch dir zum Geburtstag alles Gute« erinnern.

Ein seltener blauer Mond ging auf. Okra bewunderte seine Farbe; es war das erste Mal, daß sie den Mond in dieser Tönung erblickte. Sie wünschte sich, daß sie etwas Blaukäse von ihm abschneiden könnte, aber so hoch konnte sie nicht hinaufgreifen. Dann schlief auch sie, bereit, beim geringsten Anzeichen von Gefahr aufzuwachen.

Am Morgen fühlte Mela sich schon besser, Okra jedoch ging es schlechter. Sie war kaum dazu in der Lage, das Rudern wiederaufzunehmen. Und doch schnaufte sie nicht. Was war nur los mit ihr?

»Laß mich die Sache mal überprüfen«, meinte Mela. »Leg deinen Rucksack ab.« Sie half Okra dabei. »Ha! Habe ich es mir doch gedacht. Du hast eine Wanze an dir.«

Tatsächlich befand sich an Okras Rücken eine Wanze, hinter dem Rucksack versteckt, den sie über Nacht nicht abgelegt hatte. Die Wanze mußte in den Rucksack gekrochen sein, als Okra sich mit den Gieks beschäftigte, um sich dann im Schlaf über sie herzumachen.

Mela bereitete es Vergnügen, die Wanze in dem Heißwasserteich zu ertränken. Dann kümmerte sie sich um Okra, wie Okra für sie gesorgt hatte, und als der Tag zur Neige ging, fühlte Okra sich schon besser. Sie nahmen eine Mahlzeit aus frischer Kokosnußmilch zu sich, aus Brotfrucht und einer Vielzahl von Buttersorten, die sie den am Strand wachsenden Butterblumen entnahmen.

Am folgenden Morgen ruderte Okra sie ans Westufer hinüber. Mela benutzte ihre Opale als Scheinwerfer, um einen sicheren Weg zu finden, der sie über einen Berg von Sanddünen führte, hinunter in eine riesige Höhle mit magischen Quellen, einem unterirdischen Fluß und einer Kolonie von Süßwassermeeresleuten. Sie besaß ein kleines Handbuch in ihrer unsichtbaren Tasche, in dem die Aufenthaltsorte verschiedener Meeresleutestämme standen, und hier in der Gegend sollte es eine solche Kolonie geben. Denn sie verließ sich darauf, daß diese Vettern ihr schon mitteilen würden, wie sie das Schloß des Guten Magiers erreichen konnte. Zwar hatten die Süßwasserbewohner nicht allzuviel mit den Salzwasserleuten zu tun, aber Meeresleute waren nun einmal dazu verpflichtet, anderen Meeresleuten behilflich zu sein.

Allerdings gab es einige Einzelheiten, die in Melas Handbuch nicht erwähnt wurden. Nachdem sie mehrere Sanddünen zurückgelegt hatten, blieben sie am Wegesrand im Schatten eines Mischwalds aus Strandschirmbäumen, Dudelsackbüschen, Nelken- und Damenfingerbäumen sowie Palmen stehen. Die Schirmen boten Schatten, die Dudelsäcke spielten eine quirlige Musik, während die Damenfinger delikate Gesten machten, welche die Palmen zum Schwitzen brachten. Okra schwitzte auch, weil sie ihr ochsenblutrotes Boot mit sich trug, das um so schwerer wurde, je höher sie kletterten. Das war natürlich Bestandteil der Magie von Höhen: Sie machten alles schwerer.

Okra und Mela entdeckten einen Gesundheitsquell und tranken daraus. Dann wurde der Weg immer schmaler, und sie mußten das Boot neben dem Quell liegenlassen, um dem gewundenen Felsenpfad zu folgen, der sich bald in einen weißen Bruchmarmorweg verwandelte. Sie erreichten einen zauberhaften alten Gartenschuppen, wo sie eine Rast einlegten. Mela konnte nicht widerstehen und pflückte einen silbrig schimmernden Webschal von einem nahegelegenen Spanischen Schalbusch, während Okra hier und dort an den Bonbons eines Rosaminzenkandisbaums knabberte. Es schien, als hätten sie alle Sorgen hinter sich gelassen, so daß sie nun völlig sorglos waren.

Mela kannte ein Lied, das sie Okra beibrachte: die Sage vom Schlafenden Drachen. Die Sonne über ihren Köpfen schien beim Lauschen langsamer zu werden. Da entdeckten sie einige Zeitkrautpflanzen ganz in der Nähe und begriffen, daß die Gegenwart einer größeren Anzahl dieser Kräuter die Zeit hier langsamer verlaufen lassen konnte, was den Tag verlängerte. Es war also nicht nur ihre Einbildung. Sie konnten sich hier so lange entspannen, wie sie wollten, während draußen tatsächlich nur wenig Zeit verstrich.

Doch schon bald machten sie sich wieder auf den Weg, als ihnen klar wurde, daß die verlangsamte Zeit auch eine gute Möglichkeit darstellte, schneller ans Ziel zu gelangen. So wanderten sie weiter durch die prächtigen Farben, Symmetrien, die Musik, die Geschmäcker, Gerüche und Gefühle dieser Region. Alles sprach ihre Sinne außerordentlich an.

»Ahhh, ohhh«, seufzte Mela, als sie schließlich einen Kristallgarten entdeckten, der von süßlich duftenden weißen Felsrosen, winzigen Papiernarzissen und sanft mähenden weißen Flachspflanzen überdeckt war. Selbst Okra, die doch ziemlich ungeübt in der Würdigung von Schönheit war, lernte schnell dazu. Ein kleiner Kristallquell blubberte und sang vom Gipfel des winzigen Kristallbergs herab, um sich durch kleine Windungen und Felsbuchten in den darunterliegenden Kristallteich zu ergießen. Alles war vollkommen, bis auf eine winzige Einzelheit: die kleine, eingefrorene Gestalt einer jungen Menschenfrau, die in einem großen Block aus Kristall gefangen war, mit dem die Tür des Gartenschuppens aufgedrückt wurde.

Sie musterten die Gestalt. Es war eine ziemlich hübsche Kreatur, die ein fahlwasserfarbenes Kleid aus Chiffon und goldene Filigransandalen trug.

»Das gefällt mir aber gar nicht«, flüsterte Mela und packte dabei Okras Arm nervös, am ganzen Leib zitternd. »Mal angenommen, wir beide fallen auch in diesen Kristall und bleiben ewig hier als Gefangene der Zeit? Wir müssen sofort von hier weg!«

»Aber was ist mit diesem armen, gefangenen Mädchen?« fragte Okra. »Ist das etwa recht, sie hier zurückzulassen?«

Mela furchte die Stirn. »Das muß natürlich ausgerechnet dir einfallen! Nein, das ist überhaupt nicht recht. Wir müssen versuchen, ihr zu helfen.«

Mela hob ihre beiden Feuerwasseropale und trat an den Kristall heran. Wäßriges Feuer schoß hervor und badete den Stein. Der Stein begann zu schimmern und an den Ecken zu schmelzen, doch das Mädchen in seinem Innern blieb gefroren. Die Opale waren nicht kräftig genug für diese Aufgabe.

»Vielleicht kann ich sie herausschneiden«, meinte Okra. Sie zog ihr Messer und machte sich damit über den Kristall her. Splitter lösten sich und fielen zu Boden, doch schon bald war das Messer stumpf, während der große Kristall fast völlig unversehrt blieb.

»Vielleicht geht es ja mit meinem Sirenengesang«, schlug Mela vor. Sie öffnete den Mund und sang ihre wunderschöne, gespenstische Melodie. Der Kristall begann zu schimmern und strahlte regenbogenfarbenes Licht ab, doch es brachte ihn weder zum Brechen noch zur Auflösung.

Mela gab es auf. »Vielleicht kannst du es ja mit deiner Stimme schaffen«, meinte sie. »Versuch es einmal, indem du ogerlaut singst.«

Okra sperrte den Mund auf. Ein merkwürdiges Gefühl überkam sie. Sie sang einen Ton, dann noch einen höheren, dann immer höhere. Die Töne kletterten bis zum hohen C und noch höher hinauf, bis sie schließlich durch das Dach verschwanden und nicht mehr zu hören waren. Nun herrschte Schweigen – doch Okra war immer noch am Singen.

»Das ist ja dein magisches Talent!« rief Mela. »Du besitzt eine Überschallstimme!«

Der Kristallblock erzitterte und barst. Plötzlich brach er auseinander, und da stand die junge Frau nun, frei, kopfschüttelnd und blinzelnd.

Doch nun begann die schwere Steintür des Gartenschuppens sich zu schließen, nachdem sie ihren Stopper verloren hatte. »Raus hier!« schrie Mela besorgt.

Die junge Frau schüttelte lediglich verwirrt den Kopf.

Okra handelte. Sie stürmte hindurch, nahm das Mädchen auf und trug es hinaus, bevor die Tür sie einsperren konnte. Mela folgte ihr. Zu dritt standen sie schweratmend da, während hinter ihnen die Tür krachend ins Schloß fiel.

Okra setzte die junge Frau ab. »Wie heißt du?« fragte Mela sie.

Die junge Frau atmete tief durch, worauf der Kleiderstoff um ihren Busen in einem silbrigen Ägäisgrün zu schimmern begann, das genau auf ihr jadegrünes Haar und ihre wassergrünen Augen abgestimmt war. »I ... da ... da ... ich ...«

»Ida?« fragte Mela.

»Weiß es nicht«, endete sie.

»Ach so.« Die Meerfrau dachte nach. »Na, dann wollen wir dich einfach Ida nennen. Ich bin Mela Meerfrau und das hier ist Okra Ogerin. Wir haben dich gerade aus grausamer Gefangenschaft gerettet.«

»Ha-hallo«, sagte Ida. »Danke.«

»Und jetzt müssen wir alles über dich in Erfahrung bringen«, fuhr Mela fort. »Damit wir dir helfen können. Wo willst du denn hin?«

Ida schüttelte den Kopf. »Hin?« fragte sie verständnislos.

»Na gut, wo kommst du denn her?«

Ida spreizte die Hände. »Ich bin mir nicht sicher.«

Mela warf Okra einen Blick zu. »Ich glaube, wir haben ein Problem.«

Aber Okra hatte dazu noch eine Idee. »Vielleicht will sie ja den Guten Magier aufsuchen, genau wie wir, um ihr Leben in Ordnung zu bringen.«

»Ist das so?« erkundigte sich Mela.

»Ja, ich denke schon. Sofern ich den Weg finde.«

Mela lächelte. »Zufälligerweise sind wir auch gerade damit beschäftigt, den Weg zu finden. Du kannst dich uns also anschließen, und der Gute Magier wird schon wissen, was zu tun ist.«

Ida nickte. »Ja, das gefällt mir.«

»Aber der Weg ist jetzt versperrt«, wandte Okra ein. »Die Tür hat sich geschlossen, als wir den Block herausholten.«

»Vielleicht gibt es ja noch eine andere Strecke«, meinte Mela. »Wir müssen einfach zurückgehen und nachsehen.«

Also machten sie sich auf den Rückweg. Mela ging voran, gefolgt von Ida, während Okra die Nachhut bildete. Einmal mehr begannen die Gedanken im Inneren ihres Schädels umherzugaloppieren, prallten am Knochen ab und gerieten in ein heilloses Durcheinander. Wie seltsam das doch war – einer so elegant gekleideten jungen Frau zu begegnen, die in einem Kristall eingesperrt war!

4

CHE

Schloß Roogna wurde von seinem großen Obsthain geschützt. Che wußte natürlich darum, denn es gehörte zum Unterrichtsplan der Zentauren. »Wir müssen dafür sorgen, daß die Bäume wissen, daß wir ihre Freunde sind«, sagte er. »Sonst verschieben sie ihre Äste und lassen uns nicht durch.«

»Ach, was!« widersprach Jenny. »Bäume verschieben ihre Äste doch nur bei kräftigem Wind.« Forsch ging sie ein Stück des Wegs voran.

Da schwangen sich Äste rechts und links vom Weg herbei und versperrten ihn.

»Na ja, vielleicht doch«, meinte sie und wich zurück. »Ich habe vergessen, daß es hier ganz anders ist als dort, wo ich herkomme.«

»Wie wollen wir ihnen denn mitteilen, daß wir Freunde sind?« erkundigte sich Gwenny.

»Indem wir unsere Namen nennen und ihnen sagen, weshalb wir unterwegs sind«, erklärte Che. »Wenn sie uns erst einmal kennen, werden sie uns nicht mehr belästigen.«

Also trat das Koboldmädchen an die gekreuzten Äste heran. »Ich bin Gwendolyn Kobold, Erbin des Häuptlingsamts vom Koboldberg, unterwegs, um dem Guten Magier eine Frage wegen eines Gegenstands zu stellen, den ich benötige, um tatsächlich der erste weibliche Häuptling unter den Kobolden zu werden.«

Das Laubwerk der Bäume raschelte. Kurz darauf hoben sich die beiden starken Äste, um sie durchzulassen. Doch hinter ihr senkten sie sich sofort wieder.

Nun trat Jenny wieder heran. »Ich bin Jenny aus der Welt der Zwei Monde. Ich bin Gwennys Freundin und möchte ihr helfen.«

Wieder raschelte das Laub, dann hoben sich die Äste erneut, um sie hindurchzulassen.

Jetzt trat Che heran. »Ich bin Che Zentaur, Gwennys Gefährte. Möglicherweise ist es mein Schicksal, dabei behilflich zu sein, den Lauf der Geschichte Xanths zu verändern.«

Auch ihn ließen die Bäume passieren. »Danke«, sagte er noch.

Sie zogen weiter durch den Hain, wo alle möglichen Bäume mitsamt ihren Früchten wuchsen. Es gab Kirschen verschiedenster Sorten, von Schokoladen- bis zu Kirschbomben, ebenso Zitronen- bis Kuhpasteten, dazu Fußbekleidungsbäume, die vom Stiefel bis zur Damensandale alles boten. Diese Bäume brachten sie stark in Versuchung, als sie sie betrachteten, doch sie wußten, daß sie sich erst auf Schloß Roogna vorstellen mußten, bevor sie etwas berühren durften.

Dann stand das Schloß abweisend vor ihnen, umgeben von einem tiefen Graben. Ein schlangenähnliches Grabenungeheuer hob den Kopf, um sie anzustarren. Doch als es sie erkannte, beruhigte es sich wieder. Schließlich waren sie ja schon einmal hiergewesen. Nur daß sie damals nicht zu Fuß gekommen waren.

Im Innern ertönte ein Schrei. Kurz darauf kam eine junge Frau in Blue Jeans mit wehenden Zöpfen herausgelaufen, die Hemdzipfel flatterten ihr aus der Hose. »Che! Gwenny! Jenny!« rief sie.

Das war Electra, die erste Prinzessin Xanths, die eine solch legere Kleidung zu tragen pflegte. Zwei Jahre zuvor waren sie bei ihrer Vermählung gewesen. Tatsächlich war sie zwanzig Jahre alt, sah aber aus wie sechzehn. Das war auch gut so, denn ihr Ehemann, Prinz Dolph, war erst siebzehn, und Frauen sollten doch eigentlich jünger als Männer sein, wenn sie es aber nicht waren, mußten sie eben so tun als ob. Che wußte nicht so recht, woher diese Regel eigentlich stammte, aber irgendwo stand sie nun einmal im großen Buch der Regeln niedergeschrieben.

Electra umarmte sie alle, dann führte sie sie ins Schloß. Sie brachte sie ins Kinderzimmer, um mit den Zwillingsmädchen zu prahlen, die der Storch ihr gebracht hatte: Morgen und Abend. Es fiel schwer sich vorzustellen, daß diese mit mädchenhaften Sommersprossen bedeckte Person Prinzessin und Mutter war, doch das war sie nun einmal, und es war nicht zu übersehen, daß ihr diese Rolle großes Glück bereitete.

Sie bekamen ein gemeinsames Zimmer zugewiesen, und Che blickte aus dem Fenster, während die Mädchen sich badeten und umzogen. Zentauren hatten zwar nicht dieselben Sitten wie Menschen, achteten sie aber, wenn sie sich in menschlicher Gesellschaft befanden. Deshalb bemühte er sich auch gar nicht erst, einen Blick auf irgendwelche Höschen zu werfen, so groß die Versuchung auch war.

Dann brachte sie man sie zum Essen in den großen Speisesaal. Dort trafen sie auf König Dor und Königin Irene, die beide sehr freundlich zu ihnen waren. Prinz Dolph war auch da, er sah ein wenig zerrupft aus. Dann erschien auch Electra, und Che erkannte sie im ersten Augenblick gar nicht, weil sie sich verwandelt hatte.

Sie trug ein fahlgrünes Gewand, das mit goldenen Flecken übersät war, im Haar ein Diadem, während ihre Füße in zierlichen Damenpantoffeln steckten. Zwar war ihr Gesicht noch immer von Sommersprossen bedeckt, doch nun sah es erwachsen und schön aus. Sie wirkte beinahe ebenso wunderbar wie am Tag ihrer Heirat mit Dolph, als das magische

Hochzeitskleid sie aus einem Nichts in eine Schönheit verwandelt hatte.

»Ihr scheint überrascht zu sein«, bemerkte Königin Irene. Che blickte sich schuldbewußt um, da merkte er, daß sie mit Gwenny und Jenny sprach, die beide den Mund aufgesperrt hatten. Das war ihm eine Erleichterung; denn beinahe hätte Ches Mund dasselbe getan.

»Electra ist so völlig anders«, bemerkte Jenny. »Gerade eben trug sie noch Blue Jeans.«

»Wir haben die Kunst des Kompromisses erlernt«, erklärte Königin Irene. »Bei Tag und zu formlosen Anlässen kleidet Electra sich, wie es ihr beliebt, und verhält sich auch so. Am Abend, und wenn es förmlich wird, kleidet sie sich entsprechend an. Schließlich ist sie ja jetzt eine Prinzessin.«

»Ich frage mich, ob ich wohl jemals so werden werde«, murmelte Gwenny ehrfürchtig.

»Aber gewiß wirst du das, meine Liebe, wenn du erst Häuptling geworden bist«, versetzte Königin Irene. »Deine Mutter hat ein hervorragendes Händchen für Kleider und Manieren.«

Tatsächlich war sie schon jetzt nicht mehr weit davon entfernt, überlegte Che. Wie alle weiblichen Kobolde war auch Gwenny zierlich und hübsch, und das Kleid, das sie trug, verlieh ihr ein gewinnendes Äußeres. Doch das wußte sie nicht, was wahrscheinlich einen Teil ihrer Anziehungskraft ausmachte.

Sie aßen mit gutem Appetit, denn die ganzen Früchte im Hain, die sie so arg in Versuchung gebracht hatten, wurden nun aufgetragen. Es gab sogar einen hübschen Teller mit Katzenleckerchen für Sammy. Che erkannte, daß Königin Irene darauf geachtet hatte, ihren Gästen einen angenehmen Aufenthalt zu bereiten.

Aber weshalb sollte die Königin sich soviel Mühe machen? Schließlich waren sie bloß drei gewöhnliche Wesen, unterwegs in einer privaten Mission, die doch wohl kaum eine königliche Behandlung verdient hatten.

Nein, das stimmte nicht so ganz. Sie waren schon etwas Besonderes: Jenny war die Vertreterin einer Elfenart, die man noch nie zuvor in Xanth gesehen hatte und deren Geschichte noch ungeschrieben war. Sie hatte spitze Ohren und vier Finger, und in seinem eigenen Reich konnte ihr Volk von Geist zu Geist miteinander kommunizieren. Gwenny hatte die Gelegenheit, zum ersten weiblichen Häuptling eines Koboldstamms zu werden, was die Beziehungen zwischen den Kobolden und anderen Arten ebenso dramatisch verändern könnte, wie es der Kleiderwechsel bei Electra getan hatte. Und Che selbst sollte einmal den Lauf der Geschichte Xanths verändern, auf eine Weise, die noch nicht so genau ermittelt worden war. Vielleicht würde er maßgeblich dazu beitragen, Gwenny zur Erlangung der Häuptlingswürde zu verhelfen, vielleicht geschah es aber auch auf andere Weise. So waren die drei zwar jung, aber alles andere als gewöhnlich, und das wußte Königin Irene sehr gut. Möglicherweise hatten sein Vater und seine Mutter die Königin darüber informiert, daß sie unterwegs waren; erwachsene Zentauren überließen nur wenig dem Zufall. Dennoch wußte Che die Höflichkeit, mit der sie behandelt wurden, sehr zu schätzen.

Nach der Mahlzeit lud Electra sie dazu ein, sich in Prinzessin Ivys altem Zimmer mit ihr und ihren Töchtern zu treffen, um sich den magischen Wandteppich anzuschauen. Sie trug die Zwillinge in einem großen Korbkinderbettchen herein. »Es macht ihnen Spaß, ihn zu beobachten«, erklärte Electra. »Deshalb sehen wir ihn uns an, bevor sie sich nachts schlafen legen. Das ist immer interessant.«

Der Teppich erwies sich als großes Webbild von Schloß Roogna, das an einer Wand hing. Er war damals zu Electras Zeit, vor beinahe neunhundert Jahren, von der Zauberin Tapis angefertigt worden. Die Zauberin hatte ihn dem Zombiemeister als eine Art Rätsel überreicht, der seine Funktion erst erkannte, nachdem er ihn zusammengesetzt hatte. Nun lebte der Zombiemeister in der Gegenwart, hatte aber entschieden, den Wandteppich dort zu belassen, wo er am nützlichsten war, nämlich auf Schoß Roogna. Er war bei der Erziehung von Prinzessin Ivy und Prinz Dolph von großem Nutzen gewesen.

Denn der Webteppich zeigte kein festes Bild. Vielmehr veränderte er sich ständig, um Ausschnitte aus der Geschichte Xanths oder gegenwärtige Ereignisse wiederzugeben. So war es möglich, anderen nachzuspionieren, obwohl gute Leute so etwas natürlich niemals täten. Doch machte es den Teppich zu einem hochinteressanten Gegenstand.

»Was möchtet ihr denn gern sehen?« fragte Electra. »Den Zwillingen ist es gleich, was gezeigt wird; sie sind noch zu jung, um wählerisch zu sein.« Tatsächlich sahen die Zwillinge im Augenblick überhaupt nicht auf den Wandteppich; vielmehr beobachteten sie Sammy Kater, der sich in ihrem Korbkinderbettchen zu ihnen gesellt hatte. Dort spielte er mit einem losen Faden ihrer Decke.

Gwenny zuckte mit den Schultern, doch Jenny blickte besorgt drein. »Meinst du, er könnte wohl Okra Ogerin zeigen?« fragte sie zögernd.

Sofort veränderte sich das Bild. Jetzt gab es einen merkwürdigen Kristallfelsengarten mit weißen Felsrosen und schafsähnlichem weißem Flachs wieder. Ein Kristallquell strömte einen kleinen Kristallberg hinunter, erzeugte dabei winzige Wasserfälle, bis er sich schließlich unten in einem Teich ergoß. Es war eine wunderschöne Szene.

Doch es waren keine Gestalten darin zu sehen, weder eine Ogerin noch andere. Nur einen Block aus Kristall, der eine Tür offenhielt.

Da erschien eine Gestalt: eine ziemlich große Menschenfrau, mit schwerem Knochenbau und leicht bepelzt. Ihr strohgleiches Haar stach in Knoten und verworrenen Strähnen von ihrem Kopf ab und fiel ihr den Rücken hinab. Begleitet wurde sie von einer kleineren, aber üppigeren Frau, die nur mit Pantoffeln bekleidet war. Ihr Haar war von derselben blonden Farbe, doch die Zöpfe glänzten und waren seidig, nicht stumpf und strickartig.

»Das ist ja Mela Meerfrau!« sagte eine Stimme aus dem Türeingang. Das war Prinz Dolph, der für einen Augenblick vorbeischauen wollte.

»Das ist richtig – Nada hat erzählt, daß du sie kanntest«, bemerkte Electra ohne große Begeisterung.

»Äh, ja«, sagte er und blickte auf das Bild. »Natürlich wollte ich sie nicht heiraten.«

»Weil du damals erst neun Jahre alt warst«, versetzte Electra.

»Aber ich muß zugeben, daß sie sehr hübsche ...«

»Lassen wir das!« fauchte Electra. In der Gegend um Melas Oberkörper wurde das Bild plötzlich unscharf, so daß alles, was er zuvor für interessant gehalten haben mochte, dies nun nicht mehr war.

Damit wurden Prinz Dolphs Augen von einem Bann befreit, der wie das Guckloch eines Hypnokürbis auf ihn gewirkt hatte. »Ach, noch einmal wieder neun sein«, murmelte er, als er davonging.

Gwenny und Jenny tauschten Blicke aus, was Che bemerkte. Er wußte, was sie dachten: Ob es das war, was die Ehe einer Beziehung antat?

Dann stand Electra auf. »Hättet ihr etwas dagegen, ein bißchen auf die Zwillinge aufzupassen? Ich muß etwas erledigen.«

Wie es Mädchenart war, waren die beiden froh, auf die Zwillinge aufpassen zu dürfen. Alle Mädchen liebten alle Babys, wie Che bisher hatte beobachten können. Electra eilte hinaus.

»Ich frage mich, was sie wohl so plötzlich zu erledigen haben mag?« meinte Jenny nachdenklich.

»Ich vermute, sie wird sich bei Prinz Dolph entschuldigen wollen«, erklärte Che.

»Entschuldigen? Wofür denn?«

»Für ihre Eifersucht«, erläuterte Gwenny.

»Ach so.« Doch Jenny war nicht ganz zufrieden. »Hätte sie denn nicht einfach hier sagen können, daß es ihr leid tat?«

»Vielleicht hat sie ja eine Entschuldigung nach Art des Kürbisreichs vor«, meinte Che lächelnd.

Jennys Stirn legte sich in Falten. »Geht die anders?«

Diesmal waren es Gwenny und Che, die Blicke wechselten. »Du weißt nicht, wie die Messingmenschen sich untereinander entschuldigen?« wollte Gwenny wissen.

»Eine Entschuldigung ist doch wohl eine Entschuldigung, oder nicht?«

»Ich schätze, wir werden es dir wohl zeigen müssen«, meinte Gwenny mit rätselhaftem Lächeln. »Che?«

So ein ungezogenes Mädchen! Che trat auf sie zu. Er war zwar sieben, und sie war vierzehn, doch er gehörte einer größeren Gattung an, und sein menschlicher Teil war etwas höher gewachsen als sie. »Wer entschuldigt sich bei wem?« fragte er.

»Ich werde mich bei dir entschuldigen«, entschied Gwenny. »So wie es Electra mit Dolph tun wird.«

»Also gut. Dann fang an.«

»Ich verstehe nicht ...« begann Jenny.

Gwenny umarmte ihn. »Ich entschuldige mich, Che«, sagte sie gewinnend. Dann preßte sie sich dicht an ihn und küßte ihn auf den Mund.

»Was tut ihr da?« fragte Jenny verwundert.

»Nimmst du meine Entschuldigung an?« fragte Gwenny.

Che schnitt eine Grimasse. »Ich weiß nicht so recht«, sagte er mit einem Lächeln. Tatsächlich war es sehr angenehm, Gwenny so dicht bei sich zu haben. In den letzten zwei Jahren war sie runder und weicher geworden. Aber das war doch bestimmt irrelevant.

»Oh, du tust es also nicht«, hauchte Gwenny. »Dann muß ich mich wohl mehr anstrengen.« Sie nahm ihre Brille ab und strich sich mit den Händen das Haar zurück. Dann umarmte sie ihn wieder, diesmal noch enger, so daß zwischen ihren Leibern kein Freiraum mehr blieb. Sie griff hinauf und zog seinen Kopf zu sich herunter, strich ihm über das Haar und verpaßte ihm Xanths feuchtesten Kuß. »Bist du dir *jetzt* sicher?« Ihre Miene war ernst, doch er wußte, daß sie sich anstrengen mußte, ihr Lachen zu unterdrücken. Das war ein Lieblingsspiel – das törichte Verhalten der Erwachsenen nachzuahmen.

Er mußte sich selbst anstrengen, um nicht loszuprusten. »Na ja ...«

»Genug!« rief Jenny kichernd. Auch die Zwillinge schienen zu lächeln, wie sie anstelle des Wandteppichs die Entschuldigung mitverfolgten. Ebenso Sammy. »Ihr meint, daß Electra und Dolph das gerade tun? Küssen?«

»Mehr als das, vermute ich«, meinte Jenny in gespieltem Ernst, während sie ihre Brille wieder anlegte, um klar sehen zu können. »Aber ich gehöre der Erwachsenenverschwörung nicht an, so daß ich nicht genau weiß, was. Ich schätze aber, daß es ihnen Spaß macht.«

»Diese Erwachsenenverschwörung ist ja vielleicht langweilig«, meinte Jenny. »Was halten die eigentlich nur für so ein großes Geheimnis?«

»Ich weiß es selbst nicht genau«, meinte Gwenny. »Aber es scheint mit der Frage zu tun zu haben, weshalb Männer so gern Wesen wie Mela Meerfrau anschauen.«

Nun blickten sie gemeinsam wieder auf Mela im Wandteppich, deren Körper nicht mehr unscharf war. Doch so sehr Che sich auch mühte hinzustarren, begriff er einfach nicht, weshalb Männer es vorzogen, eine Meerfrau anzusehen anstatt etwas wirklich Interessantes, beispielsweise einen Drachen, einen Pastetenbaum oder eine mathematische Gleichung.

In der Zwischenzeit ging das Geschehen im Bild weiter. Mela und die andere Frau versuchten gerade, den Kristallblock aufzubrechen, denn es schien, daß er irgend etwas enthielt, was sie haben wollten. Dabei waren sie nicht sonderlich erfolgreich.

»Aber wir sollten doch eigentlich Okra Ogerin sehen«, klagte Jenny.

Da wurde Che plötzlich etwas klar. Im Raum wurde es mit einem Mal heller, als eine unsichtbare Birne über seinem Kopf aufblitzte. »Diese große Frau da – *das* ist die Ogerin!«

Gwenny und Jenny musterten sie eindringlich. »Aber die ist doch weder groß noch häßlich genug!« wandte Gwenny ein. »Sie sieht eher aus wie eine große Menschenfrau.«

Che aber hatte sich inzwischen auf besondere Merkmale konzentriert. »Ich glaube doch, daß es eine Ogerin ist«, meinte er. »Ihr besonderer Knochenbau, ihre Bewegungsabläufe – die weisen alle auf eine Ogerherkunft hin. Aber sie muß die kleinste, schwächste und am wenigsten häßliche aller Ogerinnen sein.«

»Vielleicht hatte sie ja eine schlimme Krankheit«, schlug Gwenny vor. »So daß sie den Ogeranforderungen nicht genügte und rausgeworfen wurde.«

»Vielleicht hätte sie also doch die Rolle bekommen sollen«, warf Jenny ein. »Vielleicht hätte sie die Hauptdarstellerin werden sollen, so ...«

»Und wo wärst du dann, wenn das geschehen wäre?« fragte Gwenny in scharfem Ton.

»Auf der Welt der Zwei Monde«, erwiderte Jenny. Ihre Miene verdüsterte sich. »Bei meiner Familie, versehen mit der Fähigkeit, Gedanken ...«

»Ohne deine Brille«, warf Che schnell ein.

»Oder deine neuen Freunde«, fügte Gwenny hinzu.

Jennys Miene hellte sich wieder auf. »Das ist wahr. Aber trotzdem war es ungerecht, sie auszuschließen ...«

»Wir wissen nicht, weshalb man dich auserwählt hat, hierherzukommen, oder wer es tat«, wandte Che ein. »Aber es muß dafür einen guten Grund gegeben haben. Eines Tages werden wir ihn erfahren. Bis dahin können wir uns darüber kein Urteil bilden.«

»Ich schätze, du hast recht«, stimmte sie zu. Sie blickte wieder auf das Bild. »Zeigt es uns, was gerade geschieht?«

»Das glaube ich nicht«, meinte Che. »Soweit ich weiß, zeigt der Webteppich meistens Ereignisse in der Vergangenheit, so daß dies vor ein paar Tagen gewesen sein könnte. Aber jetzt ist Nacht; es ist möglich, daß die Ogerin gerade schläft, so daß der Teppich sie vor ein paar Stunden gezeigt hat, als sie noch tätig war.«

»Ich frage mich nur, was wohl in diesem Block gewesen sein mag«, bemerkte Gwenny.

»Wenn wir wüßten, wie man mit dem Webteppich umgeht, könnten wir das Bild verändern«, sagte Che. »Wir sehen den Block nur von hinten. Aber es scheint mir fast, als wäre da eine Person drin.«

»Wie gespenstisch!« rief Gwenny.

Dann erschien Electra aufs neue, leicht zerzaust, aber

glücklich. Sie trug wieder Blue Jeans. »Danke«, sagte sie und ging zu den Zwillingen hinüber.

»Hat er deine Entschuldigung angenommen?« fragte Jenny.

»Wie?« erwiderte Electra verständnislos.

Gwenny unterdrückte ein Kichern. »Wir hatten gedacht, daß vielleicht ... aber offensichtlich haben wir uns getäuscht. Den Zwillingen geht es gut. Kennst du inzwischen ihre Talente?«

»Ja, die kennen wir tatsächlich. Der Gute Magier hat es uns gesagt. Morgen wird dazu in der Lage sein, alles über alle Lebewesen zu wissen, während Abend das gleiche bei allen unbelebten Dingen kann. Er meint, beides seien Talente der Magierklasse.«

»Oh!« rief Gwenny ehrfürchtig.

»Na ja, das ist eigentlich kein bloßer Zufall. Jeder Nachkomme von Opa Bink besitzt ein Talent vom Magierkaliber. Ich weiß zwar nicht genau weshalb, aber bisher war es immer so. Ich hatte nur das Glück, Dolph zu heiraten, dadurch sind meine Kinder in diesen Genuß gekommen.«

»Das ist ja großartig«, meinte Jenny. »Diese Talente werden sehr nützlich sein, wenn sie erst einmal alt genug sind, um sie zu gebrauchen.«

Electra nahm das Kinderbettchen auf und trug es davon. Sammy sprang hinunter, er hatte das Interesse verloren. Che ging mit Gwenny und Jenny auf ihr Zimmer zurück, wo die Mädchen ihre Nachthemden anzogen und er sich zwischen den Kissen auf den Boden legte. Sammy gesellte sich zu ihm. Dann sang Jenny noch ein Lied, und schon bald befanden sich alle in dem magischen Traum, der sich dadurch ausformte. Wenn man Jennys Träume mit ihr teilen wollte, gab es einen Trick: Man mußte sich vorher auf etwas anderes konzentrieren. Doch das hatten sie inzwischen gelernt, ebenso wie Sammy. Und so fanden sie sich wieder, wie sie einen Traum von freundlichen Drachen, Einhörnern und Zentauren in einem Obsthain träumten, der große Ähnlichkeit mit jenem um Schloß Roogna hatte, darüber ein freundlicher Himmel. Dann legten sie sich ins weiche Gras und schliefen ein. Irgendwie machte es immer mehr Spaß, sich in einem Traum schlafen zu legen als in Wirklichkeit.

Am Morgen setzten sie ihre Reise zum Schloß des Guten Magiers fort. Es gab einen verzauberten Pfad, der direkt dorthin führte, so daß sie wußten, daß dieser Teil der leichteste sein würde. Zugleich wußten sie aber auch, daß es nicht so leicht werden würde, in das Schloß zu kommen. Es gab immer drei Herausforderungen, und selbst wenn man die bestanden hatte, mußte man trotzdem noch einen Jahresdienst beim Guten Magier ableisten. Kurzum – belanglose Fragen kamen nicht in Betracht. Und so war ihre Stimmung nicht sonderlich heiter, als sie loszogen.

Die Luft vor ihnen wurde plötzlich unscharf, und die Dämonin Metria bildete sich aus. »Ihr müßt ja wirklich aufgeregt sein«, meinte sie.

»Unsere Aufregung kennt keine Grenzen«, stimmte Che ihr verspannt zu.

»Vor allem, wenn man berücksichtigt, daß der Gute Magier euch vor die faszinierendste Herausforderung stellen wird, die man sich nur denken kann«, fuhr die Dämonin fort. »Ich habe noch nie gesehen, wie er diese eingesetzt hat, und dabei kenne ich ihn doch schon mindestens hundert Jahre.«

Natürlich versuchte sie nur, sie aufzuregen. Che war zu klug, um ihr das zu gestatten. »Zweifellos sind die anderen Herausforderungen sogar noch schlimmer.«

»Nein, diesmal soll es nur eine einzige geben.«

»Aber es hat immer drei gegeben! Und außerdem sind wir zu dritt, da können es sogar noch mehr werden.«

»Dem ist nicht so. Der Gute Magier hat in eurem Fall eine Freiheit gemacht.«

»Eine was?«

»Privileg, Befreiung, Emanzipation, Exemption ...«

»Ausnahme?«

»Was auch immer«, stimmte sie verärgert zu.

»Aber weshalb denn? Wir sind doch nur ganz gewöhnliche Bittsteller, die keine Sonderbehandlung verdient haben.«

»Das ist wahr. Deshalb ist es auch ein Rätsel. Ach, wie ich doch Rätsel liebe!«

»Warum stellst du dem Guten Magier dann nicht selbst mal eine Frage?«

»Weil seine Aufgabe darin besteht, Rätsel zu lösen, und nicht, sie herzustellen. Außerdem mag Dana es nicht, wenn ich mich ihm allzusehr nähere.«

»Wer?«

»Dem Guten Magier. Wem denn sonst?«

»Ich meine, wer ist Dana?«

»Seine Frau. Das habe ich dir doch schon bereits erzählt.«

»Oh.« Sie hatte es ihm noch nicht erzählt, wahrscheinlich aber einem anderen, und nun erinnerte sie sich nicht mehr genau daran. So war ihr Gedächtnis eben. Che hatte von der Angelegenheit gehört: Im Laufe seines Lebens hatte der Gute Magier fünfeinhalb Ehefrauen gehabt, und nun wechselten sie sich bei ihm ab. Dana mußt die Dämonin sein. Offensichtlich konnte also eine Dämonin auf die andere eifersüchtig sein. Das war interessant. Dann besaßen sie also doch menschliche Gefühle.

Dann überlegte er sich eine Möglichkeit, Metria für eine Weile loszuwerden. »Warum gehst du nicht schon voraus und erwartest unsere Ankunft im Schloß, anstatt unseren langweiligen Marsch hier zu beobachten?«

»Versuchst du etwa mich loszuwerden?«

»Natürlich.«

»Das bedeutet, daß du mich nicht hier haben willst. Du versuchst mich reinzulegen.«

»Natürlich.«

»Gute Idee. Dann tue ich das auch.« Sie verschwand.

»Du hast sie wirklich reingelegt!« rief Jenny. »Wie hast du das geschafft?«

»Ich habe sie in einen Entweder-oder-Modus eingefangen«, erklärte Che zufrieden. »Sie dachte, sie müßte entweder hier oder dort sein, und sie hat sich für das Dort als das interessantere entschieden. Sie ist nicht drauf gekommen, daß sie beides hätte tun können.«

»Du bist aber schlau!«

»Ich bin ein Zentaur«, erwiderte er bescheiden.

»Vielleicht hat sie uns schon wieder vergessen, bis wir dort eingetroffen sind«, warf Gwenny ein.

»Das hoffe ich.«

Der Pfad machte ihnen das Vorankommen leicht. Trotzdem war es immer noch mehr als ein Tagesmarsch. »Vielleicht sollten wir uns besser ein Nachtlager suchen«, schlug Jenny vor.

Sammy lief ihnen voraus. Wie immer folgte sie ihm, denn der Kater war beinahe so gut darin, sich zu verirren, wie er alles mögliche finden konnte. Che und Gwenny kamen nach.

Sammy nahm einen Nebenweg, den sie normalerweise gar nicht bemerkt hätten. Der Weg führte in einen kleinen Park. Dort entdeckten sie einen hübschen Schirmbaum, der bequemerweise gerade für Reisende, gepflanzt worden war, ganz in der Nähe von Obst- und Nußbäumen sowie einem großen Kissenstrauch. So aßen sie Brotfrüchte mit Butternüssen und tranken Vanillemilchkraut, und als Nachtisch gab es Kandisrohr.

»Meint ihr, daß wir solche Sachen nicht mehr mögen werden, wenn wir erst einmal erwachsen geworden sind und uns der Verschwörung gegen den Spaß angeschlossen haben?« wollte Gwenny wissen.

»Ach, ich hoffe nicht!« rief Jenny.

»Und doch scheint sich alles zu verändern, wenn man erwachsen wird«, bemerkte Che traurig. »Schaut euch nur Electra an.«

»Die ist eigentlich nicht so schlimm«, meinte Gwenny. »Bei Tag trägt sie wenigstens noch Blue Jeans. Vielleicht hat sie sich ja in Wirklichkeit gar nicht der Verschwörung angeschlossen.«

»Sie hat immerhin den Storch gerufen«, wandte Che ein.

»Vielleicht kann man ja auch lernen, wie man so etwas

tut, ohne den schlechten Teil zu übernehmen, beispielsweise den Spinat«, meinte Jenny hoffnungsfroh.

»Machen wir doch untereinander ab, daß wir nur an den guten Seiten der Verschwörung teilhaben werden«, schlug Che vor. »Wir wollen anders sein, wenn wir erwachsen geworden sind.«

»Ja!« willigte Gwenny ein. So gaben die drei sich die Hand und leisteten gegenseitig den Eid.

Dann ließen sie sich zur Nacht nieder, begaben sich erst in einen Traum und dann in den Schlaf, so wie immer.

In der Nacht litt Che unter Bauchschmerzen. Er wünschte sich, daß er nicht ganz so viele Kandisstangen gegessen hätte; jetzt hatten sie einen äußerst unangenehmen Nachgeschmack. Er hörte, wie sich die Mädchen unruhig im Schlaf wälzten und wußte, daß sie das gleiche Problem hatten. Natürlich war es unmöglich, daß jemand jemals zuviel Zukkerwerk zu sich nahm; und trotzdem war da irgend etwas. Vielleicht hatte ja auch ein Fluch darauf geruht.

Am Morgen marschierten sie den Rest der Strecke bis zum Schloß des Guten Magiers. Da keiner von ihnen jemals dort gewesen war, war es noch beeindruckender als Schloß Roogna, obwohl es kleiner war und keine Baumwächter hatte. Sicher, genaugenommen war Jenny doch schon einmal dort gewesen, aber nur sehr kurz; man hatte ihr erlaubt, sich nach dem Rückweg zur Welt der Zwei Monde zu erkundigen, aber dann hatte sie es sich doch noch anders überlegt, bevor sie die Antwort bekam. Sie war zu dem Schluß gelangt, daß sie noch nicht bereit war, Xanth zu verlassen, was Che und Gwenny sehr erleichtert hatte. Aber da das Schloß des Guten Magiers jedesmal anders aussah, wenn man es aufsuchte, zählte das kaum. Jetzt war es nur ein etwas heruntergekommener Steinbau, der von einem kleinen Graben umgeben war. Es wirkte ungeschützt: Es gab weder ein Grabenungeheuer, noch war die Zugbrücke hochgezogen. Und weit und breit war niemand zu sehen.

Als sie näher kamen, stellten sie fest, daß ihr erster Eindruck sie getrogen hatte. Es war überhaupt kein gewöhnliches Schloß. Es bestand vielmehr aus Gebäck und Zuckerwerk. Die Mauern waren nicht aus Stein, sondern aus Obstkuchen mit großen, steinähnlichen Obstabschnitten. Das Dach schien aus Erdnußkeksen zu bestehen, die Zugbrücke war aus Ingwerteig, und der Graben schäumte wie der Sodasee.

Es gelang ihnen, einen Dreierblick auszutauschen. »Weshalb traue ich der Sache nur nicht?« fragte Gwenny.

»Weil sie auch nicht vertrauenswürdig ist«, erwiderte Che. »Der Gute Magier weiß immer, wenn ein Petitent kommt, und so ist er auch immer auf ihn vorbereitet.«

»Petitent?«

»Bittsteller, Fragesteller, Bettler, Schnorrer, Absahner ...«

»Ach, hör auf damit!« sagte Gwenny lachend. »Du meinst Leute wie wir, die gekommen sind, um eine Frage zu stellen.«

»Was auch immer«, erwiderte Che knurrig. Doch das hielt er nicht lange durch, er mußte einfach lächeln.

»Da muß irgend etwas hinterstecken, was wir nicht sehen können«, meinte Jenny. »Da ich die Frage stellen werde, um den Jahresdienst abzuleisten, kann ich auch voran gehen.« Sie wollte auf die Zugbrücke zugehen.

»Warte!« protestierte Gwenny. »Das könnte gefährlich sein! Ich sollte als erste gehen, auch wenn ich selbst die Frage nicht stellen werde.«

»Kein Grund, sich zu streiten, Mädchen«, sagte Che und grinste. »Zum einen können wir einigermaßen sicher sein, daß es keine Gefahr gibt, weil der Gute Magier uns nicht schaden will, und außerdem würden die Flügelungeheuer es sowieso nicht zulassen.«

»Aber im Augenblick beobachten uns die Flügelungeheuer nicht«, wandte Jenny ein, während sie sich umblickte.

»Ganz bestimmt tun sie das«, sagte er, immer noch überlegen grinsend.

»Ach ja? Wo denn?«

Che deutete auf eine purpurne Drachenfliege, die auf einem nahegelegenen Strauch hockte: »Dort.«

Sie blickte hin. »Aber das ist doch bloß ein Insekt!«

»Das ist ein Flügelungeheuer. Es wird den anderen sofort

Meldung machen, wenn irgend etwas vorfällt, oder sich sogar selbst darum kümmern.«

»Das glaube ich nicht«, meinte Jenny.

»Vorsicht«, murmelte Gwenny warnend.

Doch sie kam zu spät. Die Drachenfliege war bereits verärgert. Sie schoß in die Luft und ließ einen Schweif von Funken und einen Kondensstreifen zurück. Dann jagte sie davon. Im nächsten Augenblick war sie wieder da, führte eine ganze Phalanx von Drachenfliegen an. Nun war das Geräusch ihrer Flügel deutlich zu vernehmen. In Formation schwangen sie herum und richteten sich auf Jenny Elfe.

»Ducken!« rief Che. »Das ist ein Vergeltungsschlag!«

Die drei warfen sich zu Boden. Kleine Flammenstöße zuckten über sie hinweg und versengten das Laub um sie herum. Dann waren die Drachenfliegen wieder verschwunden.

Die drei standen auf. »Die haben nicht nur zur Schau geschossen«, sagte Che. »Wenn wir nicht in Deckung gegangen wären, hätten sie weitergefeuert. Nehme ich an.«

»Ich schätze, die haben schon deutlich gemacht, worum es ihnen geht«, sagte Jenny. »Es tut mir leid, daß ich Zweifel daran hatte.«

Die purpurne Drachenfliege erschien aufs neue und setzte sich auf ihre Schulter. »Sie nimmt deine Entschuldigung an«, erklärte Che.

Gwenny lachte. »Aber du mußt sie nicht dafür küssen.«

Jenny blieb ernst. »Trotzdem, bei der Herausforderung des Guten Magiers können sie uns nicht helfen. Das ist nicht erlaubt.«

»Vielleicht kann Sammy ja einen sicheren Weg hinein finden«, schlug Che vor.

Sofort huschte der kleine Kater über die Zugbrücke aus Ingwerkeksen. Jenny rannte hinter ihm her, wie sie es immer tat. »Warte auf mich, Sammy!« rief sie.

Gwenny rollte die Augen. »Ihr seid meine beiden besten Freunde, aber manchmal mache ich mir über euch so meine Gedanken«, bemerkte sie. »Du solltest eigentlich klüger sein als den Vorschlag zu machen, daß Sammy irgend etwas suchen soll. Und sie sollte klüger sein, als blindlings in ein fremdes Schloß zu stürzen.«

»Das sollten wir«, pflichtete Che ihr entschuldigend bei. »Aber wir sind es nicht.«

»Ich hoffe nur, daß es dort drin keine böse Hexe gibt.«

Sie eilten Jenny nach, die inzwischen die Zugbrücke überquert hatte und am Haupteingang des Schlosses angelangt war. Die Oberfläche war etwas schwammig, aber fest. Das Tor stand offen, und die Katze jagte hinein.

Fast wären sie gegen Jenny geprallt, die plötzlich mitten in der Toröffnung stehengeblieben war. Sie starrte in die Höhe.

Che folgte ihrem Blick mit seinen Augen. Da war ein Riese: genauer, eine Riesin – eine riesige Menschenfrau.

Sammy, der in dieser Krise keine Hilfe darstellte, hatte sich zu einem Nickerchen unter dem Stuhl der Riesin zusammengerollt.

»Kommt herein, Kinder«, sagte die Frau mit lieblichem Dröhnen.

»Sie *s-sieht* jedenfalls nicht aus wie eine Hexe«, bemerkte Gwenny schwach.

»Nein, ich bin auch keine Hexe, meine Liebe«, erwiderte die Frau. »Ich bin die archetypische Erwachsene. Ich bin hier, um euch in die Erwachsenenverschwörung einzuweihen.«

»Nein!« rief Gwenny erschreckt.

»Wir sind noch viel zu jung«, protestierte Che in einem, wie er hoffte, vernünftigen Tonfall.

»Zwei von euch stehen kurz davor und einer von euch gehört einer Kultur an, in der andere Normen gelten«, sagte die Erwachsene und blickte auf Che herab.

»Aber ich bin in Begleitung von Menschsprößlingen, die die Verschwörung achten«, widersprach Che. »Also achte ich sie auch.«

»Ich habe eine Frage für jeden von euch«, erwiderte die Erwachsene. »Jeder wird für sich antworten. Sollte einer von euch keine oder eine falsche Antwort geben, wird niemand vor den Guten Magier treten dürfen. Ist das verstanden worden?«

Che sperrte den Mund auf, wollte protestieren, daß diese Logik alles andere als einleuchtend war, doch der Blick der Erwachsenen richtete sich mit einer solchen Wucht auf ihn, daß er eingeschüchtert war. Erst zu spät begriff er, daß es sich um eine rhetorische Frage gehandelt hatte – eine, die nur die von der Fragestellerin gewünschte Antwort zuließ. Er scharrte mit den Vorderhufen. »Ich schätze schon«, meinte er zögernd.

Der Blick schweifte zu den Mädchen hinüber. Dann begannen auch sie verlegen zu zucken und murmelnd zuzustimmen.

»Du«, sagte die Erwachsene, gebieterisch an Gwenny gewandt. »Sage, wer du bist.«

»Ich ... ich bin Gwendolyn Kobold aus dem Koboldberg. Ich bin hier, um ...«

»Das genügt völlig. Gwendolyn, was ist die Erwachsenenverschwörung?«

Gwenny war verblüfft. »Das soll meine Frage sein?«

»Nein, Liebes. Das ist meine Frage an dich.«

Che knirschte mit den Zähnen. Diese Erwachsene war so erwachsen, daß es schon wieder weh tat. Immer waren sie so selbstsicher, und darin wiederum so aufdringlich. Doch das konnte ein Kind ihnen niemals sagen, weil sie die Sache immer so verdrehten, daß es so schien, als sei in Wirklichkeit das Kind aufdringlich. Es war unmöglich, vernünftig mit einem Erwachsenen zu reden, weil der Verstand jedes Erwachsenen erstarrt war wie alter Zement.

»Na ja, das weiß doch jeder ...« fing Gwenny an.

»Nein, Liebes. Ich will nicht jedermanns Antwort haben. Ich will *deine* Antwort hören.«

Gwenny zeigte einen Anflug rechtschaffener Rebellion. »Meine Antwort lautet, daß es eine Verschwörung der Erwachsenen ist, um Kindern das Leben schwerzumachen!« sagte sie. »Weil ...«

»Nein, sage mir nicht warum. Nur, was es ist.«

»Alles, was Kinder wirklich interessiert, wird ihnen von

Erwachsenen verwehrt. Zum Beispiel all die guten Worte, mit denen man Pflanzen zum Verwelken bringen und trokkenes Gras in Flammen aufgehen lassen kann, und auch die Worte, vor denen die Fluchzecken Respekt haben. Und auch alles, was mit dem Herbeirufen des Storchs zu tun hat. Und dann zwingen sie Kinder dazu, scheußliche Sachen zu essen, zum Beispiel Brokkoli, anstelle der guten Dinge wie Kuchen und Bonbons. Und sie lassen nicht zu, daß ein männliches Kind irgend jemandes Höschen zu sehen bekommt, selbst wenn es richtig hübsche Höschen sind. Oder daß ein weibliches Kind sieht, was eigentlich ein Junge anstelle von Höschen anhat. Und dann zwingen sie die Kinder dazu, früh ins Bett zu gehen, wenn sie noch gar nicht müde sind.«

Die Erwachsene nickte in distanzierter Geduld. Das erinnerte Che an ein weiteres Erwachsenenärgernis: Sie lobten die Bemühungen eines Kindes nur selten, es sei denn, sie waren heuchlerisch, beispielsweise, indem sie »sehr gut!« sagten, wenn es dem Kind gelungen war, etwas so Widerliches wie Rosenkohl herunterzuwürgen. Jetzt wandte sie sich an Jenny. »Sage, wer du bist.«

»Ich bin Jennifer Elfe aus der Welt der Zwei Monde.«

»Jennifer, warum gibt es die Erwachsenenverschwörung?«

»Was?« fragte Jenny erschreckt.

»Nicht das Was, Liebes, sondern das Warum.« Die Erwachsene war schier unerträglich herablassend, aber das war ja ganz normal.

»Ich weiß nicht, weshalb Erwachsene Kindern das Leben schwermachen wollen!« rief Jenny wütend. »Vielleicht sind sie ja neidisch auf unseren unvoreingenommenen Verstand und unser sonniges Gemüt. Da, wo ich herkomme, ist das anders.«

Die Erwachsene legte die Stirn in Falten. »Du kannst wirklich Besseres leisten, Liebes, da bin ich ganz sicher.«

Da war es schon wieder, dachte Che: Die Erwachsene verdrehte die Dinge, akzeptierte die offensichtliche Antwort nicht. Erwachsene zogen es immer vor, heimtückisch zu sein.

Doch Jenny versuchte es. »Na ja, ich könnte dir sagen, warum das sein müßte, wenn Erwachsene sich tatsächlich um Kinder sorgten. Es könnte beispielsweise etwas Gefährliches geben, was Kindern Schaden zufügen könnte, so daß die Erwachsenen versuchen, die Kinder davon fernzuhalten. Beispielsweise diese Worte der Macht: Wenn ein Kind eins davon in einer Strohhütte ausspricht, könnte die abbrennen, und dann würde die ganze Familie ihr Heim verlieren.«

Che und Gwenny blickten sie verwundert an. Das klang ja ganz vernünftig! Vielleicht gab er ja tatsächlich einen Grund für einen kleinen Teil der Verschwörung, obwohl das natürlich noch lange nicht den ganzen Rest rechtfertigte.

»Und?« fragte die Erwachsene in diesem ungemütlich drängenden Ton, den die ja immer alle drauf hatten.

»Und was das Essen dieses furchtbaren Zeugs angeht ... das soll ja nahrhaft sein«, fuhr Jenny fort. »Bonbons – die schmecken zwar gut, aber nach einer Weile hört das auch auf, und vielleicht sind sie doch nicht so gut für den Körper, wie es scheint.« Offensichtlich erinnerte sie sich an den Bauchschmerz der vergangenen Nacht. »Deshalb versuchen die Erwachsenen, die Kinder davon abzuhalten, in Schwierigkeiten zu kommen, indem sie das Falsche essen. Und was das frühe Zubettgehen angeht – ich habe mich tatsächlich besser gefühlt, wenn ich eine Nacht gut ausgeschlafen hatte, anders, als wenn ich nicht genug Schlaf bekommen hatte, weil ich wegen einer Kissenschlacht zu lange aufgeblieben war.« Entschuldigend blickte sie die beiden anderen an. »Und was die Sache mit dem Nichtwissen um das Rufen des Storchs angeht – ich vermute, daß es Probleme geben könnte, wenn Kinder damit anfingen, weil sie noch nicht dazu in der Lage wären, sich um die Babys auch zu kümmern. Ich meine, es macht zwar Spaß, ab und zu ein Baby zu sehen, aber ich möchte mich doch nicht die ganze Zeit darum kümmern müssen. Und angenommen, ein Kind bekommt ein Baby, nur zum Spaß, und wird es dann irgendwann wieder leid? Das wäre doch ziemlich schlimm für das Baby.«

Che war erstaunt. Jennys fremde Erziehung auf der Welt der Zwei Monde mußte sich bemerkbar gemacht haben. Sie hatte es tatsächlich so darstellen können, als gäbe es einen vernünftigen Grund für die Erwachsenenverschwörung. Aber trotzdem ...

»Und die Höschen?« setzte die Erwachsene nach.

»Na ja, das weiß ich auch nicht so recht, aber vielleicht haben sie ja irgend etwas mit dem Storch zu tun.« Jenny hielt inne, versuchte, der Sache auf den Grund zu gehen. »Es scheint, als ob die Erwachsenen wirklich gern den Storch rufen, und als ob sie sich noch mehr danach fühlen, wenn sie Höschen zu sehen bekommen; und vielleicht würden sich die Kinder auch danach fühlen, wenn sie Höschen zu sehen bekämen. Dann könnten sie möglicherweise über das Geheimnis stolpern, so daß man sie auch davor beschützen muß.«

»Das genügt, Jennifer.« Wieder diese verächtliche Entlassung. Der Blick schweifte zu Che zurück. »Sage, wer du bist.«

»Ich bin Che Zentaur von den Flügelungeheuern.«

»Bist du mit der Erwachsenenverschwörung einverstanden?«

Che wußte, daß die richtige Antwort ja lautete. Doch er war es leid, sich ständig von den Launen der Erwachsenen malträtieren zu lassen. Es war endlich einmal Zeit, sich zu wehren. Also wagte er sich auf gefährliches Gebiet. »Nein.«

»Plausibilisiere das.«

Wenn die Erwachsene gedacht haben sollte, daß er das Wort nicht kannte, erwartete sie eine Enttäuschung. Sie wollte seine Gründe wissen? Nun, wenn er schon dabei war, konnte er sich auch gleich einen ganzen Batzen Schwierigkeiten an den Hals hängen. »Vielleicht glauben die Erwachsenen ja, daß sie gute Gründe haben, um Dinge von Kindern fernzuhalten und sie dazu zu zwingen, Dinge zu ihrem eigenen Besten zu tun. Aber ich halte das für die falsche Herangehensweise. Kinder sollten gute Informationen und gute

Erfahrungen bekommen und sammeln, damit sie schließlich auch Verantwortung übernehmen können, wenn sie erwachsen werden müssen. Wenn das Aussprechen eines schlimmen Wortes ein Feuer auslösen kann, dann sollte man sie entsprechend warnen, damit sie wissen, wie man das Haus nicht in Gefahr bringt. Und wenn zuviel Süßigkeiten zu Bauchschmerzen führen, sollte man ihnen das mitteilen und es ihnen erlauben, es zu versuchen, dann werden sie schon sehen, daß es stimmt, und tun es nicht noch einmal. Wenn Kinder sich am nächsten Tag schlecht fühlen, weil sie zu wenig geschlafen haben, sollte man ihnen erlauben, das auszuprobieren, bis sie festgestellt haben, wieviel Schlaf für sie am besten ist. Es ist nicht erforderlich, daß die Erwachsenen die ganze Zeit alles für sie entscheiden.«

Er hielt inne, befürchtete, daß die Erwachsene ihren monströsen Fuß heben und ihn zu einem Nichts zermalmen würde. Doch sie saß einfach nur da und hörte zu. »Und?« fragte sie nach.

»Und was das Herbeirufen des Storchs angeht – nun, ich glaube, daß selbst ein kleines Kind keinem Baby Schaden zufügen möchte. Wenn man diesen Kindern also beibrächte, wie man den Storch herbeiruft, ihnen aber gleichzeitig klarmacht, wie wichtig es ist, sich um die Babys zu kümmern, dann denke ich doch, daß die meisten es nicht täten. Und die wenigen, die es vielleicht doch täten – nun, mein Vater sagt, daß die Leute für die Konsequenzen ihres Tuns einstehen müssen, und ich finde, daß das auch für Kinder ein gerechter Grundsatz ist. Deshalb meine ich, daß man Kindern eine vollständige Bildung angedeihen lassen sollte, sowohl was ihr Tun als auch seine Konsequenzen angeht, um ihnen dann zu gestatten, zu tun, was sie möchten. Ich glaube nicht, daß eine Erwachsenenverschwörung dazu erforderlich ist – sofern sich die Erwachsenen nur die Mühe machen, ihre Kinder richtig zu unterweisen.«

Er verstummte und erwartete das gefürchtete Urteil, daß er unrichtig geantwortet hatte, so daß es ihnen verwehrt sein würde, den Guten Magier aufzusuchen. Und doch lag es ihm nicht zu heucheln, das war einfach nicht Zentaurenart.

Sengend schweifte der Blick der Erwachsenen zu den beiden Mädchen hinüber. »Seid ihr damit einverstanden?«

Gwenny und Jenny wechselten einen weiteren Blick. Sie zappelten verlegen.

»Nun?« fragte die Erwachsene in ihrem warnenden Tonfall.

»Na ja, ich schätze schon«, sagte Gwenny mit verständlichem Zögern.

»Du würdest es tatsächlich billigen, Kindern derartige Informationen zugänglich zu machen?« fragte die Erwachsene mit diesem Dies-ist-deine-letzte-Chance-Ausdruck.

»Ja«, pflichtete Jenny bei. »Es ist mir egal, was du denkst, was er sagt, ist vernünftig.«

»Und du auch, Gwendolyn?« Sie standen am Abgrund zum Verderben.

»Ja!« antwortete Gwenny kühn.

»Und ihr seid auch bereit, die Konsequenzen aus eurer Einstellung zu ziehen?« Es gelang dem Blick, alle drei gleichzeitig festzunageln.

Jetzt waren sie schon viel zu tief verwickelt, um noch entkommen zu können. Mit dem Mut der Verzweiflung nickten sie.

»Dann steht ihr davor, euch der Erwachsenenverschwörung anzuschließen«, antwortete die Erwachsene. Sie griff irgendwohin in die Ferne und holte zwei Puppen hervor. Jede war so groß wie eins der beiden Mädchen. Sie legte sie vor den dreien auf den Boden. »Zeigt mir, wie diese Gestalten den Storch herbeirufen würden.«

»Aber das wissen wir doch nicht!« protestierte Gwenny.

»Das wißt ihr nicht?«

»Natürlich wissen wir das nicht!« erwiderte Jenny.

»Seid ihr sicher?«

Die Mädchen blickten Che hilfesuchend an. »Ich glaube, sie will, daß wir es selbst herausbekommen«, meinte er. »Das ist unsere Strafe dafür, daß wir damit einverstanden sind, nicht mit der Erwachsenenverschwörung einverstanden zu sein. Meine Strafe, wenn man es genau nimmt, aber weil ihr mich unterstützt habt, müßt ihr sie auch mit mir teilen.«

Sie sahen zu der Erwachsenen empor, doch die Frau blieb ungerührt. Irgendwie war das noch viel beängstigender als alles, was sie erwartet hatten. Sie musterten die Puppen: Es war eine männliche und eine weibliche.

»Nun, wenn ich schon Häuptling werden will, sollte ich wohl besser einmal lernen, wie man den Dingen auf den Grund geht«, entschied Gwenny. »Ich glaube, ich kenne schon einen halben Hinweis darauf – ich meine, einen halben Bruder. Mein kleiner Bruder Knusper Kobold ist ... na ja, mein Vater Gichtig ist mit einer Frau zusammengewesen, die nicht meine Mutter war, um den Storch zu rufen, und da hat der Storch Knusper gebracht. Daher weiß ich, daß man nicht verheiratet sein muß, um das tun zu können. Das kann man sogar machen, wenn man nicht verheiratet und wenn es verkehrt ist. Man braucht dazu nicht einmal verliebt zu sein – mein Vater hat noch nie jemanden geliebt. Wichtig ist nur, daß es ein Mann und eine Frau sein muß. Das muß eine rein körperliche Angelegenheit sein.«

»Und doch sollte Liebe dabei sein«, meinte Jenny. »Ich glaube nicht, daß sich die Welt der Zwei Monde in dieser Hinsicht sonderlich von Xanth unterscheidet. Wir haben zwar keine Störche, die uns die Babys bringen, aber mir ist auch nie so ganz klar geworden, wie das Lieferungssystem eigentlich funktioniert. Ich wußte immer nur, daß ein Baby kommen konnte, wenn sich zwei Leute genug liebten. Ich denke, wenn sie sich nicht wenigstens ein bißchen liebhaben, können sie auch kein Baby bekommen.«

»Natürlich habe ich gesehen, wie sich Zentauren paaren« warf Che ein. »Unsere Gattung bedient sich keiner Störche, ich glaube, das liegt wohl daran, daß unsere Fohlen zu schwer sind. Und doch stammen wir teilweise von Menschen ab. Ich frage mich, ob die menschliche Methode des Herbeirufens des Storchs nicht vielleicht gewisse Parallelen aufweisen mag.«

Gwenny nahm die Mädchenpuppe auf, die keine Kleidung trug. »Wenn das hier Zentauren wären, was würden sie denn dann tun, um ein Baby zu bekommen?«

Che nahm die ebenso nackte Jungenpuppe auf. »Ich glaube, sie würden dicht zusammenrücken.« Er legte die männliche Puppe neben die weibliche.

»Aber wir waren doch noch dichter beieinander als die beiden, als wir so getan haben, als würden wir uns entschuldigen«, wandte das Koboldmädchen ein.

»In einer Hinsicht nicht«, widersprach er.

»In welcher denn?« wollte Jenny wissen.

Er fuhr mit den Puppen umher. »In dieser, denke ich.«

Die beiden Mädchen starrten ihn an. »Aber ...« stammelte Gwenny.

»Aber ...« wiederholte Jenny.

»Vielleicht ist es *doch* bei Zentauren anders«, meinte Che.

»Das ist ja widerlich«, bemerkte Gwenny.

»Für Zentauren nicht.« Doch er war erschüttert. Konnte das wirklich sein?

Sie sahen noch ein wenig hin. »Vielleicht ist es möglich«, meinte Gwenny schließlich. »Aber soll das etwa alles sein?«

Che zuckte mit den Schultern. »Unter Zentauren scheint es zu genügen.«

»Kein Wunder, daß die das geheimhalten!« versetzte Jenny.

»Wirklich kein Wunder!« wiederholte Gwenny kichernd.

Dann lachten sie alle drei. Doch es war die Heiterkeit der Verlegenheit. Nie hätten sie geglaubt, daß etwas Derartiges hinter der Erwachsenenverschwörung stand.

»Ich denke, wir sollten das Geheimnis doch wahren«, meinte Che schließlich, nachdem sie sich wieder beruhigt hatten.

Die beiden Mädchen nickten. Beide erröteten, ein Hinweis darauf, daß ihnen ebenso unbehaglich zumute war wie ihm.

Die riesige Erwachsene verblaßte. Dort, wo sie noch eben gewesen war, war nun ein freier Gang zu erkennen, der in den Haupttrakt des Schlosses führte.

Sammy stand auf und streckte sich, sein Nickerchen war beendet.

Es schien, als hätten sie die Herausforderung überwunden und als könnten sie nun vor den Guten Magier treten. Doch um welchen Preis? Ihre Unschuld war dahin.

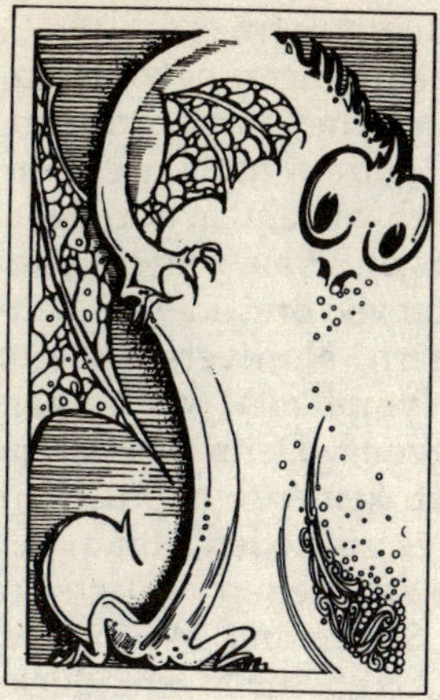

5
IDA

Ida war ein Findling. Eines Tages war sie in der Nähe des Faunbergs als Säugling aufgetaucht, und eine Nymphe hatte sie mit ins Nymphental zurückgebracht. Die anderen Nymphen hatten sehr viel Aufhebens um sie gemacht, ihr Milchkrautkapseln gebracht, um daran zu nuckeln, und hatten ihr ein hübsches Lager aus Blättern und Blumen bereitet.

Doch es war unübersehbar, daß sie keine Nymphe war. Sie war ein Menschenbaby, das der Storch falsch ausgeliefert oder verloren haben mußte. Ein benachbarter Solltesein hatte sie bemerkt und war zu seinen Gefährten zurückgeschwommen. »Die muß eine Nacht bei uns verbringen, das solltesein«, hatte er gesagt. »Damit sie nicht vergißt, wie es die Nymphen tun.«

Sie hatten zugestimmt, denn Sollteseins waren gute Wesen, die sich nie vor einer Aufgabe drückten. Als nun der Abend nahte und die Nymphen das Interesse zu verlieren begannen, holten sie das Kind und schwammen mit ihm durch den Sumpf zu ihrem warmen Nest, wo sie es ihm behaglich machten. So beschützen sie es vor der Nachtmagie der Nymphen und Faune und ermöglichten es ihm, sich an die vorangegangenen Tage zu erinnern.

Allerdings war es bereits zu Schädigungen gekommen, und außerdem erinnerte sich das Baby ohnehin nicht an sonderlich viel. Doch nach einigen Jahren hatte sich ihr Gedächtnis verbessert, und als sie sich von einem normalen Kind und Mädchen zu einer jungen Frau entwickelte, konnte sie sich ungefähr bis zum Alter von drei oder vier Jahren an gewisse Dinge zurückerinnern. Nun verstand sie, weshalb sie die Nacht nicht im Nymphental verbringen durfte, obwohl sie die Tage dort genoß. Denn weil sie ja keine Nymphe war, pflegte sie auch keinen nymphischen Umgang mit den Faunen. Sie war es zufrieden, ihnen bei ihren Vergnügungen lediglich zuzusehen. Dagegen schwamm sie zusammen mit den Sollteseins, Wesen des Wassers und des Ufers, die auf ihre Art ebenfalls sehr glücklich waren.

»Sie muß eine menschliche Erziehung genießen, das solltesein«, entschieden die Sollteseins. So überredeten sie einen fahrenden Zentaur namens Zerebral, sie in menschlichen Dingen zu unterweisen. (Aus irgendeinem Grund pflegten Zentaurenlehrer nicht umherzuwandern, sie »fuhren«, was aber praktisch dasselbe bedeutete.) Auf diese Weise lernte Ida zu sprechen wie ein Mensch, sich menschlich zu kleiden und ihr Haar zu bürsten. Nun lief sie nicht mehr nackt herum, wie es die Nymphen taten. Das bedauerte sie zwar, aber der Zentaurenlehrer war sehr strikt, was die Wichtigkeit des Einhaltens der Sitten der eigenen Art anging, und da er mehr wußte als alle Faune, Nymphen und Sollteseins zusammen, mußte sie sich ihm fügen.

Sie lernte die Verletzlichkeit des Nymphenwesens kennen. Einige andere Kreaturen jagten Faune und Nymphen. Manchmal kam ein Oger herbeigestampft, packte eine kreischende Nymphe und biß ihr einfach den Kopf ab. Dann hörte sie auf zu schreien, worauf er sie zu einer etwas gemütlicheren Mahlzeit davonschleppte. Nymphen mochten das nicht besonders. Manchmal glitt auch ein Drache durch ihr

Gebiet, zerbiß einen Faun in zwei Stücke und verschlang ihn. Wenn es ein feuerspeiender Drache war, pflegte er den Faun zunächst zu rösten. Darauf waren Faune nicht sonderlich erpicht. Doch am nächsten Tag war alles so, als sei nie etwas geschehen: Die Faune und Nymphen gingen ihren Vergnügungen nach, und nie vermißten sie die Opfer. Ida hatte versucht, ihnen von solchen Vorfällen zu erzählen, doch sie hatten ihr nicht geglaubt, weil sie sich an nichts erinnern konnten, was nicht am selben Tag geschehen war. Und nach einer Weile begriff Ida schließlich, daß das für sie wohl das beste war. Was brachte das schon, trauernd schlimmen Erinnerungen nachzuhängen? Dennoch machte es ihr zu schaffen. »Es muß einen besseren Weg geben, das solltesein«, brummte sie.

»Es gibt auch einen besseren Weg«, teilte Zerebral ihr mit. »Den menschlichen. Faune und Nymphen sind an die Gegenwart gefesselt; genau wie Tiere sind sie Wesen des Augenblicks. Menschen dagegen erinnern sich und reflektieren, fast so, wie es Zentauren tun, deshalb sind sie ihnen überlegen. Vergiß das nicht, denn das kommt in der Pop-Prüfung dran.«

So lernte Ida also, was ihre Art von anderen Kreaturen unterschied. Sie erinnerte sich tatsächlich und bestand die Prüfung, worauf sie zur Belohnung etwas Pop vom Sodapopsee bekam. Zerebral glaubte an die förderliche Wirkung von Motivationsanreizen. Das bedeutete in normaler Begrifflichkeit, daß man fürs Lernen gute Dinge bekam. Ida hätte es natürlich nie zugegeben, aber tatsächlich machte ihr das Lernen sogar um seiner selbst willen Spaß. Es gab einfach so viel zu wissen, und das fand sie faszinierend.

Als sie einundzwanzig wurde, jedenfalls dem Urteil des Zentauren zufolge, nachdem er sich ihr Gebiß angeschaut hatte, beschlossen die Sollteseins, daß es so sein sollte, daß sie sich auf den Weg machte, um ihr Glück zu suchen. »Wir lieben deine Gesellschaft«, hatten sie ihr mitgeteilt, »aber wir sind nur Tiere, während du ein Mensch bist. Du hast Besseres verdient.«

Dessen war sich Ida nicht so sicher, denn ihr erschienen

die Sollteseins als wirklich äußerst achtenswerte Wesen. Deshalb fragte sie Zerebral danach. »Es stimmt leider«, erwiderte er. »Du bist ebensowenig ein Solltesein, wie du eine Nymphe bist, und du darfst es nicht zulassen, daß dein Horizont durch ihren begrenzt bleibt. Du mußt dein Glück bei deiner eigenen Art suchen.«

»Aber ich weiß doch noch nicht einmal, wo sich meine Art befindet!« protestierte sie. »Wo gibt es denn einen Männerberg oder ein Frauental?«

»Solche Geländeabschnitte kenne ich auch nicht«, gestand der Zentaur. »Vielleicht solltest du statt dessen nach dem Schloß des Guten Magiers suchen, der, soviel ich weiß, inzwischen wieder im Geschäft ist. Den kannst du nach deinem Glück fragen.«

»War der mal aus dem Geschäft raus?« fragte sie mit leiser Neugier.

»Einige Jahre lang. Aber dann wurde das Schloß wieder aktiv, unter neuen Auspizien. Natürlich könnte es gewisse Schwierigkeiten geben, es zu orten und zu betreten, und es kann auch sein, daß du dem Guten Magier für die Beantwortung deiner Frage einen Jahresdienst ableisten mußt. Doch gibt es immerhin Leute, die der Auffassung sind, daß es die Mühe und diese Kosten wert ist.«

Ida hatte gelernt, daß Zerebral nicht unbedingt seine eigene Meinung zum besten gab. Er hatte eine belehrende Art, von der sie annahm, daß sie für seine Gattung typisch war. Lehrer sprachen nie direkt und einfach mit einem. »Glaubst *du* denn, daß mir das die Sache wert sein sollte?«

Er überlegte erst, denn er war nie so unvorsichtig, gedankenlos eine Meinung zum besten zu geben. Er hatte einmal einen Anfall von Maul-und-Klauen-Seuche erlitten, weshalb ihn die Zentauren ins Exil geschickt hatten. Deswegen stand er überhaupt hier als Lehrer zur Verfügung. Zwar stopfte er sich inzwischen die Klauen nicht mehr ins Maul, bewahrte aber seine nervtötende Vorsicht. »Ja, da anderes gleichwertig wäre, denke ich schon.«

Also machte Ida sich auf den Weg zum Schloß des Guten Magiers. Sie trug eine kleine magische Tasche bei sich, die

die Sollteseins ihr gegeben hatten. Darin bewahrte sie ihre förmliche Garderobe auf, eine Haarbürste sowie einen Satz Unaussprechliche zum Wechseln, dazu ein magisches Butterbrot für den Fall, daß sie hungrig wurde. Außerdem trug sie ein Armband, das sie vor Schaden durch andere Kreaturen schützte. Das waren Dinge, die die Faune und Nymphen einmal gefunden hatten, während die Sollteseins sie vor dem Vergessen-werden gerettet hatten. Die Sollteseins waren nicht habgierig; sie bewahrten lediglich Dinge auf, bis sie so verwendet werden konnten, wie es sein sollte.

Traurig hatte sie sich von den Sollteseins verabschiedet, hatte befürchtet, daß sie, von diesen Kreaturen getrennt, niemals wieder so glücklich werden würde wie mit ihnen zusammen. Sie wußte, daß sie immer eine Vorliebe für Teiche, Sümpfe und sandige Ufer bewahren würde. Dann hatte sie den Weg betreten, der in das Unbekannte Zentralxanth führte.

Am Anfang war ihr der Weg noch einigermaßen vertraut erschienen, weil sie etwa die letzten zwei Jahrzehnte lang dieses ganze Gebiet durchstreift war. Sie wußte, welche Nebenwege es zu vermeiden galt, weil sie zu Gewirrbäumen oder Drachenhorten führten, und welche Früchte man nicht essen durfte, beispielsweise Würgebeeren. Doch je weiter sie kam, um so unvertrauter wurde alles, bis sie schließlich in gänzlich fremdes Gebiet gelangte.

Dort stieß sie auf eine Weggabelung. Welcher Weg wäre der beste? Sie konnte sich nicht entscheiden, wollte aber auch nicht herumtrödeln. Sie war nicht mehr im Nymphental, wo das Herumtrödeln eine Art Lebensstil war. Außerdem mußte sie mal eine Pause einlegen, um etwas Unaussprechliches zu erledigen, und sie war sich nicht sicher, ob das auch zum Trödeln zählte. Eines der seltsamen Dinge an dem Zentaurenlehrer war gewesen, daß er seine eigenen Körperfunktionen in aller Offenheit ausgeführt, gleichzeitig aber darauf bestanden hatte, daß sie als Menschwesen so tun müsse, als gäbe es solche Funktionen gar nicht. Das war Menschenart, hatte er gesagt, und sie mußte die Sitten der

Menschen und ihr Verhalten so gut nachahmen, daß sie sich zu gegebener Zeit unter ihnen bewegen konnte.

Da war ein Kobold eine der beiden Wege entlanggekommen. Ida hatte eine Idee. Kobolde waren zwar nicht gerade die nettesten aller Leute, konnten aber durchaus hilfsbereit sein, wenn man sie richtig ansprach. Vielleicht könnte sie ihn ja danach fragen, wo die beste Stelle für ihr unaussprechliches Geschäft war, und wenn er ihr darauf eine gute Antwort geben sollte, könnte sie ihn weiterhin fragen, welcher der beiden Wege der beste war.

»He, Rülpsnase, wo ist denn hier die schlimmste Stelle, um etwas Unaussprechliches zu erledigen?« fragte sie ihn.

Der Kobold musterte sie, dann ließ er den Blick durch die Landschaft schweifen. »Hinter dem Busch dort«, sagte er und zeigte darauf.

Also ging Ida hinter den Busch. Dann passierte etwas. »Iiiieeehh!« schrie sie nach jener Art, wie sie der Zentaur für Maiden – wie er auch sie klassifizierte – vorgeschrieben hatte.

Wütend kehrte sie zu dem Weg zurück, wo der Kobold in stoischer Ruhe auf sie wartete. »Dieser Busch hat mich gekitzelt!« sagte sie.

»Natürlich. Das ist schließlich ein Kitzelbeerenbusch!«

»Aber ich habe dich nach dem schlimmsten Platz gefragt. Du hättest doch lügen müssen«, sagte sie empört.

»Ich *habe* auch gelogen«, erwiderte er. »Denn der schlimmste Platz ist dieser Stachelbeerstrauch dort hinten.«

Darüber dachte Ida nach, bis sie zu dem Schluß gelangte, daß der Kobold sich tatsächlich seinem Wesen entsprechend verhalten hatte. »Und welches ist der schlimmere Weg von den beiden dort?« fragte sie und zeigte auf die Gabelung.

Der Kobold dachte nach. »Das ist schwer zu beantworten.«

»Weshalb? Du brauchst doch bloß zu lügen, was den besseren Weg angeht.«

»Die sind aber beide genauso schlecht.«

Das bedeutete genauso gut. »Also schön, ich ziehe die Frage zurück. Verzieh dich, Rotzlöffel.«

Offensichtlich angenehm berührt von ihrer Höflichkeit, setzte der Kobold seinen Weg fort.

Ihre Idee hatte also funktioniert. Das taten die öfters. Aber wahrscheinlich schuldete sie den größten Teil ihres Erfolgs der klugen Unterweisung Zerebrals. Sie hatte auch die Idee gehabt, das er der bestmögliche Lehrer sein würde, als sie ihn das erstemal erblickte, und das hatte sich mehr als bestätigt. Normal ausgedrückt bedeutete das, daß er gut gewesen war.

Sie nahm den rechten Weg, weil sie nicht den falschen nehmen wollte. Sie vertraute darauf, daß er sie schon dort hinführen würde, wo sie hin wollte. Tatsächlich führte er sie zu einer süßen kleinen, alten Hütte, gerade als die Abenddämmerung sie einzuholen drohte. Vielleicht lebte dort ja eine süße kleine, alte Hausfrau, die noch ein Zimmer für die Nacht frei hatte, während auf dem Herd ein Topf mit warmer Suppe stand.

Ida klopfte an die Tür. Als die Tür sich öffnete, erblickte sie eine großmütterliche Frau. »Ach, ich hatte mir schon so sehr gewünscht, daß eine nette junge Reisende heute nacht mein freistehendes Zimmer in Anspruch nehmen würde«, meinte die Frau. »Komm herein, Liebes, und iß einen Teller warme Suppe.«

Dankbar trat Ida ein. »Dein Haus stand gerade am richtigen Fleck«, meinte sie. »Ich hatte gehofft, daß ich nicht draußen im Wald schlafen müßte.«

»Bist du eine leise Schläferin?«

»Nein, ich wälze mich die ganze Nacht herum. Ich bin hyperaktiv.« Das war das Zentaurenwort für ihre Unruhe gewesen.

»Wunderbar!«

Es stellte sich heraus, daß der alte Mann der alten Frau eine Reise zum Markt unternommen hatte und erst am Morgen mit einem Korb voll Bohnen zurückerwartet wurde. Bis dahin war es sehr leise im Haus, woran die alte Frau nicht gewöhnt war. Sie wollte gern hören können, daß jemand bei ihr im Haus war, vor allem nach Einbruch der Dunkelheit.

Nach dem Abendessen saßen sie gemeinsam am Feuer

und tauschten Neuigkeiten aus. Glücklicherweise verließ die Frau niemals Haus und Hof, und da auch Ida noch nie die nähere Umgebung ihres Heims verlassen hatte, hatten die beiden nicht allzu viele Neuigkeiten auszutauschen. Ida war müde, und die alte Frau blieb nie lange auf, und so zog sich jede zufrieden zum Schlafen in ihr Zimmer zurück.

Doch als Ida ihr Nachthemd anzog und sich zu Bett legte, begann sie plötzlich unter Vorbehalten zu leiden. Vorbehalte waren klettenartige Gedanken, die sich von hinten an einen heranschlichen, einen umklammerten und sich erst als solche offenbarten, wenn es wirklich ruhig geworden war – zum Beispiel, wenn man gerade versuchte einzuschlafen.

Angenommen, so fragte einer der Vorbehalte, es war hier nicht alles so, wie es zu sein schien? Könnte es nicht sein, daß die nette kleine, alte Frau vielleicht irgendein sehr unnettes Geheimnis hatte, von dem sie nicht erzählte, was ihrem Gast zum Schaden gereichen würde? Ida gefiel diese Idee nicht, vermochte sie aber auch nicht auszumerzen. (Ausmerzen bedeutete in Menschensprache, etwas loszuwerden.) Sie sorgte sich darum, was die Dunkelheit enthüllen mochte.

Und tatsächlich – kaum hatte sie die Kerze ausgepustet, als auch schon ein Gespenst vor ihr aufragte. »Huuuuhh!« schrie es luftig und flatterte mit seinen Lakenschössen.

Ida fuhr unter die Decke. »Iiiiich bin es nur«, erwiderte sie entschuldigend.

Das Gespenst wirkte verlegen. »Entschuldigung! Ich habe dich mit dem schmutzigen alten Mann verwechselt.«

»Schmutzig?«

»Er wäscht sich nie die Füße. Das macht die Laken immer dreckig. Ich kann es nicht mitansehen, wenn man Laken mißhandelt. Deshalb suche ich ihn auch nachts heim.« Vor dem Spiegel schwebend, reflektierte das Gespenst einen Augenblick. »Wie sind denn deine Füße?«

»Meine Füße sind sauber«, erwiderte Ida. Sie schob einen Fuß unter dem Laken hervor. »Maiden sollen zierliche Füße haben, deshalb versuche ich, dem zu entsprechen.«

Das Gespenst untersuchte sie eingehend. »Du hast recht.

Das sind wirklich sehr saubere, zierliche Maidenfüße. Wann kommt denn der schmutzige alte Mann zurück?«

»Morgen, glaube ich.«

»Dann bis morgen ...« Das Gespenst verblaßte.

Erleichtert legte Ida sich schlafen. Sie war ja so froh, daß sie ein nettes Gespenst erwischt hatte.

Am Morgen sprach sie zu der alten Frau über die Sache. »Wußtest du eigentlich, daß du ein Gespenst im Haus hast?«

»Ein Gespenst? Ich dachte, es wäre eine Gespielin! Er ist nämlich ein schmutziger alter Mann, mußt du wissen.«

»Ja. Seine Füße machen immer die Laken schmutzig, und das gefällt dem Gespenst nicht.«

»Na, den werde ich schon noch dazu bringen, sich die Füße zu waschen!« meinte die alte Frau. »Ich mag nämlich auch keine schmutzigen Laken.«

Nach einem netten Frühstück aus Bohnenbrei setzte Ida ihren Weg fort. Sie fragte sich, was wohl auf dem anderen Weg passiert wäre. Fast war sie versucht zurückzukehren, um den anderen zu nehmen, nur um es herauszufinden, doch sie beherrschte sich. Denn je eher sie das Schloß des Guten Magiers entdeckte, um so früher würde sie um ihr Schicksal und ihr Glück wissen. Sie hoffte, daß es nett war, denn sie war ja auch ein nettes Mädchen.

Doch der Weg führte nicht direkt zum Schloß. Statt dessen führte er zu einem Drachennest. Fast wäre Ida hineingetreten, als sie es gerade noch rechtzeitig merkte. Sie wich zurück. Im allgemeinen galten Drachennester nicht als besonders guter Aufenthalt, jedenfalls nicht für jene, die nicht von drachischem Wesen waren. Nun würde sie doch noch umkehren müssen, um den anderen Weg zu nehmen, obwohl es schon ziemlich weit war. Immerhin würde das wenigstens ihre Neugier befriedigen.

Da legte sich der Schatten eines Drachen auf sie, gefolgt von dem Drachen selbst. Zufälligerweise hatte er Ida den Fluchtweg abgeschnitten. »Nun«, meinte der Drache. »Gestatte mir, daß ich mich vorstelle. Ich bin Dragoman Drache. Wen haben wir denn hier?«

»Nichts anderes als eine zierliche Maid«, erwiderte Ida wahrheitsgetreu.

»Und weißt du auch, was ich mit zierlichen Maiden anzustellen pflege?«

Ida hatte eine Ahnung, die von ihren Erinnerungen an die Drachen herrührte, die im Nymphental Nymphen gewildert hatten. Doch sie wußte auch, daß ihr magisches Armband sie vor allem Schaden bewahren würde. »Ich glaube, diese hier wirst du schon ziehenlassen müssen, denn du kannst mir nicht schaden.«

Der Drache blinzelte zu ihr herab. »Ach ja? Warum denn nicht?«

»Weil ich einen Zauber dabeihabe, der mich beschützt.«

»Du bist wirklich höchst bezaubernd«, pflichtete Dragoman ihr bei. »Aber zufälligerweise sammle ich nun einmal liebliche Maiden.«

»Nein, ich habe nicht gesagt, daß ich bezaubernd bin, obwohl das vielleicht stimmen mag. Ich habe gemeint, daß ich ein Amulett an mir trage.«

Der Drache überlegte. »Das verlangt doch nach einer gewissen Exegese. Darf ich es mal sehen?«

»Gewiß.« Ida streifte das Armband ab und reichte es dem Drachen.

Dragoman inspizierte es genau. »Du hast recht. Dieser Zauber wirkt gegen alle Gegner. Wer ihn trägt, dem kann keine Kreatur schaden.«

»Ja, das hat man mir auch mitgeteilt. Darf ich ihn jetzt zurückhaben, bitte?«

Der Drachen stieß eine kleine Rauchwolke aus. »Es gibt da etwas, was ich dir erklären muß. Denn im Augenblick trägst du diesen Zauber nicht an dir, so daß ich mit dir verfahren kann, wie es mir beliebt. Wenn ich dir den Zauber zurückgebe, werde ich nicht mehr dazu in der Lage sein, dir zu schaden. Irgendwie hege ich doch Zweifel daran, daß es meinen Interessen sonderlich entspräche, dir den Zauber wieder auszuhändigen.«

Ida merkte, daß sie einen Fehler begangen hatte. Doch sie hatte auch eine Idee, was sie nun tun mußte. »Es ist wahr, daß ich im Augenblick ungeschützt bin. Aber als du mich um den Zauber gebeten hast, war ich durchaus geschützt. Das bedeutet, daß er mich vor dir beschützt hat. Wenn du mir jetzt schaden solltest, würde das wiederum bedeuten, daß er darin versagt hat, mich zu beschützen. Das aber wäre etwas, was mein Zentaurenlehrer eine Paradoxie nennen würde. Eine Paradoxie ist nie etwas Gutes.«

Dragoman stieß grübelnd weitere Rauchwolken hervor. »Ich liebe logische Kniffeleien«, gestand er. »Darüber muß ich erst einmal nachdenken.«

»Gewiß. Und könnte ich wohl mein Armband zurückhaben, während du darüber nachdenkst?«

»Wie du wünschst.« Von dem intellektuellen Problem abgelenkt, überreichte der Drachen es ihr wieder.

»Danke.« Fest legte Ida das Armband wieder um ihr Handgelenk.

Kurz darauf hatte Dragoman einen Schluß gezogen. »Ich denke, du hast recht: Du wärst nicht dazu in der Lage gewesen, mir das Armband zu überreichen, hätte ich vorgehabt dir zu schaden. Da ich jedoch niemandem schaden will, gab es da auch kein Problem und demzufolge keine Paradoxie.«

»Das ist schön«, stimmte Ida zu.

Der Drachen streckte sich und packte sie. »Allerdings habe ich dir immer noch nicht erzählt, was ich mit zarten Maiden anzustellen pflege.«

»Iiiieeehh!« kreischte Ida, da ihr dies im gegenwärtigen Stadium angemessen erschien.

Dragoman hob sie auf. »Wie gütig von dir, mich danach zu fragen. Ich sammle sie nämlich. Ich passe sehr gut auf sie auf; tatsächlich konserviere ich sie perfekt. Du siehst also, daß ich dir gar nicht schaden will, daher braucht sich dein Armband auch keine Sorgen zu machen.« Er breitete die Flügel aus und hob sich mit ihr in die Lüfte.

Er brachte sie in eine Kristallhöhle. Die Höhle war wunderschön. Überall standen riesige Kristalle, und in jedem Kristall befand sich eine wunderschöne junge Frau; sie war völlig erstarrt und glich in allen Einzelheiten einer lebensgroßen Puppe.

»Aber ich will nicht in Stein konserviert werden!« protestierte Ida.

»Du hast keine andere Wahl«, meinte Dragoman.

»Habe ich nicht?«

»Hast du nicht. Du bist dazu bestimmt, in all deiner Lieblichkeit konserviert zu werden, bis dich zufällig jemand rettet. Mit etwas Glück wird das ein Prinz sein, aber es ist ebenso wahrscheinlich, daß es irgend jemand ist, der von keinerlei Bedeutung sein dürfte. Und nun lege doch bitte deine hübscheste Garderobe an.«

»Was?«

»Garderobe, das ist Kleidung.«

»Das wußte ich schon. Das ist ein Begriff, den die Zentauren verwenden. Ich wollte damit einen Ausruf der Empörung tätigen. Weshalb sollte ich dir entgegenkommen?«

»Weil eine Rettung um einiges unwahrscheinlicher ist, wenn du aussiehst wie ein durchgekauter Drachenköder.«

Darüber dachte Ida nach und gelangte zu dem Schluß, daß er recht hatte. Also zog sie ihr bestes Kleid an, das Blaue aus Chiffon, und schlüpfte in ihre Vorzeigesandalen, damit ihre zarten, sauberen Füße gut zur Geltung kamen.

In der Zwischenzeit grübelte der Drachen vor sich hin. »Ich muß unbedingt diese Höhle ausbauen«, meinte er. »Sie ist einfach überfüllt. Fürs erste muß ich dich im Schuppen unterbringen, bis die Renovierungsarbeiten abgeschlossen sind.«

»Im Schuppen!« rief Ida. »Habe ich denn nichts Besseres verdient?«

»Natürlich hast du das«, meinte er tröstend. »Und ich verspreche dir auch, dich an einen besseren Ort zu bringen, sobald ich dazu in der Lage bin.«

Irgendwie befriedigte sie das nicht so sehr, wie es das wahrscheinlich hätte tun sollen. Andererseits blieb ihr auch keine große Wahl, so daß sie sich nicht beschwerte. Sie bürstete ihr Haar aus und war fertig.

»Ach, du siehst wirklich göttlich aus«, meinte der Drachen. »Würdest du bitte hier auf dieses Podest treten.«

Ida trat, überließ sich ihrem Schicksal.

Dragoman beatmete sie mit einer Wolke aus dickem Dunst. Die Wolke verdichtete sich, umhüllte sie – und plötzlich veränderte sich alles. Dragoman war fort, und eine üppige Meerfrau mit Beinen schrie sie gerade an. »Raus hier!«

Was war geschehen? Wo war der Drachen? Verwirrt schüttelte Ida den Kopf.

Dann kam jemand von der Seite herbeigestürmt, riß sie von den Beinen und schleppte sie aus dem Schuppen, bevor die Tür sich schloß.

Die dritte Person, die sich als große junge Frau herausstellte, setzte sie ab. »Wie ist dein Name?« wollte die Meerfrau wissen.

Name? Sie hatte nie einen Namen gehabt. Keiner der Faune, Nymphen, Sollteseins oder Ungeheuer besaß einen Namen. Nur Zerebral Zentaur und Dragoman Drachen. »Weiß es nicht«, erwiderte sie, das Sprechen fiel ihr schwer.

»Na, dann wollen wir dich einfach Ida nennen«, sagte die Frau. »Ich bin Mela Meerfrau und das hier ist Okra Ogerin.«

Eine Ogerin! Ida musterte sie erstaunt. Dann fiel ihr ein, daß sie noch nie einem weiblichen Oger begegnet war. So war es durchaus möglich, daß die sehr viel weniger häßlich waren, genau wie bei den Kobolden.

Mela fuhr fort ihr Fragen zu stellen, doch Ida wußte darauf keine Antworten. Sie hatte ihr Glück gesucht, und ihr Glück hatte sich im wahrsten Sinne des Wortes herauskristallisiert. So war es anscheinend geschehen, und diese Leute hier hatten sie gerettet. Sie hatte keine Ahnung, wieviel Zeit verstrichen war oder wo der Drache jetzt sein mochte. Doch der Name, den sie ihr verliehen hatte, begann sich festzusetzen, und nun schien es ihr, als sei sie schon immer Ida gewesen und als hätte jeder, der über sie gesprochen oder geschrieben hatte, sie auch bei diesem Namen genannt. Der Zentaur hätte dies wohl als retrospektive Benennung bezeichnet, aber wahrscheinlich handelte es sich um eine schlichte Rückdatierung des Texts.

Die beiden, die sie befreit hatten, schienen recht nett zu sein. Möglicherweise waren sie in eigener Mission unterwegs. Es wäre wirklich sehr nett, wenn sie gemeinsam den Guten Magier aufsuchen könnten.

Es stellte sich heraus, daß die Meerfrau und die Ogerin tatsächlich dorthin unterwegs waren. Also beschloß Ida, sich ihnen anzuschließen. Ihr Weg hatte offensichtlich durch den Gartenschuppen geführt und war nun versperrt, seit sie den Kristallblock entfernt hatten, in dem Ida gefangen gewesen war, so daß sie sich jetzt einen neuen suchen mußten. Sie bedauerte es, an der Unterbrechung ihrer Reise schuld zu sein, aber sie hatte ja auch überhaupt nicht gewußt, was los war, bis sie sie aus dem Kristall befreit hatten.

Mela führte an, und Okra ging am Schluß, Ida sicher in der Mitte. Sie kamen an einen Gesundheitsquell und tranken einen Schluck. Dann nahm Okra ein rotes Boot auf, das sie offensichtlich dort hatte liegenlassen, und trug es mit der ihrer Art eigenen Kraft auf dem Kopf. Schließlich gelangten sie an einen großen See. Das war der Küß-mich-See, wie sich herausstellte. Sie bestiegen das kleine Boot, und Okra ruderte sie mit kräftigen Zügen zu einer Insel hinüber. »Am Ufer ist es nicht besonders sicher«, bemerkte Mela. »Auf der Insel ist es zwar auch nicht sicher, aber da kennen wir wenigstens die Gefahren, weshalb es uns dort auch mehr behagt.«

Tatsächlich war es sehr behaglich, denn es gab einen wunderbaren Warmwasserteich. Mela erklärte, daß sie mit Süßwasser nicht viel anfangen konnte, aber gelernt hatte, diesen Teich zu schätzen, da es sich um Feuerwasser handelte. Sie hatte einen Satz Feuerwasseropale, die um so heller zu strahlen schienen, je mehr sie sich diesem Teich näherten. Die drei stiegen hinein und verglichen ihre jeweilige Geschichte. Ida erzählte ihre Geschichte bis zu diesem Punkt, Okra tat das gleiche mit ihrer eigenen und berichtete, wie sie gehofft hatte, eine Hauptrolle zu bekommen und vielleicht auch ihr Asthma loszuwerden, während Mela meinte, daß ihre Geschichte zu lang sei, um sie in allen Einzelheiten zu erzählen, daß sie sich aber nun auf der Suche nach einem geeigneten Ehemann befinde. Darin war sie überhaupt nicht wählerisch: Jeder stattliche, fürsorgliche, intelligente, sanfte und mannhafte Prinz würde schon genügen.

Ida war zwar nicht mit dem Geschmack von Prinzen vertraut, hegte aber den Verdacht, daß jeder von ihnen, der einigermaßen mannhaft war, Melas Bestückungen mögen würde, die gerade ihr Bestes taten, um an die Oberfläche des heißen Wassers emporzuschweben.

Okra hatte eine Frage. »Wie kommt es, daß du den Drachen überhaupt verstehen konntest?« fragte sie Ida.

Ida war verblüfft. »Hätte ich das nicht tun sollen?«

»Na ja, Menschen verstehen doch eigentlich die Sprache anderer Wesen nicht, oder? Ich meine, sie verstehen zwar Wesen menschlicher Herkunft, weshalb du auch mit uns beiden reden kannst, aber Drachen sind etwas anderes. Für uns hört sich ihre Sprache wie bloßes Brüllen und Knurren an.«

»Oh, das wußte ich überhaupt nicht«, erwiderte Ida niedergeschlagen. »Ich habe schon immer mit Tieren gesprochen, mir war gar nicht klar, daß ich das nicht sollte. Die Sollteseins sind freundliche, pelzige Tiere, die gern schwimmen und Fisch essen. Hätte ich nicht mit ihnen reden sollen?«

»Natürlich hättest du das tun sollen«, erwiderte Mela. »Wir sind nur überrascht, daß du diese Fähigkeit besitzt. Vielleicht ist das ja dein Talent.«

»Mein Talent?«

»Jeder Mensch besitzt ein magisches Talent. Wußtest du das denn nicht?«

»Nein, das wußte ich nicht. Die Faune und Nymphen hatten keins.«

»Die sind wahrscheinlich nicht menschlich genug, vermute ich«, meinte Mela. »Einige von uns Teilmenschen verfügen über eine eingebaute Magie, beispielsweise die Fähigkeit, Wasser zu atmen.«

»Das habe ich nie als Magie angesehen. Ich habe einfach mit jedem gesprochen, der auch mit mir sprach.«

»Nun, wir können der Sache ja das nächste Mal auf den Grund gehen, wenn wir einem Drachen oder einem anderen Ungeheuer begegnen«, schloß Mela. Sie ging davon, um ein paar reife Pasteten für das Abendessen zu suchen. Ida eilte ihr nach, um ihr zu helfen, denn sie war es schon immer gewohnt gewesen, ihre eigenen Pasteten aufzustöbern.

Nach dem Essen besprachen sie ihre Reisepläne. Mela besaß eine Landkarte, derzufolge das Schloß des Guten Magiers im Westen lag. Darauf war ein Weg zu erkennen, der dorthin führte, aber dieser Weg war nun versperrt, so daß sie sich einen anderen suchen mußten.

Sie vertieften sich in die Karte und entdeckten etwas, was Mela vorher noch nicht bemerkt hatte: Es gab einen unsichtbaren Fluß, der vom Eisenberg durch das Stocherland bis zum Küß-mich-See führte. Die einzige Möglichkeit, diesen Fluß aufzustöbern, bestand darin, Ausschau nach dem darin befindlichen, von dem Berg stammenden kleinen Rostflecken zu halten.

Ermutigt beschlossen sie, es am nächsten Morgen damit zu versuchen. Dann legten sie sich zur Nacht nieder.

Aber Ida hatte noch eine Frage. »Wißt ihr zufällig, warum das hier der Küß-mich-See genannt wird?«

»Das war einmal ein sehr freundlicher See«, erläuterte Mela. »Ebenso der Küß-mich-Fluß, der ihm entspringt. Aber dann hat das Pionierkorps der Dämonen den Fluß begradigt, worauf er jeden Zauber verlor und zum Töte-mich-Fluß wurde. Schließlich mußten sie ihn wiederherstellen, aber seitdem haben sich weder der Fluß noch der See völlig von dem Schrecken erholt. Das ist vielleicht auch besser so, denn sonst würden wir durch ihren Zauber dazu gezwungen, sie und uns ständig zu küssen.«

Dem mußte Ida beipflichten. Sie hatte zwar selbst noch nie jemanden geküßt, hatte aber mitangesehen, wie die Faune und Nymphen so etwas die ganze Zeit taten. Wenn das Küssen also eine Stufe auf einem fortlaufenden Entwicklungsweg sein sollte, war Ida dafür noch nicht bereit.

Am Morgen ruderte Okra sie über den See zurück. Ida trug ihr langweiliges Alltagskleid, weil sie jetzt ja nicht mehr ausgestellt wurde. Diesmal erkundeten sie das Ufer und hielten Ausschau nach dem unsichtbaren Fluß. Ida kam auf die Idee, daß sie ihn vielleicht würde erkennen können, wenn sie nur blinzelte, weil dies das Aussehen der Dinge veränderte. Und tatsächlich, schon bald erspähte sie ein schwaches Wellenmuster in der Luft, das mit rötlichbraunen

Flecken gesprenkelt war. Doch sollte dies tatsächlich sein, was sie hoffte, so war es natürlich keine Luft, sondern unsichtbares Wasser. Das Wasser selbst war zwar unsichtbar, nicht aber die Ausfallstoffe, die es mit sich führte. »Ich glaube, ich sehe ihn«, verkündete sie und zeigte darauf.

Okra saß mit dem Rücken zur Fahrtrichtung, weil sie ja ruderte, doch da Ida im Heck des Boots saß, konnte sie sie sehen. Also lenkte Okra das Gefährt in die gezeigte Richtung, und schon bald erblickte auch Mela die Rostflecken. »Sieht aus wie gewöhnlicher Wind«, meinte sie zweifelnd.

Aber Okras Ruder machten planschende Geräusche, als sie sich in das unsichtbare Wasser senkten. Und so ruderte sie in den Fluß hinein. Die Strömung war träge, so daß es keine besondere Anstrengung brauchte, gegen sie anzurudern. Dennoch war Ida von Okras Kraft und Ausdauer beeindruckt. Dieser Fluß floß nicht etwa in einem festen Bett, sondern schlängelte sich durch die abwechslungsreiche Landschaft. Trotz seiner Unsichtbarkeit schien er das Land, das er durchströmte, nicht weiter zu behelligen. Er behielt seinen eigenen Wasserspiegel, wand sich hin und her, um Hügeln und Tälern aus dem Weg zu gehen, so daß die Fahrt ihnen einen recht gründlichen Einblick in das umgebende Land bescherte. Es war eine gemischte Landschaft mit vielen Arten von Bäumen, einigen wenigen Straucharten und nur einer Art von Kräutern.

Ein Dampfstrudel erschien über dem Boot. Neugierig blickte Ida ihn an. War das vielleicht ein weiterer Nebenstrom des unsichtbaren Flusses? Doch er schien gar nicht zu fließen, nur zu schweben.

Dann bildete sich ein Mund aus. »Was starrst du da so an?« wollte er wissen.

»Es spricht!« rief Ida erschreckt.

»Natürlich spricht es«, erwiderte der Mund. Nun bildete sich ein Augenpaar aus, richtete sich auf sie. »Was hast du denn erwartet, einen Rülpser vielleicht?«

»Aber du bist doch eine Wolke!« protestierte Ida. »Wolken reden doch nicht. Oder?«

»Natürlich reden Wolken. Nur nicht in einer Sprache, die Menschen verstehen können.«

»Ach, du meinst, so wie Drachen?«

»Kardinal.«

»Was?«

»Intrinsisch, inhärent, fundamental, elementar, primär.«

»Essentiell?«

»Was auch immer«, erwiderte der Dunst und bewölkte sich.

»Das ist die Dämonin Metria!« rief Mela mit einem Blick über die Schulter.

»Woher hast du das nur gewußt?« fragte die Wolke und formte sich zur Gestalt einer Frau, die beinahe ebenso wohlgeformt war wie Mela selbst.

»Das war nur geraten. Hier ist nichts von Interesse im Gange, Metria, daher sollten wir deine Zeit nicht weiter vergeuden.«

»Aber ist das denn nicht Ida?« fragte Metria. »Das ist die interessanteste Person in ganz Xanth.«

»Das bin ich?« fragte Ida ungläubig.

»Das ist sie?« fragte auch Mela. »Warum das denn?«

»Wegen ihrer Bestimmung. So eine hat es noch nie gegeben.«

»Aber meine Bestimmung bestand doch darin, von dem Drachen kristallisiert zu werden«, wandte Ida ein.

»Das hat der Drachen vielleicht behauptet«, meinte Metria. »Aber Drachen sind auch notorische Lügner.«

»Das habe ich nicht gewußt.«

»Nun, du hast ja auch noch nicht sonderlich viel Erfahrung mit Drachen.«

»Das stimmt«, bestätigte Ida. »Ich wußte nicht einmal, daß Menschen gar nicht mit Drachen sprechen können.«

»Das kommt davon, wenn man so isoliert aufwächst«, meinte die Dämonin.

»Es sei denn, daß mein magisches Talent darin besteht, mit Ungeheuern zu reden.«

Metria lachte. »Eine wirklich interessante Art, es darzustellen! Aber dein Talent ist das wohl kaum.«

»Du kennst mein Talent?«

»Natürlich kenne ich es!«

»Wirst du es mir sagen?« fragte Ida begierig.

»Vielleicht, wenn du mich fragst.«

»Was ist mein Talent?«

»Vielleicht aber auch nicht.« Die Dämonin verblaßte.

»Ich hätte dich warnen sollen«, sagte Mela. »Sie führt gern Sterbliche an der Nase herum. Wahrscheinlich kennt sie dein Talent sowieso nicht.«

»Du meinst, Dämonen sind wie Kobolde?« wollte Ida wissen. »Daß man sie unhöflich behandeln muß?«

»Nicht genau. Aber die wollen einem eben keinen Gefallen tun. Für eine Dämonin ist Metria gar nicht so übel; sie langweilt sich lediglich und unterhält sich gern damit, zu beobachten, was Sterbliche so machen. Aber manchmal hat sie Schwierigkeiten, den richtigen Ausdruck zu finden, und damit verrät sie sich.«

»Das ist mir auch aufgefallen.«

Jetzt meldete sich Okra zu Wort. »Warum glaubt die Dämonin denn, daß Ida die interessanteste Person in ganz Xanth ist?«

»Ich bin gar nicht sonderlich interessant«, sagte Ida in maidenhafter Bescheidenheit.

»Sie sagte, daß es an ihrer Bestimmung läge«, erinnerte sich Mela. »Eins muß ich zugeben – Metria kann zwar ziemlich lästig werden, aber sie scheint doch immer die Wahrheit zu sagen. An Ida muß etwas ganz Besonderes sein.«

»Vielleicht erfahren wir es, wenn wir erst im Schloß des Guten Magiers sind«, mutmaßte Okra.

Sie fuhren weiter stromaufwärts. Inzwischen wurde es immer steiler; die Strömung war kräftiger, und die Rostflekken wurden größer.

»Wirst du gar nicht müde?« fragte Ida die Ogerin. »Du hast doch die ganze Zeit gerudert.«

»Wahrscheinlich schon«, stimmte Okra ihr zu. »Bisher ist es mir nur nicht aufgefallen.«

»Schauen wir doch mal, ob wir am Ufer anlegen können, ohne aus dem Wasser zu geraten«, schlug Mela vor.

Vorsichtig versuchten sie es und gelangten sicher an Land. Nachdem sie aus dem Boot gestiegen waren, hob Okra es aus dem Wasser und nahm Platz, um sich auszuruhen. Mela und Ida machten sich auf die Suche nach Nahrung und entdeckten ein paar Topfkuchen für Ida und einige Wassermelonen für Mela. Doch was würde Okra schmekken? Da entdeckten sie einige Okrapflanzen und sofort war ihnen klar, daß diese für die Ogerin ideal sein würden.

Beim Essen erblickte Ida eine Pflanze mit hübschen roten Mützen darauf. »So eine kann mein zartes Haar hervorragend vor der Sonne schützen«, meinte sie. Sie ging hin, pflückte eine Mütze und legte sie an. Die Mütze paßte wie angegossen.

Mela streckte sich. »Wir sollten wieder los«, meinte sie.

»Wer sagt das?« fauchte Ida zornig.

»Na ja, ich habe gedacht ...«

»Dann hör gefälligst auf zu denken!« Dann ging Ida zum Boot und verpaßte ihm einen Tritt, was die Ogerin verschreckte. Sie war außer sich vor Zorn.

Mela musterte sie einen Augenblick. Dann suchte sie nach ihrer Tasche und holte ein kleines Buch hervor. Sie blätterte es durch. »Das ist es!« rief sie, als sie die gesuchte Stelle gefunden hatte.

»Das ist es überhaupt nicht!« bellte Ida.

»Was soll das sein?« wollte Okra wissen.

»Es ist eine Durchdrehmütze«, erklärte die Meerfrau.

»Hör auf mich zu beleidigen!« kreischte Ida.

»Bitte nimm diese Mütze ab.«

»Das werde ich *nicht* tun!«

Aber Okra, die hinter ihr stand, streckte den Arm aus und nahm ihr die Mütze vom Kopf.

Ida reagierte entsetzt. »Was habe ich da gerade gesagt?«

»Das warst nicht du«, erläuterte Mela. »Du hast zufälligerweise eine Durchdrehmütze gepflückt. Schau mal, sie steht hier in meinem Handbuch. Kaum hattest du sie aufgesetzt, schon bist du durchgedreht.«

»Oh.« Ida merkte, wie sie errötete. »Ich würde mich nie so verhalten. Ich meine ...«

»Ich wußte, daß etwas nicht stimmte, und da die Mütze das letzte war, was sich geändert hatte, habe ich sie überprüft. Es war nicht deine Schuld.«

»Ach, werf das scheußliche Ding weg!«

Aber Okra dachte nach. »Sie könnte irgendwann noch nützlich sein.« Dann faltete sie die Mütze zusammen und steckte sie in eine Tasche. Das erschreckte Ida, weil sie gar nicht gewußt hatte, daß die Ogerin überhaupt Taschen besaß, denn schließlich hatte sie doch gar nichts an.

Sie schoben das Boot wieder in den unsichtbaren Fluß und stiegen hinein. Okra, die sich inzwischen ausgeruht hatte, ruderte es noch schneller flußaufwärts. Ida konnte über die Kraft des Mädchens nur staunen. Aber das war natürlich das Talent der Oger. Oger waren stark, häßlich und dumm, und es schien, als besäße Okra eine dieser Eigenschaften.

Sie gelangten an einen weiteren See. Dieser See war kleiner als der letzte, mit einer glatten Oberfläche, auf der winzige Fußabdrücke zu sehen waren. »Das sollte ich besser überprüfen«, murmelte Mela, als sie ihr Handbuch hervorholte. Kurz darauf hatte sie es: »Das muß der Jammersee sein. Den sollten wir besser umfahren.«

»Weshalb?« fragte Ida.

Da erschien eine riesige Kreatur, die sofort unter großem Gejammer über die Wasseroberfläche lief. »Weil wir uns besser nicht mit den Jammern anlegen sollten«, erläuterte Mela. »Die sollen ziemlich wütend werden, wenn man ihre Spuren auslöscht.«

»Die Jammerspuren?«

»So ist es. Sie sind ohnehin schon unglücklich genug.«

Ida mußte ihr beipflichten. So stiegen sie aus dem Boot und gingen zu Fuß um den See. Einmal begegneten sie einer mehrköpfigen Schlange. »Hallo, Schlange«, begrüßte Ida sie. Doch das Ding zischte sie nur mehrere Male gleichzeitig an.

Sie erkannte, daß Mela recht gehabt hatte: Sie konnte gar nicht mit Ungeheuern reden. Andererseits bezweifelte sie, daß die Schlange irgend etwas zu sagen gehabt hatte, was sie wirklich hätte hören wollen.

Am gegenüberliegenden Ende des Sees fanden sie den Fluß wieder und setzten ihre Reise fort. Dann kam der Gipfel des Eisenbergs in Sicht. Der Berg bestand völlig aus Metall und ragte hoch in den Himmel empor. Je näher sie kamen, um so höher ragte er empor, bis er sie weit überschattete. Der Fluß entsprang ihm, das aber nicht auf sanfte Weise; vielmehr rauschte er an seiner Seite in einem Wasserfall hervor.

Sie parkten das Boot und machten sich an den Aufstieg. Der Weg war steil, doch gab es Eisentreppen und ein eisernes Geländer. Offensichtlich waren sie nicht die ersten, die hierherkamen.

Als sie aber auf halber Strecke gerade über eine Eisenrampe gingen, erschien plötzlich ein Drachen am Himmel. Ida sah genauer hin, und ihre schlimmsten Befürchtungen bestätigten sich. »Das ist Dragoman, der Drachen, der mich kristallisiert hat!«

»Das dürfen wir aber nicht zulassen, daß er dich schon wieder holt«, meinte Mela.

»Aber wir sind doch völlig hilflos hier! Er kann uns alle vom Berghang pflücken.« Ihre Furcht schwoll zur tödlichen Gewißheit an.

»Nein, das wird er nicht«, widersprach Okra.

»Nicht?«

»Nicht?« wiederholte Mela.

»Vertraut mir.«

Also vertraute Ida ihr. Idas tödliche Gewißheit machte einen Rückzieher und verwandelte sich in eine Ungewißheit, die ihr weiche Knie machte. Es mußte irgend etwas geben, was Okra unternehmen konnte, um den Drachen von seinem bösen Vorhaben abzubringen. Sonst wäre sie nicht so zuversichtlich gewesen.

Der Drachen stieß einen heiseren Schrei aus und schoß auf sie herab; er hatte seine furchtbaren Krallen ausgefahren. Ida verstand nicht, was er sagte, konnte es sich aber denken. Er war wütend, weil sie aus seiner Ausstellungsvitrine verschwunden war.

Okra holte die Durchdrehmütze hervor und legte sie an.

Sie schnitt eine Grimasse. Und dann, als der Drachen nach Ida greifen wollte, ballte Okra eine Hammerfaust und ließ sie wütend wirbeln. Die Faust traf den Drachen an einem Bein, und er geriet ins Trudeln.

»Ach, wunderbar!« hauchte Mela. »Wenn es irgend etwas gibt, was einem Drachen standhalten kann, dann ist es ein wütender Oger.«

So sah es aus. Doch der Drachen hatte noch nicht begriffen, daß eine der drei Maiden eine Ogerin war. Er gewann sein Gleichgewicht zurück und kam wieder auf sie zugestürzt.

Diesmal drosch Okra nicht auf seinen Fuß ein, sondern packte ihn im Ogergriff. Dann riß sie den Drachen zu sich heran. Nun schlug sie ihm mit der anderen Hammerfaust auf die Schnauze. »Leg dich nicht mit uns an, Basiliskennase!« grölte sie und schleuderte ihn fort.

Jetzt hatte er es endlich begriffen. Er ging in eine Art Rundflug über.

Als er sich wieder orientiert hatte, kam er erneut herbeigeflogen. Er mochte es vielleicht mit einer Ogerin zu tun haben, aber schließlich war er ein Drachen, sie dagegen nur ein ziemliches schwächliches Exemplar ihrer Gattung. Er sah so aus, als führte er etwas Neues im Schilde. Er sperrte das Maul auf.

»Er wird uns kristallisieren!« kreischte Ida. »Dieser Dampf darf uns nicht berühren!« Natürlich schien es äußerst zweifelhaft, daß sie den Drachen daran hindern könnte, sie zu beatmen, aber Okra hatte gesagt, sie sollten ihr vertrauen, deshalb tat Ida es auch.

Der Drachen kam näher. Ein Dampfstrahl schoß hervor.

Okra sperrte selbst den Mund auf und atmete den Drachen ihrerseits an. Das gab einen fürchterlichen Gestank.

Drachenatem und Ogeratem prallten aufeinander. Gemeinsam bildeten sie die häßlichste kristalline Wolke aus, die man sich nur vorstellen konnte. Dann zerschmolz der Kristall und fiel als stinkender Stein zu Boden. Der Ogeratem hatte ihn ausgeschaltet.

Der Drachen musterte das Geschehen, zuckte mit den

Schultern und flog davon. Nachdem seine schlimmste Waffe zunichte gemacht worden war, tat er das Vernünftigste und zog sich zurück.

Okra wandte sich an die beiden anderen. Ihr Gesicht war geschwollen und sah furchtbar aus. Sie atmete ein.

»Nimm die Mütze ab!« riefen Mela und Ida wie aus einem Mund.

Knurrend riß Okra sich die Mütze vom Kopf. Dann blickte sie entsetzt drein. Ida wußte genau, wie sie sich fühlte. »Du warst wunderbar!« sagte sie. »Du hast den Drachen verscheucht und uns alle vor einem Schicksal bewahrt, das schlimmer ist als ... Na ja, ich weiß auch nicht so genau, was weniger schlimm sein soll, aber ich bin jedenfalls froh, daß du uns gerettet hast.«

»Das habe ich wohl«, meinte Okra. »Ich bin noch nie oger-wütend gewesen, aber dies schien mir die passende Gelegenheit dazu zu sein.«

»Das war es ganz bestimmt«, pflichtete ihr Mela aus ganzem Herzen bei.

Dann setzten sie ihren Marsch bergaufwärts fort. Ida dachte über das nach, was soeben geschehen war. Sie hatte den Eindruck, daß Okra gute Chancen hatte, ihren Traum zu erfüllen, nämlich zu einer Hauptfigur zu werden. Sie hatte sich jedenfalls ganz bestimmt wie eine verhalten.

6
JENNY

Jenny war immer noch erschüttert von der Offenbarung des Geheimnisses der Erwachsenenverschwörung. Doch es gab keine Zeit, länger darüber nachzudenken, weil der Zugang nun frei war und sie dem Guten Magier ja eine Frage stellen wollte. Sammy Kater sprang bereits beherzt in den Haupttrakt des Schlosses.

Zwar war sie schon einmal hiergewesen, doch das kam ihr fast wie ein Traum vor, und damals hatte das Schloß auch anders ausgesehen. So war es ihr jetzt ebenso unvertraut wie ihren Freunden.

Da erschien eine junge Frau. Sie hatte langes blondes Haar mit einem grünlichen Ton. »Prinzessin Ivy!« rief Jenny. Sie hatte Ivy bei der Hochzeit von Prinz Dolph und Electra kennengelernt. Ivy umarmte sie nacheinander und führte sie dann in den Hauptsaal, wo der Magier Grey saß. »Ihr kommt gerade rechtzeitig zum Mittagessen«, sagte Ivy fröhlich.

Jenny wollte protestieren, doch da merkte sie, daß sie Hunger hatte, und das galt sicherlich auch für die anderen.

Sammy hatte bereits den Teller mit Milch entdeckt, den man offensichtlich für ihn auf den Boden gestellt hatte. Also gesellten sie sich zu Grey am Tisch. Der Magier sah unscheinbar aus, ganz und gar nicht so, wie jemand nach Jennys Vorstellungen auszusehen hatte, der aus Mundania stammte. Andererseits war sie noch nie in Mundania gewesen, so daß sie nichts über die langweiligen Leute dort wissen konnte.

»Habe ich dich nicht hier schon einmal gesehen?« fragte Grey, an Jenny gewandt.

»Ja, als ich gekommen bin, um den Guten Magier zu fragen, wie ich zur Welt der Zwei Monde zurückkehren kann.« Jenny lachte. »Zufälligerweise war gerade Porträt-Tag, und so waren alle fünfeinhalb Ehefrauen des Guten Magiers anwesend. Sie waren alle sehr schön; ich meine, eine war schöner als die andere. Aber dann habe ich es mir anders überlegt und beschlossen, noch eine Weile in Xanth zu bleiben.«

»Du hast Freunde hier«, meinte Ivy.

»Ja.« Das erklärte eine Menge.

Eine Magd tischte eine riesige Schuhfliegenpastete auf und servierte jedem eine Scheibe davon. Jenny war froh, als sie feststellte, daß die Schuhe in Wirklichkeit Backwerk in Form von Fußbekleidung waren und ihre kleinen Flügel aus Salatblättern bestanden.

»Wir haben eigentlich mit drei Herausforderungen gerechnet«, bemerkte Gwenny. »Wir waren sehr überrascht.«

»Man könnte sogar sagen, enttäuscht«, fügte Che hinzu.

»Hier in Xanth macht man ja soviel Aufhebens um die Erwachsenenverschwörung«, meinte Jenny.

Erwartungsvoll verstummten die drei.

»Wir waren auch überrascht«, antwortete Ivy. »Aber der Gute Magier Humfrey weiß immer, was er tut. Er sagte, ihr müßtet erst in die Verschwörung eingeweiht werden, sonst würde er euch nicht helfen können.«

»Aber wir haben doch bloß eine ganz einfache Frage!« protestierte Jenny. »Ich werde sie zwar stellen, aber sie ist eigentlich für Gwenny. Die hat überhaupt nichts mit ...«

»Wenn er sie beantwortet, werdet ihr daraus keinen Nutzen ziehen, es sei denn, ihr gehört der Verschwörung an«, warf Grey ein. »Ich hielt es für merkwürdig, obwohl es in Mundania noch viel verworrener ist und ich mir nicht sicher bin, ob ich nicht ebensoviel gegen die Verschwörung habe wie ihr. Aber es scheint, daß Gwenny dazugehören muß, und da ihr drei zusammenarbeitet, müßt ihr alle davon wissen. Humfrey sagte, daß er es nicht getan hätte, wenn die Angelegenheit nicht so wichtig wäre. Niemand kann sagen, welchen Schaden euch dieses verfrühte Wissen zufügen kann. Aber die andere Alternative bestünde nur darin, dir, Gwendolyn, die Möglichkeit zu rauben, Häuptling vom Koboldberg zu werden, und das war unakzeptabel.«

»Ich schätze, es wäre wohl sehr schwierig, Häuptling zu sein, ohne über solche Dinge zu wissen«, meinte Gwenny angewidert, als die Magd den Nachtisch hereinbrachte: Schreieiswaffeln.

Jenny wechselte das Thema. »Welche Frau hat der Magier Humfrey eigentlich im Augenblick?«

Ivy lachte. »Sie ist hier im Raum! Wußtest du das nicht?«

Jenny ließ sich von der Magd eine Waffel geben. Sie musterte den Nachtisch, der sein großes grünes Maul aufsperrte. Sie fragte sich, ob die Waffel wohl losschreien würde, wenn sie hineinbiß. »Nein, ich habe sie nicht gesehen.«

Sammy rieb gegen das Bein der Magd.

»Die Magd!« rief Che, als er begriff.

Da verwandelten sich die Gesichtszüge der Magd. Ihr unscheinbares Kleid begann zu leuchten und ihr Körper nahm üppige Formen an. Nun erkannte Jenny sie als eine der schönen Porträtbräute. Natürlich konnte sie jedes beliebige Äußere annehmen, und so war sie so wunderschön, wie sie sein wollte. Jenny erkannte, daß dies wahrscheinlich ein Gewinn für jede Ehe war. »Dana Dämonin! In deiner Kostümierung habe ich dich gar nicht erkannt!«

»Als die Erwachsene hast du mich auch nicht erkannt«, murmelte die Kreatur.

»Oooohh, das habe ich tatsächlich nicht!«

Gwenny blinzelte die Dämonin an. »Wie kann Humfrey dir vertrauen, wo du doch gar keine Seele hast?«

»Man kann sich darauf verlassen, daß Dämonen tun, was ihnen gerade paßt. Mein Mann weiß, daß ich ihn, als ich eine Seele besaß, liebte und ihn unglaublich glücklich machte und ihm einen Sohn schenkte. Als ich meine Seele verließ, verließ ich auch ihn, und da habe ich mich furchtbar gelangweilt. Jetzt ist alles für einen Monat wieder interessant. Wenn ich mich seelenlos benehme, verliere ich meine Stelle sofort an die nächste Ehefrau auf der Liste. Deshalb tue ich einfach so, als hätte ich eine Seele, um das Spiel mitspielen zu können.«

»Du hast einen Sohn gehabt?« fragte Che.

»Dafrey Halbdämon. Das war im Jahr neunhundertvierundfünfzig, also vor einhundertundsiebenunddreißig Jahren. Er ist aufgewachsen und hat geheiratet, wie ein ganz normaler Mensch, und bekam einen eigenen Sohn, und da war er auch schon wieder fort, nachdem er seine Seele an seinen Sprößling weitergegeben hat. Danach habe ich seine Spur verloren.«

»Neunhundertvierundfünfzig?« fragte Jenny. »Soll das so etwas wie ein Datum sein?«

»Das ist tatsächlich ein Datum«, versicherte ihr Che. »Erinnerst du dich denn nicht an unsere Geschichtsstunden? Wir schreiben jetzt das Jahr 1091 nach der Erstwelle menschlicher Kolonisten in Xanth.«

»Da habe ich wohl gerade nicht aufgepaßt«, gestand Jenny. »Diese vielen Zahlen ... Mit Zahlen bin ich nie besonders gut zurechtgekommen.«

»Vielleicht wirst du ja noch lernen, die Tage deines Jahrs zu zählen, wenn du für meinen Mann arbeitest«, meinte Dana.

»Ja, vielleicht.« Denn Jenny freute sich nicht besonders auf dieses kommende Jahr. Sie hätte es sehr viel lieber gehabt, bei Che und Gwenny und den Zentauren zu bleiben. Doch sie würde tun, was erforderlich war.

»Da wir gerade dabei sind«, warf Ivy ein, »es ist Zeit für euren Termin.«

Jenny stand auf. »Können ... können die anderen mitkommen?«

»Ja. Aber sie dürfen keine Fragen stellen.«

So folgten sie Ivy eine steinerne Wendeltreppe hinauf, die in ein überfülltes kleines Zimmer führte. Dort saß der Gute Magier vor einem monströsen Buch. Er sah mindestens hundert Jahre aus, obwohl Jenny wußte, daß er ein Lebenselixier besaß, das ihn so jung machen konnte, wie er nur wollte. Offenbar liebte er dieses Alter.

Humfrey hob den Blick. »Nun?« fragte er knurrig.

»Frag ihn«, flüsterte Ivy.

»W-wo können wir ein Paar Kontaktlinsen für Gwendolyn Kobold finden, damit sie ...«

Wahrscheinlich runzelte er die Stirn, obwohl sein Gesicht so verspannt und runzlig war, daß man sich nicht sicher sein konnte. »Es ist nur ein einziges Paar verfügbar, und das ist problematisch.«

»Wir ... sie muß sie unbedingt haben, weil ...«

»In dreierlei Hinsicht. Erstens, ihre Umgebung ist gefährlich.«

»Aber es wird auch gefährlich, wenn sie keine bekommt!«

»Zweitens, sie befinden sich im Reich der Träume.«

»Im Kürbis? Aber ...«

»Sie sind eigentlich für Nachtmähren mit Sehschwäche gedacht. Darin liegt das dritte Problem. Sie ermöglichen es dem Träger, Träume zu sehen, wie es die Nachtmähren tun.«

»Aber das ist doch gar kein Problem«, fing Jenny an. Doch dann überlegte sie es sich noch einmal. »Alpträume?«

»Alle Träume. Einschließlich solche, die gegen die Erwachsenenverschwörung verstoßen.«

»Oh!« rief Gwenny hinter ihr.

Jetzt leuchtete die Sache ein. Gwenny durfte diese Linsen nicht benutzen, wenn sie nicht in die Verschwörung eingeweiht war. Der Gute Magier hatte dies vorausgesehen und sie daher in allen schmerzlichen Einzelheiten damit vertraut gemacht. Er hatte es sehr raffiniert in die Wege leiten müssen, weil er in Schwierigkeiten geraten wäre, wenn er gegen die Verschwörung verstoßen hätte, indem er ihr einfach davon Mitteilung machte. Tatsächlich hatte er ihr überhaupt nichts gesagt; er hatte die Aufgabe an Dana Dämonin übertragen, deren Mangel an Seele und Gewissen sie dazu befähigt hatte, die Kinder dazu zu zwingen, an dem schrecklichen Geheimnis des Erwachsenenseins teilzunehmen.

»Ich werde dir Anweisungen geben, damit du das Reich des Kürbisses betreten und die Linsen finden kannst«, sagte Humfrey. »Trotzdem wirst du Schwierigkeiten bekommen. Dort können die Flügelungeheuer dich nicht beschützen.«

»Wir werden tun, was wir müssen«, sagte Gwenny. »Danke, Guter Magier.«

Traurig kehrte Jenny sich zu ihr um. »Ich wünschte, ich könnte mit euch gehen. Aber jetzt muß ich dem Magier dienen.«

»Erst, nachdem du ihr geholfen hast, die Linsen zu bekommen«, widersprach Humfrey. »Dein Jahresdienst beginnt mit Abschluß eurer Mission.«

»Ach, danke, Guter Magier!« rief Jenny entzückt.

»Der Weg zum Linsenstrauch wird durch Falschlinsen markiert sein«, fuhr Humfrey fort. »Paßt auf, daß ihr euch nicht verirrt, denn wenn ihr an ihnen vorbeigekommen seid, werden sie sich auflösen. Ihr müßt sie binnen eines Tages gefunden haben, weil wir euch danach wieder wecken müssen.«

»Uns wecken?« fragte Jenny.

»Wir werden nicht körperlich in den Kürbis eintreten«, erklärte Che. »Wir werden in Gucklöcher schauen. Wenn uns draußen jemand die Sicht ins Guckloch abschneidet, kommen wir wieder hervor.«

»Aber warum nur ein Tag?« fragte Gwenny. »Das könnte doch länger dauern.«

»Weil ich das deiner und auch Ches Mutter versprochen habe, die zugleich für Jenny Elfe sprach.«

Die drei wechselten einen mindestens eineinhalb Augenblicke langen Blick miteinander. Ihre Eltern hatten also davon gewußt! Aber das ließ sich nicht mehr ändern, anders ging es nicht.

»Ich werde euch zu den Kürbissen führen«, sagte Ivy.

Jenny sah noch einmal zu dem Guten Magier hinüber, doch der hatte sich wieder seinem Buch zugewandt.

Ivy hatte einen Berg von Kissen für sie vorbereitet, auf dem sie sich ausstrecken konnten. Außerdem gab es vier grünliche Kürbisse, deren Gucklöcher mit Klebeband versiegelt waren. Sie machten es sich bequem, dann faßten sie einander an den Händen. Jenny hielt Sammys Pfote fest. Sie mußten sich beim Eintritt berühren, weil sonst jeder an einer anderen Stelle herausgekommen wäre. Ivy überprüfte die Anordnung und stellte sicher, daß jeder seinen Kopf richtig vor sein Guckloch plaziert hatte. »Seid ihr bereit?« fragte sie.

Jenny versuchte, ihr flaues Gefühl zu verbergen; doch sie würde ihre Freunde nicht im Stich lassen, nun, da der Gute Magier ihr die Gelegenheit gegeben hatte, bei ihnen zu bleiben. Gleichzeitig befürchtete sie aber, daß es nicht funktionieren könnte. Was sollte das überhaupt für einen Sinn machen, ohne seinen Körper in einen wachsenden Kürbis einzutreten?

Ivy entfernte das Klebeband von Gwennys Hypnokürbis. Gwenny blickte hinein und erstarrte fasziniert. Dann tat Ivy dasselbe für Che, der dann auch erstarrte. Schließlich kam sie zu Jennys Kürbis. Da hatte Jenny einen gefährlichen Gedanken: Wie sollten Traumlinsen der physischen Gwenny etwas nützen? Die Linsen würden doch bestimmt im Traumreich zurückbleiben, sobald Gwenny erwachte. Dann wäre alles umsonst gewesen! Sie öffnete die Lippen, um etwas zu Ivy zu sagen.

Doch da fiel ihr Blick in das freigelegte Guckloch – und schon fand sie sich in einer Kammer und unmittelbar vor sich einem steilen Hang wieder. Beunruhigt wich sie einen

Schritt zurück und stieß dabei gegen Che. Dann sah sie, wie Sammy plötzlich vor ihr auftauchte.

»Wir sind alle da«, sagte Gwenny. Sie klang erleichtert. »Ich war ja so unruhig, als ich hier allein eintraf, aber dann ist Che aufgetaucht, doch schien es ganze Ewigkeiten zu dauern, bis du gekommen bist.«

Jenny beschloß, ihre Zweifel nicht zu äußern. Was hätte das in diesem Stadium auch für einen Sinn gehabt! Sie konnte nur hoffen, daß der Gute Magier all das bedacht hatte und daß die Linsen in der wirklichen Welt ebensogut funktionieren würden wie im Kürbisreich. Schließlich operierten die Nachtmähren ja auch außerhalb des Kürbisses.

»Alle drei«, stimmte Che zu, und auch er klang erleichtert. Jenny fiel wieder ein, daß er als Zentaur noch so reif erscheinen mochte – gefühlsmäßig war er in Wirklichkeit doch erst sieben Jahre alt.

Plötzlich drängte sich eine ganze Schar von Leuten in der Kammer. Jenny sah genauer hin. Es waren nicht irgendwelche Leute – es waren Gwenny und Che. Jeder dreimal. Und zwei andere – die sie als Elfen erkannte. Jenny Elfen! Auch von ihr gab es drei! Und drei Kater.

Sie wechselten einen Neunerblick miteinander. Dann blinzelte eine der Gwennys. »Ich schaue schon zweimal hin, aber ich ...«

»Sehe immer noch ein weiteres Ich«, rief eine neue Gwenny und meldete sich zu Wort. Nun gab es vier von ihnen.

»Ich sehe auch zw-« fing Jenny an, doch bevor sie »auch zwei« sagen konnte, unterbrach einer der Ches sie.

»Sagt nichts mehr!« rief er. »Das ist eine Einmaleinstafel!«

Jenny schloß wieder den Mund. Einmaleinstafeln hatte sie noch nie getraut; das gesamte Thema der Mathematik war ihr irgendwie fremd geblieben. Aber sie hätte nicht gedacht, daß das auf diese Weise funktionieren könnte. Und sie konnte deutlich sehen, daß die anderen beiden Jennys und alle drei Sammy Katers ebenso verwirrt waren.

»Schaut mal«, fügte ein anderer Che hinzu und zeigte auf

den Abgrund. »Das ist der Rand der Tafel. Seht mal die Ecken und die anderen Seiten.«

Die drei Jennys sahen hin, und tatsächlich, es war eine riesige Tafel, wie sie für die große Erwachsene im Schloß des Guten Magiers geeignet gewesen wäre. Nun erkannte sie, daß sich darauf Markierungen befanden: Zahlen an den Rändern und Zahlen in der Mitte. Soviel begriff sie: Die Zahlen in der Mitte waren das Ergebnis der Zahlen an den Rändern. Sie konnte sich nie so genau erinnern, ob sechs mal sieben eine Summe oder ein Ergebnis hatte und ob das sechsunddreißig oder vierzig oder zweiundvierzig oder vielleicht auch fünfundvierzig sein sollte. Wahrscheinlich nichts von alledem. Was sie betraf, wäre die Welt ein angenehmerer Ort, wenn die Zahlen einfach weggingen. Ganz bestimmt aber hegte sie nicht die geringste Lust, sich mitten in einer Einmaleinstafel aufzuhalten. Und darum ging es ja möglicherweise gerade: Das war ihr Alptraum. Schließlich befanden sie sich im Reich der Nachmähren.

»Wann immer wir eine Zahl nennen, multipliziert sie uns damit«, schloß der dritte Che. »Als ich sagte – na ja, was ich eben sagte –, hat sie uns mit dieser Zahl malgenommen. Als Gwenny sagte, was sie sagte, hat sie sie mit dieser Zahl malgenommen. Ich hatte ›wir‹ gesagt, deshalb hat sie uns alle zusammen multipliziert. Sie sagte ›ich‹, so daß nur sie multipliziert wurde. Jetzt stehen wir vor einem Problem.«

Die vier Gwennys und drei Jennys nickten, fürchteten etwas zu sagen. Das Problem bestand darin, daß es zu viele von ihnen gab.

»Ich vermute, daß jeder von uns das Gefühl hat, daß er oder sie die ursprüngliche Person ist«, begann der erste Che vorsichtig.

»Und keiner von uns will seine Individualität aufgeben«, fuhr der zweite fort. »Das Wort 'eins' ist wahrscheinlich unschädlich, weil die Multiplikation damit die betreffende Person nicht vermehrt.«

»Und doch ist es zweifellos notwendig, erst unseren Urzustand wiederherzustellen, bevor wir uns weiter in dieses Gebiet hineinwagen«, schloß der dritte. Die sieben Mädchen nickten, fürchteten sich immer noch vorm Sprechen, weil keine von ihnen über das Gehirn des Zentauren verfügte.

»Wenn wir vielleicht einen Akt der Teilung vollzögen ...«, begann der erste Che.

»Aber das ist doch eine Multiplikationstafel!« entgegnete eine der Gwennys.

Der zweite Che lächelte. »Die beiden Funktionen sind miteinander verwandt. Wir brauchen lediglich mit einem Bruch malzunehmen.«

»Ob das funktioniert?« fragte eine Jenny. Jenny war sich nicht mehr sicher, welche von ihnen sie selbst war.

Der dritte Che nickte. »Ich denke, wir gehen am besten so vor, daß wir die Gwennys auf die gleiche Anzahl wie die anderen reduzieren, danach können wir die gesamte Gruppe als Ganzes malnehmen.«

Alle vier Gwennys blickten nervös drein. »Tut das weh?« fragte eine von ihnen.

»Ich glaube nicht«, erwiderte die erste.

»Ich muß dir gegenüber lediglich den Bruch dreiviertel erwähnen«, fuhr der zweite Che fort.

Eine der Gwennys verschwand. Nun waren es noch drei, die alle sehr beunruhigt aussahen.

»Hat das weh getan?« wollte Jenny wissen.

»Ich weiß es nicht«, erwiderte eine Gwenny. »Ich war ja nicht diejenige, die verschwunden ist.«

»Ich bezweifle, daß das irgend jemandem weh tut«, bemerkte der dritte Che.

»Ich schätze, wir müssen es wohl tun«, meinte eine der Jennys resigniert.

»Ja, das wird wohl so sein«, stimmte eine der Gwennys unglücklich zu.

»Dann multipliziere ich uns jetzt mit einem Drittel«, sagte der erste Che.

Plötzlich waren sie wieder zu dritt: ein Che Zentaur, eine Gwendolyn Kobold, eine Jenny Elfe und ein Kater. Sie wechselten einen Drei-Drittel-Blick, soweit Jenny das bestimmen konnte. Sie fühlte sich genauso wie früher.

Stumm traten sie an den Rand der Tafel und spähten hinunter. Dort waren verschiedene Pflanzen zu sehen. Eine davon lehnte sich in ihre Richtung und offenbarte einen tiefen Kelch. Ein Ast schwang auf Jenny zu.

Che riß sie fort. »Paß auf«, warnte er. »Ich glaube, das ist Becherwurz. Die bechert dich einfach weg.«

Jenny zog sich hastig zurück. Sie begab sich an eine andere Seite der Tafel. Dort summte eine große Biene zwischen den Blumen. Doch sie sammelte keine Pollen, sondern schnitt den Blumen die Köpfe ab. »Was ist denn mit dieser Biene los?« fragte sie bestürzt.

Che blickte hin. »Ich glaube, diese Art erkenne ich wieder. Das ist Attila der Bienenhunne.«

»Ach, ich wünschte, wir würden einen sicheren Ort weit weg von hier finden!« meinte Gwenny.

Sammy stolzierte zur gegenüberliegenden Seite der Tafel. »Was ist denn mit der Pflanze da?« fragte Jenny und zeigte auf ein Gewächs mit sehr großen, durchsichtigen Blättern, genau gegenüber der Katze.

Ches Miene hellte sich auf. »Ich glaube, das ist Urlaub. Die wird uns wahrscheinlich von hier fortführen. Und schau mal – da ist auch schon ein Linse!« Denn auf einem der Blätter funkelte der Tau so, daß er das Licht brach. Das war ihre Wegmarkierung.

»Dann laßt uns geführt werden!« entschied Gwenny.

Sie faßten sich bei den Händen, und Jenny nahm Sammy auf, um ihn auf ihre Schulter zu setzen, dann beugten sie sich vor, um eins der Blätter zu berühren. Sofort fanden sie sich an einem anderen Ort wieder, der allerdings auch nicht gerade vielversprechend wirkte: verwelkte Büsche und traurig aussehende Bäume, um deren Stämme Fallobst lag. Fliegen summten von Busch zu Frucht und wieder zurück. Der Gestank war scheußlich.

»Äh!« rief Gwenny naserümpfend.

»Kein Wunder!« sagte Che. »Das sind Faulfliegen! Die lassen das Obst schneller verfaulen.«

Schnell eilten sie weiter und ließen die welken Pflanzen hinter sich zurück. Doch vor ihnen lauerte noch weiteres Unheil. Sie trafen auf eine Gestalt, die immer menschenunähnlicher aussah, je näher sie kam. Sie besaß zwar zwei Beine und zwei Arme, doch ihr Leib bestand aus grauem Metall, und der Hals war lediglich eine herausragende Röhre, ein bloßes Loch ohne Kopf.

»Was ist das denn?« fragte Jenny verwundert.

In diesem Augenblick beugte sich die Kreatur vor und richtete ihren hohlen Hals direkt auf sie. Sie hörten ein unheilvolles Klicken.

»Nein!« schrie Che, packte sie am Arm und riß sie beiseite. Gleichzeitig gab es einen lauten Knall, und an der Stelle, wo sie soeben noch gestanden hatte, pfiff etwas vorbei. Rauch trat aus dem Hals der Kreatur hervor, und es roch plötzlich nach Bimsstein.

»Da hinten hat etwas einen Baum getroffen«, sagte Gwenny. Jenny blickte hin und sah ein Loch im Baum.

»Jetzt erkenne ich es«, sagte Che. »Das ist ein Revolverheld! Ich dachte, die gäbe es nur in Mundania!«

»Ein Revolverheld?« fragte Jenny, immer noch verwirrt. »Ich sehe nur ein Metallding ohne Kopf.«

»Ein Revolver ist einer der Alpträume der Mundanier«, erläuterte er. »Er existiert nur, um anderen Wesen weh zu tun. Er läßt Metallstücke hervorfahren, die sich im Fleisch anderer einnisten oder Löcher in sie bohren.«

Der Revolverheld beugte sich erneut vor. Che sprang darauf zu, griff nach seinem Körper. »Nicht!« kreischte Gwenny.

Doch es geschah nichts. Der Revolverheld taumelte zurück, ohne zu feuern, dann machte er kehrt und rannte davon.

»Was ist passiert?« fragte Jenny und eilte vor, um Che abzustützen.

»Ich habe seine Sicherung aktiviert«, erklärte der Zentaur. »Da konnte er nicht mehr feuern.«

»Ich frage lieber gar nicht erst, was eine Sicherung ist«, bemerkte Gwenny. »Die Mundanier müssen sich wirklich furchtbar vor Revolvern fürchten.«

»Nein, ich glaube, sie mögen sie«, widersprach Che.

»Ich will jedenfalls nie nach Mundania!« sagte Jenny heftig.

»Das will niemand«, stimmte Che ihr zu. »Das ist ein furchtbarer Ort.«

»Und wo gehen wir jetzt hin?« wollte Gwenny wissen.

Jenny sah sich um und entdeckte eine weitere funkelnde Linse. »Schaut mal! Dort entlang!«

Sie eilten auf den Nebenpfad zu und kamen durch die Falschlinse. Der Pfad wand sich in ein Tal hinunter, wo sich weitere Gestalten umherzubewegen schienen. Als sie näher kamen, erkannten sie Faune und Nymphen. Aber es waren keine gewöhnlichen. »Die haben ja Flügel!« rief Che.

Die Kreaturen liefen nicht nur umher, sie breiteten auch ihre Flügel aus und flogen. Davon abgesehen waren sie ganz normale Vertreter ihrer Art: Alle waren nackt, die Faune jagten die Nymphen, und die Nymphen rannten davon und kreischten.

»Ich frage mich, ob es unter ihnen auch irgendwelche Zentauren geben mag«, murmelte Che nachdenklich. Jenny begriff, daß er das Fehlen anderer Mitglieder seiner Art dabei im Sinne hatte. Seine Eltern waren die einzigen Flügelzentauren in ganz Xanth, und er war das einzige Fohlen. Jenny hatte eine gute Vorstellung davon, wie sich das anfühlte, wenn man in Xanth einzigartig war: Dann war man ziemlich einsam.

»Ich habe noch nie von geflügelten Faunen in Xanth gehört«, bemerkte Gwenny. »Weshalb sind sie dann im Kürbis?«

»Vielleicht haben die normalen Faune und Nymphen ja Alpträume von ihnen«, schlug Jenny vor.

»Aber normale Faune und Nymphen leben nur für den Tag. An vergangene Tage können sie sich nicht erinnern«, wandte Che ein. »Deshalb dürften sie auch keine Alpträume davon haben.«

»Nun, fragen wir doch ganz einfach«, schlug Jenny vor. Sie trat auf ein Paar zu, das am Rande des Tals zwischen den Blumen lag. Plötzlich blieb sie stehen. »Hoppla.«

»Was ist denn los?« fragte Gwenny.

»Erwachsenenverschwörung. Jetzt erkenne ich es.«
»Du meinst, sie …?«
»Ich glaube ja.«
»So etwas tun Faune und Nymphen nun einmal«, bemerkte Che. »Sobald sie einander eingefangen haben.«
Sie blieben stehen und sahen zu. »Ich will sie nicht unterbrechen«, meinte Jenny. »Glaubt ihr, daß sie bald damit fertig sind?«
»Es sieht so aus, als würde es ihnen Spaß machen«, sagte Gwenny überrascht.
»Ich schätze, es sollte wohl auch Spaß machen, sonst würden die Leute es nicht tun«, stimmte Che ihr zweifelnd zu. »Ich muß gestehen, daß mir eine Kissenschlacht doch etwas lustiger vorkommt.«
Gwenny schüttelte den Kopf. »Es muß etwas Schreckliches sein, erwachsen zu werden und das Interesse an Dingen zu verlieren, die Spaß machen.«
Dem konnten die anderen nur zustimmen.
Dann waren der Faun und die Nymphe mit ihrem Geschäft fertig. Sie hoben den Blick. »Iiiieeehh! Fremde!« kreischte die Nymphe.
»Lauf weg!« rief der Faun.
»Wartet!« rief nun Jenny. »Wir wollten euch doch nur eine Frage stellen.«
Die beiden überlegten, dann beschlossen sie, etwas zu warten. »Aber nur einen Augenblick«, sagte die Nymphe entschieden. »Zwei Augenblicke haben wir nämlich nicht übrig.«
»Weshalb sind die geflügelten Faune und Nymphen hier im Kürbis«, fragte Jenny hastig, um nicht länger als diesen Augenblick zu brauchen, »wo es doch in Xanth keine gibt?«
Der Faun rollte die Augen. »Daran können wir uns nicht erinnern«, sagte er.
Dann waren die beiden auch schon wieder fort. Sie sprang in die Luft, breitete die Flügel aus und flog um einen Baum. Er verfolgte sie. »Iiiieeehh!« schrie sie, als er sie einfing.
»Ich schätze, wer dumme Fragen stellt, bekommt auch dumme Antworten«, bemerkte Jenny. »Wenn sie sich schon

nicht an frühere Tage erinnern können, können sie sich natürlich auch nicht daran erinnern, weshalb sie hier sind.«

Sie gingen weiter. Dort hinter dem Baum lagen derselbe Faun und dieselbe Nymphe gemeinsam auf dem Boden.

»Aber das haben sie doch gerade erst getan!« meinte Jenny überrascht.

»Sie müssen es vergessen haben«, bemerkte Gwenny, und ihr Lachen klang mehr als nur eine Spur verlegen.

Da erblickten sie eine weitere Falschlinse, die eine Abzweigung markierte, die sie dann auch nahmen.

Dieser Weg führte an eine kahle Wand, doch dann stellten sie fest, daß die Wand eine Illusion war. Sie traten hindurch und gelangten in ein Gebiet, das ebenso düster war, wie das andere angenehm gewesen war. Es war Nacht, und am Himmel hing verdächtig tief ein riesiger Mond. Vor ihnen standen düstere Grabsteine.

»Hoppla, *jetzt* sind wir aber in einer der schaurigen Abteilungen«, bemerkte Jenny. »Beeilen wir uns, sie hinter uns zu lassen.«

Sie begannen einen Dauerlauf, um dem Weg zu folgen, der mitten durch den Friedhof führte. Doch der Sand knirschte unter ihren Füßen und gab ein schreckliches Geräusch von sich. Da geriet das Erdreich der Gräber in Wallung.

»Iiiieeehh!« kreischte Gwenny und hörte sich dabei genau wie eine Nymphe an.

Sie blieben stehen, denn vor ihnen ragten plötzlich ein knochiger Arm und eine Hand aus dem Boden. Die Hand bewegte sich umher, als würde sie nach etwas tasten. Sammy fauchte sie an und wich zurück.

Sie wollten wieder zurückgehen, doch daran hinderten sie zwei Dinge. »Erstens«, sagte Che, »ist der Pfad in die Gegenrichtung nicht markiert, so daß wir ihn verlieren würden.«

»Und zweitens«, ergänzte Jenny zitternd, »tauchen hinter uns Knochen auf.«

»Und drittens«, sagte Gwenny, »haben wir ...«

»Das kannst du nicht sagen«, ermahnte Che sie. »Es gibt nur zwei.«

»Ach so.« Sie sah sich um. »Dann habe ich nur eins zu sagen.«

»Was denn«

»IIIIEEEEEHHH!!« kreischte sie, doppelt so lang und so laut wie zuvor.

Che nickte. »Ich denke, das faßt es zusammen.«

Sie drängten sich aneinander, um sich Mut zu machen, während um sie herum alles mögliche aus dem Boden aufstieg. Schon bald waren sie von einem Dutzend gräßlicher Gestalten umringt.

»Das sind wandelnde Skelette!« rief Che. »Genau wie Mark Knochen und Grazi!«

»Wer ist das denn?« wollte Jenny wissen.

»Das sind freundliche Flüchtlinge aus dem Kürbis«, erklärte er. »Mark hatte sich verirrt, und Esk Oger hat ihn rausgebracht. Danach bekam Grazi Schwierigkeiten, weil sie einen Alptraum ruiniert hatte, und wurde hinausgeworfen. Jetzt sind sie ein Paar. Glücklicherweise haben sie sogar den Storch gerufen, oder was immer sie tun mögen. Vielleicht setzten sie ja auch einfach nur ein Babyskelett aus kleinen Knochen zusammen. Jedenfalls erschrecken solche Leute andere, wenn sie in Träumen auftreten, aber das ist nun einmal ihre Aufgabe. Soweit ich weiß, sind sie ganz nett, wenn man sie einmal persönlich kennengelernt hat.«

»V-vielleicht sollten wir uns ja darum bemühen«, meinte Gwenny. Dann wandte sie sich an das nächststehende Skelett. »H-hallo. Bist du f-freundlich?«

»Darüber habe ich noch nie nachgedacht«, meinte das Skelett. »Ich habe noch nie versucht, freundlich zu einem Ungeheuer zu sein.«

»Ungeheuer?« Gwenny blickte sich furchtsam um. »Wo denn?«

»Er meint dich«, erklärte Che. »Uns. Weil wir anders sind.«

»Mich?« Gwenny war erstaunt. Jenny konnte es verstehen. Gwenny war zwar nicht eitel, war aber doch ein sehr hübsches Koboldmädchen, was ihr wohl kaum entgangen sein konnte. »Vielleicht liegt das an meiner Brille.«

»Nein, es liegt an deinem grausigen Fleisch«, erwiderte das Skelett. »Ich sehe zwar, daß du versucht hast, es zu verdecken, aber es ist immer noch genug davon zu erkennen, um dich zu einer wahrhaft grauenerregenden Kreatur zu machen. Stammst du aus einer anderen Abteilung der Traumfirma? Du mußt wirklich sehr gut darin sein, Träumende zu erschrecken!«

»Nein, ich bin nur zu Besuch hier. Ich suche nach dem Kontaktlinsenbusch. Der ist wahrscheinlich nicht zufällig hier in der Nähe?«

»Das ist er zufällig doch«, antwortete das Skelett. »Soweit ich weiß, ist es der letzte, der noch wächst. Die Nachtmähren pflegen ihn aufzusuchen, wenn sie Sehstörungen haben. Ich vermute, daß es schlecht für die Augen ist, wenn man sich in dieses gräßliche andere Reich begibt.«

»So muß es wohl sein«, pflichtete Gwenny ihm mit neugewonnener Zuversicht bei. »Laß mich nur gehen und ein Paar holen, dann verlassen wir auch gleich wieder dieses Gebiet, um euch unseren scheußlichen Anblick zu ersparen.«

»Das würden wir sehr zu schätzen wissen«, meinte das Skelett, und die anderen nickten dazu. »Wir möchten ja nicht unhöflich sein, aber es fällt schwer, sich in Gegenwart von Mißgeburten wie euch aufzuhalten, ohne sich zu erschrecken.«

»Dafür habe ich volles Verständnis«, erwiderte Gwenny.

Sie gingen weiter den Pfad entlang, während die Skelette ihnen vorsichtig den Weg freimachten. Dort, in der Mitte des Friedhofs, stand ein glitzernder Busch – und an diesem Busch glitzerte ein einziges Paar winziger Linsen.

»Ach, ich kann es kaum glauben!« stieß Gwenny hervor.

Sie stellten sich um den Busch. »Aber wie soll ich sie anlegen?« fragte Gwenny nach einer Weile.

»Ich glaube, du mußt einfach geradeaus gucken und sie auf die Augen tun«, antwortete Che. »Vielleicht kann ich dir dabei helfen.«

»Ich glaube, das muß ich wohl selbst machen«, widersprach Gwenny. »Damit sie auch für mich arbeiten. Wenn du sie berührst, könnte es sein, daß sie beschließen, statt dessen für dich zu funktionieren.«

»Guter Einwand«, stimmte er ihr zu und trat zurück.

Gwenny beugte sich vor und berührte ganz vorsichtig eine Linse. Sie fiel ihr in die Hand. Dann entfernte sie die Brille, schob sie in eine Tasche und führte die Linse ans Gesicht – worauf ihr diese ins rechte Auge sprang. »Oh!«

»Stimmt etwas nicht?« fragte Jenny beunruhigt.

»Nein, es ist schon in Ordnung! Ich kann mit dem rechten Auge ganz klar sehen, mit dem linken dagegen nur unscharf. Es ist so, als hätte ich nur meine halbe Brille auf.«

Dann nahm sie auch die andere Linse und gab sie in ihr linkes Auge. Sie blinzelte. »Ach, das ist einfach wunderbar!«

Jenny versuchte sich vorzustellen, wie das wohl wäre, solche Linsen zu besitzen. Sie malte sich aus, wie sie mit einem solchen Paar ohne ihre Brille umherspazierte. Sie würde sich nackt vorkommen, weil sie ihre Brille schon trug, seit sie nach Xanth gekommen war. So, als hätten sich alle ihre Kleider plötzlich in nichts aufgelöst.

Gwennys Blick richtete sich auf Jenny. »Oh, du bist ja nackt!« rief sie.

»Nein, sie ist noch bekleidet«, widersprach Che überrascht.

Jenny zuckte zusammen. »Du hast meinen Tagtraum geschaut!« rief sie.

»Oh, jetzt bist du wieder bekleidet«, fuhr Gwenny fort. »Ich ... deinen Traum?«

»Ich hatte einen Tagtraum«, erklärte Jenny. »Und den hast du auch gesehen – genau wie der Gute Magier es gesagt hat.«

»Das ist ja ein ausgezeichnetes Zeichen«, meinte Che. »Es bedeutet, daß die Linsen genauso funktionieren, wie sie sollen.«

»Aber Träume zu sehen – ist das denn höflich?« wollte Gwenny wissen.

Jenny lächelte. »Das hängt wohl vom Traum ab.«

»Ach so, ja ... und einige Leute werden dann erwachsene

Dinge träumen«, begriff Gwenny. »Ich wünschte, es hätte noch andere Linsen gegeben.«

»Weißt du, die könnten ziemlich nützlich werden«, überlegte Che. »Im Koboldberg wirst du vor einer schwierigen Lage stehen. Wenn aber die Tagträume der Menschen ihre wirklichen Gefühle offenbaren ...«

»Dann könntest du feststellen, ob sie die Wahrheit sagen oder nicht!« warf Jenny ein.

»Natürlich sagen die Leute die Wahrheit«, wandte Gwenny ein.

»Koboldmänner?« versetzte Che.

»Ach so.« Denn männliche Kobolde waren von Natur aus die schlimmsten aller Leute, das genaue Gegenteil von Koboldfrauen. »Aber ich möchte doch niemanden ausspionieren!«

»Hör mal, Gwenny, ein Häuptling muß wissen, was los ist«, widersprach Che. »Du weißt doch, daß Koboldmänner immer irgendwelches Unheil planen. Wie lange, glaubst du, wirst du überleben, wenn du nicht genau weißt, was sie denken!«

»Er hat recht«, bekräftigte Jenny. »Du wirst Häuptling des bösartigsten Männervolks und des nettesten Frauenvolks von allen werden. Wenn du nur ein ganz gewöhnliches Koboldmädchen wärst, könntest du vielleicht so nett bleiben, wie du bist. Aber das ist nicht deine Bestimmung. Und wenn du schon nicht bösartig sein kannst, mußt du wenigstens über Wissen verfügen.«

Gwenny schien immer noch ihre Zweifel zu haben, also redeten sie noch eine Weile auf sie ein. »Du solltest jetzt gleich damit anfangen, den Gebrauch der Linsen zu üben«, schlug Che vor. »Dann erkennst du die Träume der Leute und weißt, ob sie deine Freunde oder deine Feinde sind.«

»Und dann errötest du auch nicht gleich, wenn du mal einen Erwachsenentraum zu sehen bekommst«, fügte Jenny hinzu.

»Aber an wem soll ich denn üben?« fragte Gwenny ohne große Begeisterung. »Die Leute hier *sind* doch Träume.« Dann fiel ihr noch etwas ein. »Wieso konnte ich überhaupt

Jennys Tagtraum sehen? Ich meine, sie ist doch hier im Traumland, wie kann sie da noch träumen?«

Das gab ihnen zu denken, bis Che schließlich die Antwort hatte. »Wir *selbst* sind aber keine Träume. Wir sind nur zu Besuch hier. Unsere wirklichen Körper liegen im Schloß des Guten Magiers. Deswegen können wir auch durch sie immer noch Träume haben.«

Das schien einzuleuchten. Also versuchten Jenny, einen weiteren Traum herzustellen, doch es gelang ihr nicht. Je mehr sie sich darauf konzentrierte, um so mehr richtete sich ihre Aufmerksamkeit auf das Hier und Jetzt, anstatt zu etwas anderem abzuschweifen.

»Sing doch mal«, schlug Che vor.

Das konnte vielleicht funktionieren! Also begann Jenny zu singen, wobei sie sich eine angenehme Landschaft vorstellte, die völlig anders war als der Friedhof hier. Und es ging! Schon bald wurde die Landschaft für sie selbst wirklich. Dann erschien auch Sammy darin, der sie der »Wirklichkeit« dieses Traumreichs vorzog. Nach einer Weile trat auch Che plötzlich auf, schließlich sogar Gwenny.

Nun spazierten sie durch das Blumenfeld dem strahlenden Sonnenuntergang entgegen. Und neben ihnen schritten einige der Skelette einher, die ziemlich überrascht aussahen.

»Aber ich sehe deinen Traum doch gar nicht«, protestierte Gwenny. »Ich bin in deinem Traum!«

»Und die Skelette auch«, ergänzte Che. »Ich glaube, Jenny hat die Landschaft hier verändert.«

So sah es aus. »Ich nehme an, wir müssen wohl außerhalb des Kürbis üben«, meinte Jenny. »Aber wir können ebensogut hier warten, wo es schön ist, bis wir in die Wirklichkeit zurückgerufen werden.«

Also legten sie sich in Jennys Traum zu einem Nickerchen nieder.

Da hatte Che eine Idee. »Jenny, wenn du dazu in der Lage bist, uns alle in deinen Traum zu bringen, einschließlich der Skelette – wie wäre es dann mit dem Schloß des Guten Magiers?«

»Mit seinem Schloß? Aber da sind wir doch in Wirklichkeit schon.«

»Genau das meine ich ja. Kannst du uns aus dem Kürbis hinausträumen, so daß wir aufwachen und nicht mehr hier warten müssen?«

Darüber dachte Jenny nach. »Ich weiß es wirklich nicht. Meine Träume hören immer auf, wenn sie von außen gestört werden. Oder wenn ich aufhöre zu singen.« Das warf eine weitere Frage auf. »Aber im Augenblick singe ich ja gar nicht! Weshalb hat diese Vision dann gar nicht aufgehört?«

»Wahrscheinlich, weil dies hier das Traumreich *ist*«, vermutete Che. »Wenn wir hier von einer Traumszene in die andere überwechseln, haben wir dazu weder geschlafen noch sind wir wach geworden. Wir haben uns einfach innerhalb des übergeordneten Traums ein Stück weiterbewegt. Also hat dein Gesang diese Bewegung nur erleichtert. Aber woran ich im Augenblick denke, ist, ob du einen Traum herstellen könntest, in dem wir wieder wach im Schloß sind, und *den* Traum dann Wirklichkeit werden läßt. Denn wenn das funktionieren sollte, wärst du nicht nur in der Lage, Träume zu verändern, sondern auch aus eigener Kraft das Traumreich wieder zu verlassen. Das wäre wirklich bemerkenswert.«

»Ich weiß es nicht«, antwortete Jenny fasziniert. »Ich schätze, ich kann es ja mal versuchen.«

»Wenn es nicht funktioniert, holt man uns in ein paar Stunden sowieso hier raus«, warf Gwenny ein. »Aber ich möchte auch nicht unbedingt länger hierbleiben als wir müssen.«

Also fing Jenny wieder an zu singen. Diesmal stellte sie sich den Raum im Schloß des Guten Magiers vor, wo sie zu dritt auf ihren Kissen lagen und in ihre Kürbisse blickten. Dann ließ sie ihren Blick von dem Guckloch abwenden – und schon war sie da. Schnell bedeckte sie das Guckloch mit ihrer Hand und drehte den Kürbis um, damit sie nicht aus Versehen wieder hineinschauen konnte.

Doch die anderen klebten immer noch an ihren Kürbissen. Sie versuchte sich vorzustellen, wie sie wegschauten, genau wie sie selbst es getan hatte, doch die anderen schauten nicht weg. Da schob sie die Hand zwischen Ches Gesicht und seinen Kürbis, worauf er prompt erwachte.

»Es hat funktioniert!« rief er.

Aber Jenny hatte einen schlimmen Gedanken. »Angenommen, es hat doch nicht funktioniert? Dann wäre dies nur ein Traum, in dem wir erwachen, während wir in Wirklichkeit gar nicht wach sind und nur glauben, wir seien es.«

Er legte seine Hand vor Gwennys Gesicht und weckte sie damit. »Nein, das glaube ich nicht, denn ich war noch nicht in deinen Wirklichkeitstraum eingetreten. Ich war noch nicht abgelenkt worden, befand mich also immer noch im Blumental. Von dort bin ich erwacht und hierhergekommen.«

Gwenny richtete sich auf. »Sind wir draußen?« sagte sie und blinzelte hinter ihrer Brille.

»Ich denke schon«, antwortete Jenny. »Bis auf ... o nein, ich habe vergessen, Sammy miteinzubeziehen.«

»Sammy ist hier«, sagte Che und drehte den Kürbis des Katers herum.

»Aber als ich mir dieses Zimmer vorstellte, habe ich mir Sammy nicht auch noch ausgemalt! Deshalb dürfte er gar nicht da sein. Und warum ist er trotzdem hier?«

»Weil das hier wirklich ist«, antwortete Che. »Was du dir von uns anderen vorgestellt hast, war nicht von Belang. Wir mußten erst selbst in deinen Traum eintreten. Du hast dir mich ja auch vorgestellt, trotzdem war ich nicht in deinem Traum.«

»Aber das mußtest du doch sein, denn ich habe dich geweckt!«

»Nein. *Du* warst darin – und da du von der Wirklichkeit geträumt hast, hast du auch diese Wirklichkeit gesehen. Du hast vielleicht vergessen, dir Sammy hier drin vorzustellen, und er mag auch nicht von allein mitgekommen sein, aber da dies kein Traum ist, sondern die Wirklichkeit, ist auch er hier.«

»Du hast wohl recht«, sagte Jenny, der der Kopf wirbelte, denn wenn es nur ihre Einbildung gewesen wäre, dürfte

Sammy nicht hier sein. Das schien die Sache zu beweisen. Aber ganz sicher war sie sich nicht.

Da suchte sich ihre Verunsicherung ein weiteres Thema. »Und die Linsen! Sind die mitgekommen?«

Gwenny legte die Brille ab, die hier in der Wirklichkeit wieder auf ihrer Nase saß. Sie blickte sich um. »Ich kann alles klar erkennen! Besser als vorher! Nur keine Träume.«

»Das liegt daran, daß im Augenblick keiner von uns tagträumt«, erklärte Che.

Dann fiel Gwennys Blick auf den Kater. »Jetzt sehe ich eine Schokoladenmaus!« sagte sie.

»Schokoladenmäuse mag Sammy«, bestätigte Jenny. »Wahrscheinlich träumt er gerade von einer. Die Linsen funktionieren also hier.«

»Gut, dann gehen wir doch jetzt hinunter und überraschen die anderen«, schlug Gwenny entzückt vor. »Die denken, wir wären immer noch im Kürbis gefangen.«

»Das stimmt!« sagte Che. »Wir sind vielleicht die allerersten, die eine Möglichkeit entdeckt haben, aus eigener Kraft dem Kürbis zu entkommen. Tatsächlich ist Jenny die einzige, die das tun kann, aber es bleibt doch eine wertvolle Entdekkung. Solange sie dabei ist, werden wir im Kürbis nie festsitzen.«

»Dann sollten wir wohl besser befreundet bleiben«, ergänzte Gwenny lachend.

Jenny nahm Sammy auf und gemeinsam gingen sie hinaus, um die anderen Schloßbewohner zu überraschen.

7
IM HOSENSTALL

Je mehr sie sich dem Gipfel des Eisenbergs näherten, um so müder wurden Melas Beine. Sie hatte sie noch nie so stark beansprucht und wünschte, sie könnte sie ausruhen. Verglichen mit einer Schwanzflosse waren Beine ja so unpraktisch! Doch dies war nun einmal der Weg zum Schloß des Guten Magiers, wenn man der Karte glauben durfte, da mußte sie es eben über sich ergehen lassen.

Endlich erreichten sie den Gipfel. Er war völlig kahl. Bäume schienen auf Eisen einfach nicht wachsen zu wollen. Nicht einmal Eisenholz. Doch die Aussicht war herrlich. Unter sich konnten sie ganz Xanth ausgebreitet sehen.

Das war allerdings keine große Hilfe, weil sie das Schloß des Guten Magiers nicht erkennen konnten. Von diesem Aussichtspunkt aus sah jeder Teil Xanths so aus wie alle anderen.

Es schien nicht einmal ein besonders guter Ort zu sein, um das Nachtlager aufzuschlagen, aber sie waren zu erschöpft, um heute noch den beschwerlichen Abstieg auf der Westseite in Angriff zu nehmen. Was sollten sie tun?

»Ich wünschte, ich hätte ein weiches Moosbett, um mich hinzulegen«, sagte Ida.

»Ich wünschte, ich hätte eine hübsche Pritsche aus Hartholz, auf der ich mich ausstrecken könnte«, fügte Okra hinzu.

»Ich wünschte, ich hätte einen Salzwasserteich, in dem ich schweben könnte«, meldete sich auch Mela zu Wort.

Plötzlich erschienen Rauchschwaden vor ihnen. Wirbelnd verdichteten sie sich zu einer weiblichen Gestalt. »Seid ihr Reisende in Not?« erkundigte sie sich.

»Ach, hallo, Metria«, sagte Mela ohne Begeisterung.

»Ich bin nicht Metria«, widersprach die Dämonin.

»Na ja, wer immer du sein magst, wir sind jedenfalls nicht auf Ärger aus und hoffen, daß du wieder verschwindest.«

»Ich bin Dana, die Frau des Guten Magiers. Ich habe zwar keine Seele, versuche aber, eine beseelte Person nachzuahmen, indem ich jeden Tag eine gute Tat tue, sofern ich eine finde. Ich hatte gedacht, daß ich euch vielleicht irgendwie helfen könnte.«

Mela traute der Sache zwar nicht, wollte die Dämonin aber auch nicht verärgern, denn das würde alles nur noch schlimmer machen. Deshalb versuchte sie, direkten Widerspruch zu vermeiden. »Ich habe gedacht, der Gute Magier wäre mit der Gorgone verheiratet.« Zwar hatte Mela erst kürzlich etwas anderes erfahren, traute dieser Informationsquelle aber nicht.

»Er hat inzwischen sechs Ehefrauen. Wir wechseln uns bei ihm ab, während die anderen in der Hölle bleiben. Dies ist mein Monat der Freude.«

»Die Dämonin Metria hat tatsächlich erzählt, daß er weitere Frauen geheiratet hat«, stimmte Mela zu. »Aber die hat auch behauptet, er sei einmal König gewesen. Das fällt mir doch etwas schwer zu glauben.«

»Ja, er war tatsächlich König von Xanth, als ich ihn heiratete. Damals hatte ich noch eine Seele, und ich wußte auch, daß ich die nur loswerden könnte, indem ich einen König heirate. Jetzt wünsche ich mir wieder, daß ich eine Seele hätte, auch wenn ich bei dem Geständnis rot anlaufe.« Sie nahm ein anziehendes Rosa an. »Aber bitte, wenn ich euch irgendeine gute Tat angedeihen lassen kann, gestattet es mir, damit ich wenigstens so tun kann, als hätte ich eine Seele.«

Mela wechselte Blicke mit Okra und Ida. »Tatsächlich hatten wir gerade ein paar Wünsche geäußert.«

»Ah ja, ich meinte doch, so etwas gehört zu haben! Was waren denn das für welche?«

»Ich wollte einen Meerwasserteich, um meinen Schwanz darin einzuweichen.«

Dana machte eine Geste. Plötzlich bildete die Eisenoberfläche eine Vertiefung, die mit Wasser aufgefüllt war.

Vorsichtig tunkte Mela einen Zeh hinein. »Oh! Das ist ja tatsächlich salzig!« Sie verwandelte ihre Beine in eine Schwanzflosse und stürzte sich hinein. Es war wunderbar.

Bald darauf hatte Okra ihre harte Pritsche und Ida lag auf ihrem weichen Moos. Alle drei seufzten zufrieden.

»Wie können wir dir danken, Dana?« fragte Mela seelig.

»Oh, nicht doch«, wehrte die Dämonin ab. »Ihr dürft mir nicht danken! Das ist doch meine gute Tat für heute. Ich fühle mich schon fast so, als hätte ich meine Seele zurück.«

»Wie schön es doch wäre, wenn beseelte Leute auch gute Taten täten!« meinte Mela. »Wenn wir dir nicht danken dürfen, so dürfen wir wenigstens darauf hoffen, dich bald wiederzusehen, wenn wir nämlich erst das Schloß des Guten Magiers erreicht haben.«

»Oh, da wollt ihr hin? Kennt ihr denn den Weg?«

»Wir haben zwar eine Karte, aber bisher war es nicht allzu leicht den Weg zu finden.«

»Ich komme morgen früh wieder und zeige euch die beste Strecke. Das wird dann meine gute Tat für den nächsten Tag.« Da wurde die Gestalt plötzlich etwas rauchig, bewölkte sich. »Oh, das hatte ich ja ganz vergessen – heute ist ja mein letzter Tag! Um Mitternacht muß ich mit meiner Nachfolgerin tauschen, der Jungfer Taiwan. Hoppla, ich meine natürlich die Matrone Taiwan; eine Jungfer ist sie ja nun wirklich nicht mehr. Da werde ich euch also doch nicht führen können.«

»Na ja, es war immerhin ein netter Gedanke«, meinte Mela. Das Gefühl von Meerwasser an ihrer Schwanzflosse war so herrlich, daß sie im Augenblick nichts aus der Fassung zu bringen vermochte.

»Ich weiß aber eine andere Lösung«, fuhr Dana fort. »Ich werde Metria beauftragen, es zu tun.«

»Aber Metria steckt doch voller Bösartigkeit«, wandte Mela ein.

»Das ist wahr. Aber sie langweilt sich, und wenn ich ihr sage, daß ihr etwas Interessantes tun werdet, wird sie euch helfen.«

»Etwas Interessantes? Beispielsweise, vom Berg zu fallen?«

»Nein, nichts in der Art. Aber wenn ihr im Schloß meines Manns eintrefft, müßt ihr euch etwas anziehen.«

»Etwas anziehen?«

»Alle drei«, sagte Dana entschieden. »Die Matrone Taiwan wird darauf bestehen.«

»Aber ich bin doch eine Meerfrau!« protestierte Mela. »Ich trage niemals Kleidung.«

»Und ich bin eine Ogerin«, fuhr auch Okra fort, »Oger tragen ebenfalls keine Kleidung, nur bei ganz besonderen Anlässen. Pelz genügt vollauf.«

»Dana hat recht«, widersprach Ida. »Soweit ich weiß, tragen alle Menschen Kleidung, deshalb erwarten sie es wahrscheinlich auch von anderen.«

»Die Matrone hält sehr große Stücke auf das Protokoll«, bestätigte Dana. »Ihr seid keine Nymphen, also dürft ihr auch nicht mit nacktem Hintern herumlaufen. Also werde ich euch von Metria in den Hosenstall führen lassen.«

»Den Hosenstall?« fragte Mela.

»Dort werdet ihr anfangen. Nun, jetzt muß ich aber weg. Ich habe nur noch eine halbe Nacht Zeit, um Humfrey glücklich bis zum Delirium zu machen.« Sie verschwand.

Sie bestritten ihre Mahlzeit mit Idas magischem Brot, das sich genügend ausdehnte, um alle drei satt zu machen, wobei noch etwas für eine weitere Mahlzeit übrigblieb. Dann schliefen sie mit Hilfe der Geschenke der Dämonin in aller Bequemlichkeit ein.

Beim ersten Morgengrauen erschien wieder die Dämonin Metria. »Auf, ihr faulen Knochen! Wir haben nicht die ganze Aurora Zeit!«

»Die ganze was?« fragte Mela verschlafen.

»Sonnenaufgang, Tagesanbruch, Hahnenschrei, Dämmerung, Trauer ...«

»Trauer?« wiederholte Okra.

»Morgen!« rief Ida.

»Was auch immer«, erwiderte die Dämonin verärgert. »Dana hat mir aufgetragen, euch in den Hosenstall zu bringen, wenn ich etwas Interessantes sehen möchte, also legen wir los.«

Sie stiegen von oder aus ihren Schlaflagern, die daraufhin sofort verschwanden. Mela streckte die Beine, die sich nach einer Nacht in Schwanzform wunderbar erholt anfühlten. Dann nahmen sie noch einen Happen magisches Brot zu sich, um schließlich Metria den steilen Eisenpfad am Westhang hinunterzufolgen.

Nach einer Weile erreichten sie den Hosenstall. Das war ein riesiger Baum in Gestalt eines Stallschuppens. Metria öffnete eine Tür im Stamm, und gemeinsam traten sie in einen großen Saal. An der runden Wand waren seine verborgenen Früchte ausgestellt.

»Höschen!« rief Ida. »Wie wunderbar!«

»Wir sollen Höschen anziehen?« fragte Okra, nicht sonderlich erfreut.

»Ja. Das dürfte höchst interessant werden.«

Sie gingen im Kreis umher und musterten die Auswahl an Höschen. Zunächst hatte Mela der Sache etwas kühl gegenübergestanden, doch langsam begann sie sich dafür zu erwärmen. Sie hätte nie geglaubt, daß es eine solche Auswahl geben könnte. Es gab Höschen aller Art und Beschreibung, von Igitt bis Fantastisch.

Doch irgend etwas nagte an ihr. Schließlich fiel es ihr ein. »*Weshalb* soll das denn so interessant sein?« fragte sie die Dämonin.

»Wegen der ... ach, willst du damit sagen, daß du es wirklich nicht weißt?«

»Ich weiß es wirklich nicht. Aber ich bin sicher, daß du einen guten Grund dafür hast, dich dafür zu interessieren, und das muß nicht unbedingt das gleiche sein, was auch mich interessiert.«

»Zweifellos.«

»Zweifelwas?«

»Ohne Zweifel, Verdacht, Mißtrauen ...« Metria hielt inne. »He, warte mal! Diesmal hatte ich doch gleich beim erstenmal den richtigen Begriff. Es bedeutet, daß man nicht einmal den leisesten Zweifel daran haben kann.«

Wäre Mela keine heitere Kreatur gewesen, hätte sie sich vielleicht überlegt, verärgert zu sein. »Danke. Was ist es denn, das nicht den leisesten Zweifel zuläßt und dein Interesse erregt?«

»Letztes Jahr hat sich der Gute Magier Humfrey mit dem Dämon $X(A/N)^{th}$ herumgeplagt, um seine Frau zurückzubekommen, und dazu war er sogar bereit, eine Frage zu beantworten, die sich nicht beantworten ließ. Das brachte ihn in ziemliche Schwierigkeiten, wie du dir vorstellen kannst. Aber es gelang ihm, einen Kompromiß herauszuschinden, so daß er die Frage nicht zu beantworten brauchte.«

»Welche Frau denn?« fragte Okra. »Dana?«

»Nein, Rose von Roogna. Du kennst sie nicht.«

»Und was hat all das mit mir zu tun?« wollte Mela wissen und kühlte dabei im Geiste ihr Temperament im eisigen Meerwasser, damit es nicht heißlief.

»Oh, es hat alles mit dir zu tun«, versetzte Metria. »Du bist doch die Zentralgestalt.«

»Bin ich?«

»Vielleicht soll auch dein Zentrum gestaltet werden. Das größte Geheimnis Xanths steht kurz vor der Lösung.«

»Etwas, was ich tue, wird ein Geheimnis lösen?«

»Ja. Es wird die unbeantwortbare Frage beantworten. Deshalb ist es doch so interessant.«

»*Welche* Frage?« wollte Mela wissen.

»Die Frage, die der Gute Magier nicht beantworten konnte.«

»Und welche war das?«

»Nach der Farbe.«

»Der was?«

»Der Farbe deiner Höschen.«

Das mußte Mela erst einmal verdauen. »Der Gute Magier kann die Frage nach der Farbe meiner Höschen nicht beantworten?«

»So ist es.«

»Aber ich habe doch noch nie welche getragen!«

»Das macht es ja auch zu einer solchen Herausforderung.«

»Aber das ist doch keine zulässige Frage.«

»Ist es doch. Weil du im Begriff stehst, Höschen anzuziehen, und weil die Höschen ganz bestimmt eine Farbe haben werden, selbst wenn sie durchsichtig sein sollten – und dann wird es darauf auch eine Antwort geben.«

»Aber diese Farbe kennt er doch bestimmt schon, er weiß doch alles.«

»Ach, weißt du, die Sache ist doch etwas komplizierter. Der Dämon $X(A/N)^{th}$ wollte Rose nicht freigeben, deshalb hat er einen Plan geschmiedet, die Farbe, die du wählst, zu verändern, damit Humfreys Antwort falsch ist. Er hat die Macht, so etwas zu tun, und Humfrey konnte nichts dagegen ausrichten. Aber der gerissene Sterbliche konnte die Sache durch ein Tauschgeschäft umgehen, und so ist die Frage bisher unbeantwortet geblieben. Nicht daß es noch eine Rolle spielen würde – heute ist das nur noch eine Kuriosität. Aber ich bin nun einmal sehr neugierig. Deswegen habe ich euch auch hierhergebracht.«

»Um herauszufinden, welche Farbe mein Höschen haben wird?«

»Genau. Ich hatte noch nie eine Antwort auf eine unbeantwortbare Frage.«

»Dann ziehe ich vielleicht überhaupt keine Höschen an!«

Die Dämonin schüttelte den Kopf. »Nackt läßt man dich nicht auf das Schloß. Dazu siehst du viel zu sehr wie eine Menschenfrau aus. Du mußt dich schon entscheiden.«

Mela seufzte. Sie wollte wirklich gern einen guten Ehemann haben, was wiederum bedeutete, daß sie den Guten

Magier aufsuchen mußte; und wenn eine Behosung der Preis dafür sein sollte, dann mußte sie sich eben fügen. Selbst wenn es der Dämonin Befriedigung verschaffte. Außerdem faszinierte sie die gewaltige Auswahl der verschiedensten Höschen tatsächlich. Das richtige Höschen könnte wahre Wunder für ihren Mittelbau bewirken und möglicherweise ihre Chance erhöhen, sich einen Ehemann zu angeln.

Also nahm sie ein Höschen von seinem Haken und strich es an sich selbst glatt. Es war von schlichtem Weiß. »Ich glaube, das steht mir nicht besonders«, meinte sie.

»So kann man das nicht beurteilen«, widersprach Metria. »Dazu mußt du sie schon anziehen. Nimm sie in die Umkleidekabine mit.« Sie zeigte auf einen mit Vorhängen abgetrennten Teil in der Mitte des Hosenstalls.

»Ich brauche keine Kabine«, widersprach Mela. »Ich kann sie doch genausogut hier an Ort und Stelle anprobieren.«

»Nein, kannst du nicht«, widersprach die Dämonin. »So etwas tut man nicht.«

»Kann ich aber wohl.« Mela beugte sich vor und hob einen Fuß. Doch kaum näherte der Fuß sich dem Höschen, als sich der Stoff zusammenzog und davonwand und sich fürchterlich verhedderte. Sie bekam den Fuß nicht durchgeschoben.

In übler Laune trat sie daher in die Kabine. Nun benahm das Höschen sich, so daß sie erst den einen und dann den anderen Fuß hineinschieben konnte. Es paßte ihr wie angegossen, und sie bemerkte, daß dies die Magie des Hosenstalls war. Alle Waren hier würden jeder beliebigen Frau passen, die hierherkam.

Sie trat hinaus. Die anderen saßen inzwischen in einem Halbkreis auf Schemeln. »Dreh dich um«, sagte Metria.

»Weshalb?«

»Weil man das so macht. Wenn du schon Höschen vorführst, dann mußt du es auch richtig tun.«

»Und was, wenn nicht?«

Da begann sich das Höschen wieder zu verzerren, und unbequeme Falten bohrten sich ihr ins zarte Fleisch. Also drehte sie sich lieber um.

»Oh, jetzt sehen sie viel besser aus«, meinte Ida. »Dein Hinterteil wirkt ja so viel interessanter.«

Auch das erfreute Mela nicht restlos. Sie hatte stets den Eindruck gehabt, daß ihr Hinterteil auch so hinreichend interessant sei. Doch da entdeckte sie einen Satz im Winkel aufgestellter Spiegel, die sie auf magische Weise zugleich von vorn und von hinten zeigten, und sie mußte zugeben, daß es stimmte: Das Höschen stand ihrem Mittelbau sehr gut. Jetzt hatte die Sache plötzlich ein glänzendes Mysterium an sich. War dies vielleicht das Rätsel, das es zu lösen galt? Sie war nicht so sehr davon überzeugt, daß ihr der Gedanke daran behagte, ganz Xanth könnte sich auf ihr Hinterteil konzentrieren. Andererseits war sie sich aber auch nicht sicher, ob ihr der Gedanke nicht vielleicht doch behagte. Das hing von dem Höschen ab – sowie von ihrer Stimmung. Sie kehrte in die Umkleidekabine zurück und streifte das Höschen ab. Nun hing es schlaff herab, deprimiert, weil man es verworfen hatte. Mela brachte es hinaus und hängte es an seinen Haken. Dann nahm sie ein anderes Höschen ab. Es war von schimmerndem Schwarz.

Kurze Zeit später kam sie wieder aus der Kabine hervor und drehte sich vor ihrem kleinen Publikum. »Das ist hübscher«, meinte Okra. »Das läßt dein Hinterteil beim Gehen besser zur Geltung kommen.«

Mela blickte in den Spiegel und stellte fest, daß es stimmte. Ihr Gang war eindeutig faszinierender als vorher. Dennoch hoffte sie darauf, es noch besser zu machen.

Sie probierte ein wunderschönes Höschen in Meeresgrün an. Das war tatsächlich noch besser, weil es beim Gehen den Anschein hatte, als würden die Strömungen des Ozeans darüber fließen, dennoch fehlte das gewisse Etwas.

»Genug von diesem schlichten Zeug«, sagte Metria ungeduldig. »Schauen wir uns einmal ein paar raffiniertere Höschen an.«

»Dann such du sie doch aus«, versetzte Mela knapp.

»Aber gern.« Im nächsten Augenblick brachte die Dämonin ein schimmerndes, pfauenblaues Seidenhöschen an, das mit einem goldenen Netz übernäht war. Im Netz hingen glühende Feuerfliegen. Mela staunte. Sie hatte gar nicht gewußt, daß es etwas so Raffiniertes gab.

Sie zog es an und kam aus der Kabine. Der Raum erstrahlte. »Ach, das gefällt mir aber!« rief Ida.

Mela war zwar versucht, war aber inzwischen auf den Geschmack gekommen. Vielleicht gab es ja sogar noch bessere Höschen. Sie würde sich das allerbeste Höschen aussuchen. Schließlich hatte das Schicksal des Guten Magiers Humfrey einmal davon abgehangen, was sie trug, und so war sie es Xanth schuldig, große Sorgfalt auf ihre Auswahl zu verwenden.

Das nächste Höschen war von königsblauem Purpursatin, das mit gewebten goldenen Borten verziert war, an dessen goldenen Fäden wiederum winzige Goldglöckchen hingen. So erzeugte sie mit jedem Schritt Musik, und wenn sie sich umdrehte, gab das ein leises Geklimper.

Das nächste Höschen war von handgehäkeltem Rosa, dazu passende Strümpfe von fahlrosa Tönung, die so stark glänzten wie Spinnweben auf einem Rosenstrauch. Darin fühlten sich ihre Beine schier unmöglich schlank und glatt. Ja, sie waren schon fast so schön wie der Schwanz.

»Ich habe mich immer gefragt, weshalb rosa Höschen von solch magisch-wunderbarer Wirkung sein sollen«, bemerkte Ida. »Jetzt weiß ich es. Die sind so ... so ...«

»Das passende Wort dazu kann nur ein Mann finden«, warf Metria ein.

»Ein Mann?« fragte Ida. »Warum denn?«

»Weil nur ein Mann sagen würde, das Höschen nicht das Beste, sondern nur das Zweitbeste in Xanth sind.«

»Das verstehe ich nicht.«

»Das liegt auch daran, daß du ein nettes Mädchen bist. Ich dagegen verstehe das natürlich nur zu gut.«

»Könnte ich mir mit dem hier einen Mann angeln?« fragte Mela und musterte ihr glattes Gesäß in den Spiegeln. Ida hatte recht: Es war wirklich ein großartiger Effekt. Sie zuckte mit einem Muskel und sah mit an, wie sich die Höschenoberfläche faszinierend streckte.

»Das weiß ich nicht so recht. Ich glaube nicht, daß irgendein Mann die schon gesehen hat. Hier drin sind natürlich keine Männer zugelassen. Die würden sonst völlig durchdrehen.«

Mela beschloß weiterzusuchen. Das nächste Höschen war im ländlichen Stil gehalten, mit sahnigweißer kühler Baumwollgaze, dazu freche weiße Leinenrosetten und Strapse.

»Strapse?« fragte Okra. »Wofür sind die denn?«

Metria musterte die kleinen Schlangen. »Die sind dazu gedacht, die Strümpfe zu halten. Sie beißen hinein, dann können die Strümpfe nicht mehr nach unten fallen. Wahrscheinlich benutzt die Gorgone sie, weil sie ja sowieso schon Schlangen auf dem Kopf hat. Ich fürchte nur, daß es lästig werden könnte, die Schlangen zu füttern, damit sie gesund bleiben.«

Mela stimmte zu. Es war zwar ein nettes Höschen, aber sie wollte lieber allein eins bewohnen. Also widmete sie sich dem nächsten.

Auch das war im ländlichen Stil: steingewaschener, wassergewaschener Baumwolldrillich in Bonjourblau, mit einem Bequemlichkeitsdruckknopf auf der Rückseite. Durchaus bedienerfreundlich, aber Mela machte weiter. Als nächstes versuchte sie es mit einem Jadehöschen. Es war von tiefem Meeresgrün, mit leuchtenden Wellen, die bei jeder Bewegung auf- und abwogten, was Mela so sehr an die See erinnerte, daß ihr dabei ein Tropfen Salzwasser aus dem Auge strömte. Wie sehr sie doch den tiefen, salzigen Ozean vermißte! Dieses Höschen konnte sie nicht tragen, so wunderbar es auch war, weil sie darin über ihrem Heimweh alles andere vergessen würde. Doch sie konnte erst nach Hause zurückkehren, nachdem sie den Prinzen gefunden hatte, den sie mitnehmen würde.

»Das hier ist etwas Besonderes«, meinte Metria, als sie das nächste Höschen brachte.

Mela zog es an. Es bestand aus Milchkapseln, die von Streifen aus Minze, Pfirsich und Pfefferminz durchzogen waren. Es war recht hübsch, aber etwas schwer. »Wieso ist das etwas Besonderes?« wollte die Meerfrau wissen, als sie aus der Kabine kam, um es vorzuführen.

»Es ist eßbar«, erklärte die Dämonin. »Wenn du dich im Wald verirren solltest und es gibt weit und breit keine Pastetenbäume, kannst du dein Höschen aufessen. Oder wenn du deinen Mann aufziehst und er Hunger bekommt ...«

»Ich glaube, ich versuche es mit einem anderen«, entschied Mela. Es war zwar ein faszinierender Gedanke, aber sie wollte nicht das Risiko eingehen, von irgendeinem übereifrigen Narren aufgefressen zu werden, der nicht wußte, wann er aufzuhören hatte.

Das nächste Höschen stellte einen bunten Kontrast her. Es war ein Regenbogenmondhöschen in den Farben Azurblau, Strandsand, Klee und Heide. Es war wirklich etwas ganz Besonderes, aber Mela befürchtete, daß das Höschen soviel Aufmerksamkeit auf sich ziehen würde, daß sie selbst darüber in Vergessenheit geraten könnte. Das erschien ihr nicht die klügste Strategie. Dann könnte es nämlich passieren, daß ein potentieller Ehemann sich dazu entschied, das Höschen anstelle der Meerfrau zu heiraten.

Dann gab es da ein Höschen aus Glanzseide in Blaubartblau, mit schimmernden Silberfäden und golddurchwirkt, dazu über und über paarweise von funkelnden grünen Fleckchen übersät. Aber die Assoziation des Blaubart hatte etwas an sich, was ihr nicht so recht gefallen mochte.

Sowie eine Auswahl an Hot-pants-Höschen. Aber der Tag war ohnehin schon warm genug, während diese Höschen die Gefahr mit sich brachten, daß Mela in undamenhaften Schweiß ausbrechen könnte. Tatsächlich stieg schon der erste Dampf von ihnen auf, bevor sie es schaffte, sie auszuziehen.

Auch ein Federhöschen war dabei, das ihre Fantasie kitzeln sollte. Leider kitzelten die Federn aber noch mehr, und Mela hatte keine Lust, einen Kicheranfall zu bekommen, sobald sich ihr ein Mann näherte. Sie probierte ein Königin-Anne-Miederhöschen mit exquisitem weißen Miederstickwerk und Milchkrautblumenbordüre, in die Samenperlen eingelassen waren. Der Mittelteil schimmerte in mattgrünem Leuchten von der Grünhexenstickarbeit. Ferner versuchte die Meerfrau es mit einem betörenden Höschen aus schwarzer Stickarbeit, das mit goldenem Faden im »Runengrätenmuster« umnäht war. Die dazugehörigen Netzstrümpfe waren mit goldenen Zodiakuhren verziert. Aber wer wollte schon die Zeit ablesen?

Das nächste Höschen war ein Zeitmesser ganz anderer Art: Es war aus Zeitkrautzweigen gefertigt. »Darin wird zumindest ein Teil von dir niemals alt«, meinte Metria.

»Und was ist mit dem Rest von mir?« Denn Mela kam der Gedanke, daß ein Mann vielleicht auch ganz gern den Rest von ihr betrachten würde. Tatsächlich hoffte sie sogar darauf.

Das nächste war ein Bremshöschen aus geknotetem Makramee, das jeden Mann, der das Glück haben sollte, seiner angesichtig zu werden, das Leben aus dem Leib kitzeln konnte.

Dann gab es da noch mehrere Dufthöschen. Als Mela sie vorführte, dufteten sie nach Rose, Lavendel, Heliotrop und Jasmin für den Abend. Und ein beinahe durchsichtiges Höschen, mit schimmernden Kupfer- und Platinfäden durchschossen. Das war nun wirklich verlockend, weil es im Schatten so gut wie unsichtbar blieb. Dann könnte Mela nachweisen, eins zu tragen, ohne daß es wirklich den Anschein hätte. Andererseits – wenn sie schon etwas trug, konnte sie es genausogut zur Schau stellen.

»Und da haben wir noch eins«, sagte die Dämonin und reicht ihr ein weiteres. »Ein Liebeselixierhöschen.« Es war aus schwarzem Samt, mit silbernen Spinnweben bestickt, die von »Tau« schimmerten: winzige, mit durchsichtigem Faden angenähte Diamanten. Als Ida und Okra es erblickten, riefen sie Ohhh und Ahhh!

Doch Mela war es noch nicht ganz zufrieden. Keines der bisherigen Modelle schien ganz genau auf *sie* abgestimmt zu sein. Die Dämonin runzelte die Stirn, dann holte sie einige wirklich raffinierte Modelle hervor.

Da war zum einen das Goldküstenhöschen, das mit langen Ketten aus klimpernden Goldfischen bestickt war. Wann immer Mela darin einen Schritt machte oder hin und her wogte, erzeugte sie damit eine sanfte Melodie. Und das königliche mitternachtsblaue Höschen mit einem kleinen Silbermond, komplett mit winzigen Mondmotten und darin verwobenen schimmernden Silbersternen. Wenn sie darin auf und ab ging, zogen die Sterne über den sich ausdehnenden Himmel, während der Mond auf geheimnisvolle Weise wuchs und wieder abnahm. Das hätte Mela beinahe zufriedengestellt, doch mochte sie es nicht bei Tageslicht tragen. Denn es könnte sein, daß die Sterne in der Hitze der Sonne verblaßten.

Sie versuchte es auch mit einem Liebesnetzhöschen aus Baumwollgaze mit silberner Filigranbordüre und herzförmigen Amethysten sowie winzigen Sehmuscheln. Und ein weiteres heißes Höschen: goldlaminierte Feueropale auf Scharlachnetz, dazu spektakuläre lange, fließende Streifen aus flammenfarbenem Chiffon. Ebenso ein metallisches Panzerhöschen, das gegen jeden Angriff gefeit und mit grausigen goldenen Koboldzähnen besetzt war. Doch befürchtete sie, daß es auch den richtigen Mann abwehren könnte.

Dann gab es auch noch ein Höschen mit schlichtem Hintergrund, auf das die Worte MEIN LIEBSTER IST UNTREU – VORSICHT VOR DÄMONENTÄNZEN eingestickt war. Doch befürchtete Mela, daß das ihren Liebsten auf böse Gedanken bringen könnte.

Außerdem war da auch ein ätherisches Höschen: blaugrüne Seide, schäumendes weißes Mieder, von Perlen schimmernd, mit einem schwachen, aber durchdringenden Duft von Meereslilien. Auch das hätte sie beinahe zufriedengestellt, wäre da nicht wieder derselbe Einwand gewesen, daß sie es sich nicht erlauben konnte, allzusehr an die See zu denken, wenn sie nicht ihr Beharrungsvermögen einbüßen und ihre Suche vorzeitig beenden wollte. Daher zog sie auch dieses Modell zögernd wieder aus.

Nun gab es eine Pause. Sie blickte auf. Weshalb hatte ihr Metria denn nicht das nächste Höschen gebracht?

»Du hast jetzt alle anprobiert«, sagte die Dämonin staunend. »Wir sind schon den ganzen Tag hier. Es ist mir kaum aufgefallen.«

Alle anprobiert? Irgendwie hatte Mela geglaubt, daß die Höschenparade niemals ein Ende finden würde. Auch ihr war nicht aufgefallen, wie die Zeit verstrichen war. Es war wirklich ein wunderbares Erlebnis gewesen! Aber Metria war nur zu sehr im Recht. Im Hosenstall wurde es langsam dunkel.

Doch jetzt mußte sie unter der Unzahl, die sie anprobiert hatte, ihre Auswahl treffen. Aber welches sollte sie denn nehmen? Sie konnte sich immer noch nicht entscheiden. Alle waren so schön! Und doch war kein einzelnes Höschen völlig und unzweifelhaft und ganz und gar das richtige gewesen.

»Gibt denn wirklich überhaupt keins mehr?« fragte sie kummervoll.

Ida und Okra standen auf und suchten unter den herumhängenden Höschen. »Es muß doch noch eins geben«, sagte Ida. »Das eine, das wirklich das einzig richtige für dich ist.«

»Das muß so sein«, meinte auch Okra.

Metria seufzte. »Also gut. Dann werde ich noch einmal destillieren.«

»Was wirst du noch einmal?«

»Kondensieren, verdauen, zusammenfassen, raffinieren, Suchmuster ...«

»Suchen?«

»Was auch immer.« Ärgerlich verschwand die Dämonin zwischen den Höschen.

»Ich glaube, ich habe eins gefunden!« rief Ida. Sie kam herbeigeeilt, ein Stück Stoff in den Händen. »Es war hinter ein anderes gefallen.«

Mela nahm es entgegen. Es war eine staubbedeckte Masse, die alles andere als vielversprechend aussah. Doch sie schüttelte es aus und nahm es trotzdem mit in die Umkleidekabine. Es war bequem, hatte aber weder Spangen noch Stickverzierungen. Es war einfach nur ein ganz gewöhnliches Höschen.

Sie kam hervor und ging wie immer ein Stück auf und ab, drehte sich um. »Oooohhh!« rief Ida. »Das ist ja wirklich vollkommen!«

»Ja, das ist es wirklich«, meinte auch Okra.

»Dieses kleine Nichts?« fragte Mela. Sie hegte den Verdacht, daß die beiden anderen sie nur dazu überreden wollten, um endlich wieder ins Freie zu kommen. Trotzdem blickte sie vorsichtshalber einmal in die Spiegel.

Die Spiegel machten alles heller. Nun konnte Mela die volle Farbe des Höschens erkennen. Es war ein Kreuzmuster mit vielen, raffiniert verwobenen Tönen.

»Das ist ja ein Skirl!« rief Metria.

»Was ist das?« fragte Mela, während sie ihr von dem Höschen ganz umschlossenes Hinterteil musterte.

»Dudelsack, Highland, Scotch Tape, Kilt ...«

»Schottenrock?« fragte Okra.

»Was auch immer«, stimmte Metria verärgert zu. Doch dann entärgerte sie sich wieder. »Nein, warte mal, das ist es nicht. Stoff, Tuch, Heizgarn, Tartan ...«

»Plaid!« sagte Ida.

»Ja«, stimmte die Dämonin zu und ärgerte sich erneut.

Plaid! Daran hatte Mela gar nicht gedacht, aber es gefiel ihr. Sie drehte sich noch einmal um die eigene Achse, beobachtete sich selbst dabei. Das Plaid streckte und verschob sich höchst anmutig. Je mehr sie es betrachtete, um so mehr gefiel es ihr. Es war konservativ, ohne langweilig zu sein, und die Einzelheiten waren interessant.

Dennoch war sie sich nicht sicher, ob es wirklich genau das richtige für sie war. Vielleicht würde sie doch besser in dem Höschen mit dem Mond und den Sternen aussehen. Vielleicht gab es auch eins mit Sonne und blauem Himmel, das jeden blendete, der es mit unbewaffnetem Auge betrachtete. Das würden den Betrachter aber recht geschehen!

Sie ging wieder auf die Umkleidekabine zu. »Welche Farbe hat Plaid denn?« fragte Okra.

»Na ja, es ist ...« fing Ida an. »Es ist ...«

»Es ist eigentlich keine richtige Farbe, sondern ein Muster«, meinte Metria. »Ein Design. Jedes ist für sich einzigartig und hat auch seine eigene Geschichte.«

Nun konnte Mela erkennen, daß die Farben sich tatsächlich mit ihrer Bewegung verschoben, so daß sich das ganze nie richtig fixieren ließ. Das war faszinierend. In den sich verschiebenden Linien konnte man sich verlieren, vor allem dann, wenn Mela ging, und würde doch nie dazu in der Lage sein, genau zu sagen, was man gesehen hatte.

Die Meerfrau beschloß, daß sie dieses Höschen mochte. »Ich nehme es«, verkündete sie.

Ida begab sich an die Stelle, wo sie das Höschen gefunden hatte. »Es muß doch noch Ersatzstücke geben, die man anziehen kann, wenn das erste hin ist.«

»Hin?« fragte Mela in scharfem Ton.

»Schmutzig, befleckt, dreckig ...« erklärte die Dämonin hilfsbereit.

»Verlottert?« fragte Okra.

»Was auch immer.« Diesmal war Metria aus irgendeinem Grund nicht verärgert.

»Was auch immer!« wiederholte Mela empört. Aus irgendeinem Grund war sie es jetzt, die sich ärgerte.

»Warte, das habe ich doch gar nicht gemeint!« protestierte Ida. »Nur, daß sie schmutzig werden können, wenn du dich beispielsweise auf den Boden setzt oder ... Ah, da sind sie ja!« Sie fischte zwei weitere Plaidhöschen hervor.

Nun besaß Mela nicht nur ein Höschen, sondern gleich drei. Sie war entzückt. So steckte sie die beiden anderen in ihre Tasche.

In der Zwischenzeit hatte Okra ein Paar pelziger schwarzer Höschen im Ogerstil aufgenommen, eins davon angezogen und das andere aufbewahrt. Da es zu ihrem Fell paßte, war es nicht zu erkennen, was der Ogerin offensichtlich gefiel. Ida wählte einfarbige weiße und einfarbige rosa und einfarbige gelbe Höschen, die zu ihrem Haar paßten, zog aber keins davon an, denn sie war ja bereits bekleidet. Das war nur eine Art Reserve. Jetzt waren sie bereit zu gehen.

Draußen dämmerte es schon. Sie dachten nach und beschlossen schließlich, die Nacht im Hosenstall zu verbringen, wo sie bestimmt sicher vor Ungeheuern waren. Sie wagten sich nur so weit hinaus, um ihre intimen Geschäfte zu erledigen und etwas zu essen zu suchen, und Mela hatte das Glück, einen Pastetenstrauch zu finden, an dem eine Plaidkrustenpastete hing. Verblüfft sah die Meerfrau sie an, bis Okra sich zu ihr gesellte und daneben eine schwarzpelzige Kirschpastete fand. Dann kam auch Ida herbei und entdeckte eine rosa Meringuepastete. Die Pasteten paßten zu ihren Höschen! Das war der Zauber dieses Orts.

Am Morgen zogen sie weiter. Metria blieb bei ihnen, was Mela verwunderte. Eigentlich war der unterhaltsame Teil doch nun vorbei, nachdem das große Rätsel um die Farbe ihres Höschens gelöst worden war. Bestimmt blieb sie nicht aus der Güte ihres Dämonenherzens bei ihnen, weil Metria ja weder Güte noch ein Herz besaß. Andererseits war es nicht ratsam, sie danach zu fragen, denn das könnte sie daran erinnern, irgendein Unheil anzurichten. Vielleicht hatte die Dämonin auch einfach nur vergessen, daß der Spaß zu Ende war.

Wie es seiner Art entsprach, wand sich der Weg gen Westen durch Wälder und Täler, durch Felder und über Hügel. Da sie einen verzauberten Weg gefunden hatten, waren sie einigermaßen sicher vor Belästigung. Einmal entdeckten sie einen Drachen, der in der Nähe schlummerte. Das war ein großes männliches Reptil.

Die drei Sterblichen blieben stehen. »Bist du sicher ...?« fragte Mela.

»Der kann dich nicht einmal berühren«, versicherte Metria ihr. »Er kann dich nicht einmal mit Feuer beatmen. Diese Wege sind absolut ungezieferfrei. Alles, was er tun kann, ist, zuzusehen und zu geifern. Du kannst dich ruhig entspannen und es genießen, ihn zu ärgern.«

Die Dämonin sagte immer die Wahrheit, also mußten sie auch in Sicherheit sein. Mela zwang sich, normal zu atmen, und ging voran.

Der Drachen sperrte ein Auge auf. Er blinzelte. Seine Pupille weitete sich furchtgebietend. Dann rollte er sich auf den Rücken, als sei er tot.

»Was ist denn mit dem los?« fragte Ida.

»Routinemäßiger Ausfall«, erklärte Metria. »Er wird sich schon beithemen erholen.«

»Bei was?«

»Studium, Umlaufbahn, Strom, Prozeß, Modus ...«

»Gelegenheit?«

»Route, Peilung, Richtung, Trend, Kurs ...« Die Dämonin zuckte zusammen. »Zeiten! Ich habe es! Beizeiten!«

Mela war zwar der Auffassung, daß ihre Erwähnung der Gelegenheit auch genügt hätte, aber das lohnte keinen Streit.

Sie gingen weiter und kamen an einer Koboldhöhle vorbei. Drei häßliche, übellaunige Koboldmänner standen davor und starrten sie böse an. Sie sahen so aus, als würden sie nichts lieber tun, als sich auf unschuldige Jungfern zu stürzen und ihnen unaussprechlich gräßliche Dinge anzutun. Doch die Unfähigkeit des Drachen, irgend jemanden auf dem verzauberten Pfad zu belästigen, hatte Mela zuversichtlicher werden lassen, und so ging sie einfach weiter.

Die Koboldaugen fixierten sie. Dann stürzten auch diese drei mit dem Gesicht nach vorn zu Boden und erstarrten.

»Das habe ich bei einem Kobold aber noch nie gesehen«, bemerkte Okra.

»Noch ein routinemäßiger Ausfall«, meinte Metria. »Denkt euch nichts dabei.«

Später kamen sie an einem Menschendorf vorbei. Es bestand aus dreieinhalb Häusern. Drei tapfere Männer und ein Junge standen dort und beobachteten den Weg. Doch Mela vermutete, daß sein Zauber auch gegen diese Menschen gefeit sein müßte.

Die drei Menschenmänner starrten sie an. Dann stürzte einer nach links, der andere nach rechts zu Boden, der dritte auf den Rücken. Nur der Junge blieb noch stehen, aber seine Gesichtszüge waren erschlafft.

»Was ist denn mit euch los?« wollte Mela wissen.

Mühsam sperrte der Junge den Mund auf. »P-p-p ...«

»Plaid«, sagte Metria. »Gehen wir weiter.«

Endlich erblickten sie das Schloß des Guten Magiers. Aus der Ferne sah es ganz gewöhnlich aus, was sich noch verstärkte, je näher sie kamen. Auf einem Weg, der den ihren kreuzte, ging ein junger Mann. »Aber das ist ja der Magier Grey Murphy«, sagte Metria. »Das dürfte wirklich interessant werden.«

Mela mißtraute der Dämonin zwar immer noch, wußte ihr Unbehagen aber nicht so recht dingfest zu machen.

Als der Mann sie erblickte, blieb er stehen. »Ja, hallo, Metria«, sagte er. »Was heckst du denn gerade wieder für ein Unheil aus?«

»Ich bringe drei Petitenten, die mit dir oder Humfrey reden wollen«, erwiderte Metria.

»Peti-was?« fragte Mela mißtrauisch.

»Fragende, Bittsteller ...«

»Sie hat recht«, bestätigte Grey. »Wer zum Guten Magier kommt, ist ein Petitent.«

»Laß sie mich dir vorstellen«, fuhr Metria forsch fort. »Das hier ist Ida Mensch.«

Ida war plötzlich verlegen, weil sie noch nie einem Mann ihrer Gattung begegnet war. »H-hallo«, hauchte sie.

Er blinzelte sie an. »Sind wir uns nicht schon einmal begegnet? Irgendwie kommst du mir bekannt vor.«

»Ich glaube nicht«, erwiderte Ida. »Ich habe mein ganzes Leben abseits von Menschen zugebracht.«

»Das ist Okra Ogerin«, fuhr Metria fort.

»Hallo«, erwiderte Okra, kaum weniger verlegen.

»Du siehst gar nicht aus wie eine Ogerin«, bemerkte er.

»Ich weiß«, sagte Okra verschämt.

»Und das hier ist Mela Meerfrau.«

»Hallo, Mela. Ich habe schon viel über dich gehört.«

»Ich hätte beinahe Prinz Dolph geheiratet«, bestätigte sie.

»Ich erinnere mich. Allerdings ...« Dann schweifte sein Blick, der sich bis dahin auf ihren Oberkörper geheftet hatte, zu ihrem Mittelbau hinab. Seine Augen weiteten sich. Dann wurden sie schmal. »*Das* ist also dein Unfug, Metria!« sagte er streng.

»Ach, Flußsperre!« rief die Dämonin.

»Meinst du etwa ver-dammt?«

»Was auch immer. Ich dachte, du würdest in Ohnmacht fallen, genau wie die anderen.«

»Du hast mein Talent vergessen. Verschwinde, Metria, sonst neutralisiere ich dich.« Er griff nach ihr.

Sofort verblaßte die Dämonin.

»Aber weshalb solltest du denn in Ohnmacht fallen?« erkundigte sich Metria.

»Das hat sie dir nicht gesagt, natürlich nicht. Es geht um dieses magische Höschen. An einem Körper wie deinem sorgt es garantiert dafür, daß jeder Mann, der es zu Gesicht bekommt, in Ohnmacht fällt. Nur daß ich Magie neutralisieren kann, deshalb kann ich ihm widerstehen. Trotzdem solltest du dir etwas anziehen, bevor du weitergehst.«

»Aber ich habe doch etwas an!« widersprach Mela. »Genau, wie Dana gesagt hat. Das ist alles, was ich besitze.«

»Sie hat damit mehr gemeint als nur ein Höschen. Nackt kann man dich mit einer gutbestückten Nymphe verwechseln. Bekleidet dagegen würdest du einer üppigen Frau gleichen. Aber Höschen allein, das ist gefährlich. Damit verstößt du gegen die Erwachsenenverschwörung.«

»Darauf hat Metria also gewartet!« sagte Ida. »Sie wollte sehen, ob das Plaidhöschen den Magier in Ohnmacht fallen läßt!«

»Ganz genau. Ich denke, ihr solltet jetzt zu den Herausforderungen weitergehen, und wenn ihr erst einmal drinnen seid, wird Sofia euch etwas Kleidung besorgen. Ich muß jetzt gehen. Ich wünsche euch alles Gute.«

»Danke«, antwortete Mela matt. Ach, diese Dämonin!

8
GODIVA

Gwendolyn Kobold war zugleich entzückt und beunruhigt wegen ihrer neuen Linsen. Sie funktionierten vollkommen, aber diese Geschichte mit dem Sehen von Träumen war doch erschreckend. Ob die schlimmen Träume anderer sie ängstigen würden? Sie hatte keine große Lust, das herauszufinden.

Außerdem hatte sie Schuldgefühle, weil sie es zugelassen hatte, daß Jenny Elfe ihren Jahresdienst für Gwennys Antwort ableisten mußte. Wie konnte sie das Jenny jemals zurückzahlen? Wenn es ihr gelingen sollte, Häuptling zu werden, würde es ihr unmöglich sein, den Gefallen zu erwidern, indem sie ihrerseits für eine Antwort Jennys einen Jahresdienst ableistete. Denn dann galt ihre oberste Verantwortung ihrem Stamm. So war es höchstwahrscheinlich, daß sie für immer in Jennys Schuld stehen würde.

Dana Dämonin war überrascht, als sie die drei erblickte. »Wer hat euch denn so früh aus dem Kürbis befreit?«

»Jenny hat es getan«, erklärte Che. »Ihr Talent ermöglicht es ihr, der Traumwirklichkeit zu entkommen.«

Dana nickte. »Das ist ein mächtigeres Talent, als es zunächst den Anschein haben mag. Ich empfehle euch, daß ihr Jenny bei euch behaltet und den anderen nichts davon erzählt.«

Schon bald trafen auch Ivy und Grey Murphy ein. »Sie haben die Linsen, deshalb hatte es keinen Zweck, sie noch länger im Kürbis verweilen zu lassen«, berichtete Dana.

Ivy wirkte verblüfft. »Natürlich. Aber ...«

»Lassen wir das«, sagte Grey zu ihr. Vielleicht hatte er verstanden; immerhin wußte er, wie man Magie auf magische Weise neutralisierte. Vielleicht hatte er es aber auch im Buch der Antworten gesehen.

»Wirst du jetzt sofort zum Koboldberg zurückkehren?« erkundigte sich Dana.

»Ja, das muß ich wohl«, antwortete Gwenny. »Je länger ich weg bin, um so mehr Unheil könnte dort passieren.« Sie musterte Jenny. »Das könnte gefährlich werden. Vielleicht wäre es besser, wenn du hierbliebest, um deinen Jahresdienst abzuleisten.«

»Nein, ich mache so lange weiter, bis du dein Ziel erreicht hast«, erwiderte Jenny entschieden. »Ich will noch mitansehen, wie du Häuptling wirst. Danach kehre ich hierher zurück.«

»Aber wenn irgend etwas passieren sollte ... Du weißt doch, wie gemein Kobolde sein können ...«

»Deshalb muß ich auch dort sein, um dir zu helfen.«

»Sie hat recht«, pflichtete Grey ihr bei. »Für ihren Dienst ist später noch Zeit.«

Gwenny war immer noch frustriert. Anscheinend konnte sie Jenny überhaupt nichts Gutes tun! Doch zugleich war sie erleichtert darüber, daß Jenny bei ihr bleiben würde. Sie waren seit zwei Jahren befreundet, die besten Jahre in Gwennys bisherigem Leben, und sie wünschte, daß es immer so weiter ginge.

»Ihr werdet einen Paß für die Spalte brauchen«, sagte Ivy. »Ich werde euch einen ausstellen.«

»Einen Paß?« fragte Gwenny verständnislos.

»Der kürzeste Weg von hier bis zum Koboldberg ist eine

gerade Linie. Ihr braucht nicht die längere Strecke zu nehmen, um über die Brücke der Spalte zu gehen. Das bedeutet aber, daß ihr hinunter müßt. Der Paß dient dazu, daß mein Freund Stanley Dampfer, der Spaltendrachen, auch weiß, daß er euch nicht auffressen darf.«

»Ach so.« Die Vorstellung, in die Spalte hinabzusteigen, behagte Gwenny überhaupt nicht. Doch das war die einzige Möglichkeit, wenn sie sich nicht von den Flügelungeheuern ans Ziel tragen lassen wollte. »Danke.«

»Ich wußte gar nicht, daß der Drachen lesen kann«, bemerkte Che.

»Kann er auch nicht«, erwiderte Ivy. »Aber Papier und Tinte riechen nach mir. Er wird niemanden fressen, der das hier bei sich trägt.« Sie reichte Gwenny den Paß. »Verliere es nur nicht!«

»Bestimmt nicht.« Gwenny verstaute das Papier in ihrer Tasche.

Schon bald waren sie unterwegs und folgten einem verzauberten Weg nach Nordosten. Es gab zahlreiche Nebenwege, die bestimmt zu furchtbar interessanten Dingen führten, aber sie waren entschlossen, sich nicht ablenken zu lassen, und so eilten sie den Hauptweg entlang, ohne sich bei irgendwelchen Ablenkungen aufzuhalten. Nur um sicherzugehen, hatte Jenny Sammy Kater beauftragt, bei jeder Gabelung den Weg zu wählen, denn Sammy wußte, daß sie den schnellstmöglichen Weg zum Koboldberg suchten.

Da kam ihnen plötzlich jemand entgegen. Es war ein junger Menschenmann und ein merkwürdiger Hund. Der Mann sah zwar ziemlich gewöhnlich aus, der Hund aber bestand aus Stein. Als sie die drei erblickten, blieben die beiden stehen.

»Ach, hallo«, sagte der Mann. »Sucht ihr etwa das Schloß des Guten Magiers? Denn dann geht ihr in die falsche Richtung.«

»Nein, da kommen wir gerade her«, antwortete Gwenny. »Wir gehen zum Koboldberg.«

Er blickte zu ihr herunter. »He! Du bist aber wirklich das hübscheste Koboldmädchen, das mir je begegnet ist!«

Genau in diesem Augenblick flog eine Schüchterfliege vorbei und prallte ihr voll ins Gesicht. Gwenny lief so schlimm rot an, daß sie nichts mehr sagen konnte.

Che trat vor. »Vielleicht sollten wir uns vorstellen, bevor wir uns wieder trennen«, sagte er. »Ich bin Che Zentaur, und das hier sind Gwenny Kobold und Jenny Elfe. Und Jennys Katze Sammy.« Sammy und der Steinhund beschnüffelten sich.

»Ich bin Alister«, antwortete der Mann. »Und das ist mein Hund Murmel. Wir wollen den Guten Magier danach befragen, wie wir ein magisches Talent für meinen Vater finden können. Mein Talent besteht darin, Dinge zu finden. Ich kann alles finden außer Antworten.«

»Das ist auch Sammys Talent!« rief Jenny. »Der kann alles finden bis auf sein Zuhause.«

Alister war überrascht. »Ich dachte, es gibt niemals zwei Leute mit demselben Talent.«

»Sammy ist ja auch ein Tier.«

»Ach so. Dann ist das wohl in Ordnung. Ich hatte schon befürchtet, daß wir in der falschen Zeit wären oder so etwas.«

»Es sind schon merkwürdigere Dinge passiert«, bekräftigte Che.

»Tatsächlich habe ich mich unterwegs ein wenig amüsiert, denn ich weiß ja, daß dieser Weg zum Schloß des Guten Magiers führt. Ich wollte mal feststellen, ob ich auf dem Weg auch besondere Dinge finden kann, ohne vom Pfad abzuweichen. Diesmal hatte ich mich für das hübscheste Mädchen in der ganzen Region entschieden. Wie ich sehe, ist mein Talent völlig funktionsfähig.« Wieder musterte er Gwenny.

Und wieder hatte sie das unerhörte Unglück, in diesem Augenblick von einer weiteren Schüchterfliege gestochen zu werden. Und wieder machte ihr das Erröten jedes Sprechen unmöglich. Ach, wie peinlich ihr das doch war!

Dann setzten sie ihren Marsch in Richtung Nordosten fort, während Alister und Murmel nach Südwesten weitergingen. Gwenny fragte sich, ob sie nicht vielleicht tatsächlich in der falschen Zeit waren. Wie seltsam das doch wäre, Leuten zu begegnen, die in eine andere Zeit gehörten!

»Crombie der Soldat findet übrigens auch Dinge«, bemerkte Che im nachhinein. »Wie ich gehört habe, schließt er dazu die Augen, dreht sich um die eigene Achse und zeigt, und das, was er sucht, liegt dann in der angezeigten Richtung. Aber er ist jetzt schon ziemlich alt, vielleicht macht er es also gar nicht mehr.«

Endlich hatte Gwenny sich von ihrem Anflug von Schüchternheit erholt. Wie peinlich, daß das ausgerechnet dann passieren mußte! Für einen Menschen schien er ein richtig netter junger Mann zu sein. »Vielleicht ist das Finden selbst gar nicht das Talent, daß sich nicht wiederholen kann«, meinte sie. »Vielleicht geht es vielmehr darum, *wie* jemand etwas findet. Crombie dreht sich um sich selbst, und Sammy läuft einfach davon; Alister macht es wahrscheinlich auf irgendeine andere Weise.«

»Das wird es sein«, stimmte Che ihr zu.

»Wir sollten uns jetzt wohl besser einen Ort suchen, wo wir das Nachtlager aufschlagen können«, schlug Jenny vor.

Sammy schoß davon. Jenny rannte ihm nach, wie sie es immer tat. »Warte auf mich, Sammy!« rief sie, wie sie es immer tat. Doch er wartete nicht, wie er es auch sonst nie tat.

Gwenny und Che waren bereits daran gewöhnt. Sie liefen den beiden nach. Schon bald erreichten sie einen kleinen Nebenweg und rannten ihn entlang. Der Weg führte sie zu einem großen, weitläufigen Baum. Seine Zweige bildeten einen großen, kelchähnlichen Mittelpunkt, der von buntscheckigen Blättern bedeckt war. Sammy sprang einfach in diesen Kelch hinein und blieb stehen.

Gwenny untersuchte eins der Blätter. Zu ihrer Überraschung stellte sie fest, daß die Flecken eine lesbare Druckschrift ergaben. ICH BIN DER PROPAGANDABAUM. WILLKOMMEN IN MEINEM ZWEIG.

»Ein Propagandabaum?« fragte Jenny. »Sammy, bist du sicher ...?« Doch der Kater leckte sich die Pfoten und ignorierte sie.

Also kletterten sie alle in den Mittelkelch. Einer der Äste

hing bis zum Boden herab, so daß Che ohne große Mühe hinaufsteigen konnte.

Im Baum entdeckten sie gute Früchte und stellten auch fest, daß die Rinde der Äste schwammig und bequem war. Einige große Blätter hingen tief herab. Gwenny suchte sich ein weiteres aus und las es.

HAST DU SCHON EINMAL DARAN GEDACHT, DIE BÄUME XANTHS ZU SCHÜTZEN?

Sie nahm sich ein weiteres vor. UNSER PFLANZENLEBEN IST UNSER WERTVOLLSTES ERBE.

Ob das nur zufällige Nachrichten waren? Oder stand vielleicht ein Muster dahinter? Sie nahm ein weiteres Blatt auf, willkürlich ausgewählt, und las seine Botschaft. WIR FORDERN ALLE EMPFINDUNGSFÄHIGEN KREATUREN AUF, DAS PFLANZENREICH ZU ERHALTEN.

»Ich glaube, dieser Baum will uns irgend etwas sagen«, meinte Gwenny und zeigte die Blätter vor, die sie gepflückt hatte.

»Na ja, er scheint uns mit Verlautbarungen zu versorgen«, meinte Che. »Das paßt zu seinem Wesen. Vielleicht ist er ja für die Umwelt Xanths zuständig.«

Darüber dachte Gwenny nach, bis sie zu dem Schluß gelangte, daß alles seine Ordnung hatte. »Sammy hat recht gehabt«, sagte sie. »Das hier ist ein guter Lagerort. Und wir sollten auch wirklich versuchen, die guten Pflanzen Xanths zu erhalten.«

Dann pflückte sie ein weiteres Blatt. DANKE, stand darauf. UND BITTE KEINE ABFÄLLE LIEGENLASSEN.

»Wir lassen schon keine Abfälle liegen«, versprach Gwenny.

Nun nahm auch Che ein Blatt auf. DENKT DARAN, WAS DIE DÄMONEN MIT DEM KÜSS-MICH-FLUSS GEMACHT HABEN, stand darauf.

»Das war ganz furchtbar!« bekräftigte Che. »Wir hoffen, daß die Dämonen ihre Lektion gelernt haben.«

Das Laubwerk des Baums raschelte billigend. Es war zufrieden mit seiner Propagandaarbeit.

Nach einer Weile legten sie sich zum Schlafen nieder, ein

jeder bequem auf seinem eigenen, breiten Ast zusammengekringelt. Gwenny blickte noch einmal in die Runde, bevor sie die Augen schloß.

Che, der jüngste, schlief bereits. Gwenny konnte seinen Traum sehen. Er bildete sich um ihn herum in der Luft aus wie ein Bild, das auf ihn geworfen wurde, so daß er gleichzeitig ruhig auf dem Ast lag und in seinem Traum aktiv war. Darin breitete er die Flügel aus und flog in den Himmel empor. Immer und immer höher flog er, herrlich hoch, flog Spiralen in der sonnenbeschienenen Luft, denn im Traum herrschte hellichter Tag. Er segelte über den Propagandabaum hinweg, dann über die Spalte, die ganz in der Nähe im Norden lag. Er fühlte sich wunderbar; um ihn herum waren kleine Linien der Freude und Aufregung, die seine Gefühle anzeigten.

Dann blickte er zurück nach unten und sah den Kelch des Propagandabaums, wo seine beiden Freundinnen schliefen. »Ich kann sie nicht im Stich lassen!« rief er. Im Spiralflug kehrte er nach unten zurück, während sein Traum zunehmend verblaßte.

Gwenny war gerührt. Der junge Zentaur hatte seine persönlichen Ziele, aber er war auch treu. Das hatte sein Traum vollkommener offenbart, als alle Worte es hätte tun können.

Nun blickte sie zu Jenny Elfe hinüber, die ebenfalls eingeschlafen war. Die stand in ihrem Traum am Boden und hielt ihre Katze. »Ich wünschte, ich wüßte den Weg nach Hause zurück«, sagte sie.

Da sprang Sammy von ihrem Arm herab und jagte davon. »Warte auf mich, Sammy!« rief sie und rannte ihm nach. »Sonst verirrst du dich noch!«

Der Kater sprang durch ein Schimmern in der Luft und landete dahinter in einer merkwürdigen Szenerie. Jenny folgte ihm. Es war immer noch ziemlich dunkel, der Tag war noch nicht angebrochen. Sie jagten durch eine merkwürdige, unxanthische Landschaft, wo die Bäume auf subtile und auf unsubtile Weise anders waren, während die Sträucher ganz einfach von einer Art waren, wie sie in Xanth nicht wuchs. Es gab zwei Monde, die am dunklen Himmel hingen. Die beiden liefen auf einen riesigen Baum zu, unter dem mehrere große, hundsartige Tiere lagerten. »Der Hort! Die Wolfsfreunde!« rief Jenny froh. Ohne Furcht warf sie sich unter sie.

Leute kamen den Baum herab. Nein, es waren riesige Elfen, mit spitzen Ohren und vierfingrigen Händen, genau wie Jenny. Freudig umarmten sie sie. »Jenny! Wir dachten schon, du wärst verschollen. Wir hatten befürchtet, daß dir etwas Entsetzliches zugestoßen sei! Wir hatten befürchtet, du wärst entweder tot oder schrecklich verwundet!«

»Nein, es geht mir gut!« erwiderte sie. »Ich habe ein unglaublich wunderbares Abenteuer erlebt!«

»Aber was ist denn das für ein Ding in deinem Gesicht?« fragte eine der Erwachsenen.

Jenny legte die Hand an ihre Brille. »Oh, die habe ich aus Xanth! Die hilft mir dabei, deutlich zu sehen!« Dann blieb sie still stehen. »Xanth! Meine Freunde! Die kann ich nicht verlassen! Nicht solange sie so wichtige Dinge zu erledigen haben! Und der Gute Magier ... Ich muß ihm dienen ... Ich habe es versprochen ...«

Damit endete ihr Traum. Jetzt war sie wieder im Propagandabaum. Auch sie war loyal, selbst in ihrer Schlafphantasie. Sie wollte zwar nach Hause zurück, aber erst wollte sie auch ihre Verpflichtungen erledigen.

Gwendolyn Kobold schloß die Augen, spürte aber trotzdem, wie sich die Tränen hervorpreßten.

Am nächsten Tag dankten sie dem Propagandabaum für seine Gastfreundschaft, versprachen ihm, Pflanzen und Bäume mit Respekt zu behandeln, und machten sich erfrischt auf den Weg. Gegen Mittag erreichten sie die Spalte. Von hier aus war sie ebenso ehrfurchtgebietend wie von der anderen Seite.

»Aber wie sollen wir denn diesen Steilhang hinunterkommen?« wollte Gwenny wissen, der es vor der Schwere dieser Herausforderung grauste.

»Ich kann uns leicht genug machen, um unbeschadet hinunterzuklettern«, schlug Che vor. »Wir brauchen bloß einen Abschnitt zu suchen, wo es ausreichend Fingerhalt gibt. Das mag vielleicht mühsam sein, ist aber machbar.«

»Weshalb springen wir nicht einfach?« fragte Jenny. »Das würde uns eine Menge Zeit und Kratzer ersparen.«

Gwenny lachte. »So tief? Wir sind doch nicht verrückt!«

»Aber wenn wir leicht genug sind, dann landen wir doch gar nicht so hart, um uns weh zu tun, oder?« fragte Jenny.

Gwennys nach außen gerichteter Blick prallte mit Ches auf sie gerichteten zusammen. Die Elfe könnte recht haben!

»Vielleicht könnten wir das verifizieren«, meinte Che.

»Wie denn?« fragte Jenny, der der Gedanke an einen solchen Abstieg nicht behagte.

»Wir könnten den K A T E R leicht machen und nach dem schnellsten und sichersten Weg in die Tiefe fragen. Wenn er dann S P R I N G E N sollte ...«

Jenny blickte zu Sammy hinüber. »Den legst du nicht rein. Sammy hat bei unserem ganzen Unterricht zugehört und kann wahrscheinlich ebensogut buchstabieren wie wir.«

»Aber er ist doch ein Tier«, wandte Che ein.

»Sammy, suche C H E«, sagte Jenny und blickte von dem kleinen Zentauren fort.

Sofort sprang der Kater auf Ches Rücken.

Diesmal schien der Zentaur von einer Schüchterfliege gestochen worden zu sein. Gesicht, Hals und Schultern wurden puterrot. Gwenny wußte, wie er sich fühlen mußte. Sammy dagegen blickte selbstzufrieden drein.

Sie beschlossen, es zu versuchen. Nachdem Che sich abgekühlt hatte, hieb er mehrmals auf jeden von ihnen ganz leicht mit seinem Schweif, bis sie so leicht geworden waren, daß sie Steine als Ballast aufnehmen mußten. Dann tat er das gleiche mit Sammy.

»Sammy, such uns den schnellsten und sichersten Weg hinunter in die Spalte«, sagte Jenny zu dem Kater.

Sammy lief den Spaltenrand entlang, und sie folgten ihm. Schließlich gelangte er an einen glatten, abschüssigen Felsen, den ein kleiner Fluß auf dem Weg in die Tiefe kreuzte.

Ein Stück weiter unten strömte der Fluß in einen rundlichen Kanal und folgte ihm fröhlich.

Sammy rannte von dem Fluß fort. Er blieb vor einem Baum stehen, dessen Blätter so groß waren wie jedes Mitglied ihrer Gruppe. Sie glänzten und sahen glatt und zäh aus.

»Ein Tobogganbaum!« rief Che. »Wir müssen Blätter für uns und Sammy pflücken.«

Das taten sie auch und schleppten sie bis an den Spaltenrand.

Sammy sprang auf sein Blatt, das sich daraufhin schräglegte und in den Fluß glitt. Der Kater fuhr auf dem Blatt den Felshang hinab und gelangte so in den Kanal.

Jenny sprang ihm nach. Dann kam Gwenny und schließlich auch Che. Jetzt fuhren sie alle auf dem kleinen Fluß in die Tiefe. Es war durchaus spaßig, aber auch beängstigend, denn trotz ihrer Leichtigkeit fuhren sie mit gewaltiger Geschwindigkeit. Der Fluß riß die Blätter in seinem eigenen Tempo in die Tiefe. Sie klammerten sich an ihnen fest.

Der Fluß machte eine Biegung. Er schoß durch einen schmalen Kanal, machte eine Pause in einem kleinen Teich und ergoß sich am anderen Ufer wieder über einen weiteren Felshang. Dann sprang er fröhlich ins Nichts hinunter. »Oooohhh!« rief Gwenny in einer Mischung aus Freude und Entsetzen. Doch das Blatt setzte sanft auf einem anderen Hang auf und fuhr weiter hinunter.

Plötzlich strömte der Fluß in eine Kurve und breitete sich aus. Die ganze Welt schien sich im rechten Winkel schräggelegt zu haben. Da merkte Gwenny schließlich, daß sie unten angekommen waren – nach dem langen Abstieg war es nun das gewöhnliche, ebene Land, das ihnen seltsam vorkam.

Sie stiegen von ihren dahintreibenden Blättern und wateten ans Ufer. Zwar waren sie geringfügig naß geworden, dafür aber auch schnell und sicher ans Ziel gelangt. Sammy hatte tatsächlich den richtigen Weg gewußt.

Unten in der Spalte war es fast eben. Hier gab es grünes Gras und zahlreiche Sträucher, ja sogar kleine Bäume. In der Mitte führte ein Weg. Sie wußten, von wem der benutzt wurde: vom Spaltendrachen.

Und tatsächlich – gerade hatten sie den Weg erblickt, als der Boden unter ihren Füßen zu beben begann. Der Drachen nahte!

»Hol deinen Paß heraus, Gwenny«, forderte Che sie auf. »Wir wollen doch nicht, daß der Drachen verwirrt wird und uns auffrißt.«

Gwenny griff in ihre Tasche – und blieb wie angewurzelt stehen. Der Paß war fort! Er mußte während ihres wilden Ritts in die Tiefe herausgefallen sein.

»Oh, nein!« sagte Jenny. Und dann: »Sammy – such den Paß!«

Der Kater rannte den Weg zurück, den sie gekommen waren. Doch am Fuß des Abhangs blieb er stehen. Der Hang war zu steil für ihn. Der Paß mußte irgendwo oben am Spaltenhang liegen – unerreichbar für sie.

Inzwischen wurde das Beben immer stärker. Kein Zweifel, der Drachen kam auf sie zu.

»Oh, was sollen wir denn jetzt tun!« rief Gwenny entsetzt.

»Sammy!« schrie Jenny. »Such uns das beste Versteck vor dem Drachen!«

Der Kater tat etwas Merkwürdiges: Er zögerte. Er kam ein paar Schritte auf Che zu, dann schritt er wieder davon und schien nicht zu wissen, wo er hin sollte. Das war ein Hinweis darauf, daß es überhaupt keinen guten Ort gab, um sich vor dem Drachen zu verstecken. Sie befanden sich schließlich am Boden der Spalte – in seinem Jagdrevier. Da war es nur wahrscheinlich, daß er alles abgedeckt hatte.

Über den Sträuchern im Osten stieg eine Dampfsäule auf. Das war der Dampf des Dampfers! Gleich würde der Drachen selbst zu sehen sein, und im nächsten Augenblick würde er sie erreicht haben.

Wenn es schon kein Versteck gab, was sollten sie denn dann am besten tun? Gab es irgendeine Möglichkeit, sich in Sicherheit zu bringen? Gwenny zermarterte ihr Gehirn, versuchte, sich etwas einfallen zu lassen. Doch ihr Kopf war viel zu verklebt von Angst, um irgendwelche nützlichen Gedanken durchzulassen. Und sie sah, daß Jenny und Che gleichermaßen versteinert zu sein schienen.

Da erschien der Drachen. Er war lang, flach und sehnig, mit sechs gedrungenen Beinen, Stummelflügeln, großen Zähnen und sehr viel qualmendem Dampf. Erst hob er seine Vorderbeine und sprang vor, dann die mittleren und schließlich die hinteren, so daß sein schnelles Womppen eher der Bewegung einer rasenden Raupe als einer Schlange glich. Doch war er viel zu schnell, um vor ihm davonzulaufen.

Sie sahen Sammy dort stehen. Zu schade, daß er ihnen nicht sagen konnte, was sie tun sollten! Doch der Kater löste keine Probleme, er fand nur Sachen. Sofern sie nicht hoffnungslos außer Reichweite waren wie etwa ihr Passierschein.

Nun begann der Drachen direkt auf sie zuzusteuern, seine Schuppen schimmerten grün. Dampfschwaden entwichen seinen Nüstern und versengten das Laubwerk der Sträucher zu beiden Seiten des Wegs. Sie würden alle bedampft und gegart werden, noch bevor er sie auffraß.

Da quetschte sich ein halber Gedanke in Jennys Geist, vielleicht wurde er ja von der Überlast der Angstgedanken nach vorn gedrückt. »Sammy!« rief sie. »Such uns das beste, was wir jetzt tun können!«

Der Kater machte einen Satz auf Che Zentaur zu und sprang ihm auf den Rücken, fuhr mit seinen Krallen in ihn hinein. Aus seiner Lähmung gerissen, machte Che einen Satz nach vorn – direkt auf den heranstürmenden Drachen zu. Er jagte an Gwenny und Jenny vorbei und blieb plötzlich wieder stehen, war erneut wie angewurzelt. Seine kleinen Flügel flatterten mitleiderregend. Gwenny erinnerte sich an seinen Traum vom Fliegen. Im Traum hatten seine Flügel Fleisch angesetzt und waren gefiedert, doch im Leben waren sie fluguntauglich. Sie waren einfach zu klein und verfügten über zu wenig Flugfedern. Er konnte nicht davonfliegen, selbst wenn er sich leicht genug machte, um wie eine Seifenblase durch die Luft zu schweben – die Flügel waren einfach noch nicht ausgebildet.

Ob Sammy wohl meinte, daß Che sie alle noch einmal mit seinem Schweif streifen sollte, damit sie so leicht wie Luft wurden und so weit hochsprangen, daß der Drachen sie nicht erreichen konnte? Doch dafür war es schon zu spät, denn Che würde der erste sein, der gefressen wurde. Und überhaupt – wenn nicht gerade ein kräftiger Windstoß kam, würden sie doch nur wieder zu Boden sinken, wo der Drachen sie schon erwarten würde, um nach ihnen zu schnappen. Es gab nicht einmal Bäume hier, die groß genug gewesen wären, um sich darin zu verstecken, außerhalb der Reichweite des Drachen. Keine Frage, die Spalte war eine einzige Falle.

Der Drachen womppte auf Che zu – und hielt inne. Sein schreckliches, zahniges Maul ging auf, seine Zunge hob sich – da fuhr er dem Zentauren damit über das Gesicht.

Endlich begriff Gwenny, was los war. »Das ist ein Flügelungeheuer!« rief sie. »Selbst wenn er nicht fliegen kann, hat er doch noch Flügel. Genau wie du. Und kein Flügelungeheuer ...«

»... wird mir etwas tun!« beendete Che ihren Satz. »Wie konnte ich das nur vergessen!«

Der Drachen beäugte Gwenny. Er richtete seine Schnauze auf ihn. »Sag ihm, daß ich deine Freundin bin!« rief Gwenny. »Und Jenny auch! Und Sammy!«

»Es sind meine Freunde, Stanley«, sagte Che schnell. »Wir reisen zusammen. Wir hatten einen Passierschein von Ivy, aber den haben wir verloren.«

Der Drachen nickte. Es war offensichtlich, daß er Ivys Namen erkannte. Nun war alles wieder in Ordnung.

Gwenny spürte, wie sich ihre Knie in feuchte Nudeln verwandelten. Sie hoffte nur, das es nicht allzu schlimm aussah. Sie war froh, daß Sammy Kater gewußt hatte, was zu tun war. Wenn Jenny nicht mitgekommen wäre, wäre auch der Kater nicht dabeigewesen, dann hätte Stanley das Koboldmädchen möglicherweise schon aufgefressen, bevor er bemerkt hätte, daß sie zu Che gehörte. Das verwandelte ihre Nudelknie vollends zu Brei, was sogar noch schlimmer war. So wirkte Dampf nun einmal.

Der Drache fraß sie nicht nur nicht, er erwies sich sogar als äußerst freundlich, nun, da er wußte, daß es mit ihnen seine Ordnung hatte. Vielleicht sehnte er sich auch nach seinen

Jahren der Kindheit mit Ivy, die damals durch einen merkwürdigen Zufall genauso alt gewesen war, wie Gwenny und Jenny es heute waren, nämlich vierzehn. Ja, durch einen schier unglaublichen Zufall war sie sogar einmal so alt gewesen wie Che, nämlich sieben. So waren dem Drachen vielleicht in seinem heißen Schädel noch ein paar freundliche Erinnerungen an junge Leute geblieben. Tatsächlich erblickte Gwenny Fetzen seiner dampfigen Tagträume, in denen eine süße kleine Ivy mit ihm spielte und seine Schuppen polierte, bis sie schimmerten wie Spiegel, und ihn aufs Ohr küßte. Eine Abzweigung seiner Traumerinnerung zeigte, wie er vor sehr langer Zeit ein Ohr an einen Oger verlor, doch das war ihm wieder nachgewachsen, als er verjüngt worden war. Drachenohren, das wußte Gwenny, waren etwas ganz Besonderes, sie hatten magische Eigenschaften. Das war auch einer der Gründe, weshalb die Drachen sich nur ungern von ihnen trennten.

Stanley führte sie an eine Stelle, wo ein begehbarer Weg den Nordhang der Spalte hinaufführte. Dabei kamen sie auch an anderen vorbei, die der Drachen aber nicht weiter beachtete. Vielleicht wußte er ja, daß sie nur in irgendwelche Höhlen führten oder plötzlich ermüdet endeten, bevor sie oben angekommen waren. Natürlich wußte der Drache genau, welche davon nicht die geringste Hoffnung auf Flucht zuließen, weil er ja alle Kreaturen einfing und abkochte, die auf ihnen zu fliehen versuchten.

»Danke, Stanley«, sagte Gwenny, als die Zeit für den Abschied gekommen war. Dann tat sie etwas Kühnes: Sie beugte sich hinab und küßte sein Ohr, genau wie Ivy es in seiner Tagtraumerinnerung getan hatte. Durch einen weiteren, schier unglaublichen Zufall wurde er im selben Augenblick von einer Schüchterfliege gestochen, so daß seine Drachenschuppen feuerrot anliefen. Selbst sein Dampf färbte sich rosa. Aber er wirkte nicht unglücklich.

Dann machten sie sich an den Aufstieg. Sammy ging voran, denn sie hatten ihm aufgetragen, den sichersten Weg zu suchen. Hinter ihm folgte Jenny, dann kam Gwenny, während Che wieder die Nachhut bildete. Das lag daran, wie er erklärte, daß Zentauren prächtigere Hinterteile besaßen als andere Leute. Und wenn eine der anderen ausgleiten und stürzen sollte, könnte er sie besser auffangen und festhalten, ja sie so leicht machen, daß sie beide nicht in die Spalte hinunterfielen. Für den Aufstieg behielt Che den größten Teil seines vollen Körpergewichts bei, weil ihm das besseren Halt verlieh.

Der Weg versuchte tatsächlich, sie gelegentlich in die Irre zu führen, indem er ab und zu einen Seitenzweig vorbeischickte, der entweder zu irgendwelchen Steilklippen oder nirgendwohin führte. Einer davon sah zunächst viel angenehmer aus als der richtige Weg, doch konnten sie erkennen, wie er sich später änderte und versuchte, eine steile Felswand hinaufzugehen. Das war wirklich ein bösartiger Weg! Doch Sammy dachte nicht einmal daran, sich hereinlegen zu lassen. Statt dessen lief er jedesmal die richtige Strecke entlang.

Obwohl Che sie immer wieder leichter machte, wenn sie mal einen Felsvorsprung erreicht hatten, wo er sie mit seinem Schweif berühren konnte, war es doch ein beschwerlicher Aufstieg. Dann erschien plötzlich eine Wolke und musterte sie.

»Oh, nein«, hauchte Gwenny. »Ich hoffe, das ist nicht ...«

»Fracto!« beendete Jenny ihren Satz, und ihr Entsetzen spiegelte Gwennys wider.

»Das ist er nicht«, meinte Che. »Das ist nur eine ganz gewöhnliche Cumulus-humilis-Wolke. Die tun niemandem etwas Böses. Sie sind nur neugierig, was an Land so los ist.«

»Spaßliebend?« fragte Jenny. »Ich bin mir nicht sicher, ob wir Wolkenwitze ebenso komisch fänden.«

Che lächelte. »Humilis wie Humilitas, Bescheidenheit, nicht wie in humorvoll. Kein Witz.«

Gwenny spürte, wie ihre Knie wieder vor Erleichterung weich wurden.

»He, mach mal deine Knie etwas steifer«, sagte Jenny mahnend, als sie zurückblickte. »Die sehen ja aus wie Brotteig.«

»Nudelteig«, berichtigte Gwenny sie.

Dann konzentrierte sie sich darauf, sie zu versteifen, und konnte ihren Marsch wieder aufnehmen.

Als sie sich dem oberen Spaltenrand näherten, ging der Tag seinem Ende zu. Oben war es zwar immer noch hell, doch die Tiefen der Spalte lagen im zunehmend dunkler werdenden Schatten, so daß sie nicht mehr bis zum Boden hinuntersehen konnten. Gwenny war froh, daß sie die Spalte jetzt verließen und nicht erst hineinstiegen. Sie war sehr düster, obwohl sie wußte, daß dort unten keine allzu großen Gefahren mehr auf sie lauerten. Es sei denn, sie stürzten in die Tiefe.

Sie erschauerte und hielt den Blick auf den vor ihr liegenden Weg gerichtet.

Endlich waren sie am Ziel. Sie ließen den Spaltenrand ein gutes Stück zurück, dann sackten sie zu Boden, schwach vor Erleichterung.

»Ich bin froh, daß ich kein Erwachsener bin«, meinte Che. »Denn dann hätte ich das alles durchmachen müssen, ohne Angst empfinden zu dürfen.«

»Möglicherweise sind wir eigentlich schon Erwachsene«, erinnerte Gwenny ihn. »Vergiß nicht, daß man uns in die Erwachsenenverschwörung eingeweiht hat.«

Jenny lachte. »Das ist genau wie die Spalte! Tief und dunkel und ermüdend, aber wenn man erst einmal unten angekommen ist, gibt es kaum etwas zu sehen.«

Da lachten sie alle; andererseits lag zuviel Wahrheit in diesen Worten, um es allzu lange zu tun.

Schließlich ließen sie sich von Sammy den besten Platz für ihr Nachtlager suchen und schmausten von der wunderbaren Vielzahl von Pasteten, die in diesem Gebiet wuchsen. Ja, sie entdeckten sogar ein altes Zelt, das von Zeltraupen zurückgelassen worden war. Es war ein hervorragender Schlafplatz, weil es völlig aus Seide bestand, mit einer Schutzschicht am Boden, um die Insekten abzuhalten, und seidenen Hängematten, die an den Ästen der neben dem Zelt stehenden Bäume befestigt waren.

So schliefen sie halbwegs bequem, was sie nach diesem anstrengenden Tagesmarsch auch wirklich nötig hatten.

Gwenny bekam keinen der Träume der anderen mehr zu sehen, weil sie ebensoschnell einschlief wie diese und in einen Schlaf versank, der beinahe so tief wie die Spalte war. Möglicherweise sank sie sogar unter die Traumschwelle, weil sie sich am nächsten Tag an keine Träume mehr erinnern konnte.

Am Morgen machten sie die Entdeckung, daß ihr Zelt ganz in der Nähe eines Dorfs stand. »Das ist wohl das Spaltendorf«, sagte Che, nachdem er sein Gedächtnis bemüht hatte. »Ich glaube, im Osten liegt auch noch ein Kobolddorf, falls du gern ...«

»Nein, ich denke nicht, aber trotzdem, vielen Dank«, erwiderte Gwenny hastig. »Das wird mit Sicherheit von Koboldmännern geführt, und du weißt ja selbst, wie die sind.«

»Ja, das weiß ich leider, ohne beleidigend sein zu wollen.«

»Aber wenn Gwenny erst einmal Häuptling geworden ist, wird sich das alles ändern«, meinte Jenny fröhlich. »Denn eigentlich sind sie gar nicht so schlimm, wenn sie richtig geführt werden.«

Gwenny mußte lächeln. »Ich muß zugeben, daß mir der Gedanke nicht sonderlich behagt, in den Koboldberg zurückzukehren.« Das war wirklich die Untertreibung des Jahres!

»Wir sind ja da, damit dein Unbehagen nicht noch größer wird«, antwortete Che.

»Oh, das schafft ihr ja auch!« rief Gwenny. »Laßt mich euch umarmen!« Und so umarmte sie sie nacheinander, so froh war sie, beide bei sich zu haben.

»Miau«, machte Sammy.

»Ja, dich natürlich auch!« willigte Gwenny ein. Sie nahm den Kater auf, umarmte ihn vorsichtig und küßte seinen Bart.

Dann beendeten sie ihre Geschäfte und machten sich auf den Weg zum Spaltendorf. Das war sehr klein, und die Leute dort schienen nicht allzu neugierig auf sie zu sein, obwohl es bestimmt nicht jeden Tag vorkam, daß eine Elfe, eine Koboldin und ein Flügelzentaur dort durchkamen.

In der Dorfmitte erwischten sie einen Pfad, dem sie nach Norden in Richtung des Koboldbergs und der dazwischenliegenden Gebiete folgen wollten. Doch schon bald überlegten sie es sich noch einmal. »Wollen wir wirklich durch das Drachenland?« fragte Gwenny. »Selbst wenn der Pfad durch Verzauberung sicher sein sollte, weiß ich trotzdem nicht, wie weit er in diese Richtung führt.«

»Wir könnten auch zum Gesundbadenfluß durchstoßen«, schlug Che vor. »Dann bauen wir uns wieder ein Floß und fahren flußabwärts bis zum Koboldberg.«

Gwenny schnitt eine Grimasse. »Das letzte Mal haben wir nicht gerade die besten Erfahrungen gemacht, als wir uns ein Floß gebaut haben«, wandte sie ein.

»Aber auf einem Fluß können wir wenigstens nicht auf hohe See abgetrieben werden«, entgegnete Jenny. »Und dann könnten wir während der Fahrt wenigstens die Beine ausruhen.«

Gwenny sah auf ihre Beine herab. Im Augenblick verwandelten sie sich zwar nicht gerade in Teigwaren, aber der Gedanke an Ruhe war durchaus verlockend.

So einigten sie sich darauf. Sie nahmen den nächsten Abzweig nach Osten und gelangten am Nachmittag an den großen Fluß. Der schien viel zu breit und tief zu sein, als daß er nördlich der Spalte hätte entspringen können, doch darauf wußte Che die Antwort: »Soweit ich weiß, kreuzt er die Spalte. Er strömt an der Südseite hinunter und an der Nordseite hoch. Ich vermute, daß er dazu der Magie bedarf, aber Flüsse tun immer alles, was nötig ist, um voranzukommen. Alle wissen sie, wo das Meer oder ein See ist, und bahnen sich unfehlbar ihren Weg dorthin. Das ist Teil ihrer Wassermagie.«

Nun suchten sie geeignetes Holz und Schlingpflanzen, um die Stöcke zusammenzubinden, wobei ihnen ihre frühere Erfahrung zugute kam. Als die Nacht anbrach, hatten sie ein großes, widerspenstiges Floß gebaut. Doch sie waren es zufrieden, denn jeder Wasserdrachen, der versuchen sollte, hineinzubeißen, würde einen Schlund voll pieksender Äste erwischen und seine Bemühungen wahrscheinlich schnell einstellen, bevor er ernsthaften Schaden anrichten konnte. Natürlich könnte ein Feuerdrachen das Holz in Brand setzen, aber es war ziemlich unwahrscheinlich, daß es auf dem Fluß irgendwelche Feueratmer gab. Sie beluden das Floß mit zahlreichen Kissen und Handtüchern, um daraus bequeme Schlaflager zu bauen und sich Masken gegen Dampf und Rauch anfertigen zu können, sollte das doch erforderlich werden. Und natürlich kam auch ein Berg von verschiedenen Pasteten und zahlreichen Milchkapseln hinzu.

Als es Nacht geworden war, begannen sie mit ihrer Floßreise. Che hatte ihnen versichert, daß seine Geographie keine Wasserfälle auf diesem Fluß aufwies. Es könnte zwar sein, daß sie sich an irgendeinem herabhängendem Ast verhedderten, doch das würde sie lediglich aufhalten, ohne ihnen zu schaden. Vielleicht kamen sie nur langsam voran, weil die Strömung sehr sanft war, aber dafür wären sie auch Tag und Nacht unterwegs, was auch recht nett war.

Tatsächlich schienen die Flußdrachen nicht aufzupassen, denn sie blieben die ganze Nacht über unbelästigt. Am Morgen hatten sie schon ein ordentliches Stück Fluß zurückgelegt und waren dem Koboldberg schon sehr viel näher gekommen. Da hob Gwenny den Blick und erspähte einen Flugdrachen, der über ihnen seine Kreise drehte. Ach ja: Die Flügelungeheuer wachten immer noch über sie und mußten ihren Wasservettern wohl mitgeteilt haben, daß dieses Floß ungehindert durchzulassen sei. Das war der Vorteil, Che Zentaur dabeizuhaben.

Im Laufe von zwei Tagen kamen sie so dicht an den Koboldberg heran, wie der Fluß Lust hatte, sich ihm zu nähern. Gwenny konnte schon verstehen, weshalb er es vorzog, ein Stück abseits zu bleiben. Mit einem gewissen Bedauern ließen sie ihr großes Floß zurück und setzten ihren Fußmarsch fort.

Nun gingen sie in westliche Richtung auf den Berg zu, der schon vor ihnen in der Ferne gen Himmel ragte. Das war

Gwennys eigentliches Zuhause, aber sie hatte es nur selten von außen gesehen, und es sah scheußlich aus. In den vergangenen beiden Jahren hatte sie eine Vorliebe für offenes Gelände und für die oberirdische Hütte der Zentauren entwickelt. Wenn sie einmal nach Hause zu Besuch gekommen war, hatten die Zentauren sie meistens durch die Luft dorthin geflogen, und da hatte sie ihre Brille auch nicht getragen, so daß sie alles nicht so deutlich hatte erkennen können. Das war doch ein größerer Vorteil gewesen, als ihr damals klargeworden war.

Noch schlimmer aber war ihre bange Furcht vor der noch viel häßlicheren Koboldpolitik, mit der sie es dort zu tun bekommen würde. Bisher hatte ihre Mutter sie vor so etwas verschont, doch jetzt würde sie sich dem Schlimmsten stellen müssen, ohne daß Godiva sie noch sonderlich abschirmen konnte. Aber vielleicht würde sie sich mit Hilfe ihrer Freunde auch in diesem Morast noch zurechtfinden. Das hoffte sie jedenfalls.

Da wurden sie von einem Koboldposten bemerkt. Der hatte natürlich auf Wache geschlafen, doch jetzt sprang er auf und wedelte mit seiner Keule. »Verschwindet von hier, ihr Mißgeburten!« schrie er höflich.

»Ach, jetzt werd nicht albern, Habichtspucke«, konterte Gwenny. »Geh und sag der Dame Godiva, daß ihre Tochter hier ist.«

Habichtspucke rieb sich die Augen. »Oh, du bist das, Gwendolyn«, sagte er, als er sie erkannte. Dann machte er kehrt und verschwand durch ein Loch im Berg.

Bald darauf kam Gwennys Mutter heraus, ihr üppiges Haar wogte herrisch. Sie eilte herbei, um ihre Tochter zu umarmen. »Ach, Gwendolyn, du kommst gerade rechtzeitig. Ein Glück, daß du da bist! Es ist etwas Schreckliches passiert!«

Gwennys Gefühl der Furcht verstärkte sich. »Was denn, Mutter?«

»Es geht um deinen Halbbruder, den ich seit dem Tod deines Vaters einfach nicht mehr im Griff habe. Jetzt ist er schlimmer denn je.«

»Das halte ich aber für unmöglich, Mutter«, sagte Gwenny ernst. »Wie könnte er denn noch frecher geworden sein als vorher?«

»Es hat einen Verstoß gegen die Erwachsenenverschwörung gegeben.«

Nun schwoll die Furcht an wie ein Ungeheuer aus dem Hypnokürbis. »Du meinst, er ... er *weiß* davon?«

»Ja. Und er droht, sämtlichen Kindern im Koboldberg davon zu erzählen, wenn er nicht bis morgen mittag zum Häuptling gemacht wird.«

Jetzt begriff Gwenny, was das mit ihr zu tun hatte. Gobbel war ihr einziger Rivale um das Häuptlingsamt, weil er das einzige weitere Kind von Gichtig Kobold war. Aber mit zwölf Jahren war er noch zu jung dafür, es sei denn, er erhielt eine Ausnahmegenehmigung. Und das war angesichts einer solch furchtbaren Drohung durchaus wahrscheinlich.

Mit vierzehn Jahren und als legitimes Mitglied der Erwachsenenverschwörung war Gwenny nur sehr knapp für das Amt qualifiziert. Aber sie war ein Mädchen, was gleich doppelt gegen sie sprach. Das dritte wäre ihr schlechtes Augenlicht gewesen. Das hatte sie zwar behoben, aber wenn Gobbels widerlicher Plan funktionieren sollte, würde das auch keinen Unterschied mehr machen. Dann würde der Koboldberg nicht nur den nächsten schlechten männlichen Häuptling bekommen, sondern sogar den schlechtesten, den man sich nur denken konnte – noch dazu einen Jugendlichen. Anstatt besser zu werden, würden die Kobolde dann nur noch schlimmer sein.

Und es war ihre Aufgabe, ebendies zu verhindern. Sie war die einzige, die das tun konnte. Wenn sie doch nur wüßte, wie!

9
HUMFREY

Okra fühlte sich sichtlich unwohl in ihrem Höschen, obwohl es sich an ihrem dunklen Körper kaum hervorhob. Auch sie war von der Dämonin Metria getäuscht worden. Metria hatte nicht direkt gelogen, sie hatte es nur versäumt, die volle Wahrheit zu erläutern. Natürlich war Okra dumm genug für so etwas. Immerhin war es ihr ein schwacher Trost, daß auch Mela Meerfrau hereingelegt worden war. So hatten sie beide unwissentlich gegen die Erwachsenenverschwörung verstoßen und der Dämonin zu ihrem Dämonenlacher des Tages verholfen.

Nun, der Magier Grey Murphy hatte ja gesagt, daß es drinnen bessere Kleidung für sie geben würde. Das wäre ihr äußerst lieb! Jetzt mußten sie nur noch hineinkommen.

Das Schloß des Guten Magiers stand mitten auf einer kreisförmigen Ebene. Eine Brise wehte daraus hervor. Als sie sich näherten, wurde aus dem Lüftchen ein Wind, dann ein Windstoß und schließlich ein Sturm von solcher Heftigkeit, daß sie nicht dagegen angehen konnten. Das Haar flatterte hinter ihnen her, und sie legten sich schräg, um voranzukommen, doch die Füße glitten auf dem Sand aus und sie kamen nicht mehr weiter.

»Eine Herausforderung!« sagte Okra.

»Ja, das muß es sein«, stimmte Mela zu. »Aber da es nur ein Wind ist, können wir ihn vielleicht umgehen und uns von der anderen Seite aus ins Schloß wehen lassen.«

Also gingen sie den Rand des Plateaus entlang. Doch der Wind wehte ihnen ununterbrochen entgegen, und als sie schließlich die gegenüberliegende Seite erreicht hatten, kam er immer noch aus dem Schloß.

»Wie kann es denn einen Kreiswind geben?« wollte Ida wissen. »Ich meine, woher kommt der Wind denn nur?«

»Ich glaube, ich habe schon einmal von so etwas gehört«, antwortete Okra. »Eine Geschichte über bestimmte Ort – Propellerebenen. Ich frage mich, ob dies eine solche sein könnte, ob sich der Magier vielleicht eine ausgeliehen hat, um sie als Herausforderung zu verwenden?«

Mela nickte. »Vielleicht steht es ja in meinem magischen Handbuch.« Sie holte es aus ihrer Tasche und blätterte um. »Ja. Die Propellerebenen liegen im westlichen Xanth. Es sind große, unsichtbare Blätter, die sich über den Ebenen drehen, wo sie die Luft von oben herabsaugen und sie über den Boden wehen. Man muß sie umgehen.«

»Na, diese hier haben wir doch schon umgangen«, wandte Ida ein. »Aber das Schloß liegt nun einmal in der Mitte davon.«

»Es muß irgendeinen Weg geben«, sagte Mela. »Wir müssen ihn nur finden.«

Okra legte sich flach auf den Boden, um zu sehen, ob sie nicht unter dem Propeller hindurchkriechen könnte. Doch dort war der Wind genauso stark. Sie schaufelte etwas Sand mit der Hand heraus, doch der Wind füllte das Loch sofort mit weiterem Sand. Er ließ sich also auch nicht untergraben.

»Da muß irgend etwas sein, was wir noch nicht bemerkt haben«, schloß Ida.

Sie zogen sich zurück, um über die Angelegenheit nachzudenken. Jenseits des Rands der Ebene wuchsen Sträucher und Bäume, und es gab dort auch einen Schuppen. Der Schuppen war mit kleinen Figuren gefüllt. »Was ist das denn?« fragte Ida, als sie eine der Figuren aufnahm.

»Es scheint eine Puppe zu sein«, antwortete Mela. »Mit einer Trommel.«

»Ein Spielzeug?« fragte Okra und nahm ebenfalls eine auf. Tatsächlich schien es ein kleiner Trommlerjunge zu sein, mit zwei Trommelschlegeln. In seinem Rücken steckte ein Schlüssel. Sie drehte den Schlüssel, und als sie ihn losließ, bewegten sich die Arme der Puppe, so daß die Stöcke in leisem Trappeln auf die Trommel schlugen.

»Glaubst du, daß diese Puppen irgend etwas mit der Herausforderung zu tun haben könnten?« fragte Ida.

»Das müssen sie wohl«, antwortete Mela. »Aber wie soll eine kleine Puppe nur diesen heftigen Wind bewältigen?«

»Eine Puppe, die trommelt«, sagte Okra fasziniert. »So eine habe ich noch nie gesehen.« Sie zog ihre eigene Puppe auf. »Trommle, Puppe, trommle!«

»Was hast du da gesagt?« wollte Ida wissen.

»Trommle, Puppe«, antwortete Mela. »Ist das ...?«

»Vielleicht!«

»Was?« fragte Okra verwundert.

»Vielleicht, wenn die Puppe trommelt – kommt schon, wir müssen es versuchen!«

Sie eilten zur Ebene zurück und führten Okras Puppe mit sich – was diese sehr verwirrte. »Und jetzt bring sie zum Trommeln«, befahl Mela.

Okra drehte den Schlüssel einmal herum und ließ ihn fahren. Die Puppe begann zu trommeln. Der Wind erstarb.

»Es funktioniert!« rief Ida und klatschte in die Hände.

»Weshalb hat der Wind denn aufgehört?« fragte Okra, immer noch verwirrt.

»Das Trommeln der Puppe hat ihn beendet«, erklärte Mela. »So können wir durchkommen!«

Doch da setzte der Wind wieder ein. »Kein Problem«, versicherte Mela. »Wir müssen die Puppe nur noch ein wenig mehr aufziehen, dann trommelt sie länger.«

»Vielleicht sollten wir gleich mehrere Puppen nehmen«,

schlug Ida vor. »Wenn dann eine aufhört, haben wir noch eine andere und werden nicht weggeweht.«

»Hervorragende Idee!«

Nun nahm sich jede von ihnen zwei Puppen und zog sie auf. »Wir werden uns abwechseln«, entschied Mela. »Wenn meine aufhört, läßt du deine anfangen, Ida, und wenn deine aufhört, läßt du deine spielen, Okra. In der Zwischenzeit ziehen wir jede die andere Puppe auf und halten sie bereit, damit das Trommeln nie aufhört. Wenn wir vorsichtig genug sind, müssen wir es damit eigentlich bis zum Schloß schaffen.«

Sie machten die Entdeckung, daß es keine Rolle spielte, ob zwei Puppen zur selben Zeit trommelten oder nicht, aber schon bei der leisesten Pause setzte der Wind wieder aufs heftigste ein. Also ließen sie die Puppen zeitversetzt und einander mit ihrem Geräusch überlappend spielen und marschierten auf diese Weise stetig auf das Schloß zu.

Als sie den Graben erreichten, hörte der Wind auf. Sie machten einen Versuch, indem sie ihre Puppen auslaufen ließen. Der Wind begann wieder zu wehen, doch diesmal von ihnen fort. Sie befanden sich in seinem Inneren. Sie hatten die erste Herausforderung bestanden.

Doch da kam auch schon gleich die nächste. Ein furchtbarer Drachen stürmte am äußeren Grabenrand auf sie zu.

»Iiiieeehh!« kreischte Ida. »Was ist denn das für ein Drachen?«

Okra musterte das Ungeheuer. Sie hatte gelegentlich schon Drachen gesehen, wenn die männlichen Oger sich mit ihnen prügelten, so daß sie die Grundtypen kannte. Es gab Flug-, Boden- oder Wasserdrachen, Feuer-, Rauch- oder Dampfdrachen in allen Kombinationen. Dieser Drache hier flammte, rauchte und dampfte nicht, so daß es sich vielleicht um einen der seltenen »atemlosen« Drachen handelte, die auch sehr gefährlich waren. Er bewegte sich am Boden und besaß keine Flügel, so daß er ein Erddrache sein mußte. Und doch war an ihm irgend etwas Merkwürdiges. Seine Rückenschuppen lagen nicht flach an, einige von ihnen staken in Reihen empor.

»Das ist ein sehr merkwürdiges Exemplar«, meinte sie. »Aber es hat doch Zähne, deshalb müssen wir ihm aus dem Weg gehen.«

»Aber wir können den Weg nicht zurückgehen, den wir gekommen sind«, wandte Mela ein. »Der Wind würde uns davonwehen, es sei denn, wir lassen weiterhin die Trommelpuppen spielen, aber dann würde uns wahrscheinlich der Drachen wegschnappen.«

»Und ins Schloß kommen wir auch nicht, weil die Zugbrücke hochgezogen ist«, ergänzte Okra.

»Dann sollten wir lieber laufen«, empfahl Ida. »Denn das Ding kommt langsam furchtbar nahe.«

Verfolgt von dem Drachen, rannten sie um den Graben. Aber das Ungeheuer holte auf. »Sollen wir in den Wind laufen oder ins Wasser gehen?« fragte Okra. Sie selbst hatte ein ganz gutes Tempo drauf, aber die anderen schnauften bereits. Das lag daran, daß es keine Oger waren.

»Ins Wasser!« keuchte Mela.

Also vollzogen sie einen Schwenk und sprangen in den Graben. Dort verfingen sie sich in Grabentang, und Mela landete auf einem dicken Tentakel des Zeugs. »Igitt!« rief sie. »Ich hatte ja ganz vergessen, daß das Süßwasser ist!« Sie klatschte mit der Hand nach dem Tentakel, worauf es wieder im schlammigen Wasser absank. »In diesem Zeug kann ich meinen Schwanz nicht herstellen.«

Ida ging es nicht besser. Ihre Kleidung war nun von nassem Tang übersät, und ihr Haar war grün von Grabenschleim. »Igitt«, wiederholte sie.

Doch Okra war bei der Sache. »Der Drachen kommt uns immer noch nach!«

»Wir müssen hinüberschwimmen«, entschied Mela. »Wahrscheinlich kann er selbst nicht schwimmen.«

Sie versuchten es, doch im Graben herrschte eine starke Strömung, die sie wieder ans Außenufer trieb. Schlimmer noch, nun folgte der Drachen ihnen ins Wasser – und schwebte darin! Seine aufgestellten Schuppen bildeten einen Damm gegen das Wasser, so daß sein Leib sich fast wie ein Boot verhielt. Er kam besser im Wasser zurecht als sie.

Der Drachen kam herangeschwommen. Sein zahniger Kopf näherte sich. Gleich würde er sie alle auffressen!

»Vielleicht können wir es ihm ausreden, uns zu verspeisen«, meinte Okra, allerdings ohne allzugroße Hoffnung dabei zu zeigen.

»Großartige Idee!« bestätigte Ida. »Vielleicht funktioniert es.«

Mela richtete sich auf und wandte sich dem Ungeheuer zu. Der Blick des Wesens bohrte sich in sie. In seinem Auge spiegelte sich Plaid wider. »Hör mal, Drache, ich denke, wir sollten uns einander vorstellen. Wer bist du und was ist dein Begehr?«

»Ich bin der Drache Dola«, erwiderte er. »Ich werde euch in meinen Bauch befördern.«

»Wir sind aber alle nicht besonders schmackhaft«, wandte Mela ein. »Ich bin Mela Meerfrau und schmecke ziemlich fischig. Das hier ist Okra, die schmeckt, wie eine Ogerin eben so schmeckt. Und das ist Ida, deren nasse Kleider dir nur zwischen den Zähnen hängen bleiben würden.«

Irgend etwas an dem Drachen erinnerte Okra an etwas anderes: sein Namen, seine Art zu schwimmen. »Dein Name ... der bedeutet doch irgend etwas. Irgend etwas Treibendes ...«

»Ich bin sicher, es wird euch in meinem Bauch gut gefallen«, fuhr der Drachen fort und sperrte dabei das Maul auf.

Dann fiel es Ida ein. »Du bist gar kein Drache ... du bist eine Gondel! Eine Art von Boot. Wir haben dich nur falsch verstanden!«

»Dra Gondola, stets zu Diensten«, bestätigte der Drache.

»Dann brauchen wir also nur in deinen Bauch zu steigen, und du bringst uns über den Graben!«

»Ganz genau.«

So stiegen sie über die aufgerichteten Schuppen ins Innere des Boots. Dann reckte Dra den Kopf, paddelte mit den Füßen und bewegte sich geschmeidig über das Wasser. Die Strömung machte ihm nichts aus, weil er größtenteils aus dem Wasser herausragte.

Okra war erstaunt. Sie hatten lediglich den Namen des

Drachen richtig bestimmen müssen, und schon war er Teil der Lösung und nicht des Problems geworden.

Als Dra Gondola das Innenufer erreicht hatte, kroch er an Land. »Alles von Bord«, verkündete er.

Sie kletterten an Land. »Danke, Dra«, sagte Mela.

»Ich hätte euch wahrscheinlich nicht geholfen, wenn mich dein Höschen nicht so betört hätte«, gestand der Drachen.

»Oh!« rief Mela und errötete in einem Plaidmuster. Okra hatte gar nicht gewußt, daß sie das konnte.

Dra glitt zurück ins Wasser und paddelte wieder über den Graben. Somit hatten sie ihre zweite Herausforderung bewältigt. Nun brauchten sie nur noch die dritte zu bestehen und das Schloß zu betreten.

Das Haupttor war verschlossen. Mela versuchte es mit dem Griff, da öffnete es sich. Sie traten ein. Konnte das etwa schon alles sein? Keine dritte Herausforderung? Okra traute der Sache nicht.

Sie schritten durch einen breiten Gang. Über ihnen wölbten sich die Steine des Schlosses und faßten es ein. Es war zwar dunkel, aber nicht allzusehr. Am Ende des Ganges konnten sie Licht erkennen.

Sie erreichten das Licht – und mußten feststellen, daß sie sich auf der gegenüberliegenden Seite des Schlosses befanden. Sie waren einfach hindurchspaziert, ohne richtig hineinzukommen.

Nun kehrten sie zurück und suchten nach Nebengängen, doch es gab keine. Es war einfach nur ein Tunnel, der mitten durchs Schloß ins Nichts führte.

»Ich glaube, da haben wir unsere dritte Aufgabe«, bemerkte Ida.

»Wahrscheinlich müssen wir den Eingang finden«, bemerkte Mela. »Aber ich kann jedenfalls keinen sehen.«

»Dann müssen wir einfach besser hinsehen«, entschied Okra. Sie legte die Hände an die Wand, befühlte die Steine. Sie zog daran – da schwang einer der Steine hervor. Es war eine Tür! Sie schien in eine Art Wandschrank zu führen.

Die beiden anderen drängten sich heran. Doch als die Tür

sich vollends geöffnet hatte, gab es eine Überraschung. »Buh!« rief etwas Rasselndes.

»Iiiieeehh!« kreischte Ida, und Mela keuchte. Okra schlug die Tür wieder zu. Denn dort im Schrank befand sich ein Skelett. Es war zwar klein, aber ganz eindeutig menschlich. Alle Knochen waren völlig kahl.

Wenigstens hatten sie auf diese Weise festgestellt, daß die Mauern des Tunnels nicht alle undurchlässig waren. Und wo es eine Tür gab, gab es ja vielleicht noch eine zweite. Okra tastete weitere Steine ab.

Schon bald hatte sie die nächste Tür entdeckt, die sie nun vorsichtig öffnete.

»Buh!« Wieder ein kleines Skelett. Okra schloß die Tür.

So ging es weiter. Wie sich herausstellte, gab es hier zahlreiche Türen, doch hinter jeder befand sich eine klappernde Knochengestalt. In jedem Schrank gab es ein Skelett.

Sie nahmen in der Mitte auf dem Steinboden Platz, um sich zu beratschlagen. »Vielleicht könnten wir durch einen dieser Schränke kommen, wenn dort kein Skelett drin wäre«, schlug Ida vor.

»Aber wie sollen wir denn in das eigentliche Schloß gelangen, wenn man nicht an diesen kleinen Ungeheuern vorbeikommt?« wollte Mela wissen. »Ich möchte ganz bestimmt keins von den Dingern anfassen!« Doch dann überlegte sie es sich noch einmal. »Eigentlich sind sie nicht alle unbedingt schrecklich. Ich erinnere mich wieder. Mark Knochen war ein guter Kerl, ebenso seine Freundin Grazi. Aber das waren Erwachsenenskelette aus dem Kürbis.«

»Aus dem Kürbis?« fragte Ida.

»Ach, weißt du gar nichts vom Reich des Kürbis? Dort werden die schlimmen Träume hergestellt, damit die Nachtmähren sie jenen Schläfern überbringen, die sie verdient haben.«

»Ja, das weiß ich wohl. Das hat mir mein Lehrer erklärt. Aber ich wußte nicht, daß außer den Nachtmähren auch noch andere Wesen dort herauskommen können.«

»Na ja, die tun es auch nur selten. Aber manchmal geschehen merkwürdige Dinge. Mark und Grazi hatten eine ganz beachtliche Geschichte zu erzählen. Übrigens haben sie mir sogar geholfen, so habe ich dann meinen Feuerwasseropal gefunden.«

Okra bemerkte, daß sich bei diesen Worten eine der Schranktüren einen Spalt öffnete. Ob das Skelett sie etwa belauschte. Vielleicht interessierten sich kleine Skelette ja für Gespräche über große Skelette.

War das vielleicht ein Ausweg für sie? Wenn sie all die kleinen Skelette dazu brachten zu lauschen, damit sie nicht die ganze Zeit »Buh!« rufen wollten? Okra war sich zwar nicht so sicher, was das bringen sollte, aber es schien doch immer noch besser zu sein als gar nichts.

»Erzähl uns von Mark und Grazi«, schlug sie daher vor.

»Ja, da bin ich auch neugierig drauf«, warf Ida ein.

»Na ja, eigentlich ist es nicht ...« wollte Mela abwehren. Doch Okra tippte sie sanft mit einer Zehe an. Da sah Mela die sich öffnenden Schranktüren und begriff, daß irgend etwas im Gange war. »Also gut. Was mich betrifft, so fing alles an, als Mark den Prinzen Dolph in einem Boot zu mir brachte. Tatsächlich bestand das Boot aus den Knochen von Mark und Grazi – das war vielleicht gespenstisch! Als ich diesen schmucken Prinzen erblickte, meinte ich, daß der für mich als Ehemann genau der richtige sei, sobald er erst einmal alt genug geworden war, um in die Erwachsenenverschwörung einzutreten.« Sie hielt inne. »Meint ihr, daß diese kleinen Skelette dort in den Schränken Kinder sind? Da darf ich nämlich nicht mehr weitererzählen!«

»Wie viele Erwachsenenskelette stammen denn aus dem Kürbis?« erkundigte sich Ida.

»Nur diese beiden, glaube ich. Das war also ein Paar.« Da weiteten sich Melas Augen plötzlich. »He, diese kleinen Skelette müssen von ihnen stammen! Anders ist es nicht möglich, denn sonst wären sie im Kürbis.«

»Es kann also nicht sehr viele geben«, meinte Okra. »Vielleicht nur ein oder zwei, und die schleichen hin und her, um uns die jeweilige Tür zu versperren, die wir öffnen.«

Mela nickte. Dann setzte sie ihren Bericht fort. »Also brachte ich den kleinen Prinzen hinunter in mein gemütliches Heim unter Wasser und fütterte ihn mit nahrhaftem Essen. Aber das kleine Biest verwandelte sich in einen Kürbis, dessen Guckloch mich gefangennahm. Dann kam Mark Knochen hinunter, um ihn wegzuholen. Immerhin haben wir einen Handel abgeschlossen: Sie sollten mir im Austausch für den Prinzen meinen verlorenen Feuerwasseropal beschaffen. Also blieb Grazi als Geisel bei mir, während ich den Prinzen ziehen ließ.«

Okra sah, wie sich die Türen noch ein weiteres Stück öffneten, während die kleinen Skelette sie belauschten. Es waren offensichtlich nur zwei. Das würde auch ziemlich gut zu einer vierköpfigen Familie passen.

»Also zogen der Prinz und Mark Knochen aus, um es mit dem Drachen Draco in seinem Hort aufzunehmen, wo er meinen kostbaren Opal zusammen mit anderen aufbewahrte. Sie kämpften, und der Prinz verwandelte sich in eine menschliche Gestalt, doch es war ein ausgewogener Kampf. Da mußten sie einen Waffenstillstand abschließen, um an der Hochzeitsfeier von Chex Zentaur teilzunehmen. Doch während sie fort waren, überfielen die Kobolde das Drachennest, und es war nur noch Mark Knochen da, um es zu verteidigen. Ich muß schon sagen, er hat sich genau wie ein Held benommen und ganz allein sämtliche Kobolde verscheucht.«

Die Türen öffneten sich ganz und die beiden kleinen Skelette traten hervor, fasziniert von der Geschichte. Nun, da sie sich eher wie Kinder benahmen als wie Gespenster, wirkten sie auch nicht mehr annähernd so angsteinflößend.

»Er hat alle möglichen Skeletttricks angewandt«, fuhr Mela fort. »Er ließ die Fledermäuse, die das Drachennest bewachen sollten, die Edelsteine ins Wasser werfen, und die Fische, die ebenfalls zur Nestwache gehörten, bissen nach jedem Kobold, der an diese Edelsteine heranzukommen versuchte. Aber am Schluß haben die Kobolde seine Knochen auseinandergerissen und sie in Säcke gestopft, sie haben den größten Teil der Edelsteine erwischt. Er versteckte die beiden Feuerwasseropale in seinem Schädel, aber diesen Schädel nahmen die Kobolde auch mit.«

Die kleinen Skelette kamen herangeschlichen, sie lauschten gespannt. Inzwischen waren sie schon fast in Reichweite.

»Als der Prinz und der Drachen zurückkehrten, entdeckten sie das Unheil«, fuhr Mela fort. »Da haben sie sich der Hilfe des Volks der Naga versichert, und Prinz Dolph willigte ein, Prinzessin Nada Naga zu heiraten, sobald beide alt genug dazu waren. Später überlegte er es sich noch einmal anders und heiratete statt dessen Electra, aber das ist eine komplizierte Geschichte. Jedenfalls fingen die Naga die Kobolde ab und retteten dadurch den Schatz. Und Draco Drachen war Mark Knochen so dankbar für alles, was er getan hatte, daß er ihm beide Feuerwasseropale aushändigte, die Mark dann wiederum mir brachte. Ich war ja so froh! Deswegen wünsche ich ihm auch alles Gute, natürlich auch seinen Nachkommen.«

In diesem Augenblick packte Okra eines der kleinen Skelette am Fußknöchel, während Ida das andere am Handgelenk erwischte. Sie leisteten zwar Widerstand, waren aber zu klein, um sich losreißen zu können.

»Und ihr müßt die Kinder von Mark und Grazi sein«, sagte Mela. »Wie hübsch ihr ausseht! Wie heißt ihr denn?«

»Ich bin Nager Knochen«, sagte das eine. »Ich bin Marks Sohn.«

»Und ich bin Gelenki«, ergänzte das andere.

»Nun, ihr scheint mir doch zwei prächtige Jungen zu sein«, bemerkte Mela.

»Ich bin kein Junge, ich bin ein Mädchen«, widersprach Gelenki. »Ich bin Grazis Tochter.«

»Hoppla. Das konnte ich nicht erkennen ...« Mela hielt inne, dachte anscheinend an die Erwachsenenverschwörung.

»Ich habe eine zusätzliche Rippe«, erklärte Gelenki. Sie schnippte mit einem knochigen Finger gegen eine Rippe, die daraufhin einen hellen Ton von sich gab.

»Und ihr leistet hier euren Dienst für eine Antwort ab«, fuhr Mela fort. »Und das habt ihr auch sehr gut getan. Aber ich denke, jetzt sollten wir durch einen dieser Schränke gehen können, ohne daß wir uns dabei erschrecken müssen.«

»Wir wollten nur etwas von Papas großen Taten hören«, sagte Nager.

»Und von Mamas Prozeß«, ergänzte Gelenki.

»Nun, dazu bin ich noch gar nicht gekommen.« Und so erzählte Mela ihnen alles über Grazis Gerichtsverhandlung wegen Vereitelung eines Alptraums. Offensichtlich hatten sie das alles schon früher gehört, wurden der Erzählung aber nicht müde, wie es eben Kinderart war.

Und während Mela sprach, erhob sie sich und überprüfte den nächstgelegenen Schrank. Tatsächlich, jetzt spukte es darin nicht mehr, und er führte auch ins Innere des Schlosses. Sie hatten ihre dritte Aufgabe gelöst.

Im Innern des Gebäudes fanden sie Humfreys mundanische Frau Sofia. Sie war zwar alt, aber sehr forsch. »Ihr müßt euch sofort saubermachen!« rief sie. »Ihr seid ja von oben bis unten mit Grabenmoos beschmiert! Und ihr müßt auch etwas mehr anziehen als nur diese Höschen. Ich fürchte, daß ich etwas überfordert damit bin, euch alle drei anzukleiden. Meine Spezialität sind eher die Socken.«

»Es tut uns leid«, sagte Mela, und sie klang dabei genauso verschämt, wie sich Okra fühlte.

»Ich werde mit Rose tauschen müssen«, entschied Sofia. »Die ist Expertin auf dem Gebiet der Kleidung.«

»Wir wollten keine Umstände«, warf Ida ein. »Wir sind nur gekommen, um ein paar Antworten zu erhalten.«

»Nicht in diesem Aufzug!« sagte Sofia streng. »Was ist, wenn euch jemand sieht? Und jetzt ab unter die Dusche, während ich mich um den Diensttausch kümmere.«

Gehorsam marschierten sie in die Dusche. Dabei handelte es sich um einen Raum, an dessen Decke eine dichte kleine Regenwolke schwebte. Sobald sie eingetreten waren, begann die Wolke, sie von oben zu beregnen. Das Wasser war kalt, doch das ließ sich nicht ändern. Mühsam zogen sie ihre verschmutzte Kleidung aus und standen verschämt und nackt da und ließen sich vom Wasser reinigen.

Okra, die stark zitterte, hatte plötzlich eine Idee. »Wenn wir die Wolke wütend machen, läuft sie vielleicht heiß.«

»Ja, das klingt sehr vernünftig!« rief Ida.

»Wer von uns kann denn am besten Wolken beleidigen?« fragte Mela erheitert.

»Laßt mich es versuchen«, erbot sich Okra. »Ich werde so tun, als wäre es Fracto.« Sie atmete tief durch. »Wolke, hör mir zu. Ich finde, du bist das häßlichste Stück Nebel, dem ich je begegnet bin.«

Die Wolke zuckte. Offenbar hörte sie tatsächlich zu.

»Ich habe schon große Wolken gesehen und kleine Wolken«, fuhr Okra fort. »Aber du bist wirklich der erbärmlichste Witz dieser Gattung.«

Die Wolke lief an den Rändern rosa an. Sie wurde offensichtlich zornig!

»Ich habe befriedigende Wolken und ärgerliche Wolken erlebt, aber an die ärgerlichen Wolken kommst du ja nicht einmal im Traum heran.«

Kleine Lichtblitze durchzuckten die Wolke. Jetzt wurde sie richtig sauer. Ja, und auch das Wasser wurde schon wärmer.

»Genau genommen ...« setzte Okra wieder an.

»Genug«, flüsterte Mela. »Das Wasser wird langsam zu heiß.« Sie fuhr sich mit einem geschnitzten Seifenstein über den Leib, der überall den Schmutz abrieb. Eine derartige Magie hatte Okra noch nie gesehen, aber sie gefiel ihr.

»Genau genommen finde ich dich ganz in Ordnung«, sagte Okra.

Der Zorn des kleinen Gewitters ließ nach. Das Wasser verwandelte sich von heiß nach warm. Als es wieder kühler wurde, traten sie beiseite; sie hatten ihre Dusche beendet.

Nun entdeckten sie Baumwollbaumhandtücher und trockneten sich ab. Es war eine Menge Arbeit, ihr Haar trokken und flauschig zu bekommen, weil sie alle so viel davon hatten. In trockenem Zustand waren Melas Haare von goldener Farbe, aber meeresgrün, solange sie noch naß waren.

Idas Haar war oben hellbraun und wurde unten blonder; Okras war natürlich ogerdunkel.

Dann legten Mela, Okra und Ida ihre Ersatzhöschen an: plaid, schwarz und gelb. Idas andere Kleidung war noch immer schmutzig, und so spülte sie sie unter der Wolke aus.

Nun kehrten sie in den größeren Raum zurück. Dort stand eine neue Frau. Sie war wie eine frühere Königin oder Prinzessin gekleidet, mit Rosenmuster auf ihrem Kleid. »Oh, du mußt Rose sein!« sagte Okra.

»Das bin ich auch«, bestätigte die Frau. »Sofia hat mit mir getauscht. Und ihr drei seid wahrscheinlich Mela, Okra und Ida. Mal sehen, wie wir euch ankleiden. Ich habe da eine Sammlung von Kleidern, die von verschiedenen Leuten zurückgelassen wurden, und ich denke, wir sollten etwas Passendes darunter finden, vielleicht braucht es nur die eine oder andere kleine Änderung.«

Rose verstand tatsächlich etwas von ihrem Fach. Für Okra holte sie ein Paar Hosen und Stiefel aus ockerfarbenem Drachenleder, machte sie also zu einem Ockeroger; dazu bekam Okra rostfreie Stahlhandschuhe, eine dunkle Weste und eine Jacke, die mit einem goldenen Vlies abgesetzt war.

»Ich habe schon viel über dich gehört«, sagte Okra scheu.

Rose wirkte überrascht. »Tatsächlich? Aber ich bin doch erst seit kurzem wieder in Xanth.«

»Ich kenne Elster, die Dämonenmagd. Die hat gesagt ...«

»Ach ja, Elster! Das ist die einzige Dämonin mit einem weichen Herzen, die ich kenne. Natürlich hat sie in Wirklichkeit kein Herz, aber sie tut so, als hätte sie eins. Ich wußte gar nicht, daß sie bei den Ogern arbeitet!«

»Ich glaube, das erheitert sie. So wie es Metria erheitert, Leuten Streiche zu spielen, nur daß Elster so etwas nicht tut.«

»Das ist wahr«, bestätigte Rose.

Für Ida holte sie ein Kleid in Prinzessinnenblau sowie Pantoffeln. »Nein, so etwas kann ich doch nicht tragen!« protestierte Ida. »Das ist doch viel zu schmuck.«

»Oh, das macht nichts«, versicherte ihr Rose. »Das ist eines der Kleider von Prinzessin Ivy. Du hast ungefähr ihre

Größe. Im Augenblick ist sie auf Besuch auf Schloß Roogna, einem Ort, der mir sehr am Herzen liegt, aber ich bin mir sicher, daß es ihr Freude machen würde, es dir zu leihen.«

»Eine Prinzessin!« rief Ida bestürzt. »Nein, die möchte bestimmt nicht, daß eine Person von niederem Stand wie ich ihre Sachen anfaßt!«

»Vertraue mir«, sagte Rose mit leisem Lächeln. »Sie teilt sehr gern.«

Dann kleidete sie Mela an. »Sofia hatte recht ... Du kannst wirklich nicht herumgehen und solche Männerfallen zur Schau stellen«, meinte Rose mit einem Blick auf das Plaidhöschen. »Wenn dich ein Mann so sähe, würde er doch sofort in Ohnmacht fallen.«

»Das haben sie schon getan«, warf Ida kichernd ein.

Kurz darauf trug Mela einen hübschen Plaidrock. Der Rock bedeckte ihr Höschen gänzlich. Sollte nun ein Wind die Frechheit besitzen, ihren Rock hochzuwehen, würde niemand das dazupassende Höschen als solches erkennen. Das sollte doch eine Reihe von Männern verschonen. Darüber trug sie einen sehr stabilen Halter, der wohl einmal von einem Seepferdchen zurückgelassen worden sein mußte, sowie eine blaugrüne Bluse mit Wellenmuster. Okra hätte sie kaum wiedererkannt, wäre sie nicht auf die Veränderung gefaßt gewesen. Jetzt sah Mela fast genauso aus wie eine üppige Menschenfrau, wobei die Betonung auf »üppig« lag.

Dann führte Rose sie zu einer Spiegelwand, wo Okra sich selbst fast nicht wiedererkannte. »Aber ich sehe ja auch beinahe menschlich aus!« sagte sie. Sie hätte nie gedacht, daß eine Ogerin dies ebenso schaffen könnte wie eine Meerfrau. Es war ärgerlich, und ein unverärgerter Oger wäre ja auch ein erbärmlicher Anblick gewesen.

Rose überlegte. »Du hast recht. Wir müssen etwas mit diesen Handschuhen unternehmen.« Kurz darauf brachte sie ein Paar ellenbogenlanger schwarzer Stoffhandschuhe. »Zieh die statt dessen an.«

»Aber mir gefallen die Panzerhandschuhe doch!« protestierte Okra. »Sie passen zu einem Oger.«

»Dann kannst du die hier ja vielleicht darüberstreifen«, schlug Rose vor.

Sie versuchten es, und es ging. Die Umrisse der Eisenhandschuhe sahen nun weicher aus, und Okras Hände und Arme wirkten beinahe ebenso vollständig menschlich. Es war schon richtig peinlich.

»Und jetzt müßt ihr Hunger haben«, meinte Rose. »Sofia kann besser kochen als ich, deshalb werde ich wieder mit ihr tauschen.«

»Ihr könnt einfach so tauschen, wie ihr wollt?« erkundigte sich Okra.

»Oh, gewiß. Solange immer eine von uns hier in Xanth bleibt.«

»Aber bekommt ihr denn nie Streit, wer gerade an der Reihe sein soll?« fragte Ida.

»O nein. Wir kennen uns sehr lange und sind alle Freunde. Wir haben sehr viel gemeinsam.«

»Gemeinsam?« fragte Mela.

»Humfrey.«

Ach so. Okra fiel ein, daß es wahrscheinlich peinlich wäre, wenn mehr als eine der Ehefrauen gleichzeitig zugegen sein sollte.

Da erschien ein merkwürdiges Tier in der Türöffnung. »Iiiieeehh, ein Ungeheuer!« kreischte Ida.

Rose lachte. »Nein, das ist nur Canis Major. Der stammt vom Hundsstern, seine Rasse nennt man Transmuto«, erläuterte Rose. »Jeden Tag gehört er zu einer anderen Rasse. Als unsere letzten Besucher hier waren, war er immer unsichtbar, deshalb ist er ihnen nie aufgefallen. Heute ist er unscheinbar; und morgen – wer weiß? Laßt euch von ihm beschnüffeln, damit er euch kennenlernt.«

Canis kam näher. Er beschnüffelte sie der Reihe nach. Dann wackelte er mit dem Schwanz. Sie stellten fest, daß es Spaß machte, ihn zu streicheln. Keine von ihnen hatte jemals eine solche Kreatur gesehen.

»Jetzt müßt ihr aber wirklich Hunger haben«, sagte Sofia von der Tür aus.

Sie zuckten zusammen. Für einen Augenblick schien es,

als habe sich Rose in eine andere Gattung verwandelt, doch Okra erkannte, daß sie nur einmal mehr mit der anderen Frau die Plätze getauscht hatte. Das war wirklich ein merkwürdiger Haushalt!

Sie führte sie in den Speisesaal und servierte ihnen hausgemachtes Hirtenbrot aus einem alten schwarzen Eisenkessel im großen Steinofen. Sie schnitt das Brot in Scheiben und machte daraus Käseröstbrote, zu denen sie Kürbiskernsoße, frische Rasselbeeren und Sahne in Glasschalen servierte, Feigen von einem Ohrfeigenbaum und Wassermelonenschalen voll frischem Wasser.

Okra hob ihr Brot an den Mund und hielt inne. Das Brot musterte sie mit mürrischer Miene.

»Einfach hineinbeißen«, sagte Sofia.

»Aber ich habe Angst, daß es mich zurückbeißt.«

»Nein, ich bin aus Mundania. Mein Essen ist zum größten Teil unmagisch. Meine belegten Brote sind nicht wirklich belebt.«

Okra stach mit einem Finger nach dem Gesicht der Brotscheibe, und es reagierte nicht. Sie erkannte, daß es nur wie eins angerichtet war, also biß sie hinein, und es schmeckte zauberhaft gut.

Zum Nachtisch gab es Käsekuchen mit Limonensaft und Zitronat. Es gab auch etwas, das Sofia als Schokoladenglück bezeichnete: frischer Schokoladenkuchen, serviert auf einem Teller aus weißer Schokolade und Preiselbeersoße. Er war garniert mit kandierten Pusteblumen, die mit ihrem Gebläse die Sahne ordentlich durchschlugen.

Endlich protestierte Mela. »Ihr seid alle furchtbar nett zu uns. Aber eigentlich sind wir gekommen, um dem Guten Magier unsere Fragen zu stellen. Wir haben soviel Aufmerksamkeit gar nicht verdient. Und wir sind auch darauf eingestellt, für unsere Antworten die entsprechenden Dienstjahre abzuleisten.«

»Das ist kein Grund, euch nicht höflich zu behandeln«, erwiderte Sofia. »Ich habe schon viele Jahre mit Humfrey zusammengelebt, und wir haben die Petitenten stets gut behandelt. Wenn sie das Durchhaltevermögen besitzen, die

Herausforderung zu überwinden, dann haben sie auch etwas Respekt verdient.«

Das leuchtete ein. »Aber wir sollten jetzt besser dem Guten Magier unsere Fragen stellen und die Sache hinter uns bringen«, meinte Ida.

»Ich fürchte, ihr werdet euch wohl bis morgen früh gedulden müssen«, antwortete Sofia. »Der Magier ist heute indisponiert.«

»Du meinst, er ist gruffig?« fragte Okra. Sofort bedauerte sie ihre Frage, weil sie an den Reaktionen der anderen merkte, daß sie sich wieder verhalten hatte wie ein Oger im Porzellanwald.

Aber Sofia lächelte nur. »Das ist sein Wesen«, stimmte sie zu. »Es wird jedes Jahrzehnt ein wenig schlimmer. Aber natürlich hat er auch viel um die Ohren. Ich bin jedenfalls sicher, daß er euch am Morgen empfangen wird.«

Der Raum, den sie für die Nacht zugewiesen bekamen, war mit Kissen ausgelegt. Mit ihrer empfindlichen Ogernase witterte Okra die Luft. »Irgend jemand ist hier gewesen.«

»Ja, natürlich«, bestätigte Sofia. »Dies ist ja auch unser Gästezimmer. Ich war zwar selbst nicht hier, aber soviel ich gehört habe, kam die letzte Gruppe von Petitenten während Danas Wache zu Besuch. Ein Kobold, eine merkwürdige Elfe und ein Flügelzentaurenfohlen. Unter uns, die wie jetzt unten in der Hölle leben, haben sie einiges Interesse erweckt, genau wie ihr drei.«

»Wir?« fragte Ida erschrocken.

»Aber natürlich. Alle von uns waren neugierig darauf, die Farbe deiner ...«

»... meiner Höschen kennenzulernen!« ergänzte Mela den Satz. Sie schien nicht allzu erfreut.

»Und die Identität von Ida, die anscheinend vom Storch in der Nähe des Nymphentals verloren wurde. Und Okra, die offenbar von Jenny Elfe verdrängt wurde.«

»Verdrängt?« fragte Okra, ebenso verblüfft wie Ida.

»Ach, wußtest du das gar nicht? Es sollte doch eine Jenny-Rolle geben, und dazu standen ein Elfenmädchen und ein Ogermädchen zur Auswahl, und die Elfe wurde gewählt.

Deshalb ist sie jetzt Jenny Elfe, während du eine Nebenrolle bist.«

»Ich sollte eigentlich eine Hauptrolle haben?« fragte Okra, und ein merkwürdiges Gefühl durchwallte sie.

»Na ja, nur, wenn man dich gewählt hätte. Aber das hat man ja nicht, deshalb spielt es auch keine Rolle. Schön, dann gute Nacht.« Sofia verabschiedete sich und ging.

Mela und Ida rückten die Kissen zurecht, zogen ihre neue Kleidung aus und legten sich nieder. Nur Okra fand sich in einem Strudel der Gefühle wieder. Sie hatte Gelegenheit gehabt, eine Hauptrolle zu spielen – und da hatte sich jemand anders eingemischt! Diese Elfe hatte sie bekommen. Sie konnte die Witterung von Jenny Elfe wahrnehmen, die hiergewesen war. Sie roch nicht wie eine gewöhnliche Elfe, denn es war kein Ulmenduft dabei. Das war seltsam. Andererseits ließ sie sich dadurch auch leicht bestimmen. Okra würde diesen Duft nicht vergessen.

Langsam sickerte ein Gedanke durch ihr Ogerhirn. Ihre Frage an den Guten Magier war schon zur Hälfte beantwortet. Jenny Elfe hatte die Stellung erhalten, die Okras hätte sein können. Doch wenn dieser Elfe etwas zustoßen sollte, bliebe nur noch eine übrig, um diese Stellung einzunehmen: Okra selbst.

Wie konnte sie Jenny Elfe loswerden? Das war nun ihre Frage.

Am Morgen standen sie auf, kleideten sich an und gesellten sich zu Sofia, wo es ein Frühstück aus Erbsenbrei gab. Einige der Erbsen waren heiß, andere waren kalt, und andere wiederum sahen so aus, als hätten sie schon einige Zeit in dem Topf zugebracht. »Der Brei ist jetzt gerade richtig«, sagte Sofia und bestätigte damit Okras Eindruck. »Er ist genau neun Tage alt.«

Mela wählte heiße Erbsen, und Ida suchte sich kalte aus, während Okra die Erbsen mochte, die schon neun Tage alt waren.

Endlich war die Zeit gekommen, den Magier Humfrey

aufzusuchen. Sofia führte sie in den kleinsten Raum des ganzen Schlosses. Dort saß, fast verloren unter den Gebirgen von Bücherstapeln, ein alter Gnom von einem Mann. Das war der Meister selbst.

Er hob den Blick. »Was wollt ihr?« fragte er knurrig.

Sie zögerten. Dann sagte Mela: »Wir ... wir haben Fragen, Herr.«

»Nenn mich nicht Herr!« brüllte er.

»Nein, Euer Majestät.«

»Und nenn mich nicht so. Nenn mich überhaupt nicht. Das vergeudet nur Zeit.«

»Äh, ja«, stimmte Mela zu. Sie war ein wenig aus der Fassung geraten.

»Nun, mach schon«, grummelte er.

Mela atmete tief durch, was selbst in ihrer Kleidung noch beeindruckend aussah. »Wie kann ich einen geeigneten Mann finden?« fragte sie.

Er musterte sie abschätzig. »Damit meinst du natürlich einen netten, stattlichen, männlichen und intelligenten Prinzen, der etwas für Meereswesen übrig hat.«

»Natürlich«, wiederholte sie.

Er blickte Ida an. »Und du?«

Ida fand sich von seiner plötzlichen Aufmerksamkeit überrumpelt. »Ich suche mein Glück. Ich ...«

»Ja, ja, das tun sie alle«, meinte er. Sein Blick heftete sich auf Okra. »Und du, Ogerin?«

»Wie kann ich Jenny Elfe loswerden?« fragte Okra kühn.

Mela und Ida waren entsetzt. »Das darfst du nicht«, sagte Mela. »Sie ist doch eine Hauptperson.«

»Wenn es einen Weg gibt, müßte er ihn auch kennen«, widersprach Okra.

»Es gibt einen Weg«, bestätigte Humfrey. »Es gibt immer einen Weg. Für alle drei von euch gibt es auch Antworten. Aber ich habe beschlossen, sie euch nicht zu geben, weil das nämlich kontraproduktiv wäre. Nun geht und laßt mich endlich an die Arbeit.«

»Aber ...« sagten die drei im Chor.

»Der Gute Magier hat zu uns gesprochen«, sagte Sofia

sanft. »Mit dem ist nicht zu streiten, wenn er so ist. Ihr werdet jetzt gehen müssen.«

»Einen Augenblick noch«, erwiderte Mela zornig. »Wir mußten die ganzen Herausforderungen bestehen und sind in eurem stinkigen Süßwassergraben völlig naß geworden. Dann sag uns wenigstens einen besseren Weg.«

Der Magier ignorierte sie. »Bitte, verärgert ihn nicht«, drängte Sofia. »Er ist ohnehin schon schwierig genug.«

»Wenigstens einen Hinweis«, warf Ida ein. »Ich bin mir sicher, daß er soviel für uns übrighaben müßte.«

»Allerdings«, meinte auch Okra.

Der Magier hob den Blick, sagte aber nichts.

»Ja, einen Hinweis«, sagte Mela. »Sonst ...«

Humfrey runzelte die Stirn. »Sonst was?«

»Sonst zeige ich dir mein Höschen«, drohte Mela. Sie drehte sich um und legte eine Hand an ihren Rock. »Dann kippst du in Ohnmacht.«

»Oh!« rief Sofia entsetzt.

Der Gute Magier schien fast zu lächeln. »Dann geht und sucht Nada Naga auf.« Er wandte sich wieder seinem Buch zu.

Sofia drängte sie hinaus. »Was für eine Katastrophe«, murmelte sie.

»Na ja, wenigstens haben wir unseren Hinweis bekommen«, meinte Ida.

»Aber jetzt wird er eine Woche lang völlig unerträglich sein!« beklagte sich Sofia. »Ach, warum mußte das ausgerechnet während meiner Wache passieren?«

»Das tut mir leid«, entschuldigte sich Mela. »Ich denke, ich hätte ihm wahrscheinlich nicht drohen sollen. Aber er war auch nicht besonders nett zu uns.«

»Er ist niemals nett. Und er hat auch immer einen Grund dafür. Wahrscheinlich würde irgendeine Katastrophe passieren, wenn ihr drei eure Antworten bekämt.«

»Was ist denn daran verkehrt, wenn ich einen Prinzen zum Heiraten bekomme?« wollte Mela wissen.

»Und wenn ich mein Glück finde?« fragte Ida.

»Und wenn ich Jenny Elfe loswerde?« meldete sich Okra zu Wort.

Sofia musterte sie. »Diese letzte Frage kann ich wohl beantworten, denke ich. Jenny ist ein nettes Mädchen. Sie hat es nicht verdient, schlecht behandelt zu werden.«

»Ich will sie auch gar nicht schlecht behandeln«, versprach Okra. »Ich will sie nur loswerden, damit ich eine Hauptfigur werden kann. Vielleicht kann sie ja dorthin zurückkehren, wo sie herkommt.«

»Ich weiß nicht«, meinte Sofia. Dann komplimentierte sie die drei aus dem Schloß. Sie hatten ihr Gastrecht ganz eindeutig überstrapaziert.

10

GOBBEL

Godiva führte die Gruppe beim Marsch in den Koboldberg an. Che und Gwenny waren in den vergangenen beiden Jahren schon häufig hier gewesen, doch diesmal war es anders, denn er bemerkte eine unterdrückte Feindseligkeit bei den Kobolden, die es damals noch nicht gegeben hatte. Sie wußten, daß er Gwennys Gefährte war und daß sie in der Erblinie für das neue Häuptlingsamt an erster Stelle stand; und die Koboldmänner fürchteten und verabscheuten diesen Gedanken. Die Koboldfrauen mochten vielleicht anders empfinden, würden es aber nicht einmal wagen, auch nur den Hauch einer Unterstützung erkennen zu lassen, weil sie die Rache fürchteten, unter der sie zu leiden hätten, sollte Gwenny das Amt dann doch nicht antreten. So stand Gwenny im Augenblick im Prinzip allein da, bis auf ihre Mutter, Che und Jenny Elfe.

In Godivas gemütlichen Gemächern nahmen sie ein Essen zu sich, während Godiva sie mit der Lage vertraut machte. »Als mein Mann starb, scheint es Gobbel in der allgemeinen

Verwirrung gelungen zu sein, sich in die Gemächer seines Vaters einzuschleichen. Das tat er natürlich, um dort alles, was von Wert war, zu stehlen, weil er davon ausging, daß es niemand bemerken würde. Doch er bekam noch etwas sehr viel Heimtückischeres in die Hände als bloße Wertgegenstände. Gichtig besaß nämlich ein Drachenohr.«

»Ein Drachenohr!« rief Che.

Sie musterte ihn. »Ich sehe, daß du mich verstehst. Ein Drachenohr kann bei richtigem Gebrauch dazu eingesetzt werden, auf magische Weise zu hören. Was man damit genau hört, hängt von der jeweiligen Gattung und manchmal auch von dem Drachen selbst ab. Natürlich weiß man nur sehr wenig darüber, weil Drachenohren schwer zu bekommen sind. Jedenfalls fangen manche Ohren alles auf, was über den mit dem jeweiligen Ohr Lauschenden gerade irgendwo gesagt wird. Mit anderen lassen sich Gespräche in einem bestimmten Umkreis belauschen. Wiederum andere richten sich auf eine bestimmte Person und geben wieder, was diese sagt, aber sonst nichts. Weitere hören nur, was ihm gesagt wird. Gichtigs Ohr war themenbegrenzt: Es konnte alles hören, was im Koboldberg über ein bestimmtes Thema gesagt wurde.«

»Welches Thema denn?« wollte Gwenny wissen.

»Was immer der Hörende hören wollte. Ich glaube, daß Gichtig es dazu verwendete, um Verschwörungen gegen sich zu belauschen. Erst heute verstehe ich, wie er solche Verschwörungen immer aufzudecken vermochte, obwohl er nie besonders intelligent wirkte. Natürlich habe ich ihn verabscheut, aber ich habe ihn auch immer unterstützt, weil sich das so gehört. Durch das Ohr wußte er offensichtlich davon. So gewährte er mir mehr Macht, als eine Frau eigentlich bekommt, und unterstützte auch mein Bemühen, einen Gefährten für meine Tochter zu finden, weil er wußte, daß ich ihm nichts Böses wollte. Und außerdem verschaffte ihm das mehr Zeit, in meiner Abwesenheit mit anderen Frauen herumzuspielen.« Sie blickte Che wieder an. »Aber der Gefährte war das Wichtigste, was immer es kosten mochte. Du weißt natürlich, wie dieses Unterfangen endete.«

»Ich weiß«, bestätigte Che.

Godiva hielt inne, als wollte sie sich gegen etwas besonders Unangenehmes rüsten. Dann fuhr sie fort. »Gobbel hat dieses Ohr gefunden. Er hatte es nur eine Stunde in seinem Besitz, bis er entdeckt wurde und man es ihm abnahm. Aber in dieser Zeit hat er den Schaden anrichten können, denn er hatte schon immer eine untrügerische Nase für das schlimmste erdenkliche Unheil. Ich glaube, ihr könnt euch wohl denken, auf welches Thema er das Ohr eingestellt hat.«

»Die Erwachsenenverschwörung!« rief Jenny.

»Ganz genau. Nun könnte man vielleicht glauben, daß eine einzige Stunde eigentlich nicht genügt, aber das tut sie nun einmal bei einem Drachenohr. Zwar hat Gobbel offensichtlich nicht die Feinheiten und das Vorgehen im einzelnen in Erfahrung bringen können, aber er hat immerhin die verbotenen Wörter gelernt.« Sie blickte Gwenny an. »Soweit ich unterrichtet bin, bist du inzwischen Mitglied der Verschwörung.«

»Der Gute Magier hat es verlangt«, erläuterte Gwenny. »Wir haben es alle drei erfahren. Tatsächlich hat man uns nicht die verbotenen Wörter beigebracht, sondern nur die ... die Grundelemente.«

»Ihr werdet die Wörter sofort erkennen, sobald ihr sie hört. Es sind zwar nur oberflächliche Begriffe, aber für jene, deren Geist auf eine gewisse Weise, sagen wir einmal ausgerichtet ist, sind sie von überragender Bedeutung. Ganz gewiß haben sie Macht, und diese Macht sollte nie mißbraucht werden. Unsere Männer mißbrauchen sie natürlich häufig.«

»Natürlich«, stimmte Gwenny ohne jede Ironie zu.

»Gobbel hat die Wörter in Erfahrung gebracht und droht nun, sie den Kindern im Koboldberg zuzurufen, wie ich bereits erwähnte. Das würde natürlich einen unsäglichen Schaden anrichten und möglicherweise sogar die Stabilität der Erwachsenenverschwörung selbst zunichte machen. So etwas darf nicht geschehen.«

»Das darf es wirklich nicht«, bekräftigte Gwenny. Ihr sonst eher dunkles Antlitz war fahl.

»Wie soll man ihn daran hindern?« wollte Jenny wissen.
»Ich habe einen Plan«, erläuterte Godiva. »Aber ich glaube, daß nur du allein, Gwenny, ihn umsetzen kannst, weil du die einzige bist, die gegenüber Gobbel wenigstens so etwas wie einen Hauch von Autorität besitzt. Du bist rein rechtlich gesehen seine ältere Schwester. Das sieht er zwar nicht so, aber die Männer im Koboldberg werden es schlecht ignorieren können. Es ist mir ein Graus, dir diese schreckliche Pflicht zu übertragen, aber ich sehe keinen anderen Ausweg.«

Che sah, wie Gwenny schwer schluckte, und ihm wurde klar, daß sie sich genauso davor fürchtete. »Ich werde es versuchen, Mutter. Welchen Plan hast du?«

»Du mußt den Zauberstab nehmen, den nur ich und deine Großmutter Goldy zu benutzen verstehen. Ich werde dich in seine Geheimnisse einweihen. Damit wirst du in der Lage sein, jede Person und jedes Ding in der Luft schweben zu lassen und dorthin zu bewegen, wo du es hinhaben willst. Das sollte Gobbel zumindest für eine Weile körperlich hinreichend im Zaum halten.«

»Dann wird er aber immer noch dazu in der Lage sein, die Wörter auszusprechen«, wandte Gwenny ein. »Ich werde ihn damit nicht über lange Strecken daran hindern können, mit den Kindern zu reden. Und wenn erst einmal die Zeit der Häuptlingswahl gekommen ist, werden sämtliche Kobolde des Bergs anwesend sein, auch die Kinder. Dann hat er Gelegenheit, alle zu verderben, die nicht in die Verschwörung eingeweiht sind.«

»Das weiß ich, Liebes. Aber das ist ja auch nur der erste Schritt. Du wirst dich außerdem durch die tiefgelegenen Höhlen dorthin begeben müssen, wo ein Zweig des dunkelsten aller Flüsse strömt, den man Lethe nennt.«

»Lethe!« rief Che. »Der Fluß des Vergessens!«

Godiva musterte ihn anerkennend. »Ich sehe, daß du Zentaurenwissen zu entwickeln beginnst. Ja, diesen Fluß meine ich. Er ist sehr gefährlich, denn wer auf ihn stößt und von seinem Wasser trinkt, kann darüber den Rückweg nach Hause vergessen. Ja, bei hinreichend großer Menge kann er sogar sein ganzes Leben vergessen. Richtig angewandt, führt dieses verzauberte Wasser aber auch zu einem begrenzten Vergessen, und das wollen wir in diesem Fall auch erreichen.«

»Damit Gobbel die Wörter vergißt, die er in Erfahrung gebracht hat!« ergänzte Gwenny.

»Ganz genau. Du mußt ihn dort hinbringen, ihn mit einigen wenigen Tropfen des Lethewassers besprenkeln und die Wörter aussprechen, die er vergessen soll. So machst du ihn unschädlich.«

»Warum soll sie ihn nicht einfach in den Fluß tauchen, damit er alles vergißt und nicht einmal mehr Häuptling werden kann?« fragte Jenny.

Godiva schüttelte den Kopf. »Das ist nicht gestattet. Gobbel ist zwar illegitim, was Geburt und Verhalten angeht, aber er ist immer noch Gichtigs Kind und muß von allen Kobolden des Berges beschützt werden. Gwendolyn darf ihr Häuptlingsamt nicht mit einem Verstoß gegen die Erbfolge beginnen. Dasselbe Gesetz, das ihr Autorität über ihren Halbbruder einräumt, verlangt von ihr auch, ihn vor Schaden zu bewahren. Diese Behandlung mit dem Wasser des Lethe ist Teil davon – sein Geist ist verbogen und muß wiederhergestellt werden.«

»Aber wie finde ich diesen Fluß?« fragte Gwenny, der bei diesem Gedanken offensichtlich alles andere als behaglich zumute war.«

»Sammy kann ihn finden!« warf Jenny ein. »Nur ...«

»Nur, daß er dann den Weg zurück nicht mehr finden wird«, beendete Che den Satz. »Aber ich habe ein gutes Gedächtnis. Wenn ich erst einmal dort bin, gelange ich auch wieder zurück.«

»Aber ich habe euch beide doch gar nicht darum gebeten, dieses entsetzliche Risiko einzugehen!« wandte Gwenny ein. »Das ist etwas, was ich allein erledigen muß.«

»Ich bin dein Gefährte«, antwortete Che entschieden. »Ich werde dich nicht in deiner Stunde der Not im Stich lassen.«

»Und ich bin wiederum Ches Gefährtin«, ergänzte Jenny. »Und Sammy gehört mir. Wir sind alle bei dir, Gwenny, so lange, bis du Häuptling geworden bist. Danach kannst du uns entlassen, wenn du möchtest. Ich kehre sowieso auf das Schloß des Magiers zurück.«

»Ja, an meiner Stelle«, versetzte Gwenny. »Ich schulde dir doch ohnehin schon viel zuviel! Da darf ich dich nicht darum bitten, dein Leben auf diese Weise aufs Spiel zu setzen!«

»Du *hast* uns auch gar nicht gebeten«, antwortete Che. »Wir haben uns von allein entschieden.« Jenny nickte.

Godiva blickte ihn an. »Du bist wirklich der treueste aller Gefährten, Che. Durch dein Zutun hat meine Tochter zwei Jahre ihres Lebens an der Oberfläche verbracht, was für sie das schiere Vergnügen war, und darüber hinaus hat sie auch noch eine hervorragende Schulbildung erfahren.« Sie blickte zu der Elfe hinüber. »Und durch dich, Jenny, verfügt sie nun über ihre magischen Linsen und eine Möglichkeit, den Fluß Lethe zu finden. Ich habe meiner Anerkennung bisher noch keinen richtigen Ausdruck verliehen, aber ich werde es schon bald tun.«

»Und ich werde es auch irgendwie«, ergänzte Gwenny, und ihre Augen schimmerten. Ihre Linsen waren unsichtbar; ihre Augen wirkten völlig natürlich und schön. Tatsächlich galt das für alles an ihr. Che erinnerte sich daran, wie nett es gewesen war, sie zu küssen, auch wenn es nur im Spiel geschah. Mit seinem neuen Wissen um die Erwachsenenverschwörung begriff er auch, woran das lag. Natürlich würden sie immer nur das haben, was die älteren Zentauren eine platonische Freundschaft nannten, weil sie von verschiedenen Arten waren und Kreuzungen unerwünscht blieben. Seine Großmutter Chem hatte die ganze Zentaurengemeinschaft gegen sich aufgebracht, als sie sich mit Xap, dem Hippogryphen, paarte und das geflügelte Zentaurenfohlen Chex gebar. Die Kobolde waren ähnlich entsetzt gewesen, als Gloria Kobold ihren Hardy Harpyie geheiratet und der Storch ihnen Gloha gebracht hatte, das geflügelte Koboldmädchen. Doch es ging nicht allein um Skandale: Er hatte die Pflicht, die Art, die auf diese Weise entstanden war, zu erhalten und zu erweitern. Aber wo würde er jemals ein geflügeltes Zentaurenfohlen weiblichen Geschlechts finden?

Che riß sich aus den nebelhaften Wolken der Spekulation in die Wirklichkeit zurück und wandte sich Godiva zu. »Ich vermute, daß Gobbel hilflos sein wird, solange der Zauberstab ihn schweben macht und seine Hände keinen Halt finden. Aber ich nehme auch an, daß diese Reise zum Fluß Lethe anstrengend wird. Was soll geschehen, wenn die Tunnel zu schmal werden, um ihn von den Wänden abzuhalten? Was ist, wenn wir schlafen müssen? Wie sollen wir ihn ernähren, ohne daß er uns zu packen bekommt?«

»Ich kenne zwar nicht den ganzen Weg, aber ich weiß, wie er beginnt«, erwiderte Godiva. »Es gibt da einen großen Kamin im Stein, eine richtige unterirdische Schlucht. Die werdet ihr nur mit Hilfe des Zauberstabs überqueren können. Seid ihr erst einmal auf der anderen Seite, kann Gobbel nicht mehr allein zurückkommen. Dann könnt ihr ihm gewisse Freiheiten lassen, weil er von euch abhängt. Natürlich wird er versuchen, den Stab zu stehlen, während du schläfst, aber er wird nicht dazu in der Lage sein, damit umzugehen. Damit dürfte dieses Problem gelöst sein. Nein, was mir sehr viel mehr Sorge macht, ist die Gefahr des Letheflusses selbst, ebenso diese furchtbaren tiefen Höhlen. Als erstes müßt ihr durch den Höhlentrakt der Callicantzari.«

»Die Callicantzari!« rief Gwenny entsetzt. Che wußte, weshalb ihr grauste: Das waren Wesen, die so aussahen wie riesige, in die Länge gestreckte Kobolde, deren Muskeln verkehrt angebracht waren und die jede Kreatur, derer sie habhaft wurden, abzukochen und zu fressen pflegten. Sie waren so schlimm, daß selbst die Kobolde sie verabscheuten und fürchteten.

»Und danach wird es möglicherweise sogar noch schlimmer«, fuhr Godiva fort. »Ich werde die Risiken nicht beschönigen, meine Tochter, denn du mußt sie erst begriffen haben, bevor du es wagst. Ich fürchte, daß du vielleicht niemals zurückkehren wirst. Wenn du es aber tust, wirst du auch fähig sein, diesen Stamm zu führen. Das wird dann niemand außer Gobbel mehr anzweifeln. Du mußt dich entscheiden, ob du dein Anliegen lieber aufgibst und ins Exil gehst, wodurch du es zuläßt, daß Gobbel Häuptling wird. Ich bin sicher, daß die Zentaurenfamilie dich aufnehmen wird.«

»Das wird sie«, bestätigte Che. Doch mehr durfte er nicht sagen – dies war Gwennys Entscheidung.

»Ach, ich wünschte, mein Vater hätte wenigstens noch ein paar Jahre mit dem Tod gewartet!« rief Gwenny ohne irgendeine geheuchelte Zuneigung zu dem Verstorbenen. »Ich bin einfach noch nicht bereit dafür!« Doch dann spannte sie den hübschen Kiefer an. »Ich werde es dennoch tun. Ich muß die Kinder unseres Stamms vor einer Verletzung der Erwachsenenverschwörung bewahren, und ich muß auch den Koboldberg vor dem Grauen beschützen, das Gobbels Häuptlingstun für alle bedeuten würde. Vor allem aber muß ich meine Bestimmung erfüllen, die mir zuteil wurde: nämlich die Kobolde zu anständigen Leuten zu machen. Falls ich das überhaupt kann.«

»Ich hatte fast gehofft, du würdest dich anders entscheiden«, erwiderte Godiva. »Dann komm mit. Ich nehme dich jetzt beiseite und stelle den Zauberstab auf dich ein.« Sie warf Che und Jenny einen Blick zu. »Seid nicht beleidigt. Sollte Gwendolyn euch in sein Geheimnis einweihen wollen, steht ihr das zu. Ich aber muß mich an die Abmachung halten, die ich mit meiner eigenen Mutter getroffen habe.«

»Natürlich«, antwortete Che. Die einzige Möglichkeit, ein Geheimnis zu wahren, bestand darin, es tatsächlich zu wahren, und der Zauberstab bezog einen großen Teil seiner Macht aus der Tatsache, daß kein Unbefugter mit ihm umzugehen vermochte. Krach Oger hatte das Geheimnis des Stabs einst entdeckt und vor langer Zeit an Goldy Kobold weitergereicht, und seitdem hatte er ihr und ihrer Tochter gute Dienste geleistet.

Auf dem Tisch standen Speis und Trank. Während Gwenny und ihre Mutter fort waren, machten Che und Jenny sich darüber her. »He – das ist ja Rülpswasser!« sagte Jenny, nachdem sie einen Schluck aus der Flasche genommen hatte. »Meinst du, wir sollten …?«

»Wir sind streng genommen keine Kinder mehr«, ermahnte er sie bedauernd. »Wir müssen ein gutes Beispiel abgeben. Und deshalb – keine Essensbalgereien mehr.«

»Zu schade«, stimmte sie zu.

Da kehrte Gwenny zurück, sie hielt den Stab in der Hand. »Nun muß ich den aber mal überprüfen«, sagte sie hämisch. Sie richtete den Stab auf Jenny, worauf die Elfe plötzlich emporzuschweben begann. Dann senkte Jenny sich wieder, und der Stab fuhr zu Che hinüber. Er schwebte empor, flog einen kleine Kreis und fiel wieder auf die Hufe. Der Zauberstab funktionierte offensichtlich.

»Und jetzt muß ich ihn gegen Gobbel einsetzen«, fuhr Gwenny fort. »Das wird ziemlich unangenehm werden, aber ich muß es sofort tun, bevor er etwas ahnt. Mutter sorgt dafür, daß die Kinder eingesperrt bleiben, damit er sie nicht verderben kann. Wir müssen sofort losziehen. Mutter packt uns gerade Verpflegung und Werkzeuge ein.«

»Du solltest dir noch einen Happen genehmigen«, empfahl Che. »Wer weiß, wann du das nächste Mal dazu Gelegenheit hast.«

Gwenny lächelte und folgte seinem Rat. Dann führte sie sie durch das Berglabyrinth zu Gobbels Höhle. »Er frißt sich gerade mit Keksen voll, während er darauf wartet, daß alle einwilligen, ihn morgen zum Häuptling zu wählen«, sagte sie. »Ich glaube, er weiß nicht einmal, daß ich zurück bin, und es wird ihm wohl egal sein. Er meint, die stärkste aller Waffen in der Hand zu halten.«

»Das stimmte ja auch«, erwiderte Che. »Bis du beschlossen hast, sie zu neutralisieren.«

Sie setzten sich in Marsch. Jenny nahm Sammy auf und trug ihn auf der Schulter mit. Che trabte hinterher. Er wußte, daß vor ihnen eine unangenehme Aufgabe lag.

Sie gelangten in einen Tunnel, in dem Kobolde Körbe voller Kekse schleppten. Es bedurfte keiner Frage, um zu wissen, für wen diese Kekse gedacht waren. Sie folgten einem der Keksträger in eine Höhle.

Da saß der zwölfjährige Koboldjunge mitten in einem Berg von Keksen, warf sie in die Luft und sah mit an, wie sie beim Aufprall auf den Boden zerbröselten. Er mußte so viele vertilgt haben, wie er nur konnte, mochte aber nicht aufhören und beschäftigte sich daher damit, den Rest zu vergeuden. So etwas konnte nur ein Lausebengel tun, aber natürlich war er ja auch der schlimmste Lausebengel, den man sich nur denken konnte.

Gwenny baute sich vor ihm auf. »Gobbel, ich bin gekommen, diesem Spielchen ein Ende zu setzen«, sagte sie.

»Oh, hallo, Schwesterchen«, erwiderte er. »Willst du wissen, was ich von dir halte?«

»Nein. Komm mit mir, bitte.«

»Ich finde, du bist eine erbärmliche %%%%.«

Entsetzt stockte einer vorbeikommenden Koboldfrau der Atem. Mehrere Kekse wellten sich an den Rändern. Einem Koboldmann klappte der Unterkiefer herunter. Jenny Elfe, die aus einer fremden Kultur stammte, sah aus, als würde sie sich gleich übergeben.

Man mußte es Gwenny lassen, daß sie nicht errötete. Che begriff, daß sie sich wahrscheinlich so sehr um die Gefahr sorgte, der die Kinder des Berges ausgesetzt waren, daß sie die widerliche Aussage des verwendeten Worts gar nicht richtig bemerkte. Er selbst hatte es zwar noch nie gehört, doch seine scheußliche Aussage bohrte sich in seinen Geist und setzte sich für immer darin fest. Nur seine kürzliche Einweihung in die Erwachsenenverschwörung ermöglichte es ihm, es zu hören, ohne dabei durchzudrehen, und er wußte, daß der zarte Geist junger Kinder dadurch furchtbar verkrüppelt werden könnte und daß sie zu den schlimmsten aller Kobolde heranwachsen würden, wenn sie ein derartiges Wort vernähmen. Kein Zweifel: Gobbel hatte tatsächlich die verbotenen Wörter in Erfahrung gebracht.

»Ich fordere dich noch einmal auf«, sagte Gwenny gelassen. »Komm mit mir und sprich nicht mehr so schmutzig.«

»Ach ja? Zwing mich doch!« Typisch Gobbel. Dann schrie er: »****!«

Da begannen die Kekse in seiner Umgebung schmutzig zu qualmen. Die Koboldfrau geriet erneut ins Torkeln. Der männliche Kobold fing an zu lächeln. Natürlich fehlte ihm selbst der Mut zu einem Verstoß, aber es war auch typisch für seine Art, daß er sich über den eines anderen derart freuen konnte. Che wurde übel, und Jenny lief grünfleckig an.

»Das war's«, entschied Gwenny. Che sah, wie sich ihr Unterkiefer unwillkürlich anspannte. Es war die schiere Willenskraft, mit der sie sich noch beherrschte. Sie fuhr mit dem Zauberstab herum und richtete ihn auf den Bengel. Gobbel erhob sich krümelnd in die Luft.

»He!« schrie er erschrocken. »Wo hast du den denn her?«

»Von meiner Mutter, nicht von deiner«, antwortete Gwenny. Sie fuhr vorsichtig mit dem Stab umher und Gobbel folgte der Bewegung, dicht über dem Boden schwebend.

»Das kannst du nicht machen!« schrie der Junge. »Ich werde Häuptling werden! Du bist doch bloß ein blödes Mädchen!«

»Ich bin die Tochter von Häuptling Gichtig und seiner Frau Godiva«, erwiderte Gwenny. »Als solche bin ich die erste in der Reihenfolge für das Häuptlingsamt, und ich stehe auch in der Rangordnung um ein Elternteil über dir. Niemand sonst kann dich aufhalten, aber mich kann überhaupt niemand bremsen. Und du kommst jetzt mit mir mit, egal, was du willst.«

»Nein, tu ich nicht! Nein, tu ich nicht!« kreischte er. »Wachen! Verhaftet diese Hochstaplerin! Sperrt sie in eine Zelle!«

Doch die umherstehenden Kobolde rührten sich nicht. Sie wußten, daß Gwenny das legitime Kind von Gichtig war und daß sie sich nicht einmischen durften. Jedenfalls nicht offen. Zwar gefielen ihnen die Wörter, die er verwendete, gleichzeitig wußten sie aber auch, daß kein Kind sie aussprechen durfte, und so waren sie sich unschlüssig, wie sie vorgehen sollten.

»####!« schrie Gobbel. »++++!« Doch wenn die Umstehenden auch erbleichten, waren sie immerhin alle Erwachsene, die sich dadurch nicht völlig aus der Fassung bringen ließen. Die verbliebenen Kekse verwandelten sich in einen dampfenden Brei, aber der Bengel blieb Gefangener des Zauberbanns. Und so atmete er tief durch und spie sein allerschlimmstes Wort hervor: »$$$$!«

Ches jugendlicher Geist taumelte vor dem Ansturm dieser abscheulichen Wörter. Ihm war übel, doch es gelang ihm, seinen Magen zu beherrschen und keine Miene zu verziehen. Er sah, wie Jenny das gleiche tat, obwohl sie sich um die Kiemen herum in noch tieferem Grün verfärbte. Das war eigentlich ganz schön beachtlich für jemanden, der überhaupt keine Kiemen besaß.

Gwenny behielt ihre Aufmerksamkeit auf den Zauberstab gerichtet und ließ Gobbel zur Höhlentür schweben. Er zitterte ein wenig, weil sie noch nicht die volle Beherrschung über das Instrument hatte, schwebte aber hindurch.

»Hilfe, Hilfe!« schrie Gobbel. »Sie entführt mich! Ich bin euer zukünftiger Häuptling! Haltet sie auf!«

»Beiseite!« befahl Gwenny, und die Kobolde gehorchten zögernd. Sie ließ Gobbel den Tunnel entlang weiterschweben. Che und Jenny folgten.

Als sie am Kinderhort vorbeikamen, wo sich die Kinder für gewöhnlich aufhielten, gelang es Gobbel, ein weiteres Wort auszustoßen. »<<<<!« zeterte er.

Doch es ertönten keine Schreie entsetzter Kinder. Offensichtlich hatte Godiva sie aus dem Weg geschafft. Gobbels schrecklicher Plan war gescheitert.

Ein Stück den Tunnel entlang gesellt Godiva sich zu ihnen. »Hier sind eure Rucksäcke. Sie enthalten Verpflegung und Wasser für zwei Tage. Ich hoffe, daß ihr es in dieser Zeit schafft. Und wenn nicht, findet ihr unterwegs hoffentlich noch etwas zu essen.« Sie überreichte jedem von ihnen einen Rucksack und warf dem in der Luft schwebenden Gobbel ebenfalls einen zu.

»Ich will diesen Fraß nicht!« nörgelte der Bengel.

»Dann kannst du von mir aus hungern«, erwiderte Godiva. »Es ist keineswegs so, daß dich jemand vermissen würde, wenn du verhungern solltest.«

Gobbel überlegte es sich noch einmal und zog dann lieber den Rucksack an.

Gwenny und ihre Gruppe verließen den Koboldberg und

marschierten an seiner Seite herum, bis sie eine Schlucht erreichten, die ihn vom Nachbarberg trennte. Am Ende der Schlucht befand sich ein von einem Felsbrocken versiegeltes Loch.

»Ihr müßt Gobbel einen Augenblick festhalten«, sagte Gwenny. Sie ließ den Bengel zu Che hinüberschweben.

Che packte ihn an einem Arm, Jenny am anderen. Keiner von beiden war ein Kobold, so daß Gobbel keine Gewalt über sie hatte. »****!« rief Gobbel zappelnd, doch das Wort wirkte nicht mehr so stark, weil er es schon einmal benutzt hatte. Anscheinend hatte er nur sechs der sieben verbotenen Wörter gelernt. Das siebte würden sie ihm bestimmt nicht auch noch mitteilen!

Gwenny richtete ihren Stab auf den Felsbrocken. Es sah so aus, als sei er schon ungefähr vierhundert Jahre hier, doch nun kam er hervorgeschwebt und ging ein Stück weiter wieder auf den Boden nieder. Damit legte sie eine dunkle, furchterregende Höhle frei.

»He, da hausen doch die Callicantzari!« schrie Gobbel mit Furcht in der Stimme. »Da könnt ihr mich doch nicht einfach abladen!«

»Wir gehen alle dort hinein«, versetzte Gwenny.

»Hilfe! Entführung!« schrie er verzweifelt. »In diesem Loch werden wir doch alle verrecken!«

Doch die Kobolde des Berges standen nur hilflos da und sahen zu. Gwenny Kobold war die einzige, in deren Tun sie sich nicht einmischen durften, auch wenn sie noch so selbstmörderische Veranlagungen zu haben schien.

Gwenny richtete den Stab wieder gegen Gobbel, worauf er mit wild wedelnden Armen und Beinen erneut in die Höhe schwebte. Er versuchte sich an Che und Jenny festzuhalten, doch die beiden waren schnell beiseite getreten, sobald sie ihn losgelassen hatten. »Aaaargh!« schrie er, als er in die Höhle schwebte, ganz so, als würden die anderen ihn dort im Stich lassen wollen.

»Wir brauchen eine Fackel«, bemerkte Che.

»Ja, da drin ist es sehr dunkel und feucht«, stimmte Jenny ihm schaudernd zu.

»Kommt hinzu, daß sich die Callicantzari vor Feuer fürchten, obwohl sie es anscheinend verwenden, um ihr Fleisch zuzubereiten. So verbogen sind die.«

»Nein«, entschied Gwenny. »Mit einer Fackel würden wir nur kundtun, wo wir sind. Wir müssen versuchen durchzukommen, ohne ihre Aufmerksamkeit zu erregen. Mutter sagt, daß es in entsprechender Tiefe Pilzlicht geben soll.«

»Ha!« machte Gobbel. »He, Callicantzari! Kommt und holt sie!«

»Dich werden sie als ersten fressen«, teilte Gwenny ihm mit.

Diese Worte besänftigten ihn. Doch dann versuchte er zu bluffen. »Und wieso das? Jeder weiß doch, daß Mädchen besser schmecken als Jungen. Also werden sie erst euch fressen, und ich kann in der Zeit abhauen.«

»Nein. Mit uns werden sie erst etwas ganz anderes machen«, erwiderte Gwenny gelassen. Che war beeindruckt, wie sie über dieses Geheimnis der Erwachsenenverschwörung sprechen konnte, ohne bleich zu werden. »Und außerdem mögen sie Pferdefleisch nicht so gern wie Koboldfleisch, deshalb werden sie auch Che in Ruhe lassen. Aber du wirst für sie eine hervorragende Vorspeise abgeben, denn du bist klein und laut und bestäubt mit Kekskrümeln. Außerdem riechst du schlecht, und sie haben einen furchtbaren Geschmack. Sie bevorzugen schlechtgewordenes Fleisch.« So zeigte sie typische Führereigenschaften nach Koboldart.

Gobbel beschloß, lieber den Mund zu halten. Offensichtlich hatte er begriffen, daß sie wahrscheinlich recht hatte, auch wenn er nicht so genau wissen mochte, was die Ungeheuer den Mädchen zuerst antun würden. Das würde für ihn außerdem ohnehin kaum eine Rolle spielen, wenn sie ihn als ersten fraßen.

So stiegen sie im Berg hinab, während Gobbel nicht einmal ein Piepsen von sich gab. Nach einer Weile wurde das immer schwächer werdende Licht des Höhleneingangs durch gelbes, grünes und blaues Glühen abgelöst. Das Pilzlicht zeigte sich in vielen Farben. Je tiefer sie kamen, um so mehr Farben waren zu sehen, bis schließlich ein volles Regenbogenspektrum vorlag. Es war von gespenstischer Schönheit. Das Licht zeigte die Umrisse des Tunnels, weil die Pilze alle Oberflächen bedeckten. Es war zwar nicht sonderlich hell, würde aber ausreichen.

Sie erreichten eine große Höhle und gelangten schließlich an eine Wegegabelung. Jetzt war die Zeit des Katers gekommen. »Sammy, such den Fluß Lethe«, sagte Jenny und setzte ihn am Boden ab. »Aber renn nicht so.«

Natürlich rannte der Kater mit Höchstgeschwindigkeit los. Das lag daran, daß er ein Tier war, das Menschen- oder Zentaurenbefehle eigentlich nicht richtig verstand. Jenny wollte hinter ihm herrasen, aber Che hielt sie zurück. »Du rennst noch in einen Stalaktiten«, ermahnte er sie.

»Aber dann verliere ich Sammy!«

»Nein, das wirst du nicht tun. Schau mal, da sind dunkle Flecken, wo seine Pfoten die Pilze zerdrückt haben. Wir können seiner Spur folgen.«

Natürlich hatte er recht. Das hatten Zentauren immer. Die Fährte des Katers war einigermaßen deutlich zu erkennen. Sie konnten ihr in beliebigem Tempo folgen.

Das taten sie auch und hinterließen dabei ihre eigenen Spuren. Doch Che war zu klug, um sich darauf zu verlassen, daß diese Spuren für ihre Rückkehr genügen würden. Immerhin könnten die Pilze nachwachsen und nachglühen, bevor sie zurückkehrten, wodurch sie ihre Spur auslöschen würden. Deshalb bemühte er sich, sich den genauen Weg einzuprägen, damit er auch ohne die Pilze wieder zurückfand.

Dann hörten sie plötzlich etwas. Eine Art häßliches Scharren und Schlurfen. Das mußte einer der Callicantzari sein!

»Können wir uns vielleicht beeilen?« flüsterte Jenny.

Sie beeilten sich. Doch indem sie dies taten, machten sie auch mehr Lärm – genau wie das unsichtbare Ding. Nun war noch mehr zu vernehmen als ein vereinzeltes häßliches Geräusch, so als näherten sich gleich mehrere Dinger, eins grotesker als das andere, auf tolpatschige Art.

Da erschien auch schon das erste unmittelbar vor ihnen.

Es war noch schlimmer, als Che befürchtet hatte. Es sah so aus, als hätte es einmal mit menschlichem Körperbau begonnen, sei dabei aber irgendwie abgeirrt. Es besaß ein groteskes, pelziges Gesicht mit Knollennase und zwei schmutzigen Augenschlitzen, dazu einen Mund, der von verbogenen Hauern verdeckt wurde. Die Knochen des Körpers schienen alle an falscher Stelle angebracht zu sein, und die Muskeln waren verkehrtherum befestigt, genauso, wie es im Zentaurenunterricht dargestellt worden war. Wenn das Wesen versucht hätte vorzuspringen, hätte es damit einen Satz nach hinten vollzogen, obwohl es wahrscheinlich gelernt hatte, nach hinten zu springen, wenn es eigentlich nach vorn wollte.

Doch das war noch nicht das Schlimmste. Sein Atem verbreitete einen solchen Gestank, daß die Pilze in seiner unmittelbaren Umgebung grün anliefen. Che erkannte, daß sie alle ersticken würden, wenn sie sich dem Ungeheuer zu weit näherten. »Wir sollten besser davonlaufen«, schlug er vor.

»Aber es steht genau dort, wo wir durchmüssen«, wandte Gwenny ein. »Und wir können es auch nicht wagen, vom Weg abzuirren, sonst finden wir ihn vielleicht nie wieder.«

Da war wirklich etwas dran. Doch da hatte Jenny den rettenden Vorschlag. »Benutze den Stab gegen das Ding!«

»Dann wird Gobbel davonlaufen«, widersprach Gwenny.

»Das glaube ich kaum, denn hinter uns ist auch noch ein Ungeheuer. Bei uns ist Gobbel eher in Sicherheit.«

Gwenny ließ Gobbel sinken und tatsächlich – der Bengel lief nicht davon. Sie richtete den Stab auf das Ungeheuer, und der Callicantzari stieß ein lärmendes Stöhnen aus, vielleicht war es auch ein stöhnender Lärm, als er rückwärts davontrieb.

Dann stürmten die vier den Tunnel entlang. Das Ungeheuer hinter ihnen nahm zwar die Verfolgung auf, war aber so verformt, daß es mit ihnen nicht Schritt halten konnte. Und das Ungeheuer vor ihnen wurde durch die Zauberkraft des Stabes immer weiter davongetrieben.

Der Tunnel weitete sich zu einem Gang, der sich seinerseits zu einer Art Saal verbreiterte, aus dem schließlich eine Galerie wurde. Sie mußten den zahlreichen Säulen aus dem Weg gehen, doch zum Glück waren sie im Licht der Leuchtpilze deutlich genug zu erkennen.

Plötzlich gelangten sie an eine tiefe Ritze im Boden. Am Rand stand eine kleine, pelzige Gestalt, während das Ungeheuer über dem Abgrund schwebte. Che kam der Gedanke, daß es sich dabei um eine unterirdische Fortsetzung der großen Spalte handeln könnte.

»Sammy!« rief Jenny und stürzte sich auf die kleine Gestalt. Che erkannte, daß der Kater von der Erdritze aufgehalten worden war und deshalb einfach hier auf sie gewartet hatte. Das war auch besser so, denn wenn Sammy versucht hätte, über die Kluft zu springen, und wenn er dabei verunglückt wäre ... Doch offensichtlich war er zu klug dazu gewesen.

Gwenny ließ den Callicantzari auf der gegenüberliegenden Seite niedergehen, dann richtete sie den Stab auf Che. »Falls das Ungeheuer versuchen sollte, dich anzugreifen: Ich glaube, im Rucksack ist auch ein Messer«, sagte sie.

»Ich werde ihn einfach leicht machen und wegwerfen«, erwiderte Che mit mehr Zuversicht, als er wirklich empfand.

Dann schwebte er auch schon über die Kluft und landete auf der anderen Seite. Der Callicantzari kam tatsächlich auf ihn zugestürmt. Che wich beiseite und ließ seinen Schweif hervorschnellen. Plötzlich leicht geworden, vollführte das Ungeheuer einen Sprung in die Höhe – und stürzte in die Spalte. Che war betrübt, denn das hatte er nicht beabsichtigt. Er sah zu, wie das Ding langsam in die Tiefe schwebte. Wenigstens würde es nicht hart aufkommen.

In der Zwischenzeit ließ Gwenny ihren Halbbruder auf die andere Seite schweben. Dann wollte sie mit Jenny anfangen. »Warte mal – wie kommst du denn dann rüber?« wollte Jenny wissen.

»Oh ... daran hatte ich noch gar nicht gedacht«, sagte das Koboldmädchen niedergeschlagen.

»Es muß doch auch ein Seil im Gepäck sein«, rief Che und

stöberte verzweifelt in seinem Rucksack. Kurz darauf hatte er es gefunden. Godiva hatte tatsächlich die Weitsichtigkeit gehabt, sie mit diesem nützlichsten aller Werkzeuge für das Höhlenklettern auszurüsten. »Fang es, dann ziehe ich dich rüber.« Er verknotete das Ende und warf es über die Schlucht.

Doch Gwenny kehrte ihm inzwischen den Rücken zu. Einer der Callicantzari wälzte sich auf sie zu. Sie ließ ihn emporschweben und warf ihn zurück, so daß er gegen das hinter ihm folgende Ungeheuer prallte und beide sich in eine wimmelnde Masse aus Gliedmaßen und Oberkörpern verwandelten, von denen ein Teil schlimmer war als der andere.

Jenny ergriff das Seil und befestigte es an einer Säule. »Aber dann können die Ungeheuer es auch benutzen«, wandte Che ein. »Und wir können es nicht mehr einholen.«

»Doch, das werden wir«, widersprach Jenny. »Du solltest gar nicht erst versuchen, ihr ganzes Gewicht halten zu wollen, sonst stürzt ihr noch beide in die Tiefe. Also befestige dein Ende auch an einer Säule.«

Che gehorchte. »Aber ...«

Jenny wandte sich an Gwenny. »Und jetzt kletterst du an dem Seil nach drüben. Schnell!«

»Aber ich habe dich doch noch gar nicht hinüberbefördert!« protestierte Gwenny.

»Richtig. Ich komme als letzte. Bewegung!«

Gwenny legte ihren Stab beiseite und packte das Seil. Sie hatte kräftige Koboldhände und hangelte sich schnell hinüber. Sobald sie auf der anderen Seite war, löste Jenny das Seil an ihrem Ende wieder. Es rutschte in die Kluft, doch Che holte es auf seiner Seite wieder ein.

Da kam ein weiteres Ungeheuer auf Jenny zu. »Paß auf!« schrie Che, als es mit einer verwachsenen Hand nach ihr griff.

Jenny rannte davon, doch nicht bevor der klobige Arm sie am Kopf gestreift hatte. Ein am Handrücken herausgewachsener Finger riß ihr die Brille von der Nase.

»Oh!« rief die plötzlich geblendete Jenny. Sie taumelte vor, ohne zu sehen, wohin.

Der Callicantzari hielt die Brille fest und führte sie ans Gesicht. Er versuchte sie zu fressen! Che und Gwenny sahen entsetzt mit an, wie er sie zwischen seinen Hauern zermalmte.

Jenny stolperte der Kluft entgegen. »Nein!« schrien Che und Gwenny wie aus einem Mund.

Doch da war Jenny bereits über den Rand getreten. Sie stieß einen Schrei aus, als sie in die schreckliche Tiefe stürzte.

Doch im nächsten Augenblick wurde ihr Sturz gebremst. Jenny schwebte wieder in die Höhe und trieb auf sie zu.

Che ließ die Luft entweichen. Gwenny hatte Jenny mit ihrem Zauberstab abgefangen. Das war auch Jennys Absicht gewesen, als sie entschieden hatte, als letzte die Kluft zu überwinden, doch Che hatte es völlig vergessen, als er mit ansah, wie das Ungeheuer sie fast erwischt hätte.

Sicher ging Jenny vor ihnen zu Boden. Che umarmte sie. Sie war zwar nicht so hübsch wie Gwenny, war aber seine beste Freundin, und er war sehr erleichtert, sie in Sicherheit zu wissen.

»Haha, Vierauge!« sagte Gobbel hämisch. »Die haben deine Brille! Jetzt bist du blind wie eine Fledermaus!«

Che verspürte einen Anflug von Zorn. Er ließ Jenny fahren und machte einen Schritt auf den Koboldbengel zu. Doch Gobbel schwebte bereits wieder in der Luft und trieb der Kluft entgegen. Gwenny war genauso wütend.

»Laß mich nicht fallen! Laß mich nicht fallen!« kreischte er. »Ich hab es nicht so gemeint!«

Da begriff Jenny, was los war. »Tu ihm nichts«, sagte sie. »Er benimmt sich doch bloß so, wie er ist. So sind Bengel eben.«

Gwenny zögerte. Gobbel bebte, über der Schlucht schwebend, weil ihre Hand am Zauberstab zitterte. Che legte seine Hand auf ihre und führte sie so, daß der Bengel wieder auf den Höhlenboden zurückschwebte und landete. Er wußte, daß Jenny recht hatte – man konnte es einem Bengel nicht verübeln, daß er sich auch wie einer aufführte. Außerdem war Gwenny verpflichtet, ihren kleinen Bruder zu beschützen, auch wenn er die Schande des Koboldbergs war.

Doch was sollte nun aus Jenny werden, jetzt, da sie keine Brille mehr hatte? Das Licht war schon schwach genug, und ohne ihr Hilfsmittel war sie so gut wie blind.

Gwenny bedeckte das Gesicht mit den Händen. Che glaubte, daß sie weinte. Doch dann stach sie sich ins eigene Auge und löste etwas daraus. Es war eine ihrer magischen Kontaktlinsen!

»Jenny, nimm das hier«, sagte Gwenny und drückte Jenny die winzige Linse in die Hand. »Tu die in dein Auge, dann wirst du damit sehen können.«

Jenny begriff, was sie da vor sich hatte. »Aber die gehört doch dir! Die brauchst du doch!«

»Ich habe ja noch die andere. Wir können teilen. Hier unten ist ein Auge durchaus genug. Wenn wir wieder an der Oberfläche sind, kommt alles wieder in Ordnung. Aber hier unten mußt du sehen können, damit du nicht wieder in einen Abgrund tappst.«

Das mußte Jenny einräumen. Sie rieb die Linse an ihrem Hemd und führte sie ans rechte Auge. Nachdem sie die Linse angebracht hatte, blinzelte sie. »Oh, ich kann wieder sehen, und zwar besser als vorher! Aber was hat Gobbel denn da?«

Che blickte zu ihm hinüber. Der Bengel stand einfach nur dort.

Gwenny sah auch hin. Ihr linkes Auge war noch immer mit einer Linse bewaffnet. »Oh, das ist sein Tagtraum. Die größte, dickste Flasche Rülpswasser, die jemals abgefüllt wurde.« In ihrer Stimme klang Trauer mit, was Che durchaus verstehen konnte: Nun, da sie sich der Erwachsenenverschwörung angeschlossen hatten, durften sie sich eigentlich nicht mehr für solche Dinge wie Rülpswasser interessieren. Es würde seine Zeit brauchen, sich an diese Entbehrung zu gewöhnen.

Gobbel musterte sie. »He, redet ihr %%%% etwa über mich?«

»Oh, jetzt ist er fort«, bemerkte Jenny.

»Weil du ihn aus seinem Tagtraum gerissen hast«, erklärte Che, obwohl er den Traum selbst gar nicht gesehen hatte.

»Gobbel, wenn du dieses Wort weiterhin verwendest, überlege ich es mir vielleicht doch noch mal anders und werfe dich einfach in die Kluft«, drohte Gwenny.

Che konnte sie gut verstehen. Dieser Ausdruck stellte die schlimmste Erniedrigung der Weiblichkeit dar, die es gab, weshalb die Verschwörung ihn auch verboten hatte.

Sie machten sich wieder ans Werk. »Ich mag das nicht, daß Sammy hier allein vorausgehen soll«, sagte Jenny. »Er hätte selbst in die Ritze fallen können.«

»Vielleicht können wir ja eine Leine an ihm befestigen«, schlug Gwenny vor.

»Nein, das würde er nicht mögen. Außerdem könnte sie sich verhaken und ihn erwürgen. Aber wir müssen ihn unbedingt finden, den ...« Sie zögerte und wollte den Kater nicht mit dem gesuchten Begriff erregen. »Was auch immer.«

»Vielleicht könntest du ihn ja festhalten und schauen, in welche Richtung er gehen will«, meinte Che.

»Ja, das können wir versuchen«, stimmte Jenny erleichtert zu. Sie nahm den Kater in die Arme. »So, Sammy, ich möchte, daß du bei mir bleibst, weil es hier unten sehr gefährlich ist. Ich möchte aber auch, daß du den Fluß Lethe findest, und zwar einen sicheren Weg dorthin. Du brauchst also nur in die gewünschte Richtung zu schauen, dann gehen wir dorthin. Ist das in Ordnung?«

Der Kater schien es zufrieden zu sein, getragen zu werden. Er blickte den Tunnel entlang – und beide Mädchen zuckten zusammen. »Schau dir das mal an!« rief Gwenny entzückt.

»Ach, das ist ja wunderbar!« bestätigte Jenny.

»Was seht ihr denn?« fragte ein verwunderter Che.

»Sammy träumt den Weg zum Fluß«, erläuterte Gwenny. »Das ist wie eine Landkarte, und der Weg dorthin ist deutlich hervorgehoben. Jetzt wissen wir genau, wie wir gehen müssen.«

»Aber unterbricht ihn das nicht, wenn du es beschreibst?«

»Nein, es ist immer noch da«, berichtete Jenny. »Vielleicht hat er als Tier ja nur eine begrenzte Aufmerksamkeitsspanne. Wenn er sich auf die Suche nach etwas macht, hört er entweder erst dann auf, wenn er es gefunden hat, oder wenn er daran gehindert wurde. Ich habe nie genau gewußt, wie das überhaupt funktioniert.«

»He«, machte Gobbel. »Soll das heißen, daß ihr mit diesen Linsen Sachen sehen könnt? Träume etwa?«

»Hoppla«, bemerkte Gwenny. »Das hätte er nicht erfahren sollen. Jetzt wird er es im ganzen Berg herumtratschen.«

»Nein, das wird er nicht«, widersprach Che. »Schließlich bringen wir ihm zum Lethe, nicht wahr? Da wird er eben eine Sache mehr vergessen müssen.«

»He, ich werde überhaupt nichts vergessen!« rief Gobbel. »Ich werde alle die großartigen Wörter behalten, und auch, daß meine dumme **** von einer Schwester eine Linse braucht, um zu sehen, was natürlich heißt, daß sie ebenfalls blind ist und deshalb gar nicht Häuptling werden kann, und wie sie in anderer Leute Träume rumschnüffelt.«

»Wenn du dein Schandmaul nicht sofort hältst, wirst du möglicherweise noch eine ganze Menge anderer Sachen verlernen und vergessen«, warnte Gwenny ihn verbittert.

Für eine Weile hielt der Bengel den Mund, weil er wußte, daß sie es ernst meinte.

Nun kamen sie schneller voran, weil die Mädchen der Karte des Katers folgen konnten. Sie durchschritten Höhlen, die ihnen sehr viel furchtgebietender erschienen wären, wenn sie es nicht so eilig gehabt hätten. Doch konnten sie die Strecke nicht in einem einzigen Marsch zurücklegen, so daß sie ihr Lager in einer Sackgassenhöhle aufschlugen und eine Mahlzeit zu sich nahmen. Sie wechselten sich darin ab, ihre intimen Geschäfte an einer anderen Stelle zu verrichten, und Gobbel war nicht geistesgegenwärtig genug, es laut als $$$$ zu bezeichnen.

Dann legten sie sich zum Schlafen nieder. »Du hältst

Wache«, sagte Gwenny zu Gobbel. »Ich bin überzeugt davon, daß du es uns wissen lassen wirst, wenn irgendwelche Ungeheuer kommen sollten.«

»He!« protestierte er. »Wieso ich? Ich habe doch nicht darum gebeten, hierhergebracht zu werden!«

»Weil du der Grund für diese Reise bist und weil du dich selbst mit einem Teil der Erwachsenenverschwörung verdorben hast.«

»Na, und woher wollt ihr wissen, daß ich euch nicht alle fessle und den Stab klaue, um hier rauszukommen?«

Gwenny reichte ihm den Zauberstab. »Versuch es doch«, forderte sie ihn auf.

Er wedelte damit. Nichts geschah. »He – der ist ja kaputt!«

»Nein. Es ist nur nicht auf dich eingestellt. Du kannst ihn nicht verwenden. Und selbst wenn du uns fesseln solltest, müßtest du allein zurückkehren. Angenommen, du schaffst es über die Spalte, bin ich sicher, daß dich die Callicantzari auf der anderen Seite mit offenen Schlündern willkommenheißen werden.«

Gobbel verstummte. Che wußte zwar, daß er keinen besonders guten Wachposten abgeben würde, aber das spielte auch keine Rolle, weil sie ihn ohnehin am Höhleneingang plaziert hatten. Jedes Ungeheuer würde ihn als ersten fressen. Seine Schreie würden die anderen wecken, und dann könnte Gwenny mit ihrem Zauberstab das Ungeheuer beseitigen.

Es funktionierte hervorragend. Kein Ungeheuer näherte sich ihnen.

Nachdem sie einigermaßen ausgeschlafen hatten, aßen sie erneut und setzten ihren Marsch fort. Sammys geistige Karte war für die Mädchen weiterhin deutlich zu erkennen, und sie schienen mit einem sehfähigen Auge ebensogut zurechtzukommen wie mit zweien. Che vermutete, daß dies wohl daran lag, daß man zwei Augen brauchte, damit die Magie des Tiefenblicks funktionierte. Träume aber besaßen keine Tiefe, während die Höhlen nichts anderes als Tiefe hatten, die das einzelne Auge bereits kannte.

Endlich erreichten sie den Lethefluß. Das war nicht mehr als ein bloßer Streifen dunklen Wassers, offensichtlich nur ein verschollener Zustrom, der aus irgendeiner vergessenen Quelle entsprang und einem vergessenen Ende entgegenströmte. Doch es war einer der heimtückischsten Flüsse von ganz Xanth. Sein Wasser hatte bewirkt, daß der Gute Magier Humfrey seine Frau Rose achtzig Jahre lang vergessen hatte. Das hatte sein Leben etwas komplizierter werden lassen, weil es ihm nämlich später wieder eingefallen war.

Gwenny holte einen kleinen Becher hervor und füllte ihn mit einer winzigen Menge. Dann wandte sie sich Gobbel zu, der sich ihr entwinden wollte. Doch er war machtlos. »Vergiß diese Worte«, sagte sie und besprenkelte ihn mit sechs Tropfen. Dann biß sie die Zähne zusammen und sprach die furchtbaren Kruditäten aus. »%%%%, ****, ####, ++++, $$$$, <<<<«, fuhr sie fort und trat zurück, mit einer Miene, als wollte sie sich am liebsten den Mund ausspülen. Che wußte, wie sie sich fühlte; er hätte sich selbst am liebsten die Ohren ausgespült.

»Ätsch! Hat gar nicht funktioniert!« rief Gobbel. »Ich weiß sie noch! Ich kann sie sagen ...! Siehst du?« Dann stockte er. »Mist! Es ist weg!« Bestürzt sah er drein.

Gwenny schöpfte noch ein kleines bißchen Wasser. »Und jetzt wirst du vergessen, daß ich irgendwelche Sehstörungen habe, oder daß irgend jemand Kontaktlinsen verwendet oder daß irgend jemand irgendwelche Träume damit sehen kann.« Sie besprenkelte ihn mit drei weiteren Tropfen.

»Ha!« machte der Bengel. »Wenn ich wieder zu Hause bin, werde ich ganz Xanth davon erzählen, wie ...« Er hielt inne. »Wie ... ach, Dreck! Da war doch noch etwas!«

Gwenny nickte. »Auftrag erfüllt, würde ich meinen. Ich wünschte, ich könnte ihn vergessen machen, was für ein Bengel er ist, aber ohne seine Bengelhaftigkeit würde er einfach verschwinden, denn das ist nun einmal sein Wesen.«

»Jetzt müssen wir nur noch heil zurück an die Oberfläche«, bemerkte Che. Irgendwie ahnte er, daß es nicht leicht werden würde.

11

NADA

»Du hättest ihm wirklich nicht drohen sollen«, sagte Ida.

Mela nickte niedergeschlagen. »Ich weiß. Ich war verzweifelt und das war das einzige, was mir unter diesem Druck noch einfiel.«

»Es ist komisch«, bemerkte Okra nachdenklich. »Er wirkte weder verängstigt noch zornig, nur erheitert. Ich frage mich, warum.«

»Ach, das weiß ich aber!« sagte Ida, der dabei etwas einfiel. »Weil das die große Frage war, die er nicht beantworten konnte. Da hat er natürlich Sorge dafür getragen, sofort davon zu erfahren, sobald die Farbfrage geklärt war. Wahrscheinlich hat Sofia es ihm erzählt. Er muß vorbereitet sein und wäre wohl kaum in Ohnmacht gefallen, wenn er sie gesehen hätte.«

»Ach, das hatte ich ganz vergessen!« versetzte Mela und war aufs neue bestürzt.

»Na ja, wenigstens haben wir einen Hinweis bekommen«, fuhr Ida fort. »Wir sollen Nada Naga aufsuchen. Ich frage mich, was sie wohl mit uns zu tun haben mag.«

»Ich hatte noch nie von ihr gehört, bevor ihr mir die Geschichte von Mark Knochen, Prinz Dolph und seiner Einwilligung erzählt habt, sie zu heiraten«, warf Okra ein. »Kennst sie denn Jenny Elfe?«

»Ich glaube schon«, antwortete Mela. »Aber ich kann mir nicht vorstellen, daß sie dir dabei helfen wird, Jenny loszuwerden.«

»Kann sie denn etwas über meine Bestimmung wissen?« fragte Ida, die sich für die Angelegenheit zu interessieren begann.

»Ich kann es mir eigentlich nicht vorstellen. Aber wenn unser einziger Hinweis lautet, daß wir mit ihr sprechen sollen, werden wir eben mit ihr sprechen. Soweit ich gehört habe, ist sie eine nette Person, und wenn sie ihre menschliche Gestalt angenommen hat, ist sie eine der schönsten Frauen Xanths.«

Überrascht blickte Ida die Meerfrau an. »Soll das heißen, daß du das nicht bist?«

Mela wirkte verblüfft. »Oh, darüber habe ich noch nie nachgedacht. Schließlich stellen diese Beine ja auch nicht meinen Normalzustand dar. Ich bin gewissermaßen nur eine Meerjungfrau im Fummel.«

»Im was?«

»In einem verkehrten Körper, invertiert, umgedreht, in falschem Schein, aus meinem Element gerissen ...«

»Fußwund?«

»Was auch immer«, stimmte Mela lächelnd zu.

Ida blickte sich um. »Wo finden wir denn Nada Naga überhaupt?«

Mela dachte nach. »Ich denke, wir müssen wohl auf Schloß Roogna und uns dort nach ihr erkundigen. Soweit ich weiß, lebte sie dort, als sie Prinz Dolph versprochen wurde. Sie müßten also wissen, wo sie jetzt ist.«

Also folgten sie dem verzauberten Pfad zum Schloß Roogna. Es war ein unbeschwerlicher Marsch, einigermaßen eben, und entlang des Weges gab es in regelmäßigen Abständen Lagerstellen. Der Gedanke, einer königlichen Familie zu begegnen, faszinierte Ida ziemlich.

Plötzlich begann das Laubwerk vor ihnen zu wirbeln. Der Strudel nahm die Gestalt einer üppigen Nymphe an. »Habe ich da gerade ein Gespräch über schöne Frauen vernommen?« erkundigte er sich.

»Du zählst nicht, Metria«, erwiderte Ida. »Du kannst schließlich jede Gestalt annehmen, die du haben willst.«

»Und du sagst nicht die Wahrheit!« fügte Mela zornig hinzu.

»Ich sage immer die Wahrheit«, versetzte die Dämonin empört. »Nur nicht, was mein Alter betrifft, und das geht euch überhaupt nichts an.«

»Nicht die *ganze* Wahrheit. Du hast mir nicht gesagt, daß ich noch mehr anziehen muß als ein Höschen.«

Das tat die Dämonin mit einem Achselzucken ab, als sie zwischen den sich setzenden Blättern hervortrat. »Na ja, du hast mich schließlich auch nicht gefragt. Was ist nun mit dieser Nada Schlange?«

Ida spielte das Spiel mit. »Nada wer?«

»Schlange, Reptil, Python, Halbmensch, Kreuzung ...«

»Was auch immer?« schlug Ida vor.

»Naga«, stimmte Metria verärgert zu. Dann machte sie einen Satz. »He ...«

»Weißt du denn, wo sie ist?« fragte Ida.

»Natürlich weiß ich, wo sie ist!« antwortete die Dämonin. »Sie ist bei meinen Leuten.«

Das erstaunte die drei. »Sie ist bei den Dämonen?« fragte Mela.

»Richtig. Dort ist ein sehr wichtiges Vorhaben im Gange, und sie ist ein Teil davon.«

»Aber sie ist doch gar keine Dämonin!« wandte Mela ein. »Sie ist eine Prinzessin der Naga. Was kann sie da mit euch zu tun haben wollen?«

»Nichts«, erklärte Metria. »Aber sie hat keine andere Wahl. Sie hat im Kürbisreich etwas roten Wein getrunken. Niemand darf das Kürbisreich wieder verlassen, wenn er von seiner Substanz gegessen hat. Sie hat zwar nicht gegessen, sie hat nur getrunken, und richtig getrunken hat sie eigentlich auch nicht, sie hat nur gekostet, aber das hat sie eben doch kompromittiert. Und so muß sie erst ihre Schuld abarbeiten, bevor sie wieder frei ist. Diese Zeit leistet sie nun ab.«

Das fand Ida verwirrend. »Aber ich dachte immer, daß das Dämonenreich etwas anderes sei als das Traumreich.«

»Ist es auch. Aber eine so schöne Kreatur wie sie taugt nicht für Alpträume, deshalb leistet sie ihren DAZ bei den Dämonen ab.«

»Was tut sie?« fragte Ida.

»Ha!« machte die Dämonin. »Erwischt! Genau diesen Begriff wollte ich auch verwenden.«

»Ich verstehe ihn aber immer noch nicht.«

»Das ist die Abkürzung für ›Dienst auf Zeit‹. DAZ. Das Traumreich hat sie an die Dämonen ausgeliehen.«

»Aber was kann sie denn da tun, was die Dämonen nicht ebensogut allein schaffen würden?« fragte Ida.

»Das würde ich auch gern wissen«, antwortete Metria ärgerlich. »Aber sie wollen es mir nicht sagen. Das ist ein riesiges, saftiges Geheimnis, und sie fürchten, daß ich es in ganz Xanth herumtratschen würde, wenn ich es erführe.«

»Und tätest du das?« fragte Mela.

»Natürlich würde ich das tun! Das ist schließlich mein Vorrecht. Ich bin nun einmal eine Tratschdämonin. Es wurmt mich mächtig, daß die mich daran hindern, zu tun, was mir doch eigentlich obliegt.«

Ida dagegen konnte die anderen Dämonen durchaus verstehen. Schließlich konnten sie schlecht ein Geheimnis wahren, wenn eine von ihnen es überall herumerzählte.

Doch Mela hatte eine Idee. »Wir müssen uns mit Nada unterhalten. Wir wissen aber nicht, wie wir ins Dämonenreich kommen. Du dagegen möchtest wissen, was dort los ist. Vielleicht können wir ein Abkommen treffen.«

Metria überlegte. »Daß ich euch hinführe und ihr mir sagt, was da los ist?«

»Genau.«

»Aber wenn die wissen, daß ihr es mir erzählen werdet, werden sie es euch nicht erzählen. Und wenn ich euch dorthin bringe, werden sie es auch wissen.«

»Du kannst doch jede beliebige Gestalt annehmen«, wandte Ida ein. »Warum verwandelst du dich da nicht in einen Menschen und schließt dich uns an? Dann kannst du es sogar selbst in Erfahrung bringen.«

Die Dämonin war nicht überzeugt. »Dämonen sind ziemlich geschickt darin, andere Dämonen zu erkennen, weil wir schließlich alle andauernd unsere Gestalt wechseln.«

»Und was ist, wenn sie dich gar nicht überprüfen?« fragte Mela. »Wenn du gar keinen Verdacht erregst? Zum Beispiel als harmlose, unschuldige Jungfer?«

»Das müßte funktionieren«, meinte Ida. »Dann *könnten* sie dich vielleicht erkennen, tun es aber andererseits vielleicht doch nicht. Weil es ihnen nämlich gar nicht erst in den Sinn kommt.«

Das überzeugte Metria schon mehr. »Ich kenne aber keine harmlosen, unschuldigen Jungfern.«

»Dann erfinden wir eben eine«, schlug Ida vor. »Zerebral, mein Zentaurenlehrer, hat mir einmal eine Geschichte von einem kleinen menschlichen Streichholzmädchen erzählt. Das war so arm, daß es nur Lumpen am Leib hatte. Es hat Streichhölzer verkauft. Das sind magische Holzsplitter, mir denen man Feuer machen kann, wenn man sie an irgend etwas reibt. Aber keiner wollte sie haben, und so ist sie erfroren.«

»Warum hat sie denn mit ihren magischen Stöckchen kein Feuer gemacht, um es warm zu haben?« fragte Okra.

Ida zuckte die Schultern. »Ich weiß es nicht. Vielleicht hat sie nicht daran gedacht. Ich glaube, es war kein besonders schlaues kleines Mädchen.«

»Das wäre doch hervorragend für Metria geeignet«, sagte Mela. »Da wird doch niemand argwöhnen, daß sie es sein könnte, weil sie wirklich schlau ist.«

Die Dämonin schien versucht, auf den Vorschlag einzugehen. »Aber wie soll sie denn heißen?«

»Schlaumeier«, schlug Okra vor.

»Hervorragend!« meinte Metria. Doch dann überlegte sie es sich noch einmal. »Einen Augenblick mal! Der Name taugt nichts, weil ich kein Junge bin.«

»Du brauchst einen Namen, der furchtbar schlicht ist«, meinte Mela. »Denn Gnade uns allen, wenn man uns erwischt.«

»Das ist es!« rief Ida.

»Was?« fragten die anderen in einem unvollkommenen, aber durchaus brauchbaren Chor.

»Der Name! Gnade Uns.«

Die Dämonin verwandelte sich in einen Nebel und bildete sich zu dem kleinsten, süßesten, unschuldigsten kleinen Lumpenmädchen, das man sich nur vorstellen konnte. In der Hand hielt sie eine Schachtel mit winzigen Holzsplittern, die mit roten Spitzen versehen waren. »Bitte kauft meine Streichhölzer«, sagte sie mit der jüngferlichsten Stimme, die man sich hätte denken können.

»Hoppla«, machte Mela. »Wir sind hier in Xanth. Hier gibt es kein Geld. Wie soll sie da irgend etwas verkaufen?«

»Kein Problem«, erwiderte die Jungfer. »Dämonen tun, was ihnen gefällt. Da wir Luft in Münzen verwandeln können, benutzen wir sie auch, um sie gegen Gegenstände einzutauschen.« Sie hob eine Hand, und eine glitzernde Goldscheibe erschien darin.

»Aber verwandeln die Münzen sich denn nicht schon bald wieder in Luft?« wollte Mela wissen.

»Natürlich. Sobald wir vergessen, uns darauf zu konzentrieren. Na und?«

»Aber dann ist das doch gar kein richtiger Kauf, das ist nicht echt!«

»Die Streichhölzer auch nicht.« Die Jungfer hielt eins empor, worauf es sich in Rauch auflöste und verwehte.

»Damit verrätst du dich doch«, wandte Ida ein. »Eine richtige Jungfer hat auch richtige Streichhölzer.«

Metria seufzte. Die ganze Streichholzschachtel verschwand. »Dann müssen wir eben richtige herstellen.«

Sie entdeckten einen nützlichen Feuerholzbaum und schälten eine Anzahl Splitter ab. Sie funktionierten auch: Wenn man sie kräftig an einem Stein rieb, brachen sie in Flammen aus. Dann machte die Dämonin eine neue Schachtel und gab die echten Streichhölzer hinein. »Das sollte sie überantworten.«

»Sollte sie was?« fragte Ida.

»Induzieren, betören, beschwichtigen, vervollständigen, qualifizieren ...«

»Befriedigen?«

»Was auch immer«, erwiderte die Jungfer verärgert.

Mela schürzte die Lippen. »So geht das nicht. Wir müssen das Gespräch schlicht halten. Du sollst sowieso dumm sein.«

»Vielleicht einfach nur ›Streichholz? Streichholz?‹« schlug Okra vor.

»Das ist hervorragend«, stimmte Mela zu. »Jungfer, mehr sagst du nicht, damit du das Wort nicht verwechselst.«

Die Jungfer richtete ihre wunderschönen großen braunen Augen auf sie. »Streichholz?« flehte sie erbärmlich.

»Genau!« stimmte Ida zu. »Das könnte selbst einem Stein noch das Herz erweichen.«

»Oh, mal sehen!« sagte die Jungfer. Sie trat auf einen Stein zu, der eine ungefähre Herzform aufwies. »Streichholz?« bettelte sie ihn so seelenvoll an, daß es schier unmöglich schien, daß sie eine seelenloses Wesen sein sollte.

Der Stein begann an seinen Rändern zu zerschmelzen.

»Ich glaube, wir sind fertig«, sagte Mela. »Und wie kommen wir nun dorthin?«

»Ich kann euch in einem Korb dorthin befördern«, schlug die Dämonin vor. Im selben Augenblick erschien auch schon ein riesiger Korb.

Ida gefiel das nicht. Es erinnerte sie daran, wie man sich erzählt hatte, daß Prinzessin Rose einst in einem Handkorb in die Hölle verschleppt worden war. Deshalb formulierte sie einen Einwand. »Wenn wir auf magische Weise in das Dämonenreich eindringen, werden die doch sofort merken, daß Dämonenmagie im Spiel ist. Deshalb sollten wir uns lieber hineinstehlen, wie es richtige Leute auch täten.«

»Das leuchtet ein«, meinte Mela. »Es muß doch irgendeinen geheimen Zugang geben.«

»Es gibt sogar mehrere«, bestätigte die Jungfer. »Aber wir dürfen sie den Sterblichen nicht verraten.«

»Und andere Dämonen dürfen dir wiederum nicht verraten, was dort vorgeht«, erinnerte Ida sie. »Wenn wir diese Regeln alle befolgen wollen ...«

»In der Spalte ist einer«, antwortete die Dämonin hastig. »Ich kann euch dorthin bringen.«

»Nein, wir sollten lieber gehen«, entschied Mela. »Damit wir es ganz und gar unmagisch tun. Und unterwegs können wir uns daran gewöhnen, dich Gnade Uns zu nennen, und du kannst dich an deine eigene Rolle gewöhnen. Auf diese Weise sorgen wir dafür, daß wir nicht so leicht irgendeinen dummen Fehler begehen.«

Dem stimmte die Dämonin zu. Sie machten sich auf den Weg nach Norden und folgten der nächsten Abzweigung des verzauberten Wegs, der sie begegneten.

Als sie schließlich die Spalte erreicht hatten, schien die kleine Gnade Uns für alle schon recht wirklich geworden zu sein. Sie hatte Schwierigkeiten, Schritt zu halten, und schien in ihren Lumpen zu frieren, obwohl der Tag warm war, während sie auf jede Frage flehentlich mit »Streichhölzer!« antwortete. Obwohl Ida es sich selbst nur ungern eingestand, begann sie, ein nicht unbeträchtliches Wohlwollen für diese Jungfer zu entwickeln, obwohl sie doch wußte, daß sie gar nicht war, was sie zu sein schien.

Die Spalte erfüllte Ida mit Ehrfurcht. Der Zentaurenlehrer hatte ihr zwar davon erzählt, doch irgendwie hatte sie die Angelegenheit abgetan. Nun sah sie erst, wie riesig und tief sie war, und erkannte, daß der Zentaur selbst sie bereits ein Stück abgetan hatte, da seine Erinnerung daran vielleicht eine Spur benebelt gewesen war. Ja, unter ihr schwebten sogar einige kleine Wolken, ganz so als wäre die Spalte mit ihrer Atmosphäre eine eigene Welt für sich.

Die Andeutung eines Felsenpfads führte den Hang der Spalte hinunter. Ida hatte zwar Angst davor, abzurutschen und in die Tiefe zu stürzen, gemahnte sich aber, daß dies nicht passieren könnte, sofern sie nur vorsichtig waren. Der Weg führte zu einer flachen Höhle, die von oben nicht zu erkennen war und ihrerseits in eine richtige Höhle mündete, welche wiederum in eine Ritze führte, die es schließlich aufgab und sie durch einen Tunnel hinunter zum Spaltenboden leitete. Die Wände wurden von einem matten grünen Glühen beleuchtet, das von dem Schimmel ausging, der sie bedeckte.

»Das ist ein altes Wühlmausloch«, murmelte Gnade. »Dämonen brauchen natürlich keine Tunnels, deshalb haben sie diesen hier ignoriert. Aber ich habe ihn eines Tages entdeckt, als ich mal eine Wühlmaus geärgert habe.«

»Ach ja?« machte Mela. »Ich dachte, die Wühlmäuse hätten Xanth schon vor tausend Jahren verlassen.«

»Ist das tatsächlich schon so lange her? Ich muß wirklich ziemlich vergeßlich sein.«

Ida grübelte. Könnte es sein, daß die Dämonin tatsächlich tausend Jahre alt war? Es schien durchaus möglich.

»Wie weit ist es denn bis zu Naga?« erkundigte sich Mela.

»Ach, nur ein paar Tagesmärsche durch das Labyrinth. Kein Problem.«

Ida und Mela tauschten bestürzte Blicke. Es mochte vielleicht kein Problem für eine Dämonin sein, die sich ohnehin im Nu dorthin befördern könnte, aber für sie würde es kein Vergnügen werden. Zum einen: Was sollten sie unterwegs denn essen? Sie wußte nicht, wie lang ihre magisches Brot noch vorhalten würde. Außerdem behagte ihr die Vorstellung nicht, in einem ständig dunklen Tunnel auf kaltem Stein schlafen zu sollen. Und wer wußte schon, welche Ungeheuer in dieser Gegend lauern mochten?

»Gibt es hier unten irgendwelche Flüsse?« fragte Okra.

Ein Fluß! Das war schon wesentlich anziehender als trokkene Tunnels. Sie könnten sich ein Boot bauen und sich treiben lassen, womit sie auch ihre Füße schonen würden.

»Ja, in den Höhlen gibt es haufenweise Flüsse«, antwortete das scheinbare Streichholzmädchen. »Warum?«

Ida und Mela erklärten es ihr. Metria sagte ihnen, wo sie etwas Treibholz finden konnten, und so machten sie sich auf den Weg und schleppten es ans Wasser. Dieses Wasser hatte seinen eigenen mattblauen Schimmer, der sich vom Grün der Wände abhob. Auf eine düstere Art war es eigentlich ganz hübsch.

Okra benutzte ihre Ogerkraft, um das Holz in neue Formen zu biegen und es zusammenzuweben, um daraus ein Floß herzustellen. Es stellte sich heraus, daß sie dabei sehr geschickt war, und schon bald hatten sie nicht nur ein gewöhnliches Floß, sondern ein einfaches Hausboot mit einem hölzernen Dach.

»Wenn wir jetzt nur noch etwas zu essen hätten«, meinte Ida.

»Ach ja, stimmt. Sterbliche essen ja gern.«

»Und Streichholzmädchen auch«, erinnerte Mela sie entschieden.

»Schön, im Fluß gibt es einige blinde Fische, dazu Wasserkastanien und Wasserkekse sowie Wasserkaramellen«, sagte die Jungfer.

»Ach, lecker!« meinte Mela. Sie legte sich auf das Floß und schob das Gesicht über den Rand, steckte den Kopf ins Wasser. Im nächsten Augenblick ließ sie ihre Hand vorschießen und holte sie mit einem Fisch wieder hervor. »Er hat mich nicht gesehen«, meldete sie. »Ich werde meinen Wasserscheit entzünden und ihn kochen.«

Ida und Okra konnten einige Kastanien pflücken, dazu Kekse und Karamellen, die sich am flachen Ufer des Flusses fanden. Bald hatten sie genug für eine Mahlzeit zusammen.

Unter dem Dach war es recht gemütlich. Der brennende Wasserscheit erwärmte es, während er zugleich den Fisch buk und die Kastanien und Kekse röstete.

Plötzlich ertönte ein Brüllen. Die drei Reisenden fuhren beunruhigt hoch. »Was ist das denn – ein Wasserfall?« fragte Mela.

»Nein, nur ein Wasserdrachen«, erwiderte die Dämonin.

»Ist der gefährlich?«

»Nur für Sterbliche.«

»Wir sind doch Sterbliche!«

»Ach, stimmt ja. Das hatte ich ganz vergessen. In diesem Fall steckt ihr ziemlich in Schwierigkeiten.«

Sie spähten aus der Tür der Floßkabine. Draußen war der glühende Umriß des zahnigen Kopfs eines Drachen zu erkennen. Er stand gerade im Begriff, das Floß auseinanderzubeißen.

Okra packte den brennenden Wasserscheit an seinem nichtbrennenden Ende und schleudert ihn dem Drachen in den Schlund.

Der Drache verschluckte den Scheit. Er blickte ziemlich überrascht drein. Er rülpste. Natürlich war er kein Feueratmer, denn nur wenige von dieser Art liebten das Wasser. Er schluckte Wasser aus dem Fluß. Dampf fuhr ihm zischend aus den Ohren. Dann ging er unter.

»Weiß er denn überhaupt nicht, daß man einen Wasserscheit nicht mit Wasser löschen kann?« fragte Mela. »Das Wasser ist doch der Brennstoff.«

»Ich glaube nicht, daß er das weiß«, meinte Ida, ihr tat der Drache allerdings nicht sonderlich leid.

»Der Drache kommt bestimmt nicht wieder«, meinte die Jungfer. »Es wird Tage brauchen, bis er dieses Feuer verdaut hat, und danach wird er sich auch nicht gerade prächtig fühlen.«

»Wie fühlen?« fragte Okra.

»Egal!« machte Mela. »Hauptsache, er ist weg.«

»Es tut mir leid, daß ich deinen Wasserscheit aufgebraucht habe«, sagte Okra reuig.

»Unter den gegebenen Umständen verzeihe ich es dir«, erwiderte Mela mit einem Lächeln. »Zu Hause habe ich ja noch einen.«

»Gibt es hier noch weitere Wasserdrachen?« wollte Ida wissen.

»Nicht auf diesem Fluß«, erwiderte das Mädchen. »Ich fürchte, das dürfte eine langweilige Floßfahrt werden.«

»Wirklich schade«, bemerkte Mela trocken, was bei ihr sehr selten vorkam.

Und so verbrachten sie die nächsten ein bis zwei Tage – ganz sicher konnte man sich nicht sein, da sich die Beleuchtung ja nie veränderte – mit Essen und Unterhaltung und mit Schlaf, während sie den dunklen Fluß hinabtrieben. Inzwischen mußte sich der Vorfall unter den örtlichen Wasserdrachen herumgesprochen haben; zumindest wurden sie nicht mehr angegriffen.

Endlich erreichten sie ihr Zielgebiet. Sie zogen das Hausfloß an einen kleinen, dunklen Uferstrand und gingen dem zunehmend anwachsenden Licht des geheimnisvollen Dämonenprojekts entgegen. »Vergeßt nicht«, flüsterte die Jungfer. »Die Dämonen werden versuchen euch hereinzulegen, ohne dabei regelrecht zu lügen. Immer, wenn sie das tun, werde ich versuchen, ein Streichholz zu verkaufen. Dann wißt ihr, was los ist.«

Bald darauf gelangten sie an eine Bürohöhle, in der ein Dämon hinter einem Schreibtisch saß. »Wer, zum Himmel, seid ihr?« fluchte der Dämon.

Mela ergriff die Initiative. »Wir sind nur drei Frauen und ein Mädchen, die gekommen sind, um mit Nada Naga zu sprechen.«

»Wer sagt das?«

»Der Gute Magier Humfrey hat uns aufgetragen, mit Nada zu reden.«

Der Dämon sah in einem Buch nach, das plötzlich in seiner Hand erschienen war. »Hier ist keine Dämonin dieses Namens.«

»Streichholz?« bettelte das Mädchen und bot ihre Schachtel dar.

Finster blickte der Dämon sie über den Schreibtisch hinweg an. »Wer bist du?«

»Ich bin nur die arme, süße kleine Gnade Uns, die ihren armseligen Unterhalt mit den Verkauf von Bündelchen bestreitet.«

Hoppla! Metria hatte wieder zu lange geredet und ein Wort verwechselt.

»Verkauf von was?« wollte der Dämon wissen, und aus einem seiner Hauer stieg ein Rauchwölkchen auf.

»Ein Bündelchen Streichhölzer«, erwiderte Mela hastig. »Oder auch nur einzelnes. Was immer du kaufen magst, um diesem armen, unschuldigen, schutzlosen, großäugigen, süßen, kleinen Mädchen zu helfen.«

Der Dämon runzelte die Stirn. Die Rauchwolke nahm die Form eines Fragezeichens an. Möglicherweise war er mißtrauisch. In seiner Hand erschien eine Goldmünze. »Ich kaufe ein Streichholz«, verkündete er.

»Ach, ganz, ganz vielen Dank, Herr Dämon!« rief Gnade ekstatisch. Sie reichte ihm ein Streichholz.

Er nahm das Streichholz entgegen und schnippte es in die Luft. Es löste sich nicht in Rauch auf. Er fing es wieder auf und rieb es forsch über die plötzlich marmorierte Oberfläche des Schreibtischs. Es brach in Flammen aus. Es war tatsächlich ein echtes Streichholz.

In der Zwischenzeit hatte Gnade Uns ihnen den Hinweis gegeben: Der Dämon versuchte zu dementieren. Was? fragte Ida sich. Täuschen, betrügen, hinters Licht führen, belügen, antwortete sie sich selbst. Narren? Was auch immer. Also mußten sie herausfinden, was er verbergen wollte. Er hatte gesagt, daß es keine Dämonin mit dem Namen Nada Naga hier gäbe.

Mela schien einem ähnlichen Gedankengang gefolgt zu sein. »Wir haben nicht gesagt, daß Nada eine Dämonin ist. Sie ist eine Sterbliche vom Stamme der Naga.«

»Ach so, *die* Nada. Die ist im Augenblick zu beschäftigt, um Besuch zu empfangen.«

»Streichholz?« erkundigte sich Gnade.

»Ich habe doch gerade schon eins gekauft!« brüllte der Dämon.

»Niemand kann zu beschäftigt für die Angelegenheiten des Guten Magiers sein«, wandte Mela ein. »Wir müssen unbedingt mit ihr sprechen.«

Der Dämon seufzte. Die Luft, die er ausstieß, hatte Ränder aus frustriert dreinblickendem Rauch. »Also gut. Ich lasse euch von einem Dämon zu ihr bringen.«

»Streichholz?«

»Wenn du mich noch einmal belästigst, Fräulein Gnade, verwandle ich dich in ein Stück Gips!« schrie der Dämon.

Gnade plusterte sich auf. »Das möchte ich aber mal sehen, wie du das versuchst, Basiliskenstinker!«

Die anderen drei drängten sich plötzlich um sie. »Ach, hat dich ein Basilisk erschreckt?« fragte Ida besorgt.

»Armes kleines Ding!« machte Mela.

»Ich werde ihn sofort zerstampfen«, erbot sich Okra.

Mela wandte sich dem Dämon zu. »Das arme Mädchen ist nicht ganz richtig im Kopf. Ich glaube, ein Basilisk wollte mal ihre Mutter beatmen. Ich vermute, ein richtiger Dämon würde sie gehörig erschrecken. Könntest du uns nicht lieber von einer Dämonin hinbringen lassen?«

Der Dämon stieß einen doppelten Rauchring mit Feuerrand aus. »Von mir aus, Hauptsache, ich bin euch endlich los. Welche wollt ihr denn haben?«

»Elster«, sagte Okra.

Plötzlich verdoppelte sich das Mißtrauen des Dämons. »Wie kommt es, daß ihr eine der netten Dämoninnen kennt?«

»Ich bin ein Ogermädchen«, erklärte Okra. »Elster hat bei unseren Banketten geholfen. Sie hat mir erzählt, wie sie auch ausgeholfen hat, als Rose von Roogna den Guten Magier heiratete.«

Der Dämon blätterte in seiner Kladde. »Ich sehe hier, daß Elster tatsächlich bei der Hochzeitsfeier des Guten Magiers und Rose von Roognas ausgeholfen hat. Das war eine Dämonenextravaganze.«

»Eine was?« fragte Gnade.

»Eine Sause, Ereignis, Fete, Sonderveranstaltung, Feier ...«

»Zentralschaffe?« erbot sich Gnade.

»Was auch immer«, erwiderte er verärgert. Dann musterte er sie argwöhnisch. »Es gibt nur eine Kreatur, die ich kenne, die ...«

»Dann ruf uns doch bitte Elster, damit sie uns hinbringt«, warf Mela drängend ein. »Ich bin sicher, daß sie schon in Ordnung ist.«

»Egal, Hauptsache, ich bin euch los.« Er schnippte mit

den Fingern, daß die Funken stoben, und eine großmütterliche Gestalt erschien.

»Elster!« rief Okra und umarmte sie.

»Meine Liebe, hast du dich aber verändert!« rief die Dämonin. »Du siehst ja fast menschlich aus!«

»Das liegt an diesen Kleidern, die ich unter den Menschen tragen muß«, erklärte Okra verlegen.

»Aber du siehst ja schon beinahe nett aus!«

»Ich weiß«, antwortete Okra noch verlegener.

»Und wer sind diese anderen da bei dir? Die eine ist ein Mensch, die andere stammt aus dem Meer und eine ...«

»Ein armes, unschuldiges Streichholzmädchen!« rief Mela.

Elster musterte Gnade; offensichtlich war sie keinen Augenblick zu täuschen. »Ja, natürlich«, sagte sie. »Und, wo müßt ihr hin?«

»Zu Nada Naga«, erklärte Mela. »Der Gute Magier hat uns geschickt.«

»Also schön. Hier entlang.« Forsch schritt Elster einen neuen Tunnel hinunter, der plötzlich in der Felswand erschienen war.

Sie folgten ihr. Erst Mela, dann Okra, dann Ida, dann Gnade. Gnade trat an Ida heran. »Sie weiß es, aber sie ist widerlich nett«, murmelte sie. »Sie würde nie irgend jemandem Schaden zufügen, nicht einmal einem anderen Dämon. Deshalb läßt sie mich durch.«

»Vielleicht könntest du dir an ihr mal ein Beispiel nehmen«, erwiderte Ida murmelnd.

»Wozu das denn?«

Ida sah ein, daß es sinnlos war, einem Dämonen Ethik oder Nettigkeit nahezulegen. Dämonen besaßen nun einmal keine Seele. Sie taten nur, was ihnen gefiel, jeder auf seine Art. Elster gefiel sich als nette Imitation eines Menschenwesens; Metria gefiel es, bösartig und neugierig zu sein. Darauf konnte man sich verlassen, aber auch auf nichts anderes. Und weil es schließlich immer mal wieder Zeiten gab, da man mit Dämonen zusammenarbeiten mußte, war es das

Beste, sich keinen Illusionen hinzugeben, was ihr Wesen anging.

Also antwortete sie anders, als sie es eigentlich vorgehabt hatte. »Das könnte unterhaltsam sein.«

»Das bezweifle ich.«

Soviel zu dieser Idee.

Sie gelangten in eine höhlenähnliche Kammer, vielleicht war es auch eine kammerähnliche Höhle. Hier schien vieles auf einmal zu geschehen. Überall waren Dämonen, die geheimnisvolle Dinge taten. In einer Ecke war ein Flugdrache, der gerade eine Strohpuppe, die einen Menschen darstellte, zu Zielübungen verwendete. Merkwürdig war daran nur, daß der Drache immer sein Ziel verfehlte. Da erkannte Ida, daß er in Wirklichkeit versuchte, möglichst nahe an das Ziel heranzukommen, ohne es tatsächlich zu treffen. Andere Dämonen maßen Wege aus und machten sie offensichtlich so schmal wie möglich, aber immer noch breit genug, um von Menschen benutzt zu werden. Wiederum andere gruben Löcher in den Boden und fertigten raffinierte Abdeckungen dafür, so daß sie wie sichere Wege aussahen, die in Wirklichkeit unter dem Gewicht unachtsamer Reisender einbrechen und sie in die Tiefe stürzen lassen würde.

»Das sieht mir aus wie eine Alptraumfabrik!« murmelte Gnade. »Ich frage mich, ob sie hier einen Konkurrenzbetrieb zum Kürbisreich aufmachen.«

»Wozu das denn?« fragte Ida.

Die Dämonin wirkte etwas verblüfft. »Das könnte unterhaltsam sein«, meinte sie nach einer kurzen Pause.

»Das bezweifle ich«, erwiderte Ida.

»Soviel zu dieser Idee«, meinte Gnade.

Ida hatte ein Gefühl des *Déjà vu*, doch erstens fiel ihr dieser Begriff nicht ein, und zweitens hätte sie ohnehin nicht gewußt, was er bedeutete, so daß sie es fahrenlassen mußte.

Elster führte sie zu einer wunderschönen jungen Frau in einem Schlangenkleid. Die Frau stand gerade vor einem Dämon in mundanischem Kostüm und las in einem Skript. »Nein, das werde ich nicht tun«, sagte sie mit einem Blick auf eine blaue Linie, die vor ihr auf den Boden gemalt war.

»Aber wie sollen wir denn sonst über den Fluß kommen?« fragte der Dämon und las ebenfalls von seinem eigenen Skript ab. Er klang sehr unüberzeugend.

»Wir müssen eine andere Möglichkeit finden. Eine Prinzessin entkleidet sich nicht vor Fremden.«

»Nein, nein!« mischte sich eine imposante Gestalt von einem Dämon ein. Er hatte knorrige Hörner und einen weitschweifigen Schwanz, dazu Fangzähne, die seinen Mund verzerrten. »Gib ihm keine Informationen freiwillig! Laß ihn darum bitten.«

»Aber hier steht doch …« protestierte die Frau.

»Jetzt nicht mehr, Nada«, antwortete der alte Dämon.

Nada warf einen Blick auf ihr Skript. Anscheinend hatte es sich verändert.

Sie versuchten es erneut. »Wir müssen einen anderen Weg finden«, sagte Nada.

»Aber weshalb?« fragte der mundanische Dämon, und es gelang ihm, ebenso unüberzeugend zu klingen wie vorher.

»Weil eine Prinzessin sich nicht vor Fremden entkleidet«, las Nada ab.

»Ich bin doch gar kein Fremder!« las der mundanische Dämon. »Wir kennen uns doch jetzt schon einige Stunden.«

»Ach so. Na ja, in diesem Fall …«

»Cut!« brüllte der alte Dämon mit den Fangzähnen. »Keine Improvisationen! Hast du denn nur Brei statt Gehirn im Kopf? Halte dich gefälligst an das Skript!«

»Aber Professor, im Skript wird doch gar nicht alles abgedeckt. Was ist, wenn er versucht, mich zu küssen?«

Der mundanische Dämon trat vor und legte die Arme um sie, nur zu begierig, diese Szene zu spielen.

»Dann verwandelst du dich in eine Schlange und gleitest davon«, erwiderte der Professor.

Der mundanische Dämon versuchte sie zu küssen. Sie wurde zu einer Schlange und begann davonzugleiten. »Nein, wirst du nicht!« sagte er und packte sie am Hals. Sie sperrte das Maul auf und wollte ihn beißen.

»Cut!« rief der Professor. »Du darfst den Mundanier nicht

beißen. Es ist dir nicht erlaubt, ihm weh zu tun. Du sollst ihm eigentlich helfen.«

»Aber Mundanier sind doch unberechenbar«, versetzte Nada. »Wie kann ich vorhersehen, was er alles anstellen könnte, wenn ich ihm nicht ein paar Manieren beibringe?«

»Das tun wir ja gerade: alle Varianten durchgehen, damit es keine Überraschungen gibt. Und nun noch einmal von vorn. Ihr kommt um die Biegung und erblickt den Fluß, der euch den Weg zum Ziel versperrt.«

»Ach, ist das alles kompliziert!« rief Nada und warf dabei die Hände hoch.

Der mundanische Dämon griff nach ihr und begann, ihr Kleid hochzuziehen. »Iiiieeehh!« kreischte sie.

»Na ja, das könnte er doch wohl versuchen«, meinte der mundanische Dämon.

»Dann wollen wir dem Skript noch eine weitere Möglichkeit hinzufügen«, sagte sie wütend. »Nämlich einen Schlag auf die Schnauze.«

»Eine Schlange kann gar nicht schlagen«, versetzte der mundanische Dämon selbstzufrieden. »Sie hat nämlich keine Fäuste.«

»Und wenn ich ihm statt dessen das Gesicht abbeiße?« wollte sie wissen, nachdem sie einen Schlangenkopf mit riesigem Maul ausgebildet hatte.

»Macht mal eine Pause!« rief der Professor, der es offensichtlich leid war.

Erleichtert trat Nada von dem Fluß zurück. Diesen Augenblick wählte Elster, um sie anzusprechen. »Nada, du hast Besuch.«

»Hauptsache, er kommt nicht aus Mundania«, antwortete Nada müde.

»Nein, wir sind aus Xanth«, meldete sich Mela zu Wort. »Der Gute Magier Humfrey hat uns geschickt, um mit dir zu sprechen.«

»Weshalb denn das? Ich kenne euch nicht.«

»Das wissen wir nicht. Wir sind hingegangen, um unsere Fragen zu stellen, doch er wollte sie nicht beantworten. Statt dessen hat er uns gesagt, wir sollen ...«

Der Professor mischte sich ein. »Ein bißchen mehr Organisation, wenn ich bitten darf!« sagte er streng und funkelte sie alle böse an. »Als erstes stellt man sich vor. Ich bin Professor Fetthuf, den man zur Regiearbeit an dieser albernen Scharade erpreßt hat. Das da ist Prinzessin Nada Naga, eine unserer Hauptfiguren in diesem Stück und normalerweise eine nette Person. Und ihr vier seid wer?« Sein schrecklicher Blick musterte jede von ihnen nacheinander.

»Mela Meerfrau.«

»Okra Ogerin.«

»Ida Mensch.«

»Gnade Uns.«

»Metria, was machst du denn hier?« wollte Fetthuf wissen. »Hat man dir nicht verboten, das Gelände zu betreten?«

Die Jungfer richtete die allergrößten, riesigsten, tränenreichsten puppenbraunen Augen auf ihn. »Bitte, Professor, ich möchte doch so gern wissen, was hier los ist.«

»Also gut«, entschied er grimmig. »Dann sollst du es nicht nur erfahren, du wirst dabei auch mitmachen. Und zum Mitmachen gehört es auch, daß du unfähig sein wirst, irgendwelchen Außenstehenden etwas über dieses Projekt zu erzählen.«

»Ich bin mir gar nicht sicher, daß ich überhaupt mitmachen will«, murrte Metria.

»Ich kann mich nicht erinnern, dich nach deinen Wünschen gefragt zu haben.« Der Professor gestikulierte. Ein Rauchwölkchen umhüllte die Jungfer. Als es verflogen war, war Metria wieder sie selbst. »Du bist eingestellt«, verkündete er. »Du kommst auf die Liste mit den autorisierten Gefährtinnen. Wollen wir hoffen, daß dich niemand aussucht.«

»Ich verschwinde von hier«, sagte Metria bestürzt.

»Du meldest dich sofort auf deinem Posten zur Probe«, widersprach er. »Elster! Bring sie dorthin.«

Die großmütterliche Dämonin trat auf die schöne junge zu, die offensichtlich unfähig war zu fliehen. »Komm schon, Liebes. Es ist wirklich ein interessantes Projekt.« Die beiden verschwanden.

»Aber vielleicht gefällt Metria die Rolle gar nicht«, meinte Nada.

»Sicherlich nicht«, stimmte der Professor ihr zu. Dann verwandelte sich seine starre Grimasse in etwas, das große Ähnlichkeit mit einem Lächeln hatte.

Ida vermutete, daß die Dämonin Metria nur bekam, was ihr zustand. Leider schmeckten Dinge, die einem zustanden, nur selten sonderlich gut.

Nun richtete der Professor seine Aufmerksamkeit auf die drei. »Zufälligerweise kenne ich Humfrey«, sagte er. »Für einen Sterblichen ist er ein guter Mann, und normalerweise hat er gute Gründe für alles, was er tut. Welche Fragen habt ihr ihm gestellt?«

»Wie kann ich einen guten Ehemann bekommen?« fragte Mela.

»Wie kann ich Jenny Elfe loswerden?« fragte Okra.

»Was ist meine Bestimmung?« fragte Ida.

»Na, kein Wunder!« rief der Professor. »Da wären seine Antworten nur kontraproduktiv.«

»Das hat er auch gesagt«, gestand Mela. »Aber da habe ich ihm gedroht, ihm mein Höschen zu zeigen, worauf er uns sagte, wir sollten mit Nada Naga sprechen. Also haben wir mit Metria ein Abkommen getroffen, uns hierherzubringen.«

»Jetzt wird alles klar. Er hat richtig gehandelt. Nada, nimm dir fünf.«

Die schöne Prinzessin sah sich um. »Fünf was, Professor?«

Fetthuf rollte die Augen hoch, bis die glühenden Pupillen verschwanden. »Fünf Augenblicke. Sprich mit diesen Petitenten.«

»Aber ich verstehe nicht ...« sagte Nada verwirrt.

»Genau.« Der Professor schritt davon.

Nada musterte sie verwundert. »Wir verstehen es ebensowenig wie du«, sagte Mela entschuldigend. »Wir dachten, du wüßtest, worum es geht.«

»Ich weiß ja kaum, worum es *hier* geht!« erwiderte Nada

und umfaßte das Geschehen um sie herum mit einer ausschweifenden Geste.

Wie sie Mela und Nada dort nebeneinander stehen sah, wußte Ida kaum zu sagen, welche von beiden die schönere war. Melas Körper war zwar fülliger, doch dafür hatte Nada das hübschere Gesicht. Andererseits ...

»Könnte es mit unseren Fragen zu tun haben?« wollte Okra wissen.

Nada furchte die Stirn. »Ein Ehemann? Jenny Elfe loswerden? Bestimmung? Irgendwie glaube ich das nicht.«

»Ich will doch gar nicht so viel« meinte Mela. »Nur den stattlichsten, männlichsten, intelligentesten Prinzen, den es gibt.«

Nada musterte sie einen Augenblick. Dann schüttelte sie sich, als würde sie ihrer eigenen Schlußfolgerung nicht trauen, und wandte sich an die nächste Frau. »Okra, weshalb willst du Jenny Elfe loswerden? Sie ist doch ein nettes Mädchen und hat ganz bestimmt noch nie jemandem etwas getan, am wenigsten dir.«

»Sie wurde an meiner Stelle zur Hauptrolle gewählt«, erläuterte Okra. »Wenn sie geht, kann ich das übernehmen, dann wird mir nie etwas Schlimmes passieren, und vielleicht lebe ich glücklich bis in alle Zeiten.«

»Wie lang bist du schon mit Mela und Ida unterwegs?«

»Oh, tagelang! Wir haben Mela sogar zu einem Höschen verholfen.«

»Behosung! Soll das heißen, daß die Frage des Guten Magiers beantwortet wurde?«

»Ja. Ihr Höschen hat ...«

»Erzähl es mir nicht. Solche Sachen sollte man nicht breittreten. Aber ich denke, langsam beginne ich zu ahnen, woran der Gute Magier gedacht hat.« Dann wandte sie sich an Ida und musterte sie erneut. »Oh, ach du liebe Güte! Ich denke, ich kenne deine Bestimmung.«

»Die kennst du?« fragte Ida entzückt. »Was ist es denn?«

»Aber ich weiß nicht genau, weshalb der Gute Magier sie dir nicht genannt hat. Deshalb denke ich, daß ich nicht sagen darf, was ich denke. Der Gute Magier hat immer einen Grund, und ich möchte mich nicht einmischen.«

»Aber es kann doch bestimmt nicht schaden, mir ...«

Nada schüttelte den Kopf. »Ich möchte dich nicht aufziehen, Ida, aber ich fürchte, daß ich es insoweit tun muß. Aber ich glaube, daß mein Bruder Naldo euch allen drei helfen kann und daß der Grund, weshalb Humfrey euch zu mir geschickt hat, darin liegt, daß ich euch an ihn verweisen soll. Tatsächlich hätte es euch größere Schwierigkeiten gemacht, ihn zu finden als mich. Wartet mal, ich will mal schauen, ob ich das arrangieren kann.« Sie schritt wieder zu Professor Fetthuf hinüber, der sich gerade erhob, weil er durch irgendeinen professoralen Mechanismus gemerkt haben mußte, daß ihr Gespräch beendet war. Offensichtlich waren die fünf Augenblicke vorüber.

»Ja, ich werde es arrangieren«, entschied der Professor. »Vergattere sie zur Geheimhaltung, dann kannst du ihnen sagen, was du willst.«

»Geheimhaltung?« fragte Mela.

»Über dieses Projekt. Ihr seid doch bestimmt schon neugierig.«

»Oh, und ob!« stimmte Mela zu, und die anderen taten es ihr gleich. »Es ist wirklich äußerst seltsam hier.«

»Dann müßt ihr drei einwilligen, niemandem zu erzählen, was ihr hier gesehen habt. Wenn ihr das tut, verzichtet der Professor darauf, euch auf magische Weise zur Geheimhaltung zu verpflichten, wie er es mit Metria getan hat.«

Dankbar tauschten die drei vier Blicke. »Wir willigen ein«, verkündete Mela.

»Wir bereiten ein tolles Spiel vor«, erläuterte Nada. »Es ist für Mundanier, die auf diese Weise eine Reise durch Xanth unternehmen können. Jeder Spieler erhält Hilfe durch eine von uns, damit er nicht in Schwierigkeiten gerät, beispielsweise von einem Drachen gefressen wird. Wenn er gut genug spielt, kann er ein magisches Talent gewinnen. Tut er es nicht, fliegt er raus.«

»Aber was hat denn das mit diesem ganzen Schwimmen oder Küssen zu tun?« wollte Ida wissen.

»Wenn ich mit einem männlichen Mundanier zusammenarbeite, könnte er auf den Gedanken kommen, mich in Höschen sehen zu wollen«, erklärte Nada. »Natürlich können wir so etwas nicht zulassen. Wenn wir also einen Fluß überqueren müssen, schwimme ich nicht hindurch, es sei denn, ich nehme Schlangenform an. Wir üben gerade, wie ich ihn abwimmeln kann, falls er stur werden sollte. Alles muß sorgfältig vorbereitet sein, damit wir nicht während des Spiels selbst versagen. Deshalb arbeiteten die Drachen auch noch an ihrer Präzision. Sie sollen keine der Spieler rösten, sollen sie nur warnen. Aber die Mundanier wissen das natürlich nicht vorher.«

»Um diese Aufgabe beneide ich dich wahrhaftig nicht«, meinte Mela. »Und all das nur, weil du ein wenig Rotwein probiert hast!«

»Es ist eigentlich ganz interessant«, meinte Nada. »Ich hatte sowieso nicht allzuviel zu tun, nachdem ich nicht mehr mit Prinz Dolph verheiratet war. Und wenn das hier erst einmal vorbei ist, bin ich frei. Ich lerne dabei eine Menge, und Professor Fetthuf ist gar nicht so übel, wenn man ihn erst einmal näher kennt.«

»Wie bitte?«

Nada schreckte zusammen. Da war ja der Professor! »Ich habe nur gerade erzählt, wie schrecklich du bist«, sagte sie hastig. »Ein richtig brutales Ungeheuer, das keinerlei Rücksichten auf irgendwelche persönliche Gebrechen nimmt.«

»Schon besser. Die Sache ist arrangiert.« Er blickte die drei Besucherinnen an. »Stellt euch zusammen.«

»Es war nett, euch kennenzulernen«, sagte Nada. »Vergeßt nicht – erzählt meinem Bruder, was ihr mir berichtet habt, aber kein Wort davon, was wir hier tun.«

»Das werden wir«, bekräftigte Mela.

Mela, Okra und Ida rückten dichter zusammen. Der Professor machte eine Geste. Plötzlich veränderte sich die Szenerie.

12

HERAUS-FORDERUNG

Jenny hoffte, daß das Schlimmste überstanden sei. Gobbel war zwar immer noch ein Lausebengel, und sie mußte immer noch hauptsächlich ein Auge benutzen, und sie befanden sich tief unter dem Callicantzari-Berg, doch wenigstens hatten sie Gobbel von seinen Ausdrücken der Erwachsenen kuriert, und Che wußte den Weg zurück.

Gwenny schöpfte noch etwas Lethewasser und verschraubte den Becher mit seinem Deckel. Dieses Elixier könnte später noch einmal nützlich sein. Und um sicherzugehen, daß Gobbel es nicht stahl und gegen sie verwendete, besprenkelte sie ihn mit einem weiteren Tropfen und sagte: »Vergiß alles über das Lethewasser, das wir mit uns führen.«

Sie machten sich an den Anstieg durch die gewundenen Tunnel, Höhlen und Galerien, bis sie schließlich die Stelle erreichten, an der sie in der Nacht zuvor ihr Lager aufgeschlagen hatten. Dann vertilgten sie ihre letzten Vorräte, weil sie genau wußten, daß sie am nächsten Tag entweder aus den unterirdischen Höhlen an die Oberfläche gelangen oder in den Mägen der Callicantzari enden würden. Wieder teilten sie Gobbel zur Wache ein, weil es immer noch keinen besonderen Verlust bedeuten würde, wenn er von einem Ungeheuer gefressen werden sollte. Inzwischen war er nicht mehr ganz so unerträglich, da ihm einige Schimpfwörter abgingen, doch mußten sie sorgfältig darauf achten, daß sie die Linsen nicht erwähnten, mit denen sie Tagträume wahrnehmen konnten.

Jenny war müde und schlief sofort ein, ohne die Träume der anderen zu beobachten. Sie erwachte erfrischt und hoffte, daß es den anderen ebenso ging, bis auf Gobbel, der ja nicht zählte.

Dann marschierten sie weiter, bis sie die Kluft erreichten. Dort wurden sie unglücklicherweise von einer ganzen Horde von Callicantzari empfangen, von denen jeder schlimmer aussah als alle anderen zusammen, wie es eben ihrem Wesen entsprach. Was sollten sie nun tun? Gwennys Zauberstab konnte immer nur ein Ungeheuer auf einmal beseitigen. Sie hatten sich Hoffnungen gemacht, daß diese Kreaturen im Laufe der vergangenen zwei Tage die Reisenden vergessen hätten.

Vergessen! Offensichtlich befand sich das Gedächtnis dieser Wesen in einem besseren Zustand als ihre Körper oder ihr Charakter. Immerhin brachte das Jenny auf eine Idee. Sie zog Gwenny beiseite. »Wir könnten etwas von dem Wasser benutzen, damit sie uns vergessen«, flüsterte sie ihr zu. »Dann gehen sie weg, und wir haben keine Schwierigkeiten mehr.«

»Ich wußte doch, daß ich es aus irgendeinem Grund mitgenommen habe«, erwiderte Gwenny mit fröhlicher Miene.

Doch wie sollten sie das anstellen, ohne Gobbel darauf aufmerksam zu machen? Natürlich könnten sie ihn mit einem weiteren Tropfe besprengen und ihn vergessen machen, doch waren sie sich nicht sicher, ob das Wasser des Lethe tatsächlich zweimal dieselbe Erinnerung auslöschen konnte. Da war es ratsamer, ihn irgendwie abzulenken oder zu täuschen, damit er nicht noch einmal etwas von dem Wasser erfuhr.

»Ich könnte doch Gobbel mitnehmen, um einen anderen Weg zu suchen, mit dem wir die Ungeheuer umgehen könnten«, schlug Jenny vor. »In der Zwischenzeit könnt ihr beiden die andere Richtung überprüfen. Dann treffen wir uns hier und stellen fest, wer den besten Weg gefunden hat.«

»Das ist eine hervorragende Idee, Jenny!« stimmte Gwenny ihr zu.

»Also muß ich mit dieser vieräugigen Mißgeburt von einer Elfe rumziehen«, meinte Gobbel. Dann zuckte er zusammen. »Sag mal, Heulsuse, wieso kannst du eigentlich ohne deine Brille etwas sehen? Ich weiß noch, daß du sie verloren hast, und ohne die bist du doch so blind wie eine Fledermaus, während du heute ganz gut in der Gegend rumglotzen kannst.«

Der Bengel war einfach zu raffiniert! Jenny überlegte sich schnell etwas. »Vielleicht bin ich ja doch nicht ganz so blind, wie du glaubst, du Bratwurst.«

Er verstummte, wie er es meistens tat, wenn ihm ein anderer überlegen war. Sie gingen den Tunnel entlang, fort von der Kluft, um an der nächsten Kreuzung rechts weiterzuschreiten. Jenny prägte es sich sorgfältig ein, denn ihr war bewußt, wie wichtig es war, sich nicht zu verlaufen.

Sie kamen durch verschiedene Höhlen, von denen aber anscheinend keine auch nur in die Nähe der Kluft führt. »Hier scheint es nicht viel zu geben«, bemerkte Jenny. Natürlich suchte sie auch gar nicht wirklich; es ging ja nur darum, Che und Gwenny die Zeit zu geben, die Kluft zu überqueren und die Callicantzari mit Lethewasser zu besprenkeln.

»Warum läßt du denn deinen taubstummen Kater nicht nachsehen?« fragte Gobbel.

»Sammy ist nicht stumm, er kann auch sprechen, wenn er will.«

»Ach ja? Dann soll er doch etwas sagen.«

Sammy knurrte ihn an.

»Das ist kein Sprechen!« meinte der Bengel.

»Das ist Katzensprache. Aber ich werde lieber nicht wiederholen, wie er dich genannt hat, du Müllhirn.« Trotzdem, es war immerhin eine Idee. »Sammy, such den sichersten

Weg nach draußen.« Für alle Fälle hielt sie den Kater dabei fest.

Wieder erschien die Katzenkarte. Sie führte den Weg zurück, den sie gekommen waren. Das bedeutete, daß die anderen die Gegner beseitigt hatten.

»Siehst du, der weiß überhaupt nichts«, meinte Gobbel.

»Er schaut nach hinten«, widersprach Jenny. »Das heißt, daß wir den falschen Weg genommen haben. Vielleicht haben die anderen ja etwas entdeckt.«

»Na klar«, sagte er höhnisch. »Die knutschen wahrscheinlich gerade irgendwo rum.«

Das war alles, was er über Erwachsene wußte. Die Verschwörung war intakt.

Sie kehrten wieder zurück. Che hatte tatsächlich bereits die Kluft überquert, und Gwenny erwartete sie schon. »Die Ungeheuer sind abgehauen«, rief sie ihnen zu. »Sie müssen uns vergessen haben.«

Einfach so. »Wie schön«, meinte Jenny.

»Ich habe noch nie gehört, daß Callicantzari ihre Beute vergessen«, sagte Gobbel mißtrauisch.

»Ach, mein lieber kleiner Bruder«, meinte Gwenny liebenswürdig. »Könnte es vielleicht sein, daß es doch noch etwas gibt, was du nicht über widerliche Ungeheuer weißt?«

Er verstummte doppelt so heftig wie zuvor.

Sie warfen das Seil, und Gwenny hangelte sich daran auf die andere Seite. Diesmal hatte Che sie mit seinem Schweif berührt, bevor sie ihn auf die andere Seite schweben ließ, so daß sie leichter wurde und schneller hangeln konnte. Dann ließ sie Gobbel und Jenny von der anderen Seite aus herüberschweben.

Sie eilten weiter, weil es ja auch noch andere Callicantzari geben könnte, die sie noch nicht mit Lethewasser besprenkelt hatten oder die sie nun zum zweitenmal vernahmen und zurückkehren könnten, um nachzusehen. Aber zu Jennys Erleichterung gelangten sie ohne weitere Zwischenfälle ans Ziel. Es war ein wunderbares Gefühl, den matten Lichtfleck am Ende des Tunnels zu erblicken.

»Wißt ihr eigentlich, daß Jordan der Barbar vor Jahrhunderten genau diesen Gang erkundet hat«, bemerkte Che. »Er hat allerdings einen anderen Weg ins Freie entdeckt.«

»Ja, der hat ja auch den Felsbrocken zurückgelassen, der den Eingang versiegelt«, ergänzte Gwenny. »Ich meine, die haben ihn vor die Öffnung gerollt, um ihn einzusperren, er ist aber trotzdem hinausgekommen. Allerdings hat der auch nicht das gesucht, was wir ...« Sie verstummte noch rechtzeitig, als ihr einfiel, daß sie darüber ja nicht sprechen durfte.

Nun kamen sie aus der tiefen Höhle hinaus ins Sonnenlicht des Nachmittags. Es war ein herrliches Gefühl.

Die Koboldmänner kamen heraus, um sie zu empfangen. »Schön, Gobbel«, sagte Gwenny. »Jetzt kannst du gehen. Danke für die wunderbare Begleitung.«

Gobbel sperrte den Mund auf. »-!« schrie er frustriert.

Sie kehrten in Godivas Gemächer zurück und berichteten ausführlich von ihrer Reise, während sie ausführlich speisten. Dann zogen sie sich in Gwennys Gemächer zurück, um sich die Nacht über ausführlich auszuruhen. Das war ebenfalls wunderbar. Ausführlichkeit hatte wirklich ihre guten Seiten.

Doch im Koboldberg gab es keine Zweitbrille. Jenny hatte eigentlich eine dabei, doch wahrscheinlich hatte Gobbel sie aus purer Bengelhaftigkeit aufgestöbert und vernichtet. So bestand Gwenny drauf, daß sie ihre eine Linse behielt, bis sie sich eine richtige Brille beschafft hatte. Doch würde sie so tun müssen, als könnte sie nicht mehr ganz so gut sehen, damit die Kobolde nicht merkten, daß hier eine andere Magie im Spiel war. Denn das könnte Gwenny in Schwierigkeiten bringen.

Am nächsten Tag wanderten sie durch die Gänge des Koboldbergs und sprachen mit Kobolden. Das war gleichzeitig interessant und beunruhigend. »Was hältst du davon, wenn ich Häuptling werde?« fragte Gwenny einen von ihnen.

»Du kannst ruhig Häuptling werden, wenn du willst«, erwiderte der Mann. Doch er verhielt sich ziemlich ausweichend, und Jenny sah einen Tagtraum von Gobbel im Häuptlingsmantel. Dieser Kobold unterstützte in Wirklichkeit Gobbel, wagte aber nicht, es offen auszusprechen, für den Fall, daß Gobbel es nicht schaffen sollte.

»Was hältst du von mir?« fragte Gwenny einen weiteren Koboldmann.

»Ich schätze, du bist schon in Ordnung«, erwiderte er. Doch vor seinem geistigen Auge sah er, wie sie in einem großen Topf mit kochendem Wasser saß.

Jenny erkannte, daß die Kobolde nicht nur gegen Gwenny eingestellt waren, sie belogen sie auch oder versuchten es wenigstens. Die Nachtmährenlinsen funktionierten wie Lügendetektoren, weil die spontanen Tagträume die Wahrheit zeigten. Das machte sie zu wirklich sehr nützlichen Instrumenten! Vielleicht war es doch ganz gut gewesen, sich diese besonderen Linsen anstelle von gewöhnlichen zu beschaffen.

Sie sprachen auch mit einigen Koboldfrauen. Manche sagten, daß sie Gwenny mochten und hofften, daß sie Häuptling werden würde – und ihre Tagträume zeigten, daß sie die Wahrheit sagten. Andere meinten, daß ein Mann Häuptling werden solle – doch wiederum zeigten ihre Tagträume, daß sie in Wirklichkeit Gwenny haben wollten. Die Männer waren im allgemeinen ziemlich einmütig gegen sie, die Frauen ebenso einmütig für sie.

Dann kamen sie an einer Höhlenkammer vorbei, wo die Kobolde für gewöhnlich feierten. Sie waren noch nie dort gewesen, weil Gwenny meistens in ihrem eigenen Höhlentrakt geblieben war, wenn sie auf Besuch kam, damit niemand merkte, wie schlecht sie eigentlich sehen konnte. Natürlich hatte sie hier nie ihre Brille getragen, das hatte nur Jenny getan. Che war ihr eine große Hilfe gewesen, so daß sie durchaus hatte ausgehen können, wenn es erforderlich war, doch hatten sie ihr Glück nie strapaziert. Jenny konnte das nur zu gut verstehen, nachdem sie erlebt hatte, wie Gobbel sie selbst wegen ihrer Brille und ihrer vermeintlichen Blindheit aufzog.

Diese Höhle aber war das schiere Grauen. Sie versuchten gar nicht erst einzutreten, weil sie die Tagträume schon herauswehen sahen. Die Träume handelten von nymphenähnlichen Koboldmädchen, die ohne Kleider umherliefen und sich auf die Männer stürzten, um haufenweise Verschwörungstaten zu begehen. Sie schienen ebenso unermüdlich wie die Männer. Das ging immer so weiter, alle Varianten wurden aufgeführt, doch dahinter stand immer dieselbe Gier. Es stimmte wirklich: Diese kruden Männer wollten alle nur das eine, und das war furchtbar langweilig. Was war nur los mit ihnen?

Jenny wechselte einen Blick mit Gwenny, und weil sie beide eine Linse anhatten, sah jede auch die Phantasien der anderen. Beider Tagträume zeigten einen monströsen Wasserkessel, in dem all diese träumenden Männer zu Brei zerkocht wurden. Dann lachten sie, wenn es auch ein wenig hohl klang. Der arme Che konnte sich nur wundern, weil er die Tagträume ja nicht zu erkennen vermochte.

Am nächsten Tag war die Zeit der Prüfung gekommen. Damit sollte festgestellt werden, ob ein Kandidat für das Häuptlingsamt tauglich war. Zwei Aufgaben wurden jeweils auf ein Stück Papier geschrieben und im Kapseln versiegelt. Jeder der beiden Kandidaten sollte sich eine aussuchen und die darin enthaltene Prüfung bewältigen. Wenn es dem einen innerhalb der gesetzten Zeitfrist gelang und dem anderen nicht, dann war der Verlierer aus dem Rennen. Gelang es jedoch beiden, läutete dies die Runde für die nächsten Prüfungen ein.

Gobbel kam heranmarschiert und zog als erster, ohne um Erlaubnis zu fragen. Jenny wußte, daß Gwenny dagegen hätte protestieren können, aber nicht unhöflich sein wollte. Gobbel tastete ziemlich lange herum und schien unschlüssig zu sein. Dann holte er endlich eine Kapsel hervor, öffnete sie und rief befriedigt: »Ich muß einen Altweiberschwanz besorgen. Und zwar in zwei Tagen«, verkündete er. »Das schaffe ich doch glatt in einem.« Er rannte davon. »Kommt schon«, rief er zwei erwachsenen Kobolden zu. »Wir müssen in den Harpyienwald.« Es waren ihm zwei Helfer gestattet, weil Gwenny ebenfalls zwei hatte.

Nun war nur noch eine Kapsel übrig. Gwenny nahm sie und öffnete sie. Stumm vor Entsetzen stand sie da.

Jenny trat heran und nahm sie ihr aus der Hand. Sie las den Inhalt: HOLE, WAS ZWISCHEN DEM ROKH UND DEM HARTEN PLATZ IST.

»Was ist das denn?« fragte Jenny.

»Die schlimmste aller Herausforderungen«, erläuterte Gwenny. »Ich glaube nicht, daß ich das überhaupt schaffen kann, schon gar nicht in zwei Tagen.«

Che nahm den Zettel. »Wir müssen uns beraten«, sagte er grimmig.

Sie begaben sich in Gwennys Gemächer und berieten sich. Che erklärte Jenny die Bedeutung der Worte. »Im Namenlosen Schloß gibt es ein großes steinernes Nest, und auf diesem Nest sitzt ein Vogel Rokh. Zwischen diesen beiden liegt das Ei des Rokh. Und das müssen wir holen.«

»Aber das muß doch ein riesiges Ei sein!« meinte Jenny.

»Das ist es auch. Aber Gwenny kann es ja mit ihrem Zauberstab heben. Das ist nicht das Problem.«

»Der Rokh wird sein Ei wohl kaum freiwillig preisgeben«, meinte Jenny.

»Das stimmt. Das ist tatsächlich ein Problem, aber nicht das *eigentliche*.«

»Wo ist denn überhaupt dieses Namenlose Schloß?«

»Genau das ist das Problem«, erwiderte Che ernst. »Niemand weiß, wo es ist. Der einzige Hinweis, den wir kennen, findet sich in den Notizen des Guten Magiers. Offensichtlich haben die Dämonen davon erzählt. Humfrey hat es gesucht und festgestellt, daß es sich nirgendwo auf der Halbinsel von Xanth befindet, und so hat er sich anderen Dingen gewidmet.«

»Woher weißt du denn dann von dem Rokh und dem harten Platz?«

»Der Gute Magier hat eine dementsprechende Fußnote angefertigt. Vielleicht hat der große Dämon Professor Fetthuf ihn erwähnt. Aber mehr wissen wir nicht darüber.«

»Wieso bekommt Gobbel überhaupt eine so einfache Aufgabe, während man Gwenny eine unmögliche stellt?« wollte Jenny wissen.

»Ich vermute, daß Gobbel betrogen hat«, antwortete Che nüchtern. »Er muß die richtige Kapsel mit dieser vertauscht haben. Leider können wir das nicht beweisen. Ich fürchte, wir sitzen mit dieser Aufgabe fest.«

»Aber dann sollten wir doch zur Aufsicht gehen und uns beschweren!« sagte Jenny.

»Die Aufsicht besteht aus männlichen Kobolden.«

Jenny seufzte. Sie hatte schon genug über Kobolde erfahren, um zu begreifen, daß jede Beschwerde zwecklos war. »Was sollen wir dann tun?«

Che vollbrachte ein halbes Lächeln. »Wir suchen das Namenlose Schloß.«

»Obwohl nicht einmal der Gute Magier es finden konnte?«

»Er hat es nicht gefunden. Das heißt aber nicht, daß er nicht konnte. Wahrscheinlich hatte er andere Dinge zu tun.«

»Und wie sollen wir es dann finden?«

»Wir fragen Sammy.«

Jenny lächelte. »Das könnte klappen!«

So füllten sie ihre Vorräte wieder auf und verließen den Berg. Als sie in ein offenes Gebiet kamen, sprach Jenny mit dem Kater. »Sammy, such uns die kürzeste Strecke zu dem Weg, der zum Namenlosen Schloß führt.« Denn sie wußte nicht, wie weit der Kater rennen mochte, wenn man seine Suche nicht entsprechend einschränkte, und langsam lernte sie, seine Fähigkeit wirkungsvoller zu nutzen.

Sammy raste nach Osten davon. Das war in Ordnung, denn es gab einen Weg, der in diese Richtung zum Fluß führte. Es war noch nicht so lange her, daß sie ihn benutzt hatten. Doch hatten sie am Fluß oder in seiner Nähe kein Schloß erblickt – und außerdem sollte das Schloß ja auch gar nicht auf der Halbinsel von Xanth liegen. Das bedeutete wahrscheinlich das Meer, was schon weniger in Ordnung war.

Sie folgten. Nach einer Weile blieb Sammy stehen und wartete. Als sie ihn eingeholt hatten, ließ Jenny ihn den nächsten Wegesabschnitt suchen. So nutzte sie sein Talent hervorragend aus.

Doch was sollten sie tun, wenn sie im Osten ans Meer kamen und es überqueren müßten? Ein weiteres Floß bauen? Das hatte auf dem Fluß zwar geklappt, doch war sie nicht wild darauf, es auch auf hoher See zu riskieren. Wenn Fracto sie erblicken sollte …

Sie erreichten den Fluß. Sammys geistige Landkarte führte schnurstracks ans andere Ufer. So holten sie ihr Floß hervor und suchten sich ein paar Stangen, um überzusetzen.

Doch jetzt befanden sie sich im Jagdrevier der Drachen. Es konnte sich nur um Augenblicke handeln, bis einer von ihnen sie gewittert haben würde. Deshalb fing Jenny an zu singen, erschuf einen Traum, bis alle etwaigen örtlichen Drachen, die ihnen nicht ohnehin schon ihre Aufmerksamkeit schenkten, sich statt dessen dem Traum anschlossen. Che, der das Floß mit einer Stange schob, konzentrierte sich stark, um nicht von dem Traum eingenommen zu werden.

Als sie schließlich das andere Ufer erreicht hatten und sich zwischen Bäumen verstecken konnten, berührte Jenny Gwennys Hand. »Weißt du, ich konnte den Traum sehen, ohne Teil davon zu sein. Das hat Spaß gemacht!«

Am anderen Ufer setzte sich der Weg fort. Doch es war einfach zu gut, um wahr zu sein: ein alter, breiter Pfad, der sich einigermaßen eben die Konturen des Geländes entlangschlängelte. Sammy raste ihn so schnell entlang, daß sie schon bald erschöpft davon waren, mit ihm Schritt zu halten. Aber das war noch nicht alles.

»Schöne Wege führen oft zu Gewirrbäumen oder Ogernestern«, sagte Che. »Ich weiß zwar, daß er eigentlich einen sicheren Weg nehmen sollte, vielleicht weiß er aber auch nicht, wer den gemacht hat. Vielleicht ist er auch nur ein Stück weit sicher; danach wird er dann möglicherweise unsicher und wir sitzen in der Falle.«

»Vielleicht ist er ja auch nur bei Tag sicher, wenn wir aber mehrere Tage brauchen, um ihn zu bereisen, gefällt uns möglicherweise die Nacht nicht«, warf Gwenny ein.

»Vielleicht führt er auch nur so weit, bis wir schließlich an seinem Ende nur wunde Füße haben«, sagte Jenny. Es war offensichtlich, daß keiner von ihnen allzu begierig darauf war, noch mehr Zeit auf diesem Weg zu verbringen. »Ich glaube wirklich nicht, daß Sammy uns einen unsicheren Weg entlangführen würde, aber wir haben nur zwei Tage zur Verfügung, deshalb müssen wir uns beeilen.«

Che musterte den Pfad. »Ich glaube, daß ist eine Schlangenbahn«, sagte er. »Schaut mal, die Oberfläche ist von öligem Grün und sehr hart. Wahrscheinlich ist hier vor Jahren einmal eine Riesenschlange entlanggeschlichen, die schon lange fort ist und nur ihren Abdruck im Boden zurückgelassen hat.«

Gwenny begutachtete das Grün. »Einer so großen Schlange möchte ich nicht gern begegnen!«

»Aber wenn sie ihre eigene Spur hinterläßt und nicht mehr zurückkehrt«, wandte Jenny ein, »kann sie doch jedermann benutzen. Aber wenn das Namenlose Schloß weit entfernt sein sollte, dann müssen wir noch mehr tun, als ihm einfach nur zu folgen.«

»Vielleicht sollten wir es mit einem Ablenkungsmanöver versuchen«, schlug Che vor.

»Einem was?« fragte Jenny.

»Den Kater auffordern, uns etwas zu suchen, das unsere Reise hinsichtlich Geschwindigkeit und Sicherheit auf indirekte Weise simplifiziert.«

»Beim zweitenmal hast du dich auch nicht viel deutlicher ausgedrückt«, beschwerte sich Gwenny. »Du klingst schon viel zu sehr wie ein Zentaur.«

Che reagierte bestürzt. »Das ist mir gar nicht klargeworden. Ich habe nur gemeint, daß Sammy uns vielleicht etwas suchen kann, was uns hilft.«

»Oh. Gute Idee.« Jenny sprach zu der Katze. »Sammy ...«

Sammy huschte ins Unterholz. »Warte auf mich!« rief Jenny und rannte ihm nach.

»Da wären wir wieder«, meinte Gwenny und folgte ihnen.

Sie gingen dem Kater nach, der durch Dick und Dünn

raste, bis sie schließlich eine Bauernhütte erreichten. Dort erblickten sie einen ungefähr achtjährigen Jungen, der inmitten einer Sammlung von Spielzeugen, Blöcken und anderen Gegenständen spielte. Er hatte schwarzes Haar, blaue Augen und sah recht klug für seine Größe aus. Sammy lief auf ihn zu und blieb vor ihm stehen.

»He! Ein wildes Tier, das freundlich ist!« sagte der Junge entzückt. Er streckte die Hand aus, um Sammy zu streicheln, und der Kater wich ihm nicht aus.

Jenny bemerkte es, als sie herbeigelaufen kam. Das bedeutete, daß dieser Junge nicht nur genau das war, was der Kater gesucht hatte, sondern daß er auch sonst in Ordnung sein dürfte. Das waren gute Zeichen.

Der Junge hob den Blick, als Jenny eintraf. »Schau mal, was ich gefunden habe!« sagte er und zeigte dabei auf Sammy.

Ach, die Naivität der Jugend. Nun, da Jenny der Erwachsenenverschwörung angehörte, empfand sie Sehnsucht nach der Unschuld des kindlichen Zustands. »Ja, das ist Sammy, mein Kater. Nicht du hast ihn gefunden, er hat dich gefunden. Ich glaube, du hast etwas, was wir haben wollen.«

»Ach ja? Ihr könnt alle diese Dinge haben. Ich habe sie nur zum Vergnügen gemacht.«

Jenny musterte die Gegenstände auf dem Hof, als Che und Gwenny eintrafen. Es waren die verschiedensten Dinge, doch entdeckte sie nichts darunter, was ihrer Reise förderlich sein könnte. »Die hast du alle gemacht?«

»Ja. Das ist mein Talent. Ich mache Un- ... Un- ...«

»Unbelebte.«

»Was auch immer. Dinge zu anderen Dingen«, endete der Junge.

»Das birgt ja einige Möglichkeiten«, meinte Che. »Wir wollen uns vorstellen. Ich bin Che Zentaur und bin sieben Jahre alt. Das hier sind Jenny Elfe und Gwenny Kobold. Sie sind älter, aber das dürfen sie auch sein – es sind nämlich Mädchen.«

»Ja«, meinte der Junge, seiner Logik folgend. »Ich bin Darren. Ich bin acht. Ich bin älter als du, Che!«

»Das bist du. Aber dafür habe ich Flügel.«

»Ach, ich wünschte, ich hätte auch Flügel! Aber mich selbst kann ich nicht verändern, nur Stücke von Holz und Stein und solchem Zeug.«

Jenny und Gwenny hielten sich im Hintergrund, während Che den Jungen ausfragte. Darin war er gut.

»Wir befinden uns auf einer Reise, haben es aber eilig«, fuhr Che fort. »Und wir haben auch einen Weg gefunden, der uns ans Ziel führt, aber es muß sehr schnell gehen. Könntest du irgend etwas herstellen, was uns dabei helfen kann?«

»Na klar«, antwortete Darren. »Einen Landsegler. In dem kommt ihr sehr schnell voran.«

»Einen Segler an Land?« fragte Che verwundert.

»Nein. Einen Segler. So.« Der Junge trat an einen Holzblock und berührte ihn. Sofort veränderte der Block seinen Umriß, bis er zu einem hölzernen Boot mit einem dünnen Holzsegel geworden war. Es ruhte auf mehreren Holzrädern. »Siehst du? Wenn du einsteigst, zieht er den Wind an, der ihn antreibt. Aber Mammi läßt mich nicht weit weg. Sie sagt, da draußen wären Drachen.«

»Deine Mammi ist klug. Da draußen sind *wirklich* Drachen. Ich glaube, wir können diesen Segler verwenden. Was können wir dir dafür anbieten?«

Darren blickte sich um. »Wie wäre es mit dieser Katze?«

Jenny machte einen Satz, doch Che wiegelte sofort ab. »Nein, Sammy müssen wir mitnehmen. Aber vielleicht könnte er dir etwas suchen. Irgend etwas, was du haben willst.«

»Ach so. Ich glaube, ich möchte einfach nur vergessen, wie langweilig das doch ist, ein Kind zu sein.«

Che warf Gwenny einen Blick zu. »Ich denke, dafür können wir sorgen.«

Gwenny holte ihre Flasche mit Lethewasser hervor. Sie besprenkelte den Junge mit einem Tropfen davon. »Vergiß, wie langweilig die Kindheit ist.«

Darren sah auf. »He, das macht ja Spaß, ein Kind zu sein! Es gefällt mir! Ich will nie etwas mit der Erwachsenenverschwörung und solchem Zeug zu tun haben.«

Jenny wandte sich ab. Wieviel er doch noch zu lernen hatte – und wie vertraut dieses Gefühl ihr doch war!

Che machte den Segler leichter und zog ihn davon, wobei sie den glücklichen Jungen auf seinem Hof zurückließ. Sie brachten ihn zum Weg. Dann bestiegen sie den Segler.

Sofort kam eine steife Brise auf, die das Segel füllte. Der Segler setzte sich in Bewegung. Bald darauf war er schon so schnell geworden, daß sie sich festhalten mußten. Doch offensichtlich brachte er sie sehr viel schneller ans Ziel, als sie es jemals zu Fuß geschafft hätten, und weniger anstrengend war es auch. Die Landschaft sauste mit solcher Geschwindigkeit vorüber, daß sie nur noch verschwommen wahrzunehmen war.

Aber wie sollten sie später anhalten? Jenny wünschte sich, daß sie vorher daran gedacht hätten, bevor sie dieses Gefährt bestiegen.

Die verschwommene Landschaft wurde dunkel. Anscheinend segelten sie gerade durch eine Bergspalte, vielleicht durch einen von der Schlange gebohrten Tunnel. Dann waren wieder Bäume und Haine zu erkennen. Schließlich erblickten sie zu beiden Seiten des Wegs eine Ebene oder ein Moor.

»Wo sind wir?« schrie Gwenny gegen den Wind.

»An der Ostküste, fürchte ich«, rief Che zurück.

»Aber dann segeln wir ja direkt ins ...« fing Jenny an.

PLATSCH! Der Segler warf eine riesige Wolke Strandsand auf und pflügte sich ins Wasser. Er hopste und wackelte, als eine Räder die Flüssigkeit berührten, und schon landeten die drei in einer hüfthohen Salzlake.

»Ins Meer«, beendete Jenny etwas verspätet ihren Satz. Nun wußte sie endlich, wie sie bremsen würden. Wenigstens hatten sie sich nicht weh getan.

Sie staksten an den Strand zurück und zogen den Segler hinter sich her. Sie waren zwar naß, doch hatten sie keine

Zeit, sich darum zu sorgen. Der Tag neigte sich seinem Ende entgegen; sie wußten nicht, wie weit es noch war.

Doch der Strand selbst glühte hell, so daß es schien, als würde der Tag hier niemals enden. »Ich frage mich, wo wir wohl sein mögen?« sagte Gwenny.

Da erblickte Che ein Schild. »Das ist die Erklärung«, sagte er und deutete darauf. Auf dem Schild stand das Wort TAGESSTRAND.

Doch Jenny vergaß ihr Anliegen nicht. »Sammy ...« fing sie an und wartete bange darauf, wohin er wohl laufen mochte.

Der Kater machte ein paar Schritte nach Süden, dann blieb er stehen.

Sie gesellten sich zu ihm. »Aber hier ist doch gar nichts!« sagte Gwenny.

Tatsächlich war der Sand hell und kahl. Nicht einmal in der Nähe schien es irgend etwas zu geben. Und doch saß Sammy einfach da und leckte sich unbekümmert die Pfoten.

»Vielleicht ist es ja unten?« schlug Gwenny vor. Doch der Sand war unberührt, und der Kater machte keine Anstalten zu graben.

»Sammy, denk an den Weg«, befahl Jenny.

Da erschien die geistige Karte der Katze. Die Linie führte geradewegs in die Höhe.

Sie hoben den Blick. Dort oben war nichts zu erkennen außer einer ruhig dahintreibenden weißen Wolke.

Und doch führte der Weg in diese Richtung.

»Das Namenlose Schloß befindet sich nirgendwo auf der Halbinsel von Xanth«, sagte Che. »Wir sind davon ausgegangen, daß das bedeuten müßte, daß es seitlich davon liegt, beispielsweise im Meer. Aber es könnte genausogut *über* Xanth liegen.«

»Wir müssen zu dieser Wolke dort«, sagte Gwenny.

»Wie sollen wir das tun?«, fragte Che. »Ich glaube kaum, daß du sie mit deinem Stab erreichen kannst, und fliegen können wir nicht.«

Jenny hatte eine gute Idee. »Vielleicht könnte Che ja fliegen ...« fing sie an.

»Wenn er nur vergißt, daß er es nicht kann«, beendete Gwenny den Satz. Sie holte ihre Flasche hervor.

»Diese Logik ist falsch«, versetzte Che. »Ich bin einfach noch nicht groß genug, um ...«

Gwenny bespritzte ihn mit einem Tropfen Lethewasser. »Du kannst nicht fliegen«, sagte sie und bestimmte damit, was er vergessen sollte.

»Das ist doch lächerlich«, protestierte der kleine Zentaur. »Ich kann es einfach nicht, weil meine Flügel noch nicht ...« Überrascht geriet er ins Stocken. »Was kann ich nicht?«

»Keine Ahnung«, behauptete Jenny. »Aber wir haben es eilig, also mach uns bitte sehr leicht, dann kannst du uns im Flug zu dieser Wolke dort oben befördern.«

»Natürlich.« Er beschnippte die beiden und den Kater mit seinem Schweif, dann sich selbst. Sie faßten einander an den Händen, während Jenny ihren Sammy festhielt. Dann breitete Che die Flügel aus, die in den vergangenen beiden Jahren ganz hübsch gewachsen waren und Federn entwickelt hatten – weitaus mehr, als es bisher den Anschein gehabt hatte. Er schlug die Flügel, und da griffen die ersten Flugfedern nach der Luft.

Sie hoben sich vom Sandstrand. Zuerst war alles noch ein wenig wacklig, weil es ja auch sein erster Flug war und er die anderen stützen mußte. Doch schon bald hatte er sich daran gewöhnt und konnte eine gezielte Spirale fliegen, der Wolke entgegen.

Jenny blickte nach unten. Der Boden lag bereits beängstigend tief unter ihnen. Sie fühlte sich schrecklich unsicher. Aber sie biß die Zähne zusammen, schließlich war es ja ihre Idee gewesen.

So blickte sie lieber in die Höhe und sah, wie sich der Wolkenboden näherte. Die Wolke sah ganz gewöhnlich aus. Und überhaupt – wie sollte dort oben wohl ein Schloß stehen? Schlösser schwebten doch nicht in der Luft!

Aber Wolken taten es, und ein Schloß könnte auf einer Wolke ruhen, sofern nur die richtige Magie mit im Spiel war.

Schwer keuchend erreichte Che den Wolkenrand. »Meine

Flügel erlahmen«, keuchte er. Da versagte auch schon sein Flügelschlag. Sie begannen wieder zu sinken.

Jenny streckte die Hand aus und packte den Wolkenrand. Er fühlte sich wie Baumwollfüllung an. Sie verhakte ihre drei Finger und den Daumen darin und zog alle, einschließlich Sammy, heran. Sie wußte, daß sie es nicht geschafft hätte, wenn sie einer mehr gewesen wären oder sie einen Finger weniger gehabt hätte. Nun bekam auch Gwenny die Wolke zu packen. Sie waren alle immer noch sehr leicht, so daß sie sich und Che heranziehen konnten, ohne in die Tiefe zu stürzen. Sie kletterten auf die Wolke und stellten den kleinen Zentaur dort auf die Hufe.

»Danke«, sagte Che. »Meine Flügel waren vielleicht müde! Man könnte meinen, ich wäre noch nie geflogen!« Er legte den Kopf schräg. »Eigentlich ...«

»Die werden sich schon wieder erholen«, warf Jenny hastig ein. »Es war ein sehr schwieriger Aufstieg, mit uns beiden im Schlepp. Aber jetzt sind wir am Ziel und können uns auf die Suche nach dem ...« Erstaunt hielt sie inne.

Alle drei standen sie da und gafften. Denn vor ihnen lag das Namenlose Schloß. Es war wolkenbedeckt und schien aus Wolkensteinen zu bestehen, wirkte aber insgesamt durchaus feststofflich und groß, komplett mit Zinnen und Wehrtürmen und Schießscharten und allem, was dazu gehörte. Es gab sogar einen Graben. Wenn Wolken irgend etwas zu bieten hatten, dann war es Wasser. Von seinen höchsten Zinnen fuhren Blitze in die Tiefe.

Sammy sprang herab und ging auf die Zugbrücke zu. Sie folgten ihm, immer noch von Ehrfurcht erfüllt. Es wäre ein ganz gewöhnliches Schloß gewesen, hätte es nicht hier oben auf der Wolke gestanden.

Die Zugbrücke war heruntergelassen und das Fallgatter hochgezogen. Es schien fast so, als erwarte das Schloß sie. Und doch waren sie nur hier, weil Gobbel versucht hatte zu schummeln. Jenny war erstaunt, daß sie überhaupt so weit gekommen waren. Ob sie wohl auch das Ei des Rokh würden stiebitzen können?

Sie betraten die Zugbrücke. Die Brücke bestand aus dem

gleichen zähen Wolkenstoff wie der Rest und trug mühelos ihr Gewicht. Natürlich wogen sie im Augenblick auch nicht allzuviel. Jenny beugte sich vor, um mit den Fingern gegen den Stoff zu klopfen. Er fühlte sich an wie schwammige Baumrinde, von weicher Oberfläche, darunter aber von sehr geringer Nachgiebigkeit

Sie schritten durch den Haupteingang. Er war gigantisch wie das gesamte Schloß. Selbst ein Riese hätte ihn noch bequem benutzen können!

Der große Gang führte in einen mächtigen Mittelsaal, der jedoch leer stand. So versuchten sie es mit einem Seitengang, doch der führte nur endlos weiter. Wo war denn bloß der Rokh?

»Sammy, such den Rokh«, befahl Jenny.

Der Kater huschte davon. Sie hatte ganz vergessen ihn festzuhalten! So sah sie nur seine geistige Karte, die wiederum verschwand, als er dem darauf hervorgehobenen Weg folgte. Es blieb ihr nichts anderes übrig als hinter ihm herzulaufen, um wenigstens noch seine Schwanzspitze zu Gesicht zu bekommen.

Es war keine einfache Strecke. Sie führte durch Gänge, Säle und Galerien, die ebenso kompliziert waren wie die Höhlen, in denen sie sich erst kürzlich aufgehalten hatten, und nach und nach ging es immer höher. Anstelle einer großen Mitteltreppe schien es hier nur viele kleine, verborgene Treppen zu geben, die über das ganze Schloß verstreut waren. Jenny konnte nur deshalb mit dem Kater Schritt halten, weil viele der Türen geschlossen waren und ihn aufhielten. So mußte er auf sie warten, damit sie sie öffnete. Dieses Schloß war wirklich ein echter Puzzlekasten!

»Dieser Teil hier ist für Leute unserer Größe geschaffen«, bemerkte Che. »Im Gegensatz zum Haupttor und zum großen Saal, die für einen Riesen gedacht sind. Ich frage mich, warum.«

»Vielleicht ist das hier ja der Dienstbotentrakt«, meinte Jenny.

»Es scheint aber niemand in diesem Schloß zu leben, ob groß oder klein«, wandte er ein.

»Mit möglicher Ausnahme des Rokh«, fügte Jenny hinzu. Da kam ihr ein ekliger Gedanke. »Was fressen Rokhs eigentlich?«

»Alle Wesen, die sie erwischen«, antwortete Che. Dann wurde ihm klar, was das bedeutete. »Vielleicht hat der Rokh alle Schloßbewohner aufgefressen!«

»Aber der Rokh wäre doch viel zu groß, um hier hereinzukommen«, sprach Gwenny. »Und es sind nirgendwo Beschädigungen zu sehen, die darauf hinweisen würden, daß er sich mit Gewalt Zutritt verschafft hat.«

»Es muß also eine andere Erklärung geben«, sagte Jenny erleichtert. »Wahrscheinlich sind sie woanders hingegangen. Wir wissen ja auch nicht, wie alt dieses Schloß überhaupt ist. Vielleicht haben sie es schon vor Jahrhunderten verlassen. Möglicherweise ist ihnen auf dieser Wolke langweilig geworden.«

Endlich erreichten sie das oberste Stockwerk. Hier führte ein einzelner Gang in die Mitte des Schlosses. Er mündete in einen Balkon, von dem aus sie einen ehrfurchtgebietenden Ausblick hatten.

Denn unter ihnen saß in einem riesigen Mittelsaal der gewaltige Vogel Rokh. Er war natürlich rokhfarben, sein Gefieder schimmerte metallisch. Er hockte auf einem monströsen Nest aus marmoriertem Granit. In dem Nest lag das gewaltige Ei des Rokh. Sie sahen nur einen Teil seiner Rundung; das Ei funkelte und schillerte wie ein Edelstein.

»Wenn schon dieser kleine Teil so wunderschön ist«, hauchte Gwenny, »wie muß dann erst das Ganze aussehen?«

»Es dürfte ein ungeheuer gewaltiger Anblick sein«, meinte Che.

Eine Weile lang blickten sie in die Tiefe, doch der große Vogel rührte sich nicht. »Ob er schläft?« wollte Jenny wissen.

»Weißt du, ich glaube, das ist in Wirklichkeit eine Statue«, antwortete Che. »Schau mal, er atmet gar nicht. Es ist eine Statue, ein Ausstellungsstück: Vogel, Nest und Ei. Also werden wir wohl doch ohne Schwierigkeiten das Ei entwenden können.«

Sie entdeckten eine Rampe, die direkt zum Fuß des Schaustücks führte und die wie für sie geschaffen zu sein schien. Sie marschierten hinunter. Jenny behielt den Rokh etwas beunruhigt im Auge, doch es stimmte: Er atmete nicht und zuckte nicht einmal mit einem Augenlid. Es war tatsächlich eine Statue, so wirklichkeitsgetreu, daß sie jeden täuschte, der sie nicht über längere Zeit beobachtete.

Sie gelangten an den Nestboden. Sie schritten um ihn herum. Eine der gewaltigen Schwanzfedern des Rokh hing daraus herab. Jenny griff nach oben und berührte sie. Die Feder war länger als sie selbst und so hart wie Stein.

»Ist dieses Ei nicht viel zu groß, um durch die Türen zu passen?« fragte Gwenny.

»Ganz bestimmt!« bestätigte Jenny.

Che sah sich um. »Von hier unten sieht man eine Himmelsöffnung. Dort muß der Rokh auch eingeflogen sein, bevor er versteinerte. Das heißt, dort *hätte* er einfliegen können, was der Statue größere Genuinität verleiht.«

»Du wirst schon wieder zentaurenhaft«, teilte Gwenny ihm mit. »Das Wort, das du da gerade benutzt hast, kann ich mir nicht einmal vorstellen.«

Che wirkte verlegen. »Ich habe doch nur gemeint, daß sie, um die Statue echt aussehen zu lassen, auch einen Zugang herstellen mußten, durch den ein echter Vogel das Nest hätte erreichen können. Ganz so, als könnte er wirklich fliegen.«

»Warum hast du das dann nicht gleich gesagt?« fragte sie streng. Doch hielt sie es nicht lange durch, ihn tadelnd anzublicken, schon brach das Lächeln wieder hervor.

»Dann können wir das Ei ja vielleicht mit dem Zauberstab hinaufschweben lassen«, sagte Jenny. »Und von dort wieder nach unten auf den Boden. Und du kannst ihm nachfliegen.«

»Das scheint durchaus möglich«, stimmte er zu. »Vorausgesetzt, ich kann unterwegs ab und zu mal haltmachen.«

»Und wie sollen wir das Ei unter dem Rokh hervorholen?« fragte Gwenny.

»Du kannst den Rokh mit dem Stab aus dem Weg schaffen. Dann kann ich das Ei mit dem Schweif berühren und es leicht genug machen, um es hinauf zu befördern. Wenn Jenny und ich es beiseite gerollt haben, läßt du den Rokh wieder auf dem leeren Nest heruntergehen und benutzt den Stab dann dazu, das Ei zu heben.«

Gwenny holte den Stab heraus und stellte sich vor dem Vogel auf. Sie zeigte mit dem Stab auf ihn, bewegte diesen - und der Rokh hob sich geschmeidig in die Höhe. Nun war das Ei vollständig freigelegt und leuchtete noch kräftiger. Das war tatsächlich der schönste Gegenstand, den Jenny je gesehen hatte. Sie hätte sich nicht träumen lassen, daß ein gewöhnliches Ei so herrlich sein konnte. Aber es war ja auch kein richtiges Ei, sondern ein riesiger Edelstein.

»Jetzt sind wir dran«, sagte Che. Er stellte sich neben dem Ei auf und berührte es sanft mit seinem Schweif, machte es dadurch leichter.

Das Ei blitzte auf. Licht strahlte aus seiner Kristallmitte hervor, überflutete sie alle. Es blendete sie nicht, verlieh ihren Haaren, ihrer Haut und den Kleidern aber ein leuchtendes Schimmern. Plötzlich waren sie Gezeichnete.

»Oho«, machte Gwenny.

Der Rokh krächzte. Er breitete die Schwingen aus und streckte die Beine. Nun stellte er sich auf sein Nest und sah böse funkelnd auf sie hinunter.

Riesige Paneele schoben sich über die Himmelsöffnung und versiegelten sie fest. Im ganzen Schloß schlugen die Türen zu. Man hörte sogar, wie das Fallgatter rasselnd den Vordereingang versperrte, sowie das Ächzen der Scharniere, als die Zugbrücke sich hob.

Sie waren soeben im Namenlosen Schoß mit einem zornigen Ungeheuer von einem Raubvogel eingeschlossen worden. Plötzlich wußte Jenny, was mit den anderen Schloßbewohnern passiert war. Sie hatten sich aus ihren sicheren Zimmern ins Reich des Rokh gewagt und versucht, das Ei zu stehlen. Wer das Ei berührte, erweckte den Rokh zu zornigem Leben. Das war die entsetzliche Falle des Namenlosen Schlosses. Kein Wunder, daß nur wenig davon nach draußen durchsickerte!

Der bengelige Gobbel Kobold mußte davon gewußt haben, oder er hatte geahnt, daß es so kommen würde. Daß Gwenny nicht nur unfähig sein würde, das Ei zu beschaffen, daß sie dabei den Tod finden würde. Und sie waren seinem heimtückischen Komplott zum Opfer gefallen.

13

SIMURGH

Sie befanden sich in einer düsteren Höhle. Okra und Ida standen auf Felsboden, Mela aber am Wasserrand. Bevor sie ihr Gleichgewicht wiedergewinnen konnte, stürzte sie mit unschönem Planschen hinein.

»Igitt!« polterte sie, und ihr Haar nahm eine kränklich grüne Färbung an. »Süßwasser! Pfui!«

Okra griff sofort nach ihr und zog sie am Arm heraus. Wegen des fiesen Wassers hatte Mela natürlich nicht ihren Schwanz ausgebildet. Jetzt war sie durchnäßt.

»Das ist ein komischer Ort«, meinte Ida. »Was ist das denn dort?«

Mela Meerfrau sah sich um. Sie standen neben einem Haufen von Knochen und Totenschädeln. In der Nähe flatterten bösartig dreinblickende kleine Fledermäuse, beobachteten sie argwöhnisch. Darüber, auf einem breiten Felsvorsprung, erblickten sie etwas, das so aussah wie ein riesiges, mit Edelsteinen gefülltes Drachennest – und der Drachen war auch dort! Er hob sich mit aufgesperrtem Maul in die Höhe und spähte zu ihnen hinunter.

Dann heftete sich sein Blick auf Melas klitschnassen Busen. Er gefror.

Mela blickte an sich herab. Ganz bestimmt war es nicht ihr Sex-Appeal, der das Ungeheuer in seinen Bann zog. Dort an ihrem Busen glitzerten die beiden Feuerwasseropale. Das war es also! Natürlich wollte der Drachen diese kostbaren Edelsteine seiner Sammlung einverleiben.

»Halt ein, Freund«, sagte eine Stimme. »Ich erkenne eine dieser Damsellen. Es ist die Freundin meiner Schwester.«

Mela sah hinauf und erblickte eine große Schlange mit dem Kopf eines Manns hinter dem Drachen. Einer vom Volk der Naga. »Du mußt Naldo Naga sein, Nadas Bruder!« sagte sie erleichtert.

Er musterte sie. »Der bin ich. Aber wer bist du, und was habt ihr hier in Dracos Hort zu suchen?«

»Draco?« fragte Mela entsetzt. »Draco Drachen?«

»Ganz gewiß«, sagte Naldo. »Hast du vielleicht einen anderen Drachen erwartet?«

»Der Drache hat meinen Mann umgebracht!« rief Mela. »Und unseren Feuerwasseropal geklaut!«

Der Drache blickte verlegen drein. Naldo sah ihn an; offensichtlich verstand er ihn gut, dann ergriff er wieder das Wort. »Aber er hat ihn zurückgegeben und auch den passenden Paarstein, so daß du jetzt einen einzigartigen Satz davon hast. Das war seine Wiedergutmachung für den Zwischenfall. Er hat den Satz Edelsteine sofort wiedererkannt, aber dir selbst ist er noch nie begegnet.«

Mela hegte etwas gemischte Gefühle. »Es stimmt, daß Draco doppelt zurückgezahlt hat, aber ich wäre nie in Schwierigkeiten geraten, wenn dieser Drachen nicht meinen Mann so unhöflich geröstet hätte. Dann wäre ich jetzt auch nicht auf der Suche nach einem neuen Ehemann und müßte nicht übers Land marschieren und diese ermüdenden Beine mit mir herumschleppen.« Sie hob ihren nassen Rock weit genug, um ihre Beine zu zeigen, achtete aber auch darauf, daß ihr nasses Höschen nicht zu sehen war. Es war wirklich nicht nötig, einen noch schlimmeren Anblick zu liefern.

»Du kommst in einen Drachenhort, auf der Suche nach einem Ehemann?« fragte Naldo und hob belustigt eine Augenbraue.

»Nein, nicht direkt. Wir drei hatten Fragen an den Guten Magier, doch der wollte nicht antworten und hat uns statt dessen zu deiner Schwester Nada geschickt. Und die wiederum schickt uns zu dir. Ein Dämon hat uns hierhergezaubert. Ich versichere dir, Draco Drachen war bestimmt der Letzte, den ich hier sehen wollte, und wenn ich irgend etwas ganz bestimmt nicht wollte, dann war es, in seiner widerlichen Süßwasserpfütze zu enden.«

»Meine Schwester hat euch geschickt? Dann muß ich mich wohl bemühen, einen besseren Gastgeber zu spielen.« Naldo wandte sich dem Drachen zu. »Draco, hast du in deiner Sammlung auch Kleider, wie Menschen sie tragen? Vielleicht die Überreste einer Mahlzeit? In ihrer Größe?«

Der Drache blinzelte und musterte Melas feuchten Oberkörper. Dann verschwand er und kehrte kurz darauf mit mehreren Kleidungsstücken wieder, die ihm aus dem zahnigen Maul hingen. Naldo nahm sie ihm ab. »Ja, hier ist etwas Unterwäsche. Nicht gerade ideal, aber es wird genügen, bis deine gewöhnliche Kleidung gewaschen und getrocknet wurde. Da, ich werfe sie dir jetzt zu, dann kannst du dich in eine abgelegene Felsritze begeben, um dich umzuziehen. Danach können wir uns unterhalten, denn es könnte sein, daß uns ein Dialog bevorsteht.«

Okra streckte die Hand aus und fing die Kleidungsstücke auf, als er sie fallenließ. Dann brachte Okra sie zu Mela. Es war ein pelziger grüner Büstenhalter, ein seidiger weißer Schlüpfer und ein Paar leichter Pantoffeln.

Mela zog sich an einen abgelegenen Fleck zurück, stieg aus ihrer Kleidung, trocknete sich ab, holte ein frisches Höschen aus ihrer Tasche und kleidete sich an. Der Büstenhalter war zwar merkwürdig, paßte aber sogar ihr. Der Schlüpfer war so glatt, daß es schon schien, als würde er gleich wieder herunterrutschen, doch blieb er an Ort und Stelle, als sie ihn erst richtig angelegt hatte. Die Pantoffeln waren ähnlich glitschig. »Was sind denn das bloß für komische Kleidungsstücke?« rief sie.

Naldo befragte den Drachen. »Ein Glitsch-BH, ein schlüpfriger Schlüpfer und Rutschpantoffeln. Draco sagt, daß sie einer ungewöhnlichen, aber sehr erfahrenen Frau von erotischem Geschmack gehörten.«

Mela hatte noch nie von solcher Kleidung vernommen. Doch da es im Augenblick nichts Besseres gab, beschwerte sie sich nicht. Es würde für eine Weile genügen. Ganz gewiß aber war es besser, als den Drachen entdecken zu lassen, was *sie* für einen Geschmack hatte!

Nun ließ der Drachen seinen Schwanz herunter, den sie nacheinander bestiegen, um sich ins Nest heben zu lassen. Das war sehr schön: Es schillerte von allen möglichen bekannten und unbekannten Edelsteinen. Mela mußte einräumen, daß der Drache einen guten Geschmack hatte.

»Wie ich sehe, gefällt dir Dracos Innendekoration«, bemerkte Naldo.

»Das ist das Schönste, was ich in meinem Leben gesehen habe, gleich nach der Tiefsee«, hauchte sie.

Der Drache schnaubte. »Draco meint, daß *du* das Schönste bist, was er jemals gesehen hat, gleich nach der kochenden Lava eines frischen Vulkans.«

»Ach, wirklich?« fragte Mela geschmeichelt. »Ach so, er meint, als Speisehappen.«

»Das auch«, bestätigte der Naga. Er kringelte sich pyramidenförmig in die Höhe, sein Kopf bildete die Spitze. »Wie ich schon erklärte, war es ein bedauerliches Mißverständnis, daß Draco deinen Ehemann geröstet hat, und er würde es vorziehen, nicht mit dir zu streiten. Wir haben gerade Domino gespielt und uns über unsere gemeinsamen Probleme mit den in unser Revier eindringenden Kobolden gesprochen, ohne damit zu rechnen, daß wir Gesellschaft bekommen würden. Draco hatte interessante Neuigkeiten von anderen Flügelungeheuern, und plötzlich begreife ich, daß diese Begegnung einem höheren Zweck dient.«

»Einem höheren Zweck?« wiederholte Mela.

»Weil der Gute Magier nie etwas Zweckloses tut. Er hatte

bestimmt einen guten Grund dafür, euch zu meiner Schwester zu schicken, und sie hatte einen ähnlich guten Grund, euch an mich weiterzuleiten. Ich denke, wir sollten uns einander jetzt offiziell vorstellen, vielleicht kann ich die Dinge danach ein wenig erhellen. Ich bin Naldo Naga, und dies hier ist Draco Drachen.«

»Ich bin Mela Meerfrau, und das hier sind Okra Ogerin und Ida Mensch. Okra möchte eine Hauptrolle, deshalb will sie Jenny Elfe loswerden. Ida will ihre Bestimmung erfüllen und ihr Glück finden.«

Alle nickten einander zu. Doch als Mela sich umwandte, um die anderen vorzustellen, blickte Ida sie besorgt an. »Naldo starrt auf dein Hinterteil«, flüsterte sie Mela zu.

Mela fuhr mit der Hand nach hinten und mußte feststellen, daß ihr Schlüpfer ein Stück verrutscht war und nun etwas von der Farbe ihres Höschens preisgab. Naldo hatte es gesehen! Sie spürte, wie sie apfelrot anlief, karoförmig durchzogen von anderen Farben, während sie den Schlüpfer wieder um ihr Hinterteil zog. Mit ihrem normalen Schwanz wäre so etwas nie passiert.

Doch der Schlüpfer schlüpfte schon wieder zur Seite, und so nahm sie schließlich auf der erhabenen Nestkante Platz. Leider schlüpfte der Schlüpfer nun ihre Knie hinauf, während die Pantoffeln ihre Füße auseinanderrutschen ließen, so daß Naldo ein viel zu weites Stück an ihren Beinen emporblicken konnte. Was für abartige Kleidungsstücke das doch waren! Mela mußte sich darauf konzentrieren, damit sie die anderen nicht weiterhin in Verlegenheit brachte, mußte das Gespräch daher ihnen überlassen. Es hatte Zeiten gegeben, da ihr Aussehen ihr keine Sorgen bereitet hatte, doch da hatte sie auch noch nicht gewußt, daß Männer ihre Höschen nicht zu sehen bekommen sollten. Jetzt tat sie alles, um sich den Sitten der Landbewohner anzupassen. Also schlug Mela die Beine fest übereinander und hoffte auf das Beste.

»Was sind denn das für interessante Neuigkeiten, die Draco Drachen mitgebracht hat?« wollte Okra wissen.

»Und weshalb, glaubst du, hat Nada uns zu dir geschickt?« setzte Ida hinzu.

»Ich will euch beiden antworten«, erwiderte Naldo und ließ den Blick von etwas abschweifen, von dem Mela hoffte, daß er es nicht ganz zu sehen bekommen hatte. »Aber erst möchte ich ein wenig mehr über euch erfahren. Okra, warum sollte sich deine Lage verbessern, indem du eine harmlose Elfe beseitigst?«

»Weil es eine Hauptrolle zu besetzen gab und die Wahl zwischen einer Ogerin und einer Elfe stattfinden sollte. Die Elfe hat sie dann bekommen. Und da Jenny diese Elfe war, gibt es nur noch eine Kandidatin, wenn ich sie erst einmal losgeworden bin, nämlich mich.«

»Du willst ihr also nicht wirklich schaden?«

»Nein, ich möchte nur, daß sie Xanth verläßt, so oder so.«

»Wenn es also eine andere Möglichkeit gäbe, dein Ziel zu erreichen, würdest du Jenny Elfe in Frieden lassen.«

»Ja, ich denke schon. Aber da nur eine gewählt werden konnte, heißt es doch wohl, sie oder ich.«

Naldo nickte. »Und wie willst du dein Glück finden und deine Bestimmung erfüllen, Ida?«

»Na ja, eigentlich wollte ich das ja den Guten Magier fragen, aber er hat mir nicht geantwortet. Deshalb dachte ich, ich frage Nada Naga danach, aber die hat uns zu dir geschickt. Vielleicht weißt du es ja. Ich weiß es jedenfalls ganz bestimmt nicht.«

»Du bist dir sicher, daß du es nicht weißt, aber daß ich es tue?«

»Nun ja, eigentlich schon«, erwiderte Ida. »Weil man uns zu dir geschickt hat. Deshalb mußt du auch die Antwort kennen oder zumindest wissen, wie man sie bekommt. Professor Fetthuf schien die Antworten auch zu kennen, aber er ist genau wie der Gute Magier Humfrey: Keiner will dem anderen ins Handwerk pfuschen. Sie behaupten, unsere Antworten wären kontraproduktiv, was immer das bedeuten mag. Deshalb bist du unsere letzte Hoffnung. Du mußt einfach in der Lage sein, uns zu helfen.«

Naldos Menschenkopf nickte auf seinem Schlangenhals. »Ich glaube, du hast recht. Also gut, ich werde jetzt antworten. Die Nachricht ist folgende: Che Zentaur steckt in

Schwierigkeiten. Die Flügelungeheuer haben zwar bisher über ihn gewacht, sollen sich aber nicht einmischen. Nun befürchten sie aber, daß Che seine Schwierigkeiten nicht überleben wird, wenn nicht bald etwas geschieht. Das gilt übrigens ebenso für seine Gefährtinnen, Gwendolyn Kobold und Jenny Elfe.«

»Jenny Elfe!« rief Okra. »Ich will doch gar nicht, daß sie überlebt!«

»Und was geht uns ein Che oder das Koboldmädchen an?« ergänzte Ida.

Naldo lächelte grimmig. Sein Gesicht war recht stattlich, ebenso seine Schlangenkurven, wenn auch nach anderer Art, dachte Mela. »Ich habe mir selbst eine ähnliche Frage gestellt, als ich erfuhr, daß zu der Gruppe ein Koboldmädchen gehört. Die Naga kommen nicht allzugut mit den Kobolden aus. Aber dieses Koboldmädchen hat die Möglichkeit, der erste weibliche Häuptling der Kobolde zu werden, und das würde sie verändern und sie zu halbwegs anständigen Nachbarn machen. Und weil Che Zentaur dem Simurgh sehr wichtig ist, wäre sie sehr wütend, wenn ihm etwas geschähe. Ihren Zorn wollen wir lieber nicht erdulden müssen. Sie brächte es fertig, das ganze Universum auszulöschen, damit sofort ein anderes an seine Stelle tritt. Eins, das sie nicht verärgert.«

Mela dachte darüber nach und erkannte, daß sie durchaus ein gewisses nebenläufiges Interesse an dieser Angelegenheit hatten, da sie schließlich Teil des Universums waren. »Aber wir haben doch unsere eigenen Sorgen«, wandte sie ein. »Weshalb sollte Nada uns hierherschicken, wo wir dir doch bei deinen anderen Sorgen gar nicht helfen können?«

»Tja, vielleicht könnt ihr das doch«, meinte er. »Aber anstatt zu versuchen, euch mit Logik zu überzeugen, was nur eine sehr unvollkommene Herangehensweise wäre, möchte ich etwas direkter werden. Ich glaube, ich kann alle eure Probleme lösen oder zumindest dafür sorgen, daß eure Suche zu einem guten Ende führt, sofern ihr etwas tut, was mir hilft, mit meinen eigenen Sorgen fertig zu werden.«

»Du kannst unsere Suche zu einem erfolgreichen Ende führen?« fragte Ida aufgeregt.

»Ja. Aber das werde ich nicht tun, wenn ihr nicht eurerseits etwas für mich tut. Ich möchte, daß ihr helft, Che Zentaur zu retten. Ich vermute, daß das auch die Absicht des Guten Magiers war, als er euch über Nada zu mir schickte.«

»Aber warum hat er uns denn nicht direkt zu dir geschickt?« fragte Ida.

»Vielleicht, weil Mela nicht mitgekommen wäre, wenn sie erfahren hätte, daß ich bei Draco bin.« Er blickte Okra an. »Und du wärst auch nicht mitgekommen, wenn du gewußt hättest, daß ich von dir verlange, Jenny Elfe zu retten.«

»Sie zu retten!« rief Okra. »Das will ich nicht!«

»Aber du möchtest eine Hauptrolle haben«, erinnerte er sie. »Genau wie Ida ihre Bestimmung erfüllen und Mela einen Ehemann finden will. Ich bin nun einmal zufällig in der Lage, euch eure Wünsche zu erfüllen. Aber ich habe auch meinen Preis. Ihr drei müßt tun, was ihr könnt, um die anderen drei aus ihrer Gefahr zu retten, egal welche persönlichen Wünsche ihr hegt. Nur wenn ihr das tut, werde ich euch eure eigenen Wünsche erfüllen.«

Mela wechselte gute dreieinhalb Blicke mit Okra und Ida. Die Sache gefiel ihr nicht, aber wenn es stimmte, daß er sein Versprechen wahrmachen konnte, wäre es vielleicht doch den Versuch wert. Sie stellte fest, daß die beiden anderen ähnlich dachten. »Dann werden wir es tun«, sagte sie. »Obwohl wir das für ungerecht halten.«

Naldo zuckte mit den Schultern, was angesichts seines Schlangenkörpers ziemlich beeindruckend aussah. »Der Preis erscheint mir nicht sonderlich überzogen, wenn man bedenkt, daß ihr nicht in der Lage seid zu feilschen.«

Dem konnten sie nichts entgegenhalten. »Und was sollen wir nun tun?« wollte Mela wissen.

»Ihr müßt den Simurgh aufsuchen und ihr mitteilen, daß Roxanne im Begriff steht, Che aufzufressen.«

»Zum Simurgh!« rief Mela entsetzt. »Niemand wagt es, den aufzusuchen!«

»Berichtigung: Kein Flugungeheuer wagt es, dort hinzufliegen«, versetzte Naldo. »Und alle anderen Wesen sollten tunlichst höchste Vorsicht walten lassen, wegen der Mänaden und des Python. Aber ich denke doch, daß drei Damen in der Not durchkommen könnten. Das ist also eure Aufgabe: euch auf den Berg Parnaß zu begeben und dem Simurgh Mitteilung zu machen. Danach kehrt ihr hierher zurück, und ich löse mein Versprechen ein.«

Mela wußte, daß die Naga ihre Versprechen stets hielten. Doch sie hatte noch einen anderen Einwand. »Wir befinden uns nördlich der Spalte, während der Berg Parnaß südlich davon liegt. Wir könnten eine ganze Weile brauchen, um ihn zu erreichen, aber wenn es sich um ein dringendes Problem handelt, kommen wir vielleicht zu spät.«

Naldo sah Draco an, der daraufhin aus seinem Nest glitt, die Flügel spreizte und zum Wasser hinunterflog. Dort tauchte er unter.

»Ich werde euch den Weg aus diesem Hort zeigen«, entschied Naldo. »Bis wir draußen angekommen sind, hat Draco ein paar Flügelungeheuer aufgetrieben, die euch befördern werden.«

»Hauptsache, wir müssen nicht durch dieses scheußliche Süßwasser«, warf Mela ein.

»Doch, das müßt ihr leider. Aber ich denke, ihr könntet doch alle drei schwimmen.«

Mela tauschte noch einige weitere Blicke mit ihren Gefährtinnen. »Ja. Aber wir wollen unsere Kleider nicht naßmachen.«

»Dann zieht sie doch aus! Ich habe bestimmt nichts dagegen!«

»Aber wenn wir das tun, bekommst du unsere ... unsere Unaussprechlichen zu sehen«, wandte Mela ein, die einem Mann gegenüber das Unaussprechliche lieber nicht aussprechen wollte.

»Ich verwandle mich in meine Schlangengestalt«, erbot er sich. »Die Verordnung gilt natürlich nicht gegenüber Tieren, da die keinen Sinn für die Bedeutung von derlei Kleidungsstücken haben.«

Diese Logik leuchtete Mela zwar nicht ganz ein, aber sie

wußte sie auch nicht zu widerlegen. Also nahm Naldo seine vollständige Schlangengestalt an, und die drei legten erst ihre Kleider und dann die Höschen ab, bis sie dastanden wie drei nackte Nymphen. Sie verschlossen ihre Sachen in ihren Taschen, dann sahen sie zu der Schlange hinüber.

Die Schlange glitt an einer Seite aus dem Nest und stieß mit der Schnauze gegen etwas. Es war eine Strickleiter. Mela nahm sie, und warf sie über den Rand des Nests und sah, daß sie zum Boden der Höhle führte und oben gut befestigt war. So mußten auch die anderen Gäste hinaufgelangen, wenn der Drachen Gesellschaft hatte. Sie hatte sich nie Gedanken darüber gemacht, daß Drachen gesellige Wesen sein könnten, aber es erschien ihr durchaus möglich. Schließlich hatte Draco ja auch eine Partie Feuer-Wasser-Sand mit Merwin Meermann gespielt, als es zu dem Streit gekommen war, der den Verlust des Feuerwasseropals zur Folge hatte. Obwohl doch jedes Meerwesen wußte, daß Wasser Feuer löschte, Sand Wasser verdrängte und Feuer Sand zum Schmelzen brachte, hatte der Drache anscheinend geglaubt, daß es sich genau umgekehrt verhalte, daß nämlich Feuer das Wasser zum Verdampfen bringe, Wasser den Sand bedecke und Sand das Feuer ersticke. So hatte jeder der beiden geglaubt, der Sieger zu sein, und hatte gedacht, der andere würde schummeln, deshalb hatten sie miteinander gekämpft. Wieviel Unheil doch die Verwirrungen und Aggressionen der Männer gestiftet hatten! Dennoch machten Männer das Leben interessanter. Vielleicht nicht ganz so interessant, wie es die Frauen für die Männer taten, aber schließlich war es im Reich des Lebens und der Liebe ja ohnehin niemals ganz gerecht zugegangen.

Sie stiegen nacheinander die Strickleiter hinunter und stellten sich an dem dunklen Wasser auf. Die Fledermäuse flatterten wieder herbei und beobachteten sie. Offensichtlich waren sie die Wächter des Horts. Die Schlange glitt die Strickleiter hinunter und tauchte dann ins Wasser ein. So folgten sie ihr, so unangenehm es Mela auch war. Wenn sie sich erst einmal ihren Mann geangelt hatte und ins Meer zurückgekehrt war, würde sie nie im Leben wieder Süßwasser anrühren.

Sie schwammen in einer Reihe hintereinander. Die Schlange tat einen Atemzug und tauchte unter die Oberfläche, gefolgt von Mela. Dort erblickte sie bösartige kleine Piranhas und war plötzlich beunruhigt, weil sie ohne ihren Schwanz möglicherweise nicht schnell genug schwimmen konnte, um ihnen auszuweichen. Doch sie griffen nicht an, sondern sahen nur zu. Draco mußte es ihnen eingeschärft haben. Der Drache verfügte über Wächter sowohl in der Luft als auch zu Wasser, die seinen kostbaren Hort sicherten. Und doch konnten die Dämonen offensichtlich bis dorthin durchdringen, da sie ja auch die drei jungen Frauen hierherbefördert hatten; und die Kobolde hatten ihn schon überfallen. Nichts war vollkommen.

Sie schwammen durch einen Unterwassertunnel, der sie schon bald ans Ende des Wassers in eine trockene Höhle brachte. Niemand, der die entgegengesetzte Richtung genommen hätte, hätte geahnt, daß dieser dunkle Teich zu einem Drachennest führte! Mela war überrascht gewesen, als sie gesehen hatte, wie der Drache davonschwamm, doch andererseits hatte sie eigentlich noch nie allzuviel von Drachen verstanden. Es war offensichtlich, daß einige Flugdrachen tatsächlich schwimmen konnten, während manche Feuerdrachen mit Wasser umzugehen wußten. Genau wie einige Meerleute auch an Land zurechtkamen, wenn es sein mußte.

Vor sich erblickten sie das Tageslicht, und so hielten sie an, um sich wieder anzukleiden. Da Melas eigentliche Kleidung immer noch naß war, mußte sie wieder den schlüpfrigen Schlüpfer und die Rutschpantoffeln anziehen, dazu den Büstenhalter. Der Büstenhalter war schon in Ordnung; tatsächlich hoffte sie, ihn auch später noch tragen zu können, nachdem all dies vorüber war, denn er war sehr bequem. Der Schlüpfer dagegen war eine schlüpfrige Angelegenheit, und sie traute ihm nicht über den Weg. Er schien darauf aus zu sein, sie in peinliche Situationen zu bringen, indem er »versehentlich« Teile von ihr zeigte, die sie lieber nicht vorzeigen wollte. Die Pantoffeln waren fast genauso schlimm. Immer, wenn jemand zusah, wollten sie am Boden ausrutschen. Sie brachten ihre Beine dazu, in den unglücklichsten Augenblicken ihre Bedeckung preiszugeben, so daß mehr davon zu sehen war, als es in Melas Absicht lag. Das hätte ganz besonders peinlich werden können, wenn sie sich nicht die Mühe gemacht hätte, hervorragende Beine auszubilden.

Sie erreichten die Höhlenöffnung. Sie befand sich an einem Berghang, der steil nach unten auf den ebenen Boden führte. Was nun?

Ein vierbeiniger Greif erschien, musterte sie mit seinem wilden Adlerkopf, während die Tatzen seines Löwenleibs nach ihnen griffen. Er schwebte so dicht an die Höhle heran, wie er konnte, war aber nicht dafür gebaut, hier zu landen.

Naldo nahm wieder seine Naga-Gestalt an. »Einer von euch muß die Beine des Greifs packen«, sagte er. Der Abwind der schlagenden Flügel wehte ihm das Haar auf den Rücken.

»Aber ...« begann Mela mit einem Unbehagen, das mehr beinhaltete als bloße Zweifel.

»Draco hat die Flügelungeheuer verpflichtet, euch zum Parnaß zu bringen«, erläuterte Naldo. »Aber ein Greif kann immer nur eine Person tragen. Gregor Greif wird dich auf seinen Rücken setzen, sobald du ihn festhältst. Du kannst ihm vertrauen. Er ist darauf eingeschworen, Che Zentaur zu beschützen.«

Melas Glaube war ganz bestimmt nicht der größte. Man hatte von Greifen gehört, die leckere Meerfrauen wie sie selbst gemeuchelt und gefressen hatten. Aber sie sah auch ein, daß sie mit gutem Beispiel vorangehen mußte. Außerdem versuchte ihr Schlüpfer wieder, beiseite zu schlüpfen, während ihre Rutschpantoffeln daran arbeiteten, ihre Füße ins Rutschen zu bringen. Sie mußte also zusehen, daß sie sich in eine bessere Lage brachte. Sie stampfte auf, nahm ihre ganze schwache Zuversicht beisammen und packte die Vorderbeine des Ungeheuers.

Der Greif hob sich in die Lüfte, und Mela wurde vom Berg gezerrt. Sie baumelte von ihm herab, fühlte sich wie ein

Glockenklöppel. Sie versuchte zu kreischen, doch bevor sie genug Luft dafür eingeatmet hatte, hatte der Greif schon seine Vorderbeine gehoben und sie in hohem Bogen über seinen Kopf geschleudert. Entsetzt vollführte sie einen Purzelbaum und landete voll auf seinem Rücken, direkt zwischen den schlagenden Flügeln.

Mela brachte ihren Atemhaushalt in Ordnung und wollte gerade mit dem Kreischen loslegen. Doch da fiel ihr ein, daß sie ja überhaupt keinen Grund mehr dazu hatte. Sie ritt nun auf dem Greif, und niemand konnte ihr Höschen sehen, selbst wenn der Schlüpfer versuchte es freizulegen, weil sie schon viel zu hoch über dem Boden flog.

Also klammerte sie sich an der fedrigen Mähne des Greifs fest und blickte zurück. Hinter ihr war ein weiterer Greif zu erkennen, der Okra auf dem Rücken trug. Ein Stück weiter flog Ida auf einem dritten. Sie waren alle sicher unterwegs. Welch eine Erleichterung!

Nun schossen die drei Greife in schnellem Tempo nach Süden. Überraschend schnell überflogen sie die Spalte. Mela spähte hinunter, versuchte zu erkennen, ob die Höhle zu sehen sei, durch die sie ins Reich der Dämonen eingetreten waren, aber sie flogen in solcher Höhe, daß alle Einzelheiten verwischt schienen. Es war erstaunlich, wie Professor Fetthuf sie so einfach bis in die Höhle des Drachen befördert hatte. Diesen Professor würde sie sich ganz bestimmt niemals zum Feind wünschen!

Die Greife beschleunigten ihren Flug. Nun sauste die Landschaft nur so vorbei. Xanth war wie ein riesiger Teppich, auf den Wälder, Flüsse, Seen und Felder aufgemalt waren. Die meisten Seen waren sehr klein, wie Pfützen, doch es gab auch einen größeren darunter, der wie zwei geschürzte Lippen aussah. »Der Küß-mich-See!« rief sie, erfreut darüber, daß sie ihn wiedererkannte. Es war noch nicht allzulange her, daß sie dortgewesen war. Südlich vom See führte eine Linie ab. Das mußte der Küß-mich-Fluß sein, den Okra hinaufgepaddelt war.

Sie folgten dieser Linie, bis sie in einen sehr viel größeren See mündete. Das war wahrscheinlich der Ogersee, wo die

Fluchungeheuer lebten. Und ein paar verirrte Oger, wie Okra ja bewies. Dann flogen sie einen Bogen nach Südwesten, wo sie dichten Urwald überquerten. Endlich erblickten sie in der Ferne einen Berggipfel – worauf die Greife zur Landung ansetzten. Denn sie durften sich dem Berg Parnaß nur ein gewisses Stück nähern. Für Mela und ihre Gefährten bedeutete das immer noch einen recht langen Fußmarsch. Aber die Greife blieben nicht etwa stehen. Sie berührten den Boden, klappten ihre Schwingen ein und rannten auf vier Beinen den Berg entgegen. Deshalb hatte Draco also die vierbeinige Art dienstverpflichtet! Die konnte die drei Reisenden ein gutes Stück näher an den Berg heranbringen, ohne in Schwierigkeiten zu geraten.

Nach einer Weile blieben die Greife dann stehen. Jetzt waren sie dicht am Fuß des Parnaß, ohne ihn zu berühren. Die Flügelungeheuer hatten sich dem Berg so weit genähert, wie sie es wagen durften.

Mela saß ab. »Danke, Gregor«, sagte sie in echter Dankbarkeit. »Du hast mir einen langen, beschwerlichen Marsch erspart.« Dann küßte sie den Greif auf den Schnabel.

Gregors Gesichtsfedern verfärbten sich von Gold in Rot. Mela konnte es ihm nachempfinden, da es ihr ganz ähnlich ergangen war, als der schlüpfrige Schlüpfer sich daneben benahm. Wahrscheinlich war das Wesen wütend, weil es ihr zartes Fleisch nicht verspeisen durfte.

Bald darauf liefen die Greife wieder davon. Jetzt mußten die drei nur noch einen Weg zum Gipfel des Bergs finden, ohne von den wilden Mänaden oder dem monströsen Python aufgefressen zu werden. Mela hoffte inständig, daß sie es auch schaffen würden.

Sie überprüfte ihre Erinnerung mit einem Blick ins Handbuch und erläuterte den anderen daraufhin das Problem. »Wir können nicht einfach hinaufklettern. Die Mänaden sind wilde Frauen, die alle Eindringlinge jagen und auffressen, und jene, die sie nicht erwischen, holt sich der entsetzliche Python. Auf dem Berg gibt es zwar Musen, aber die mischen sich nicht ein, und außerdem müssen wir ja zum Simurgh auf den Gipfel.«

»Vielleicht könnte ich ja eine Mänade zu Brei hauen«, schlug Okra vor.

»Die tauchen immer nur in wilden, schreienden Horden auf«, widersprach Mela. »Während du eine zu Brei haust, würden die anderen uns packen. Nein, wir sollten ihnen lieber gänzlich aus dem Weg gehen, wenn wir können.«

»Vielleicht gibt es ja auch einen Weg, auf dem sie nicht zu finden sind«, meinte Okra.

»Ja, vielleicht«, stimmte Ida zu. »Wir müssen ihn nur finden, dann gelangen wir ohne Schwierigkeiten nach oben. Ohne Mänaden, ohne Python.«

Mela wollte etwas einwenden, begriff aber, daß es sinnlos gewesen wäre. Sie mußten den Berg erklimmen und konnten nur hoffen, daß sie dabei seinen Gefahren aus dem Weg gingen. Was sollte sie den anderen Angst einflößen? Selbst wenn sie dazu bestimmt wären, erwischt und aufgefressen zu werden, hätte es immer noch keinen Zweck, in Furcht loszumarschieren. Okra glaubte daran, daß Hauptfiguren niemals etwas wirklich Schlimmes widerfuhr; das wäre auch alles ganz nett, wenn Mela sich nur sicher sein könnte, selbst eine Hauptfigur zu sein. Angesichts des Todes ihres früheren Ehemannes Merwin zweifelte sie freilich daran. Sie hatte also keinerlei Sicherheit, ebensowenig wie Ida. Die einzige Möglichkeit, den Gefahren aus dem Weg zu gehen, bestand darin, den Berg gar nicht erst zu erklettern, doch damit würden sie ihre Aufgabe nicht erfüllen.

Dennoch fand sie es grausam, daß Naldo Naga sie mit diesem gefährlichen Auftrag losgeschickt hatte. Er hätte doch selbst gehen müssen, statt dessen versuchte er seine Haut zu retten, indem er sie vorschickte. Vielleicht hatte er gar keine Antwort auf ihre Fragen, rechnete aber damit, daß er sie ihnen ohnehin nicht würde geben müssen, weil sie diese Mission nicht überleben würden.

Nein, das war ungerecht. Das Volk der Naga war ehrenwert, und er war ein Prinz, folglich trug er auch Verantwortung. Er würde sich also an die Abmachung halten. Trotzdem hatte er einen wahrhaft grausamen Handel mit ihnen abgeschlossen!

Okra und Ida machten sich auf die Suche nach einem guten Weg. Mela schloß sich ihnen mit weniger Begeisterung an. Sie war älter als die beiden und wußte um das Grauen, das das Leben mit sich bringen konnte, beispielsweise den Tod des eigenen Ehepartners. Doch war es besser, ihnen ihre relative Unschuld so lange wie möglich zu lassen.

»Ich habe ihn gefunden!« rief Okra. »Es ist ein unsichtbarer Weg!«

»Das ist ja wunderbar!« rief Ida.

»Wie hast du ihn denn dann finden können?« wollte Mela wissen.

»Ich habe ihn erschnüffelt. Schaut mal, dort ist er.« Okra wies mit einer Geste auf ein undurchdringliches Gestrüpp.

Mela versuchte, nicht allzu pessimistisch zu klingen, doch sie hatte ein Problem. »Das sieht mir aber nicht wie ein sonderlich guter Weg aus.«

»Das liegt nur daran, daß du ihn nicht sehen kannst. Schau mir zu.« Okra trat vor und verschwand im Dornengestrüpp.

»Warte, sonst zerkratzt du dich noch am ganzen Leib!« protestierte Mela.

»Nein, tue ich nicht«, entgegnete die Ogerin. »Das Gestrüpp ist eine Illusion. Die wirklichen Dornensträucher wachsen hier gar nicht, weil sie glauben, hier sei schon alles voll. Deshalb ist dieser Weg auch so gut – niemand benutzt ihn, weil ihn niemand erkennen kann. Die Mänaden wollten sich wahrscheinlich auch nicht zerkratzen. Vermutlich führt er bis zum Gipfel.«

Vorsichtig stach Mela mit einem Finger ins Gestrüpp. Nichts. Sie setzte einen Fuß hinein. Nichts. Es war wirklich eine Illusion – und somit natürlich auch ein nutzbarer Weg, den sie nehmen konnten, sofern er nur lang genug war.

Mittlerweile stürmte Okra nach Ogerart voran. Also riß Mela sich zusammen und folgte ihr. Ida ging als letzte, sie lächelte. Sie war sich so sicher gewesen, daß es einen Weg geben mußte, und da war er plötzlich auch schon. Mela fürchtete, daß Idas Optimismus irgendwann schrecklich scheitern würde, doch wollte sie nicht diejenige sein, die dafür Sorge trug. Die Leute waren meistens nicht mehr sonderlich nett, wenn sie erst einmal gescheitert waren.

Okra folgte ihrer Nase und entdeckte damit die Windungen und Biegungen des Weges. Jeder, der nicht über einen derart hochentwickelten Geruchssinn verfügte, hätte sich schon bald verlaufen und wäre im Dornengestrüpp geendet. Doch der unsichtbare Weg war völlig frei, ohne Hindernisse oder Unterbrechungen. Er war sorgfältig gepflegt, doch wer hatte ihn gemacht und wer benutzte ihn wohl?

Als sie ungefähr ein Drittel des Berghangs erklommen hatten, vernahmen sie einen Schrei. Da war eine der wilden Frauen! Die Mänade stand auf einem Weg, der ihren kreuzte und hatte sie entdeckt. Sie war nackt wie eine Nymphe und besaß auch die gleichen Proportionen, nur daß ihr hübsches Gesicht zu einer Grimasse des Hasses verzerrt war. Wie eine Gewitterwolke hob sich ihr Haar um den Kopf. Sie hatte nicht etwa vor Schreck oder Entsetzen geschrien, sondern um ihre Gefährtinnen zu benachrichtigen. Schon bald würde sich die ganze bunte Schar an die Verfolgung machen.

»Lauft!« rief Mela. Sie hoffte, daß die Mänaden den unsichtbaren Weg nicht entdecken würden.

Okra rannte los, und die beiden anderen folgten ihr so dicht sie konnten. Die Mänaden stürzten auf sie zu, nahmen dabei aber nicht den unsichtbaren Weg sondern rasten voll durch das Gestrüpp. Im nächsten Augenblick stießen sie ein Schmerzens- und Wutgeheul aus, als sie sich schlimme Kratzer zuzogen. So sehr sie es auch zu lieben schienen, andere zu zerkratzen, so wenig mochten sie es am eigenen Leib erfahren. Doch Mela fiel ein, daß ihr, wenn sie nur ein wenig darüber nachdachte, jede Menge andere einfallen würden, bei denen das ähnlich war. Deshalb dachte sie lieber nicht weiter darüber nach.

Es klappte! Die wilden Frauen wußten nicht von dem Weg, und es schien, daß ihr Geruchssinn nicht so ausgeprägt war wie bei der Ogerin, so daß sie ihn nicht wittern konnten. Sie hielten das Gestrüpp für den einzigen Weg und kämpften sich nun hindurch, fielen dabei immer weiter ab.

Bald hatten sie die Mänaden aus dem Auge verloren. Doch die drei stießen weiter vor, obwohl sie vor Anstrengung nach Luft schnappen mußten, um sicherzugehen, daß sie die Gefahr wirklich zurückließen.

Mela fiel ein, daß auch Schlangen einen sehr guten Geruchssinn hatten. Wenn der Python vorbeikommen sollte …

Doch ihr Glück hatte Bestand, und es erschien kein Schlangenungeheuer vor ihnen. Schließlich verlangsamten sie ihren Lauf und stiegen weiter den Berghang empor. Sie schienen ein wenig von dem Glück abbekommen zu haben, das für gewöhnlich den Hauptfiguren zukam, ganz so, als gäbe es einen Fehler im Skript.

Sie erreichten das Ende des Wegs. Nun standen sie vor einer kahlen Felsklippe. Die Klippe schien sich zu beiden Seiten endlos in die Höhe zu ziehen. Wahrscheinlich umrundete sie den ganzen Berg, so daß sie sie nicht seitlich umgehen konnten. Irgendwie mußten sie hinaufkommen.

»Vielleicht könnte Okra ja ein paar Stufen in den Fels schlagen«, schlug Ida vor.

Mela wollte einwenden, daß das doch unmöglich sei, doch da fiel ihr wieder ein, daß männliche Oger durchaus Steine zermalmen konnten. Okra war zwar alles andere als ein männlicher Oger, aber immerhin war es ihr ja auch gelungen, den Drachenatem auf dem Eisenberg zu neutralisieren. »Vielleicht kann sie das«, bestätigte sie.

Okra ballte eine Faust und schlug damit zaghaft gegen die Fels. Ein Steintrümmer platzte heraus. Sie schlug erneut zu, diesmal fester, und es löste sich ein etwas größerer Brocken. »Ich kann es!« rief sie überrascht.

»Vielleicht hast du es früher einfach nur nicht versucht«, meinte Ida.

»Vielleicht. Ich dachte immer, an Gestein würde ich mir nur die Hände weh tun. Als Oger mache ich wirklich nicht viel her.«

»Für uns reicht es«, widersprach Ida warmherzig. »Vielleicht hast du einfach nur nie gewußt, wie stark du wirklich bist.«

»Das mag schon stimmen«, pflichtete Okra ihr bei, während sie den Schaden begutachtete, den sie der Felswand bereits angetan hatte.

Dann machte sie sich ernsthaft ans Werk. Mit beiden Fäusten hämmerte sie abwechselnd auf den Felsen ein, daß die Splitter nur so flogen. Sie schaffte es!

Nach einer Weile hatte Okra eine grobe Steintreppe in die Felswand gehauen, die wie ein Relief aussah. Sie sorgte sogar für ein steinernes Geländer, damit sie die Stufen hinaufsteigen konnten, ohne dabei in die Tiefe zu stürzen. Mela hatte eigentlich nie allzuviel für Oger übriggehabt, doch nun begann sie, Geschmack an diesem Ogermädchen zu finden.

Sie stiegen die Stufen empor und gelangten auf den oberen Abschnitt des Bergs. Das war ein Hang, der unmittelbar zu dem riesigen Baum auf dem Gipfel führte. Der Samenbaum war in Sicht!

Sie näherten sich ihm vorsichtig. Sie erblickten den riesigen Vogel, der auf einem seiner Äste hockte. Die Strahlen der Spätnachmittagssonne brachen sich schillernd am Gefieder. Dann drehte sich der Vogel um und erspähte sie. Plötzlich fand sich Mela in einem Zustand zwischen überwältigender Unruhe und mildem Entsetzen wieder.

UND WER SEID IHR, DIE IHR, OHNE EINGELADEN ZU SEIN, MEINEN BERG ERKLIMMT? wurde sie des mächtigen Gedanken des Simurgh gewahr.

»Wir ... wir sind drei Maiden in Not«, erwiderte Mela.

Der riesige Schädel kehrte sich ihr zu, und ein bohrender Blick heftete sich auf sie. DU BIST KEINE MAID, MELA MEERFRAU. DU WARST VERHEIRATET UND BIST VERWITWET.

»Ich ... ich meinte zwei Maiden und eine Frau«, stammelte Mela. »Wir sind gekommen, um dir etwas Wichtiges mitzuteilen.«

ICH HABE DREIMAL MITANGESEHEN, WIE DAS UNIVERSUM STARB UND WIEDERGEBOREN WURDE, dachte der Simurgh. WAS KÖNNTEST DU DA FÜR WICHTIG GENUG HALTEN, DASS ES MEINER AUFMERKSAMKEIT WÜRDIG WÄRE?

»Vielleicht nichts«, gestand Mela. »Aber Naldo Naga hat uns zu dir geschickt, um dir mitzuteilen ...« Sie stockte, fürchtete einen weiteren der überwältigenden Gedanken, doch der Simurgh wartete ab. »Um dir mitzuteilen, daß Roxanne im Begriff steht, Che Zentaur zu ... zu fressen.« Geschafft – irgendwie hatte sie es herausgepreßt.

WAS? Der Gedanke war so stark, daß er die drei beinahe vom Berg geweht hätte. Doch Mela versuchte es aufs neue.

»Roxanne steht ...«

ICH HABE DICH VERNOMMEN, TAPFERE KREATUR. GEWISS WERDE ICH DAS IN ORDNUNG BRINGEN MÜSSEN. ABER TEILT MIR ERST EINMAL MEHR ÜBER EUCH MIT. WIE IST ES GEKOMMEN, DASS IHR MIR DIESE NACHRICHT BRINGT?

»Wir drei haben den Guten Magier Humfrey mit unseren Fragen aufgesucht, doch anstatt uns zu antworten, hat er uns zu Nada Naga geschickt, die uns wiederum zu ihrem Bruder Naldo Naga geschickt hat, der uns mitteilte, daß er uns unsere Wünsche erfüllen würde, wenn wir dir diese Nachricht bringen. Und so ...«

WIE HAT NALDO NAGA VON ROXANNE ERFAHREN?

»Sein Freund Draco Drachen hat es von den Flügelungeheuern gehört. Aber die dürfen nicht hierherfliegen oder sich in deine Pläne einmischen, deshalb ...«

GANZ GENAU. WELCHE FRAGE HAST DU DEM GUTEN MAGIER GESTELLT?

»Wie ich einen guten Ehemann finde. Ich will lediglich den stattlichsten, nettesten, klügsten Prinzen ...«

GANZ BESTIMMT. DER MANN, DEN DU HEIRATEST, WIRD AUCH EINEN GEWISSEN HUMOR HABEN.

Mela runzelte die Stirn. »Ich schätze, damit werde ich wohl leben können, sofern er auch über die anderen Vorzüge verfügt.« Langsam beschlich Mela eine gewisse Aufregung, als sie begriff, daß es tatsächlich einen Ehemann für sie gab. Sie hatte schon begonnen, daran zu zweifeln.

DAS TUT ER. UND JETZT WILL ICH ETWAS ÜBER DEINE GEFÄHRTINNEN ERFAHREN, DIE ICH NOCH NICHT KENNE. Der riesige Vogel richtete sein Auge auf

Ida. Mela sah, wie der Simurgh blinzelte, fast als sei sie erschreckt. Wie konnte das sein? Ida war eine nette, aber ganz gewöhnliche junge Frau, eine angenehme Gesellschaft, aber ohne irgendeine erkennbare Manie. Was an ihr könnte das weiseste Wesen von ganz Xanth überraschen? WER GLAUBST DU ZU SEIN, UND WAS HÄLTST DU FÜR DAS ZIEL DEINER SUCHE?

Ida bemühte sich zu antworten. »Ich ... ich ... ich glaube, ich bin Ida. Ich wuchs unter den Sollteseins auf. Ich bin gekommen, meine Bestimmung zu erfahren. Ich weiß zwar nicht, welche das ist, aber ich hoffe, sie ist nett.«

SIE IST EBENSO NETT WIE JEDE ANDERE MÖGLICHE BESTIMMUNG IN XANTH. ABER SIE MUSS IHRE ZEIT ABWARTEN, DENN ZUERST MUSST DU EINIGE DINGE ERLEDIGEN.

»Ach ja? Was denn?«

ES WÄRE KONTRAPRODUKTIV, DIR DIES ZU DIESEM ZEITPUNKT ZU SAGEN, UNSCHULDIGE DAMSELL.

»Das hat der Gute Magier auch gesagt!« versetzte Ida frustriert. »Und Fetthuf Dämon auch. Naldo Naga behauptet zwar, etwas zu wissen, wollte es uns aber nicht sagen. Ist das nicht sexistisch oder so etwas?«

ODER SO ETWAS, stimmte der Simurgh mit schiefem Schnabellächeln zu. ABER NOTWENDIG. Ihr Blick heftete sich auf die Ogerin. UND DU?

Okra sah zu dem Vogel auf. »Ich bin Okra Ogerin. Mein Ziel ist es, Jenny Elfe loszuwerden, damit ich eine Hauptfigur werden kann.«

STATT DESSEN MUSST DU SIE RETTEN. DAS MAG DIR WIE IRONIE ERSCHEINEN.

»Das erscheint mir wie Unfug«, erwiderte Okra. Mela geriet in Unruhe und fürchtete, daß das Ogermädchen sich die eigene Vernichtung aufs Haupt herunterrufen könnte, doch der Simurgh schien es ihr nicht zu verübeln.

DENNOCH IST DIES NUN EINMAL DEIN KURS, ES SEI DENN, DU WEICHST VON IHM AB. NUN WERDE ICH EUCH BESAMEN. TRITT NÄHER, OKRA.

Die Ogerin trat ein Stück an den Simurgh heran. »Ich verstehe nicht.«

NATÜRLICH NICHT. VIELES VON DEM, WAS ICH TUE, TUE ICH MIT HILFE VON SAMEN. ALS ERSTES BESAME ICH DICH. Der Simurgh zog eine schillernde Feder aus ihrem Flügel. Die Feder hielt sie in ihrem Schnabel und führte sie herab, um Okras Kopf damit zu berühren. Mela konnte nicht erkennen, daß irgend etwas passierte, und begriff die Bedeutung dieses Vorgangs nicht.

NUN GEBE ICH DIR ZWEI SAMEN. DEN EINEN GIBST DU ROXANNE. STRECK DIE HAND AUS. Der Vogel machte einen kleinen Satz, der den Baum erschütterte, und ein runder Samen fiel der Ogerin in die ausgestreckte Hand. DIES IST EIN SAMEN VOM ZEITKRAUT. ROXANNE WIRD WISSEN, WIE DAMIT ZU VERFAHREN IST. NUN STRECK DIE ANDERE HAND AUS.

Gehorsam streckte Okra die andere Hand vor. Der Simurgh schüttelte den Baum erneut durch, und ein zylindrischer Samen fiel herab. DIES IST EIN RAKETENSAMEN, DER ES EUCH ERMÖGLICHT, MIT EUREN FREUNDEN DORTHIN ZU REISEN. TRETET DORT EIN UND BEGEBT EUCH DAHIN.

»Aber ...« stammelte Okra verwirrt.

Da sah Mela, wie der zweite Samen wuchs. Er dehnte sich aus, bis er zu groß für die Hand der Ogerin geworden war. Sie mußte ihn mit dem abgeflachten Ende auf den Boden legen, während das spitz zulaufende immer weiter wuchs. Er nahm die Form eines Zylinders mit stabilem Mittelteil an. Er war durchsichtig, so daß sie in sein hohles Inneres schauen konnten: in eine zylindrische Kabine. Schon bald war er groß genug, um alle drei aufzunehmen, und an der Seite befand sich eine Schiebeluke.

Also schoben sie die Luke beiseite und begaben sich ins Innere des Samens. Dort war es ziemlich eng, aber sie paßten doch hinein. Hinter ihnen schloß sich die Luke. Der Samen hatte sich in ein Gefängnis verwandelt!

Doch bevor Mela sich ordentlich erschrecken konnte, explodierte das Ding.

14
ROXANNE

Gwendolyn Kobold starrte zu dem riesigen Vogel auf. Sie waren in eine Falle gelaufen und steckten nun im Namenlosen Schloß mit einem rechtschaffen erzürnten Rokh gefangen. Was sollten sie jetzt tun?

»Verteilt euch!« rief Che. »Er kann uns nicht alle erwischen!«

Eine gute Taktik! Gwenny rannte in eine Richtung davon und Jenny Elfe in die andere. Che selbst sprang in die Höhe, beschnippte sich mit seinem Schweif und flog ein Stück weiter empor. Doch Gwenny stellte fest, daß sie alle drei noch leicht von der Leuchtkraft des Eis strahlten; sie konnten sich vor dem Rokh nicht verstecken, weil dieses Funkeln die Aufmerksamkeit auf sich zog. Selbst wenn es ihnen gelungen wäre, in einer ganzen Horde von Wesen zu fliehen, hätte der Rokh sie immer noch ausmachen können.

Als erstes wandte sich der Rokh ihm zu. Gwenny stand neben der Rampe und sah hilflos und entsetzt zu, wie der schreckliche Vogel Che verfolgte. Der Rokh war so groß, daß er gar nicht zu fliegen brauchte. Tatsächlich wäre es dafür hier drin auch ziemlich eng gewesen. Er ging einfach zu Fuß, der winzigen Gestalt nach.

Er? Das war doch mit Sicherheit ein weiblicher Vogel, schließlich saß sie auf einem Ei. Sie hatten sie für eine Statue gehalten, nun aber wußten sie, daß sie nur so ausgesehen hatte. Es war ein wütendes Muttertier.

Che konnte nicht aus dem Schloß herausfliegen, weil es nun abgesperrt war. So blieb ihm nichts anderes übrig, als Haken zu schlagen, um dem schrecklichen Riesenschnabel des Rokh zu entgehen.

»Aber du bist doch ein Flügelungeheuer!« rief Jenny von der gegenüberliegenden Seite des Raums herüber. »Alle Flügelungeheuer sind doch verpflichtet, Che vor Schaden zu bewahren!«

Sie hatte recht. Doch zu ihrer Bestürzung mußte Gwenny feststellen, daß der Rokh es nicht beachtete. Offensichtlich war der Vogel nicht entsprechend verständigt worden. Das leuchtete sogar ein. Vielleicht saß sie schon seit Jahren hier und hatte den Anschluß an die Alltagsereignisse verpaßt, so daß sie einfach nichts von den Verfügungen des Simurgh wußte. Und wenn sie keine Menschensprache verstand, konnten sie ihr auch nicht klarmachen, daß sie den Flügelzentauren gar nicht fressen durfte. Vielleicht würde sie ja eines Jahres noch davon erfahren, doch dann wäre es schon viel zu spät.

Da hatte Gwenny einen verzweifelten Einfall. Vielleicht könnte sie den Rokh ablenken! Sie kehrte in die Mitte des Raums zurück, richtete ihren Zauberstab auf das wunderschöne Kristallei und konzentrierte sich. Es hob sich und schwebte über dem steinernen Nest. »Schau mal, Rokh!« rief sie. »Ich raube dein Ei!«

Der Vogelkopf schnappte herum. Das riesige Auge heftete sich auf das schwebende Ei. »Krächz!«

Das Ungeheuer verstand die Menschensprache also doch ganz gut. »Keine Bewegung, sonst lasse ich es fallen«, drohte Gwenny.

Der Rokh machte einen Schritt auf sie zu. Gwenny schüttelte den Stab, und das Ei begann gefährlich zu wackeln. »Es wird auf dem Stein zerschellen«, warnte Gwenny. »Und wenn du noch einen weiteren Schritt näherkommst, tue ich es. Schließlich kämpfe ich um das Leben meines Freundes.«

Der Vogel überlegte. Rokhs waren nicht gerade für ihre Einbildungskraft bekannt, doch nun sah Gwenny, wie sich ein geistiges Bild ausformte. Es schien, daß sich der Vogel ein rechtes Bild machen wollte, um zu wissen, wie er sich verhalten sollte, und daß dieses Bild im Augenblick ziemlich schief hing. In der Mitte des Bildes hing das leuchtende Ei in gefährdetem Gleichgewicht über dem Nest. An der Seite stand Gwenny mit ihrem Zauberstab.

Im Bild stürzte sich der Rokh auf Gwenny, verschlang sie und schluckte sie mit Haut und Haaren herunter. Doch ebenso schnell stürzte das Ei auch auf die harte Stelle und zersprang in tausendundein glitzernde Splitter. Das Bild verrutschte noch schiefer und löste sich auf; es taugte einfach nichts.

Nun bildete sich das Bild noch einmal aus, zeigte das schwebende Ei und das stehende Koboldmädchen. Diesmal stürzte sich der Rokh auf das Ei und versuchte es aufzufangen, bevor es fiel. Das schien schon vielversprechender zu sein.

»O nein, das wirst du nicht tun, Rocky!« rief Gwenny und bewegte den Stab, so daß das Ei von dem Vogel fortschwebte.

Das Bild des Rokh verrutschte und löste sich auf. Es wurde ersetzt durch ein anderes, das ihn etwas unscharf zeigte, so als würde jemand sich in seine Gedanken einmischen.

»Wahrscheinlich heißt sie gar nicht Rocky« rief Jenny. Da sie die andere Linse anhatte, konnte sie die geistigen Bilder ebenso erkennen.

»Rokhkopf?« fragte Gwenny. Das Bild wurde noch unschärfer. »Rokhhund? Rokh-'n-Roll?« Das Bild wurde so unscharf, daß überhaupt nichts mehr zu erkennen war.

»Versuch es doch mal mit weiblichen Namen«, schlug Jenny vor.

»Rochelle?« Das Bild hellte sich auf. »Roxanne?« Plötzlich war es vollkommen scharf – das war der Name!

»Du kannst mit ihr kommunizieren?« erkundigte sich Che. Er war in sicherer Entfernung gelandet. »Dann bring sie dazu, von sich selbst zu erzählen. Vielleicht vergißt sie dann uns zu jagen.«

Gute Idee! »Nun, Roxanne«, sagte Gwenny. »Wir wußten nicht, daß du am Leben bist. Wir hielten dich für Teil eines Ausstellungsstücks. Wir brauchen das Ei, wenn ich Häuptling meines Stamms werden soll. Es ist nichts Persönliches. Es sieht gar nicht aus wie ein richtiges Ei. Bist du sicher, daß du es uns nicht für ein oder zwei Tage leihen könntest? Danach würden wir es wieder zurückbringen.«

Roxannes geistiges Bild explodierte in tausend Splitter. Einer dieser Splitter schoß so dicht vorbei, daß Gwenny sich ducken mußte. Offenbar stand das Ei nicht zum Verleih an.

»Aber das Ei wird niemandem allzuviel nützen, wenn es zerschmettert wird«, fuhr Gwenny fort. »Und ich werde es entweder fallen lassen oder gegen die Wand schleudern, wenn ich muß.«

Der Rokh bewegte sich ein Stück zur Seite, ohne sich dem Ei zu nähern, aber auch ohne sich davon zu entfernen. Gwenny ließ es nicht fallen, weil sie dann überhaupt keinen Faustpfand mehr gegen den Zorn des Vogels in der Hand hätten, wenn es erst zerschmettert war. Sie steckten also in einer Sackgasse.

»Wie bist du überhaupt an dieses Ei gekommen, denn ich glaube nicht, daß du es gelegt hast?« erkundigte sich Gwenny im Plauderton.

Das brachte ein weiteres Bild hervor. Darin flog Roxanne über Xanth und legte mit einem einzigen Flügelschlag eine Strecke zurück, für die ein Lebewesen an Land eine Stunde hätte marschieren müssen. Sie war jung, und ihr Gefieder leuchtete. Als sie einen hohen Berg entdeckte, flog sie ihn an, um ihn mit der Neugier der Jugend zu erkunden.

»Was siehst du?« fragte Che.

»Einen großen Berg mit doppeltem Gipfel«, rief Gwenny

zurück. »An seinem Fuß ist ein Tempel und oben auf der Spitze wächst ein riesiger Baum.«

»Aber das ist doch der Parnaß!« protestierte Che. »Dort darf niemand hinfliegen!«

»Und auf dem Baum hockt ein Vogel von der Größe eines Rokh«, fuhr Jenny fort. »Mit schillernden Federn. Roxanne fliegt direkt auf diesen Vogel zu, sie glaubt, daß es vielleicht ein weiterer Rokh sein könnte.«

»Das ist der Simurgh!« rief Che. »Das älteste Lebewesen von ganz Xanth! Sie hat schon dreimal mitangesehen, wie die Welt endete und aufs neue erschaffen wurde! Sie gestattet niemandem, in ihrer Nähe herumzufliegen!«

Roxanne hörte ihn reden. Sie neigte den Kopf in seine Richtung. Dann sprang sie los. Che versuchte abzuheben, konnte seine Flügel aber nicht mehr richtig ausbreiten. Er versuchte davonzugaloppieren, doch da schlossen sich schon die großen Klauen des Rokh um seinen Leib.

Gwenny und Jenny schrien gemeinsam auf. Dann riß Gwenny sich zusammen. »Laß ihn los!« rief sie. »Oder ich lasse das Ei fallen!« Mit dem Zauberstab ließ sie das Ei wakkeln.

Roxanne weigerte sich, auf den Bluff hereinzufallen. Ihr geistiges Bild zeigte das fallende Ei – und gleich danach den kleinen Flügelzentaur, wie er zu blutigem Brei zermalmt wurde.

Gwenny wagte es nicht, das Ei fallen zu lassen, solange Che noch unversehrt war. Doch sie würde es ganz gewiß tun, wenn der Rokh ihn verletzte. Es war also schon wieder eine Sackgasse, nur daß Roxanne jetzt in der besseren Position war.

Der große Vogel trug Che zu einem Käfig, der hoch oben an der Wand hing. Er warf ihn hinein und schlug mit dem Schnabel die Tür hinter ihm zu. Gwenny sah, wie Che versuchte an der Tür zu rütteln, doch sie war fest verschlossen, er konnte nicht mehr hinaus. Nun war er zwar unversehrt, aber gefangen.

Gwenny wußte, daß der Rokh, sollte sie das Ei zerschmettern, einfach zurückkehren und Che zermalmen würde. Es blieb also bei der Sackgasse. Wie konnte sie ihn befreien?

Sie beschloß, es wieder mit Gespräch zu versuchen. Vielleicht würde sie ja etwas in Erfahrung bringen, was der Rokh noch mehr wollte, als die drei zu vertilgen. »Roxanne, was ist passiert, als du auf den Simurgh trafst?« fragte sie.

Der Rokh baute sich wieder in derselben Entfernung von dem Ei auf wie zuvor. Doch Gwenny war so vorsichtig, es ein Stück zu heben, bis es genau über der Steinkante des Nests hing. Wenn sie es dort fallen ließ, würde es mit Sicherheit zerschmettern. Nun brauchte sie überhaupt nicht mehr zu lenken, sie brauchte nur noch den Stab fallen zu lassen, und das Ei war verloren. Es war offensichtlich, daß Roxanne das auch bemerkte. Es würde gefährlich werden, sich auf Gwenny zu stürzen.

Aber Jenny Elfe war damit noch nicht in Sicherheit. »Jenny, laß den Rokh nicht in deine Nähe!« rief Gwenny ihr zu.

»Das werde ich nicht«, bestätigte Jenny. Sie versteckte sich unter der Rampe, wo es schwierig für den großen Vogel gewesen wäre, sie zu ergreifen.

Das Bild formte sich wieder aus. Es zeigte die junge Roxanne, wie sie in ihrer Unschuld direkt auf den Simurgh zuflog. Der kauernde Vogel musterte sie. Das Bild wurde immer detaillierter, entwickelte sich zu einem ausgewachsenen Traum, so daß Gwenny ihm ohne Mühe folgen konnte. Ja, es war so, als würde sie ihn selbst erleben. Das war eben das Wesen von Träumen: Sie waren auf magische Weise leicht zu glauben, selbst dann, wenn sie überhaupt keinen oder nur wenig Sinn ergaben. Und so schien sie nun über den Parnaß zu fliegen.

Sie blickte sich um und sah, daß der Berg tatsächlich aus riesigen Schriftrollen und Büchern bestand. Manche waren wettergegerbt, von Sträuchern und sogar Bäumen überwachsen, so daß sie von der Oberfläche aus betrachtet nicht ohne weiteres als solche zu erkennen waren, anders als von diesem Aussichtspunkt. Nun, es war ja bekannt, daß der Parnaß der Wohnort der Musen war, die als belesenes Volk galten; vielleicht waren das ja die Bücher, die sie verfaßt hatten. Roxanne interessierte sich nicht für die Musen und noch weniger für die Bücher, war aber doch fasziniert von der Tatsache, daß sie sich zu einem ganzen Berg aufschichteten. Wieviel vergeudete Anstrengung!

Der hockende Vogel ließ eine Feder zucken.

Plötzlich verloren Roxannes Flügel ihren Halt. Sie flatterte wie wild, konnte jedoch nichts dagegen ausrichten. Es war, als hätte die Luft an Substanz verloren, so daß Roxanne flugunfähig wurde. Sie schaffte es gerade noch auf den Boden, ohne abzustürzen. Danach konnte sie nicht mehr abheben, so sehr sie sich auch darum bemühen mochte. Auf geheimnisvolle Weise war sie an den Boden gefesselt.

Sie befand sich am Berghang. Nun mußte sie zu Fuß weiter, was ziemlich peinlich war. Immer wieder versperrten Bäume ihr den Weg, und sie mußte sie umhauen. Was war nur mit ihr geschehen?

Sie entdeckte einen Teich und watete hinein, um sich die Füße abzukühlen. Dann tauchte sie den Schnabel ein und nahm einen Schluck. Das Wasser war kühl, wärmte ihr jedoch die Kehle. Was war denn das für Wasser?

Da konnte sie den Geschmack genauer bestimmen: Es war ein Weinquell!

Winzige Leute vom Menschenvolk erschienen am Rand des Teichs. Es schienen alles Frauen zu sein, die sehr aktiv waren. Sie stürmten hinein und versuchten Roxanne anzugreifen. Nun, dadurch konnte man sie viel leichter wegschnappen. Es stand ihr eine herrliche Mahlzeit bevor. Sie packte eine von ihnen mit dem Schnabel und sah genauer hin. Trugen die Menschen nicht normalerweise Kleider? Ihre Erinnerung mußte ihr einen Streich gespielt haben, denn diese Frau hier trug jedenfalls keine. Vielleicht waren sie auch zum Schwimmen gekommen. Nun, das spielte ohnehin kaum eine Rolle. Sie tunkte sie in Wein, um sie zu würzen, dann verschlang sie die Menschen. Hier lief sie also nicht Gefahr, zu dürsten oder zu hungern.

Die wilden Frauen kamen immer noch auf sie zu, und so verschlang Roxanne eine nach der anderen. Noch nie hatte sie so mühelos eine solch gute Mahlzeit bekommen. Nicht seitdem sie sich mit ihrem männlichen Freund Rocky eine fette Sphinx geteilt hatte. Damals hatten sie sich vollgefressen, bis sie fast geplatzt waren. »Kann nicht glauben, daß ich das alles gefressen habe«, hatte er gekrächzt. Das war eine Übertreibung gewesen, schließlich hatte er ja nur die Hälfte abbekommen. Doch sie hatte genau gewußt, wie er sich fühlte. Er war zu schwer gewesen, um zu fliegen, und hatte einige Tage schlafend auf dem Boden zubringen müssen, bevor er wieder in der Lage war, normal aufzusteigen. Doch es war die Sache wert gewesen.

Das erinnerte Roxanne an etwas. Sie breitete die Flügel aus, schlug sie kräftig und sprang in die Luft. Nur um mit einem furchtbaren Planschen wieder in das Getränk zu stürzen, wobei sie beinahe mehrere der wilden Frauen ertränkt hätte, die versucht hatten, ihr die Federn abzuhacken. Sie blieb an den Boden gefesselt, doch nicht, weil sie sich überfressen hatte. Irgend etwas stimmte hier ganz und gar nicht.

Roxanne watete aus dem Teich und suchte sich eine geeignete Niststelle für die Nacht. Die wilden Frauen folgten ihr, versuchten immer noch nach ihr zu stechen, bis sie mit einem Flügel herumfuhr und sie zu einem Haufen zusammenschaufelte, den sie in den Teich zurückwarf. Dann bahnte Roxanne sich ihren Weg zu einer Nische im Berg, wo sie einen geeigneten Felsvorsprung fand und sich zur Ruhe niederließ. Als die wilden Frauen wieder auf sie zustürmten, spreizte sie die Flügel und schlug sie nach vorn, wodurch sie die Frauen in den Teich zurückwehte. Nach einigen weiteren Anläufen begriffen sie schließlich, daß hier nicht viel zu holen war, und so ließen sie Roxanne fortan in Frieden.

Jetzt hatte Roxanne Zeit zum Nachdenken. Wie kam es, daß ihre Flügel zwar genügend Kraft besaßen, um die wilden Frauen in das Getränk zu wehen, aber nicht, um sich in die Lüfte zu erheben? Sie schienen ganz normal zu funktionieren, wenn sie nicht versuchte zu fliegen. Was konnte dahinterstecken?

Auf den ersten Blick schien die vernünftigste Erklärung

dafür die Magie zu sein. Irgendeine Art von Fluch. Aber wie war es dazu gekommen?

Da fiel ihr wieder ein, daß der andere große Vogel, den sie eigentlich hatte aufsuchen wollen, sie angeblickt hatte, um dann eine seiner Federn zucken zu lassen – kurz bevor Roxanne zu Boden gestürzt war. Dieses Federzucken könnte eine Verzauberung bedeutet haben! Es mußte also ein Vogel mit magischem Talent sein.

Aber weshalb? Roxanne war doch nur in aller Unschuld auf einem Ausflug vorbeigekommen. Weshalb sollte ein anderer Vogel sie also in eine solch schwierige Lage bringen? In diesem Punkt versagte ihr Denken; die Sache schien keinen Sinn zu ergeben.

Sie schlummerte ein, und als sie erwachte, war es Morgen. Sie stand auf und begab sich zum Baden in den Teich. Wieder erschienen die törichten wilden Frauen und wollten sich einmischen, so daß sie noch ein paar von ihnen fraß und die anderen wegwehte. Sie beendete ihr Bad, nahm noch einen Schluck von dem warm schmeckenden Weinwasser und begab sich ans Ufer. Dort schüttelte sie sich trocken, spreizte die Flügel und wollte abheben.

Wieder gelang es ihr nicht. Ihre Flügel schlugen wütend die Luft, wehten eine riesige Staubwolke auf, doch sie hob einfach nicht ab. Es war, als wäre sie an den Boden gefesselt. Sie konnte nicht fliegen.

Eine große Schlange kam gleitend auf dem Weg heran. Dies war kein weiterer Speisehappen, sondern ein möglicher Gegner. Roxanne bereitete sich auf einen Kampf vor.

»Nicht doch«, sagte die Schlange in Vogelsprache. »Ich bin nicht gekommen, um mich zu streiten, sondern um Rat zu geben.«

Roxanne reagierte erstaunt. »Wie kommt es, daß du meine Sprache sprichst?« krächzte sie.

»Ich bin der Python vom Parnaß«, erwiderte er. »Ich spreche alle Sprachen, denn es ist meine Pflicht, diesen Berg vor Eindringlingen zu beschützen. Die Mänaden haben mich informiert, daß du Schwierigkeiten machst.«

»Wie, die wilden Frauen? Die schmecken doch gut, wenn man sie in Wein taucht.«

»Zugegeben. Aber auch sie gehören zu den Wächtern des Berges, da sollte man ihnen nicht allzu kräftig weh tun, damit sich ihr Vorrat nicht erschöpft. Das würde mich meiner leckersten Häppchen berauben. Ich muß dich doch bitten, deine Raubzüge unter ihnen einzustellen.«

»Das werde ich gern tun, sobald ich von diesem Ort fortfliegen kann. Ich wollte ohnehin nicht hierbleiben, aber unterwegs ist mir doch etwas Merkwürdiges passiert, als ich nämlich auf dem Weg war, den Rokh auf dem Gipfel zu besuchen.«

»Das ist kein Rokh. Das ist der Simurgh, das älteste Lebewesen von Xanth und im Reich der Sterblichen. Sie ist die Hüterin des Samens, und sie sitzt im Samenbaum, von wo aus sie den Berg vor Eindringlingen aus der Luft schützt. Sie gestattet hier auch keine Flügelungeheuer. Du bist eingedrungen, da hat sie dich an den Boden gefesselt.«

»Mich an den Boden gefesselt! Aber ich bin doch nur gekommen, um hallo zu sagen. Ich wußte doch gar nicht, daß sie es mit Besuchern so peinlich genau nimmt.«

»Jetzt weißt du es aber«, erwiderte der Python.

»Na, dann sag ihr doch, sie soll den Zauber wieder aufheben, und ich fliege weg. Ich möchte ganz bestimmt nicht mit jemandem zu tun haben, der so unfreundlich ist.«

»Der Simurgh ist nicht unfreundlich. Sie verschafft nur dem Gesetz Geltung. Sie hat nicht die Geduld, jene in Ruhe zu erziehen, die aus irgendeinem Grund mit ihren Verfügungen nicht vertraut sind.«

»Soll das heißen, daß sie mich nie wieder fliegen lassen wird?« fragte Roxanne beunruhigt. »Was für eine gemeine Kreatur!«

»Nicht gemein. Nur streng. Unwissenheit um die Verordnungen ist keine Entschuldigung.«

»Aber ich kann doch nicht ewig am Boden bleiben!« protestierte Roxanne. »Ich bin doch ein Vogel! Ich muß fliegen können!«

»Dann wirst du den Simurgh darum bitten müssen, dich

von der Bodenbindung zu befreien. Vielleicht ist sie ja milde und berücksichtigt deine Unschuld.«

Und so kam es, daß Roxanne sich mühsam zu Fuß auf den Gipfel des Parnaß begeben mußte, um dem Simurgh ihr Anliegen vorzutragen.

DU MUSST ERST DIENST AN DER GEMEINSCHAFT TUN, vernahm sie den mächtigen Gedanken des Simurghs. WENN DU DAS ZUR ZUFRIEDENHEIT GETAN HAST, SOLL DEINE BODENBINDUNG GELÖST WERDEN.

»Was ist das für ein Dienst?« krächzte Roxanne.

DU MUSST DICH INS NAMENLOSE SCHLOSS BEGEBEN UND DORT DAS EI AUSBRÜTEN.

Das schien ihr durchaus möglich zu sein. »Wo ist das Namenlose Schloß?« fragte sie.

Der Simurgh antwortete ihr nicht unmittelbar. Statt dessen ließ sie eine Feder zucken. Plötzlich war Roxanne dort.

Das Ei war zwar schön, brauchte aber sehr lange, um ausgebrütet zu werden. Roxanne vergaß die Jahrhunderte zu zählen. Gewissenhaft befolgte sie die Regeln ihres Dienstes: Sie durfte nur solche Besucher auffressen, die sich dem Ei näherten. Manchmal kamen sie in ganzen Gruppen, manchmal allein. Wenn es mehrere waren, sperrte sie die überschüssigen in Käfige, um ihren Appetit später zu befriedigen. Die Zeiträume zwischen solchen Besuchen konnten kurz oder lang sein. Das spielte keine Rolle. Zwischendurch schlummerte sie. Irgendwie schien es zu funktionieren. Sie hatte zwar immer ein wenig Hunger, verhungerte aber nie. Eigentlich war es gar kein schlechter Dienst, dennoch würde sie froh sein, wenn er beendet war.

Gwenny war überrascht. »Du bist schon seit Jahrhunderten hier?«

Roxannes Gedanke ging die Zeitskala durch. Ja, es schienen wirklich mehrere Jahrhunderte zu sein. Sie hatte so viel und so tief geschlafen, daß es sich nicht so ohne weiteres feststellen ließ.

»Aber wer hat denn das Namenlose Schloß erbaut? Wer hat das Ei gelegt? Was soll aus ihm schlüpfen?«

Roxanne stand es nicht an, nach dem Warum zu fragen,

nur zu tun und zu fliegen. Zu brüten, bis es schlüpfte. Das wollte sie auch tun, weil sie den Simurgh kein weiteres Mal verärgern mochte.

»Aber Che Zentaur wird auf Befehl des Simurghs von allen Flügelungeheuern beschützt«, wandte Gwenny ein. »Von demselben Vogel, der dich hierhergeschickt hat, um Dienst an der Gemeinschaft zu leisten. Wenn du ihn frißt, wirst du sie mächtig verärgern.«

Von alledem wußte Roxanne nichts. Sie hatte das Namenlose Schloß nie verlassen, weil sie ja nicht fliegen konnte, und hatte keinen der Eindringlinge ausgefragt, bevor sie sich über sie hermachte. Weshalb sollte sie auch dem Wort eines ertappten Diebs glauben, daß der Simurgh befohlen habe, ihn nicht aufzufressen?

Gwenny schüttelte verblüfft den Kopf. Für sich betrachtet war der Gedankengang des Rokh durchaus vernünftig. Doch wie sollte sie den Vogel davon überzeugen, daß er sich irrte?

Da hörte Gwenny plötzlich etwas. Es war ein leises Summen, vielleicht ein Gesang, dessen Worte nicht genau zu verstehen waren. Der Rokh, der seine ganze Aufmerksamkeit auf Gwenny und das gefährdete Ei gerichtet hatte, lauschte ihm nicht.

Es war Jenny Elfe – sie versuchte es mit ihrer Magie. Die funktionierte nur bei jenen, die innerhalb der Hörweite waren, sie aber nicht beachteten. So würde sie Gwenny diesmal nicht beeinflussen, weil sie ihre Aufmerksamkeit darauf gerichtet hielt, aber bei dem Rokh konnte es vielleicht funktionieren. Solange er seine Aufmerksamkeit nicht auf die Elfe richtete.

Gwenny sah allerdings, wie sich der Traum ausbildete, weil sie ja die Linse in ihrem Auge hatte. Es war wie eine Wolke über Jennys Kopf. Innerhalb dieser sich ausdehnenden Wolke erschien eine Szene, zunächst unscharf, dann immer deutlicher. Sie zeigte eine Wiese mit Blumen im Vordergrund und vernebelten Bergen im Hintergrund. Im Mittelgrund waren Haine und funkelnde Bäche und alle möglichen stattlichen Bäume. Es war wunderschön, wie es Jennys Szenen meistens waren.

Gwenny wünschte sich, daß sie in diesen Traum eintreten könnte, wie sie es schon so häufig getan hatte, doch das konnte sie sich im Augenblick nicht leisten. Denn dann würde ihre Konzentration auf den Zauberstab nachlassen und das Ei würde herunterfallen und zerbersten, so daß dem Rokh nichts anderes mehr übrigbleiben würde, als sämtliche Eindringlinge sofort zu vernichten. Setzte sie das Ei aber erst ab, um dann in den Traum überzuwechseln, könnte der Rokh es an sich reißen und ihnen danach den Garaus machen. Deshalb mußte sie wachsam bleiben. Immerhin konnte sie ihn von außen mitansehen. Das war eine neue Erfahrung, gleichzeitig die Wirklichkeit und den Traum wahrzunehmen.

Nun erschien Jenny in dem Traum. Sie ging zwischen den Blumen dahin, eine ihrer Lieblingsbeschäftigungen, wobei sie sorgfältig darauf achtete, keine zu zertrampeln. Sie beugte sich vor, um an einer großen purpurnen Passionsblume zu riechen, sehr vorsichtig, weil Mädchen lieber nicht zu viel von so etwas abbekommen sollten. Nicht einmal jene, die in die Erwachsenenverschwörung eingeweiht worden waren.

Sammy Kater erschien in dem Traum. In der Wirklichkeit schlummerte er neben Jenny, und dasselbe tat er auch im Traum. Da schwebte sogar ein Traumwölkchen über seinem Kopf, doch waren die Einzelheiten nicht genau zu erkennen. Wahrscheinlich träumte er von sich selbst, wie er von sich selbst träumte, wie er träumte, und so weiter, jede Traumwolke kleiner als die andere, bis sie nadelspitzengroß waren und schließlich ganz verschwanden.

Roxanne Rokh erschien in dem Traum. Sie wirkte überrascht. Sie *war* auch überrascht; ihre eigene Gedankenwolke zeigte es, ein schräg zerschnittenes Bild. Im einen Teil war sie zu sehen, wo sie soeben noch gewesen war, nämlich im Namenlosen Schloß; der andere zeigte, wo sie jetzt war – auf einer wunderschönen Wiese mit einem Elfenmädchen. Welcher Hälfte sollte sie glauben?

»Hallo, Roxanne«, sagte Jenny im Traum. Gwenny konnte die Worte zwar nicht richtig hören, sah aber, daß Jenny sprach, und wußte, was sie sagen würde.

»Was mache ich hier?« fragte Roxanne. Jetzt konnte sie unmittelbar mit Jenny sprechen, denn so war das eben in ihren Träumen. Da waren alle Grenzen zwischen den Wesen aufgelöst, und alle kamen harmonisch miteinander aus.

»Du bist in meinem Traum«, erklärte Jenny. »Das ist hübscher als die Wirklichkeit, weil hier alles vollkommen ist.«

»Für mich wird nie etwas schön sein, bevor ich nicht wieder fliegen kann«, versetzte Roxanne.

»Aber du kannst hier doch fliegen«, wandte Jenny ein.

Verblüfft versuchte Roxanne es. Sie breitete die Schwingen aus und hob ab – direkt an den tiefen blauen Himmel. Im nächsten Augenblick spielte sie schon Tauziehen mit einer vorüberziehenden Wolke. Es war wunderbar!

Doch Gwenny konnte sich das nicht alles einfach nur anschauen, schließlich hatte Jenny ihr damit die Gelegenheit gegeben, sie alle zu befreien. Also bewegte sie ihren Stab und ließ das Ei vorsichtig zurück ins Nest gleiten, dann verstaute sie ihn in ihrem Rucksack. Sie lief durch den Saal zu der Reihe von Käfigen, die an der Wand hingen. Die Käfige befanden sich hoch über ihrem Kopf, weil Roxanne, wenn sie auch nicht fliegen konnte, doch groß genug war, um hinaufgreifen zu können. Also mußte Gwenny die Wand emporklettern. Das fiel ihr nicht weiter schwer, weil die Wand hier aus rauhem Wolkenstoff bestand und sie sich gut daran festhalten konnte. Außerdem war sie immer noch ziemlich leicht, weil es noch nicht solange her war, seit Che sie leichter gemacht hatte, um sie zum Namenlosen Schloß zu bringen.

Sie kletterte hoch, warf dabei zur Sicherheit einen Blick zurück, um sich davon zu überzeugen, daß Jennys Traum noch immer wirksam war. Sie sah, wie Jenny neben der Rampe und Roxanne neben dem Nest saßen und die Traumwolke zwischen ihnen ihre herrlichen Wunder offenbarte. Der Traum-Rokh sauste durch die Luft und machte Purzelbäume, er war völlig verzückt. Jahrhundertelang war

Roxanne an den Boden gefesselt gewesen, obwohl sie sich doch in einem Schloß auf einer Wolke hoch in der Luft befunden hatte, und so genoß sie ihre neuerworbene Flugfähigkeit. Sie würde es nicht allzu eilig damit haben, diesen Traum wieder zu verlassen.

Da erreichte Gwenny den Boden der Käfige. Sie verhakte ihre Finger in dem Wolkenmaschendraht und zog sich an der Vorderseite des Käfigs von Che Zentaur hoch. »Che!« flüsterte sie. »Wie geht dieses Ding auf?«

»Es ist mit Teilen eines gordischen Knotens verschlossen«, sagte er traurig.

»Eines was?«

»Eines gordischen Knotens. Das ist ein magischer Knoten, der sich nur von jenem lösen läßt, der ihn gebunden hat. Das hat der Rokh getan, so daß Roxanne die einzige ist, die ihn lösen kann.«

»Aber wie soll ich dich denn dann retten?«

»Gar nicht«, sagte er traurig. »Ebensowenig wirst du Jenny retten können, fürchte ich. Dann versuche wenigstens eine Möglichkeit zu finden, wie du dich selbst rettest.«

»Ich werde nichts dergleichen tun!« sagte sie empört. »Du bist mein Gefährte und mein zweitbester Freund. Ich muß euch beide befreien.« Sie musterte den Knoten. »Vielleicht könnte ich ihn ja zerschneiden.«

»Ich weiß nicht, ob das klug wäre.«

Gwenny blickte über die Schulter gewandt auf die sich fortsetzende Traumszene. »Jenny wird den Rokh nicht ewig ablenken können. Ich muß sofort handeln, wenn ich überhaupt etwas tun soll.«

»Wahrscheinlich hast du recht«, stimmte er zögernd zu.

Jenny hielt sich mit der linken Hand fest und kramte mit der rechten das Messer aus ihrem Rucksack. Dann legte sie die Klinge am oberen Teil des Knotens an und begann zu sägen.

Der Knoten schrie auf und blitzte. Das Licht blendete sie fast, und das Geräusch war so schrill, daß die Wände bebten.

Der Rokh wurde aus dem Traum gerissen. Roxanne

blickte sich wirr um, begriff, was hier los war. Dann sprang sie Jenny Elfe an, packte das Mädchen mit ihren riesigen Klauen, bevor es hinter die Rampe kriechen konnte. Dann trug sie Jenny zu den Käfigen hinüber.

»Lauf weg!« rief Che Gwenny zu.

Gwenny ließ den Käfig fahren und fiel zu Boden. Leicht, wie sie war, landete sie einigermaßen sanft. Dann huschte sie zur Seite, um dem großen Vogel auszuweichen. Sie entdeckte einen felsigen Trakt und sprang hinter einen Gesteinsbrocken.

Roxanne hatte mittlerweile den Käfig geöffnet, Jenny zu Che hineingeworfen und den gordischen Knoten erneut verknotet. Jetzt waren schon zwei von ihnen gefangen.

Gwenny wußte, daß sie wieder die Kontrolle über das Ei an sich reißen mußte. Es war die einzige Möglichkeit Roxanne zu zügeln, die ja wirklich nur ihre Aufgabe erfüllen wollte, so falsch das in diesem Fall auch war.

Gwenny lief schnell auf das Ei zu und zückte dabei ihren Stab. Doch Roxanne war ebenfalls losgelaufen, und ihre Schritte waren um einiges größer. Also zielte Gwenny mit dem Stab, doch bevor sie das Ei zum Schweben bringen konnte, hatte der Rokh es erreicht und sich darauf geworfen. Roxanne zog irgendwo einen Wolkenfaden hervor und wikkelte ihn um Ei und Nest, um ihn schließlich mit einem weiteren gordischen Knoten zu verschnüren. Jetzt war es unmöglich, das Ei zu heben; es war an das Nest gekettet, das seinerseits im Boden verankert war. Gwenny hatte ihre Chance vertan.

Sie hätte ihren Zauberstab sofort gebrauchen sollen, als sie den Boden erreichte, anstatt wild davonzulaufen. Sie war in Panik geraten und hatte somit ihre letzte echte Chance verspielt, das Gleichgewicht der Kräfte wiederherzustellen. Das war nicht gerade eine Häuptlingsleistung, selbst wenn sie die Gelegenheit bekommen würde, wirklich Häuptling zu werden. Vielleicht war sie also wirklich nicht dazu geeignet. Doch was ihr zu schaffen machte, war die Tatsache, daß sie ihre Freunde in die Katastrophe mit hinein gezogen hatte.

Roxanne beendete das Verschnüren des Eis und wandte den Kopf, um Gwenny zu fixieren. Dann stürzte sie los.

Gwenny ließ den Vogel hoch in die Luft sausen, bis er über ihrem Kopf schwebte. Sie hatte das nicht einmal geplant, es war einfach nur passiert. Die riesige Kreatur flog wie ein Stein krachend gegen die gegenüberliegende Wand, verbog sich dabei den Schwanz. Ihre Gedankenwolke zeigte einen Haufen von Kringeln und Ausrufezeichen; sie war wirklich verwirrt.

Na schön! Vielleicht hatte ja Gwenny doch noch eine Chance! Weil Roxanne nicht fliegen konnte, war sie nun, da sie in der Luft schwebte, völlig hilflos. Der Zauberstab hatte sie in seiner Gewalt. Vielleicht würde sie den Kampf aufgeben, wenn Gwenny sie nur kräftig genug durchschüttelte.

Der Rokh richtete sich auf und kam wieder auf Gwenny zu. Diesmal sprang Roxanne nicht, sie ging nur. Doch es machte keinen Unterschied: Gwenny hob sie wieder hoch und ließ sie gegen eine andere Wand krachen.

Beim dritten Mal war der Vogel schon etwas schlauer. Er fuhr die Krallen aus und trieb sie in den Wolkenstein des Fußbodens. Als Gwenny versuchte, Roxanne zum Schweben zu bringen, klappte das nicht, weil sie sich in den Boden verhakt hatte. So tat sie erst einen Schritt und dann den nächsten, wobei sie sich immer mit einem Fuß festhielt.

Gwenny lief auf den verkrallten Fuß des Vogels zu. Überrascht riß Roxanne diesen Fuß aus dem Boden, um sie zu ergreifen – und im selben Augenblick hob Gwenny ihren Stab und riß sie in die Höhe.

Doch diesmal schleuderte sie den Rokh nicht gegen die Wand. Jetzt war sie damit an der Reihe, klüger zu werden. Sie ließ den Vogel schweben. So war Roxanne bewegungsunfähig, weil sie keine Halt fand und nicht fliegen konnte. In gewisser Weise war sie nun Gwennys Gefangene.

Doch was sollte Gwenny mit ihrer Gefangenen nun anfangen? Sie konnte den Rokh doch nicht ewig dort oben schweben lassen, denn irgendwann würde sie auch schlafen müssen. Und davon abgesehen mußte sie das Ei binnen eines Tages zum Koboldberg zurückbringen, und selbst das war schon furchtbar knapp, selbst wenn ihre Freunde schon befreit wären und sie das Ei in ihren Besitz genommen hätten. Ihre Lage blieb verzweifelt, ganz gleich, was mit Roxanne geschah.

Plötzlich bildete sich eine neue Wolke zwischen ihnen aus. Wessen Traum war das? Doch die Wolke zeigte kein Bild, sondern nahm selbst Gestalt an. Es war die Gestalt einer Frau, einer erwachsenen Frau, mit üppiger Figur und Kleidung, die jede Kurve deutlich betonte. Dann bildete sich auch das Gesicht aus.

»Metria!« rief Gwenny. »Was tust du denn hier?«

Die Dämonin schwebte zu Boden, musterte sie. »Das Koboldmädchen«, sagte sie. »Da könnte ich genausogut das Duplikat fragen.«

»Genausogut das was?«

»Ähnlich, identisch, doppelt, Reproduktion, Transskript, Replik, Wiederholung ...«

»Dasselbe?«

»Was auch immer«, meinte sie verärgert. »Ich bin geschäftlich hier. Ich dachte, du wärst zu Hause, um Monarch zu werden.«

Gwenny zog es vor, sie nicht zu berichtigen. »Ich versuche es ja, aber ich mußte gegen meinen kleinen Bruder antreten und eine Herausforderung annehmen. Er hat die Zettel vertauscht. Also sind wir gekommen, um das Kristallei zu holen, nur daß wir jetzt in Schwierigkeiten stecken.«

»Das ist ja nun wirklich interessant. Wie lange, denkst du, wird es dauern, bis du hier fertig bist?«

»Wenn ich nicht binnen eines Tages in den Koboldberg zurückgekehrt bin, spielt es sowieso keine Rolle mehr. Deshalb schätze ich, daß ich wohl in einem Tag fertig sein werde, so oder so.«

Die Dämonin zückte einen Notizblock und einen Schreibstift, um sich etwas zu notieren. »Ich arbeite jetzt für Professor Fetthuf, um das besondere Pieps aufzubauen, und muß an exotischen Drehorten wie diesem recherchieren. Dann werde ich also melden, daß er nächstes Jahr frei ist. Danke.«

»Ein besonderes was?«

»Das war keine Verwirrung, das war die Zensur. Ich darf nichts darüber sagen. Ich habe mich hineingeschlichen, um es herauszubekommen, weil die Neugier ja auch mein vorherrschendes Gefühl ist, und tatsächlich habe ich Nada Naga bei der Probe gesehen, doch da hat mich der Professor erwischt, und dem Professor hat noch nie jemand etwas abgeschlagen. So weiß ich jetzt zwar alles darüber, darf es aber niemandem erzählen. Das ist wirklich phänomenal frustrierend.«

»Na ja, kannst du uns vielleicht helfen, wenn du schon gerade da bist? Che und Jenny sind in einem Käfig gefangen und ich lasse Roxanne Rokh schweben, aber wir stecken in einer Sackgasse. Ich weiß nicht, was ich tun soll.«

»Ach, hat denn der Rettungstrupp euch noch nicht gefunden?«

»Welcher Rettungstrupp?«

»Der Trupp, den der Simurgh losschicken wird, wenn sie davon erfährt.« Metria blickte sich um. »Das wird eine interessante Frage sein, ob sie rechtzeitig davon erfährt. Na denn bis bald.«

»Der Simurgh weiß noch gar nichts davon?« rief Gwenny verzweifelt. Doch da verblaßte die Dämonin bereits wieder.

Gwenny war erneut allein. Ihre Freunde steckten weiterhin im Käfig, und das Ei war fest verzurrt. Es schien nicht mehr die leiseste Möglichkeit zu geben, sie zu befreien, das Ei an sich zu nehmen und rechtzeitig zurückzukehren.

Das Koboldmädchen überlegte und gelangte zu einem Schluß. Sie brauchte nicht unbedingt Häuptling zu werden. Sie war sich sowieso nicht sicher, ob sie dafür überhaupt wirklich geeignet war. Auf keinen Fall aber durfte sie es zulassen, daß ihre Freunde aufgefressen wurden.

»Roxanne«, sagte sie. »Ich bin gekommen, um dein kostbares Ei zu stehlen. Das gebe ich zu. Ich wäre ja auch dazu bereit, es nur auszuleihen und dir zurückzubringen, aber ich glaube nicht, daß du damit einverstanden wärst. Und so bin ich nun zu einem Kompromiß bereit. Laß meine Freunde und mich ziehen, dann lassen wir unsererseits dein Ei in Frieden.«

Der Vogel überlegte. Aber Roxanne hatte gehört, was die Dämonin gesagt hatte, und nun wußte sie, daß Gwenny verzweifelt war. Ihre Gedankenwolke zeigte, wie Gwenny einschlief, Roxanne daraufhin wieder am Boden aufsetzte und sie packte.

»Aber du hast auch gehört, daß der Simurgh sich tatsächlich für uns interessiert«, versetzte Gwenny.

Offenbar verwarf Roxanne das als irrelevant oder als einen Versuch, sie hereinzulegen. Sie wollte lieber abwarten.

»Dann schleudere ich dich eben gegen die Wand!« schrie Gwenny plötzlich wütend. Sie wedelte mit dem Stab, so daß der Vogel wilde Kreise in der Luft vollführte. Doch sie machte ihre Drohung nicht wahr, weil sie befürchtete, daß Roxanne ihre Klauen in die Wand versenken könnte, um auf diese Weise wieder Halt zu bekommen, was ihr zum Sieg verhelfen würde.

Da erspähte Gwenny plötzlich den Felsentrakt, in dem sie sich einen Augenblick versteckt gehalten hatte. Das war ja ein Felsgarten! Nun erinnerte sie sich daran, daß Rokhs felsige Dinge liebten, beispielsweise Felskristall, Felswasser und Felsgärten. Das mußte der Privatgarten des Vogels sein.

»Ich werde deinen Felsgarten durcheinanderbringen!« drohte Gwenny.

Roxanne krächzte. Die Drohung saß!

»Laß meine Freunde und mich ziehen«, wiederholte Gwenny.

Doch der Rokh wollte sich nicht darauf einlassen. Also ging Gwenny auf den Felsgarten zu, der aus Felsbrocken verschiedenster Größen bestand. Sie drückte gegen einen davon, doch er war zu schwer, um ihn zu verschieben.

Nun, dann würde Gwenny eben ihren Stab dazu benutzen. Sie fuhr damit herum – da geriet der Vogel ins Trudeln. Hoppla! Wenn sie ihn gegen einen der Felsen benutzte, würde sie gleichzeitig Roxanne fahrenlassen müssen, und das wäre eine Katastrophe. Nein, sie konnte auch diese Drohung nicht wahrmachen.

Ratlos setzte sich Gwenny auf einen Felsen. Das schuldige Funkeln, das sie befleckt hatte, verblaßte endlich, doch das machte jetzt auch keinen Unterschied mehr. Zwei von ihnen waren in einem Käfig gefangen und die dritte war weitgehend hilflos.

Sie spürte, wie die Tränen aufwallten. Was sollte sie tun?

15

RETTUNG

Okra Ogerin streckte die Arme aus und legte sie auf der einen Seite um Mela, auf der anderen um Ida. Sie hielt die beiden fest, als die Raketensamenkapsel explodierte. Um sie herum wallten Feuer und Rauch auf, und die Kapsel erzitterte, als habe ein Riese sie gepackt. Dann hob sie sich langsam in die Luft. Mela und Ida waren wie festgefroren, die Augen zugeschweißt, doch Okra war natürlich nicht klug genug, das zu tun, und so spähte sie aus der durchsichtigen Samenkapsel hinaus.

Sie sah, wie die Kapsel auf ihrem eigenen Rauch emporstieg und vom Boden sprang. Sie schoß noch höher als der große Samenbaum in die Lüfte, einer unschuldigen Wolke entgegen, die über ihnen dahinschwebte. Die Wolke versuchte verängstigt davonzuhuschen, doch der Raketensamen war zu schnell. Die Kapsel packte die Kante der Wolke und machte sie wirbeln. Regen sprühte hervor, als die Wolke an Kontinenz verlor. Sie blickte alles andere als zufrieden drein.

Jetzt jagte die Kapsel dem Himmel entgegen, wobei sie an ihrer Unterseite immer noch Feuer und Rauch ausstieß. OGERIN – LENKE DAS GEFÄHRT, vernahm sie den Gedanken des Simurgh. RICHTE ES AUF DAS NAMENLOSE SCHLOSS.

»Aber wo ist denn das ...?« fing Okra an. Dann erblickte sie eine Tafel und auf der Tafel wiederum mehrere kleine Bilder. Einige zeigten Berge. Einer davon war ein Berg mit einem riesigen Baum darauf, genau wie der Berg Parnaß. Auf einem anderen schwärmten Kobolde umher. Das dürfte der Koboldberg sein. Zahlreiche andere Bilder zeigten Schlösser. Neben einem stand ein Zombie: Schloß Zombie. Das andere zeigte einen verdrießlichen alten Zwerg auf einer Zinne: das Schloß des Guten Magiers. Ein weiteres lag in einem wunderschönen Obsthain: Schloß Roogna. Und eins hockte auf einer Wolke.

Okra überlegte einen Moment, dann dachte sie einen weiteren Moment nach, dann grübelte sie einen dritten Moment lang und räsonnierte einen vierten. Dann begann ihr Kopf heißzulaufen und sie merkte, daß sie damit aufhören mußte. Das bedeutete, daß sie die vierte Möglichkeit wählen mußte: das Schloß in der Luft. Das mußte das Namenlose Schloß sein.

RICHTIG, OGERIN. UND NUN STELL DEN RICHTUNGSGEBER DARAUF EIN.

Sie sah einen leuchtenden Punkt. Im Augenblick befand er sich mitten am Himmel, war aber zu klein für die Sonne. Okras Arme waren damit beschäftigt, ihre Gefährtinnen festzuhalten, also benutzte sie ihre Nase, um den Punkt über die Tafel auf das Namenlose Schloß zu schieben.

Die Kapsel flog einen wilden Schlenker, als der Punkt seine Position veränderte, stabilisierte sich aber auf einem neuen Kurs, als er auf dem Namenlosen Schloß stehenblieb. Okra hoffte, daß die Kapsel nunmehr auf das richtige Ziel zusteuerte.

RICHTIG. DU HAST EINEN TEIL DEINER AUFGABE ERFÜLLT.

Nur einen Teil? »Was gehört denn noch dazu?« wollte

Okra wissen. Doch der Simurgh gab keine Antwort. Wahrscheinlich hatte sie Wichtigeres zu tun. Was sollte sie sich auch um eine Nebenperson von einer Ogerin kümmern, die doch nur als vorübergehendes Werkzeug diente, um ein bestimmtes Ziel zu erreichen?

Das Gefährt, wie der Simurgh es genannt hatte, flog nun waagerecht über Xanth hinweg. Darüber dachte Okra einen Augenblick nach, bis sie das Schlüsselwort in ein anderes übersetzt hatte, das sie verstand. Eben. Eben anstatt nach oben. Unten sauste das Land Xanth vorbei.

Sie schienen in nordöstlicher Richtung zu fliegen, die Strecke zurück, die die Greife sie befördert hatten. Schon bald erblickte Okra wieder den Ogersee. Von hier oben sah ihre Heimat ganz anderes aus! Sie hätte sich nie träumen lassen, daß sie einmal so weit reisen oder solche Abenteuer erleben würde, als sie ausgezogen war, Hauptfigur zu werden! Dort war ja der Küß-mich-Fluß, den sie hinaufgepaddelt sein mußte. Doch das Gefährt folgte dem Fluß nicht nach Norden, sondern setzte seinen Flug in nordöstlicher Richtung über den Urwald fort. Als das große Meer im Osten in Sicht kam, verlangsamte die Kapsel ihren Flug. Das Feuer drang nicht mehr aus ihrem Schwanz hervor, und schließlich hielt sie an einer Wolke an. Dort vollführte sie noch einen Hopser, dann lag sie still da. Sie war am Ziel.

Okra löste die Arme von ihren Begleiterinnen. »Entspannt euch, Freundinnen«, sagte sie. »Wir sind da.« Sie schob die Luke auf, und frische Luft wehte herein. »Aber lauft nicht zu weit weg, wir sind nämlich auf einer Wolke.«

»Auf einer Wolke!« rief Ida, als sie aus der Kabine stieg. »Wie kann das denn sein?«

»Die Rakete ist zum Namenlosen Schloß geflogen, das zufällig auf einer Wolke steht«, erläuterte Okra. Prüfend bohrte sie einen Finger in den Wolkenstoff. »Er scheint kräftig genug zu sein, um uns zu tragen – genau wie das Schloß.«

Mela stieg aus der Kapsel und fuhr sich mit einer Hand durchs Haar. »Ich dachte schon, wir würden zu Asche werden«, gestand sie. »Alles in allem würde ich lieber ertrinken.«

»Aber Meerleute können doch gar nicht ertrinken!« protestierte Okra.

»Eben.«

Sie streckten sich und sahen auf das Schloß. Es war ebenso weiß wie die Wolke selbst, mit wolkengrauen Schatten. Von seiner Größe her hätte es einen ganze Ogerstamm beherbergen können. Okra wunderte sich, daß es die Wolke nicht absenkte, so daß sie unten auf dem Boden aufsetzte. Aber das war natürlich Magie, und Magie mußte sich erklären.

»Roxanne muß dort drin sein«, meinte Mela. »Sie muß eine ziemlich bösartige Frau sein, wenn sie vorhat, einen Zentauren zu fressen.«

»Vielleicht ist es ja eine Dämonin«, schlug Ida vor.

»Oder eine Ogerin«, ergänzte Okra. »Die meisten von denen sind wilder als ich.«

Mela runzelte die Stirn. »Das bringt mich auf ein mögliches Problem. Wenn Roxanne gern Leute frißt, was soll sie dann daran hindern, uns aufzufressen?«

»Aber wir bringen ihr doch den Samen des Zeitkrauts«, wandte Ida ein. »Da wird sie uns doch wohl nicht fressen.« Doch ganz sicher schien sie sich nicht zu sein.

»Hätte der Simurgh uns hierhergeschickt, nur um uns auffressen zu lassen?« fragte Okra.

Mela lächelte, sie war etwas beruhigt. »Nein, ich vermute, sie erwartet von uns, daß wir irgendeinen Ausweg finden.«

»Vielleicht können wir ja den Zeitkrautsamen verwenden«, meinte Ida. »Um uns zu schützen, bis wir ihn ihr geben können. Dann will sie uns vielleicht gar nicht weh tun.«

»Aber wie sollen wir ihn denn benutzen?« fragte Mela.

»Na ja, Okra wurde besamt, und das bedeutet vermutlich, daß sie die Samen überreicht bekam, bis sie einen davon weitergeben konnte. Vielleicht kann sie ihn so nutzen wie die Rakete.«

Okra musterte den Samen, der immer noch in ihrer Hand

ruhte. Sie hatte keine Vorstellung, was sie damit anfangen sollte.

»Vielleicht kannst du ihn ja invozieren«, schlug Mela vor. »So werden ja einige magische Gegenstände benutzt.«

Okra hielt sich die kleine Kugel vors Gesicht. »Ich invoziere dich, Samen des Zeitkrauts«, sagte sie.

Nichts geschah.

»Aber natürlich mußt du ihn immer noch dazu bringen, irgend etwas zu tun«, versetzte Mela. »Sag ihm, er soll etwas Zeitiges tun.«

»Zeitkraut, beschleunige mich«, sagte Okra.

Immer noch nichts. »Hat noch jemand irgendwelche Ideen?« fragte sie.

Keiner der beiden antwortete. Sie standen wie festgefroren da, klimperten nicht einmal mit den Augenlidern. Was war denn los mit ihnen?

Okra schritt an den Rand der Wolke und blickte in die Tiefe. Dort unten lag Xanth, das Meeresufer war zu sehen. Auch dort schien sich nichts zu rühren.

Da fiel es Okra ein: Wenn sie selbst jetzt schneller war, die anderen aber nicht, könnte es doch ganz genau so sein. »Mach mich langsamer, Zeitkraut«, sagte sie.

Mela und Ida zischten los. Ihre Stimmen hörten sich an wie das Gequake wildgewordener Enten. Eine von ihnen schoß davon, dann kehrte sie zurück. Welch eine Veränderung!

Doch auch der Rest von Xanth hatte sich verändert. In der Ferne neigte sich die Sonne dem Horizont entgegen, als sei sie ungeduldig, endlich ihr Tagewerk zu beenden. Die grauen Schatten des Schlosses wurden immer länger. Okra sah das alles ganz genau.

Ach so. Wenn Xanth eigentlich nicht schneller geworden war, war sie selbst also zu langsam geworden. »Mach mich wieder normal, Zeitkraut«, sagte sie.

»... ihm sagen, er soll dich wieder schneller machen«, sagte Mela gerade. »Bitte, Okra, wir haben nicht viel Zeit!«

»Ich bin wieder da«, verkündete Okra.

»Ach, wunderbar!« meinte Mela. »Erst warst du so

schnell, daß du nur noch verwaschen wahrzunehmen warst, und dann warst du plötzlich starr wie eine Statue. Das muß die Magie des Zeitkrauts sein.«

»Ja«, bestätigte Okra. »Wenn Roxanne uns angreifen sollte, können wir uns einfach beschleunigen und vor ihr fliegen.«

»Ich frage mich, ob der Samen auch andere beeinflußt«, warf Ida ein. »Mir scheint, wenn er es mit einer Person tun kann, müßte er es auch mit anderen können.«

Okra versuchte es. »Zeitkraut, mach Ida schneller und Mela langsamer.«

Idas Bewegungen verwischten sich. Mela erstarrte zu einer Statue. »Schnell, Zeit, verwandle sie wieder zurück!« befahl Okra.

Ida wurde langsamer, bis sie wieder normal geworden war, bei Mela war es umgekehrt. Die drei verglichen ihre Beobachtungen und gelangten zu dem Schluß, daß der Samen des Zeitkrauts tatsächlich andere beeinflussen konnte.

»Das bedeutet, daß wir Roxanne auch verlangsamen können, ohne daß wir uns selbst verändern«, meinte Ida. »Das könnte der beste Weg sein.«

Mela musterte das Schloß. »Vielleicht sollten wir gleich das ganze Schloß verlangsamen«, sagte sie. »Wenn Roxanne im Begriff steht, Che aufzufressen, wird sie es nicht schaffen, bevor wir gekommen sind, um ihn zu befreien.«

Okra stellte sich vor dem Schloß auf. »Samen des Zeitkrauts, mache jeden im Namenlosen Schloß langsamer«, sagte sie.

Zwar schien nichts zu passieren, doch sie begriffen, daß der Schein trügen konnte. Sie gingen auf das Schloß zu.

Die Zugbrücke war hochgezogen, das Fallgatter unten. Der Graben war mit Wasser gefüllt, und sie waren sich nicht sicher, was darin lauern mochte. Aber Okra löste das Problem. »Wasser, werde langsamer.«

Das Wasser gefror. Sie schritten über die gefrorene Oberfläche.

Doch wie sollten sie nun in das versperrte Schloß? Es gab keine niedrigen Fenster, und das Tor war fest verschlossen.

»Vielleicht könntest du ja ein Loch in die Wand hauen«, schlug Ida vor. »So wie du die Treppen in die Klippe geschlagen hast.«

Okra ballte eine Faust und versuchte es mit einem Hieb. Es gelang ihr tatsächlich, einen Splitter des Wolkenstoffs abzuhauen. »Das Zeug sieht zwar nicht besonders zäh aus, ist es aber«, berichtete sie. »Es wird einige Zeit dauern, ein Loch hineinzuhauen.«

»Ich glaube nicht, daß wir noch viel Zeit haben«, warf Mela ein.

»Mach uns doch schneller«, schlug Ida vor. »Dann gelangen wir auch schneller ins Schloß.«

Okra beschleunigte alle drei. Dann begann sie zuzuhauen. Sie kam nur langsam voran, doch sie hatten ja jede Menge Zeit, weil sie in Wirklichkeit recht schnell arbeitete. Sie schlug erst eine Delle in die Wolkenmauer, schließlich dann ein Loch. Dann schob sie den Arm hindurch und ruckte an den Rändern, bis das Loch breit genug war, um hindurchkriechen zu können.

Das taten sie nun und fanden sich in einem leeren Wolkensaal wieder. Die Tür war geschlossen, doch Okra stieß sie auf. Als sie hindurchgeschritten waren, schloß sie sich wieder hinter ihnen mit einem Knall. Mela versuchte den Griff, aber die Tür war versperrt. Anscheinend ließ sie sich nur von der anderen Seite öffnen.

Jetzt befanden sie sich in einem schmalen Gang. Seine Wände bestanden aus Wolkenstoff, wie alles andere hier. Sie folgten ihm, bis er in einen mittleren Gang mündete, den sie solange entlanggingen, bis sie in einen großen Gang vorstießen. Der führte ins Innere des Schlosses, wobei er die Bekanntschaft von anderen Gängen seiner Größe machte und den Tribut kleinerer Gänge entgegennahm. Das war wirklich ein riesiges Schloß!

Sie gelangten an eine weitere geschlossene Tür. Diesmal nahmen sie ein kleines Wolkensofa auf und verkeilten die Tür damit, damit sie auf dem Rückweg hindurch konnten, ohne die Tür einschlagen zu müssen. Nun traten sie in einen riesigen Speisesaal, dessen sämtliche andere Türen verschlossen waren.

»Es ist wirklich gut, daß wir uns beschleunigt haben«, bemerkte Mela, »sonst würden wir nirgendwo einigermaßen schnell hinkommen.«

»Vielleicht sind die Leute hier ja im oberen Stock«, mutmaßte Ida. Denn bisher hatten sie keinerlei Anzeichen anderer Personen bemerkt.

Das klang vernünftig. Sie hielten Ausschau nach Treppen, doch wo immer diese Treppen sein mochten, lagen sie hinter versperrten Türen. Also stellte Okra mehrere Stühle auf dem Eßtisch übereinander und kletterte darauf, so daß sie die Decke erreichen konnte. In diese Decke schlug sie dann ein Loch. Auch das brauchte seine Zeit, aber es gab keine andere Möglichkeit. Als das Loch groß genug war, stemmte Okra sich hindurch. Sie gelangte in einen monströsen Saal. Dort, in der Mitte des Saals, stand ein riesiges Podest, auf dem etwas ruhte, das so aussah wie ein Nest. Über dem Nest schwebte ein Vogel Rokh. Was war hier los?

Okra half Mela und Ida dabei, in den oberen Saal zu klettern. Die drei waren immer noch beschleunigt, während die Wesen im Schloß noch immer verlangsamt waren, so daß sie sich nicht zu beeilen brauchten. Sie bauten sich neben ihrem frischen Loch auf und begutachteten die Lage.

»Roxanne!« rief Ida. »Das ist der Vogel! Rokhs-Anne!«

Auf dem Fußboden unter dem Vogel stand ein ziemlich hübsches Koboldmädchen und hielt einen Zauberstab in der Hand. Der Stab war auf den Vogel gerichtet, wie um den Rokh abzuhalten. An der Seite hingen mehrere Käfige, und in einem befanden sich ein geflügelter Zentaur und ein Elfenmädchen.

Der Zentaur mußte Che sein, die Elfe war wahrscheinlich Jenny.

Okras Augen verengten sich zu Schlitzen. Das war also das Biest, das ihre Stellung als Hauptrolle an sich gerissen hatte! Sie sah wirklich nicht besonders imposant aus. Für eine Elfe war sie groß und unförmig, und ihre Ohren liefen auf eine Weise spitz zu, wie Okra es noch nie gesehen hatte. Und ihre Hände – der fehlte ja ein Finger an jeder Hand! Was war denn mit der passiert? Und was noch wichtiger war: Was konnte dieses seltsame Geschöpf nur an sich haben, um einer Hauptrolle würdig zu sein?

»Das muß Gwendolyn Kobold mit dem Zauberstab sein«, erklärte Mela. »Ich glaube, ich habe einmal etwas von einem Zauberstab der Kobolde gehört, mit dem man Dinge umherbewegen kann. Vielleicht hält sie den Rokh von sich ab, damit sie nicht aufgefressen wird.«

»Ja, und vorher hat der Rokh die beiden anderen gefangengenommen«, bestätigte Ida. »Vielleicht sollten wir sie erst einmal befreien. Dann können wir das Koboldmädchen durch unser Loch hinunterlassen und alle in Sicherheit bringen, bevor wir Roxanne den Samen des Zeitkrauts überreichen.«

Das leuchtete Mela ein. Okra hatte zwar ihre Vorbehalte dagegen, die Elfe freizulassen, beschloß aber, nichts zu sagen. Sie mußten den Auftrag des Simurgh ausführen, damit sie zu Naldo Naga zurückkehren und die Anwort auf ihre Fragen bekommen konnten.

Sie schritten zu den Käfigen hinüber. Die Käfige hingen zwar hoch über dem Boden, doch ließ sich die rauhe Wand unschwer erklimmen. Okra kletterte hinauf und stellte fest, daß die Käfige fest verschlossen waren. Sie versuchte den Knoten zu lösen, aber es gelang nicht. Da biß sie ihn kurzentschlossen durch.

Der Knoten schrie auf. Doch es war ihr gleichgültig, wie er sich fühlen mochte; er hätte ja zulassen können, daß sie ihn löste. Im nächsten Augenblick hatte sie ihn durchtrennt und die Käfigtür geöffnet. Dann nahm sie das von dem Knoten übriggebliebene lose Seil und verzurrte es als schlichtes Geschirr um den Leib des geflügelten Zentauren. Sie trug ihn hinaus und ließ ihn an dem Seil herab, damit er nicht stürzte. Mela und Ida fingen ihn unten auf und führten ihn zu einer Stelle im Fußboden. Es war verblüffend, wie langsam er fiel – aber natürlich fiel er in Wirklichkeit in normalem Tempo, es wirkte nur viel langsamer. Dann lösten sie das Seil, damit Okra es wieder einholen konnte.

Nun zur Elfe. Okra war schwer versucht, sie einfach ohne Seil hinauszustürzen. Doch sie wußte, daß Mela und Ida das nicht sonderlich schätzen würden. Natürlich könnte sie auch einen Fehler begehen und das Geschirr etwas zu locker binden; wer sollte schon dahinterkommen, daß es gar kein Unfall war?

Aber sie mußte die Entdeckung machen, daß sie sich so sehr anstrengen konnte, wie sie nur wollte, es gelang ihr einfach nicht, das Geschirr zu locker zu binden. Ihre Hände bestanden einfach darauf, es richtig zu machen. Was war nur los mit ihr?

Da fiel ihr auf, welchen Grund es dafür geben mochte: Der Status der Elfe als Hauptrolle. Keiner Hauptfigur widerfuhr jemals etwas wirklich Schlimmes. Sie ließen sich erschrekken und konnten in äußerst bedrängende Lagen geraten, aber irgendwie schafften sie es immer sich zu befreien. Die Ironie lag darin, daß es ausgerechnet Okra war, die Jenny Elfe aus dieser verzwickten Lage half. Sie mußte ihrer eigenen Feindin behilflich sein, und das nur aufgrund der Magie, die Jennys ungerechtfertigter Status ihr verlieh. Wie widerlich!

So trug Okra die Elfe an den Rand des Käfigs und ließ sie sanft herunter, während sie sich die ganze Zeit selbst dafür verabscheute. Sie mußte irgendeine andere Möglichkeit finden, sie loszuwerden.

Okra sprang selbst hinterher, dann trug sie die beiden Wesen nacheinander zu dem Loch im Boden. Wieder ließ sie sie herunter, während Ida sich nach unten begab, um das Geschirr abzustreifen.

Endlich holten sie das Koboldmädchen und ließen es ebenfalls zu den anderen herab. Jetzt waren alle drei in Sicherheit, denn der Vogel Rokh war zu groß, um durch das Loch zu passen.

Nun war die Zeit gekommen, sich mit den Rokh zu befassen. Ida blieb unten bei den anderen drei, während Mela und Okra sich rüsteten, dem großen Vogel entgegenzutreten. Wenn Roxanne versuchen sollte anzugreifen, würde Okra sie wieder verlangsamen. Doch im Augenblick war es erforderlich, daß sie alle dieselbe Zeitgeschwindigkeit hatten.

Okra hielt den Zeitkrautsamen hoch. »Mach uns langsamer, bis wir wieder normale Geschwindigkeit haben«, sagte sie zu ihm.

Das war der falsche Befehl. Der riesige Vogel, der eben noch vom Zauberstab des Koboldmädchens in der Schwebe gehalten worden war, krachte federstiebend zu Boden. Roxanne blinzelte und sah sich um.

Okra fiel ein, daß Roxanne es ja vor einem Moment noch mit einem Koboldmädchen zu tun gehabt hatte, das einen Stab in der Hand hielt, und nun stand ein Ogermädchen vor ihr. Nun, sie mochte vielleicht blinzeln; sie mochte auch glauben, daß sich das eine in das andere verwandelt hatte. Doch es würde nicht lange dauern, bis sie merkte, daß der Stab verschwunden war.

So geschah es auch. Sie stürzte auf Okra zu.

»Mach sie langsamer!« sagte Okra zu dem Samen. Da erstarrte der Vogel in der Luft, kurz bevor seine Klauen sich um Okra schließen konnten.

Okra trat hinüber zum Hinterteil des Vogels. Mela hatte seitlich von ihr gestanden; jetzt versteckte sie sich unter der Rampe, die zu den verschlossenen Türen führte. »Es ist dein Auftritt«, sagte Mela. »Bring dich immer wieder hinter sie, bis sie lange genug innehält, um dir zuzuhören.«

»Was ist, wenn sie mich nicht versteht?« fragte Okra.

»Dann stecken wir in Schwierigkeiten. Möglicherweise müssen wir den Zeitkrautsamen hier zurücklassen, während der Rokh verlangsamt ist, und können nur darauf hoffen, daß die Wirkung erst nachläßt, nachdem wir uns in Sicherheit gebracht haben.«

Darüber dachte Okra nach. »Ich will es mal prüfen«, sagte sie. Sie legte den Samen ab.

Sofort setzte sich der Rokh wieder in Bewegung. Der Vogel prallte auf den Boden, die Klauen schlossen sich um das Nichts.

Hastig nahm Okra den Samen wieder auf, worauf die Bewegung des Vogels sofort wieder endete. Jetzt hatte sie Gewißheit: Der Samen gehorchte nur jenem, der ihn in der Hand hielt. Wenn sie versuchten ihn zurückzulassen, würde Roxanne ihn bekommen und in der Lage sein, die nach unten Flüchtenden zu bremsen, und dann wären sie alle in ihrer Macht.

»Wir stecken also tatsächlich in Schwierigkeiten«, bemerkte Mela.

Okra hatte eine andere Idee. »Samen, beschleunige den Rokh auf ungefähr dreiviertel seiner Geschwindigkeit.« Oger konnten eigentlich keine Bruchrechnung, aber weil sie so furchtbar undumm war, verstand sie sich doch darauf. Das war eins der vielen Dinge, für die sie sich insgeheim schämte.

Der Vogel beendete seinen Sprung und glitt über den Boden. Dann merkte Roxanne, daß sie ihre Beute verfehlt hatte, sie gewann ihr Gleichgewicht zurück und sah sich um. Ihre Bewegungen waren jetzt einigermaßen langsam, so als hätte sie es nicht eilig. In normalem Tempo wären sie beängstigend schnell gewesen.

»Roxanne!« rief Okra. »Wir müssen uns unterhalten!«

Der Vogel wandte sich um, spannte die Muskeln und sprang Okra erneut an. Diesmal trat Okra beiseite, und Roxanne verfehlte sie. Die Geschwindigkeitsverringerung war gerade richtig; Okra hatte jetzt die besseren Reflexe und konnte den Angriffen ausweichen.

»Wir müssen uns unterhalten«, wiederholte Okra.

Doch der Vogel wollte nicht zuhören. Er glaubte weiterhin, er könnte sie noch erwischen.

»Du mußt uns beschleunigen«, sagte Mela. »Wir müssen mit den Leuten sprechen, die wir gerade befreit haben, damit sie den Stab für uns anwenden können. Dann können wir den Vogel wieder in der Luft schweben lassen und ihn zwingen, uns zuzuhören.«

Gute Idee! Okra beschleunigte die beiden, und der große Vogel erstarrte. Sie kletterten durch das Loch zu den anderen vier hinunter. »Es hat so lange gedauert, daß ich mir schon Sorgen gemacht habe«, berichtete Ida.

»Das liegt daran, daß du beschleunigt bist«, erklärte Mela. »Wir haben gewöhnliche Geschwindigkeit angenommen, um mit dem Rokh zu sprechen, aber er hört einfach nicht zu. Deshalb müssen wir uns jetzt mit den anderen drei beratschlagen, vielleicht wissen sie irgend etwas, was uns helfen kann.«

Okra stellte sich vor den dreien auf. »Beschleunige sie wieder«, sagte sie zu dem Zeitsamen.

Die drei gerieten wieder in Bewegung. »Oh, wo sind wir hier?« fragte das Elfenmädchen. Okra sah, daß die Elfe einen Kater in der Hand hielt; das war ihr vorher noch nicht aufgefallen. Vielleicht besaß sie ja doch mehr ogerhaften Stumpfsinn, als sie glaubte.

»Wie sind wir hier herunter gekommen?« wollte das Koboldmädchen wissen.

»Wer seid ihr?« fragte das Flügelzentaurenfohlen. Alle drei wirkten ziemlich verwirrt. Das mochte daran liegen, daß zwei von ihnen ja noch einen Augenblick zuvor in einem Käfig gewesen waren – jedenfalls ihrer eigenen Wahrnehmung nach –, während die dritte vor dem Rokh gestanden hatte.

»Ich bin Okra Ogerin«, erwiderte Okra. »Das ist Mela Meerfrau, und das da ist Ida Mensch.« Sie zeigte auf ihre Gefährtinnen. »Wir sind gekommen, um euch zu retten und Roxanne Rokh den Samen des Zeitkrauts zu überreichen. Aber Roxanne will nicht zuhören.«

Der Zentaur schien sich am schnellsten auf die neue Situation einzustellen, wie es ja auch zu erwarten gewesen war. »Ihr habt Magie benutzt, um uns aus dem Saal des Rokhs zu zaubern?«

»Diesen Zeitkrautsamen«, antwortete Okra und zeigte ihn vor. »Wir haben unsere eigene Zeit damit beschleunigt, damit wir euch retten konnten, ohne daß der Rokh uns daran hindert. Aber jetzt müssen wir mit ihm sprechen.«

»Das kann Jenny tun«, sagte Che. »Aber das Schloß bleibt trotzdem versiegelt. Wenn ihr Roxanne also nicht dazu überreden könnt, uns ziehen zu lassen, könnte alles umsonst gewesen sein.«

»Nun, vielleicht läßt sie uns ja im Tausch gegen den Samen ziehen«, meinte Mela. »Wir haben ihn ihr zwar mitgebracht, aber ich glaube nicht, daß wir ihn ihr überreichen müssen, bevor wir selbst in Sicherheit sind. Und der Simurgh wollte durchaus, daß sie begreift, daß dir nichts geschehen darf.«

»Ja, eigentlich sollen die Flügelungeheuer mich beschützen«, stimmte Che zu. »Weil ich ja auch eins bin. Aber Roxanne hockt schon seit Jahrhunderten hier und brütet ihr Ei aus, so daß sie nichts davon erfahren hat. Ich bin froh, daß ihr gekommen seid. Wir können nämlich wirklich Hilfe gebrauchen.«

»Aber ohne das Ei können wir einfach nicht von hier weggehen«, warf Gwenny ein.

»Und außerdem müssen wir sehr schnell zurück«, ergänzte Jenny. »Denn Gwenny muß das Ei bis morgen zum Koboldberg gebracht haben.« Dann blickte sie verunsichert drein. »Vielleicht sogar schon heute, wir wissen ja gar nicht, wieviel Zeit inzwischen verstrichen ist.«

Okra runzelte die Stirn. Sie war doch nicht hier, um dieser Elfe auch noch zu helfen! »Wir sind nur gekommen, um den Zentauren zu retten und dem Rokh den Samen des Zeitkrauts zu geben.«

»Aber ich bin doch Gwendolyn Kobolds Gefährte, und daher bin ich hier, um ihr dabei zu helfen, das Ei des Rokhs zu holen«, versetzte Che. »Wenn ich gerettet werden soll, muß man Gwenny folglich auch helfen.«

Mela furchte die Stirn. »Das klingt mir aber gar nicht wie Zentaurenlogik.«

»Na ja, ich bin ja auch noch kein erwachsener Zentaur. Das ist eben Zentaurenfohlenlogik.«

»Und Jenny ist meine Freundin, und sie opfert einen Jahresdienst für den Guten Magier, um mir bei meiner Queste zu helfen, also muß man ihr ebenfalls helfen«, ergänzte Gwenny. »Sonst kann sie ihrer Verpflichtung nicht nachkommen.«

»Ich weiß aber genau, daß der Simurgh nichts davon erwähnt hat«, wandte Okra ein.

»Zufälligerweise brauchst du Jenny aber«, versetzte Che.

Okra wäre beinahe erstickt. »Ich brauche die Elfe nicht! Ich will sie doch gerade loswerden!«

»Sie hat recht«, meinte Jenny. »Weil ich die Rolle bekommen habe, die sie haben wollte.«

Okra starrte sie an. »Das weißt du?«

»Ich habe es erfahren. Und dabei wollte ich sie doch gar nicht haben. Ich wußte überhaupt nicht, daß eine Entscheidung getroffen wurde. Ich habe mich nur verirrt, als ich Sammy nachlief, und bin hier aufgekreuzt. Vielleicht sollte ich zurückkehren, nachdem ich meinen Dienst beim Guten Magier abgeleistet habe.«

Das milderte Okras Abneigung gegen sie. Sie wandte sich an den Zentauren. »Warum behauptest du, daß ich die Elfe brauche?«

»Weil ihre Katze fast alles finden kann, einschließlich dessen, was du vielleicht brauchst, und außerdem kann Jenny durch ihre Träume mit Roxanne sprechen.«

Okra mußte einräumen, daß das ausreichende Empfehlungen waren. »Na schön, dann sehen wir zu, wie wir uns mit Roxanne einigen, und befreien euch drei«, sagte sie mürrisch. »Und danach gehen wir.«

»Wir brauchen auch eure Hilfe, um rechtzeitig zum Koboldberg zu kommen«, fügte Che hinzu. »Ganz bestimmt hat der Simurgh euch auch aus diesem Grund hierhergeschickt.«

»Ja, das leuchtet ein«, meinte Ida.

Okra merkte, wie sie zustimmte. Sie war ja schon genauso verwirrt wie alle anderen! »Also gut, bringen wir es hinter uns«, entschied sie.

Und so kletterte Jenny Elfe mit ihnen zusammen wieder in den Saal des Rokhs. Dort machte sie sich ans Werk, das sich als eine Art Summen oder Gesang herausstellte. Okra verlor schon bald das Interesse und sah sich im Saal um – worauf sie sich plötzlich in einer anderen Welt wiederfand. Die war sehr hübsch, selbst nach Maßgabe eines Ogers, mit harten grauen Bergen am Horizont, turbulenten Gewitterwolken, die einen Teil des Himmels bedeckten, und große, stramme Eisenholzbäume im Vordergrund.

Wie war sie hierhergekommen? Sie war es doch, die den Samen der Zeit in der Hand hielt, also konnte niemand sie verlangsamt und entfernt haben. Außerdem hätte das schon eine ordentliche Strecke weit sein müssen, denn diese Szene hier fand unten am Boden statt, während das Namenlose Schloß sich doch auf einer Wolke in der Luft befand. Tatsächlich erblickte sie das Schloß sogar auf einer der fernen Wolken. Wer hatte sie nach unten gezaubert?

Jenny Elfe und ihr Kater waren ebenfalls da. »Wie ist das passiert?« fragte Okra sie.

»Das habe ich getan«, erklärte Jenny. »Das ist mein Talent.«

»Du bist ja eine Zauberin!« rief Okra.

»Nein, nur ein Elfenmädchen. Ich kann mir einen hübschen Ort vorstellen, dann kann jeder, der mich singen hört und nicht darauf achtet, sich mir dort anschließen.«

»Aber was soll das?« wollte Okra wissen. »Wir müssen doch mit dem Rokh sprechen.«

»Das stimmt«, sagte Mela, die nun ebenfalls erschien. »Denn jetzt bin ich auch darin. Aber wir haben etwas anderes zu tun.«

»Wenn Roxanne erscheint, können wir mit ihr sprechen – in diesem Traum«, erläuterte Jenny.

»Und, wo bleibt sie?« fragte Okra und sah sich um.

»Na ja, erst muß ihre Aufmerksamkeit abgelenkt sein, bevor sie eintreten kann. Aber wir haben schon vorhin mit ihr geredet.« Nun sah auch Jenny sich um. »Komisch, daß sie noch nicht hier ist.«

»Ach, gerade wurde es mir klar!« rief Mela. »Sie ist ja immer noch verlangsamt, oder wir sind beschleunigt. Es wird ewig dauern, bis sie zu uns stößt!«

Okra musterte den Samen. »Vielleicht kann ich sie beschleunigen. Aber angenommen ich tue es, könnte sie uns nicht ebensogut auffressen, wie in diesen Traum einzutreten?«

»Da bin ich mir nicht sicher«, gestand Jenny.

»Na schön, finden wir es heraus«, sagte Okra, die zufrieden sah, wie Jenny ängstlich zusammenzuckte. »Samen des Zeitkrauts, passe Roxanne an unsere Geschwindigkeit an.«

»Aber ...« wandten Mela und Jenny gemeinsam ein.

Da erschien der Rokh. »He, da bin ich ja wieder!« rief sie. Sie breitete die großen Schwingen aus und hob sich an den Himmel.

»He, Roxanne!« rief Jenny. »Wir müssen mit dir reden.«

Der Rokh flog eine Schleife. »Wer muß mit mir reden?«

»Okra Ogerin, die da«, sagte Jenny.

Okra erkannte, daß Jenny ihr den Ball zugespielt hatte. Dies mochte zwar eine Traumwelt sein, aber konnte der Rokh hier vielleicht auch Leute auffressen?

»Schön, dann werde ich sie als erste fressen«, entschied Roxanne. »Ich weiß zwar nicht, wie ihr aus dem Käfig gekommen seid, aber diesmal werde ich sichergehen, was euch alle betrifft. Nachdem ich euch aufgefressen habe, werdet ihr nicht mehr entfliehen.« Sie richtete sich auf Okra und fuhr herunter.

Okra hob den Samen. »Verlangsame sie auf dreiviertel unserer Geschwindigkeit«, befahl sie.

Der Flügelschlag des Vogels verlangsamte sich. Roxanne verlor schneller an Auftrieb als sie wollte. Sie mußte kräftiger schlagen, um nicht unten aufzuprallen. Das mochte selbst in einem Traum noch weh tun. »Was hast du mit mir gemacht?« krächzte sie. Sogar ihre Worte kamen schleppend.

»Ich habe den Samen der Zeit benutzt, um dich auf Dreiviertel dieser Geschwindigkeit zu bremsen«, erwiderte Okra. »Ich kann dich sogar noch langsamer machen, wenn du dich nicht benimmst.«

Der Rokh krachte zu Boden und hüpfte auf sie zu. Das Hüpfen war sehr träge. Es würde ein leichtes sein, ihr auszuweichen. »Was ist das für ein Samen des Zeitkrauts?« fragte sie, immer noch in sehr gemessenem Tonfall.

»Der Simurgh hat ihn mir gegeben, damit ich ihn dir überreiche. Aber dazu mußt du erst deine Gefangenen freigeben und nicht versuchen, sie aufzufressen.«

»Und du mußt uns das Ei geben«, rief Jenny.

»Niemals!« rief Roxanne. »Der Simurgh hat mich hierhergeschickt, um das Ei auszubrüten, und ich muß es beschützen, bis es schlüpft.«

»Aber wir brauchen es doch«, wandte Jenny ein.

»Ihr könnt es jedenfalls nicht bekommen! Ich weiß genau, daß der Simurgh es euch niemals gegeben hätte.«

Okra fand es eigentlich merkwürdig, daß der Simurgh erst einen Vogel Rokh ausschicken sollte, um das große Kristallei zu bewachen, um dann wiederum zuzulassen, daß es in den Koboldberg verbracht wurde. »Weshalb brauchst du es eigentlich?« fragte sie die Elfe.

»Weil Gwenny Kobold holen soll, was zwischen einem Rokh und einer harten Stelle liegt, sonst darf sie nicht der erste weibliche Koboldhäuptling werden. Und zwischen dem Rokh und dem harten Steinnest liegt nun einmal das Ei.«

»Ihr könnt es nicht haben!« wiederholte Roxanne.

Okra erkannte, daß es hier vielleicht noch um etwas anderes gehen könnte. »Ist das Ei denn das einzige, was sich im Nest befindet?«

»Das muß es sein«, erwiderte Jenny. »Wir haben es ja gesehen.«

»Ja, das ist alles, was ich im Nest zulasse«, bekräftigte Roxanne.

»Und was ist mit losen Federn?« wollte Okra wissen.

Jenny musterte sie erstaunt. »Ja, das müßte eigentlich auch zählen! Vielleicht brauchen wir das Ei gar nicht!«

»Trotzdem, ihr habt versucht das Ei zu stehlen«, sagte Roxanne stur. »Und deshalb muß ich euch auffressen.«

»Aber Che Zentaur darfst du nicht fressen«, versetzte Okra. »Das darf kein Flügelungeheuer.«

»Das hat mir nie jemand gesagt«, widersprach Roxanne. »Was mich betrifft, so ist er ebenfalls ein Dieb und hat es verdient, gefressen zu werden.«

»Aber wenn wir nur eine Feder nähmen und dir versprächen, nie wieder zu kommen«, meinte Jenny, » ... dann ...«

»Nein. Ihr habt versucht das Ei zu rauben.«

»Und angenommen, wir überreichen dir den Samen des Zeitkrauts?« fragte Okra. »Würdest du es dir dann anders überlegen?«

»Ich will mich nicht verlangsamen!« meinte Roxanne.

»Aber damit könntest du dir selbst jede beliebige Geschwindigkeit verleihen – oder allem anderen«, wandte Okra ein. »Das ist ein sehr mächtiges Ding. Deshalb kann ich dich ja auch daran hindern, uns zu schaden. Ich verwandle deine Geschwindigkeit damit so weit, daß du mir nichts tun kannst. Wenn du den Samen hättest, könntest du ...« Sie hielt inne, als ihr die Bedeutung des Ganzen aufging. »Dann könntest du das Ei beschleunigen, bis es schlüpft! Dann wäre deine Fron beendet, und du wärst frei!«

»Frei!« rief Roxanne erregt.

»Du müßtest sie nur mit deiner Tochter ziehen lassen, ergänzte Okra. »Wirst du das tun?«

Es war offensichtlich, daß selbst ein zu allem entschlossener, sturer Rokh seinen Preis hatte. »Wenn das alles ist, ja.«

»Dann verlassen wir jetzt diesen Traum und holen uns die Feder«, sagte Jenny.

Aber Okra war etwas argwöhnischer. »Waffenstillstand?« fragte sie den Rokh.

»Waffenstillstand«, willigte der Vogel ein. »Aber wenn ihr wieder versucht, das Ei zu stehlen, fresse ich euch auf.«

Jenny klatschte in die Hände, schuf damit ihre eigene Ablenkung, und der Traum verschwand. Jetzt waren sie alle wieder im Saal des Rokhs. Nun konnten sie zwar nicht mehr mit Roxanne sprechen, doch der Vogel verstand sie schon.

»Ich gehe jetzt die Feder holen«, sagte Mela. »Du solltest außer Reichweite bleiben, Okra, für alle Fälle.«

Das leuchtete ein. Mela schritt zu dem Ei hinüber. Roxanne kam auch näher, versuchte aber nicht anzugreifen. Tatsächlich hatte sie immer noch Dreiviertelgeschwindigkeit, was durchaus nützlich war.

Mela blickte ins Nest. »Da ist keine Feder«, sagte sie.

»Ach, es muß aber eine geben!« rief Jenny qualvoll.

»Vielleicht etwas anderes?« fragte Okra.

»Nichts als eine alte, abgelegte Kralle«, berichtete Mela.

»Eine Kralle reicht auch, sofern sie zwischen dem Rokh und dem harten Platz liegt«, meinte Okra.

Mela warf die Kralle heraus. Sie war so lang wie sie selbst, eine Kralle wie ein Langschwert. »Wenn ich es mir genau überlege, muß die schon immer zwischen dem Rokh und harten Stellen gewesen sein, denn jedesmal, wenn Roxanne auf einem Berg oder auf dem Boden oder in einem Nest landet oder einen Stein oder einen Knochen aufnimmt, war diese Kralle dazwischen. Nachdem Roxanne sie verloren hat, liegt sie nun hier im Nest.« Sie blickte Roxanne an. »Dürfen wir die mitnehmen?«

Der Vogel nickte. Es war ja nicht so, als hätte er nicht noch jede Menge andere Klauen.

»Dann läßt du uns also ziehen, wenn wir dir den Samen des Zeitkrauts geben?« fragte Okra.

Zögernd nickte der Vogel wieder.

»Und du weißt auch, daß du große Schwierigkeiten mit dem Simurgh bekommst, wenn du dich nicht an diese Abmachung hältst?« fragte Okra. »Weil sie uns überhaupt hierhergeschickt hat?«

Roxanne machte einen Satz. Es war offensichtlich, daß sie das nicht wollte. Der Simurgh hatte ihr eine Möglichkeit gegeben, sich zu befreien, wann immer sie wollte. Warum sollte sie diese also vertun wollen, indem sie den Simurgh erneut verärgerte?

So schleppte Mela die Kralle fort, taumelnd unter ihrem Gewicht, während Okra ans Nest schritt und den Samen des Zeitkraut hineinlegte. Sofort nahmen alle wieder normale Geschwindigkeit an. Jetzt hatten ihre Befehle keine Geltungskraft mehr. »Du mußt sie nur festhalten und ihm sagen, was er beschleunigen oder verlangsamen soll«, erklärte sie. »Vielleicht solltest du ihn besser einmal überprüfen, bevor wir weggehen, um sicherzugehen, daß er dich auch versteht.«

Roxanne trat an das Nest, griff mit ihrem Schnabel hinein

und holte den Samen hervor. Sie schob ihn unter eine Flügelfeder und krächzte.

Plötzlich war sie nur noch eine einzige, verwischte Bewegung. Licht flutete in den Saal. Der Vogel hatte den Samen aktiviert und sich selbst beschleunigt oder die anderen langsamer gemacht. Jetzt waren sie Roxanne ausgeliefert.

Da nahm alles wieder normale Geschwindigkeit an. Mela, Jenny und Okra blieben unversehrt. Der Vogel hatte seine Macht über den Samen nicht dazu mißbraucht, sie aufzufressen. Roxanne hatte ihn nur geprüft. Glücklicherweise.

»Dann werden wir jetzt gehen«, sagte Okra.

Roxanne nickte. Sie kletterten wieder durch das Loch hinunter und schritten dann durch das offene Schloß. Okra trug die Kralle, die zu schwer für Mela war, um sie lange zu schleppen. Bald erreichten sie das Haupttor und überquerten die Zugbrücke, die sich inzwischen für sie wieder gesenkt hatte. Während ihres Versuchs mit dem Samen hatte Roxanne alles wieder aufgesperrt.

Und Okra hatte Jenny Elfe nun doch geholfen. Sie hoffte nur, daß sie diese Narretei nicht bereuen würde. Zum einen war es unogerhaft. Und zum anderen half es ihr nicht dabei, zu einer Hauptfigur zu werden.

16

ANKUNFT

Die jüngsten Ereignisse hatten Che überrascht. In einem Augenblick hatte er sich noch im Käfig befunden, im nächsten stand er schon unten in einem Saal, zusammen mit seinen Freunden, vor ihm eine üppige Meerfrau mit Beinen, eine überraschend kleine und unhäßliche Ogerin, sowie eine junge Frau, die er beinahe verwechselt hätte. Doch er hatte sich schnell auf die neue Lage einstimmen können, wie es einem Zentauren geziemte, weil er ja zwei von ihnen bereits im Webteppich gesehen hatte. Das waren Mela Meerfrau und Okra Ogerin gewesen. Noch während er sie bestimmte, hatten sie sich selbst und die dritte, Ida Mensch, vorgestellt. Der Simurgh hatte sie geschickt, um Gwenny Kobolds Truppe zu retten, denn der Simurgh war auch das Flügelungeheuer gewesen, das einst erklärt hatte, daß Che eines Tages die Geschichte Xanths verändern würde und beschützt werden müsse. Um das zu ermöglichen, hatte die Ogerin Roxanne Rokh einen Samen des Zeitkrauts überbracht.

Das war zwar ein etwas kompliziertes Unterfangen gewesen, doch nun war alles erledigt, und jetzt befanden sie sich zu sechst auf dem Rückweg zum Koboldberg. Und zwar weil Che, der erkannt hatte, daß sie nur mit Hilfe der drei anderen rechtzeitig zurückkehren würden, sie mit jugendlicher Logik dazu überredet hatte. Als Erwachsener würde er damit zwar nicht durchkommen, aber soweit war er ja noch nicht. Bis auf die Geschichte mit der Erwachsenenverschwörung, die er vielleicht für die nächsten paar Jahre zu vergessen vorgeben könnte. Sie hatte ohnehin keine Geltung, wenn Zentauren sich nicht gerade in Gegenwart von Menschen oder gekreuzten Menschenabkömmlingen aufhielten. Zentauren zogen es vor, sich ihre Nachkommenschaft selbst zu besorgen, weil sie keine unschuldigen Säuglinge der Unachtsamkeit von Störchen anvertrauen mochten.

Nun standen sie am Rande der Wolke, hinter ihnen das Namenlose Schloß. Der Tag neigte sich seinem Ende entgegen, und die Indizien wiesen darauf hin, daß es der zweite Tag dieser Queste war; sie hatten vielleicht noch eine Stunde Zeit, um in den Koboldberg zurückzukehren. Er hoffte, daß ihre neuen Gefährten ihnen das ermöglichen würden.

»Passen wir denn alle in den Raketensamen?« fragte Mela. Wie Che bemerkte, trug sie einen schlüpfrigen Schlüpfer, der ständig versuchte, herumzurutschen, um dem Zuschauer einen Blick auf ein wirklich faszinierendes Höschen zu ermöglichen. Außerdem hatte sie Rutschpantoffeln an, die danach strebten, ihre Füße so weit auseinander zu schieben, daß sie ein Stück zuviel von ihren Beinen freigaben. Bestimmt steckte hinter ihrem Aufzug eine interessante Geschichte.

»Bestimmt«, meinte Ida optimistisch. »Es ist doch so ein großer Samen!«

Nun sah Che selbst den Samen, den sie meinte. Es war ein großer Zylinder mit durchsichtigen Wänden und einer Bleiluke. Er lag am Rande der Wolke. Che bezweifelte, daß er sechs Personen aufnehmen konnte. Und überhaupt – was würde das schon nützen? Sie wollten sich nicht in irgendeinen Samen quetschen, was sie vielmehr brauchten, war ein schneller Transport.

Die Ogerin trat an den Samen und stellte ihn auf, bis seine Spitze gen Himmel zeigte. »Quetscht euch rein«, sagte sie mürrisch. Che konnte erkennen, daß sie nicht sonderlich erfreut über ihre Begleiter war, vor allem Jenny Elfe schien sie nicht zu mögen. Nun, dafür hatte sie ja auch ihre Gründe. Es war eine echte Ironie, daß der Simurgh ausgerechnet von der Ogerin verlangen sollte, bei der Rettung der Elfe zu helfen. Ob der Simurgh vielleicht eine bösartige Ader hatte?

Sie drängten sich in den großen Samen, und tatsächlich schien er innen noch sehr viel größer zu sein als außen, und sie paßten auch alle hinein. Dann schloß die Ogerin die Gleitluke. Sie tat irgend etwas – und schon wallten Feuer und Rauch überall um den Samen herum auf und schleuderten ihn von der Wolke nach oben. Nun schienen Feuer und Qualm aus dem unteren Teil des Samens zu kommen, stießen sich hastig von ihm ab, als seien sie froh, ihn loszuwerden. Na ja, das war immer noch besser, als wenn sie versucht hätten, ihn zu verbrennen! Vielleicht raste der Samen ja auch deshalb so schnell davon: um dem Feuer zu entkommen.

Jenny und Gwenny hielten einander verängstigt fest, während Mela und Ida die Sache gelassen über sich ergehen ließen. Che musterte die Ogerin und sah, daß sie eine Tafel betrachtete, auf der mehrere Bilder zu sehen waren. Eins der Bilder leuchtete: ein unordentlicher Geröllhaufen von einem Berg. Das mußte der Koboldberg sein!

Er sah durch die durchsichtigen Seitenwände hinaus. Der Samen ging in die Waagerechte, dann schoß er über Xanth hinweg landeinwärts. Che blickte nach unten und merkte, daß er selbst, wiewohl er doch eigentlich genau wie die anderen immer noch aufrecht stand, im Verhältnis zu Xanth tatsächlich flach lag. Das war aber eine interessante Magie!

Die Wolke mit dem Namenlosen Schloß war während ihres Besuchs offensichtlich ein gutes Stück weitergetrieben, denn nun flogen sie nicht mehr gen Westen, sondern nach Nordwesten. Er erblickte die Insel der Illusionen und die Spalte, ebenso das Drachenland. Vor ihnen war der Rauch der Region des Feuers zu sehen. Doch die lag schon jenseits ihres Ziels. Ob die Ogerin über ihr Ziel hinausschießen würde?

Da senkte sich der Raketensamen, schon hatte er den Koboldberg erreicht. Sie würden tatsächlich rechtzeitig eintreffen! Er schoß direkt auf den Berg zu und jagte den Kobolden einen Schrecken ein. Che lachte beinahe lautlos, als er sah, wie sie in ihre Löcher huschten.

In Sichtweite des Bergs landete der Samen am Boden. Okra öffnete die Gleitluke. Sie waren da.

Gwenny überwand ihre Angst. »Ach, wie wunderbar!« rief sie, als sie ausstiegen und sich neben dem Samen aufstellten. »Ihr habt mir ja einen solchen Gefallen getan!«

»Das haben wir für den Guten Magier getan!« antwortete Mela. »Und für Nada Naga, ihren Bruder Naldo und den Simurgh. Wenn wir fertig sind, sollen wir alle Antworten auf unsere Fragen erhalten. Deshalb kehren wir jetzt zurück und suchen Naldo in der Hoffnung, daß er auch Wort hält.«

»Oh, das wird Naldo schon tun«, bemerkte Gwenny. »Er ist uns zu Hilfe geeilt, als der Koboldberg gegen die Flügelungeheuer kämpfte. Er mag die Kobolde überhaupt nicht; tatsächlich befindet sich sein Volk mit unserem schon seit Jahrhunderten im Krieg, aber er hat es trotzdem getan. Er ist wirklich ein ganz feiner Kerl.«

Okra stieß ein rasselndes Geräusch aus.

Che musterte sie. »Was ist denn los?«

»Nur mein Asthma«, rasselte Okra. »Der schnelle Höhenunterschied, wahrscheinlich. Es wird gleich vorbeigehen.«

Aber Che war besorgt. »Soll das heißen, daß du krank bist?«

Okra hustete schwach. »Es kommt und geht. Es verklebt mir den Atem, so daß ich meine Kraft verliere. In letzter Zeit hatte ich Glück, da habe ich es kaum gespürt, aber jetzt hat es mich wieder erwischt.«

»Wir müssen ein Heilmittel für dich besorgen«, meinte Che.

»Nein, es geht schon vorbei«, wiederholte sie. »Ich bin überrascht, daß es mich nicht viel öfter erwischt hat, seit ich von Zuhause weggegangen bin. Vielleicht habe ich mich einfach zuviel umherbewegt, so daß es nicht Schritt halten konnte. Da hat es sich möglicherweise hier auf die Lauer gelegt und hat mich jetzt erwischt.« Sie hustete wieder rasselnd. »Ihr müßt mit eurer Beute zum Berg.« Sie legte die Kralle des Rokhs auf den Boden. Sie schien zu schwer für sie geworden zu sein.

Das gefiel Che zwar nicht, aber er wußte, daß sie recht hatte: Gwenny mußte pünktlich im Koboldberg sein. »Ich hoffe, du wirst bald gesund«, sagte er. »Du warst uns wirklich eine große Hilfe.«

»Ich bin sicher, daß dir schon einfällt, wie du es loswirst«, sagte Ida mit ihrem typischen Optimismus.

»Das wäre schön«, stimmte Okra ihr zu und bemühte sich zu lächeln.

Mela, Ida und Okra kletterten wieder in den Samen und schlossen die Gleitluke. Che und die Mädchen zogen sich schnell zurück, da sie wußten, daß gleich wieder das Feuer und der Rauch kommen würden. Kobolde erschienen in ihren Löchern und Gwenny winkte sie zurück.

Doch es geschah nichts. Die Samenkapsel lag einfach nur da.

Nach einer Weile öffnete die Ogerin wieder die Luke. »Sie will nicht«, antwortete sie gruffig. Sie sah immer noch schwach und erschöpft aus, und ihre Stimme klang matt.

»Vielleicht seid ihr noch nicht fertig mit uns«, meinte Che.

»Ja, das muß es wohl sein«, stimmte Ida zu, als sie herauskletterte. Es klang tatsächlich einleuchtend. Und so blieben sie für eine Weile doch noch zu sechst, während Gwenny sie in den Koboldberg führte.

Die Sonne stand im Begriff, die Bäume im Westen zu versengen. Sie hatten gerade noch genug Zeit, es zu schaffen, bevor der Tag zu Ende war, damit Gwenny nicht aus dem Rennen ausschied.

Plötzlich erschien ein Ungeheuer vor ihnen auf dem Weg. Es war sehr stämmig, hatte den Kopf eines Hirschs, trug aber an der Stirn nur ein einzelnes Horn. Darüber hinaus besaß es vier Elefantenfüße, einen Eberschwanz und den Leib eines Pferds. Es knurrte sie herausfordernd an.

Che ging gerade vorn. Er blieb stehen. Das war zweifellos ein Ungeheuer, aber kein geflügeltes, so daß es durchaus eine Gefahr für ihn darstellte. »Wir gehen nur vorbei«, sagte er.

»Hallooo!« dröhnte es mit tiefer Stimme. »Ihr müßt Zoll zahlen, um meinen Weg zu benutzen.«

Gwenny trat vor. »Ich kenne dich, Hugh Mungus Monozeros! Du lungerst immer hier herum und versuchst zu nehmen, was dir nicht gehört. Das ist gar nicht dein Weg! Das ist ein Koboldweg.«

»Wer sagt das?« wollte das Monozeros wissen.

»Ich sage es!« verkündete sie.

Er stampfte mit einem Elefantenzeh auf. Der Boden bebte. »Und wer bist du?«

»Ich bin Gwendolyn Kobold, baldiger Häuptling des Koboldbergs. Und nun geh mir aus dem Weg, bevor ich dich gewaltsam entferne.«

»Ho, ho, ho! Das ist ja zum Lachen. Du kannst mich nicht entfernen, Koboldine. Du mußt zahlen.«

Gwenny holte ihren Zauberstab hervor. Sie richtete ihn auf Hugh Mungus. Da hob sich einer seiner Vorderfüße. »Äh, öh«, sagte sie.

Das Monozeros lachte wieder. »Ho, ho, ho! Ist das alles, was du kannst, du leckeres Häppchen?«

»Was ist denn los?« wollte Che wissen.

»Der Stab verliert an Kraft«, sagte sie. »Ich habe ihn heute schon ziemlich viel benutzt, und nach einer Weile verliert er eben Kraft und muß sich über Nacht wieder aufladen. Das Ungeheuer ist zu schwer für ihn.«

Che blickte zur Sonne empor, die sich beeilte, den Tag zu beenden. Sie konnten sich keine große Verzögerung mehr leisten. »Gibt es noch einen anderen Weg, den wir nehmen könnten?«

»Ja, aber der dauert zu lang. Das hier ist der einzige, der direkt ans Ziel führt.«

»Also steckst du in der Klemme, Koboldine«, sagte Hugh Mungus. »Zahle.«

»Das ist empörend!« sagte Gwenny und stampfte mit ihrem kleinen Fuß auf. »Wir müssen sofort durch!«

»Dann müssen wir uns wohl auf einen Handel einlassen«, meinte Che angewidert. Er blickte das Monozeros an. »Was verlangst du?«

»Ich verlange, daß ihr mir etwas dafür bezahlt, daß ihr meinen Weg benutzt. Etwas, das interessant und anders ist. Beispielsweise diesen Zauberstab.«

»Niemals!« sagte Gwenny.

Okra Ogerin trat vor. »Vielleicht kann ich helfen«, keuchte sie.

»Nein, kannst du nicht!« protestierte Gwenny. »Dir geht es nicht gut!«

»Laß es mich versuchen. Ich habe versucht nachzudenken, weil das meinen Kopf erhitzt und manchmal die Kehle freisetzt, und möglicherweise habe ich eine Idee gefunden.«

Ida klatschte mädchenhaft in die Hände. »Wunderbar, Okra! Ich wußte doch, daß du es kannst.«

Che blieb stumm. Dieser törichte Optimismus konnte mit der Zeit ganz schön ermüdend werden.

Okra sah Hugh Mungus an. »Ich habe etwas, was du vielleicht interessant und anders findest«, schnaufte sie. »Willst du es haben?«

»Was ist denn das?« wollte das Monozeros wissen.

»Mein Asthma. Es macht mich schnaufen.«

Che fuhr sich mit der Hand an den Kiefer, damit er nicht plötzlich herunterklappte. Meinte die Ogerin das etwa ernst?

»Was für eine wunderbare Idee!« rief Ida fröhlich. Da war es schon wieder – die konnte sich wirklich für alles begeistern.

»Tut es das?« fragte das Ungeheuer etwas dümmlich. »Wie laut kannst du denn schnaufen?«

Okra atmete mühsam ein, dann preßte sie Luft hervor. »SCHNAAAUUUUFFFFF!«

Darauf würde diese Kreatur doch nie hereinfallen! Währenddessen vergeudeten sie wertvolle Zeit. Che war angewidert.

»Ich nehme es!« sagte Hugh Mungus.

Diesmal fing Che seine Kieferlade nicht mehr rechtzeitig auf. Diese Kreatur war ja noch dümmer als ein Oger!

Da richtete Okra sich auf und streckte eine Hand vor. »Hier ist es«, sagte sie, ohne zu schnaufen. Sie setzte dem Ungeheuer etwas Unsichtbares auf die Nase.

»Wunderbar!« schnaufte das Monozeros. Zufrieden wich es beiseite und ließ sie ziehen. Hinter sich hörten sie es noch glücklich schnaufen.

»Als dumme Person bist du wirklich ein kompletter Reinfall«, murmelte Che der Ogerin zu.

»Ich weiß«, erwiderte Okra traurig.

Schnell schritten sie auf den Berg zu. Die Kobolde begafften die drei zusätzlichen Neuankömmlinge zwar, griffen aber nicht an, weil sie mit Gwenny kamen. Alle drei waren doppelt so groß wie jeder Kobold, und Gwenny suchte einen Tunnel aus, der hoch genug war, um sie aufzunehmen.

So marschierten sie zur Mittelhöhle. Dort waren bereits Gobbel und seine Gehilfen versammelt. Der Bengel hielt eine schmutzige Harpyienfeder in der Hand. Er hatte den Altweiberschwanz gefunden und meinte, gesiegt zu haben. Er erwartete nur noch das Ende des Tages in der Hoffnung, daß Gwenny nicht wieder auftauchte. Es war eine schiere Freude, seinen bestürzten Blick zu sehen, als sie in die Höhle kamen.

Godiva trat ein. Ihr Gesichtsausdruck war das genaue Gegenteil des Bengels. »Du bist zurück, meine Tochter!« rief sie und eilte herbei, um Gwenny zu umarmen.

Hinter ihr befanden sich die drei männlichen Kobolde, die ihr seit Jahren treu gedient hatten: Gimpel, Idiot und Schwachkopf. Che hatte sie kennengelernt und wußte, daß sie gar nicht so übel waren, jedenfalls für Kobolde. Als die Kinder Sprudel hatten holen wollen, um ihn anstelle von gesunden Sachen zu trinken, hatten die drei sich als willige Komplizen erwiesen. Godiva hatte zwar davon gewußt, die

Sache aber nicht an die große Glocke gehängt, weil sie ungewöhnlich freizügig für eine Erwachsene war: Sie war der Auffassung, daß Kinder durchaus etwas Spaß haben sollten, solange sie es nicht übertrieben. Während Godiva also ihre Tochter umarmte, kamen die drei halbwegs anständigen Koboldmänner herüber, um Che und Jenny zu gratulieren und ihre neuen Gefährten kennenzulernen.

»Das sind Gimpel, Idiot und Schwachkopf«, stellte Che sie vor. »Die heißen nur so, ansonsten ist an denen aber nichts verkehrt.« Das sagte er nur, damit die Frauen nicht lachten. Und dann, an die Kobolde gewandt: »Und das hier sind Mela Meerfrau, Ida Mensch und Okra Ogerin, die so lange hierbleiben werden, bis ihr Raketensamen sich wieder in Bewegung setzt. Paßt auf, daß sich niemand daran zu schaffen macht.«

»In Ordnung«, sagte Gimpel und eilte hinaus. Die beiden anderen blieben und musterten Mela.

Da begriff Che, was los war. »Mela«, murmelte er, »rück deinen Schlüpfer zurecht.«

Hastig richtete die Meerfrau den schlüpfrigen Schlüpfer, der es immer noch darauf abgesehen hatte, Männern einen Blick auf ihre Höschen zu gewähren. Che mußte unbedingt mit Godiva sprechen, die eine hervorragende Schneiderin war, damit Mela ein richtiges Kleid bekam. Was war, wenn minderjährige Kobolde das sahen? Es war ja nicht gerade ein langweiliges Höschen; sein Muster war ein faszinierendes Farbgewebe, das jeden erwachsenen Mann in Wallung versetzen konnte.

»Aber wo ist denn das, was zwischen einem Rokh und einem harten Platz liegt?« fragte Gobbel mit wiedergewonnener Frechheit.

»Genau hier«, sagte Gwenny und zeigte auf Okra, die immer noch die Kralle des Rokhs trug.

»Aber das ist doch nur eine alte Kralle! Es ging doch um das Ei.«

»Die Kralle lag im Steinnest unter Roxanne Rokh«, erklärte Gwenny gelassen. »Sie befand sich zwischen dem Rokh und einem harten Platz. Damit ist sie zulässig.«

»Aber das habe ich doch überhaupt nicht gemeint!« protestierte er. »Ich meinte das Ei!«

Gwenny starrte ihn hart an. »Wie konntest du denn das Ei meinen, wenn du es gar nicht geschrieben hast? Und wenn du die Aufgabe niedergeschrieben hast, dann hast du betrogen, denn du durftest überhaupt nicht wissen, um was für Prüfungen es sich handelte.«

Gobbel verstummte, da er merkte, daß er sich nur in Schwierigkeiten bringen konnte. »Na schön, aber damit ist die Sache noch nicht am Ende. Morgen ist der körperliche Kampf.«

»Körperlicher Kampf!« rief Che empört. »So etwas tun Mädchen doch nicht!«

»Na und. Verliert sie eben«, meinte Gobbel. Er warf den drei männlichen Kobolden, die zu Gwennys Gruppe gehörten, einen finsteren Blick zu. »Und danach kümmere ich mich um euch Verräter.« Dann schlich er sich aus der Höhle.

»Ich wußte, daß es drei Prüfungen gibt, genau wie beim Schloß des Guten Magiers«, erläuterte Gwenny. »Ich wußte, daß die erste darin bestand, sich überhaupt für das Amt des Häuptlings zu qualifizieren, was es auf Gobbel und mich beschränkte. Die zweite Herausforderung war die Aufgabe, die wir soeben erfüllt haben. Die dritte ist körperlicher Art, aber ich habe immer gedacht, das würde bedeuten, irgend etwas zu erbauen oder zu zeigen, daß ich eine Keule halten kann. Aber ein Kampf – ich fürchte, das schaffe ich nicht.«

»Das ist doch bloß ein kleiner Bengel«, meinte Okra Ogerin. »Den kannst du doch mit einer Faust zu Brei hauen.«

»Nein, könnte ich nicht«, widersprach Gwenny. »Ich bin ein kultiviertes Koboldmädchen, und wir üben nie Gewalt dieser Art aus. Das entspricht einfach nicht unserem Wesen. Wenn wir kämpfen könnten, wären wir nicht mehr nett, und dann hätte es auch keinen Zweck, einen weiblichen Häuptling zu haben, der die Kobolde nett macht.«

Che sah diese Logik ein. »Aber Gobbel kann man nicht trauen«, wandte er ein. »Wir müssen das ursprüngliche Dokument einsehen. Wo steht denn niedergeschrieben, wie man das Häuptlingsamt erringt?«

Gwenny führte sie in eine kleine abgelegene Höhle. Dort befand sich in einer Truhe, zu der sie den Schlüssel besaß, eine schmutzige alte Schriftrolle. Sie holte sie hervor und gemeinsam lasen sie darin.

Sie enthielt die Regelung der Häuptlingsnachfolge. »Ha!« sagte Che beim Lesen. »Es ist zwar tatsächlich ein Kampf vorgeschrieben, aber ein Kampf ausgesuchter Getreuer.«

»Gobbel und ich«, stimmte Gwenny niedergeschlagen zu.

»Nein. Getreue, die ihr euch aussucht. Damit ihr nicht selbst kämpfen müßt. Du brauchst dir lediglich einen starken Kobold auszusuchen, der für dich kämpft, und wenn er siegt, tust du es auch. Gobbel wird auch nicht selbst kämpfen. Er wird sich jemanden suchen, der größer und gemeiner ist als er.«

»Aber kein männlicher Kobold wird für mich kämpfen!« warf Gwenny ein. »Die wollen doch gar nicht, daß ich Häuptling werde.«

Che dachte nach. »Das ist tatsächlich ein Problem«, meinte er, um eine Lösung verlegen.

»Aber ich bin sicher, daß du es lösen kannst«, warf Ida Mensch fröhlich ein. »Denn Zentauren können fast alle Probleme lösen.«

Da hatte Che merkwürdigerweise eine Idee. »Vielleicht könnte ja eine Frau für dich kämpfen«, sagte er. »Koboldmädchen sind zwar alle nett, aber das gilt nicht unbedingt für die Frauen anderer Arten.«

»Ich werde für dich kämpfen!« erbot sich Jenny Elfe.

»Nein, Jenny, nein!« widersprach Gwenny. »Du wärst nicht besser als ich, denn du bist weder gemein noch zäh.«

»Sie hat recht«, bekräftigte Che. »Ich meinte auch eine Frau von anderswo, die hart genug für diese Aufgabe ist.«

»Aber wer sollte das sein?« wollte Gwenny wissen. »Die Frauen anderer Arten machen sich nicht allzuviel aus Kobolden.«

»Ich weiß es nicht«, gestand Che. »Aber ich weiß, wie wir sie finden können.«

»Na, dann sag es uns doch!« forderte Jenny ihn auf.

»Denn wir haben nicht einmal mehr einen vollen Tag Zeit, sie herbeizuschaffen.«

»Ich kann das nicht so direkt sagen, bevor nicht einige Vorkehrungen getroffen wurden«, erklärte Che. »Da eine bestimmte Partei schon dabei beobachtet wurde, wie sie ohne jede Vorwarnung davonrauschte, um das Erwähnte zu suchen.«

»Ach so«, meinte Jenny und musterte ihren kleinen Kater. »Sammy, komm mal her.« Der Kater gehorchte und sie nahm ihn auf und hielt ihn fest. »Aber mit einer ... einem bestimmten Gerät kann ich sehen, wo er hingeht und ...«

»Angenommen, sie ist weit weg?« fragte Che. »Dann könntest du nicht mit ihm Schritt halten. Aber ich denke, ich könnte es tun.« Er blickte das Koboldmädchen an. »Gwenny, hast du ein Stück Leine? Irgend etwas, mit dem man eine sehr leichte Person an eine andere binden könnte, damit sie in der erforderlichen Geschwindigkeit mitgeschleppt werden könnte?«

Gwenny nickte. Sie eilte davon. »Schwachkopf, hilf mir, die Kordel zu holen«, sagte sie, und der Kobold gehorchte sofort.

»Aber was ist, wenn er beispielsweise durch irgendein kleines Loch schlüpft?« wollte Jenny wissen.

»Wir können es so einrichten, daß so etwas nicht passiert.«

»Wovon redet ihr überhaupt?« wollte Mela wissen.

»Jennys Kater kann doch alles finden, nur nicht zurück«, erläuterte Che. »Wenn wir Sammy also auftragen, etwas zu suchen, und wenn ich ihm dann folge, werden wir es auch finden. Ich werde zwar für die Dauer der Suche eine Weile fort sein, aber Gwenny wird dafür sorgen, daß ihr drei Unterkunft und Nahrung für die Nacht erhaltet. Vielleicht ist eure Rakete morgen wieder aufgeladen, dann könnt ihr euch auf den Weg machen. Wir wissen es sehr zu schätzen, wie sehr ihr uns geholfen habt, und bedauern, daß es euch von eurer eigenen Queste abgehalten hat.«

»Das ist sehr nett von euch«, meinte Ida. »Aber es scheint,

als stünde unsere Queste mit eurer im Zusammenhang. Ich kenne meine Bestimmung immer noch nicht.«

Er zuckte die Schultern. »Möglich. Vielleicht bist du ja eine verschollene Prinzessin, und dein Königreich bekommt dich wieder, wenn das hier alles vorbei ist.«

»Vielleicht ist sie ja auch die Zwillingsschwester von irgend jemandem«, warf Mela ein. »Dann findet ihr Zwilling sie und sie werden glücklich leben bis ans Ende aller Tage.«

»Möglicherweise stellt sich aber auch heraus, daß sie ein großes magisches Talent besitzt«, schlug Okra vor. »Eins, das nur entdeckt werden will.«

»Ach, wenn doch nur eins davon stimmte!« rief Ida und verschränkte sehnsüchtig die Hände. »Aber zunächst einmal müssen wir Gwenny helfen, wenn wir können. Und ich bin sicher, daß du das schaffst, Che, weil du so klug und begabt bist.«

Che versuchte, dieser offensichtlichen Schmeichelei zu widerstehen, doch verlieh sie seiner Selbstsicherheit deutlichen Auftrieb. Vielleicht war dieser verzweifelte Plan doch nicht so weit hergeholt.

Gwenny kehrte mit der Kordel zurück. »Das hier sind Spinnenfäden«, sagte sie. »Die sind sehr leicht, aber kräftig.«

Sie banden die Kordel zu einem Geschirr, das Che genau um den Leib paßte. Am anderen Ende fertigten sie ein weiteres Geschirr für den Kater. Nun waren die beiden fest miteinander verbunden. Che beschnippte sich mehrmals mit seinem eigenen Schweif, bis er so leicht geworden war, daß er fast schwebte, doch versuchte er nicht zu fliegen. »Ich bin bereit«, verkündete er.

Jenny setzte den Kater am Boden ab. »Sammy, wo gibt es ein weibliches Wesen, das für Gwenny kämpfen kann und will?« fragte sie. »Wen kann einer von uns sicher erreichen?« Es war gut, daß ihr noch einfiel, diese Einschränkung hinzuzufügen.

Die Katze schoß davon. Che wurde mitgerissen und stieß dabei gegen Boden und Wände. Doch war er inzwischen so leicht, daß es ihm nicht weh tat. Sie sausten durch die

Koboldtunnel, dann aus dem Berg hinaus und fort in Richtung Süden. Wo ging es hin? Jedenfalls war es nicht der Weg, den sie auf der Suche nach dem Namenlosen Schloß genommen hatten.

Da fiel ihm etwas ein, das er vergessen hatte: Godiva Kobold zu bitten, für Mela Meerfrau ein besseres Kleid herzustellen. Na ja. Vielleicht war er ja schon bald wieder zurück, dann könnte er es nachholen.

Bald darauf sausten sie durch das Elfengebiet. Eine erschrockene Gruppe von Blumenelfen starrte ihnen fassungslos nach, als sie an der Elfenulme vorbeischwirrten. Das erinnerte Che an das seltsame Aussehen von Jenny Elfe mit ihren spitzen Ohren, ihren vierfingrigen Händen und ihrer riesigen Körpergröße. Denn der normale Elf von Xanth war nur ein Viertel so groß wie ein Mensch, während Jenny mehr als halb so groß war. Sie war aus einer Welt gekommen, die ganz anders war als Xanth, und würde wohl eines Tages zu ihr zurückkehren. Nachdem sie ihren Dienst beim Guten Magier abgeleistet hatte.

Zwei Jahre lang war Che nun schon mit Jenny befreundet, seitdem sie aus Versehen auf der Suche nach Sammy nach Xanth übergewechselt war. In seiner Zeit der Not war sie ihm eine großartige Gefährtin und großer Trost gewesen. Er hoffte insgeheim, daß sie nie in ihre Welt der Zwei Monde zurückkehren würde. Doch selbst wenn sie es nicht täte, gab es da noch etwas anderes, was sie voneinander trennen mußte. Denn alle drei wurden sie langsam erwachsen. Schon hatte man sie in die Erwachsenenverschwörung eingeweiht. Als Erwachsene würden sie schließlich getrennte Wege gehen.

Jennys Jahresdienst wäre also nur der Anfang der Trennung. So oder so war ihre kindliche Verbindung dem Untergang geweiht.

Die Dunkelheit nahte. Es war schon spät gewesen, als sie in den Koboldberg zurückgekehrt waren, inzwischen war es noch später. Che hätte sich lieber zur Nacht schlafen gelegt. Aber er mußte tun, was er nur konnte, um Gwenny zu helfen. Denn wenn sie diese letzte Herausforderung nicht gewann, würde sie sterben und die Hoffnung auf einen gütigeren Stamm der Kobolde wäre verloren. Es war seine Bestimmung, den Lauf der Geschichte Xanths zu verändern, wenn Che seine Aufgabe erfüllte, dann würden die Kobolde in einem Teil Xanths aufhören, eine Plage zu sein, zusammen mit Drachen, Gewirrbäumen und Bedrohungen wie Fracto die Wolke und Com Puter und die Dämonin Metria stellten die Kobolde eine der größten Plagen dar.

Sie kamen durch das Drachenland. Tatsächlich war ja ganz Xanth ein Drachenland, aber hier traten sie besonders gehäuft auf. Che konnte sie nicht erkennen, weil es schon dunkel war, doch dafür konnte er ihre Feuerstöße flackern sehen. Offenbar waren einige Drachen damit beschäftigt, eine Wolke zu rösten, die sich im Schutz der Nacht hatte anschleichen wollen. Wolken konnten ziemlich töricht sein.

Inzwischen stieß er immer härter auf, bis ihm klar wurde, daß er wieder an Gewicht zugelegt hatte, wie es eben im Laufe der Zeit geschah. Er machte sich wieder leichter, indem er seinen Schweif schnippen ließ.

Da sprang Sammy ins Nichts hinaus. Das war ja die Spalte! Was hatte diese törichte Katze nur vor?

Doch nun diente Ches leichter gewordener Körper als Bremse, so daß die Katze nicht mit voller Geschwindigkeit in die Tiefe stürzte. So erreichten sie den Boden der Spalte, wo Sammy bequem auf allen Vieren aufkam und Che ihn kaum berührte. Dann rasten sie auch schon wieder den Spaltenboden entlang. Es war gut, daß der Spaltendrachen nachts nicht jagte. Che war zwar wahrscheinlich vor ihm sicher, aber Sammy Kater hätte durchaus von ihm aufgefressen werden können.

Der Kater entdeckte eine Art Weg und sauste auf der gegenüberliegenden Seite hinauf. Che sorgte dafür, daß er selbst leicht blieb, damit er Sammy nicht vom Steilhang riß. Dann sprangen sie in eine tiefe Höhle hinunter. Das war wirklich erstaunlich! Er war sich eigentlich ziemlich sicher, daß Gwenny keine unterirdischen Freunde hatte.

So ging es immer weiter, durch Höhlen, Gänge und Löcher. An einer Stelle schossen sie sogar über einen unterirdischen Fluß. Sammy suchte doch wohl nicht einen der Calicantzari? Oder gar einen Dämon? Denn keins dieser Wesen könnte Interesse daran haben, bei der Koboldnachfolge für so etwas wie für Anstand und Regeltreue zu sorgen.

Schließlich erreichten sie sehr viel größere Höhlen, die von Leuchtpilzen erhellt wurden. Sammy schoß in eine Kammer hinein, die seitlich in eine Wand eingelassen war, und blieb vor einer schlafenden Schlange stehen.

»Ist sie das?« fragte Che. »Diese große Schlange?«

Die Schlange erwachte. Sie blickte sie an. Dann bildete sie einen wunderschönen menschlichen Frauenkopf aus, ohne dabei den Rest ihres Körpers zu verändern. »Ach, das sind ja Che und Sammy!« sagte der Kopf. »Was führt euch denn nur hierher?«

»Nada Naga!« rief Che. Plötzlich wurde ihm alles klar. Das war wirklich ein formidables weibliches Wesen, das ein Interesse an besseren Beziehungen zu den Kobolden hatte. Das Volk der Naga hatte sich sogar mit den Menschen verbündet, um die Bedrohung der Kobolde in ihren eigenen Tunneln einzudämmen. So war Nada einst mit Prinz Dolph verheiratet worden. »Wir brauchen deine Hilfe.«

Schnell erklärte er es ihr. Nadas Menschenkopf nickte. »Ich sehe ein, daß ihr Hilfe braucht, Che, und ich würde euch auch gerne helfen, aber ich habe bereits eine andere Verpflichtung. Ich muß meine ganze Kraft auf die Probe für das Xanthspiel verwenden, über das die Muse der Geschichte bald schreiben wird. Wenn ich meine Zeit für etwas anderes hergebe, erfülle ich meine Aufgabe möglicherweise nicht so gut, und wenn mir etwas zustoßen sollte, müßten sie erst einen neuen Gefährten völlig neu ausbilden, und das wäre doch sehr umständlich.«

»Gefährte?« fragte er etwas verständnislos. »Ich bin Gwenny Kobolds Gefährte.«

»Ja, das ist etwas sehr Ähnliches. Wie du weißt, ist das nicht leicht. Du würdest dir als Gwennys Gefährte doch auch keinen Tag freinehmen, oder?«

»Nein!« Denn er hatte eingewilligt, und ein Zentaur brach nie sein Versprechen. »Aber gerade um Gwenny zu retten bin ich hier. Wir brauchen eine Frau, die für sie kämpft, damit sie Häuptling werden kann, und Sammy hat mich zu dir geführt. Wenn du es nicht tun kannst, wird sie nicht Häuptling werden, dann werden die Kobolde sie umbringen, werden Gobbel zum Häuptling machen und noch viel schlimmer als früher werden.«

»Nein, das dürfen wir nicht zulassen«, stimmte sie zu. »Glaube mir, Che, ich würde wirklich gern helfen, denn für meine Rasse stellen die Kobolde eine noch viel schlimmere Plage dar als für deine. Aber ich stehe unter Vertrag mit den Dämonen und muß ihn erfüllen. Doch hat Sammy dich nicht in die Irre geführt. Ich kann dir nämlich jemanden nennen, der euch noch viel wirkungsvoller helfen könnte als ich, sofern du mir eine Frage beantworten kannst.«

»Was für eine Frage?«

»Weshalb suchst du eine Frau, die Gwenny hilft?«

»Weil kein Koboldmann ihr helfen würde, deshalb muß es ...« Er hielt inne, erkannte seinen Trugschluß. »Ach, das ist ja furchtbar peinlich! Da habe ich völlig unzentaurenhaft einfach etwas vorausgesetzt! Es braucht ja gar keine Frau zu sein. Wir suchen nicht nach einem Kobold, sondern nach jeder beliebigen Kreatur, die fähig und willens ist, Gwennys Sache zu unterstützen.«

Nada lächelte. Sie war wunderschön, wenn sie das tat, selbst mit ihrem Schlangenleib. Gwenny Kobold war auch ganz hübsch, und Mela Meerfrau war körperlich eine Augenweide, auch wenn er zu jung war, um es zu merken, aber Nada war richtig schön. Da konnte man leicht begreifen, weshalb Prinz Dolph sie geliebt hatte. »Dann sollte mein Bruder Naldo doch der Richtige für euch sein.«

»Naldo!« wiederholte Che und begriff. Naldo Naga war kampfgeschult und hatte sogar die Verteidigung des Koboldbergs geleitet, als dieser von den Flügelungeheuern belagert wurde. Naldo war zwar kein Freund der Kobolde, doch gab es eine alte Allianz, die die Bodenungeheuer gegen die Flügelungeheuer einte. Er kannte Gwenny und ihre Mutter Godiva persönlich, und ganz bestimmt hatte er auch ein

Interesse daran, daß die Kobolde sich besserten. »Wo ist er denn?«

Sammy hetzte davon. Doch Che spreizte die Arme und packte den Türrahmen. Das Spinnenseil spannte sich und hielt die Katze zurück. »Ich habe nicht gesagt, du sollst ihn suchen, Sammy!« sagte er. »Ich habe Nada gefragt.« Und dann, an sie gewandt: »Weißt du, wir haben den größten Teil der Nacht damit verbracht hierherzukommen, und unser Kämpfer muß bis morgen mittag dort sein. Wenn wir jetzt ganz Xanth nach ihm absuchen, könnte es sein, daß jede Hilfe für Gwenny zu spät kommt.«

»Vielleicht kann ich für etwas Hilfe sorgen«, meinte sie. Dann wandte sie sich an die Luft: »Professor Fetthuf, darf ich dich einen Augenblick stören?«

Ein furchtbarer Dämon erschien. »Was für ein Schlammhirn wagt es, meine Ruhe zu stören!« polterte er. Dann sah er in Nadas schönes Gesicht. »Ach, du bist es, meine Liebe.« Che begriff, daß Nadas vollkommene Züge die Macht besaßen, selbst den schlimmsten aller Dämonen zu beschwichtigen. Das war wirklich ein Glück.

»Professor«, sagte Nada gewinnend, »meine Freunde Che Zentaur und Sammy Kater müssen schnell zu meinem Bruder Naldo gebracht werden, weil ...«

Fetthuf machte eine nachlässige Geste. Plötzlich befanden sich Che und Sammy in einem Drachennest. Ein Drachen und ein Naga waren gerade damit beschäftigt, irgendein Spiel zu spielen, bei dem es darum ging, Knochen umherzurollen. Solche Spiele waren berüchtigt; sie konnten Tage und Nächte dauern.

Das nähere der beiden Drachenaugen weitete sich, als er Che erblickte. »Ich bin ein Flügelungeheuer und du auch!« sagte Che hastig.

»Hallo, Che«, meinte der Naga. Das war natürlich Naldo. »Draco wird dich schon nicht fressen. Schließlich kennt er dich ja und hat geschworen dich zu beschützen. Es ist offensichtlich, daß du in irgendeinem Auftrag hier bist. Oder bist du nur gekommen, um mitzuspielen?«

Das stimmte! Es war schon einige Jahre her, seit Draco die

Flügelzentaurenfamilie besucht hatte. Für Che sahen Drachen alle irgendwie ziemlich ähnlich aus, doch jetzt erkannte er den Feueratmer. Schnell erklärte er wieder seinen Auftrag.

»Ja, gewiß doch werde ich Gwendolyns Kämpfer sein«, willigte Naldo ein. »Es wird mir eine Freude sein, dafür zu sorgen, daß die Kobolde ihren ersten weiblichen Häuptling bekommen.« Er blickte auf die Knochen. »Aber erst muß ich mein Spiel hier beenden.«

»Aber der Kämpfer muß um mittag dort sein!«

»Keine Sorge, ich werde da sein. Der Koboldberg ist nicht allzuweit von hier entfernt, und in meiner großen Schlangengestalt komme ich schnell voran. Stell nur ein Schild auf, auf dem genau steht, wo der Kampf stattfindet, dann werde ich pünktlich zur Mittagszeit dort sein.«

»Danke«, erwiderte Che. »Dann will ich jetzt mit der guten Nachricht zurückkehren. Wie komme ich aus dieser Höhle?« Denn er hatte schon bemerkt, daß der Drachenhort sich in einer geschlossenen Höhle befand, die unten von einem Teich ausgefüllt wurde.

»Ich bringe dich an die Oberfläche«, sagte Naldo. »Halte dich fest.«

Che kletterte auf den Schlangenrücken und hielt sich so gut fest, wie er konnte. Naldo glitt aus dem Nest, die senkrechte Höhlenwand hinunter und in den Teich. Che hielt die Luft an und hoffte, daß Sammy das gleiche tat, als er am Ende seiner Leine mitgezogen wurde. Kurz darauf verließen sie auch schon wieder das Wasser, dann die Höhle, und schließlich glitt Naldo den Berg hinunter bis zum Boden.

»Sag ihnen, daß ich auf Einladung komme und nicht als Eindringling«, beauftragte Naldo ihn, als sie schließlich wieder auf festem Boden standen. »Damit wir keinen neuen Krieg anfangen.«

»Das werde ich tun«, bekräftigte Che.

Dann glitt Naldo wieder den Berg hinauf, Che stellte Sammy auf seinen Rücken und setzte sich in einem leichtfüßigen Galopp in Richtung Norden in Bewegung. Die Katze konnte nicht führen, weil sie ja jetzt nach Hause zurückkehrten. Und außerdem war Sammy bestimmt sehr müde nach seinem wilden Lauf bis zur Spalte.

Genau genommen war Che selbst auch ziemlich müde. Doch er hatte eine Aufgabe zu erledigen. So lief er so schnell er konnte. Er würde sich noch ausruhen können, nachdem er mir seiner Hoffnungsbotschaft eingetroffen war. Gwenny würde wirklich sehr erfreut sein!

Zur Morgendämmerung erreichte Che den Koboldberg. Der Wächter erkannte ihn und ließ ihn durch. »Aber heute nachmittag wirst du zu Pferdefleisch verwurstet, du kleine, geflügelte Mißgeburt«, meinte der Kobold freundlich.

Che suchte Gwennys Gemächer auf, vor denen Idiot Wache stand. Der Kobold schien froh zu sein, ihn zu sehen. »Ich hoffe, du hast jemand Gutes gefunden«, bemerkte Idiot. »Denn es wird nicht sonderlich angenehm werden, wenn Gwenny verlieren sollte.« Das war wirklich die Untertreibung des Tages.

»Das habe ich«, erwiderte Che und klopfte an die Tür. Gwenny machte auf, sie war in ihr Nachthemd gekleidet. »Ach, Che, du bist zurück!« rief sie und umarmte ihn.

»Naldo Naga kommt um mittag«, keuchte er. »Als dein Kämpfer. Stell ein Schild auf, auf dem steht, wo der Wettkampf stattfinden soll.« Dann entdeckte er einen Kissenhaufen, der förmlich auf ihn wartete, und brach zusammen. Er war sofort eingeschlafen, aber er wußte ja, daß die Mädchen sich um alles kümmern würden.

17

HÄUPTLING

Ida machte sich Sorgen. Es war schon fast Mittag, und Naldo Naga war noch nicht aufgetaucht. Nicht, daß sie ihm nicht glaubte, aber sie befürchtete, daß etwas vorgefallen sein könnte, um ihn aufzuhalten, was eine Katastrophe bedeuten würde.

Der Wettkampf sollte in der Haupthöhle des Berges stattfinden, wo es genug Raum sowohl für die Kämpfer als auch für die blutrünstigen Zuschauer gab. Hier bestand sogar die Möglichkeit, daß einige der Koboldamen durch die Türöffnungen spähen konnten. Gobbels Kämpfer war bereits erschienen: ein furchtbarer männlicher Oger, der an einem Knochenhaufen knabberte, während er darauf wartete, daß der Spaß anfing. Gobbel hatte ihm einen Jahresvorrat an Knochen versprochen, wenn er siegte.

Gimpel, Idiot und Schwachkopf bildeten eine feste Gruppe um Gwenny. Sie waren inzwischen mit koboldgroßen Keulen bewaffnet, und sahen mächtig häßlich aus. Ida wußte, daß es daran lag, daß sie sich davor fürchteten, sie benutzen zu müssen. Doch es war eine erbärmlich kleine Gruppe, verglichen mit den Hunderten von Kobolden, die Gobbel umringten.

»Kennst du ihn?« fragte Ida die Ogerin.

»Nein. Er stammt vom Oger-fen-Oger«, erwiderte Okra. »Die letzten paar Jahrhunderte hatte mein Stamm nicht allzuviel Verbindungen zu ihnen. Wie ich höre, sind sie heftig, unzivilisiert und grob. Kurzum, das schiere Ideal des Ogertums.«

»Ich weiß, daß Oger stolz auf ihre Kraft, Dummheit und Häßlichkeit sind«, meinte Ida. »Es muß furchtbar sein, zu ihnen zu gehören.« Da hielt sie inne, als eine neue Idee sie heimsuchte. »Oder könnte es sein, daß dein Geschmack doch eher typisch für deine Ogerrasse ist? Plötzlich würde mir das einleuchten.«

»Ja, das ist die Art von Mann, die ich mag«, erwiderte Okra. Es hatte eine Zeit gegeben, da sie einen anderen Geschmack gehabt hatte, aber offensichtlich war sie im Zuge ihrer Reisen herangereift und fand die Vorstellung von einem brutalen Mann nun anziehender. »Aber natürlich würde so einer niemals Notiz von mir nehmen, weil ich nicht kräftig, dumm oder häßlich genug bin.«

»Na ja, ich muß zugeben, daß du weder dumm noch häßlich bist. Aber immerhin warst du kräftig genug, um ein Loch in die Mauer des Namenlosen Schlosses zu hauen«, erinnerte Ida sie.

»Das lag am Zeitkrautsamen, der mir soviel Zeit verschaffte, wie ich brauchte. Sonst hätte ich es nicht geschafft.«

»Und du hast so stark ausgeatmet, daß es den Drachen auf dem Eisenberg aufgehalten hat«, fuhr Ida fort.

»Na ja, da hatte ich auch die Durchdrehmütze auf. Die hat mich völlig umgekrempelt. In meinem gewöhnlichen Zustand hätte ich das nie geschafft.«

Ida nickte. »Wahrscheinlich hast du recht. Du verfügst einfach nicht über die Eigenschaften, die ein gewöhnlicher Oger mögen würde. Aber ich muß sagen, daß mir gerade diese Mängel sehr gefallen.«

»Schade, daß du kein Oger bist«, meinte Okra und musterte den männlichen Oger sehnsüchtig.

Als es Mittag geworden war, war Naldo immer noch nicht erschienen. Gwenny wirkte nervös. »Bist du sicher, daß es hier heute mittag stattfindet?« fragte sie Che, der sich von seinem Lager hierhergeschleppt hatte, um das Schauspiel nicht zu verpassen.

»Ja. Hast du auch ein Schild für ihn aufgestellt?«

»Ja. Gimpel hat es gemalt. Darauf steht HÄUPTLINGSKAMPF – KOBOLDBERG.«

»Laß mich das mal überprüfen gehen«, sagte Mela.

Sie schritt davon, unter dem grobschlächtigen Gepfeiffe und Gejohle der Kobolde, von denen einige auch »Verschwinde, Fischschwanz!« brüllten. Da schlüpfte ihr schlüpfriger Schlüpfer ein Stück herum und ließ ein Stück von ihrem Höschen aufblitzen, worauf die Kobolde fassungslos verstummten. Das geschah ihnen recht. Gimpel begleitete sie, um ihr zu zeigen, wo das Schild stand. Er behielt seinen Blick dorthin gerichtet, wo er hingehörte – geradeaus.

»Ich muß Godiva bitten, ihr einen neuen Rock zu machen, der sowohl den schlüpfrigen Schlüpfer als auch ihr Plaidhöschen bedeckt«, murmelte Che neben Ida. Sie konnte ihm nur zustimmen.

Gobbel kam in die Höhle marschiert, umringt von seinen Gefolgsleuten. »Na, Schwesterchen, wo ist dein Kämpfer?« fragte er in widerwärtigem Ton.

»Der ist unterwegs«, erwiderte Gwenny.

»Na ja, da sollte er aber bald hier sein, sonst hast du verloren. Wäre doch furchtbar, ha, ha!« Und die Gefolgsleute stimmten in sein grobes Gelächter ein.

Mela kehrte zurück. »Irgend jemand hat das Schild verändert!« sagte sie empört. »Jetzt steht darauf HÄUPTLINGSWETTKAMPF – BERG RUHESANFT.«

»Berg Ruhesanft!« rief Gwenny. »Aber der ist doch ganz weit entfernt von hier!«

»Naldo muß das Schild gefunden und zum anderen Berg davongeglitten sein«, meinte Ida, als sie begriff, welch abscheuliche Untat hier stattgefunden hatte. »Da wird er unmöglich rechtzeitig wieder hier sein können!«

»Das ist wieder so eine ekelhafte Betrügerei meines Bruders!« sagte Gwenny niedergeschmettert.

»Aber dann haben wir ja gar keinen Kämpfer«, wandte Jenny ein.

»Mittagszeit!« rief Gobbel jubelnd. »Komm schon, Trümmer! Zeit für das Geprügel!«

Okra, die neben Ida stand, vollführte einen kleinen Sprung. In der allgemeinen Aufregung bemerkte ihn niemand, nur Ida fragte sich, was wohl die Ursache dafür sein konnte. Deshalb erkundigte sie sich danach. »Weshalb hast du denn einen Satz gemacht?«

»Trümmer – das ist der Oger, den ich heiraten sollte! Er war unterwegs nach Süden, als ich von Zuhause weggelaufen bin.«

»Ach, dann triffst du ihn hier ja auf halber Strecke. Das ist doch nett.«

»Aber ich bin doch vor ihm weggelaufen«, wandte Okra ein. »Das wird ihm nicht gefallen.«

»Vielleicht weiß er es überhaupt nicht, weil er ja noch gar nicht den Ogersee erreicht hat.« Das leuchtete ein.

Der Oger zermalmte seinen letzten Knochen und stampfte in die Mitte der Höhle. »Ich hau, mach Radau!« grunzte er und schlug sich mit seinen klobigen Fäusten gegen die haarige Brust. Dann zog er seine Keule aus dem Rückengeschirr und wedelte damit herum.

Ida war angewidert. Aber sie bemerkte, wie Okra sich mit der Zunge über die Lippen fuhr. Geschmäcker waren aber wirklich verschieden!

»Na, wo ist dein Kämpfer?« wollte Gobbel wissen. »Wenn er nicht hier ist, kriegt Trümmer eben deine Knochen als erstes zu zermalmen, Schwesterchen!«

Das Schlimmste daran – es war nicht einmal ein Witz! Denn es gehörte nun einmal zum Wesen der Koboldmänner, schrecklich zu sein, und zum Wesen der Ogermänner, Leute aufzufressen. Gwennys Leben hing wirklich an einem seidenen Faden.

»Du hast das Schild ausgetauscht!« warf sie ihm vor.

»Na und? Also zeig uns jetzt deinen Kämpfer, oder du verlierst«, erwiderte Gobbel triumphierend. Es war offensichtlich, daß er alles geplant hatte. Die Mädchen waren vertrauensselig gewesen, während der Lausebengel ohne zu zögern betrogen hatte. Ida erkannte, daß es wirklich besser für die Kobolde wäre, von einem weiblichen Häuptling regiert zu werden.

»Dann muß ich es eben selbst tun«, sagte Gwenny tapfer. »Immerhin habe ich den Zauberstab.«

»He, keinen Stab!« schrie Gobbel. »Das ist Distanzmagie! Die ist verboten!«

»Ach nein, er hat recht«, meinte Gwenny traurig.

»Soll das heißen, daß er betrügen darf und du nicht?« fragte Mela.

»Ich habe ihn nicht rechtzeitig beim Betrügen erwischt«, erläuterte Gwenny. Sie überreichte Godiva den Stab.

»Nein, das darfst du nicht!« sagte Jenny Elfe. »Ich werde es tun!« Sie trat in die Mitte hinaus.

»He, da kommt ja Vierauge!« rief Gobbel. »Nur daß sie jetzt auch noch blind ist wie 'ne Fledermaus! Was für ein Spektakel!«

»Sie kann nichts sehen?« fragte Okra.

»Sie hat ihre Brille verloren und hatte noch nicht die Zeit, sich eine neue zu beschaffen«, erklärte Che. »Sie kann zwar auf besondere Weise sehen, aber das wird ihr gegen den Oger nichts nützen.«

Mela warf Okra einen traurigen Blick zu. »Es sieht so aus, als würde dein Wunsch gleich erfüllt werden. Dann bist du Jenny Elfe los.«

Plötzlich trat Okra vor. Sie packte die Elfe am Kragen und schleuderte sie aus der Arena. »Verschwinde, Mädchen. Ich mache das.«

Erstaunt wollte Ida protestieren. »Aber das ist doch gar nicht dein Streit, Okra! Dir ist die Koboldnachfolge doch gleichgültig, und du hast auch einen guten Grund, Jenny Elfe nicht zu helfen! Und außerdem kannst du sowieso nicht gegen Trümmer ankommen! Das kann keine von uns!« Doch noch während sie sprach, erkannte sie, daß es doch möglich sein könnte.

Okra beugte sich vor, um die Rokhkralle aufzunehmen, die sie mitgebracht hatten. »Es ist eine schmutzige Aufgabe, aber irgend jemand muß es ja tun.« Und so schritt sie auf Trümmer zu.

Der männliche Oger starrte sie an. »Huhu, wer du?« fragte er.

»Ich bin Okra Ogerin, die du heiraten solltest. Statt dessen werde ich dich zu Klump hauen«, erwiderte Okra. Sie stach mit der Krallenspitze nach ihm.

Es war nicht zu übersehen, daß Trümmer den Namen nicht erkannte. Vielleicht hatte man ihn ihm nie mitgeteilt, vielleicht hatte er ihn aber auch vergessen, da das schlechte Gedächtnis zur Ogerdummheit gehörte. »Haha, alles klar«, sagte er und packte die Kralle mit einer Riesenpratze. Okra verlor das Gleichgewicht. Sie war nur halb so groß wie er. Ganz klar – sie war ihm nicht gewachsen.

Gobbel und seine Gefolgsleute bogen sich vor Lachen. »Was für ein blödes Fohlen!« schrie Gobbel.

»Sie ist kein Fohlen, sie ist eine Ogerin«, murmelte Che.

Da hatte Ida noch eine Idee. »Die Durchdrehmütze, Okra!« rief sie. »Die brauchst du jetzt!«

Okra hörte es. Sie griff in ihren Rucksack, holte die Mütze hervor und streifte sie sich über den Kopf.

»Hoho!« brüllte Trümmer. »Gut der Hut!«

Doch mit Okra fand eine Veränderung statt. Ihr Körper schien größer und haariger zu werden, das Gesicht häßlicher. Sie war empört. »Wer lacht, der kracht!« Sie riß an der Kralle, zerrte ihn heran und rammte Trümmer eine Faust in den Bauch. »Weher Bauch tut's auch!« kreischte sie.

»HUFF! HUFF!« keuchte Trümmer überrascht. Offensichtlich hatte der Hieb es in sich gehabt.

»Man sollte nie den Zorn einer gekränkten Ogerin unterschätzen«, murmelte Che fasziniert.

Idas Glaube wuchs. Schließlich hatte Okra ja auch den Drachen erfolgreich bekämpft. Die Durchdrehmütze machte den ganzen Unterschied aus. Vielleicht sogar mehr als sonst, weil Okra den Oger anscheinend gemocht hatte, und möglicherweise kehrte die Mütze ihre Zuneigung ja um und verwandelte sie in Haß. Wie Che schon festgestellt hatte, liebten Frauen keine Kränkungen.

Inzwischen begann Trümmer zu begreifen, daß er es doch mit einem gewissen Widerstand zu tun hatte. Er richtete sich auf und ballte eine Riesenfaust. Dann hob er seine gewaltige Keule. Bösartig hieb er damit nach Okras Kopf.

Doch Okra wich zurück und ließ die Kralle herumschwingen. Damit fing sie die Keule ab. Ida begriff, daß der Kralle selbst eine gewisse Magie eignen mußte, um es dem Rokh zu ermöglichen, mit seinem ganzen Körpergewicht auch auf den härtesten Oberflächen zu landen, ohne sich einen Nagel abzubrechen. Es war eine gute Waffe.

Dann ging Okra zum Angriff über. Sie schwang die Kralle herum, schleuderte damit seinen Arm beiseite und stach ihn mit der Spitze in die Brust. Der Stoß war nicht kräftig genug um ihn aufzuspießen, ließ ihn aber doch zurücktaumeln. Dann setzte sie mit einem weiteren Stoß nach, diesmal gegen seinen Kopf.

Aber Trümmer wußte zu kämpfen. Er ließ die Keule wieder herumfahren, und als Okra mit der Kralle konterte, griff er mit seiner freien Hand hinunter und packte sie am Haar. Dann riß er sie in die Luft. Die Mütze legte sich furchtbar schräg, blieb aber haften.

»He, das ist aber ein Foul!« schrie Jenny Elfe.

»Bei dieser Art von Kampf gibt es keine Fouls«, erklärte Gwenny düster. Sie schien dem Ende des Kampfes nicht gerade voller Zuversicht entgegenzusehen.

Okra hörte es. »Keine Fouls?« fragte sie. »Ich kann also alles tun, was ich will?«

»Das ist richtig, Haargesicht!« antwortete Gobbel. »Was willst du denn tun? Ihn küssen vielleicht?« Und er krümmte sich wieder vor Lachen, während seine Gefolgsleute es ihm gleichtaten.

Okra riß beide Knie hoch und schlug sie dem Oger gegen das Kinn. Er stürzte zurück und ließ Okra fallen. Die Ogerfrau kam säuberlich auf, dann stach sie ihm mit der Kralle zwischen die Beine. Sie verkeilte die Kralle so, daß er stolperte und fiel. Dann beugte sie sich über ihn und nahm dabei die Kralle in beide Hände. Sie nutzte ihren geheimen Vorteil und kämpfte intelligent.

Plötzlich wurde es Gobbel unbehaglich zumute. Sie bot ja einen richtigen Kampf!

»Ha, ha!« rief Jenny Elfe, als sie sich dafür zu begeistern begann. »Gegen diese Durchdrehmütze kann dein Oger nichts ausrichten!«

»Durchdrehmütze!« rief Gobbel. »Das ist doch Magie!« Er rannte hinter die Arena hinter Okra, machte einen gewaltigen Satz und riß ihr die Mütze vom Kopf.

»He!« schrie Ida empört. »Das ist Betrug! Du darfst dich nicht einmischen!«

»Und was willst du dagegen unternehmen, Görenschnauze?« fragte der Koboldbengel und warf die Mütze einem seiner Gefolgsleute zu.

Ohne die Mütze verlor Okra ihre wilde Kraft. So stand sie über dem gestürzten Oger, als wüßte sie nicht, was sie als nächstes tun sollte. Gleich würde er wieder aufspringen und sie zu Pulver zermalmen. Sie konnte ihm nicht einmal ihr Asthma verabreichen, weil sie das schon Hugh Mungus dem Monozeros gegeben hatte.

»Du schaffst es, Okra!« rief Ida verzweifelt.

Che konnte nur den Kopf schütteln. Gleich würden Optimismus und Wirklichkeit zusammenprallen.

Da warf Okra sich auf den liegenden Trümmer. Sie legte ihren Mund auf seinen.

»Sie tut es tatsächlich!« schrie Mela verblüfft. »Sie küßt ihn!«

Einen Augenblick lang lag Trümmer reglos da. Dann warf er Okra ab, sprang auf die Beine und riß seinen riesigen, häßlichen Mund auf. »Bäh! Bäh!« schrie er. Und raste aus der Höhle.

Die Kobolde gafften. »Hä?« fragte Gobbel.

Da begriff Ida, was geschehen war. »Sie hat getan, was du gesagt hast!« rief sie. »Sie hat ihn geküßt! Und er hat es nicht ertragen! Weggelaufen ist er! Und Okra hat gesiegt. Sie hat deinen Kämpfer geschlagen!« Doch Ida wußte, daß dies für Okra ein Opfer gewesen war, denn sie hätte es lieber gehabt, daß Trümmer sie mochte, anstatt von ihr abgestoßen zu sein. Damit hatte sie sich jeder Möglichkeit beraubt, vielleicht doch noch mit ihm zusammenzukommen.

Gobbels Unterkiefer klappte herunter. »Unfair!« schrie er.

Gwenny aber nutzte die Gunst des Augenblicks. »Und ob das fair ist! Es gibt hier keine Fouls. Sie hat ihn geschlagen, indem sie ihn derart abstieß, daß er die Flucht ergriff. Er hat verloren, und sie hat gewonnen. Und damit hast du verloren, und ich habe gewonnen! Jetzt bin ich Häuptling.«

»Nein!« brüllte er verzweifelt.

Gwenny fuhr zu seinen Gefolgsleuten herum. »Ihr werdet mir jetzt gehorchen oder verbannt werden. Verhaftet Gobbel!«

Gelähmt standen die Gefolgsleute da. Aber Gimpel, Idiot und Schwachkopf traten dienstfertig vor, bereit, ihre Pflicht zu erfüllen.

»Nein, sie ist doch bloß ein doofes Mädchen!« schrie Gobbel, als seine Gefolgsleute Gwennys drei Kobolden den Weg versperrten. »Ihr dürft ihr nicht gehorchen! Bringt sie um!«

»Also das macht mich jetzt aber wütend«, bemerkte Okra. Sie hob die Kralle und trat auf Gobbel zu. Die Gefolgsleute stoben auseinander.

»Du kannst überhaupt nicht wütend sein!« versetzte Gobbel. »Du hast doch die Mütze gar nicht mehr.«

»Ich brauche keine Durchdrehmütze, um auf einen Lausebengel wie dich wütend zu werden«, erwiderte Okra. Sie packte ihn am Kragen und riß ihn empor, ähnlich wie Trümmer es mit ihr getan hatte. Dann fuhr sie mit der Kralle herum.

»Nein! Nein!« kreischte er und wedelte dabei hilflos mit seinen kurzen Armen und Beinen. »Bring mich nicht um!«

»Weshalb nicht?« wollte Okra wissen. »Du wolltest doch auch Gwenny umbringen.«

»Aber sie ist doch bloß ein doofes *Mädchen*!«

»Schön, das bin ich auch. Und du bist nur ein dummer,

ungezogener Junge«, entgegnete Okra. Sie richtete die Kralle auf sein Gesicht.

Gobbel brach in Tränen aus. »Und so etwas wollt ihr als Häuptling haben?« fragte Okra die Gefolgsmänner. Sie ließ Gobbel fallen und wandte sich ab.

Sie hatte unmißverständlich deutlich gemacht, worum es ging. Nacheinander wandten sich die Gefolgsmänner Gwenny zu. »Du bist Häuptling«, sagte einer von ihnen. »Es gefällt uns zwar nicht, aber wir müssen dir gehorchen.«

»Danke«, erwiderte Gwenny, als hätte es daran nie den leisesten Zweifel gegeben. Sie musterte Gobbel. »Verschwinde von hier, Bengel. Ich verbanne dich hiermit aus dem Koboldberg. Solltest du jemals zurückkehren, wird dich der erste Kobold, der dich erblickt, auf der Stelle töten, oder er muß selbst dieses Schicksal erleiden.«

Gobbel erhob sich wieder und versuchte es noch einmal mit Frechheit. »Das kannst du nicht tun! Dich kriege ich noch!«

»Wenn du nicht sofort verschwindest, überlege ich es mir vielleicht noch einmal, ob ich dich tatsächlich am Leben lasse oder nicht«, versetzte Gwenny gelassen.

Der Bengel zögerte. Da machte Okra einen Schritt auf ihn zu.

Hastig suchte Gobbel das Weite.

Gwenny tat, als hätte es den Bengel nie gegeben. »Gimpel!« rief sie.

Gimpel trat ein wenig furchtsam vor. »Ja, Häuptling.«

»Ich ernenne dich hiermit zum Unterführer«, verkündete Gwenny. »Alle diese Gefolgsleute werden dir gehorchen. Du wirst im Koboldberg für Ordnung sorgen und allein mir Rechenschaft ablegen.«

»He!« freute sich Gimpel verlegen.

»Dieser Wanze sollen wir Meldung machen?« fragte einer der Gefolgsleute ungläubig.

Da flog er auch schon durch die Luft. Ida sah, wie Godiva ihren Zauberstab führte.

»Hast du Probleme damit?« erkundigte sich Gwenny.

Der Gefolgsmann segelte über einen Stalagmiten am

Rande der Haupthöhle und blieb über der scharfen Steinspitze schweben. »K-kein Problem«, erwiderte der Kobold hastig.

»Bist du ganz sicher?« fragte Gwenny in lieblichem Tonfall.

Der Gefolgsmann senkte sich, das Hinterteil zuerst, dem Stalagmiten entgegen. »Ganz sicher, %%%%!« brummte er.

»Ich kann dich nicht richtig hören«, warf Gwenny ein.

Der Kobold landete auf der Spitze. »ICH HABE KEIN PROBLEM!« brüllte er.

»Ich bin ja so froh, daß du begriffen hast, worum es geht«, meinte Gwenny.

Erst da löste er sich wieder von der Steinsäule und setzte sanft am Boden auf.

Aus irgendeinem Grund schien auch keiner der anderen Gefolgsmänner mehr Probleme zu haben.

»Idiot«, sagte Gwenny, und der benannte Kobold trat vor. »Dir überantworte ich den Nachrichtendienst.«

»Äh – was war das?« fragte Idiot verständnislos.

»Die Spionage!« sagte sie. »Du wirst dafür Sorge tragen, daß es im Koboldberg keine Spione gibt. Wenn du einen findest, verabreichst du ihm ein Bad.«

»Ein Bad?«

»Du wirst hier einen großen Wasserkessel aufbauen, den du zum Kochen bringst«, erläuterte sie. »Für das Bad.«

Da begann Idiot zu begreifen. Er musterte die Gefolgsleute. »Aber woher soll ich wissen, wer ein Spion ist oder nicht?«

»Das ist ganz einfach. Das ist jeder, der auch nur ein Wort gegen den neuen Häuptling oder irgendwelche Freunde des Häuptlings sagt. Oder auch jeder, der irgend etwas tut, was sich negativ auf das Ansehen des Koboldbergs auswirken könnte.«

»Was was?«

»Schlecht aussieht«, erläuterte sie. »Schmutzige Taten. Schmutzige Worte.«

»Wenn ich es mir genau überlege, sehen diese Gefolgsmänner da doch schon ziemlich schmutzig aus«, meinte er.

»Und ich glaube, ich habe gerade gehört, wie einer von ihnen ein schmutziges Wort gebraucht hat.« Vielsagend musterte er den Kobold, der »%%%%« ausgestoßen hatte.

»Dann stell den Kessel auf und verabreiche ihnen ein kaltes Bad«, sagte sie. »Das sollte sie säubern. Und spül ihnen den Mund ordentlich mit Seife aus. Wenn das noch nichts nützt, machst du das Wasser heiß. Ich bin sicher, sie werden sich schon bessern, je wärmer es wird.«

Ida stellte fest, daß Gwenny recht gut zu wissen schien, wie sie sich Autorität verschaffte. Wahrscheinlich hatte ihre Mutter sie darin unterwiesen.

Idiot machte sich mit Begeisterung ans Werk. Ein riesiger Kessel kam hereingeschwebt, zweifellos mit Hilfe von Godivas Zauberstab. Kobolde begannen damit, Wassereimer herbeizuschleppen und sie darin zu leeren. Von diesem Tag an würde es im Koboldberg nicht mehr allzuviel Spionage geben.

»Schwachkopf«, sagte Gwenny, und der dritte Kobold trat näher. »Dich ernenne ich zum Offizier für Auswärtige Angelegenheiten. Du wirst ein Treffen mit Vertretern der anderen Völker in der Nachbarschaft organisieren, mit den Blumenelfen, den Greifen und vor allem den Naga. Wir werden fortan mit allen in Frieden leben.«

»Frieden?« fragte er überrascht.

»Und in Zusammenarbeit. Sollte irgend jemand daran Zweifel hegen, werde ich ihm diesen Befehl persönlich erläutern.«

Da erschien eine neue Gestalt. Es war eine riesige Schlange. Sie bildete einen stattlichen Menschenkopf aus. »Hört, hört!« rief sie.

»Naldo Naga!« rief Che. »Du hast uns gefunden!«

»Ein wenig verspätet, fürchte ich«, bestätigte Naldo. »Da gab es ein paar Schwierigkeiten mit einem Schild. Sobald es mir klar wurde, bin ich umgekehrt. Wo ist denn der gegnerische Kämpfer?«

»Der hat sich verzogen«, erklärte Gwenny. »Das war Trümmer Oger.«

»Ach, das muß wohl der gewesen sein, den ich durch

Bäume und Berge krachen gesehen habe. Ich habe ihn gefragt, wo er hinging, und er meinte, er könnte sich nicht erinnern. Also habe ich ihn gefragt, wo er herkäme, und da sagte er, daß er vor einer süßen Ogerin flieht.«

»Das war ich«, warf Okra ein. »Ich habe ihn geschlagen, indem ich ihn küßte.« Und doch wirkte sie eher traurig als glücklich.

Naldo musterte sie. »Er hat gesagt, daß die Ogerin zwar nicht besonders häßlich oder dumm war, daß sie aber eine Geheimwaffe hatte, die seinen Kampfeswillen gebrochen hat. Ich glaube, du hast ihn stark beeindruckt.«

»Oh!« sagte Okra erfreut.

Naldo wandte sich wieder an Gwenny. »Dann ist es also erledigt? Bist du jetzt Häuptling vom Koboldberg?«

»Ja, dank deiner Hilfe«, erwiderte Gwenny. »Du hast Mela, Ida und Okra losgeschickt, um uns zu befreien, und dann hat Okra auch noch den Endkampf für mich gewonnen. Ich schulde ihnen allen so viel – und dir auch!«

»Das glaube ich nicht«, widersprach Naldo. »Ich denke eher, daß wir jetzt einigermaßen quitt sind.«

»Aber ohne ihre Hilfe hätte ich es doch nie geschafft!«

»Hab ein wenig Geduld«, sagte Naldo. »Wenn du gestattest, werde ich es erklären. Ich denke, das wird alle zufriedenstellen.« Er blickte in die Runde. »Und wenn du vielleicht einen Wachposten aufstellen könntest, ich erwarte nämlich in Kürze eine weitere Person. Sie sollte mit Respekt behandelt werden.«

»Selbstverständlich.« Gwenny schickte einen Kobold los, um Ausschau nach der Person zu halten. Dann versammelten sie sich in einer Ecke der Höhle, um nicht von dem Getöse des Koboldbadens gestört zu werden, das gerade im Gange war.

Naldo rollte seinen Schlangenkörper zusammen. »Diese drei«, sagte er und zeigte dabei auf Mela, Okra und Ida, »haben den Guten Magier Humfrey aufgesucht, um ihm ihre Fragen vorzutragen. Anstatt jedoch zu antworten, hat er sie zu meiner Schwester geschickt, der Prinzessin Nada Naga, die sie wiederum an mich verwies. Als ich mit ihnen sprach, wurde mir klar, weshalb der Gute Magier das getan hat, und so tat ich meinerseits, was erforderlich war.«

»Du hast uns zum Simurgh geschickt!« sagte Ida. »Und sie hat uns losgeschickt, um Che Zentaur zu retten. Du hast gesagt, du würdest uns alle unsere Wünsche erfüllen, wenn wir das täten.«

»Genau. Und das werde ich jetzt auch tun.« Naldo sah Okra an. »Dein Wunsch ist es, eine Hauptrolle zu bekommen, eine Hauptfigur zu werden.«

»Ja«, bestätigte Okra. »Und die Gelegenheit dazu hast du mir auch gegeben. Das begreife ich jetzt. Aber ich habe sie vertan, weil ich Jenny Elfe nicht loswurde.«

»Du hast mich gerettet!« sagte Jenny. »Ich wäre vernichtet worden, aber du hast eingegriffen und den Oger geschlagen!«

»Du hast geopfert, was du als dein eigenes Wohl erachtet hast, und zwar zugunsten von jemandem, dem du eigentlich gar nicht helfen wolltest«, sagte Naldo zu Okra. »Weshalb hast du das getan?«

»Na ja, es war einfach nicht richtig, eine Blinde gegen einen Oger kämpfen zu lassen«, erwiderte Okra. »Und ich habe auch eingesehen, daß Gwenny wirklich Häuptling werden mußte. Deshalb mußte ich es einfach tun. Ich weiß, daß ich es versiebt habe, aber ich schätze, ich wollte das, was ich haben wollte, nicht auf diese Weise bekommen. Vielleicht ist es aber auch gar nicht so schlecht, eine Nebenrolle zu haben. Vielleicht kann ich mit Trümmer ja irgend etwas aufbauen.«

»Vielleicht kannst du das«, meinte Naldo. »Aber das wird eine andere Geschichte geben. In *dieser* Geschichte erlangst du nämlich das, was du wünschst, Okra.«

Okra schüttelte verwirrt den Kopf. Auch Ida war durcheinander. »Ich habe dir doch gesagt, daß ich es aufgegeben habe«, widersprach Okra.

»Und ich habe dir gesagt, daß du es nicht getan hast«, versetzte Naldo. »Es mag zwar stimmen, daß die Eröffnung eine bestimmte Hauptfigur vorgesehen hat und daß Jenny Elfe diese Rolle bekam. Aber neue Eröffnungen finden ständig statt. Ich habe dafür gesorgt, daß du eine Chance bekommst, aber nur, wenn du auch dafür geeignet bist, und die einzige Möglichkeit, dich zu qualifizieren, bestand darin, etwas Edles zu tun, damit die anderen dich auch als Hauptfigur sehen wollen. Deshalb hat der Gute Magier dir auch nicht geantwortet. Er wußte, daß du das, worum du batest, nicht haben wolltest, und daß du deinen wahren Wunsch nur dadurch erfüllen konntest, indem du dich dementsprechend verhieltest, ohne um seine Bedeutung zu wissen. Du hättest nicht selbstlos handeln können, wenn du vorher bereits die Belohnung dafür gekannt hättest. Du mußtest in Unwissenheit bleiben, bis deine Chance kam. Diese Chance habe ich dir gegeben, und du hast sie auch genutzt. Du hast dir deinen Status verdient.«

»Wirklich?« fragte Okra verwundert.

»Du hast selbstlos gehandelt und unter großem persönlichen Risiko eine wahrhaft gute Tat getan. Du hast Jenny Elfe gerettet und dafür gesorgt, daß Gwendolyn Kobold Häuptling wird. Durch diese Taten bist du zu einer Hauptfigur geworden.« Er neigte knapp den Kopf. »Ich grüße dich, Okra Ogerin, und gratuliere dir zu deinem verzauberten Leben.«

»Kann das wirklich wahr sein?« fragte Okra benommen.

Jenny Elfe trat zu ihr. »O ja, so funktioniert das eben.« Sie küßte Okra auf die Wange.

»Jenny weiß es«, fuhr Naldo fort. »Denn sie tut regelmäßig ähnliche Dinge. Sie steht kurz davor, einen Jahresdienst beim Guten Magier anzutreten, den sie für ihre Freundin Gwenny auf sich genommen hat. Anstand und Großmut sind die Merkmale einer Hauptfigur. Vielleicht könnt ihr beide ja jetzt Freundinnen werden.«

»Oh, da bin ich ganz sicher!« meinte Ida begeistert, als die beiden einander anblickten.

»Und du, Ida Mensch«, sagte Naldo zu ihr gewandt, »du bist vielleicht der bemerkenswerteste Fall, dem ich je begegnet bin. Du hast dein Glück, deine Bestimmung gesucht – aber deine Bestimmung lag jenseits deiner Träume. Auch du mußtest in Unwissenheit verweilen, wenn du sie erreichen wolltest, weshalb der Gute Magier auch dir die Antwort verweigerte. Statt dessen gab er dir dieselbe Chance wie Okra.«

»Aber was *ist* denn nun meine Bestimmung?« fragte Ida ebenso verwundert, wie Okra es gewesen war.

Naldo wandte sich an Che Zentaur. »Was glaubst du denn?« fragte er.

»Ach, das weiß ich doch gar nicht«, erwiderte Che überrascht.

»Aber du hast eine Vorstellung. Komm schon – ich weiß es, denn ich sehe es in Ida reflektiert. Ihr habt eure Schlußfolgerungen gezogen.«

»Na ja, wir haben einfach nur ein wenig geraten«, meinte Che. »Als ich loszog, um einen Kämpfer zu suchen. Wir haben darüber spekuliert, daß sie vielleicht eine Prinzessin sein könnte oder die Zwillingsschwester von irgend jemandem oder daß sie vielleicht ein großes magisches Talent hat. Aber das hatte doch nichts zu bedeuten.«

»Im Gegenteil, das hat alles zu bedeuten«, widersprach Naldo entschieden. »Ich hatte es bereits vermutet, als ich ihr das erste Mal begegnete, aber ich wußte nicht, weshalb der Gute Magier sich weigerte, es ihr zu sagen. Deshalb ging ich davon aus, daß zwei der drei Aspekte zwar bereits feststanden, daß der dritte aber eine gesonderte Handhabung erforderte, genau wie es der Fall bei Okra war. Und so habe ich die Antwort verschoben, bis ich mich erst davon überzeugen konnte – und das habe ich nun getan. Ida ist alle diese Dinge.«

»Was?« rief Ida, zugleich entzückt und entsetzt. »Eine Prinzessin? Eine Zwillingsschwester? Mit einem starken magischen Talent? Ich habe doch nie irgendwelche Anzeichen …«

»Ich bat eine Freundin, hierherzukommen«, unterbrach Naldo sie. »Natürlich erst, nachdem sie sich davon überzeugt hatte, daß es sicher sein würde. Sie sollte jetzt jeden Augenblick eintreffen.«

Tatsächlich erschien in diesem Moment der Koboldwächter. Ihm folgte eine verhüllte Gestalt. Ihr Gesicht war hinter einem dicken Schleier verborgen, und doch sah sie merkwürdig vertraut aus. Sie stellte sich vor Naldo auf.

»Ida!« sagte Naldo, »Dein Schicksal war es, alle Dinge zu sein, von denen du je geträumt hast. Es war dein Talent, was mich verwirrte, aber jetzt darf es offenbart werden. Zunächst zu den beiden anderen.« Mit einem Nicken wies er auf die Gestalt. »Lerne deine Zwillingsschwester kennen, die von dieser Nachricht ebenso überrascht ist wie du.«

Ida sperrte den Mund auf, brachte aber kein Wort heraus. War sie tatsächlich ein Zwilling?

»Aber wer ist sie denn?« wollte Che wissen.

Die Frau hob ihren Schleier. Die anderen gafften nur. »Sie sehen ja fast gleich aus!« meinte Okra.

»Das tun sie«, bestätigte Naldo. »Aber es gibt Leute hier, die unsere Besucherin kennen.«

»Die Prinzessin Ivy vom Menschenvolk Xanths«, rief Godiva.

Nun war Ida an der Reihe zu gaffen. »Die Prinzessin Ivy?«

Ivy nahm sie bei der Hand, dann umarmte sie ihre Schwester. »Ich habe es zuerst nicht glauben wollen, aber jetzt tue ich es«, berichtete sie. »Wir haben es schließlich im Wandteppich überprüft. Der Storch hatte versucht, zwei zu bringen, aber eine von uns dabei verloren, und ich war es, die auf Schloß Roogna abgeliefert wurde. Ich hatte nie davon gewußt!«

»Also bist du Prinzessin Ida«, ergänzte Naldo. »Und nun zu deinem Talent und dem Grund, weshalb der Gute Magier sich weigerte, es zu identifizieren. Es ergänzt Ivys Talent der Verstärkung, ist aber noch subtiler. Deine Magie ist die Idee, wie dein Name auch nahelegt. Sobald du eine Idee hast, wird daraus Wirklichkeit.«

»Immer, wenn Ida sagte, daß sie sicher sei, daß irgend etwas funktionieren würde, tat es das auch!« rief Mela. »Sie hat ja auch vorgeschlagen, daß Okra die Durchdrehmütze aufsetzt, um den Oger schlagen zu können.«

Ida begriff, daß es stimmte. Sie hatte daran geglaubt, daß Okra eine echte Chance hatte, und dann hatte Okra tatsächlich gewonnen, auch ohne die Durchdrehmütze. Sie hatte geglaubt, daß Che einen Kämpfer finden würde, und das hatte er auch getan, obwohl es Gobbel gelungen war, die Sache zunichte zu machen. Alles, woran sie wahrhaft glaubte, war tatsächlich geschehen.

»Aber das muß dann doch wohl Xanths mächtigstes Talent sein«, warf Godiva ein. »Damit könnte sie doch alles geschehen machen, sie braucht sich nur dafür zu entscheiden!«

»Nein«, widersprach Naldo. »Es ist offensichtlich, daß es Ida nie so leichtfiel. Ihr Talent hat nämlich einen entscheidenden Nachteil. Die Idee muß von jemandem kommen, der nicht um ihr Talent weiß.«

»Aber *sie* wußte doch gar nicht um ihr Talent«, wandte Mela ein.

»Richtig. Das war auch entscheidend, weil es nämlich bedeutete, daß sie auch eigene Ideen haben und sie wirklich werden lassen konnte. Nun, da sie ihr Talent kennt, geht das nicht mehr. Und auch keiner von uns hier kann es noch bewirken, weil wir jetzt ebenfalls ihr Talent kennen. Es wird also ebenso schwierig werden, es zu nutzen, wie es schon vorher der Fall war.«

»Aber der Gute Magier«, sagte Che, »der wußte das doch bestimmt!«

»Ganz sicher wußte er das«, stimmte Naldo ihm zu. »Genau wie der Dämon Professor Fetthuf und der Simurgh. Aber sie wußten auch, daß Ida ihre Bestimmung nur dadurch finden würde, wenn jemand es vorschlug, der *nicht* darum wußte. Und sie wußten ebenfalls, daß ihr Talent benötigt wurde, um dich, Che, zu retten, und um es Gwenny zu ermöglichen, Häuptling zu werden. Denn Ida ist eine nette, optimistische Person, die gern an das Beste in Leuten und Situationen glaubt. Ohne diese Art der Unterstützung hätte es wirklich ziemlich schlecht für euch ausgesehen. Aber jetzt sind die wichtigen Dinge ja erreicht worden, da ist es nur gerecht, daß Ida um ihr eigenes Wesen erfährt.« Er wandte sich wieder an sie. »Du wirst jetzt mit deiner Schwester auf Schloß Roogna zurückkehren.«

»Du ... du hast mich erkannt«, sagte Ida. »Als der Dämonenprofessor uns in Dracos Nest gezaubert hat.«

»Ich dachte, du wärst Ivy. Doch dann erkannte ich, daß du das nicht warst, daß du nun große Ähnlichkeit mit ihr hattest. Also habe ich Nachforschungen angestellt, und nach und nach begann ich zu begreifen. Aber du durftest nichts davon erfahren, bevor du nicht Gwenny zum Sieg verholfen hattest. Die Angelegenheit war zu wichtig, um sie aufs Spiel zu setzen. Jeder, der dein Wesen erkannte, mußte dieses Wissen verbergen, bis die richtige Zeit dafür gekommen war.«

»Ja«, pflichtete Ida ihm bei. Sie wandte sich an Ivy. »Aber war ich wirklich deine Zwillingsschwester, bevor irgend jemand daran gedacht hat? Ich meine, wenn das nur mein Talent ist, das wieder die Dinge Wirklichkeit werden läßt ...«

»Jetzt ist es wahr«, sagte Ivy. »Wir brauchen uns keine Gedanken mehr darum zu machen, was hätte sein können oder was nicht gewesen wäre oder wie irgendwelche vorzeitige Enthüllung deines Talents den Lauf der Dinge beeinflußt hätte.«

»Das ist ja wunderbar«, meinte Mela. »Ich bin so froh für dich, Ida. Ich hoffe, wir können noch befreundet bleiben, auch wenn du jetzt eine Prinzessin bist und Okra und ich nur Leute sind.«

»Natürlich können wir das!« rief Ida und kam herbei, um sie und die Ogerin zu umarmen. »Ich bin sicher, daß es keinen Unterschied macht.« Da kam ihr ein schmerzhafter Gedanke. »Nur daß meine eigenen Ideen ja jetzt nicht mehr funktionieren ...«

»Freundschaft ist keine Idee, das ist eine Sache der persönlichen Entscheidung«, widersprach Godiva. »Ihr könnt Freunde bleiben, wenn ihr das wollt.«

»Ja, das möchte ich!« verkündete Ida. Und dann kam ihr ein dritter Gedanke. »Aber du, Mela – was ist denn mit deiner Queste? Du hast noch keinen Mann gefunden, und ich kann jetzt keine Idee mehr haben, wie du das bewerkstelligen könntest.«

»Ja, es wird Zeit, sich auch dieser Angelegenheit zu widmen«, ergriff Naldo erneut das Wort. »Ich habe euch allen dreien die Erfüllung versprochen, und nun ist Mela Meerfrau an der Reihe. Mela, nur für die Unterlagen – was suchst du genau für einen Ehemann?«

»Nichts Besonderes«, erwiderte sie verlegen. »Nur den klügsten, stattlichsten, nettesten, männlichsten Prinzen, der zur Verfügung steht und der nichts dagegen hat, oft im Meer umherzuschwimmen, und der rohen Fisch mag und der mir dabei hilft, mein Haar zu bürsten. Manche Leute haben anscheinend etwas an Fischschwänzen oder grünlichen Haaren auszusetzen. Aber ...«

»Und aus diesem Grund hat dich der Gute Magier auch zu meiner Schwester geschickt«, erwiderte Naldo. »Und sie schickte dich zu mir. Und deshalb hast du auch diesen schlüpfrigen Schlüpfer getragen und mir die Farbe deiner Höschen gezeigt. Ich muß zugeben, daß ich dabei fast in Ohnmacht gefallen wäre. Aber ich wußte, daß ich damit warten mußte, bis der Rest deiner Queste erfüllt war und deine Freunde ihre Ziele erreicht hatten.«

Mela errötete in kräftiger Plaidfarbe. »Du hast mein Höschen gesehen?« Doch es steckte noch mehr hinter diesem Erröten; offensichtlich war sie Hals über Kopf in Naldo verliebt, genau wie Okra in Trümmer.

»Nur ein winziger Blick«, gestand er. »Aber das genügte schon. Ich weiß, daß du der anziehendste Menschenmischling in ganz Xanth bist, was wiederum meine eigenen schlichten Anforderungen an eine Ehefrau definiert.« Er verwandelte sich in seine Menschengestalt und stand nun als außerordentlich stattlicher Mann da. »Ich bin der, den du suchst: Prinz Naldo Naga, bis zu diesem Augenblick Xanths begehrtester Junggeselle. Ich werde dich heiraten, Mela, und dir deine Träume erfüllen. Ich habe keine Einwände gegen einen hübschen Schwanz, schließlich besitze ich selbst einen.« Kurz verwandelte er sich wieder in seine Nagagestalt. »Und ich schwimme auch gern gelegentlich und esse rohen Fisch, vor allem in angenehmer Gesellschaft. Es wird mir eine Freude sein, dir beim Ausbürsten deines grünlichen Haars behilflich zu sein, wenn du diesen Schlüpfer und diese Höschen dabei anhast und in meinem Schoß sitzt, während ich es tue.« Er warf ihr einen Blick zu, der beinahe schon einen Verstoß gegen die Erwachsenenverschwörung darstellte.

»Ach, ja!« rief Mela taumelnd.

»Meine Schwester versucht schon seit Jahren mich zu verheiraten«, gestand der Prinz. »Und nun hat sie es endlich geschafft. Komm, ich gebe dir jetzt einen Kuß, um die Verlobung zu besiegeln.«

Ida konnte über diese Versicherung nicht einmal staunen, weil er doch ein Prinz war und wesentlich dazu beigetragen hatte, daß sie alle ihre Questen beenden konnten. Er war furchtbar schlau, und doch hatte er, wie sich herausstellte, einen netten Grund dafür gehabt, sie für ihre Antworten arbeiten zu lassen. Mela hätte sich keinen besseren Partner wünschen können. Nun würde auch sie Prinzessin werden, weil sie einen Prinz heiratete. Und all das nur wegen dieses schlüpfrigen Schlüpfers und ihres tollen Höschens. Wer hätte geglaubt, daß die Farbe ihrer Höschen so wichtig werden könnte!

Mela schien bereit, in Ohnmacht zu fallen, konnte es aber doch abwenden, weil es im bewußten Zustand einfach zu viel zu genießen gab. Ida sah, daß Prinz Naldo tatsächlich der intelligenteste, stattlichste, netteste unverheiratete Prinz in ganz Xanth war. Das war vorher nicht so klar gewesen, weil er sich ihnen nie in seiner Menschengestalt gezeigt hatte. Melas Traum war wahr geworden.

Der Prinz nahm Mela in die Arme und küßte sie. Sie gaben Xanths hübschestes Paar ab. Nur die Kobolde schienen sich zu langweilen.

Da ließ der schlüpfrige Schlüpfer etwas aufblitzen, das die Kobolde ins Torkeln brachte.

Naldo wich ein winziges Stück zurück und sah Mela in die ozeanischen Augen. »Ich liebe dich immer Meer!« sagte er dichterisch. »Laß mich deine Wellen zählen.« Die Meerfrau schien im Begriff, sich aufzulösen. Sie war ja vorgewarnt worden, was seinen Humor betraf.

Eine Hand berührte Ida am Arm. Sie drehte sich um und blickte in das Gesicht von Prinzessin Ivy. »Komm, Schwester. Wir müssen dich auf Schloß Roogna bringen, damit du deine Familie kennenlernst.«

Ida wurde klar, daß sie alle tatsächlich ihre Bestimmung gefunden hatten.

ENDE